隠れたる事実
明治裏面史

itō chiyū
伊藤痴遊

講談社文芸文庫

自序

維新前後から明治にかけての歴史を部分的に分けて、人物を本位としたものを、いつか書いてみたいと思っていたが、何分にもその暇がなくて目的を果たさなかった。それにはもっぱら維新前の事項を書いて先きに博文館から明治太平記を一冊だけ出版した。それにはもっぱら維新前の事項を書いてある。後篇は本年末に出すつもりであるが、明治になるまでの事項しか書けない。したがって本書とそれと合わせ読んでくれたなら、維新と明治の歴史に通じるわけになるのだ。

本書の体裁も、やはり言文一致のきわめて通俗のものにしてある。昨今に至って、西洋の学問が旺《さか》んになったため、外国歴史のことは知っていてもかえって日本の歴史を知らぬ青年が多いようだ。これはおおいに注意すべきことである。生まれた国の歴史を知らずに、他国の歴史ばかり知っているその人の思想はドンナ風になるか、すこぶる懸念に堪えない。そこで僕は維新前後から明治にかけての歴史を、人物本位で書くように努力して、すでに断片的のものは出してあるが、順序を逐《お》うてまとまったものは、明治太平記と本書ばかりである。

しかし、これをもって著者の満足した著述とはいえないが、考えていた幾分は、これでも充たしたつもりである。いずれこの書の後篇を出して、さらにまとまったものにしようと予期している。

公私の用務に逐われながらの著述であるから自分でも不足は感じている、ただだいたいのことはかなりに穿《うが》ったつもりだ。

ことに、たいがいな人は遠慮して言わぬことまで、相当に晒《さら》け出してある。したがって、多少の批難の起こることはもとより覚悟の上である。

痴遊記す

目次

隠れたる事実 明治裏面史

徳川幕府の覆滅

徳川家康《とくがわいえやす》が豊臣《とよとみ》氏ののちを承けて、天下を統一し、江戸《えど》に覇府を開いてから二百年、その間十五代も続いた、幕府の権威はさかんなものであったが、満つれば虧《かく》る世の常習《ならい》で、ついに十五代の慶喜《よしのぶ》に至って、政権を朝廷へ返上し、将軍職を退くのやむなきに至った。いま新たに明治年間における、もっとも顕著なできごとの内容を記述するについては、いきおい幕府の覆滅した顚末《てんまつ》をひと通り述べておく必要がある。しかしながら、これを詳しく述べることになると、別に一冊の書物をなすほどに、錯綜したる事実が多くあるのであるから、今はその煩を避けて、ただだいたいだけの事情を述べておくことにする。

慶喜が政権を返上したのは、慶応《けいおう》三年の十月十四日［一八六七年十一月九日］であるが、そこにまで落ち着くあいだに、佐幕勤王両派の暗闘は、じつに凄まじいほどのありさまであった。あるときは、佐幕派の勢強く、勤王派はほとんど閉息《へいそく》するのほかなきに至ったこともある。またあるときは、佐幕派が勢力を失うて、いまにも幕府の潰れそうになったこともある。その暗闘がいくたびか繰り返されているうちに、時勢は急転直下の勢いで、ようやく佐幕派に不利となり、ついに慶喜が政権を返上することになったのである。

当時の佐幕派に、この頽勢を挽回するほどの、抜群の智慧者もなく、いろいろな小刀細工を用いて、ただ一時を彌縫《びほう》することにのみ努めていたため、かえって幕府に不利を醸すばかりであった。これに反して勤王派には、新進気鋭の人物が多く、朝廷の権威を笠に被って、天下の問題をうまく捉えては、幕府に対抗していったから、その争いはいつも幕府の失敗に終わったのである。はたせるかな、慶喜はみずから進んで、その職を辞さなければならぬ境遇《はめ》に陥った。もしその際に、非常な智慧者がいたならば、まだ施すべき策もあったであろうが、いかに偉いというても、会津中将《あいづちゅうじょう》［会津藩主松平容保《まつだいらかたもり》］や桑名越中守《くわなえっちゅうのかみ》［桑名藩主松平定敬《さだあき》］では、その防禦もつかなかったものと見え、事はここにまで迫ってきたのである。よし、慶喜が政権を返上しても、なお二条城に頑張っていて、あくまでも討幕派と対抗していたら、まさかに慶喜を京都から逐《お》い出すこともできず、討幕派はどれほど苦しんだか知れぬ。それをどういう都合があってか、慶喜は大坂城へ引き揚げてしまったのであるから、もうそうなってはふたたび入京しようとしても、討幕派が朝命を利用して、慶喜の入京を拒むには定《きま》っているのだ。もっとも政権返上のことが決すると同時に、朝廷からは徳川がいままで所領としていた、関八州の地をことごとく返納しろという内命が下った。これに対しての争論《あらそい》は存外に激しかったので、ついには慶喜は疳癪《かんしゃく》まぎれに、大坂へ引き揚げたのであろうが、それがそもそも幕府の大失策であったのだ。もしこのときに、あくまでも二条城に尻を据えてこの一問題について争論《あらそい》を続けたならば、薩長の二藩になにほどの策士がおっても、徳川をいかんともすることはできなかったに違いない。慶喜は二条城に頑張って、大坂城には三万の大兵がある、それで「サア来い」と睨んでいたら、西郷《さいごう》［隆盛《たかもり》］、木《き》戸《ど》［孝允《たかよし》］、大久保《おおくぼ》［利通《としみち》］の三傑がいかに焦ったところで、結局は実力の争いになるのだから、慶喜を逐い出すことはできなかったろうと思う。しかるに慶喜は、みずから大坂城へ退いてしまったから、領地返納の談判《おしあい》が激しくなり、だんだん朝廷のご沙汰が面倒になってきたので、慶喜は終《つい》に兵を率いて入京しようとした。そこで薩長二藩が主となり、朝命を威光《かさ》に入京を拒んだのである。ここにおいて慶喜は、兵力によって入京しようとする、その争いが例の伏見鳥羽の戦闘《たたかい》になったのだ。

この戦闘《たたかい》が始まるときには、どんな者でも徳川の勝利と見ていたのである。単に兵数の上からいうても、幕兵は一万三千からあった。これに対して、伏見鳥羽の街道に関門を設け、幕兵の入京を拒んだ、薩長連合の兵はわずかに四千ぐらいのものであった。その人数の上から見ても、とうてい戦争は物にならぬのが当然である。ところが、いよいよ戦端を開くと、意外にも幕兵は大敗北となって、さんざんの体《てい》で大坂へ引き揚げるのやむなきに至った。なぜこういう風に、幕兵が脆《もろ》くも敗走したのか、それには種々《しゅじゅ》の原因もあったろうが、とにかく、朝廷が慶喜の入京を御聴許《おゆるし》がないのを、慶喜の方から押しきって入京しようとした、早く言えば、勅命に抗するの態度に出たので、したがって朝廷からは徳川追討の詔《みことのり》が下り、同時に仁和寺宮《にんなじのみや》［嘉彰親王《よしあきらしんのう》、のちの小松宮彰仁親王《こまつのみやあきひと》］が征討総督になって、戦争《たたかい》を開く運びになったのだ。大義名分の上から見て、幕兵の不利は言うまでもない。ことに薩長連合の兵はわずかに四千で、しかも後詰《ごづめ》の兵がないというくらいに微弱なものであったから、互いに相扶《あいたす》けて一生懸命、すなわち人心の和を得ている。地の利の上からいうても、あの方面は、敵兵を防ぐにもっとも適当であったから、幕兵の不利は言うまでもなかった。ことに総帥の竹中丹後守《たけなかたんごのかみ》［重固《しげかた》］は、この大兵を指揮するの器でなく、各部将との間の連絡も取れなかった。会津兵はその驍勇《ぎょうゆう》に誇って、勝手の行動を執る。旗本兵はあまり強くもないのに、御直参《ごじきさん》という肩書を鼻の端《さき》に掛けてわがままの働きをする。その他にも、一致の行動を執ることのできぬ事情が、それぞれにあって、三日三晩の打ち続いての戦闘《たたかい》に、惨めな敗北を遂げてしまった。いかに大兵を擁していても、全軍の一致を欠いて、思うように活動もできないでいる、その上、戦闘《いくさ》の最中に［津藩の］藤堂《とうどう》の兵が裏切りをしたので、いよいよ幕軍は不利となる。一方は少数ながらも心が一致していて、必死の戦闘《たたかい》をしたのであるから、勝敗の結果は、意外にも幕兵の敗北となったのである。

大坂城に在って、慶喜がこの敗報を得たときには、なお新手の兵が一万以上いたのだから、これをもって第二の戦闘《たたかい》を開けば、なお勝利を得る見こみはあったのだけれど、このときに兵庫へ来ていた、イギリス公使のパークスから故障［異議］を入れられて、やむことをえず、慶喜は会津桑名の両侯と、老中の板倉周防守《いたくらすおうのかみ》［勝静《かつきよ》］ほか数名を従え、夜ひそかに城を脱れて、兵庫から開陽艦《かいよう》に乗りこみ、江戸へ逃げ帰ってきたのである。

慶喜が、もし馬鹿な人であったならば、パークス公使の故障なぞに頓着なく、なお戦争《たたかい》を続けたであろうが、なにしろ日本人同士の戦争《たたかい》に、外国の干渉が起きるようなことがあっては、国家の前途が思われる、という立派な考えをもって、第二の戦争《たたかい》を開かずに引き揚げたのであるから、この点より見れば、慶喜はたしかに人物であったには違いないが、しかし、当時に処するの方策としては、そのよろしきを得なかったのである、ということを言いうるのだ。

こういう事情で、薩長連合の兵が大勝利を得たとなると、いままで首鼠両端《しゅそりょうたん》を持して、曖昧な態度を執っていた各藩も、追々に加ってきて、官軍の勢威はじつにさかんなものになってきた。されば、大坂城は戦わずして手に入り、王政復古の布令も出て、徳川征討の詔までが、諸藩の手に移されることになったのである。ところが、ここに一つ困ったことは、征討軍の支度はできたけれど、軍費が一文もないために出征することができない。もっとも、太政官《だじょうかん》を置いて天下の政治を見ることにはなったけれど、それは鷹司《たかつかさ》関白〔輔熙《すけひろ》〕の邸を一時借り受けて、太政官にするというようなわけで、いままで徳川が握っていた天下の実権は、朝廷へ回復《もど》ったようなものの、その政治を見るについての費用さえなかったのだから、まして関東征伐の軍費のあろうはずはない。わずかに西郷が三井《みつい》の本家に談じて、その費用を一時支出させたので、かろうじて進発することができたほどである。これによって見ても、政府の内帑《ないど》〔手元にある金〕が、窮乏を告げていたことは、いまさらに言うまでもないことだ。このときに、越前《えちぜん》の三岡八郎《みつおかはちろう》〔由利公正《ゆりきみまさ》〕が岩倉《いわくら》〔具視《ともみ》〕を説いて、京都、大坂、堺《さかい》、その他の地方から、富豪を大坂城へ呼び上げて、あるいは強迫的に莫大な御用金を絞り上げたり、あるいは太政官紙幣〔太政官札、一八六八年発行〕なるものを発行し、これを担保に、富豪からたくさんの金を借り入れて、新政府の費用に充てたというような、苦しい手段も講じたのである。

伏見鳥羽の敗報が、あまねく天下に知れわたると、いままで態度を曖昧にしていた、弱い大名が朝廷へ恭順を申し出た。ただわずかに奥州諸州は、会津藩が頑張っていたので、堅く連盟して、あくまでも官軍に抗戦すべき手順が運んだ。しかし、それとても江戸の戦争がどうなるかということによって、その影響を受けることが多かったのである。しかるに幕府には、勝安房《かつあわ》〔海舟《かいしゅう》〕というような偉い智慧者があって、しきりに慶喜を説いて、戦争《たたかい》を開かせぬようにした。慶喜は凡庸の人でなかったから、よくその間の消息を解して、自分は上野の〔寛永寺《かんえいじ》〕寺中大慈院《じちゅうだいじいん》に引き籠もって、朝廷へ恭順の意を表すると同時に、輪王寺宮《りんのうじのみや》にすがって、朝廷へ哀訴の手続きを執ることになった。旗本八万の士が、いかに刀の柄を叩いて開戦を迫っても、慶喜はどうしてもその請願《こい》を入れなかったのである。これについておおいに感服すべきことは、徳川家康が天下を定めて、将軍家の礎《いしずえ》が定《きま》ったときに、天海《てんかい》僧正の意見を容れて、水戸《みと》家へ秘密の遺言書を伝えておいた。それは紀尾《きび》二藩〔紀州家と尾張家」にも伝えてはあったろうが、著者《わたくし》の聞くところでは、ただ水藩《すいはん》へだけ遺されたように聞いている。その遺書にどういうことが書いてあったか、それを披露しよう。

「今後幾代か続いて、天下の覇権を握ることがあるとしても、いつか一度は、覆滅の時節は来るのであるから、もし諸侯との争いならば格別のことだが、朝廷と争いが起るような場合があって、宗家の面目上、朝廷と争いを続けるようなことのあった場合には、少なくも水戸家は勤王を唱えて、朝廷のために尽くせ、その場合には、宗家の利害などは顧るには及ばぬ」

という意味であった。それを慶喜はよく知っているから、勝の意見を聴いて、それがやはり家康の遺書と同じ趣意であったので、潔《いさぎよ》く江戸城を立ち退いて、上野に引き籠もることになったのである、ということであるが、もしこれが果たして事実であるとするならば家康は偉いものだ。二百年ものちに、こういう騒動《さわぎ》が起きてきた場合に、徳川の宗家は潰れても、水戸家は勤王の功によって存《のこ》ることになれば、徳川の血統に支障《さわり》はないのである。よく末々のことまでも考えたものだと思って、著者《わたくし》はこの逸話を聞いた時分に、すこぶる家康の深謀遠慮に感心をしていたしだいである。

しかしながら、慶喜がどれほどに悧巧《りこう》な御方で、この際に処するの方法が当を得ていたにもせよ、もし勝のごとき智慧者がなくて、官軍の大参謀たる西郷と、手を握らなかったならば、談笑のあいだに、江戸城の授受《うけわたし》は済まなかった。したがって八百八町は、兵燹《へいせん》の巷《ちまた》と化したに違いない。そうなってみると、向背を定めずにいる諸侯が、どういう態度を執ったか知れぬ。もしその多くが官軍の方へ附かずに、幕府を援《たす》けるということになったならば、それこそ一大事である。それが半数ずつに分かれて戦うとしても、天下は応仁《おうにん》の昔のように、戦乱の巷と化してしまったであろう。しかるに官軍には西郷があり、幕軍には勝があって、この両雄が互いにその心胆を披瀝《ひれき》して、談笑のあいだに、この面倒な問題を決めてくれたのは、ただに江戸のためのみならず、日本国の全体のためにおおいに祝さなければならぬ、この点については、西郷と勝の功労は相半《あいなか》ばする、と言うてもしかるべきである。西郷の銅像は、いま上野の公園に建てられてあるが、勝に対しては江戸の人がなんの報謝《むくい》もしておらぬ。よし、西郷の銅像は、別の意味をもって建てられたものにもせよ、いやしくも江戸っ子たるべき者が、勝のこの大恩に対して、なんらの報いるところがないというのは、甚だよろしくないことである。いまからでも遅くないから、西郷と列《なら》べて勝の銅像を建て、その功労を長く後世に表彰することにしたらよかろう〔平成十五年（二〇〇三）、海舟生誕百八十年記念として隅田川公園（墨田区役所脇）に銅像が建てられた〕。

江戸城の授受《うけわたし》が済んで、慶喜は水戸へ帰った。そののちに当然起こるべき問題は、慶喜に対する処分であるが、これについては、勝から西郷に深く頼み込んで、西郷もまた公平なる心事をもって、慶喜の処分を定めようという気があったから、容易《たやす》くこれを引き受けて、太政官会議の席において、慶喜の命を救うべく陳弁したけれど、長州藩を代表する木戸孝允と広沢兵助《ひろさわひょうすけ》〔真臣《さねおみ》〕、公卿を代表する岩倉具視、この三人の反対によって、慶喜はどうしても極刑に処せられるほかはなかった。その際に西郷は、極端まで抗弁はしたがその効《かい》はなく、いまにも慶喜は極刑ということに定《き》まりかかった。そこで西郷は、

「自分は、今日まで朝廷のために尽くしたが、いまこの一事によって、幕府を倒し、王政復古にした真の趣意に反《そむ》くようなことがあっては、なお引き続いてお勤めをする気も出ないから、この場合に辞職して、自分は鹿児島《くにもと》へ退身する」

と言い出した。サアそうなった日には、長州藩がいかに威張ったところで、つまり薩藩《さっぱん》の蔭に隠れて、これまでの活動をなすことができたのであるから、いまの場合、薩藩に手を引かれてしまっては、舞台は旧《もと》へ逆戻りとなって、ふたたび幕府が復活《いきか》えるようなことになっては一大事である、そこで三条実美《さんじょうさねとみ》が仲裁役になって、両者の調停を計った。木戸や広沢の困るのはいうまでもなく、また岩倉においても、いままでのことが水の泡になっては、それこそ大変であると思って、やむを得ず譲歩して、慶喜の命だけは奪《と》らぬことにしたのである。その結果、慶応四年の四月下旬に、太政官会議をさらに開いて、徳川慶喜には隠居を命ずるが、罪あっての隠居であるから「その実子を宗家の相続人にすることはならぬ、親藩《しんぱん》のうちから養子を迎えて、宗家の主人《あるじ》になすべし」という意味をもって、田安《たやす》の若君亀之助《かめのすけ》[徳川家達《いえさと》]が相続人となって、駿遠参《すんえんさん》三ヵ国[駿河《するが》・遠江《とおとうみ》・三河《みかわ》]で七十万石を賜うことになり、慶喜は静岡に退いて隠居した。慶喜の命は助けたが、罪あって隠居を命じたのだから、その実子に相続はさせぬというところに、この処分の価値《ねうち》はあると思う。親が罪あって

隠居したならば、その実子が家を相続せぬくらいのことが行われなければ、なんのために罪あっての隠居だか、その趣意がわからなくなる。親は罪を犯して隠居したが、その実子は家を襲《つ》いで、華族の班に列しているなぞは、甚だ無意味なことである。それとこれとはまるで問題は違うけれど、事のついでであるから言うておく。

遷都の建議

慶応四年［一八六八］の五月、上野の戦争が終わってから、まもなく明治と改元したのであるが、引き続いて江戸を東京と改め、いままで京都にのみ在《あ》らせられた陛下は、このときをもって東京へご遷座になったのである。この遷都の始末は、明治史の上においてもっとも大切なることであるから、ひと通り述べておきたい。

京都へ御所を設けられてほとんど千年、その長いあいだの帝都を、江戸へ遷すというのであるから、相当に波瀾も起これば曲折もあった。ことに朝廷の内部に有力な反対もあって、実行の上に非常な支障《さわり》のあったにもかかわらず、それを押し切って遷都の議をご採用になったのが、すなわち先帝［明治天皇］のご聖断であって、その思召《おぼしめし》のあるところを、国民は深く記憶しなければならぬのである。この遷都について、初めは大久保一蔵［利通］の建議によって決したごとく、誤り伝えられていた。現に東京において、奠都《てんと》三十年祭を挙行した時分にも、大久保の祭典を同時に行ったくらいであるが、その実は遷都論の首唱者は、大久保が最初の人ではなかったのである。そもそもこの遷都の議を首唱したのは、文化文政のころ、一代の学者として知られた、佐藤信淵《さとうのぶひろ》という人が、帝都を江戸へ遷す必要を説いたことはあるが、それはさらに問題とならなかった。しかるに慶応の末に当たって、前島密《まえじまひそか》という人が佐藤の議論を蒸し返して江戸に遷都すべきことを唱えた。しかしながら、これはただ民間の一人として、その説を唱えたというに過ぎないので、これもまた公の問題にはならなかったのである。大久保が最初に唱えた遷都の議は、大坂へご遷座あるようにという意味の建白であった。その意見書のうちに、こういうことが書いてある。

遷都ノ地ハ浪華《なにわ》ニ如《し》クベカラズ、暫ク行在《あんざい》ヲ被定《さだめられ》、治乱ノ体《てい》ヲ一途ニ据ヱ大《おお》いニ為スコトアルベシ、外国交際ノ道、富国強兵ノ術、攻守ノ大権ヲ取リ、海陸軍ヲ起ス所ノ事ニ於テ、地形適当ナルベシ、尚《なお》其局面ノ意見アル可《べ》ケレバ贅《ぜい》セズ

これによって見ても、大久保の遷都論は、その目的とする地は江戸でなくして、大坂であったということは明らかである。それでさえも廟《びょう》議《ぎ》に掛けたとき、ついに容れられずにおわったのである。その後、この建議が原因となって、ひとたびは大坂城へ行幸を遊ばされたけれど、大久保の言うがごとく、遷都という意味の行幸ではなかった。それがどう間違えら

れたか、江戸へ帝都を遷したのは、大久保の建議に基づいたのだということになって、そうでもない人が、厚く祀られたのだから変なものだ。江戸っ子の気の逸《はや》いのは、こういうところにあると思えば、それでも済むが、しかし、当時の奠都祭を率先して行うた、先輩や紳士が、あまりに不詮索なことをしたと思えば、甚だおかしくてならぬ。

しからば何者が、遷都の議を天下に率先して唱えたかというに、それは佐賀藩の江藤新平《えとうしんぺい》であった。この人の末路は実に悲惨をきわめたものであるが、一時は司法卿兼参議にまでなって、その国家に対する功労の偉大であったことは、何人《なんぴと》も認めざるをえないのである。藩における身分から言えば、見る影もなき小身者ではあったけれど、貧困のうちに苦学して、非常に学殖も深く、かつ頭脳《あたま》の働きのきわめて明敏な人であったから、なにごとも他《ひと》に先立って、独創の意見を披瀝することが多く、それがため、一部の人にてかえって嫌忌《けんき》されたこともある。慶応四年の四月朔日《ついたち》に、大木民平《おおきみんぺい》と連名で、岩倉卿へ差し出した意見書がある。そのなかの一節に、こういうことが書いてあった。

慶喜へは成丈《なるたけ》別城を与へ、江戸城は急速に東京と被定《さだめられ》、乍恐《おそれながら》、天子東方御経営の御基礎の場と被成度《なされたく》、江戸城を以て東京と被相定《あいさだめられ》、行々之処《ゆくゆくのところ》は東西両京の間鉄路をも御開き被遊候程《あそばされそうろうほど》の事無之《ことこれなく》ては、皇国後来両分の患《うれ》ひなきにもあらずと被考候《かんがえられそうろう》、且《かつ》東方王化にそまざる事数千年に付、於当時《とうじにおいて》も江戸城は、東京と被相定候《あいさだめられそうろう》御目的肝要に奉存候《ぞんじたてまつりそうろう》、是は策略も謀計も入らざる事に而《て》、公明正大に皇国之振合、且つ皇《こう》威煌揚之基礎《いこうようのきそ》より後来の患慮等まで腹心を披き、慶喜へ御諭し相成候はゞ、必然慶喜拝《はい》承心服仕可候《しょうしんぷくつかまつるべくそうろう》、於是《ここにおいて》、右之通り公然御布告、江戸を以《もって》東京と被相定候はゞ、東京の人民も甚だ安堵大悦可致候《いたすべくそうろう》、さらば皇威を恢張《かいちょう》し東京を鎮定し後来を維持す、是れ此間の御処分如何に極《きわま》り可申候《もうすべくそうろう》、如斯《かくのごとき》は其関係甚大なりとす、深く御考《ごこう》量奉希望候也《りょうきぼうたてまつりそうろうなり》、鳳輦御東下無之《ほうれんごとうかこれな》くば此機会去り可申歟《もうすべきか》、鳳輦御東下之折に当り、徳川氏の悪政を順々御除き、深く下民の疾苦を御察し、極《きわめ》て善美の政を御興し被成度、所謂祭忠臣之墓表孝子之門《いわゆるちゅうしんのはかをまつりこうしのもんをあらわし》、田租を除き、廃疾を憫《あわれ》み、賢才の士を抜擢し、滞留の獄を決し、匹夫匹婦も其所《そのところ》を得せしめ、以て人心を収攬《しゅうらん》し以て皇沢を下通《かつう》す等《とう》、鳳輦御東下無之《これなく》ては、是れとてもうまくは行はれ間敷《まじく》、尤《もっと》も之《これ》を為すは極めて人を得るに可有之候《これあるべくそうろう》

この書面には、大木と連名になっているが、これはまったく江藤の意見から出て、大木が連名したと見るのが正当である。大木はのちの喬任《たかとう》のことであって、同じ佐賀藩に育ち、江藤と身分の上では大した相違はなかったけれど、大木の家は相当に富んでいたので、江藤が脱藩して薩長二藩の人々と相交わり、天下国家のことに奔走していた時分に、大木はいつも兵站《へいたん》部の受け持ちをしていたのである。されば江藤が事を成した半ばの功は、大木に帰さな

ければならぬ事情もあったのだから、むろんのこと江藤が考えて、大木はこれに同意してこの書面を出すの運びになったものと、見るのが正当であろう。

最初は両人《ふたり》の名で出したけれど、のちにはこれをもって、佐賀藩の議論として、朝廷へ建白することになった。ここにおいて問題は、公然と廟議に移されたのである。しかるに長州藩の広沢兵助が、尚早論を唱えて、容易にこの議を容れようとしない、これがために一時はそのままになっていたが、のちに木戸孝允が、長崎の耶蘇《ヤソ》教徒処分問題の視察を終わって帰ってきてから、この議を容れて、広沢を説きつけ、ついにこれに同意させたので、六月十九日を以て廟議は一決、木戸大木の両人《ふたり》が、詔《みことのり》を奉じて江戸に下り、有栖川宮熾仁親王《ありすがわのみやたるひと》、三条実美、大久保利通、大村益次郎《おおむらますじろう》らと評議することになった、江藤はその前《ぜん》に、鎮将府《ちんしょうふ》〔慶応四年（一八六八）七月に旧幕府を引き継いで設置された行政機関。駿河以東の十三国を管轄。同年十月廃止〕の役人になって、江戸へ来ていたのであるから、大木と木戸が、六月二十五日に江戸へ着くと、すぐに江藤と相談の上で、三条を首席に、大久保大村ら一同会合して、二十七日から二十九日にわたる三日間の会議において、江戸を東京と改め、鳳輦の行幸を仰ぐ等のことがここに決定して、遷都論の基礎は、初めて確定したのである。ここにおいて木戸大久保は、七月八日に京都へ帰ってきて、この旨を岩倉へ復命した。そこで正式に廟議を開き、江戸をもって東京と改め、陛下は東京へ親臨して政《まつりごと》を視るということが定《きま》ったのである。その際、発表せられた詔に、朕《ちん》、今万機《いまばんき》を親裁シ、億兆ヲ綏撫《すいぶ》ス、江戸ハ東国第一ノ大鎮《たいちん》、四方輻輳《ふくそう》ノ地、宜《よろ》シク親臨以テ其政ヲ視ルベシ、因《よっ》テ自今《じこん》、江戸ヲ称シテ東京トセン、是レ朕ノ海内《かいだい》一家東西同視スル所以《ゆえん》ナリ、衆庶此意ヲ体《たい》セヨ

とある。またその副書《ふくしょ》に、

慶長《けいちょう》年間、幕府ヲ江戸ニ開キショリ、府下日々《にちにち》繁栄ニ赴候ハ、全ク天下ノ勢《いきおい》斯《ここ》ニ帰シ、貨財随《したがっ》テ聚《あつま》リ候事ニ候、然ルニ今度幕府ヲ被廃候《はいせられそうろう》ニ付テハ、府下億万ノ人口頓《とみ》ニ活計《かっけい》ニ苦ミ候者モ可有之哉《これあるべきや》ト、不便《ふびん》ニ被思食候処《おぼしめされそうろうところ》、近来世界各国通信之時態ニ相成候テハ、専《もっぱ》ラ全国ノ力ヲ平均シ、皇国御保護ノ目途《もくと》不被為立候《たてさせられずそうろう》テハ、不相叶御事《あいかなわざるおんこと》ニ付、屡《しばしば》東西御巡幸、万民ノ疾苦ヲモ被為問度《とわせられたく》、深キ叡慮《えいりょ》ヲ以テ御詔文《ごしょうもん》ノ旨、被仰出候《おおせいだされそうろう》、孰《いず》レモ篤《とく》ト御趣意ヲ奉戴《ほうたい》シ、徒《いたず》ラニ奢靡之風俗《しゃびのふうぞく》ニ慣レ再ヒ前日ノ繁栄ニ立戻リ候ヲ希望シ、一家一身ノ覚悟不致候《いたさずそうろう》テハ、遂ニ活計ヲ失シ候事ニ付、向後《こうご》銘々相当ノ職業ヲ営ミ、諸品精巧物産盛《さかん》ニ成行キ、自然永久ノ繁栄ヲ不失様《うしなわざるよう》、格段ノ心《こころ》懸《がけ》可為肝要事《かんようたるべきこと》

こういう事情から、いよいよ遷都のことが実行されることになったので、公卿の大部分と皇族の一部が、隠然反対の運動を始めた。これは時勢を達観する明《めい》のない結果ではあるけれど、人情の上から見れば、じつに無理もないことである。

明治政府の樹立

賀陽宮《かやのみや》の事件に次いで、愛宕通旭《おたぎみちてる》の謀反《むほん》があり、あるいは米沢《よねざわ》の藩士雲井龍雄《くもいたつお》の、薩長藩閥に対する反抗的義兵の企図があり、わずかに一二年の間に起こった、これらの事件を詳しく述べるだけでも、一部の書物ができるくらいである。その概略については後回《のち》に述べる所存《つもり》であるが、いまこの場合には、新たに起こった明治政府の組織について、簡単に述べておく必要がある。

明治元年［慶応四年］の三月十四日［一八六八年四月六日］に公布せられたのが、有名な五事の御誓文［五箇条の御誓文］である。

一、広ク会議ヲ興シ、万機公論ニ決スヘシ
一、上下《しょうか》心ヲ一ニシテ、盛ニ経綸《けいりん》ヲ行フヘシ
一、官武一途庶民ニ至ル迄、各其志《おのおのそのこころざし》ヲ遂ケ、人心ヲシテ倦《う》マサラシメン事ヲ要ス

一、旧来ノ陋習ヲ破リ、天地ノ公道ニ基クヘシ
一、智識ヲ世界ニ求メ、大ニ皇基ヲ振起スヘシ

徳川幕府を倒して、王政復古の布告は出したが、六百年の長いあいだ、打ち続いてきた武家天下の有難味が、国民の骨の髄にまで染みこんでいるのだから、いまにわかに王政の古《いにしえ》に戻ったのであるというたところで、ごくありていにいえば、王化の徳に潤うておらぬ国民が、果たしてどれほどに有難く思うたか、これは甚だ疑問である。また関東から奥羽の諸州にかけて天子の存在を認めていた者は、果たして幾人あるであろうか。ほとんど千年の長きを、京都にお過ごしあそばした天子は、いまだかつて関東や奥羽の国民に、その鳳輦《ほうれん》を示されたことはないのである。建国の歴史がどうであろうと、はた国体がどういう基礎の上に立てられてあろうと、直接に政治を執っていた、ご領主様のご威光にはとうてい及ばなかったのである。されば、いよいよ新政府を樹立して、天子みずから天下万民に臨むということになっても、どこかに人心を新たにする、具体的の方針を示さなければ、国民が王政復古の有難味を謳歌してくるわけはない。すなわちこの五事の御誓文は、その必要に迫られて公示されたものであって、多少文字《もんじ》も解する輩は、この御誓文によって、王政復古の真のご趣意が、果たしてどういう点にあったかということは、想像ができたのである。広く会議を興して万機を公論に決するというのだから、天下は天下の天下にして一人《いちにん》の天下でない、という

実《じつ》を、この際に揚げるのであるということを、天子親《みず》から天下に声明せられたことになるのだ。あるいは上下心を一にして、盛に経綸を行うべし、とあるのは、天子も国民もその心を一にして、わが国家の経営に当たろうということを示されたのであるから、いかなる者も歓んで、そのご趣意を拝戴しなければならぬはずである。少数の人が政治を私《わたくし》すれば、国民が苦しむ、いつも同じ調子で進んでゆけば、人心が倦む。ここが政治家のもっとも意を用うべきところで、すなわち官武一途庶民に至るまでその志を遂げ、人心を倦まないようにしろと仰せられたのは、まさにそうあるべきである。あるいは旧来の陋習を破って、天地の公道に基くべし、とあるから、長い間の官尊民卑の弊なぞは打ち破り、すべての実権の武家に偏していたことのごときも、旧来の陋習の一つであるから、天地の公道によって正しきを行うという、このくらいに公平なご趣意はないのである。それから世界に智識を求めて、大に皇基を振起すべしというのは、このわかりきったことの長く行われなかったのを、いまその御誓文のうちの一箇条として、今度こそはこれを実行せられるというのであるから、国民に違背のあるべきはずはない。いまからこの御誓文を読んでみて、いかにもその字句といい、はたその趣意といい、どうしてあの紛紜《ごたごた》の最中に、こんな立派な布告ができたかと思うくらいだ。ところが、それについて面白い逸話がある。この五事の御誓文は、初めからこういうものを出そうというご趣意で、あらかじめ委員を設けて、それに起草させたというようなわけではない。仮に設けられた鷹司邸内の太政官の一室、しかも荒筵《あらむしろ》を敷いて経机《きょうづくえ》を並べた、その雑然たる体裁は、下宿屋にも等しい場所で、福岡孝弟《ふくおかたかちか》と三岡八郎が、あまりの徒然《つれづれ》に戯書《いたずらがき》をしているうちに、いつか物になって書き上げたのが、この御誓文の五箇条であった、ちょうどそのときに、木戸孝允がやってきたから、両人《ふたり》は、

「こういうものができたが、なにか用いる場合がありますまいか」

と言うてこれを見せると木戸はひどく感心して、

「これはよいものを書いてくれた、さっそく陛下に申し上げることにしよう」

と言うて、その無駄書きを持っていったので、書いた本人は意外の感に打たれた。それは無理もない、陛下の思召を伺うというまでに、深い計画《たくみ》があって書いたのではなく、ただ退屈まぎれに書き流したのが、木戸の気に入って、こういうことになったのであるから、じつは呆気《あっけ》に取られたくらいの始末であった。木戸は一二の字句を修正して、これを有栖川宮に捧げ、それからいよいよ正式に会議にかけて、陛下へ申し上げたのち、いよいよ御布告となって出たのである。維新前後において、非常に進んだよいことのたくさんにあったその多くは、みなこういう工合に、あらかじめ企まずして不意にできたのだから、詮索するほど維新史は面白くなるのである。

さて、この御誓文を出した以上は、新しい政府の組織も、それに合致《かなう》ようにせねばならぬ。四月二十一日には新たに官制を定めて、太政官中に、議政、行政、神祇、会計、軍務、外国、刑法の七官を置き、さらに議政官のうちに、上局と下局の別を立て、上局には、議《ぎ》

定《じょう》、参与《さんよ》を置いて、政体に関するすべてのことを議定せしめ、あるいは法律規則を制定し、その他いっさいの政務を決定することになって、なお外国に対する条約を定めたり、和戦のことまでも決定する権力を与え、下局には、議長と議員を置いて、上局の命令に従い、租税、貨幣、度量衡、駅逓《えきてい》の基礎を定め、あるいは外国通商の規則や、蝦夷《えぞち》地開拓の方策、そのほか刑法から軍役賦のことに至るまで、いっさいのことを司《つかさど》り、さらに高等の裁判と行政権の一部を握る、というようなわけで、非常な権力をもっていたものだ。その他行政、刑法等の職制についても、それぞれ権限を定めて、いままでは混同されていた、立法、行政、司法の三権を鼎立《ていりつ》せしめて、まったく分権の実を挙げることにしたのである。

初め江戸城の授受《うけわたし》が済むと、同時に鎮将府なるものを設置して、関東から奥羽へかけての、行政司法の事務を司ることにした。しかるに奥羽諸藩の連盟は、そのだいたいにおいて打ち破ったけれど、まだ会津藩が中堅となって、なかなかに猛《えら》い勢いで、王師に抵抗しておるのみならず、その地方の士民は、多く大義名分のなにものたるを解せず、旧来の藩主と領民といったような関係から、挙げて王師に反抗しておるようすがあるので、それらの者に示すために、あらためて一片の布告を発して、その帰順をうながすことになった。

それはむろん、詔勅をもってのご沙汰で、よく情理を尽くしたものであったから、この詔勅の出たために、会津藩と組んでいた諸侯のうちにも、だいぶ離反する者ができたくらいである。その詔勅は、朝綱《ちょうこう》一たび弛《ゆる》みしより朝権久しく武門に委《い》す、今朕、祖宗《そそう》の威霊《いれい》に頼《よ》り、新に皇統を紹《つ》ぎ、大政古《いにしえ》に復す、是全く大義名分の存する処にして、天下人心の帰向する所以なり、嚮《さき》に徳川慶喜政権を還す、亦自然の勢、況《いわん》や近時宇内《うだい》の形勢日に開け月に盛なり、此際に当りて、政権一途、人心一定するに非ざれば、何を以て国体を持し、紀綱を振はんや　茲《ここ》に於て大に政法を一新し、公卿列藩及び四方の士と与《とも》に広く会議を興し、万機公論に決するは素より天下の事一人の私する所に非《あらざ》ればなり、然るに奥羽一隅未だ皇化に服せず、妄《みだ》りに陸梁《りくりょう》し、禍を地方に延《ひ》く、朕甚だ之を憂ふ、夫れ四海之内孰《いずれ》か朕の赤子《せきし》にあらざる、率土《そつど》之浜《ひん》亦朕の一家なり、朕衆民に於て何ぞ四隅《しぐう》の別を為し、敢て外視することあらんや、惟《これ》朕の政体を妨げ、朕の生民を害す、故に止むを得ず五畿七道の兵を降し以て其不逞《そのふてい》を正す、顧《おも》ふに奥羽一隅の衆悉《ことごと》く乖乱昏迷《かいらんこんめい》せんや、其間必ず大義を明《あきらか》にし、国体を弁ずる者あらん、或は其力及ばず、或は勢支ふる能はず、或は情実通ぜず、或は事体齟齬《そご》し、以て今日に至る是《かく》の如き者宜《よろ》しく此機を失はず、速《すみやか》に其方向を定め、以て其素心を表せば、朕親しく撰ぶ所あらん、縦令《たとい》其党類と雖も、其罪を悔悟し改心服帰せば、朕豈これを隔視せんや、必ず処するに至当の典を以てせん、玉石相混じ薫蕕《くんゆう》共に同《おなじゅう》するは忍びざる所なり、汝衆庶《なんじしゅうしょ》宜く此意を体認し、一時の誤りに因て、千載《せんざい》の辱《はじ》を遺すことなかれ。

というのであった。

初めの新政府は、官制を定めて、三職七官を置き、各藩に沙汰を下して、徴士《ちょうし》と貢士《こうし》を出させ、政治に参与せしめたのである。四十万石以上の大藩は三名、十万石以上三十九万石以下の中藩は二名、一万石以上九万石以下の諸藩は一名、この割合をもってその人員を限り、各藩主がみずから選んで、朝廷の御用に差し出した、これを貢士と称したのである。公《こう》議輿論《ぎよろん》によって政治を定むるという趣意は、これによって実行されたことになる。また徴士とは貢士のうちから、もっとも才能の優れている者を引き挙げて、門地門閥に拘泥せず努めて人物本位をもって、政治に参与せしめたのであるから、これによっていままでのごとき絶対的専制政治の弊は、まったく除かれたことになったのである。そのだいたいはこういう風に、各藩の権利が均分されて、政務に参与しているようにはなっていたが、その実はやはり、薩長土肥の四藩の者が首脳となって、たいがいなことの採否は、それらの人によって決せられていたのである。その人物の一二を挙げてみれば、

薩藩　大久保利通、小松帯刀《こまつたてわき》、吉井友実《よしいともざね》、岩下方平《いわしたまさひら》、五代友厚《ごだいともあつ》、町田久成《まちだひさなり》

長藩　木戸孝允、広沢兵助、井上聞多《いのうえもんた》［馨《かおる》］、伊藤俊輔《いとうしゅんすけ》［博文］、楫取素彦《かとりもとひこ》

土藩　後藤象二郎《ごとうしょうじろう》、板垣退助《いたがきたいすけ》、福岡孝弟、神山郡廉《こうやまくにきよ》

肥藩　副島種臣《そえじまたねおみ》、大隈八太郎《おおくまはちたろう》［重信《しげのぶ》］、大木民平［喬任］、江藤新平

これらの者が集まって、政治の事は大小となく、すべて決定していたのである。その他各省についての官名を、いちいち挙げてその人名まで連ねることになると、いたずらに紙数を費すことになるから、ある事柄を述べるついでに、その必要な部分だけは、追々に挙げることにしよう。

賀陽宮の陰謀

江戸開城の際、有栖川総督宮のご沙汰に対して、徳川慶喜の名代として、勝安房の差し出した請書《うけしょ》がある。その請書のうちに、幕府が従来使用していた軍艦は、いっさい官軍へ引き渡す、ということが書いてあった。しかるに、この軍艦は榎本釜次郎《えのもとかまじろう》［武揚《たけあき》］が率いていたので、実のところをいえば、いますぐに引き渡せといわれても、それだけの軍艦を差し支えなく操縦しうる者は、官軍の方にはなかったのである。しかしながらすでに受け取るべきはずになっている軍艦であるから、しきりにその引き渡しを勝に迫ったけれど、勝は言葉を左右にして、容易にその処置《はこび》を付けない。かれこれするうちに榎本らは、その軍艦を全部率いて、蝦夷の方面へ脱走してしまった。そこで官軍の方からは、厳《やか》ましく勝に談判《かけあ》ったが、いまは後の祭で、いかんともすることができなかった。表面の事実はこうであるが、その裏面には勝が榎本をそそのかして、この軍艦を運び去らせたという秘密がある。陸上の幕臣を屈伏《おさえつ》けるのとは違って、海上の榎本らを制《おさ》えるのは、よほど難しいことであるのみならず、もし愚図愚図していて、榎本らが無謀な戦争《たたかい》でも開いた日には、それこそ一大事であって、いままでの慶喜の恭順も無駄になれば、せっかくに、談笑のあいだに授受《うけわたし》をした、江戸城の始末も面倒になるから、そこで勝は榎本を説いて、

「蝦夷の地は王化の及ばざるところで、未開不毛の地であるから、かの地に渡る者が、もしこれを第二の日本国として、開墾の実を挙げ、いままでの幕臣を移して、屯田兵《とんでんへい》の方法を以て、能《よ》く北門の鎖鑰《さやく》たる役を尽くせば、それこそ大したことになるのであるが、奮発してやってみる気はないか」

というような意味のことを仄めかした。勝の胸中には、榎本らがこの軍艦を率いて、早く江戸を立ち去るのをもって、この際に処する良策と考えて、こういうことを言うたのであろうが、もし榎本らがその意味を酌量《くみと》って、蝦夷へ脱走してしまえば、一時は官軍の詰責《きっせき》も厳しかろうけれど、かえってこちらが後日の面倒を避けるのにはよいと、確《かた》く信じて計《はか》ったことである。晩年の勝がよく、その当時の内情を漏らした言葉のうちには、この趣旨が明らかに現われていた。けれども、官軍の方にしてみれば、意外の感に打たれたのであるから、勝に向かってその不信を厳しく詰《なじ》ったのは無理もないことである。たいがいの者は、この軍艦の脱出については非常に心配したが、このさきの発展を見越していた一部の人は、かえってこの軍艦が蝦夷地に向かったのを、さまでに重くは見ていなかったようだ。いかに榎本ら

が、海軍のことに精通していて、実戦に巧妙《たくみ》であろうとも、すでに天下の大勢がかくなってきたのを、五隻や六隻の軍艦で、どうなるものかという見こみも決《っ》いていたから、口でこそ幕府の不信は詰ったけれど、心のうちではかえって、厄介払いをしたような考えをもっていた人も少なくない、現に、江藤新平が鎮将府へ奉った建白書のうちに、こういうことが書いてある。

東京御幸の儀、尹宮《いんのみや》御陰謀露顕の事出来《しゅったい》、其上開陽艦其外脱出《そのうえかいようかんそのほかだっしゅつ》の事相響《ことあいひびき》、都下人心洶々《きょうきょう》、於雲上御疑惑被為在候哉《うんじょうにおいてもごぎわくあらせられそうろうや》に付、御遅延相成と伝承、大息無限《たいそくかぎりなき》次第《しだい》にて御座候《ござそうろう》、脱艦の事、試《こころみ》に情実を以て論し候はゞ、困窮の者弱兵を率て、何処《いずこ》の港に参り候共《そうろうとも》上陸致して戦候事は不出来《できず》、此寒季に向ひ蝦夷行も不智之至也《ふちのいたりなり》、若《もし》形勢を以て論じ候はゞ、所頼《たのむところ》の会津も既に城下を失ひ、敗亡の勢不足論也《ろんずるにたらざるなり》、又徳川氏の難起《たちがたき》は外夷も已《すで》に所知《しるところ》、何の為に彼等を援けん、もし可援《たすくべく》と思候はゞ、上野一挙以前に応援可申者《もうすべきもの》と奉存候《ぞんじたてまつりそうろう》

城の授受《うけわたし》も済み、軍艦は逃げ出してしまう、上野の戦争はただ一日の戦闘で済んでしまったから、もうこれで万事は決したようなものの、奥羽の方面には、なお戦闘は続けられているのだ。しかしこれとても長いことはない、という見こみは決《っ》いているが、なにしろ会津

藩が中心となって、不平の諸侯や、浪士を集めての最後の奮闘であるから、よし、戦局に見こみは決いているにしても、一月や二月で片付くはずはない。なにか思いきったことをして、天下の人心を新しい方へ導くようにしなければ、あるいは易く見くびっている奥羽の戦争《たたかい》が、存外に大きな騒動《さわぎ》になるかもしれぬ、というこの際に、遷都論が事実となって現われてきたのだ。前にも言うたとおり、わが国が開けて以来、いまだかつて鳳輦の関東奥羽に向かわせられたことはないのであるから、この場合に鳳輦の江戸に入るのみならず、その帝都たるの実さえも、京都から江戸へ移すということになれば、王化の有難味が、初めて関東奥羽の士民にまで及ぶことになる。したがって、朝廷が遷都の議を、この際に容れさせられたのは、おおいに慶賀すべきことである。ことに当時の江戸の状態たるや、実に心細きものであって、もしこの際に遷都の議が行われなかったならば、江戸は果たしてどういうことになったか、どうせ成るようにしか成らぬものには違いないが、江戸の前途は実に心細いもので、どんな人でもその将来の見込みに明《はっ》きりした論断は下せなかったろうと思う。薩摩の市来四郎《いちきしろう》の日誌に、当時の江戸の状態が、巧みに写されてあるから、その一節を掲げることにする。

江戸瓦解《がかい》後の東京府内の情況は、貴賤貧困を極むること譬《たと》ふるにものなし、旧幕臣悉く各所に流離顛沛《りゅうりてんぱい》し、其居宅皆変じて草木《そうもく》の藪となり、諸侯大中小の邸宅も荒廃を極め八重葎《やえむぐら》軒を蔽ふ、昔は壮麗を誇りたる大名小路も悉く廃墟に変じ、市街の商賈工匠《しょうここうしょう》も過半退転して、小民饑餓に陥れり、中にも番町《ばんちょう》深川《ふかがわ》本所《ほんじょ》下谷《したや》の地は、満目空屋《まんもくくうおく》にして腐朽累々たり、又城内とても、本丸は焼燼後の儘に荒れ果て、狐狸の巣窟となりて草木徒《いたずら》に生ひ繁り、目も当てられぬ有様なり、西丸は殿閣のみ依然たりと雖、無主無人なれば廃頽する所多し、但し内外三十六見付の門楼のみ残りて旧観を保ちたり、二年の御東幸以来、漸《ようや》く人心安堵し民業稍《やや》開けたれども、昔に比すれば十分の一なり、従て人心洶々《きょうきょう》、堵《と》に安んぜず、各藩の兵隊充満して横暴に流れ、人民愁苦を訴ふるにあり、されば気慨あるものは各所に潜匿観望《せんとくかんぼう》し、時を窺ひ薩長二藩を伐ち、之に代らんと企つる者あり、此形況にて押し行かば、一両年ならずして再度大乱たらん情勢なりき

花の大江戸の繁昌は、果たしてなにがその原因となっていたのか、これは言うまでもなく、二百年間天下を治めた徳川将軍の居城があって、三百諸侯が参覲交代《さんきんこうたい》の礼を取った。これがために諸侯の藩邸は設けられ、しかのみならず、幕臣の邸宅は到るところに軒を列《つら》ねている、それに関係のある人の住むばかりでも夥《おびただ》しいものであったが、さらに公方様のお膝下《ひざもと》だという影響は、遠い田舎の人にまで及んで、なにごとにつけても江戸の風俗や慣習が地方に及んで、自然と出入りの人も多くなって、風教文物なんということもなく、その模範は江戸に限られていたのである。こういうことが、江戸の繁昌の原因《もと》になっていたのだが、いまや将軍は職を去って、幕臣は四方に離散し、諸侯も昔日の如く参覲交代はせず、いままでの

邸宅のごときも、すべて空屋同様のありさまになって、現に江戸に住んでいる人のみが、互いに品物を売ったり買ったりするだけのことであるから、いままでの繁昌に比べては、とても比較にならぬほどの衰退をきわめて、宏壮《てびろ》に構えた武家の邸宅が空墟となってはそれを補うだけの繁昌の基を他に求めなければならないのだ。さなきだに遊民や貧乏人の多い江戸は、このままに幾年かを過ごせば、容易ならぬ擾乱が起きるのは、火を睹《み》るよりも明らかである、されば鎮将府が設けられた初めに、江藤はこの荒廃した江戸を救うべきことについて、長い意見書を出した。いま、いちいちその箇条を挙げては言わぬが、よく江戸の状態をきわめて、それぞれ意見を附して、救済の方法を策してあったくらいだ。それほどに差し迫った江戸の窮状が、遷都の一事によって救済し得られたのは、国民の深く記念すべきことであると思う。

しかるに、江戸の人の歓喜に引き代えて、京都の人の悲痛はじつにひと通りでなかった。それはそのはずである、一千年来の帝都の地位を、一朝にして江戸に奪われることになるのだから、さすがに悠長な京都人でも、この一事については緘黙《かんもく》を守ることはできぬ、ことに多くの公卿のなかには、存外に気象の勝《す》ぐれていた人もあったので、ただいたずらに薩長二藩の尻馬に乗って、その野心を助けることはできぬと、主張する者も少なからずあって、遷都の議がいよいよ表面に現われると、いままでの不平が一時に勃発して、遷都反対の運動に移ったのである。

賀陽宮朝彦《かやのみやあさひこ》親王は、また一に中川宮《なかがわのみや》と称し、あるいは青蓮院宮《しょうれんいんのみや》ともいい、あるいは粟《あわ》田宮《たのみや》ともいう。かつて弾正《だんじょう》の尹《いん》［弾正台の長官］であったために、尹の宮とも申し上げた御方で、非常に覇気に富んだ、利かぬ気の御方であった。昔から薩長二藩に対しては、嫌厭《けんえん》の情禁ずる能《あた》わず、ことさらに長州藩に対する悪感《あくかん》はひと通りでなく、いくたびかその権勢を拉《ひし》ぐ心算《つもり》で抑圧《おさえつ》けようとはしたけれども世の大勢はいかんともしがたく、ついに維新の大変革となり、朝廷の全権は挙げて薩長二藩の握るところとなった。職名の上においてこそ、各宮家や公卿は上位を占めておられても、その実権はまったく二藩の代表者によって壟断《ろうだん》せられてしまった。さなきだに二藩に対して、嫌焉の情をもっておられた朝彦親王は、ますます不快の念を懐きながらも、空しく大勢の趨《おもむ》くがままに傍観していたが、いよいよ遷都の議が廟堂に上るとなっては、もはや黙視することができず、さかんに不平の公卿を糾合して反対はしたけれど、これもまた大勢の趨くところで、いかんともすることができなかった。ことに陛下の思召もそこにありとして見れば、自分も表面に立って反抗することもならぬところから、幸いに紀州新宮《しんぐう》の藩主水野大炊頭《みずのおおいのかみ》［忠幹《ただもと》］が、宮と同じ意見をもって、しきりに同志の糾合に努めていることを、伝え聞いたので、家来の浦野兵庫《うらのひょうご》を水野への使者《つかい》として深く相結び、さらに諸藩の浪士で、徳川の再興を夢みている者が多くある、これらの者を集めて、うまく事を起こして目的を遂げようと、着々その進捗《はこび》を付けていったのである。

しかるに、江戸へ出ている公卿の中に、愛宕通旭《おたぎみちてる》という人があった。これもまた普通の公卿と違って、存外に胆力もあり、議論ももっていて、なかなか薩長二藩の指導《さしず》にのみ従っていることのできぬ人であった。多くの公卿も遷都には反対であるが、時の勢いに押されて、いずれも緘黙しているのを見て、愛宕卿はしきりに憤慨していた折柄《おりから》、賀陽宮が主として、水野大炊らが遷都反対を口実に、薩長二藩を押し倒して、徳川再興を図ると聞き、これに同意して、ひそかに同志の糾合にかかった。どうせ維新の大変革があって幾日も経たぬときであるから、さまざまな事情や議論をもって、薩長二藩に反対をしていた者は、到るところにたくさんいたのである。自然と、それからそれへ連絡が付いて、初めのうちはきわめて小人《こにん》数《ずう》であったのが、いつか知らずその関係は全国へ拡がって、集まってくる志士のうちには、なかなかに有為の人物も多く、秋田の初岡敬治《はつおかけいじ》、土州の岡崎恭輔《おかざききょうすけ》、米沢の雲井龍雄、そのほか物凄い連中が追々に集まってくる。この事件と離れて処刑されたものが多いけれど、その実は多少の関係をもっていたのである。

しかるに、文久の昔、長州落ちの七卿のうちに数えられた、沢宣嘉《さわのぶよし》が、やはり薩長二藩の圧迫に堪えずして、非常に不平で役を退いていた。多少ともに不平を懐いている者を抱きこむのが、この計画の主たる目的であったから、さっそくに沢にもその同盟に加わるべきことを告げた。沢も喜んで加盟すると同時に、久留米《くるめ》［藩主］の有馬《ありま》［頼咸《よりしげ》］にその内情を打ち開けて、参加すべきことをうながした。ところが、有馬はこれを聴いて非常に驚いたのみならず、もしこれを聞き流していたならば、後日に至ってどういうお咎めをこうむるかもしれぬと思うて、有馬の口から秘密の一部が漏れた。それから薩長二藩の主たる人々は非常に驚いて、だんだん朝廷の内議にも上ることになってきた。が、なにしろ賀陽宮が謀首であるということのために、迂闊に手を着けることもならず、荏苒《じんぜん》日を送ったが、しかし、このままに看過したならば、どういうえらい騒ぎになるかもしれぬと、ついに一網打尽の策を立て、まず賀陽宮から処分することに決まったのである。

ときに、明治元年の八月になって、刑法官知事大原重徳《おおはらしげとみ》、判事中島錫胤《なかじまますたね》の両人《ふたり》が、朝廷の内命を拝して、賀陽宮をその邸に訪ねることになった。大原は公卿のうちにおいても、やや胆力と弁舌の勝《すぐ》れていた人で、文久二年［一八六二］の昔には、関東へ勅使として下り、徳川家茂《とくがわいえもち》をして、ついに上洛するの余儀なきに至らしむるまで、強硬な談判をして帰ったほどで、当時、なかなか評判の人であった。中島は四国［徳島］の産で、慷慨悲歌《こうがいひか》の浪士から、ついにこの職に就き、のちには男爵まで授けられて、山梨県の知事を勤めたけれど、これもやはり不平で、職を退いてからのちは、不遇に世を送ってしまった。いまの流行論《はやりもの》のようになっている、一代華族論はこの中島によって、初めて実行されたのである。このごろも乃木《のぎ》家の問題［希典《まれすけ》夫妻が明治天皇に殉死したのち、跡継ぎをもたなかった乃木伯爵家は絶家となったが、大正天皇のお声がかりで旧主長府毛利家から元智《もとさと》を迎えて再興された］から、一代華族論がだいぶ喧《やかま》しくなってきたが、中島は現に死ぬとき遺言して、自分の死と同時に、男爵は朝廷へ返還させることにした。遺子もよくその遺言を守って、男爵にならなかった。

板垣［退助］の一代華族論に先立って、これを実行した一事において、中島は実に立派な人であると思う。この両人《ふたり》が賀陽宮に謁見して、

「これより芸州《げいしゅう》［広島］の浅野家へお預けにいたすから、さようお承《う》けをなされい」と、朝命を伝えたときに、宮は恐ろしき眼をして、両人《ふたり》を睨みつけ、しばらくは言葉もなかったが、両人《ふたり》はただ恐縮して、宮のお答えを待つばかりであった。ときに宮は、

「この一事は、予のさらに与《あずか》り知らぬことであるゆえ、たとえ朝廷のご沙汰といえども、容易に従うわけには相成らぬ、それとも予がこのことに関係しておるという、確たる証拠でもあることか」

こう言われてみると、なんとか答えなければならぬから、両人《ふたり》は、

「ご家臣の浦野兵庫なる者の陳述によりますれば、殿下のご謀叛は明白なもので、すでにその一味徒党の連判書さえ、このとおりにござりまする」

宮は不審の眉に皺を寄せて、

「その連判のうちに、予の氏名もあると申すのか」

「殿下の御名《みな》はござりませぬが、そのお手形はこのとおり印《のこ》りおりまする」

「それを示せ」

「ハッ」

そこで両人《ふたり》は、連判書を宮の前に差し出すと、宮は無造作にこれを拡げてご覧になった

が、やがてその手形の上に、自分の手を広げたまま、載せてみて、

「これが予の手形であると申すか、ひとたび押した手形の、どうしてかくも寸法に違いがあるか、よくこれを見よ」

と、言われて、両人《ふたり》が恐る恐る頭を挙げてみると、意外にも連判書に押してある手形は、いま宮が押えている手よりはよほど大きい。そうなって見ると、この争いはちと困ったことにはなったが、いまさらに朝議一決してかくなったものを、このままにして立ち帰ることもならず、大原は汗を拭きながら、

「いちおうは御道理《ごもっとも》でございまするが、この場合において、たとえご不服はありましょうとも、一時朝命に従うて、芸州へお立《た》ち退《の》きを願い上げまする、しかし、このことにつきましては、必ず殿下のためにその冤《えん》を雪《すす》ぎまするることは、自分においてもお引き受けいたしまする、いま強いてこれを争うては、かえって殿下の御利益《おため》にもなりませぬと存じまするゆえ、ぜひ自分らの申すとおり、さっそくのお立ち退きを願い上げまする、ただし殿下の尊体に禍《わざわい》の及ばぬように、重徳は死をもって弁解は仕《つかまつ》りまするゆえ、われわれ両人《りょうにん》の意中も御酌《おくみ》量《とり》あって、このたびのご沙汰は穏やかにお承けあそばせ」

じつは大原も、このまま引き取ることはできないから、宮を泣き落としにかけたのである。

事ここに至ってはいかんともしようがないから、宮はついに朝命に服して、芸州へ立ち退

くことになった。哀れ、卓犖不羈《たくらくふき》の気象をもっておられて、薩長二藩の横暴に反抗しきたった宮は、この一事から不遇魄落《ふぐうはくらく》に、のちの半生を送ることになったのである。しかしながら、朝廷においても、宮の心事の皇室に反いたのでないということは、明らかにわかっておられたのであるから、その後赦免のご沙汰が下って、いったん賀陽宮は廃止となったが、久《く》邇宮《にのみや》のご名儀を下し賜って、東京へ上ることをお許しになった、いまの久邇宮家が、すなわちこれである。明治の初年には、皇族の班に列する方でさえも、こういうことのあった一事に顧みても、薩長二藩の横暴が、どれほどに一般の人から睨まれていたか、ということの想像はつく。

愛宕卿はこれがために刑死される、沢卿はますます邪魔ものに扱われて、ついには憤死してしまう。その他も多く斬に処せられて、事件の落着はついたけれど、これがために不平の徒は絶滅したのではない、小さな陰謀は随所に企てられていたのである。

江藤 井上 予算問題の大衝突

一国の財政に対する、予算の大切なることは、いまさらに言うまでもないが、明治五年の予算問題に関する、内閣の紛争《あらそい》は、実に前例にないほどの激しいものであった。国会が開けてから、政府と議会とのあいだに、予算に関しての紛争《あらそい》は、しばしばあったけれど、政府の内部において、役人同士で予算の争いから、えらい騒動《さわぎ》を惹き起こして、畏《おそ》れ多くも天子の聖断を仰ぐに至ったことは、今日までにその例がないのである。仮にその争いがあったとしても、一二の大臣のあいだに議論が戦わされて、いつか妥協が整い、外間《そと》にまでその内情の暴露されたことはない。しかるに明治五年の紛争はじつに凄まじいものであって、ついには、陛下の聖断を仰いで、かろうじてその結末を決《つ》けたのであるから、この一事によって見るも、いかにその争いが激しかったかということの想像はつくはずだ。したがって、これは歴史上の一事件として数えなければならぬのである。表面は予算の争いでも、その裏面は、長州閥に対する土肥二藩の対抗戦で、さらにその背後には、薩派の一部が附いていたという事情もあって、ことにその紛争《あらそい》は、極度にまで軋《きし》り合ったのである。一方が江藤新平で、その対手《あいて》が、井上馨というのであるから、この紛争《あらそい》の激しくなったのも無理はない。江藤が直情径行で、断々乎《みしみし》やりつけてゆくと、井上が例の癇癖《かんぺき》で、自分の気《き》に入らぬことは、片っ端から拒絶《はねっ》ける。どっちも一度言い出したら、容易に肯かぬという強情漢《ごうじょうもの》であるから、どうしてもこの紛争《あらそい》が大きくならずにはいないのだ。当時の大蔵卿《おおくらきょう》は大久保利通であったが、岩倉右大臣の一行に加わって、欧米視察の途に上った。そのあとは大蔵大輔《たゆう》の井上馨と、大蔵少輔《しょうゆう》の吉田清成《よしだきよなり》の二人で、省務のいっさいを引き受けていたのであるが、まもなく、吉田は国債募集の件について、アメリカへ行ってしまった。ここにおいて大蔵省はまったく井上一人の心をもって、自由に動すことのできるようになっていたのだ。さなきだに他《ひと》を押し退けて、我意《わがまま》をふるまう癖のある井上が、国家の財政に関する全権を握ったのであるからたまらない。なにもかも自分の思いどおりに、遂行《やっつ》けようとするので、各省との折合が日一日と悪くなってゆく。けれども井上は、そんなことに頓着なく、例の消極主義の一点張りで、各省から請求してくる予算は、片っ端から削減を加えて、新しい問題についての費用などは、一文も与えないというやりかたであった。もっとも、当時の大蔵省は、いまの内務、大蔵、逓信、農商務の各省を一つにして、それに会計検査院を加えたるがごとき組織で、ほとんど日本政府の実権は、大蔵省が握っているがごとき観があった。その実権を井上が握っていたのだから、なにごとも任意《きまかせ》に、他《ひと》の不便なぞは考えずやってのける。されば心ある者は眉を顰《ひそ》めて、その専横を苦々しいこととは思っていたけれど、表面に立って争うたところが、とうていその勢力には及ばないのであるから、やむをえず緘黙《かんもく》して、ひそかに時の来るのを待っている、というのありさまであった。

明治五年［一八七二］の末に、司法卿の江藤新平から、翌六年度の司法省の経費に関する、予算案が内閣へ提出された。従来の司法省の予算は、五十二万円余であったが、このときに提出された予算は、九十六万五千七百円という巨額のもので、前年度に比べれば、四十四万円余の増額である。たとえそのころのことでなく、今日の財政にしても、一省の予算額が、わずかに一年にしてこれだけ上《のぼ》ったならば、それこそ衆議院で、大騒動《おおさわぎ》をやる材料《たね》にはなるのだ。ましてそのころの四十万円は、容易ならぬ大金なのであるから、これは大蔵省ばかりでなく、各省ともこの案を見た時分には、どんな人でも驚かぬものはなかったのである。

なぜ、こういう予算が組み立てられてきたかというに、これは各地方の分掌事務のようになっていた、裁判所の統一を図って、いっさいを司法省の所管に移すというために起こってきた予算で、いままでは地方に、聴訟課なるものが設けられて、その地方においての訴訟は、まったく中央から独立して取り扱っていたのだ。それを司法省の事務に統一して、かつ監獄から警察のことまでも、司法省の所管に移すことにしたから、費用が殖《ふ》えてきたのである。予算増加の理由は、こういうしだいなのであるから、よく考えてみれば、強いて反対すべき点はないのだが、そこになると、井上はなにごとも消極的で、ことに明治政府ができたばかりで、財政不如意な大蔵省を引き受けていたのだから、いっそうに消極主義を執ったのも無理はない、という見解《みよう》もできるが、しかし、各省の予算が一般に殖えてきたのを、無遠慮に削減を加えながらも、陸軍省の費用のみには一文の削減も加えずその増額をすべて認めているということがあるので、各省の不平は、いっそうに昂《たかま》ってきたようなしだいである。

当時の陸軍には、薩派の人も多くいたけれど、それはみな隊に属していて、本省の幹部は、すべて長州人をもって固めていたので、やはり陸軍は、長州の陸軍といった方が適当であった。それに対して経費の削減をせず、各省に対しては極端まで削減を加えてきたのだから、多少その間に、井上の自我本位も現われていて、これに対する不快の念が、やがて反抗の気勢を昂めることになったのである。

井上は司法省から廻ってきた、予算に対する新設の事業はことごとく棒引きにして、削減に削減を加えたる結果、わずかに六年度においては、四十五万円の計上を許すことにした。前年度の五十二万円から見れば、まだ削減を加えられたことになるのである。司法省からは四十万円以上を増額してきたのを、大蔵省ではかえって前年度以下に切り下げたのであるから、この解決《おさまり》が無事につくべきはずはないのだ。

井上もなかなか皮肉なやりかたをしたものだ。新しい事業費を削減して、前年度の予算までに喰い止めておくというのならば、まだ勘忍《がまん》もできようが、その予算へ喰いこんで、さらに幾万円の削減を加えたのは、初めから喧嘩腰になっているのだ。こうなると司法省の方でも、指をくわえて引っこむわけにいかぬ。いわんや、司法卿は江藤新平であるから、ここにおいて大蔵省との交渉が、だんだんに面倒なことになってきた。しかるに井上は、その握っている実権こそ絶大なものであるが、官は大蔵大輔で、内閣へ参列するの権利はない。江藤は司法卿で、参議を兼ねているのだから、内閣へ参列して、その予算を討議する権利をもっているのである。この点については、井上も非常に困る事情はあるが、例の負けじ魂の勝っている井上は、そんなことに頓着なく、いくたびか内閣会議にも割りこんできて、勝手な熱を吹く、そこで江藤も疳癪を起して、井上に抗弁するというようなわけで、ある日のこと、江藤は井上に対《むか》って、

「足下《そっか》は、どうしても我輩の請求した予算に同意をせぬと言うか」

「むろんのこと、こんな馬鹿げた予算に、同意を与えることはできぬ」

「馬鹿げた予算とはなにごとであるか、いやしくも司法卿たる拙者が、全国の裁判警察の制度の統一を計るために、実際において必要と認めた費用を請求したのであって、その間少しも私心をもって事を図ってはおらぬのである。しかるに馬鹿げた予算とはなにごとであるか、その答えを聴こう」

と語気も荒く、肘を張って井上に迫ると、井上もなかなかに負けてはいない。

「いかに必要と認めたとて、一国の経済にはたいがい限りのあるものだ。今後のわが国は、どういう工合に発展してゆくか、それはわからぬが、とにかく、現在の国の経済は、そういう無謀な計画に対する費用を、支出するだけの経済になっておらぬのである。また国の政治は、司法省ばかりがやっているのじゃない、各省ともみな政治をやっているのであるから、その権衡《つりあい》も考えてゆかなければならぬ。君は自分が司法卿であるというために、司法省の都合だけ考えて、予算を立ててくるから、こういう馬鹿な案ができあがるのである。少しは各省との権衡《つりあい》を考えて見るがよい。されば君の案は馬鹿げているから、馬鹿げていると言うたに、なんの不思議があるか」

「これはけしからぬ、各省との権衡《つりあい》を見て出せというのはなにごとであるか、司法省はどこまでも独立しているのであるから、司法省においてかくしなければならぬと思ったことを計画して、それに対する予算を請求するのに、各省との権衡《つりあい》を顧みる必要はないのじゃ。各省もまたそれと同じく、いやしくも必要と認めたことは遠慮なく請求するがよい。今後のわが国において、もっとも大切なる司法事務の統一を図ることが、なんで必要でないというのであるか。このことは一日も早く統一しておかなければ、それだけ国に害を及ぼすのであるということくらいは、三歳の童児といえどもわかっているのだ。君も大蔵大輔をやっている以上、そのくらいのことがわからずに、御役《おやく》が勤まるか。しかるにただいたずらに国の経済を口実として、これを拒むのは甚だもってけしからんことである。我輩の提出した予算案よりは、君のこれに反対する理由の方が、よほど馬鹿らしいではないか。一国の財政でも司ろうという者は、もう少し進んで思想《かんがえ》をもっておらなければいかぬ。どうしても君は、これに同意を与えることができぬというのか」

「むろん、国の経済が許さぬ以上は、たとえどれほどに必要なことでもいたしかたがない」

「君の言う国の経済とは、どういうことを指して言うのか。国において必要と認める経費を値切り倒すのが、いわゆる国の経済なのであるか。そんな馬鹿な経済はないはずじゃ。君の言う経済はただ算盤勘定《そろばんかんじょう》の上で、金が要《か》かり過ぎるから、出すことができぬというのであって、真に経世済民の目的から出た経済論ではないのである。そんな馬鹿げた了簡《りょうけん》で、財政の運転《くりまわし》ができるはずはない、君はなんと言うても、我輩は必ずこれだけの経費は支出させなければ、承知ができぬ」

「なんと言うても、我輩の方では出さぬ」
「イヤ、きっと出させてみせる」
こういう調子で、ついには高声を揚げて、互いに相罵るというようなわけで、他の連中がようやく仲裁に這入《はい》って、これを引き分けて事なきを得た。こんなことはいくたびあったか知れないのである。

しかしながら当時の太政官には、この争いに適当な裁決を与えて、事を円満のあいだに処理するというほどに、手腕ある人物がなく、ただ双方の主張を聴き取るばかりで、いっこうに問題の解決が付かなかったのである。ややもすれば井上の主張が、太政官に容れられるようなようすも見えるから、ここにおいて江藤はおおいに決心して、明治六年の一月二十四日附をもって、一篇の辞表を提出したのである。ところがこの辞表は、事故があって罷《や》めるとか、あるいは病気のために辞すとかいうのでなく、堂々たる一篇の意見書であった。かかる意見書をもって辞表に代えたのは、ほとんど大正の今日に至るまで、その例を見ないのである。この意見書によって、当時の内閣のありさまの一端がうかがわれるから、これを全掲することにしよう。

臣某《しんそれがし》謹《つつしんで》白《もうす》、先般本省定額一年四十五万両に被二相定一候旨御達有レ之《あいさだめられそうろうむねおたっしこれあり》、右者《みぎは》御請《おうけ》難レ仕旨申上置《つかまつりがたきむねもうしあげおき》、将又《はたまた》去る廿日諸省布達有レ之《しょしょうふたつこれあり》、科料共本省に取立、第十月大蔵省

へ可二相納一旨《あいおさむべきむね》御達有ㇾ之《おたっしこれあり》、右者《みぎは》当然之《とうぜんの》御体裁《ごていさい》と存じ、御受可ㇾ仕《おうけつかまつるべき》心得《こころえ》に付、去る廿日より以後の分は、帳面金子共判然分断致し、立替等一切無ㇾ之様、贓贖掛人《ぞうとくかかりにん》へ被二申付置一《もうしつけおかれ》候。然者《されば》、四十五万金之外は、一切無ㇾ之《これなく》、是《ここ》を以て事務《じむ》可二相纏一《あいまとむべき》見留相《みとめあい》調候処《ととのえそうろうところ》、更に目的不二相立一訳《あいたたざるわけ》は、是迄相運び候三府十二県裁判所に於て、去年十一月一箇月の費用を以て、一箇年の積りを立候処、五十二万六百二十両と六千元に相成、御達の定額にては、七万六百二十両と六千元不足相立、且又《かつまた》、先般本省より申立候、本省並に三府七十三県定額金数の内、本省並に三府十二県裁判所に係る費用は、金九十六万五千七百四十四両と六千元に相当り、御達しの定額にては五十一万五千七百四十四両と六千元の不足相立申候。扨又《さてまた》右去年十一月一箇月の費用を以て積立候一年の費用、五十二万両余の金額は、右本省より申立候定額より、四十四万五千百二十四両の不足相立申候。是は未だ各区裁判所の取設け、検事検部の出張、檻倉並探索、捕亡等の手続に不二相到一故《あいいたらざるゆえ》にて有ㇾ之、一体是者司法の職務、初て相挙り候入費に付、本省の目的の処にて御座候、其故は委細申上候。

元来、各国と並立の叡慮を奉戴し、臣不肖司法の長官を拝命し、部事の不灑を以て其責に可ㇾ任云々の御委任を蒙り候に付、即ち夙夜《しゅくや》考慮《こうりょ》仕候処《つかまつりそうろうところ》、並立の元は国の富強に在り、富強の元は、国民の安堵に在り、安堵の元は、国民の位置を正すに在り、夫尚《それなお》国民の位置不正なれば安堵せず、安堵せざれば其業を勤めず、其恥を知らず、業を勤めず恥を知らず、何以《なにをもって》富強ならんや。

所謂《いわゆる》、国民の位置を正すとは何ぞや、婚姻、出産、死去の法厳にして、相続贈遺の法定り、動産、不動産、貸借、売買、共同の法厳にして、私有、仮有、共有の法定り、而して聴訟初て敏正、加之《しかのみならず》、国法精詳、治罪法公正にして、断獄初て明白、是を国民の位置を正すと云ふなり、於レ是《ここにおいて》、民心安堵、財用流通、民初て政府を信ずる深く、民初て其権利を保全し、各永遠の目的を立、高大の事業を企つるに至る、当二是時一《このときにあたり》、収税の法其中を得ば、民各業を励まし、各業を励みて民初て富む、税法、中を得て、税初て豊なり、民富み税豊にして、然後、海陸軍備も盛に興る可き也、工部の業も、盛に可レ興なり、文部の業も盛に可レ興也。

今や、各民の位置不レ正《ただささざる》に付、相続贈遺の出入、貸借、売買、私有、仮有の争ひ、紛々擾々、何以《なにをもって》民富まんや、何以民安堵せんや、何以田野開けんや、何以学問、其他百工の業興らんや、其上婚姻の法未だ立ざるに因って、朝に婚して夕に離るゝの情勢に付、長久の夫婦も互に不二相信一、同心協力業に勤め、其私有物を理に従て増加し、家道を繁昌せしむる、念に乏し、且、今日は夫妻たり、明日は別れて他人となる、婚するも易く、離るゝも易く、焉《いずく》んぞ同心協力、保家の情あらんや。且夫婦の財産、共通各有の法も不レ立、故に姦する妻は、其夫の財産を掠めて、去て他に嫁す、又猾なる夫は、其妻の産を奪て逐ふ。或は夫妻離別の為め、其子は終に可二養育一《よういくすべき》人なく、病で死するあり、又は夫死し、妻寡に、子幼なり、族人集て其産を奪ひ、母子狼狽する者あり、如レ此情勢に付、終に勤めて益なく怠て楽ありと、云ふに至る、然るに各国に於ては、婚姻の法厳なり、故に離縁の事寔に難し、苟《いやし》も其理ありて離縁するも、夫婦承知し、戸長承知し、親族或は其他の証人承諾し、検部監視し、而して之を其帳に記し、各調印するにあらざれば不レ許レ之《これをゆるさざる》なり、又其婚する時も、亦同様の手数なり。故に各国にては、大体凡民の情、一度夫婦となれば、協力業を勤め、其家を富昌にし、学問の費用を豊にして、其子孫を人才と為し益々其家を繁昌させんことを思ふ念の外は、他事なしと云ふ。又不レ得レ已《やむをえず》離婚する時は、其夫婦の財産、共通各有等の法確定しあれば、之を処するに難からず、而して、其子の財産保護は、監財人、公証人等を設け、検部監視の法厳なれば行届なり。

扨又《さてまた》御国は、出産の法立たざるに付、公生、私生の子の財産権利の分界も不レ明、其上年齢を偽り、生子を隠し、加之、其子の財産も、後見人、公証人、監財人等の設け無レ之に付、其子《そのこ》若《も》し孤独となれば、親族奪レ之《これをうばつ》て不レ与《あたえず》、子は狼狽の極に至るあり、且人の常情、子孫を思ふより切なるはなし、而して父早世すれば、富家の子も乞食となるの情勢にては、各民の勤めざるも豈無理ならんや。

然るに各国にては出生の法厳なり。人出生すれば、其子の男女、姓名、公私、其父母の職業、住居、姓名等戸長諾レ之、親族証レ之、検部監レ之、且父母の死在不レ問、其子に財産あれば、後見人、運二動之一《これをうんどうし》監財人保二護之一《これをほごし》検部之を監す。其他、死去、相続、贈遺、貸借、売買、共同の法、私有、仮有、共有の法厳なり。故に商会、工会、農会の業、盛に行はれ、商事、農事、工事、一人一個の業も、永年の目的を立て、且贋造、偽作、混雑の患少なく、二重書入等の事無レ之。其上、証人、受人の規則、検部之を監するの法、一々備れり。因て事起れば、此等の法を照して之を裁判す、故に民心安堵して、勉強の念深く、財用融通の道、自在なりと云ふ。而して我国は皆之に反せり。夫、各民の位置の、各国と我国の異なる如レ是《かくのごとし》。是れ各国の民庶、年々富むの勢ありて、我国の貧民日々多く、富民日々減ずるの勢ある病源なり。然れば此病源を治するは、各国並立の要事にして、即今の急務、而して其取締は、専ら裁判事務上の事なれば、司法の責任たる、智者を待たずして明なり。

因レ之《これによって》、去夏、当職拝命仕候節、能々《よくよく》考量仕候処、先以《まずもって》府県裁判所之を置き、公証人、代書人等夫々《それぞれ》の役目を取設け、此役人の不法、不正を監視、取締の為め、検事、検部を出張せしめ、且又其事を公平にする為め、親族会議の法、又は一般公証人の法を設けて、而して婚姻出産死去を初め相続、贈遺、貸借、売買、私有、仮有の法に至る迄、夫々相設け、且切断の務を以て、之を確定せしめば、各民の位置、必ず可レ正《ただすべく》と奉レ《ぞんじたて》存候《まつりそうろう》、因て去年七月中、伺定候司法事務章程の中に、府県裁判所、各区裁判所、及び検事、検部、公証人等の事迄、大略具申仕置候《たいりやくぐしんつかまつりおきそうろう》。而して即今迄、漸く三府十二県に府県裁判所を取設候に付是より段々相運候積りにて有レ之候。

且又各民の位置を正すの要用たる取調物の内、民法草案の儀は、殆ど三度迄押返し取調候次第にて、此節は、御雇仏人ブスケ・ヂブスケを参合の助とし、裁判事務、警保事務、其外、実際上を目的とし、福岡大輔、松本権大判事、玉乃権大判事、細川中議官、楠田明法権頭、島本警保頭、得能権大検事と会議仕り、已に民生証書の草案丈は、無レ程出来の筈に相成申候。各区裁判所章程規則の見込書は、出来に付去る二十日より玉乃権大判事、楠田明法権頭、及びブスケ・ヂブスケ、其他の人々と会議し、凡そ三四回にて、相仕舞候積に付、是亦無レ程出来の筈にて御座候。訴訟法は鷲津権大法官、河村権中法官、荒木七等出仕、其他の人々にて、会議罷在《まかりあり》、此訴訟法略則は、玉乃権大判事、西権中判事、亜人ヒールにて、草案相立成稿相成候に付、只今は省中重立候人々見廻中にて御座候、治罪法刑法は松本権大判事、津田大法官、水本権大法官、其他の人々にて会議中にて御座候。国法は御一新始めよりの日誌中、諸御布告の国法に属する分を抜萃し、楠田明法権頭其他の人々にて、既に成稿相成居申候。番人の規則、巡査の章程等は島本警保頭、坂本警保助、早川警保権助等にて既に相調、伺済《うかがいずみ》に付施行中にて御座候。監獄徴役の規則は小原中法官、其他の人々にて、取調、已に伺済にて御座候。検事、検部夫々出張の儀は、渡辺少丞にて受持、取調罷在候。地方官、及、諸裁判所より納来の贓贖、其他の金、且諸費用会計に係る諸規則は丹羽少丞、松岡七等出仕にて受持取調、本省丈は既に施行罷在候。各区裁判所設け方は、渡辺少丞、丹羽少丞にて受持取調罷在候。府県裁判所設け方は、大少丞総受持にて御座候。

右取調物、段々伺定め、最前申立候一年三百七十万両余の金子を以て実地施行致候はゞ、三府七十二県数年を出でずして、各民の位置、各国同等にも相到らせ可レ申と奉レ存候処、既に伺ひ定めし三十二県へ、裁判所設け方は勿論、此節東海道の出張さへ、御差留に相成、殊に前文申上候通、本省並に三府十二県の裁判所丈にさへ、不足の金数を定額と御定相成に付、色々愚考仕候得共、迚《とて》も各区裁判所を設け、或は検事、検部の出張等、何以相運可レ申哉。仮令府県裁判所は取設候共、各区裁判所、且、検事、検部出張、公証人其他の手続、不二相運一候半而者、各民の位置を正し、其権利を保護し、以て司法の職掌を尽し候儀、難二出来一奉レ存候。

且西人言ふ、民法とは国人組《こくじんぐみ》と云ふ義也と、宜哉言《むべなるかなげん》や。請ふ軍事を以て譬へん。一小区を以て一小隊に当て、出産死去を以て、入隊出隊に当て、未だ婚せざるの人を以て、生兵とし、已に婚する人を以て、練兵とし、而して聚散分合の規則以て取立、大小の隊々、夫々管轄の法を立、国中人民を以て一大軍隊と見做し国法を以て大将軍の号令とし、名将の大軍を御する如く、法令厳粛、委細行届しむる也。因レ是観レ之《これによってこれをみれば》、各国は名将の帥《ひきい》る節制、厳粛の兵の如く、我国は所レ謂《いわゆる》烏合無法の軍の如く、夫々の取締りも不レ立、入隊、出隊、職掌、権限等の定めも無レ之、兵数も不分明と申程の事にて有レ之、是故に各民の位置を正さずして、富強を望むは、猶烏合無法の兵を帥て、名将の帥る節制の軍に臨み、而して勝を望むが如し。兵家に非ずと雖も、其敗を知るに足れり。此等の次第は、勿論政府に於て御算定中の事故前文申上候通、章程等又は三府三十二県に裁判所取設候儀、御聞済に相成候事と奉レ存候、右夫々の出張及定額御減定相成候儀に付ては、其当惑の仕合、之を軍事に譬へば、既に敵地に臨み、既に戦を交へし際に当りて、遽《にわか》に進路を止められ、兵糧を減ぜらるゝに不レ異次第と奉レ存候。尤臣用ゆる所の人、其才にて無レ之、或は地方の裁判所は、無用抔《など》風説も有レ之哉に承候得共。右者臣用レ人の目的其短を捨て、其長を取らば、人才勝て用ゆ可からずと奉レ存居、加之司法の全権を御委任有レ之候へば、決して御疑念は無レ之事と奉レ存候。且右地方の裁判所は無用抔等の説は、固より大体を不レ知る論、且賢者の為す所、愚者を不レ知と申訳にて、臣賢者にあらずと雖も、尚此説を為す者の愚者たるを知れり。因て此説は勿論、政府に於て御信用無レ之事に奉レ存候。然れば、臣不学、短才、誠心の貫かざる所より、御信用無レ之事と奉レ存実に恐懼戦慄の至に不レ堪《たえず》、因て本官拝辞《ほんかんはいじ》仕度奉レ願候《つかまつりたくねがいたてまつりそうろう》。此段宜敷御執奏可レ被レ下候。誠惶頓首再拝。

この辞表に引き続いて、司法大輔の福岡孝弟も同様の意見を認《したた》めて、すみやかに政府が江藤司法卿の意見を採用して、この問題の解決をするように、とのことを書いて出した。引き続き、司法大丞《だいじょう》の楠田英世《くすだひでよ》、同警保頭《けいほのかみ》の島本仲道《しまもとなかみち》、司法少丞の渡辺驥《わたなべすすむ》、同丹羽賢《にわまさる》の四名は、連署を以て正院に向かって意見書を差し出した。それと前後して、文部卿の大木喬任が、文部省の費用を削減されたために、不平を唱えて、猛烈に井上に反抗を始めた。こんな調子で各省ともみな意気ごんで、井上に対抗を始めたのは、その一面から見れば、井上排斥の理由とも見られて、すこぶる事は面倒に立至ったのである。しかるに、太政大臣の三条実美は、こういう面倒な問題ができた場合には、それに対して相当の裁断をなすべきの位置にいるにもかかわらず、例によって例のごとく優柔不断で、いっこうに適当な処置を執らなかったために、問題はますます紛糾してきて、大蔵省の方では、その紛争《あらそい》の解決せられざるあいだは、一文も出さぬと頑張っていたから、とうとう司法省の役人は、二ヵ月のあいだ給金をもらうことができず、肝腎の江藤や井上の争いよりは、その月給をもらえない連中の騒動《さわぎ》が大きくなって、銘々に太政官へ押しかける奇観は、とても今日の時代には、見ることのできない図であった。ここにおいて太政官は、臨機の処置を執ることになり、金三万両を内金渡しとして、とりあえず司法省へ廻したので、給料の方は解決がついて、その騒動《さわぎ》は治まったが、肝腎の本問題については、どうすることもできなかった。もっとも、三条から江藤に向かって、相談したいことがあるからぜひ来てくれ、という書面はあったけれど、江藤は行くことを拒んで、その相談には応じなかったのである。事ここに至ってはもはやいたしかたがないから、さきに意見書を出した福岡らも、ついに辞表を差し出すことになったので、司法省はほとんど空家で事務を執るがごとき、心細いありさまになってしまった。しかしながら江藤はじめ、その他の者の辞表に対しては、二月上旬になって、いずれも「辞表の趣、御沙汰に及ばれず候事」という指令が付いて、書面は却下されたから、辞職騒動《さわぎ》の方も、これで一段落とはなったが、さて本問題の予算の方はどうなるか、これについては太政官がみずから進んで、解決を与えなければならぬことになったのである。しかるに当時大阪へ出張中であった、参議の大隈重信がたまたま帰京したので、太政官は大隈に命じて、この問題の調査をさせることになった。ところが大隈は井上と違って、その時分からなにごとも積極的に行く方で、ことに井上に対する幾分の感情もあって、井上の予算論を根本から覆し、「わが国の財政は、井上大蔵大輔の言うがごとき、窮乏を告げているものではない。司法、文部の両省からの要求額を、十分に容れるだけの余裕はある」という意味の報告書を提出したから、太政官の意見もようやく決定して、大蔵省へは両省の要求額をすみやかに支出しろ、との命令を発することになった。ここにおいて井上は、ついに疳癪玉を破裂させて、大蔵省を飛び出す、いまの渋沢栄一《しぶさわえいいち》が辞職したのも、そのときのことであって、その紛争《あらそい》はついに延《ひ》いて、例の尾去沢銅山《おさりざわどうざん》事件にまで波及したのである。

井上が、当時の貧弱なる財政を預っていた立場から、あくまで消極的に各省の経費に削減を加えたのも、まったく井上の立場としては無理もなかったろう、とにかく、江藤の請求した予算に対する新事業というのは、今日《こんにち》の裁判制度のことなのであるから、ただ当時の財政の事情ばかり見て、これを焦眉の急としなかったのも一理あるが、しかし江藤がたとえ今日のことは、それで過ごすことができても、明日《みょうにち》のことが憂慮に堪えぬ、という意味から、あくまでもその主張を曲げずに、ついに意見附きの辞表を捧呈して、どこまでも争うて、ついに打ち勝ったという、その意気はじつに感ずべきもので、また一国の政治家としては、これまでの誠意をもって争うの覚悟がなければならぬ。僕は、江藤の請求を拒んだ井上を、悪い人とは思わぬと同時に、井上を叩き落とすまでに、腕に縒《よ》りをかけて、自分の主張を立てとおした江藤には、ことに尊敬の念をもってこれを見ようと思うのである。

山縣有朋と山城屋事件

一

江藤は井上と、予算について非常な争いはしたが、ついに自分の意見どおりになって、司法事務の改善と拡張はできたから、そこでこれからは長州派の政治家が、いままでに我意のふるまいを押し通してきた、その弊害に向かって一大鉄槌を加えようと、心ひそかに機会の来るのを待ち受けていると、有名な山城屋《やましろや》事件なるものが起こった。

長州の奇兵隊《きへいたい》は、初め久坂玄瑞《くさかげんずい》が唱えて、のちに高杉晋作《たかすぎしんさく》が組織した、一種の義勇兵であったが、ついに長州藩の中心勢力となって、維新前後に一大飛躍を試み、此の奇兵隊に属する人の活動が、ほとんど長州藩の維新の際における、歴史の一半を作ったというても、あえて過賞ではない。監督は赤根武人《あかねたけと》がやっていたのだけれど、藩の幕府に対する議論が、硬軟二派にわかれたとき、その主張が軟派に傾いていたために、硬派の者からひどく迫害を加えられて、ついには一時身を晦《くらま》したが、その後無惨な最期を遂げてしまった。山縣狂介《やまがたきょうすけ》［有朋］が監督になったのは、それからのちのことであって、彼はどこまでも、高杉と同じように硬派の立場にあったから、赤根と違うて、評判もよく、ことに山縣はその時分から、思慮が緻密で、なにごとにも軽々しい進退をしないというところが、ひどく同志の間の気受けを好くして、明治政府に入ってからも、長州派の軍将を代表するような、えらい身分になってしまったのである。

官軍が徳川征討で、錦の御旗を看板に、江戸へ押し寄せてきたときの奇兵隊は、ことに元気な連中が多く、したがって山縣の左右にはさまざまの人物がいて、これを輔佐していたのだ。そのなかにおいて、もっとも山縣の心を得たのは、野村三千三《のむらみちぞう》という人であった。いまから十年ばかり前に、新派の芝居がさかんになったとき、勤王美談野村三千三と題して、京都の五条橋下に乞食となって、阿呆陀羅経《あほだらきょう》を唄いながら、ひそかに佐幕派の行動を探偵していた、という筋の芝居が行われたが、その主人公の野村三千三がすなわちこの人である。江戸が東京と改まって、帝都《みやこ》は京都から遷され、天下は旧《もと》の太平に復して、これから万般の政治が新たになるというとき、兵部省の組織が成って、山縣は陸軍に這入ったのである。

いまの海軍と陸軍の二省を一つにしたものが、そのころの兵部省であって、最初は大村益次郎が兵部大輔を勤めていたのだ。その大村が暗殺されたのちを承けて、兵部大輔になったのが前原一誠《まえばらいっせい》である。前原は不平で職を辞し、萩へ帰ってから兵を起こして、まもなく敗れて斬に処せられた。前原の後を承けて、山縣は兵部大輔になり、それから漸次《だんだん》勢力を扶殖して、ついに陸軍は山縣の占有《もの》になってしまったのである。

野村も山縣の尻に附いて、そのままに陸軍へ居座れば、むろんのこと相当の官位は得たであろうが、豪胆にして機智に富んだ野村は、深く前途を考えて、自分の一生を民間で送るべく覚悟して、しばしば山縣にも勧告は受けたれど、ついに押しきって、民間へ下ってしまった。しかし、ただ空しく民間の人となって、一生を送るの考えはないのであるから、どこかにその奇才を働かせうべき、舞台を捜し出さなければならぬ。それについて野村は、山縣を訪ねた。

「やア、野村か、しばらく見えなかったのう」

「今日は折り入って相談したいことがあるのじゃ」

「ウム、なにか」

「実は、自分の一身について、懇談を遂げたいのじゃ」

「全体、どうしようというのか、このあいだも懇々と話したとおり、維新の際にあれだけの活動《はたらき》をして、これからが自分らの天下になるという場合に退身してしまっては、貴様もつまらないことになるじゃろうから、どうじゃ、もう一度陸軍へ這入ったら」

「イヤ、その勧告はよしてくれ、我輩は別におおいに考うるところがあるのじゃ」

「どういう考えか知らぬが、川育ちは川で果てるという諺《ことわざ》もある、やはりわれわれは、武士《さむらい》らしいことをしていた方がよかろうぞ」

「しかし山縣、我輩はこう考えている」

「フム」

「これからさき陸軍に這入って、我輩が思ったとおり出世ができるとしても、君より上にはなれまいと思うのじゃ、それでは人として生き甲斐がなかろう」

「これは恐縮した、ずいぶん激しいことを言いおるのう、ハッハハッハハッハ」

「君の前で、こういうことを言うのはちと無礼かもしらぬが、我輩はそう思っているのじゃ。そこで我輩も、いずれかにこの志を伸ぶる途を求めなければならぬが、さて大小差して威張っていた武士《さむらい》が、いまさらに小商人《こあきゅうど》となって、世辞愛嬌《せじあいきょう》を振《ふ》りまいて、他《ひと》の機嫌を取ることもなるまいから、同じ商法をするにしても、そういう煩《うるさ》いことのない、威張っていて儲かる商法をやってみたいと、つくづく考えた末、今日は相談に来たのじゃ」

これを聴いた山縣は、眼を円《まる》くして、

「フフム、それはえらい決心じゃな、町人に成り下がる覚悟《つもり》か」

「そうじゃ」

「なぜ、そういうことを考えたか」

「そりゃ、いま言うたとおりのしだいで、政府の役人として、十分に権威を振るうことができないとすれば、町人に成り下がって、金の力で多くの人を動かしてみたいと思う。またこれからさきの世の中は、町人じゃとて、いままでのようなものではない、我輩、つくづく考えた末、これがいちばんによい分別と覚悟を決めてしまったのじゃから、いまさらに止め立てをしてくれるな」

「そういうわけならば、強いては止めぬが、しかし、今日の相談というのはなにか」

「そこで君の力を借りなければならぬ、それも末長くというのではない、初めのうちはどうしても、そうしてもらわぬことには、自分の思うようなことにもなるまいから、ぜひこれだけは聴き届けてもらいたい」

「どうしろというのか」

「実は、陸軍の御用達《ごようたし》を引き受けさせてもらいたいのじゃ」

「ナニッ、陸軍の御用達になりたいというのか」

「ウム、そうじゃ、それも為替方《かわせかた》を引き受けたいの、なんのというわけではなく、陸軍で使う品物の買い入れは、いっさい我輩の手を経てするようにしてもらいたいのじゃ」

「なるほど、そりゃ面白かろう」

「君の声がかりで、それができるとなれば、世間でいう士族の商法でなく、対手《あいて》が政府じゃから、貸し倒れもなく、品物を持ってきて、右から左へ金の授受《うけわたし》ができるのじゃから、損をすることのないのは請け合いという、まことに手堅い商法じゃ。それをやっているうちに、幾分か商売の駆け引きも覚えるじゃろうし、町人の気心もわかってくる。それからさらに独立して、大きな仕事にかかろうというのじゃ」

「そういうことには、われわれと違って貴様は、なかなか奇才に富んでいるから、あるいはおおいに成功するかもしれぬ、奮発してやってみたらよかろう」

「ウム、ぜひやらせてもらいたい」

これから野村は、陸軍の御用達をすることになったのである。

二

山縣はじめ長州出身の友人は、陸軍の要部にたくさんいるが、自分より一枚上の人として敬意を払うのは山縣くらいのものだ。その他は多く同等の位置にいたり、または自分より下級《した》にいた者ばかりであるから、役人のご機嫌を取ることばかりに腐心している、いまどきの御用商人にはとても見ることのできない、一見識ある御用達であった。どういう理由からかはわからぬが、御用達になってからの野村は、屋号を山城屋と称して、通称を和助《わすけ》と改めたのである。同業者と競争入札で、さんざん揉み合った上に、係の役人へも、たくさんの賄賂を贈らなければならぬというような窮屈な御用達でなく、これだけの品物が要るから、いつまでに持ってこい、という沙汰があれば、すぐにそれを揃えて持ってゆく。品物の良否《よしあし》はしばらく措《お》いて、山城屋からの品と聞けば、係の役人は碌《ろく》に検査もせず通してしまう。すべて官省の勘定は、その支払いの期日にも面倒なことがあって、右から左に売りこんだ品物の代金が取れるものでない、会計掛《かいけいがかり》の役人へ十分の賄賂がしてないと、支払いの期日になって狼狽《まごつか》せられることがある。しかし、山城屋にはそういう憂いは少しもないのみならず、勘定を受け取るべき日が来ないでも、商法の都合上、どうしてもこれだけの金がなければ、工合が悪いというようなことがあれば、会計掛にちょっと耳打ちをしただけで受け取るべきはずの金よりは、多くの金を下げられることもある。いまのように会計法の規定も、碌々《ろくろく》できていなかった時代であるから、その融通は十分につくのだ。納める品物の検査が寛大で、代金が自由に下げられるとなったら、官省の御用達くらい好い商売はない、諺にいわゆるやらずぶったくりで、儲かること請け合いの、絶対に損はしない用達であるから、山城屋の身上が肥ってゆくのも無理はない。

けれども、和助はこんな小さなことで、齷齪《あくせく》している所存《つもり》はないのだ。その前途にはすこぶる大きなものを目がけていたのである。つまり陸軍の御用達になったのは、その資本の一部を作るという考えもあったろうが、とにかく、商法の味を十分に呑みこんでしまわなければならぬから、それには御用達となって、町人の仲間入りをして、朝夕の交際《つきあい》のあいだに、他《ひと》の気心も呑みこみ、商法の駆け引きも覚える。自分が尻端折《しりはしょり》で品物の受け渡しをするわけではないが、その心がけがここにあれば、やがて商機のいかなるものかはわかってくるはずである。和助が深く目がけていたのは、外国人を対手に、大きな商法を営んでみたい、という点にあったのだ。ことにわが国産の第一に数えられている、生糸の売りこみをやってみたいとの考えがあったから、しばしば横浜へ出かけては、商館において、取り引きの模様も見たし、また売込商の駆け引きのありさまも悉皆《すっかり》研究して、もう徐々《そろそろ》本業に取りかかってもよい、という見こみがついたから、山縣を訪ねて、このことを話し出したのである。

山縣は井上ほどに、世間の批難を構わず、踏みこんで他《ひと》の世話をすることはないが、しかし、全体が執拗《かたいじ》な人であるから、一度目をかけて世話甲斐があると思えば、かなりのところまでは、踏みこんで、その人を引き立てることはするのだ。現に大浦兼武《おおうらかねたけ》が、あれだけに根強い勢力をもったのは、まったく山縣に知られたからであって、その原因はどういう点にあったかといえば、ちょうど、憲政党内閣〔明治三十一年(一八九八)の第一次大隈重信内閣。いわゆる隈板《わいはん》内閣〕が組織されたときに、大浦が熊本県の知事をしていた。いよいよ憲政党内閣が組織されたと聴いて、すぐに電報をもって辞職を申し出た、それと同時に県庁へは足踏みもしなくなった。いやしくも地方の知事が、政府の交迭《だいがわり》になった場合に辞職する、それを一本の電報で知らせたというところが、ひどく山縣の気に入って政党嫌いの山縣の頭の底に、深く大浦の名が刻まれてしまったのだ。それからのちの大浦の出世は一般の知るとおり、トントン拍子ですばらしいことにはなったが、あの旧式な政治家が、あれまでの地位を得た原因がここにあると思えば、一本の電報もかりそめには書けないことになる。また清浦奎吾《きようらけいご》が山縣の腰巾着になって、今日の位地を作った、その径路はやはり大浦と同じようなもので、明治十九年［一八八六］ごろには警保局長として、山縣の意を受けて、さかんに政党員や民間の志士論客に圧迫を加えたものだ。山縣は元来、政党のことをよく知らずに、これを嫌っていた人であるから、清浦の立ち働きが政党をひどく圧迫した、という点に惚れこんで、しきりに世話をしているうちに、清浦の勢力はあれまでになって、一時《ひところ》は貴族院の中心人物にまでなったのである。その他にも山縣の引き立てにあずかって、いま立派な人物になっている者も多くあるが、とにかく、山縣の井上と異なっているところは、同じように人の世話はしても、井上ほどに熱せず焦らず、世間体をうまく誤魔化して、隠密《こっそり》と世話をするから、割合に一般の人には、その関係を知らないで過ぎたものが多い。ことに山縣の縄張りは陸軍にあったために、広く財界の人にまで向かって世話をすることはなく、それがため世間の批評に上ることが、自然に少なかった。井上は主として財界の人の世話をしたから、いつもそのあいだに、金銭の問題が伴うていて、いかにも慾張爺《よくばりじじい》のように思われていた。その点において、山縣と井上はいささか相違している。しかしながら山縣には、井上のごとく算盤がわからず、また伊藤のごとく書物を読まないから、正面に立って働く大政治家としては、おおいに欠けるところがある。蔭の人となって、元老風を吹かしているのには、もっとも適当した人物である。思うに、ある点までは自分が責任を負うて、町人の世話をしたのは山城屋ぐらいのものであろう。もしこの和助が大成功をして、大阪の藤田《ふじた》［伝三郎《でんざぶろう》］のごとくなったならば、あるいはなお踏みこんで、同じような側の人を世話をしたかもしれないが、最初に手がけた和助のためにえらい迷惑をして、たった一度で懲りてしまって、そののちはあまりこういう方面の人に近づかないようにしたというのも、山縣が割合に潔白の人であるがごとく、批評される原因になっているのだ。

昔をいえば自分と同志の一人《いちにん》であって、同じ奇兵隊のうちに起臥《おきふし》をしていたのであるから、山城屋に対する山縣の同情は、たしかに十二分のものがあったに違いない。また個人としての山城屋を見れば、いかにも豪胆なところがあって、しかも機智に富んでいるから、幾分かその人となりにも惚れこんでいたところがあったのだろう。陸軍内部のことは、自分の自由になるのだから、山城屋のために与えた援助も、十分に行き届いたのである。ただその後は山城屋が、どういう風に伸び立ってゆくかという、それについてはさすがに思慮の緻密な山縣は、深く注意していたのだ。ところが、初め自分を訪ねて来て、請け合ったとおり、いかにもその商売振りが立派であって、十分に成功の跡は認められたので、山縣も幾分の安心はしたのだ。一日《あるひ》のこと、山城屋が訪ねてきたというので、すぐに面会して、

「ヤア野村、よくやって来おったのう、このごろは役所のなかでもだいぶ評判が好うて、俺もじつは嬉しく思っているのじゃ」

と言われて、山城屋は頭を掻きながら、

「初め思ったのとは、だいぶようすの違ったところがあって、じつは閉口したが、これまでの決心をしたのをいまさらにやめるわけにもならず、マア辛抱したらどうにかなろうと、あくまでやってみる覚悟《つもり》じゃ」

「ウム、それでのうてはいかぬ、人はいかなる仕事にかかっても、飽きるのがいちばんいかぬのじゃから、十分《みっしり》やってみるがよかろう、商売のようすはどうじゃ」

「サア、いままでのところでは陸軍を対手《あいて》のことで、君から口添えを受けているので、少しも過《あやま》ちもなく、順風に帆を揚げているようなものじゃが、しかし、こんなことをいつまでやっていたのでは仕業《しよう》がない、つまり、日本人の懐から日本人の我輩が金を受け取ってきて、また日本人の懐へ運んでゆくというようなもので、自分だけは飯にありついているじゃろうが、大切な日本の国家が富んでこないから、それでは我輩が町人に身を落とした効《かい》がないのじゃ」

「ウム、なるほど」

「どうしても、外国の金を日本へ引いて、それを使うようにしなければ、日本の国は富むものでない、そうなると、なによりも貿易の方に、一肩入れてみるのがよかろうと思う。まず日本の国産としては生糸が第一じゃから、これに手を着けてみようと、このあいだからいろいろに考えて、今日はその相談に来たのじゃ」

「フフム」

「生糸は金高《かねだか》のものでもあり、これを十分に改良して、得意を外国に求むれば、世界中が対手になるのじゃから、一年には何百万両という代金が、日本国へ這入ってくることになる。また仲買《なかつぎ》をするものは横浜にたくさんある、輸出商《うりこみしょう》というのがそれじゃ。このごろもしばしば行って、そのようすを見ていると、いかにも規模の小さいもので、自分が十分の資金を下《おろ》して、生糸を庫へ積んでおいてから、サア値が好かったら売ってもよい、安ければ高くなるまで待っているという、それだけの準備《そなえ》はない、ただ地方の荷主から預かってきて、その預かっているあいだの蔵敷《くらしき》を取り、また売りこむ場合に幾分かの口銭《こうせん》を得て、それで満足している者ばかりであるから、本当の儲けはやはり、寄留地へ店を張っている異人に占められてしまうことになっているのじゃ。それではなんのためにもならぬのであるから、我輩は地方の荷主と特約を結んで、異人を対手に高ければ売る、安ければ売らぬという方法で、十分《うんと》やってみたい、また場合によったら、異人の本国へ照会して、直接《じき》の取引もやってみたいと思っているのじゃ、が、それには多分の資本《もとで》を要する、我輩の昨今の境遇ではいかに焦っても、それだけの資本《もとで》がないのじゃから、そこで君の同意を得て、この資本《もとで》を得たいと思うのじゃ」

こういうことにかけては、きわめて感じの鈍い山縣も、話巧みに説きつけられたので、幾分か乗り気になって、膝の進むを忘れて、山城屋の説法を聴いていたが、

「貴様の言うことは、まことによく条理は立っているが、俺に金を出せというても、俺は貴

様の知ってのとおりじゃから、どうすることもできぬ。五百両や千両の金ではできることではないのじゃろうから、もう少しできそうなことを相談に来たらどうじゃ」

「イヤ、別に君の懐を当てにして相談するのじゃない。これだけの商法をするくらいの金は君の一声ですぐにできるのじゃから、それを見こんで相談に来たのじゃよ」

「ハハ――、どういうことを見こんで来たのか」

「陸軍にたくさんの遊金《ゆうきん》がある、それを我輩の方へ廻してもらいたいのじゃ」

「エッ、なんじゃと、それはけしからん相談じゃ」

山縣の驚くほど、山城屋は落ち着いて、

「そんなに驚くには及ばぬ、我輩がこう言い出したからというて、陸軍の金を私《わたくし》しようというのではない、ただ庫のなかに金を遊ばしておいたところで、その金が殖えるわけでもなく誰も儲かる者はないのじゃ。それよりはどうせ蔵《しま》っておく金ならば、我輩に使わせて、年に四朱か五朱の利子を取った方がよかろう。我輩はまたその金をもって大きく生糸の輸出《うりだし》を計画して、それから得た我輩の儲けは、我輩が日本人であるかぎり、日本の国の儲けになるわけじゃ、その上に陸軍が利子を取っているのじゃから、二重に儲かるようなことになる、どうせ陸軍で必要な品物を買うための金でもあろうし、また万一のときに備えるための準備金でもあろうから、なんどきでも返納するという保証はする、別に泥棒するわけでもないのじゃから、君の一声でその遊金を使わせてもらっても、あえて差し支えはなかろうと、深く考えて相談に来たのじゃから、我輩の心をよく知っている君が、そうけしからんというて驚くにも及ぶまい」

聴いてみれば、山城屋の言うところにも一理はある。しかし、陸軍の金を一個の町人に使わせるのはどうであろうか、山縣はその点について幾分の躊躇はしたのだ。才智のあふれるような和助は、今日山縣に話して、すぐその返事を求めるという、そんな考えはないのである。その日はほど好く話しこんで帰ったが、これからしばしば山縣の邸へ足を運んでいるうちに、とうとう説きつけてしまったのである。

もっとも、その裏面には会計監督の木梨精一郎《きなしせいいちろう》もいて、これは山城屋と深く結託して、うしろの方から山縣を説く役廻りになっていたのである。算勘《そろばん》のことにうとい山縣は、信じきっている木梨が会計監督として、山城屋の説を容ることになっているのだから、どうしてもその心を動かすようになったのである。

この陸軍の遊金というのが、いまから考えてみると、予備費のようなものであったに違いない。六、七十万両の金は、いつでも金庫のなかにあるようにしてあった。それを和助はよく知っているから、はじめよりこれを目がけて店を開いたようなわけで、もう程合いがよいと見たから、山縣を口説きはじめたのだ。しかし、才智に勝《すぐ》れている和助であるから、不意に山縣を説いたところで、小心の山縣にこの大胆なことが、容易に断行はできまいと思って、そこで木梨をはじめ山縣の左右にいる者を、前もって説きつけておいて、自分は表面から説きに来たのである。その筋書きがうまく図星に当たって、最初に五十万両の大金を取り出すことになったのだ。

三

横浜の南仲通《みなみなかどおり》三丁目へ、山城屋の商店が設けられた。その開業式の当日に、日の丸の国旗を出したことが評判になって、山城屋の名は、一時に内外に喧伝《けんでん》されたのである。いまでこそ、町内の祝事にさえ、日の丸の国旗を使うようになったが、その時分は、まだ軒頭《のきさき》に国旗を掲げて祝意を表するなぞという、奇抜なことは一人《いちにん》としてやる者はなかったのだ。山城屋の前身を知らぬ者は、その大胆なのに驚いたろうが、また心ある者は、山城屋が普通の商人でないということを、早くも悟った人もあるだろう。とにかく、こういうわけで、なにごとも人の目に着く、奇抜な商法のやりかたが、異人の心を引き着けて、いままでの古い輸出商《うりこみや》よりは、新たにできた山城屋の方へ、だんだんと得意が付いてくるようになった。それには五十万両という大金が、資本《もとで》として積みこんであるので、地方の荷主と交渉するにしても、現金を握っていてすれば、相談のまとまりも早く、自然と荷廻りも敏活になる。かくて取引先の異人は、山城屋を深く信ずるようになった。大きく取引をした結果がすこぶるよく、陸軍の方へは利子を納めて、損益勘定の表も示した。山縣はじめその味方の人たちは、雀躍《こおどり》をして喜んだくらいであった。ところが、損益こもごも至るところに商法の真味はあるので、これが商売を始めさえすれば必ず儲かって、永久に損をしないとかぎっているものではない。まして、生糸のような相場に変動のある、金高《かねだか》のかさむものは、損益の差も甚だしいにきまっている。トントン拍子にうまく儲かった。そのはずみに乗って山城屋が、思いきってしかけた商法の目算が外れて、えらい損をすることになった。それは有名な普仏戦争の影響を受けて、生糸の相場が非常に下落を告げたときである。

和助がいかに豪胆な人でも、政府の金を融通しているのだから、その損失の大きいだけ、また心配も深くなるわけだ。どういう理由《わけ》で、この相場が下落したか、それはいよいよ損ときまってから、ようやくにわかった。普仏戦争の結果だと聞いて、戦争のために下落した相場なら、戦争が済めばまた高くなるだろう、という月並みの考えは和助にもあったのだが、ひそかに考うるに、これは自分が西洋の市場へ乗り出して、向こうの大きな商人と直接の関係を結び、売買《うりかい》は一本の電報で決めるようにしなければいかぬ、横浜の異人の手を経て取引をしていて、世界を相手にする品物の相場が、こういう風に下落してさえも、その原因を後になってから知るようなことでは、とても将来の発展はおぼつかないと、こう考えてはみたが、さてそれをするのには、なお幾万の金を要するのであるから、これには和助もいささか困ったが、もとより胆玉《きもだま》のある人のこととて、早くも決心を付けて、ある夜、ひそかに山縣を訪ねて、これを説くことになった。

山縣は山城屋が来ないでもこっちから迎えを出そうと思っていたのである。よくはわからないが、人伝《ひとづて》に聞くところでは、山城屋はだいぶ損をしたということであるから、もしその損失の尻が、陸軍の方へ及ぶようなことがあっては一大事と、そこはまことに小心な山縣であるから、人一倍の苦労はしていたのである。ところへ、山城屋が来たのは幸い、さっそくに面会をすることになって、しきりにその損害の程度を尋ね、あわせて前後の策を執拗《しつこ》く聴き糺すので、さすがの和助もいささか閉口の体であった。

「君のようにそう執拗く言うても困る、儲けることもあれば損をすることもある、いつでも儲かることに決まっているのなら、誰でも町人になってしまう、大きく儲ける者は大きく損をする、小さく儲ける者は損も少なくて済む、それくらいのことは君にしてもわかっていなければならぬはずじゃ」

「そりゃ、貴様が言わぬでも、それに違いないが、あの資本というものが、つまり我輩の金ではないのじゃから……」

と言いかける、山縣の言葉を制《おさ》えて、

「マア待ってくれ、そう頭からまくし立てられては、我輩も閉口する、諺にもあるとおり蒔かぬ種は生えぬ、というのはここじゃ。大きく損をしてみせるから、対手の方も乗りこんできて、この次には先方が損をすると、こういうことになっておるものじゃから、そう心配をするほどのこともない、今日来たのもその回復戦の相談であるから、マア我輩の言うところをひと通り聴いてくれ」

「貴様は、そう落ち着いているが、俺はなかなか心配になるのじゃから、それでこういうことも言わなければならぬのじゃ、全体、損金はどれほどなのか」

「そんなことは聞かぬ方がよかろう、敗軍の将は兵を語らずの格言もある、これもまず繰返すことはやめよう」

「イヤ、そうでない、損金はどれだけあるか、いちおう打ち明けてくれぬと、俺も困る」

「これが一期とか半期とかいう、精算のときが来ての場合ならば打ち明けもするが、取引をして損益のあったたびごとに、いちいちその報告をする必要もなかろう。戦争に軍機の秘密があるとおり、商法にもまた駆け引きの秘密はある、したがって損益の上にも秘密があるのじゃから、そんなことはどうでもよいとして、もし、強いてそれを知らなければならぬというのなら、借り下げた五十万両は、全部損をしてしまったものと見たらよかろう」

あくまでも大胆な和助は、こう言うて山縣の顔を見つめた。山縣はあまりの暴言と思うてか、呆気《あっけ》に取られて、これを逐《お》いつめる言葉も出ない。

「いま言ったとおり、五十万両が全損《まるぞん》になったとして、今日は相談をしてみよう。さてこれをどうして取り戻すかという段になると、ただ一策があるまでじゃ。それは我輩が西洋へ出かけていって、これからさきはいっさい、本国の異人と直接の取引をするのほかはない。こんどの損失は、普仏のあいだに起きた戦争が原因になっているのじゃから、実をいえば、われわれの方に迂闊な点もあったのじゃ。そういうことのないようにするのは、彼地《あちら》へ行って、直接の取引を開くほかはない。これさえできれば、いままでの損失を埋め合わせて、これからさきの大きい儲けを見ることもできるのじゃから、ぜひこれには同意をしてもらいたい」

「ハハー、俺にはどうもその辺のことはわからぬが、木梨はなんと言うた」

「ウム、彼はもう差し支えはない。さすがに刀は差していても、会計官をやろうという者は、どこかに違ったところがあって、計算のことは明るい。我輩の言うとおり異人の本国へ渡って、直接の取引を開くのは、至極結構であると言うて、同意している」

「そうか、木梨はそれでよいと言うのか」

「そうじゃ」

「そういうわけなら、いずれ木梨にも意見を聴いて、さらに貴様に会うて、今後の相談をすることにしよう」

「それじゃ、どうかそうしてもらいたい」

これから酒肴が出て、懐旧談《むかしばなし》に時を移して、山縣の機嫌も直り、山城屋は引き取ってきた。

和助の要求は、陸軍の遊金がまだあるから、いままで借りた金のほかに、もう十四、五万両貸してもらいたいというのであった。こんどは木梨も幾分の反対はしたが、要するに自分らが承知の上で、貸し出した金の取り戻しをしなければならぬ必要があるのだ。それをするのには資本の追増《ついぞう》をしてやらねばならぬ、これはまことに困ったことではあるが、山城屋の事情を察してみれば、そうするほかはないのだ。自分らの立場から考えても、乗りかかった船で、そこまで後援《しりおし》をしてやらなければ、今後の恢復戦ができないのであるから木梨らもしきりに山縣を説いて、ついにこれを承知させることになった。その後二、三度に受け取った金が十四万九千両、前に受け取ったのを合わせて六十四万九千両の巨額に上ったのである。今日の時世から見れば、五十万円ぐらいの金はなんでもないが、そのころのことで、じつに大金であって、その金がどうなってしまうかわからないのだから、わずかな月給を取っている役人の身分から考えれば、非常な心配であったに違いない。

こういう事情で、山城屋はついに洋行と決した。そのころの取引は、フランスがもっとも多かったので、まずそれへ志して出発し、和助はかねての希望どおり、音に名高いパリの土を踏むことになったのである。

四

昔の武士《さむらい》は、金銭に手を触れるさえ汚《けが》れだ、というて、ひどくこれを卑しんだ。直江山城守《なおえやましろのかみ》［兼続《かねつぐ》］が他《ひと》［伊達政宗《だてまさむね》］から小判を示されたときに、扇子を開いて受けた、ということを聞いているが、つまり武士は、金銭に手をかけるのは汚《けが》れだ、ということに、一般の武士の思想《かんがえ》が、そうなっていたのである。明治になってから陸海の軍人が、儲け仕事に首を突っこんで、だんだん金持ちになった例はたくさんにあるけれど、その秘密《しり》の大きく露見《ばれ》たのが、前年のシーメンス事件である［大正三年／一九一四］。これとてもたった一隻の軍艦を注文した場合に、どうせ誰かの手に這入るべきはずの口銭を、ある一人《いちにん》が受け取ったというに過ぎないのであって、日本には昔からの武士気質《かたぎ》が幾分か残っているのと、またあの際に旧《もと》の桂《かつら》［太郎《たろう》］の残党が、山本《やまもと》［権兵衛《ごんべえ》］内閣に向かって、復讐的運動をしようと心がけていた。それがために問題が大きくなったのだが西洋諸国では、そんなことは朝飯前のことになっていて、注文した品物の口銭が、周旋人の手に這入るのは、商習慣の上においては当然のこととしてあるのだ。海軍にシーメンス事件が起きたから、こういうことは海軍にばかりあるのだ、と思っていると、それは大間違いだ。まだ表面《おもてむき》の問題にはならずとも、陸軍の方にもこれと同じような問題は、必ずあるに定《きま》っている。ごく早い話が、こんどの泰平組合［明治四十一年（一九〇八）、日本の兵器余剰生産力を海外に向けるべく、大倉商事、高田商会、三井物産などの商社によって設立した兵器専門の輸出組合］の始末を見てもわかるではないか。この組合の手を経て、露国へ売りこんだ軍器は六千万円あるが、陸軍省の帳面には四千万円となっている、それから組合が、社会へ公表した利益は、七百万円である。してみると、千三百万円の金は全体どうなってしまったのか、これがすこぶる怪しいのである。衆議院でも、そこまで露骨に突っこんではいないが、ほぼそれに近い質問はしているが、陸軍大臣の答弁は甚だ曖昧であった。貴族院の人たちは妙に気取って、金のことは口にしなかったけれども個人個人に質《き》いてみたら、やはりこの点についての疑いがもっとも深くあったに違いない。六千万円の取引をして、千三百万円の金が行方不明とあっては、ちと聞き棄てにもなるまい。しかし、これとても表面に表われただけのことで、その実は売った軍器が、六千万円か一億万円か、それは元帳を見せないのだから、明らかにはわからぬ。こんなことは明治になって、間断なく行われていたのであるから、その間に私腹を肥やして、おおきな身上になった人のあるのも無理はない。けれども、まだ明治の初年には、昔の武士気質《かたぎ》が幾分か残っていたから、いまほどに軍人の肌合いも汚くはなかった。ことに薩長の二藩が、非常に激しい暗闘を続けていた時代のことで、双方が注意をしていたから、割合に醜怪の事柄は少なかった。薩派の陸軍の頭領は西郷隆盛であって、長州派の陸軍の頭領は山縣有朋である。その人物の大小を比較したら、とても物にはなっていないほどに、その間の相違はあるけれども、とにかく、西郷はあまり細かいことに関係をせず、山縣がたいがいなことは指揮をしていたのであるから、陸軍の実権は、日一日と山縣の手に移ってゆく、これに対する薩派の軍人の憤慨は非常なもので、いくたびか西郷に迫ったようであるが、こういうことになると、西郷はきわめて公平な人であるから、さらに受け付けず、かえってそういう苦情は制《おさ》えるようにしていた。西郷に対しては幾分に遠慮はあるが、山縣に対する不平は常に絶ゆることなく、表面は平静を装うていても、その実は恐ろしい眼をして、山縣のなすところには、不断の注意を払っていたのである。

しかるに、野村三千三が山城屋和助と変わって、陸軍の用達《ようたし》になったことは、薩派の軍人をして、ますます山縣に対する注意を怠らせなかったのである。山城屋の店が栄えてゆくほど、長州派の軍人に対しての猜疑《さいぎ》の眼《まなこ》は、細かい点にまで注がれることになった。長州出身の軍人の多くは、山城屋が陸軍の遊金を融通している秘密を知っているから、いろいろの口実を設けて、さかんに山城屋から金を借り出しては、遊蕩の費用に充てていたのだ。薩派の軍人に比較すれば、長州派の軍人は豪遊を続ける、したがって薩派の軍人が、山城屋と長州派の軍人との関係に、注意を深くするのは当然の事態である。その折柄、種田《たねだ》少佐が、桐野《きりの》利秋《としあき》を突然訪ねてきて、山城屋の秘密の一端を漏らしたので、いよいよ騒動の幕が開いたのである。

種田は名を政明《まさあき》と謂《い》うて、このときは木梨と同じように、会計官の一人《いちにん》であった。明治九年［一八七六］に起こった熊本の神風連《しんぷうれん》、あの騒動の際は、陸軍少将に進んで、鎮台《ちんだい》の司令長官をしていたが、その夜、不意に襲われ、虐殺されてしまった［五二〇ページ参照］。桐野は親交のある種田が訪ねてきたので、歓び迎えて談笑しているうちに、種田は山城屋の秘密を語るのであった。桐野はかねて山縣と好くなかったのみならず、どうかしてその勢力を挫《ひし》いでくれようと、平生から考えていたのだ。

「陸軍の金を山城屋が使っているというのか」

「むろん、そうなのじゃ」

「どれほど使っておろうか」

「サアその点になると、我輩にもよくわからぬが、なんとなくこのごろになって、木梨が心配しているようすでは、おそらく陸軍の遊金は、一文もないことになっておるのではなかろうか」

「フフム、それは重大な事件じゃ、山縣らが自分の友人を保護するために、陸軍の金を融通したとあっては、容易ならぬ事件で、これを打ち棄てておいては、第一にわれわれ軍人の面目が相立たぬことになる、それについてなにか確かなことを聞きこんだら、ぜひ知らせてもらいたい」

「よろしい、それは確かに知らせるが、しかし、ここにこういうことがある」

「ウム、どういうことか」

「フランスの公使館にいる鮫島《さめしま》から外務卿へ、山城屋和助のことについて、なにか言うてきているということであるが、これにはよほど、重大な事柄が含まれているようにも聞いておる。またイギリスの公使寺島《てらじま》のところからも、外務省へ同じことについて長い電報が来たということである。このごろ、しきりに木梨が外務省へ往来するところをもって見ると、なにかこれにも深い仔細があるに違いない。貴方《あんた》がこれについて十分に探索せられたらば、幾分の秘密は知ることができようと思う」

「なるほど、それはよいことを教えてくれた、さっそくに探索させることにしよう」

両人《ふたり》の話はきわめて簡単であったが、桐野はこれに力を得てすぐに探索に着手させると、そのしだいはひと通りわかった。フランスのパリへ行っている、中弁務使《ちゅうべんむし》というから、いまの公使代理にあたる、鮫島尚信《なおのぶ》という人は薩州出身で、惜しいことには夭死《わかじに》してしまったが、長寿《ながいき》をしたらたいそうな外交官になったろう、とのことである。その鮫島から外務省への照会電報は、

「このごろ、山城屋和助という商人が、パリへ来てさかんに豪遊を試み、この地において第一流と評判の高い、女優に馴染んで、一宵千金《いっしょうせんきん》の豪奢な遊びをしておる。またある貴族の未亡人と夫婦の約束をして、横浜へ連れ帰るということであるが、全体、この者はどういう身分のものか、それを詳しく知らしてくれろ」

というのであった。同時に英国の大弁務使というから、いまの公使にあたる寺島宗則《むねのり》からの電報も、それと同じような意味で、つまり山城屋の身分調べを外務省へ托してきたのである。その電報を受け取ったのが、物堅い副島種臣《そえじまたねおみ》［外務卿］であったから、問題はだいぶ面倒になりかかっていたのである。

桐野は、鹿児島の城下に近き、吉野村［現在の鹿児島市吉野町］で生まれた、きわめて身分の低い武士《さむらい》ではあったけれど、その豪胆と戦争《いくさ》上手のために、このときは陸軍少将に昇っていたのだ。平生《ふだん》から山縣を近衛《このえ》都督《ととく》に戴いて、その指揮の下に動いているのが癪にさわって堪らなかったのだ。しかるに、こういう秘密を知ることができたのだから、非常に喜ん

で、すぐに山縣に面会を求めて、山城屋と陸軍の貸下金《かしさげきん》の関係について、厳重な詰問を始めた。これにはさすがの山縣もすこぶる閉口して、桐野の詰問に対して、十分の答えを与えることができなかった。そこで桐野はいよいよ憤激して、

「君は陸軍の遊金を、山城屋へ理由《いわれ》なく貸し与えて、それを正しいことと心得ておるのか」

山縣は黙って俯いたきり、なんの答えもない。桐野はますます焦《い》らだって、

「山城屋は野村三千三で、君とは同藩の関係がある、それがために陸軍の遊金を貸し与えるというのは、じつにけしからんことじゃ。陸軍の遊金は君の所有《もの》ではない、それを自分の勝手に他《ひと》に使わせるのは、君にも不似合いなことをしたものじゃ。それとも君には、これによって幾分の利得でもあるのか」

こういう失礼なことを言われては、まさかに山縣も黙っていられぬ。顔の色は見る見るうちに変わって、

「これはけしからぬ、この遊金を貸し与えるについては、我輩の一存でやったのではない。それには会計の監督もあり、それぞれの手を経て、みな異存がないというので、一時貸し下げて遣わしたのである。こういうことはただにわが陸軍ばかりでなく、いずれの役所にも多少はあることで、町人へ政府の金を貸し下げたから、それに関係した者は、みな汚ない心をもっておると速断するのは、君の誤りである。いやしくも有朋は狂介の昔から汚れた心は、いまだかつてもったことはござらぬ」

「それはむろん、そうなければならぬはずじゃ。君がもしそういう心が少しでもあったら、いまの職を勤めておることはできぬはずじゃ、が、しかし、君が陸軍の監督をしておりながら、自分と同国の関係があり、昔は同僚であった者が、いま町人になりさがって商法を営んでおる、単にこれだけの関係の者に向かって、莫大の金を貸し下げるということになれば、そのあいだになにか秘密があるのではないかと、他《ひと》が疑いを懐《いだ》くのも無理はあるまい。それを思われるのが厭なら、なぜそういうことをしたのであるか、聞くところによれば、山城屋はフランスのパリへ行って、非常な豪遊を試みて、異人を驚かしているということである。そういう馬鹿なことのできるのは、要するに陸軍の金を、勝手に使うことができるからであろう。それをなさしめた者は、すなわち君ではないか。君の心はいかに潔白であろうとも、ただそれだけの事実《こと》を聞いた者が、君の心事を疑うのは当然なことである。それに向かって憤慨する君が、かえってけしからんのじゃ。すみやかにそういう金は陸軍の方へ引き揚げて、天下の金を私することだけは慎んだらよかろう」

と、語気も激しくほとんど喧嘩腰で、山縣に詰め寄ったときは、山縣も体の慄《ふる》うほど癪にはさわったが、いまこの場合において、桐野と私《わたくし》の喧嘩をすることは、ますます不得策と考えたから、ジッと気を制《おさ》えて我慢しているのを、桐野はなんの遠慮もなくさんざんに辱《はずかし》めて、意気揚々として引き揚げてしまった。

山城屋はいつまで経っても帰ってこないが、薩人の山縣攻撃《いじめ》は一日《いちじつ》として息《やす》むことなく、毎日対手は変わっても、窘《いじ》められる山縣には代わる者もないのだ。問題がようやく大きくなってきたので、司法省の方へも飛び火がして、例の江藤新平が乗り出してくることになったから、事件はいよいよ大きくなるばかりであった。

五

桐野らは、一旦《いったん》気《き》の軍人であるから、この勢いで山縣を押さえつけて、職を罷《や》めさせた上、山城屋を閉店させてしまえば、それで満足であったのだ。ところが、このことを伝え聞いた司法卿の江藤が、大丞を勤めていた島本仲道を呼んで、

「君も聞いたであろうが、山城屋の一条について、薩派の軍人がしきりに山縣を苦しめておる。近く聞くところによれば、山縣が職を罷めて、山城屋が閉店さえすれば、そこで満足じゃということであるが、全体、こういう事件は、わが司法省において取り扱うべきことで、軍人同士の仲間喧嘩で、事を定むべきことではない。よっていまから本省の手に移して、この事件の始末をつけようと思うから、君はその主任《かかり》になって、悉皆《すっかり》その秘密を検挙《あらいあ》げてもらいたいものじゃ」

「よろしい、これはすこぶる面白いことだ、進んでお受けをいたします」

「ウム、君なれば必ずやりうる、他の者ではとてもそこまではやりえまい、十分《しっかり》やってくれ」

「承知いたしました」

これから島本が主任となって、事件の調査にかかったのである。

島本は高知県人であって、非常に智慧もあれば、弁舌にも巧みで、しかも剛腹なところがあったから、対手《あいて》が自分より上役の者であるからというて、そんなことに逡巡《へこた》れているような人ではなかった。その末路は、長州派の政治家に憎まれて、のちの半生は浪人で日を送り、明治二十年［一八八七］に保安条例によって退去二年を命ぜられ、各地に放浪しておるうちに病を得て、じつに気の毒な最期を遂げてしまったが［一八九三年死去］、一時は評判の人物であった。主任の島本がこういう人となりで、一身のことも考えず、思ったとおりにやっつけるという、しかもその長官は、直情径行の江藤であるから、この事件がどうしても発展せずにはいないのである。こうなると、独り苦しむ者は山縣であって、いまさらに山城屋へ同情したことの、あまりに深かったのを後悔したが、事ここに至っては、もはや取り返しがつかぬ。よし自分はその職を罷めるまでも、金の問題《こと》だけは綺麗に結末をつけておかぬと、死後の恥辱にもなるという考えで、木梨をはじめ、この件に関係のある者を呼び集めて、山城屋を呼び戻すことの手続きにかかったのである。

なにごとも世界一に、贅沢のかぎりを尽くしているパリの、酒と女に引っかかって、本業の生糸売りこみはどこへやら、面白おかしく、その日を送っていた山城屋の手許へは、しきりに帰国をうながす電報が来る。いよいよ事が面倒になったらしいから、やむをえず帰国することになった。横浜の店へ着いたと通知《しらせ》があるや、その晩にやってきた木梨その他の者から、代わる代わる述べる事情を聴いて、さすがに豪胆な山城屋も、ホッと息を吐《つ》いて、

「そういう事情になっては、もはやいたしかたがない、このことは我輩が一身に引き受けて、必ず山縣その他の者には禍《わざわい》を及ぼさぬことにする。それには別の手段があるから、心配せずと、まず我輩に任せておいてくれ」

「君は、そう言うても、薩派の者どもが、山縣に激《きつ》く当たってきては、とても防ぎのつくものではない、なんとかこの場を一時でも切り抜けて、さらに善後の策を講ずることにしたら、どうじゃろう」

「ウム、それについては俺に思案《かんがえ》がある、オイ木梨」

「なんじゃ」

「ちょっと耳を藉《か》せ」

「ウム」

山城屋が、木梨になにか囁くと、木梨は莞爾《にっこり》笑って、

「よし、それならば一時そういうことにしておこう」

長い海路に疲労《つかれ》が出たということを口実として、山城屋は三四日を横浜の店に、いっさいの来客を断《ことわ》って過ごしていたのだ。このあいだに秘密の帳簿はいっさい焼き棄て、後難《こうなん》を山縣に及ぼさぬよう、また普通の貸借関係から友人の身に累を遺さぬようと、それまでに始末

をつけてしまった。もしこのときに、山城屋が江藤の手にかかって、厳重な取り調べを受けることになったならば、いまになってたいそうな顔をしている、長州派の軍人のなかには、だいぶ処罰を受ける者があったのだろうが、山城屋の覚悟がよかったために、そういう禍はいっさい免れることになったのである。

木梨が山城屋に耳打ちをされたのは、どういうことかというに、なにしろ引き出した金が莫大なのであるから、いま失敗を続けている山城屋としては、すぐにこれを補塡することはできない。よって一時のところ、手形をもって金は返納したことにして、あとは伝票と帳簿で受け渡しを済ませておく、帳尻が全然《きっちり》合うから、そこで苦情をいう者も、これ以上の追及はできないことになる、という策であった。これはうまくあたって、桐野が調べに来たときに、木梨は帳面を突き出して、

「サアこういう風に、受け渡しは済んでいるが、それでもまだ疑いがあるか」

と、手強《てづよ》くやったので、算勘のことに暗い薩人の、ことに桐野のことであるから、グウと息詰まってしまって、事は大きくならずに済んだ。ところが、これは薩派の軍人を制《おさ》える策にはなったろうが、なにごとにも思慮の細かい、しかも法律の思想《あたま》の非常に進んでいた、江藤らを欺くことはできなかった。江藤はこの問題を、太政官の会議にもち出して、事いやしくも公金の私消、軍紀の振粛に関《か》かる、すべて金銭のつきまとった事件であるから、司法省が直接に検挙《ていれ》をする必要がある、ということを理由として、陸軍会計の全部を調査すること

を、一同に認めてもらいたいという提議をした。サアそうなってみると、陸軍の方からどれほどの罪人が出るかわからない、むろんのこと、山縣の一身も危うくなるのである。太政官には長州派の人も出ているのであるから、たちまちこれが外へ漏れてくる。手を打って喜んだ者は、薩派の軍人であるが、眉を顰《ひそ》めて憂えたのは、長州派の軍人であった。このことは疾《はや》くも、山城屋の耳にも這入ったから、明治五年の夏、山城屋はある日、陸軍省へ出頭して山縣に対面を求めた。ところが、まだ山縣は出ておらぬというので、山城屋は応接所へ通されて、暫時《ざんじ》待ち受けることになった。かれこれしているうちに木梨が出てきたので、このことを取次の者が言うと、木梨はすぐに応接所へ来て、這入ってみると、驚いた、待ち受けているはずの山城屋は、みごとに切腹して、すでに相果てているのであった。

さアこれから大騒動《おおさわぎ》になって、山縣のところへ使者を走らせる、急報を得て駆けつけた山縣も、このありさまを見ては、ただ涙のほかはなかった。そこで司法省の方からは厳《やかま》しく迫ってきて、だんだん調査にはかかったけれど、肝腎の山城屋の家に残る帳簿を調べてみれば、多く不用に属するものばかりで、大切な分は少しもない、これではとても調査をしたところでしようがないから、司法省では手を引いてしまったのである。事件はこういう事情《わけ》で治まったけれど、治まらぬのは薩派の軍人連で、たとえ山城屋は死んでも、焼き棄てた帳面のなかには、長州派の軍人の関係はあったに違いないから、これについての統督上の責任は、山縣に帰さなければならぬというて、大騒動《おおさわぎ》をやる。なかには山縣の監督を受けるのは、軍人《さむらい》として恥ずべきことである、という書面までも出して、その職を退《しりぞ》くという騒動《さわぎ》になってきたから、もうこうなっては打ち棄てておくことはできぬ、どうしても大西郷《だいさいごう》の出る幕となったのである。

このときに、陛下は九州へご巡幸になって、ちょうど鹿児島にお出であそばしたのである。西郷はこの行幸に扈従《こじゅう》して、やはり鹿児島にいた。ところへ、東京から急報が来た。それは山城屋のことから、陸軍部内に一大事件が起こるというのであったから、急に、陛下《おかみ》の御聴許《おゆるし》を得て、東京へ急いで引き返してきた。もしこのときに、西郷の駆けつけるのが遅かったら、あるいは山縣は、薩派の連中から詰腹《つめばら》を切らせられたかもしれない。しかるに西郷の駆けつけかたが早く、山縣と会見して、だんだんその事情を聴いてみれば、自分の友人に陸軍の金を融通したのは悪いが、しかしその間において山縣は少しも汚ないことのないのは、西郷も深く信じて、この終結をつけることにかかったが、そのうちに陛下もご還幸に相成った。なにしろ六十万両以上の大金の始末であるから、陛下《おかみ》のお耳にもいちおうは入れておかなければならぬ。万事は西郷が引き受けて、陛下のご慈悲をいただいて、この結末をつけることになった。薩人の憤慨を鎮めるために、山縣の近衛都督は罷めさせて、西郷がこれに代わることになったので、薩人の憤慨だけは、どうかこうか制《おさ》えることができたのである。

これが有名な山城屋事件の梗概であるが、この場合に断っておくべきことは、こういう事柄のあったのは、必ずしも長州派の人ばかりでなく、薩派の方にもこれと同じようなことは、いくたびか行われたのであって、その点から言うと、薩長いずれにも悪いところはあったのだから、この一事件をもって、長州派のみを悪いとは言えないが、しかし、昔は長州藩閥のうちにこういう汚ないことが行われて、国民に莫大な損害をかけたこともあった、ということだけは、深く国民は記憶しておかなければならぬはずである。

長州藩と三谷三九郎

維新の擾乱《じょうらん》に際して、もっともその影響を受けたものは、為替《かわせ》の御用達《ごようたし》をしていた、商人の一団である。しかし、その範囲はごく狭く、人数の上からいうても少数であったし、一般に及んだ影響の、さまでに強くなかったために、あまり一般の人の注意を引かなかったが、上は幕府の御用達より、下は各藩の御用達に至るまで、この際に迷惑を受けぬ者はなかったのである。いままでに立て替えておいた金は返されない上に、一時の融通に借り受けた金は、遠慮なく取り立てられるというようなわけで、いずれも莫大な損害を受けて、それがために倒産した者も、なかなかに少なくはなかったのだ。ただに藩へ対する貸借が、こういう風になったのみならず、一般の人との取引についての諸勘定も、多くは同じような結果になってしまって、いままでさかんにやっていた為替方が、片っ端から倒れてゆく惨状は、じつに目も当てられぬありさまであった。そのうちにおいてもっとも衆人の注意を惹いたのが、東京における三谷三九郎《みたにさんくろう》の破産であって、前の山城屋の事件とは、その性質において全然《まるで》違ってはおったが、長州藩の関係から来た事件であるだけに、いちおうは述べておく必要があると思う。

三谷は旧幕のころ、長州藩の用達を勤めていたのであるが、慶応年間になって、京都の政変の影響《ひびき》を受けて、長州藩が江戸の藩邸を一時に引き払うことになった。その際に、三谷と藩の為替の差し引きが三千二百両、これは三谷の方から藩へ引き渡すべき金であったが、それについて幕府が、三谷の帳簿調査《しらべ》をやった結果、長州藩へ引き渡す金が、これだけあるということがわかったので、幕府は三谷に厳命を下して、藩へその金を引き渡すことを拒まれ、かえって幕府がその金額を没収してしまったのである。幕府と長州藩とどういう紛議《いきさつ》があろうと、三谷が長年の用達をしていた縁故からいえば、どうしてもこの金は、長州藩へ納めなければならぬはずであったが、なにしろ幕府の権威をもって圧迫を加えたので、その点になると、三谷は一個の町人であるから、なんと反抗のしようもなく、ついにその命に従うて、幕府へ全納してしまったのだ。しかるにひとたび京都において、失意のドン底にまで陥った長州藩は、薩藩と連合の力をもって、ふたたびその勢力を回復して、倒幕の大勢をつくり、ついに徳川慶喜は政権を返上して、大坂へ退くのやむなきに至り、引き続き伏見鳥羽の戦争に敗れて、慶喜は江戸へ逃げ帰った。これまでの段取りは、まったく薩長連合の力でできたのである。それから徳川追討の大軍を起こして、江戸へ攻め下ることになった。ここにおいて、慶喜は上野の［寛永寺］寺中大慈院《じちゅうだいじいん》に引き籠もって、恭順を表し、江戸城は戦わずして授受《うけわたし》の手続きが終わった。長州藩は薩藩と相並んで、新政府の枢機にあずかることになったので、その勢いはじつにすばらしいものであった。

ときに、藩の会計を勤めて、江戸詰めになっていたある一人《いちにん》が、三谷と藩の貸借の関係を、よく知っていたので、しきりにこのことを問題として騒ぎ出した。そこで三谷は、あらためて長州藩から談判《かけあい》を受けることになって、かれこれの交渉《かけあい》の末に、幕府へ没収された三千三百両は、三谷から長州藩へ還納することに決した。これは三谷の身にとって、ずいぶん迷惑ではあったろうが、長州藩と取引の関係から預かり分になっていた金を、いかに幕府の権威をもって圧迫を加えてきたにもせよ、その金額を引き渡したのであるから、まったく三谷には責任はないとは言えないのである。しかし事情からいえば、これを三谷に支払わせるのは、いささか気の毒の感もあったけれど、長州藩も金の都合が悪くて苦しんでいた場合であり、他《ひと》の困ることなぞは堪忍《がまん》のできるだけ堪忍しなければならぬ立場にいたので、ついにこの処分に出《いで》たのであろうが、なおその上に五千両の献金を命じたのは、じつに無法ないたしかたであった。三谷から進んで、幕府へ納金したのでなく、弱い町人のこれを拒むべき力がなかったために、無理に幕府へ納金させられたのを、甚だけしからんことであるというて、その金を取り戻した上に、別に五千両の献金を命じたとは、ずいぶん酷《ひど》いことである。

が、しかし、これは朝廷へ対する献金であるから、なお忍ぶべしとするも、そのほかに藩の方へも、三万両の御用金を命じた。これは言うまでもなく、どうせ返さぬ覚悟で命じた御用金であるから、三谷の苦痛はひと通りでない。加うるに、この金の処分が済むと、三谷が幕府の命を聴いて、その用達を勤めたのは、甚だけしからぬ所為であるという理窟で、三谷を斬首に処することが内定したのである。

しかるに、長州藩の軍事探偵を勤めていた者のうちで、俗に「長州の三ゾウ」といわれたのがある。その一人《いちにん》が野村三千三［山城屋和助］で、他の二人《ににん》は中村新蔵《なかむらしんぞう》、後藤勝蔵《ごとうかつぞう》の二人《ふたり》である。三谷家処分が内定した、その顚末は詳しく知っているので、三人はひそかに相談して、三谷を救うべくいろいろな方策をめぐらすことになった。三谷家は重ね重ねの災難で、その財産の大部分を失のうた上に、三九郎の生命《いのち》さえ、いまはどういうことになるか、見据えの定《つ》かぬことになったので、親類一同は額《ひたい》を鳩《あつ》めて、しきりに相談をしていたところへ、野村からの書面であるから、これを開いてみると、

「鮫津《さめづ》の川崎屋に待ち受けているから、すぐに来い」

というのであった。そこで金の用意をして、家人にはなんとも告げず、駕籠に乗って、大急ぎで川崎屋へやってくると、待ち受けていたのは野村ばかりでなく、中村と後藤の二人も居合わせて、

「サア三谷、こっちへ這入れ」

「ただいまは御使者《おつかい》で有難うございました、さっそく罷《まか》り出でましたが、どういう御用でござりますか」

「マア用事は追ってのこと、とにかく一ぱい飲《や》れ」

と、言いながら、野村は盃を差した。三谷は酒を飲むどころではない、自分の一家が潰れるか、立つかの境、ことに己の生命《いのち》も、どうなるかわからないという場合であるから、ただ悩々《おどおど》しているようすを見て、野村は、

「こんどのご処分については、汝《おまえ》も迷惑であったろうが、これも時世《ときよ》でいたしかたがないと、諦めるがよい」

「有難うござりまする、別に他人様《ひとさま》を恨むことはござりませぬ、私《わたくし》のいたしかたが悪かったのでござりますから、なにごともご沙汰しだいに従ってはおりますが、ただこの上は旦那方《あなたがた》のお骨折りで、一家の者の生命《いのち》にさわらぬように願いたいのでございます」

「ウム、じつはそのことについて呼んだのじゃが、おまえはいよいよ首を斬られることに決まったのじゃ」

「エッ、なんでござりますと、私の首を……」

「そうじゃよ、おまえが長州藩の御用達をしておりながら、幕府の御用達に変わった、それを藩の重役が非常に立腹して、こういうご処置を加えることに決まったのじゃ」

「それは野村の旦那《だんな》、いかにもご無体のように考えますする。私はなにも好き好んで、幕府の

御用達になったのではございません。あのときの事情は申すまでもなく、旦那方《あなたがた》もご承知のあるとおりで、弱い町人の私どもといたしましては、いかんともお断り申し上げることができず、泣く泣くお承けをいたしたのでございまして、それをいまさらに御憎《おんにく》しみとありましては、私の無念はひと通りでございません、またその幕府の方へ納めた金はこのたび藩の方へ納め返すことになって、そのほかに朝廷の献納金やら、藩への御用金やらさまざまの御名目《おなまえ》で、莫大の金を召し上げられ、その上に私までが首を斬られるとは、なんという情ないことでございましょうか。私の身分をご承知であるならば、それまでにご慈悲のない、お取り扱いをなさらずともよかろう、と思いまするが、これも藩のご威勢でなさることならいたしかたもございませぬが、せめて罪は私一人に止《とど》めて、家族の者には及びませぬように願いたいのですが、いかがでございましょうか」

こう聴いてみれば、いかにも気の毒である。いま三谷が言うとおりの事情で、この場合に三谷の首を斬るのは、ずいぶん乱暴だとは思うが、それは藩の方針として、そう決まってしもうた以上は、いかに気の毒だと思うてもいたしかたがない。もっとも、それに同情して、三谷を救うために来たのであるから、野村は静かに膝を進めて、

「イヤ、その泣き言を言うのも無理はないが、これも時世《ときよ》でいたしかたがない、拙者《おれ》らはおまえに対して、恩怨の関係はないのじゃから、そのご処分のことが内定したのを聞くと、いかにも気の毒に思うて、中村や後藤と相談の上で、おまえの生命を救うてやる所存《つもり》で、ここ

へ呼び出したのじゃ」

「なんとおっしゃります、それでは私をお助けくださいまする御所存《おつもり》で、お呼び出しくだすったのでございますか」

「むろんのことじゃ、もう長い短いを言うておる場合でない、おまえはここから一時、身を隠すことにしたらどうじゃ」

「そういうことで結末《おさまり》が定《つ》きまするならば、一時身を隠しまするが、全体、このさきはどういうことになるのでございましょうか」

「サアそのことになると、われわれにも見こみは定《つ》いておらぬが、しかし、おまえが一時身を隠しているうちには世の中も鎮まり、旧《もと》の太平に復してまたなんとか寛大のご処置も下ろうと思う、とにかく身を隠すことが、第一じゃ」

「ハイ、有難うございます、それではこれより一時隠れることにいたしましょう、なにごとも旦那方《あなたがた》を信頼《たより》にいたしておるのでございますから、どうぞ不憫と思し召して、この上ともよろしくご助力のほど、願い上げまする」

「ウム、よし、それはよくわかっておる」

と言いながら、野村はうしろに置いた風呂敷包みを出して、

「サア、このなかにおまえが一時身を潜めるについての、身仕度を用意してきてやったから、すぐに出かけたらよかろう」

「なにからなにまでご親切の段、有難く存じまする」

その風呂敷包みを開いてみると、袈裟《けさ》や衲衣《ころも》をはじめ、脚絆甲掛草鞋《きゃはんこうがけわらじ》まで用意してある。網代《あじろ》の笠は宿へ出て買うことにし、これから三谷は全《すっか》り頭を円《まる》めて、坊主の姿になってしまった。

「それでは失礼いたします、この上ともなにぶんお願い申し上げます」

「よし、できるだけは尽力して、おまえの家の立ちゆくようにしてやるから、それは安心するがよい」

かかる場合に情ある取り扱いを受けたので、さすがの三谷も、ただ有難涙《ありがたなみだ》に咽《むせ》ぶばかりであった。携えてきた金も相当にあったが、その大部分は三人へ渡して、いずくともなく身を隠してしまったのである。

そのうちに、天下は旧《もと》の太平に復して、朝廷へ反抗《はむこ》うたものでさえも、その罪を赦《ゆる》されるというご仁心のお取り扱いがある場合に、ただ一個の町人たる三谷のごとき者を、どう苦しめたところでいたしかたはないのだ。ことに内部から野村らが尽力をしたから、そこで三谷は死を赦されて、帰宅のことまでも認められることになった。この間に野村らと三谷のあいだに金銭上の関係があったかは明らかにはわからないけれど、なんのために三人が、これまでに三谷家の再興に尽力したかと思えば、たいがい想像がつくのである。三人の尽力の効《かい》があって、三谷はふたたび家の整理をした上に、大総督府の御用達になった。そこで長州人との関係は昔のごとく、こういう波瀾のあっただけに、いっそうその関係は深いことになったのである。また長州人としては、金の融通をする上においても、なにかと秘密を打ち明けて、相談する御用達の一人ぐらいは必要であるから、三谷に対する力添えもひと通りでなかった。これがために陸軍の金を融通して、以前にも勝るほどの勢いで、為替方を勤めることになったから、当時の三谷の勢力は、三井や小野組も、遠く及ばぬほどのありさまであった。

和田倉門《わだくらもん》のなかに、旧《もと》の会津藩の金蔵《きんぞう》があった。三谷はその金蔵を借り受けて、借り下げた陸軍の金はことごとくこの金蔵に収めて、その出納《だしいれ》には陸軍の監督を受けることにしていた。会計官の一人たる船越衛《ふなこしまもる》が、その方の係になっていて、金蔵の鍵は手代の渡辺弥七《わたなべやしち》が預かっていたのだ。山城屋事件についても述べたとおり、陸軍の遊金はなかなかに莫大なものであったにもかかわらず、船越や木梨が会計の帳簿を整理して、山縣にいちおう見てもらえば、それで始末《おさまり》がつくという、きわめて怪しい会計監督になっていたのであるから、金の出納《だしいれ》については、三谷も勝手なことができたのである。大金が自由になるところから、それを資本《もとで》にいろいろな商法もしてみたくなるは人情、元来が油の問屋をしていたのであるから、いわゆる思惑買いで、油の買い占めをやってみたのが、相場の下落で非常な損をした。

三谷が油で損をしたということが、一般の評判になった。

今日の時代では、四十万円や五十万円の損得はなんでもないことで、兜町《かぶとちょう》の相場が少し動けば、二十歳にもならぬ小僧が、二日か三日に、やれ十万儲けたの、それ二十万損したのというような時世《じせい》になっては、なんでもないことのように人は見ているが、その時代の一万両はうまく運転したら、いまの五十万円に向かうだけの使途《つかいで》があったのであるから、さすがの三谷も、二十万両以上の損失とあっては、世間の口を押さえることはできなかった。さすがに船越も聞き流しにはならぬ。そこで金蔵の取り調べにかかると、意外にも二十万両の現金が不足している。金の出納《だしいれ》のあるたびごとに、船越がこれを認めて、帳簿に記入することになっていたのであるから、不足すべきはずはないのだが、この大金が不足とあっては、船越も自分の責任になるので、打ち捨てておくことができない、三谷を呼んで厳《ひど》く叱りつけると、三谷もこれが公然《おもてむき》になれば、自分の家は潰れるのであるから、横浜へ駆けつけて、長いあいだの取引をしていた、オランダ五番館の主人に頼んで、十万両の金を一時借り受け、あとの十万両は追々に補塡することにして、船越の怒りを制《おさ》えて、一時の彌縫《びほう》はできたけれど、この損害の容易に埋まるはずはなく、三谷の悲運は日を逐うて甚しくなってきた。

船越は一度こういうことを見つけたので、それからのちは、金蔵の調査に注意を怠らなかった。ある日、例の手代を立ち会いの上で、ふたたび金蔵の調査をすると、意外にも五万両の金が不足していたので、また問題は燃え上がってきた。船越はしきりに難しいことを言うて、事を表沙汰にしようとする。手代の弥七は百方哀訴したけれど、なかなかに船越がこれを聴き入れそうもないから、やむことをえず主人の三谷に会うて、顚末を物語った。

事ここに至っては、もはや施すべき手段《すべ》もなく、三谷は度胸を定《き》めて、その筋の処分を受けることに決心した。船越の報告によって、山縣はこの事情を知ったけれど、公然《おもてむき》に処分することはできぬ。じつのところをいえば、陸軍の官金には、長州人にもまた少なからぬ秘密があって、三谷がその秘密の幾分は握っている、もし断然たる処分を加えるとなったとき三谷がひとたび口を開けば、長州藩にもその累が及ぶのであるから、山縣もこの処分についてはすこぶる窮して、当時大蔵省の方は、井上馨が主として引き受けていて、その下に渋沢栄一がいたので、山縣は井上を呼んで、相談をすると、なにしろこの場合においては、不足している金の補塡をさせるのが第一である。三谷の処分をするものとしても、それからのちにした方がよい、ということになって、井上が渋沢と相談の上で、この処分についての案を立てた。三谷の東京市中に所有している地所は五十ヵ所あるから、これを担保として三井へ、五万両の融通を申し付け、その金を陸軍の金蔵へ納めることにした。その交渉《かけあい》は井上が引き受けたのであるが、三井は他に深い野心をもっていたから、井上の言うがままに、五万両の金を三谷へ用立てたのである。

三谷家に対することは、これで一時の処分はついたようなものの、この命を受けて快く承知した三井は、これから井上の力によって、政府の内部へ食いこむことになった。それからほどなく、大蔵省と陸軍省から各三十万両ずつ、合計六十万両を十ヵ年賦の無利息で預かることにして、その金を融通に三井は大きな商法をすることになったのだ。井上と三井の関係が深く結ばれたのは、まったくこの前後からのことである。そのころのことにして六十万両の大金を、十ヵ年賦の無利息で預かるということになれば、たいがいな損をしても割に合うわけで、三井家の今日の富は、まったくこれが基礎になったのである。

ここに哀れをとどめたのは三谷家で、長州人が秘密の用達として、政府の用達を引き受けさせた三谷とは、この事件から縁を切って、三井へ肩を替えてしまったから、三谷はさんざん損をした揚句のこととて、その回復がつかず、そのうちに三井との貸借の関係やその他のことから、ついに三谷家は哀れな破産をして、いまはその子孫は残っているであろうが、見る影もないありさまで、その日を送っているということである。よくは記憶しておらぬが、十二、三年前《ぜん》に三谷家の子孫が、三井家へ対して、古い証文を証拠に、なにか争いをした時分に、渋沢がその仲裁をしたというようなことを、おぼろげに覚えているが、思うにこのときの関係がのちの憂いになったのであろう、この三谷家の破綻についてはなお聞いていることもあるが、ただその当時のだいたいの事情だけを述べて、この項の終わりとする。

明治初年の暗殺三件

明治二年［一八六九］から四年［一八七一］にかけて、わずかのあいだに、多く得やすからざるの人物が、三人までも暗殺されている。その一人《いちにん》が熊本の横井平四郎《よこいへいしろう》、他の一人が大村益次郎、それから広沢兵助である。この三人のうちにおいて、横井はもっとも年長であり、すでに老境に達してからの最期ではあったが、なお幾何《いくばく》かの年月を生存せしめたらば、おおいに為すところがあったに違いない。大村の死はさらに悼むべく、広沢の惨死に至っては、悲痛のきわみであった。いずれにもせよこの三人が、いずれも暗殺の難に遭うて斃《たお》れたのは、じつに惜しむべきの至りである。当時の人心がいかに険悪で、また当時の社会が、いかに混乱をきわめたる暗黒的の時代であったかということも、たいがいは想像がつく。この三人が万人に勝《すぐ》れた人物であったと同時に、各々その長所とするところも異なっていて、国家の上から見れば、その一人を失うさえ非常な損失であるのにもかかわらず、三人がほとんど同時に斃れたのは、国家のために容易ならぬ損害というべきである。いまその遭難の事情を説くにあたって、横井のことから始めることにする。

横井小楠の暗殺

横井は号を小楠《しょうなん》と謂《い》うて、肥後細川の藩士である。非常に学殖の深い、経綸の大才をもった人であった。嘉永《かえい》から安政《あんせい》の当時に、六十余州を通じて、いわゆる儒傑《じゅけつ》と称すべき者は、わずかに三人のほかはなかった。水戸の藤田東湖《ふじたとうこ》、松代《まつしろ》の佐久間象山《さくましょうざん》、それに小楠を加えて、これを三儒傑と称したのである。書物を多く読んで、いたずらに古人の糟粕《そうはく》を嘗めるに過ぎなかった腐儒《ふじゅ》は、その数《すう》も多くあったが、真に儒者として、しかも時務に通じた者は稀有《まれ》であった。しかるにこの三人は儒者にして、天下の時務を心得ていた人であるから、これを称して儒傑というたのである。全体、学者は多く時務を解せず、俗情に迂遠であるために、せっかくに仕込んだ学問も、実際的に使い化《こな》すことのできぬのが、学者の通弊である。もっとも、昔の儒者は、単に古人の道を伝えれば、それで自分の天職は了《おわ》ったものとしていたのだから、あるいはそれでよかったかもしれないが、しかし儒者なるがゆえに、天下の時務に通ぜずともよろしい、という理窟はない。単に儒者として見たならば、あるいはこの三人以上の人も多くあったろうが、真に時務を知るの儒者としては、この三人の上に出る儒者《もの》はなかったのである。いまのように学問と世間が、親しく接近してきた時代においても、真に学者として天下の時務を知る人は甚だ少ない。これを要するに、活きた学者が多く出ないのは、国家《くに》の損であるということを悟らなければならぬ。たとえば三宅雪嶺《みやけせつれい》のような学者が、頻々《どしどし》出てくるようでなければ、学者は国家《くに》のためにはならぬのである。ただ学校の講座に、他《ひと》の定《き》めた学理を布衍《ふえん》するにすぎないのでは、学者の有難味も甚だ薄いわけになる。講座に立ったときは、人の考えた学説を伝えるのもいいが、ひとたび学校の門を出て、世間の人となったならば、そのときには天下の公人として、後輩のために有益なる指導をしてくれなければならぬはずであるのに、多くの学者は、そういう点に少しも意を留めないで、ただ学説の切り売りをして、一生を終わるという傾向があるのは、いかにも嘆ずべきことである。今日のような時勢になっても、学者の風儀がそういう風であるから、まだ旧幕の時代にあっては、一般の儒者に天下の時務を解する者の少なかったのもじつは深く咎めることはできないかもしれぬ。横井は深い学問のあった上に、経綸の天才があったから、夙《つと》に天下の人に知られて、熊本の小楠先生として各藩から迎えられて、兵制や財政のことについて、いくたびか実地にその智力を振るうたこともある。現に越前《えちぜん》の松平春嶽《まつだいらしゅんがく》から招かれて、藩の改革を為すについて意見を求められたときも、横井一流の改革案を立てて、おおいに福井藩に改革の実を挙げたことは、横井の才識の尋常《なみ》ならぬを証明するに足る一例であった。

明治政府の組織が、まだまったく鞏固《きょうこ》でなかった明治二年のころは、ひたすらに開国進取の策をもって進もうとしたために、事の緩急を誤ったことも少なくない。これは創業の時代にはありがちのことで、じつはやむをえぬことではあるが、なにしろ長い間、門地門閥を貴んで、人物を本位としての政治が行われなかった。その習慣がにわかに打ち破られて、人物本位の政治を施《し》くことになってきたのであるから、いままではどうしても、頭を挙げることのできなかった軽輩から身を起こして、あふれるような才気をもっていた連中は、この機を逸してはならぬという考えで、さまざまの案を立てては改革を名として、いままでの習慣や恒例を打ち破ろうとした。それが守旧派の疳癪にさわって、いくたびか衝突を起こしたのも事実である。横井の思想《あたま》はすでに世界的になっていたのであるから、思うたことは遠慮なく、片っ端から改革を加えて、まったく新しい日本国を創り出そうとしたのである。長い間の習慣を一時に打ち破って、全然異なった施設を立てようとすれば、したがって守旧派の反対が起こってくるのは、いずれの時代においても同じことだ。その間に幾分の手加減を加えて、うまく新旧の思想を調和して、進んでゆけばよいのであるが、暗黒の時代から光明の時代に出ようとする場合には、往々にして気が焦るから、そういう斟酌《しんしゃく》もならず、自分が思ったままに片っ端から改革を行おうとする、そこで議論の争いはいつか棚に上げられて、感情の衝突となってくるのは、自然の勢いでやむことをえぬ。横井はあれだけの識見のあった人であるから、改革の上にも多少の手加減を加えて、新説を吐くにしても幾分の遠慮をすればよいぐらいのことは、心得ていたに違いないが、こういう時代にそんな姑息なことを言うていては、思いきった改革ができないという考えだから、守旧派のご機嫌なぞを取らずに、思いのままに意見を行おうとした。それが守旧派の疳癪にさわって、ついにこれを亡き者にしようという、無謀な企画《くわだて》をするものが出てきた。

ことに、横井が多くの守旧派から嫌われたのは、耶蘇《ヤソ》教信者である［とみられた］ということが、もっとも痛切に守旧派の感情を激せしめたのである。いまでも多少その傾向《かたむき》はあるけれども、日本人の耶蘇教嫌いは非常なもので、一口にこれを邪教と称《とな》えていたのでも、いかに耶蘇教を嫌ったかということはよくわかる。ことさらにその時代には、異人が耶蘇教を弘めに来るのは、これによって日本人の心を異国に移させて、やがては日本国を奪わんがためであるという、古い思想《あたま》が深く骨の髄にまでも浸みこんでいて、宗教反対の思想と愛国の思想とが混同して、ここに慷慨悲憤の情を激発してきたのだからたまらない。日本人が宗教を信ずることは、世襲的になっていて、智力の発動によって、宗教の教理を咀嚼《そしやく》し、その上に堅い信念を立てるというのでなく、ただ父祖の代から続いた宗教であるがゆえに、これを信ずるといったような風になっているのだから、にわかに異国の宗教が這入ってくるとなれば、父祖へ対する義務としても、異教の排斥を行わなければならぬ、との考えから、異教排斥の思想が昂まってくる。そこへ熱烈な異教信者が、反抗的にその宗教を弘めようとするから、そこでえらい衝突が起きてくるのだ。横井は耶蘇教の牧師でもなく、別にその宗旨の本義を説いて、耶蘇教を日本の国教にしようというような、馬鹿らしい考えをもっていた人ではないけれど、横井の開国的政策に対する意見を歓ばぬ者は、やはり反対の口実を、横井が耶蘇教信者であるというところへ運んでいって、横井排斥の声を高くするように努めるので、横井に対する守旧派の反感は、ますます激しくなるばかりであった。

日本人の宗教に対する信仰は、多く感情の上から来るのであるから、他の宗教に対する反対も、やはり感情から起こるようになる。著者のごときも、宗教についての研究は深くしていないし、またこれを研究してから信仰しようと、いうような仏心ももっていないが、とにかく、耶蘇教は大嫌いである。なぜ嫌いであるかと聴かれても、これに対する十分の弁解はできない。ただ嫌いであるから嫌いであるというまでのことだ。耶蘇教が有難くないか、他の宗教が有難いか、そんなことは少しもわからないが、いずれにもせよ、耶蘇教の牧師なる者が、教壇に立って説教をする場合に、あの人間離れをした変な声を出して、アーメンと唱えられたときには、慄然《ぞっ》とするくらいに厭になる。日本人が日本人に宗教の本旨を説くのであるから、日本人らしい態度と言語を以てすればよいのに、日本語をよく使い化《こな》せぬ異人が、よんどころなしに覚えた日本語を操る上において、一種の調子をもってする、その異人の口真似までもしなければ、これを弘めることができぬというような宗教では、あまり感心ができないという、きわめて浅薄な感情から、著者は耶蘇教を嫌うのである。多くの人が耶蘇教を嫌うのも、あの教壇における牧師の説教ぶりを、嫌っているように思われる。あるいは天国といい、あるいは極楽といい、どちらがほんとうに有難いものかは知らぬが、誰一人《いちにん》として天国へ行って帰ってきた者もなければ、極楽から電話をかけてきた者もないのだから、結局《つまり》は、死んでみなければわからぬことで、死んでからのちにどんなことが楽しく、また苦しいのか、それも考えてみればわからぬことになるのだから、人間は悪いことさえしなければよいものだ、という定義だけのことにとどめて、みずからを慎み、心を慰めておればよいのである。宗教の力によらなければ、みずから戒めることができず、心を楽しますこともできぬという馬鹿者が、よし宗教を信じたところで、それによってどうして自戒と慰安の道を得るか、かなわぬときの神頼みは別とし、宗教などは考えるほど下らないものだと思う。宗教そのものは、あるいはよいかもしらぬが、いままでのような極楽や天国を目標《めやす》として、人の信仰心を唆《そそ》るということが、あるいは下らないのであるかもしれぬ。いずれにしても耶蘇教はつまらぬもので、どうしても宗教を信ずる必要があるならば、しいてアーメンの声を聴かずとも、いままでの南無阿弥陀仏でも、南無妙法蓮華経でも、なんでもかまわぬから、鰯の頭も信心からでやっていたらよいのだ。それであるから真に宗教を信ずる人は、他人に強勧誘《わるすすめ》はしないものである。いまの教壇に立っている牧師らは、宗教拡張営業者であるから、信仰心を喚る上においても悪弊がついてまわるのである。横井が耶蘇教を信じたについては、そんな厭なことは少しもなく、みずから信じてみずから修めていたのだから、こういう信仰はいっこうに差し支えがない。あるいは人間として、自分の心を修むる上に、強い力をもっていない者が、信仰の力によって、ますます己の心を強くするというようなことは、あるいは必要であるかもしれないから、それを強いて悪いとは言わぬが、とにかく、横井のような偉い学者が耶蘇教を信じたのは、どこかにまたよい理窟を見つけ出していたに違いない。しかし、反対の者から見れば異端邪法であって、これを日本に弘めようとする異人は、日本国をやがて横領すべき階梯《あしがかり》のためにするのである、という見ようをしていたのであるから、横井の言うことやなすことのすべてが、みな非愛国的に見えたのである。加うるに横井が、そういう点についてはきわめて無頓着に、少しも警戒をしなかったくらいであるから、したがって、反対派には強く当たったに違いない。それらの事情が、横井を亡き者にしようという決心を、反対派に懐かせる原因となったものと思われる。

明治二年の一月五日、ときの参与横井平四郎は朝廷に出て、平常《いつも》のとおり政務に一日の勤労を尽くして、これから私邸へ帰るのであった。その前《ぜん》から病気に罹かって、だいぶ身体も弱っていたし、齢はもう六十に近かったので、左右の者も非常に心配して、この日の参朝は止めたのだけれど、横井は肯《き》かずに参朝して、平常《いつも》のように駕籠に乗って、三四の家来を従えて帰ろうとした。途中に待ち受けていたのは、上田立夫《うえだたつお》、鹿島又之丞《かしままたのじょう》、土屋信雄《つちやのぶお》の三人であった。横井の駕籠が来たと見たから、すぐに側へ駆け寄って、

「オノレ国賊ッ」

と叫びながら、駕籠に斬ってかかった。駕籠担《か》きは驚いて、駕籠を下ろすと、そのまま足も空に逃げてゆく。かねて剣道にも深い鍛錬があり、胆玉《きもだま》の据わっている横井は、必然怪者《さてこそくせもの》と思ったから、駕籠の戸を開いて、身を現わすと同時に、左右から斬ってかかった兇漢の刃《やいば》を、巧みに身を転《かわ》して、腰の小刀《しょうとう》を抜くと、チャリンチャリンと受け流す。駕籠を小盾《こだて》に老体の横井が、ことに病気の疲労はあるしするけれど、さすがに胆の据わったもので、しばらくのあいだは斬り合っていたが、なにしろ不意を討たれたのと、刀は短いし、二、三ヵ所の創傷を負ううちに気力も疲れて、ついにその場へ斬り倒された。かくて横井は、あえなき最期を遂げたのである。

この三人の暴士の背後《うしろ》には、上平主税《うえひらちから》、大木主水《おおきもんど》、谷口豹斎《たにぐちひょうさい》らの連中が附いていて、これまでの手引きをしたのである。この連中は幾何《いくばく》もなくして捕縛され、その年の十月十日に下手人の上田、鹿島、土屋の三人が、梟首《きょうしゅ》に処せられて、他の者はすべて終身流刑の処分

を受け、事は落着したが、小楠の死は多くの人から非常に惜しまれたのである。

大村益次郎の暗殺

これから第二の暗殺事件たる、兵部大輔大村益次郎の遭難の顛末を述べることにしよう。

大村は初め村田《むらた》良庵《りょうあん》というて、周防《すおう》国の片田舎に医者をしていたが、どうしても繁昌しない。夙に長崎に渡って、蘭医について学んできたのだから、いまでいえば、きわめて新式《ハイカラ》の医者であったけれど、生来の無愛想が原因となって、家業《しょうばい》はきわめて振るわなかった。いまでも幾分かその傾向《かたむき》はあるが、昔は幇間《ほうかん》半分の家業《しょうばい》が医者で、いかなる大家になっても、多少は病家のご機嫌うかがいをするのが、当然のことのように思われていた。少しぐらいは療治が拙劣《へた》でも、世辞が巧《よ》くて、体裁を飾ることの巧みな者は、どうしても繁昌するようになっていたのだ。しかるに村田は、さらにそんなことに頓着なく、自分の思ったままにやってのける。たまたま診てもらいにきた病人が、

「私の病気はどういうのでしょうか、また先生のお見こみでは早く治りましょうか、ちょっとその見こみをうかがいたいので」

と言われて、良庵は、

「素人が病気のことを聴いてどうするのか、医者に任せた以上、医者がするとおりにしておればよい、早く治るか遅く治るか、薬を服んでみなければわからない、治ったときがすなわ

ち薬の利いたときだと思っていれば、それでよいではないか」

と、いったようなことを答える。これではどうしても病家の長く続くわけはない。よく考えてみれば、村田の言うとおりであって、たとえ病名を聴いたところが、またその見こみを聴いたところでどうにもしようがないのだから、聴くだけ野暮な話だが、それでもたいがいな人はそのわからないことを聴いて、医者から世辞半分の挨拶をされると、それで満足をしているのだ。そんなつまらないことで、大切な時間を費やすのは無駄だ、といったような表情で、村田が病人に対する、その態度がいかにも無愛想であるから、治療はどれほどに巧妙《じょうず》でも、病人が長続きして診てもらわぬのは当然だ。ことさらに片田舎の百姓を対手《あいて》にしている医者であってみれば、なおさらのことである。せっかくに長崎にまで行って、修業してきた新知識の医者も、これでは方法《おさまり》がつかない。とうとう村田も疳癪を起こして、医者は自分の性質に適した職業でないと、見きわめをつけて、蘭書の読めるを幸いに、しきりに西洋の兵学の研究を始めた。考えてみるほど、この片田舎に蟄居《くすぶ》っているのは馬鹿らしい、いっそ花の都へ乗り出して一旗挙げようと、ここに決心の臍《ほぞ》の緒を固め、両親にもその意中を打ち明けて、生まれ故郷をあとに大坂へ出かけてきた。もうその時代には、蘭学の利益がようやく人に知られてきて、単に医者を業とする者でも、少しく思慮《かんがえ》のある人は、多く蘭学の勉強を怠らなかった時代であるから、村田はひそかに蘭書の講義をして、その日の生計《くらし》を立て、かたわら自分も兵学の研究をしていたのだ。いまのようにどこの町へ行っても、洋学のできる者で鼻を突くような場合には、少しくらいできたからというて、それがためにその人の姓名《なまえ》が弘まるようなことはないけれど、蘭学の必要をいかに覚っていても、十分に学ぶことのできない時代で、たった一冊の字引を対手に、自我流に研究をしていたころのことであるから、村田の姓名《せいめい》はたちまちに知られて、いろいろな翻訳物などを頼まれるようになってきた。ある日のこと、伊予宇和島《いようわじま》の城主伊達宗城《だてむねなり》の使者《つかい》がやってきて、ぜひ面会をしたいというう、そこで村田が会うてみると、

「藩侯が、ぜひ一度会いたいという思し召しであるから、いっしょに来てもらいたい」

というのであった。村田は強いて諸侯に仕える気はないが、埋木《うもれぎ》同様になっている自分の名を聞いて、わざわざ使者をよこしてくれたのみならず、世間の評判《うわさ》に聞けば、宇和島侯は非常な賢君であるというし、かたがた一度会って見てもよいという考えになって、その使者に伴《つ》れられて、宗城に面会することになった。しかるに宗城は、そのころの三百諸侯中においても、もっとも賢明な人であったから、すぐに村田の人物を見抜いて、ぜひ召し抱えたいという再三の希望に、村田も承知して、最初は百石であったが、宇和島へ連れてゆかれてから幾何《いくばく》ならずして、三百石を与えられることになった。村田もその知遇に感じて、藩士のあいだに蘭学の教授もすれば、また宗城の前に出て、西洋の兵学の講義もする、かくて両親を呼び迎えて、安泰の生活をさせるようになった。

この時代に、宗城の希望によって、軍艦の模型を造った。それがたいそうな評判になっ

て、附近の諸侯からは、わざわざ使者を出して、その模型を写し取りに来るというようなわけで、ますます村田の名声は、諸藩のあいだに知られるようになった。このあいだにおいて村田は、非常な奮発をもって、昼夜の別《わかち》なく、睡眠《ねむり》を廃し食を減じて、一心不乱に勉学した。なにしろ細かい字を行灯《あんどん》の薄暗い光によって見るのだから、ついに眼を悪くして、初めのうちは手療治でやっていたけれど、なかなか治りそうにもなく、追々に悪くなってくるので、藩に抱えられている医者の治療を受けたが、到底《とても》全治の見こみがないとまでになって、夜などはほとんど盲人同様のありさまだ。そうなってみると、村田もいま眼が見えなくなっては、自分の一生はこれで終わってしまうのであるから、宗城に謁見して、ぜひ暇《いとま》をくれろと言い出した。宗城はその才を惜しんで、容易に暇をくれぬというのを、病気のゆえをもって強いて頼んだから、そこで宗城もとうとう諦めて暇をくれることになった。村田はすぐに大坂へ上ってきてこれから勉強を廃して、もっぱら眼の療治に取りかかった。そのうちに幸《うま》く薬が利いて、眼は治って旧《もと》のとおりになったから、こんどは大坂をあとに江戸へ出てきて、蘭学の教授や翻訳を始めたのである。

　このことがいつか幕府へ知れて、初めのうちは不審の廉《かど》をもって取り調べを受けたが、いかにもその人物ができているのみならず、蘭学の造詣が深いというので、そのころには幕府でも、蕃書調所《ばんしょしらべしょ》を設けてあったくらいだから、あらためて村田を幕府の召し抱えとして、その調所の役人に採用した。そういうことになると、村田の名はいっそう諸藩のあいだに伝えられて、毛利の領内から出た村田はじつに偉い者であると、その評判は漸次《だんだん》高くなってきた。それがいつしか毛利家へも聞こえる、不審に思いながらも調べてみると、周防国の片田舎で、医者をしていた村田良安が、いまは名を蔵六《ぞうろく》と改めて、幕府の蕃書調所の頭《かしら》をしているのだとわかったから、毛利家ではいまさらのように驚いて、重臣がだんだん協議をした末に、どうしても蔵六を引き取らねばならぬ、ということになった。いまや毛利藩においても、おおいに兵制の改革をなすの時である。深く蘭書に精通して、西洋の兵学に精しい、とあってみれば、たとえ他藩の領地にいる者でも、高禄を出して召し抱えようという矢先に、自分の領地からこんな偉い者が、世に出ていることを知らずにいたのは、いかにも迂闊なしだいであったが、しかし、幕府へ抱えられていてはどうすることもできない。いくたびか重役のあいだの問題にはなったが、とうてい諦めるよりほかはなかったのである。

ときに、政務座役《せいむざやく》を勤めていた、周布政之助《すふまさのすけ》という人があった。この人はのちに土州の山《やまの》内容堂《うちようどう》を罵詈《ばり》した一条から罪を得て、表面は切腹して死んだことになって、その日から麻田《あさだ》公輔《こうすけ》と名を変えて、引き続き毛利家のために尽くすことになったが、その初めはやはり領地内の、微賤《つまら》ぬ身分の者であったのを、その才幹に惚れこんで、毛利侯が抱えたのである。この人の倅《せがれ》が公平《こうへい》というて、ツイ四、五年前に、神奈川県知事から枢密顧問官になった。その知事在職中に、県庁に秘蔵してあった、「尾形《おがた》」光琳《こうりん》の描いた金屏風を自分の物として、山縣有朋へ贈り物にしたことが発覚して、新聞で素破《すっぱ》抜かれたり、検事局の調査を受けたりして、危うく刑法上の問題になりかかった。もしこれが事実であるとなれば、窃盗罪に問われなければならぬ。周布も驚いて、枢密院を退き隠居届を出して、倅に家を譲って、わずかに法律の制裁だけは免れることができて、この事件は有耶無耶《うやむや》の裡《うち》に葬られてしまった。高位高官の肩書ある者が、往々にしてこういうことをするのは、風教の上に大影響のあることであるから、深く慎まなければならぬ。それとは事情も違うが、大浦兼武が政府の金をもって、議員の買収をやったことが、高松の裁判所の調べによって、いよいよその事実は明確になったが、大浦は疾《すばや》く大臣を罷めて隠居した。これがために起訴猶予ということになって、倅は子爵を相続して、立派な華族になっている。周布といい、はたまた大浦といい、すべてえらい役に在る者がこういうことをして、国民の前に示す以上は、いかに学校において倫理の講義を聴かせても、また修身談を骨身に沁みるほど言って聴かせたところが、えらい役人ならば悪いことをしても、隠居すれば罪を免れるというような、実地教育をしているのだから、学校教育の効《かい》はないことになって、人心はますます堕落腐敗の淵に沈んでゆくほかはない。ちと話が他《わき》に逸れたようであるが、とにかく、公平は父の名を汚したと言うてもしかるべきである。

倅はこんなつまらぬ人であったけれど、父の政之助はたしかに偉かった。のちに京都の戦争についての責任を負うて、切腹して相果てたが、いまだに毛利家では、その後《あと》を祀っているということである。きわめて才智に富んだ人であったから、村田を幕府から取り戻すについては、いっさいの責任を引き受けて、これから村田のところへやってきて、諄々《じゅんじゅん》として説いた。村田もついに周布の説法に動かされて、幕府の方でさえ暇を出せば、いつでも藩侯の家来たることを甘んずる、という答えをしてくれたから、そこで周布は、あらためて幕府の役人に談判を始めた。どういう口実をもって談判したかというに、それがじつに面白い理窟を捏《こ》ねたものだ。

「わが領地内の者を、いかに公儀において必要があればとて、藩主へいちおうのご照会もなく、妄《みだ》りにお召し抱えになったのはいかなるしだいであるか。長いあいだ、浪人はさせておいたが、いまや藩において同人の必要を感じて、召し出そうといたしたところが、すでに公儀へお召し抱えになっていると聴いて、じつは驚いたのである。将来のために申し上げておくが、今後は領地内の者を召し抱えられるときは、さような乱暴なことをされては困る。村田はすみやかにお戻しを願いたい」

こう言って出たので、幕府の方でもいささか面喰らって、村田を引き止めておくこともできず、ついに毛利へ返すことになったのである。それから村田は毛利の家来として、重要な位地を得ることになったのだ。

文久《ぶんきゅう》三年［一八六三］の春、伊藤俊輔《いとうしゅんすけ》［博文《ひろぶみ》］や井上聞多《いのうえもんた》［馨《かおる》］が、イギリスへ密航する時分に、藩の若殿、長門守《ながとのかみ》［毛利元徳《もうりもとのり》］から与えられた旅費が不足で、出立することができない。そのときに伊藤の発案で、当時留守居役をしていた村田へ相談することになって、一行五人の者が押し寄せてきて、二千両の旅費を貸せというて迫ると、村田は膝を打って、一同の決心を激賞し、二千両貸してくれと言ったのに対して、村田はかえって五千両の金を出して、これを持ってゆけと差し付けたときには、さすがの五人もいささか面喰らって、容易に手を出しえなかった、ということである。村田は五人を戒めて、

「足下らがこのたびの洋行は、これを大にしては、日本六十余州のお為であるし、これを小にしては、毛利三十六万石のお為であるから、深く心して異国のことを調べてこなければならぬ。ただ一時の血気に任せて、前後の分別なき所業をしてはならぬ。恥を忍び垢を飲んで、惜しからぬ命を長らえて、武士道を立てた例もある。いかなる場合があっても、命をまっとうして帰ってきてくれ」

というて聴かせ、それから五人を洋行させたのであるが、とにかく、村田はその時代から、よほど優れた思想《かんがえ》をもっていた人には違いない。

幕府が長州征伐の軍を起こした時分にも、村田は藩の参謀長として、新式の兵学から割り出した、防禦法を案じ出して、ついに幕軍を一歩も国境へ踏みこませなかった。それには高杉晋作のような優れた人物もいて、吉田松陰《よしだしょういん》の門人らが、必死になって働いた結果ではあるけれど、しかし、その戦争の駆け引き等については、まったく村田の力があずかって大なるものがあった。そのころから村田の名は、藩においても重きをなし、幕府の方へも強く響いてきたのである。

幕府が、長州征伐に失敗してから、大勢は急転直下の勢いで、すべて幕府の不利になることばかり起こってきて、そのあいだに薩長の連合は成り、薩藩の蔭に隠れて、長州藩士は続々京都へ乗りこんでくる。いままで幕府に味方をしていた公卿までが、薩長二藩の頤使《いし》の下に動くようになってきて、ついに徳川慶喜は政権返上の願いを出して、大坂へ退く、引き続いて伏見鳥羽の戦争となり、これも幕軍の大敗と決して、慶喜はわずかに身をもって、江戸へ逃げ帰るという、哀れなありさまであった。ここにおいて、官軍は大挙して江戸城を攻むべく東海道、中仙道、甲州街道の三道から、並び進んできて、慶応四年［一八六八］の三月十五日をもって、江戸城の総攻撃をなすべく、いっさいの手順が整うた。このときに幕臣のなかから、勝安房のごとき偉い人物が出てきて、官軍の大参謀をしていた、西郷吉之助と会見の結果、談笑のあいだに江戸城の授受《うけわたし》は済んだのである。

同年の四月十一日、慶喜は江戸城の授受《うけわたし》が済むと同時に、水戸へ退身してしまった。こうなれば最早《もう》、大勢は官軍に有利となって、幕府の方では手も足も出ないはずであるが、なにしろ二百年以上も、直参風《じきさんかぜ》を吹かして、江戸八百八町に横行闊歩していた、いわゆる旗本八万騎のなかには、幾分か硬骨の人もあって、ごく少数ではあったが、その一団が上野へ楯籠もって、あくまでも官軍に対抗すべき気勢を示した。この一団を彰義隊《しょうぎたい》と称したのである。

徳川家光《いえみつ》の代になって、上野に寛永寺を建立し、その本坊を輪王寺《りんのうじ》と名づけて、代々の法《ほっ》主《す》には宮様を迎えていたのである。幕末のときに法主になっておられたのが、［のちの］北《きた》白川宮能久親王《しらかわのみやよしひさしんのう》であった［公現法親王《こうげんほうしんのう》］。あらためて申すまでもなく、北白川宮は皇室に深い縁故《ゆかり》のある御方であるから、どこまでも官軍の味方でなければならぬはずであったが、人間の情愛はじつに不思議なもので、長く江戸におられた宮は、いつか佐幕のお心になられて、徳川の危急を救おうという思召《おぼしめし》があった。それにすがって、慶喜は謹慎を表するときも、大慈院の一室へ籠もったのである。彰義隊の一団は、どこまでも宮を奉じて、官軍と戦おうの覚悟であった。いよいよ官軍が江戸へ乗りこんできて、彰義隊にその立ち退きを迫ることになったから、そこで衝突の端は開かれ、五月の十五日をもって、いよいよ戦争ということに決したのである。

官軍の大参謀は西郷であったが、なにをいうにも諸藩の兵を集めてきたので、いわば烏合の衆にも等しきものであるから、各藩の兵士は、各自の考えをもって進退するようなわけで、その乱雑と不取締まりは、ほとんど名状することができぬほどであった。このときに江藤新平が太政官の用事で、江戸へ出てきた途中、品川に一泊して、官軍の不取締まりのありさまを実見した。これではならぬと考えて、御用を早く済ませ、昼夜兼行で京都へ引き返し、みずから太政官に出て、官軍の暴状をありのままに訴えて、一日も早くこれを取締まって、民心を治め、あわせて上野の彰義隊を一掃しなければ、不測の禍《わざわい》はこの辺から起きてくるであろう、という意見を申し述べた。ここにおいて、にわかに大村益次郎を江戸へ送ることになった。この人がすなわち村田蔵六のことである。

いよいよ彰義隊との戦争は開かれたが、いっさいの策戦計画は大村がことごとくやってしまったのである。大村は長州藩士であって、薩藩の者から見れば、この人の指図を受けるのは甚だ不快の念に堪えない。そこで西郷を訪ねて、

「閣下《あなた》が、大参謀であるにもかかわらず、長州の大村が出しゃばってきて、かれこれ指揮をするのは甚だけしからんことであるから、閣下《あなた》が、みずから戦略を定めて、親しく指揮をしてくださるように願いたい」

というのを聞いて、西郷はニヤニヤ笑いながら、

「それゃ、汝等《おまえたち》の言うことが間違っている。大村は長州藩士でも、いまは朝廷のご家来である。その点においては、俺《おい》どんと少しも変わっておらぬのじゃ。大村は西洋の兵学にも通じて、戦争《いくさ》上手な人じゃから、いっさいの戦略を引き受けて、大村が彰義隊を討ってくれれば、まことに結構なことではないか。大村の智略をもって、彰義隊を征討しても、大参謀は俺どんじゃから、やはり俺どんが征略したことになるのじゃ」

さすがに西郷は大きいところがあった。この場合にいっさいの戦略を大村に任せて、自分はブラブラ遊んでいながら、彰義隊の討滅されるのを待とうとする、この雅量は普通の人のちょっと真似しえないところである。不平を懐いていた薩藩の勇士たちも、これがために閉息してしまって、大村の指図に従うことになった。

いよいよ、戦闘が開始されると、大村は上野《うえの》広小路《ひろこうじ》の呉服店、いとう松坂屋の二階に参謀部を設け、みずから地図を披いて、いちいち各方面の官軍に指揮をしていたのである。戦闘は酣《たけなわ》になって、もう正午過ぎになったころ、大村は松坂屋の二階から下りてきて、これから各方面の官軍を見まわり、戦況を視察して、午後の三時過ぎに湯島天神の境内に来て、ここで上野の方面をじっと見下ろしていた。かれこれするうちに官軍の撃った大砲が、吉祥閣に中《あた》って、焰々《えんえん》たる火が起こった。それを見たときに、大村が思わず膝を打って、

「もうよい」

と言った。そのときの態度《ようす》がいかにも立派で、側についていた者が、いつまでも忘れることができなかった。いま九段坂の上に銅像になっている、あの形はそのときの態度を、そのままに取ったのであるということだ。多くの銅像が淋しそうに立っているそのなかに、大村の銅像だけには、なんとなく生気が動いているのは、まったくこれがためである。

今日一日のうちに、彰義隊を滅ぼしてしまわなければ、江戸八百八町に潜伏している、旗本八万の士が夜の暗きに乗じて一時に蜂起する虞《おそれ》がある。そこで大村は、彰義隊征伐については、灯《あかり》の点かぬうちに一人も残さず、撃ち攘《はら》ってしまおうという計画であった。されば吉祥閣に火の起こったのを見て、大村は「もうこれで大丈夫」という安心が定《つ》いたから、思わず膝を打ったのである。その計画が図星に当たって、見こみの時間に違わず、彰義隊を一掃しえたのは、まったく大村の戦略が、よろしきを得たためと言わなければならぬ。上野の戦

争についても、大村はこういう偉功を立てた人である。単に机の上ばかりでする、講義倒れの兵学家とは、だいぶ趣の違ったところがあった。

奥羽の戦争《たたかい》は済み、箱館の戦争もすでに、結局の見こみはついている。ここにおいて、大村は兵部大輔の大任について、軍制の基礎を立てることに着手《かか》った。その時代の兵部大輔は、いまの陸軍大臣と参謀総長を兼任しているようなもので、陸軍においての兵部大輔は、無限の権力をもっていたものだ。西郷は陸軍大将であったけれど、大村にこの実権を与えたところに、また西郷の偉大なる点が現われていた。薩藩の人はもちろん、その他にも不平を抱くものがあって、いくたびか大村排斥の運動は起きたけれど、いつもこれを抑えていたのは西郷であった。大村はこういう位地に上ったから、自分がいままで懐抱していた、陸軍に対する意見は、ことごとく実際に行おうとかかった。その間に幾分か功を急いだ点もあって、のちの禍を惹き起こしたのだけれど、とにかく、この時代に徴兵令の施行を案出して、全国皆兵の主義を実行しようとしたところなどは、軍事の上においての先覚者として、崇敬するだけの価値《ねうち》はあると思う。ことに、陸軍の基礎を定めたについては、軍器の製造所を設くる必要があるので、京都へやってきて、その地所の選定にかかった。この時分から大村に対する猜疑《さいぎ》の念は、薩藩士のうちにだんだんさかんになってきて、いつか時機を見て、大村を蹴落とそうとする考えは、みなもっていたのである。

いまでこそ、全国皆兵主義を唱えたとて、人があまり珍しくも思わず、またそれが当然なのであるから、格別に名論卓説として、他《ひと》の尊敬も受けないけれど、明治二年のころに、全国皆兵論を唱えて、徴兵令を施《し》こうとしたのは、まったく破天荒の企図《くわだて》であった。少なくも五年と十年、進んだ知識をもっている人のすることだ。その半面には守旧論者があって、これを奇怪なる意見として、しきりに排斥しようとした。長いあいだ、武家天下の味をしめて、どこまでも武士は、四民の上に立つ者として、肩で風を切って歩きたい、という思想《かんがえ》のあるところへ、農民でも商人でもかまわず引き挙げてきて、これに軍器をもたせて、一国の防禦にあたらせるというのだから、士籍にある者が、不平を起こしたのは当然である。多くの人物のなかには、大村と同じように、徴兵実施の思想《かんがえ》をもっていた者もあったろうが、公然これを唱える勇気のなかったのは、まったく士籍にある者の反抗を恐れたからである。大村はそんなことには頓着なく、ほとんど実行の運びにまで近づくほどに、その調査も終わって、近く徴兵令は発表されるということが、外部《そと》へ漏れてきたから、そこで守旧派の憤激は、いっそう甚だしくなってきたと同時に、大村をして長くこの世に在らしめては長州派の陸軍に対する勢力が強くなる、というような多少の嫉妬心も加わって、薩派の連中が、うまく守旧派を煽りつけるので、大村暗殺の計画は、着々熟してきたのである。加うるに長州藩士のうちにも、進歩保守の二派があって、始終《いつも》暗闘を続けていた。大村は進歩派の先輩として、もっとも保守派に注目されておるを幸いに、その長州人の一部を煽りつけて、大村を亡き者にしようとした。この薩藩の計画は、まことに陰険をきわめたものであった。

明治二年の八月、大村は京都へやってきて、これから兵学寮と機器局を設置すべき地所を、八幡《やはた》方面に見出して、その図取りにかかった。このことが敏《さと》くも守旧派の知るところとなって、ひそかに大村の隙を窺うていたのだ。そういう風に一身の危機が、ようやく迫ってきたことは、神ならぬ身の大村は知る由もなく、三条通木屋町《さんじょうどおりきやまち》の宿屋に泊まって、部下の者に命じて、いろいろな調査をさせていた。越えて九月四日の晩、ひと通りの調査《しらべ》も終わって、これから晩酌に終日の労を忘れようとした途端に、ドカドカと踏みこんできたのは、神《こう》代直人《じろなおと》ほか数名の暴士であった。物音に驚いて大村が振り返ったところへ、跳《おど》りこんできた神代が「エイッ」とかけた声とともに一刀斬りつけたが、大村は巧みに引き外して立ち上った。空を斬った刀を取りなおして、神代が横に払った一文字、こんどは転《かわ》す暇もなく、大村の右の膝頭へ深く斬りこまれ、呀哉《あっ》と言って倒れたところへ、また一太刀、そのうちに大村の従者が、武器を執って駆けつけてきたから、神代らはいち早くその場を脱《のが》れて、いずくともなく逃げ去ってしまった。

長州藩の守旧派たる、大楽源太郎《だいらくげんたろう》と富永有隣《とみながゆうりん》の両人が、久留米の小河真文《おがわまさぶみ》、古松簡二《ふるまつかんじ》、熊本の高田源兵衛《こうだげんべえ》［河上彦斎《かわかみげんさい》］、小倉の志津野拙三《しづのせつぞう》、秋田の初岡敬治、土州の岡崎恭輔らと図って、政府の改造をしようという計画をしていた。その手始めに進歩派の大村を、まず斃《たお》そうということになって、大楽らが使っていた神代の一派をして、大村に害を加えさせたのである。この神代という奴が、人を斬ることの名人で、いくたびかこれと同じようなことをやってきたのであるが、大村をその場に刺止《しと》めることはできなかったけれど、たしかに重傷を負わせたのであるから、その後の容態がどうなるか、まずそれをと見ていると、大村の負傷は存外に重く、京都にいる医者では、充分の治療が届かぬ。さすがの大村もこれにはほとんど閉口して、大坂へ行って西洋医の治療を受けることになった。このときはすでに傷口が腐爛《ふらん》していて、治療は手遅れになったけれど、あるいは脚を切り落としたならば、生命《いのち》が助かるかもしれぬというので、切断はしてみたが、ついに治療は届かず、十一月の上旬になって、大坂の病院で大村は死んでしまった。

このときに珍説があったのは、まだそのころの京都は、攘夷熱が冷めきらずにいて、異人を忌み嫌うことがひと通りでなかった。現にイギリス公使のパークスが、陛下に拝謁のため入京してきたときにも、大和十津川《やまととつがわ》の浪士が、途中で待ち伏せをしていて、これへ斬りつけたという珍事が起こったくらいで、そのころには、京都へ異人を踏みこませぬというのが、上下を通じての意見であった。大村の負傷についても、大坂からすぐ医者を呼んで療治をさせたら、あるいは生命だけは取りとめたかもしれないが、どうしても異人を招くことができないで、愚図愚図しているうちに、時候が悪かったから傷口が腐って、ついにはあれほどの人物を失うことになったのである。いまから考えれば、馬鹿馬鹿しいことだけれど、その時代に大村が徴兵令を施こうとしたり、西洋式の兵学寮を作ったり、機器局を設けようとしたのだから、守旧派の怒りに触れたのも、じつはやむことを得ざるしだいである。

横井と大村の死について、政府は非常な手段までも講じて、ようやくにその加害者をことごとく捕えたけれど、いよいよこれを処罰する場合に、政府部内の議論が二派にわかれた。一は、国家の重臣に対して、暴力をもってその命を奪ったのだから、極刑に処すべしというのであって、これはもとより当然の主張である。しかるに他の一派は、あくまでも減刑論を唱えて、たとえその行動は兇悪であっても、その志は天下を思うところから来たのであるから、死罪だけは免れさせてやろう、というので、これはもっぱら薩派が慫慂《しょうよう》して、弾正台の連中に、この議論を唱えさせたのである。しかし、これについては大久保利通があくまでも頑張って、ついに両人《ふたり》を暗殺した者は、ことごとく極刑に処してしまったが、一時はこれがために、政府部内はなかなかの動揺をきわめたのである。兇行者の処分が終わってから、弾正台の役人で、減刑論を唱えた者は、あるいは罷免《ひめん》され、あるいは譴責《けんせき》されるようなことになった。単にこれだけの事実から考えても、薩長の軋轢《あつれき》は近ごろに始まったのでなく、その時代からあったのだということが、十分に実証せられるのである。

広沢兵助の暗殺

横井と大村が、暗殺された事情はひと通りわかっているし、またその下手人も捕えられて、それぞれに処分をされたが、独り広沢兵助の暗殺は、なんのために殺したのか、その趣意もわからなければ、また下手人もついに捕えられず、その嫌疑を受けて押さえられた者は多くあるけれど、いずれも証拠が挙がらずに赦《ゆる》されてしまったのだ。長州藩から出て、木戸孝允と肩を並べたのはこの人ばかりで、その他はいずれも木戸に比べれば、グッと下《くだ》っていたのだ。精悍《せいかん》の気あふれるがごとく、胆力もあれば、識見もあり、ことに議論に強い人であったから、ややもすれば他《ひと》の感情を害すようなこともあったけれど、夙に参与の職に就いて、それから引き続き参議となり、高く廟《びょう》堂《どう》の椅子に着いて、天下の政務にあずかっていたのだ。さすがの木戸もこの人には、一目も二目も置いていたというのだから、その一事から考えても広沢の人となりはよくわかる。それだけの人物が暗殺されたにもかかわらず、ついに下手人がわからぬというのは奇怪千万の至りで、ことに他藩の出身と違って、いやしくも長州藩の第一流の人物である以上、どうしてもその下手人のわからぬはずはないと思うが、しかし、実際においてはいまだに下手人はわからないのだから、じつに不思議の至りだ。思うになお幾何《いくばく》の年月を経なければ、この下手人は明らかになるまい。一説には、薩派の者が教《きょう》唆《さ》してやらせたのだ、という風評もある。いずれにしても下手人のわからぬのは、不思議というのほかはない。

初め波《は》多《た》野《の》金《きん》吾《ご》と称して、長州藩が京都から逐われて、非常に苦しんでいた時代には、なかなかに活躍した人である。かの井上［馨］が［山口の］袖付橋《そでつきばし》で斬られたときは、政治堂の役人をしていて、井上から見れば長者の位地にいたのだ。幕府が征長軍を起こして、同時に厳重な談判《かけあい》があったときは、あくまでも幕軍に対抗して、一戦を試みようという議論を、もっとも強硬に唱えたのが、この人である。それがために軟化《よわむし》の重役らに睨まれて、井上が斬られたのち正義派の志士が一掃されたその際に、波多野も同じく禁錮されてしまった。その後、藩の形勢が一変して、高杉［晋作］らの正義派が威を振るうようになってから、波多野もまた罪を赦されて、ふたたび藩政に携わるようになったのである。

征長軍に対する戦争は、きわめて好都合に運んで、幕軍は大敗を遂げて、戦局も有耶無耶《うやむや》のうちに結ばれた。例の薩藩との連合もそのあいだに成って、表面においてこそ、長州藩士は京都へ出入《しゅつにゅう》することはできなかったけれど、薩藩の蔭に潜んで、京阪の地に追々と入りこんで、さかんに暗中飛躍を試みたのである、波多野もいち早く京都へ乗りこんできて、東奔西走しているうちに、形勢はますます薩長二藩のために有利となって、徳川慶喜は政権を返上して、大坂に退くまでのことになった。これよりさき、岩倉具視は朝廷の勘気《かんき》が赦されて、ふたたび廟議に参列するようになったので、いままでの意見とはだいぶ距離《へだたり》のある、倒幕論を公然唱えるようになって、それから薩長の人々とは、自然に近づくようになってきたのである。

この際に、岩倉のこともひと通り言うておこう。王政維新の大局は、自然の勢いと薩長二藩の努力から作られたものには違いないが、しかし、ある程度までは、岩倉の努力《はたらき》と認めなければならぬ事情がある。元来、岩倉は公武合体論者であって、これがためには和宮《かずのみや》の関東への降嫁についても、もっぱら岩倉の勧説《かんぜい》から定《きま》ったのであるが、その和宮降嫁のことは、公武合体論が形になって現われたのであることは、いまさら言うまでもない。その後、朝廷の形勢が一変して、極端な倒幕論になったとき、岩倉はついに朝廷の勘気をこうむって、官位を剝奪せられたのみならず、洛中に住居することすら禁止せられ、やむなく洛北の岩倉村に蟄居の身の上となり、剃髪して友山と号し、まったく世と隔てられてしまったのである。ところが、この人は公卿の出身でこそあるけれど、非常に胆力もあれば、見識もあって、自分の一身がこれまでの窮境に陥ったにもかかわらず、少しも気を落とさずに、悠然として、ふたたび乗ずべき機会の来たるを待ち受けていたのだ。その間において倒幕論者が、この人を憎むのあまり、いくたびか脅迫を加えてみたけれど、さらに効能はなかった。かくて歳月も経ち、慶応の三年になって、時局はしばしば変転して、徳川はついに政権を返上するのやむなきに至った。この前後において、岩倉はふたたび官位を得て、朝議に参列する身の上となったのである。公卿の仲間で、岩倉の必要を感じたのみならず、薩長二藩の人々においても、岩倉のような豪胆にして智慧のある者が、朝廷に一人ぐらいはいてくれなければ、なにごとを図るにも都合が悪いというので、いままで岩倉を排斥した者までが、その復職を歓ぶというありさまで、昔の憎まれ者が、とんだ人気を博することになったのである。こういう点から考えても、岩倉が普通の公卿と、だいぶ異なったところのある人だ、ということがわかるはずである。

岩倉が、まだ官位を復されずに、岩倉村に閑居しているとき、すでに徳川追討の密勅が下ったのである。薩長二藩の人々の尽力で、かろうじてここまでは漕ぎつけたけれど、いよいよこの密勅が下った場合に、誰一人として薩長二藩へ、この密勅を取り次ぐ者がなかったのだ。それはなぜかというに、徳川の勢威は衰えたには違いないが、まだ容易《なかなか》に倒れるという見こみもつかず、ことに、大坂城には三万の大兵を控えているのが、公卿の眼前《めさき》にちらついている。元来が先祖代々、臆病に生れついている公卿は、一時の勢いで理窟詰めから、この密勅を下し賜わるまでの運動はしたようなものの、さていよいよこれを二藩へ取り次ぐ場合になると、万一にもこれがために、後日の禍《わざわい》を醸したときには、その取り次ぎをなした者が、第一の責任者になるのを恐れて、取り次ぐ者がなかったのである。さればとて、自分らから進んで願うたこの密勅を、いまさらに握りつぶしにすることもならず、陛下《おかみ》へ返還することはなおさらできぬ。ここにおいて、公卿どもは相談の上、このことをなしうる者は岩倉のほかにないとなって、ついに官位を剝奪されて、蟄居している岩倉の手許へ、この密勅を送り届けることにしたのだから、いまより考えてみても、この時代には陰晴《いんせい》常ならぬことが多かったのである。

この密勅を、薩長二藩へ岩倉の手から渡すときに、薩藩を代表して行ったのが、大久保一蔵で、長州藩を代表して行ったのが、広沢兵助であった。いまから思うてみれば、この密勅を受け取るのは、なんでもないことのように思われるであろうが、この時代のこととして考えてみれば、じつに容易ならぬことであって、ひとたびその見こみが違えば、薩長二藩はあるいは全滅《まるつぶれ》になってしまうかもしれない。渡す方の岩倉にも、確《かた》い決心があったろうが、これを受け取る大久保と広沢も、普通の覚悟ではできなかったのである。さればその後において、いよいよ徳川の兵が、伏見鳥羽の街道へ押し寄せてきたとき、廟議は紛々として決せず、なお幾分か徳川に未練を残している公卿が、その機会に乗じて弱い音を吐くのもある。それを岩倉が、強圧的《あたまごなし》に叱りつけて、ついに制《おさ》えつけてしまったのだ。それにはこの密勅が、非常な力になったのである。維新の際においての広沢は、ともかくも、この密勅を受けるだけの位地にいた人であったことは、記憶しておくべき必要がある。

その後、伏見鳥羽の戦争《たたかい》も済んで、征討軍が有栖川宮を総督に仰いで、関東へいよいよ攻め寄せることになった。呀哉《あわや》、八百八町は兵燹《へいせん》の巷に化せんとした折柄、幸いにして幕府には勝安房のごとき智者があり、官軍には西郷のごとき偉人が出て、この両雄の会見の結果、談笑のあいだに、江戸城の授受《うけわたし》は済んで、わずかに上野の彰義隊が、戦争《いくさ》の真似のようなことをしたくらいのことで、天下泰平の基礎はここに固められたのである。それから徳川慶喜の処分を、いかにするかというのが問題になって、太政官の会議ではだいぶ激しく揉み合ったが、広沢はあくまでも慶喜を極刑に処さなければならぬという説を唱えて、薩摩の西郷と衝突をしたくらいである。けれどもその説はついに行われずして、慶喜は死一等を減ぜられて、静岡へ隠居することになった。

広沢が佐賀の江藤新平と相知って、よく江藤の建策を容れたことについては、同じ長州藩の人のうちにも、非常に不快の感を懐《いだ》いたものはあったのだ。長州人は非常に、江藤を嫌っていたのであるが、独り広沢は江藤を深く信じていた。明治政府が成って、江藤が参議兼司法卿という、えらい役目についた後、長州人との軋轢はいっそう甚しくなったけれど、維新前においても長州人とは、ややもすれば相容れなかったことがある。もっとも、江藤は非常に経綸の才があって、議論もなかなか猛《やかま》しい人であったから、そういう点において長州人と相容れず、なんとなく毛嫌いされていたのだ。それを広沢が、江藤の建議を聴いて、その説をしばしば助けたので、江藤を嫌う情は、かえって広沢を憎むの心となり、これがためにいくたびか、広沢と江藤の関係については、長州人の間に苦情が起こったということである。この一事はどう考えてみても、のちの暗殺事件に、多少の関係をもっているように思われる。また薩藩の人たちが木戸に対しては、さまでに畏《おそ》れを懐かなかったけれど、広沢に対しては非常に遠慮がちであって、また広沢が薩藩の人に対しては、いつも強硬な議論を唱えて、その争いの衝に当たるというような調子であったために、薩藩の人は自然と広沢を、煙《けむ》ったく思うような事情もあったのである。しかし、参議としての広沢の勢威は非常にさかんなもので、一時は広沢参議の名が、他の参議を圧するほどの勢いであった。その勢力が飛び離れてあったということが、あるいは暗殺の禍を引いた原因にもなったのであろう。

堀のお梅と題する、探偵小説のような書物が、だいぶさかんに行われたことがある。これはかの岡崎恭輔の昔譚《むかしがたり》を聴いて、小説風に潤色したものであるから、その幾分は信を置くにも足るが、しかし、その人物観に至っては、甚だ当を得ないことが多い。現にその書物のなかに、広沢がただ酒を飲んで威張りちらしたり、女に溺れて取締りのない人であるがごときことは、しばしば書かれているけれど、優れて偉い人物であった、ということはさらに書き現わされてない。ただ一篇の小説として、多くの読者に歓ばれるのには、そう書いた方が面白いかもしれぬが、広沢ほどの人物を、それがために滅茶滅茶な人間のようにしてしまったのは、いかにも惜しいことであると思う。どうせ長州人のことであるから、女の好きであったのは言うまでもないが、ただそれがために広沢の人物を劣《わる》くしてしまうのはつまらぬ悪戯《いたずら》だ。明治四年〔一八七一〕の一月九日の夜、九段坂上《くだんざかうえ》の広沢の妾宅に、何者とも知れず忍びこんだ奴があって、広沢は深く酒を飲んで、美人を擁して寝ていた。その不意を襲われたのだから、どんな人物でも防ぐに途なく、空しく殺されてしまったのである。

広沢の暗殺については、これ以上のことを述べることはできないのだ。なぜかなれば、その後五十年も経った今日になって、まだ下手人がわからぬのだから、暗殺に関する詳細なことを、述べることはできないはずである。しかし、同衾《どうきん》していた愛妾や、使われていた家来なぞは、ことごとくその筋へ引き立てられて、ずいぶん酷い拷問もされたようであるが、結局は、要領を得ずしていずれも放免された。いまなお生存《いきのこ》って、よく浪人会などへ出てきては、気焔を吐いている熊本の中村六蔵《なかむらろくぞう》、この人も嫌疑を受けて、だいぶ酷い目に遭ったようだが、ついに証拠が挙がらず、他の事件で二十年も牢獄の生活をして、いまでは自由の身となって、齢はすでに老境に達しているが、元気は旺盛で、さかんに気を吐いている。あるいはこの人なぞの口から、広沢暗殺の真相が、いつか知れてくるだろうという考えはもっているが、本人について聴いてみれば、顧みて他を言うのだから、あるいはその想像《あて》は外れるかもしれない。

わずかのあいだに、大村、横井、広沢の三人を失うたのみならず、ややもすれば暗殺の惨劇が演ぜられて、有為の人物が、だいぶ暗《やみ》から暗へ葬られたのだから、じつに恐ろしい時代であった。

雲井龍雄の陰謀

一

高杉晋作が幕末における、長州藩の唯一の奇傑であるならば、雲井龍雄《くもいたつお》は明治初年における、米沢《よねざわ》藩の奇傑である。晋作は徳川氏の運命が、まさに尽きんとする機会を捉えて、あるときは攘夷を標榜《ひょうぼう》し、またあるときは勤王を唱え、しかして長州藩の勢力を巧みに利用して、幕府に対抗したのである。もとより晋作は、長州藩の代表者というほどの位置にはいなかったのであるが、ホンのわずかのあいだでも、藩の幕府に対する方針が、晋作によって動かされた時代はあるのだ。その点よりいえば、晋作が長州藩の力を利用して、自分の主張を行わんとしたものであると言うても、あえて過言ではあるまい。長州藩が倒幕の野心を深く包んで、表面は皇室の名によって進退した、幕末のあの動作は、もとより一個の高杉が、これを成したものであるとは言えないが、しかし、そのことが藩の方針となって、ようやく天下の大勢も、またそれと同じ途に傾いてきた場合において、晋作が決然として起って、倒幕の大活動を開始して、もって長州藩の勢威を幕府に示したことは、たしかに晋作の力があずかって大なるものがある、と言いうるのだ。あるときは順境に、またあるときは逆境に、その浮沈もほとんど旦夕《たんせき》に計りがたいものはあったけれど、巧みにその激流を潜り抜けて、さしもに紛糾した藩論を帰一せしめ、ついに幕軍を国境に防いで、あの奇功を収めた前後のふるまいは、真に天下第一人と称すべきである。その齢を問えば、わずかに三十に満たず、その身分をいえば、ようやく士分たるにすぎず、藩政の上になんの重きをなしていたのでもない、そういう身分の者が、ついに藩の実権を握って、天下の大勢を作り出したということは、幕末の各藩を通じて、多くその比を見ないのである。

もし、雲井龍雄を長州に生まれしめたならば、たしかに晋作と同じような人物であったに違いない。もし、米沢藩が長州藩と同じ立場にあって、幕府と相争うたならば、龍雄はやはり晋作と同じ道を進んだに違いない。惜しいかな、米沢藩には天下の大勢を洞察するの士なく、藩主上杉侯もまた明察の君主でなかったから、その藩士のごときも、長州藩士のような活動をなしえなかったのである。しかしながら、龍雄の性格やその意気よりこれを察するに、まさに晋作と同型の人物であったことは、あえて疑を容るるの余地はないくらいだが、この龍雄をして自由にその驥足《きそく》を伸べしめず、いたずらに陰謀の罪人として、三尺高い木の空にその頭《こうべ》を曝させたのは、じつに遺憾のきわみである。明治政府が成ってわずかに二年、多くの人はいまだ封建政治の夢を見ていたのみならず、薩長二藩の専横は、日を逐うて激しくなる。それに憤慨して、ようやく叛を思うの人多きの機会に乗じ、龍雄は巧みにこの人心を利用して、同盟の連判に加えた同志は、三千人の多きに上ったのである。事敗れて縛につくの前、いち早くも龍雄は、この連判を火中してしまったから、その人名は世に露《あら》われずに済んだけれど、もし、この連判が政府の手に入ったならば、その後栄達して権勢を得た人々のなかにも、刑場にその首を曝した者が多くあったに違いない。龍雄が封建回復のことを声明して、同志を募ったその心事は、必ずしも封建回復にあったのではない。当時の人心、ことに不平の徒を糾合するにおいては、この題目を唱えるのがもっとも捷径《ちかみち》であった。ここにおいて龍雄は、この題目を捉えて多くの同盟を作ったのである。ただこの一事を皮相より見て、龍雄がきわめて守旧頑迷の徒なるがごとく批評し去っては、真に龍雄の心事を知っての批評とは言えない。著者は常に龍雄の事跡について、こういう観察をしていたのだ。いまその謀叛の跡を尋ぬるについても、そぞろに当年の高杉晋作と相対比して、龍雄が米沢藩に生まれて、いたずらに時勢に逆行したために、長く歴史の上に、その賊名を謳われることになったのを悲しむ者である。

龍雄は、弘化《こうか》元年［一八四四］の三月二十五日、米沢の城下に生まれたのである。父は中島惣右衛門《じまそうえもん》というて、平凡な武士ではあったが、生まれた龍雄は、非凡な奇傑であった。兄の虎吉は、ほとんどその生存も認められぬくらいであったが、弟の龍雄はじつに偉いものであった。二十二歳のとき、初めて江戸に出て、安井息軒《やすいそっけん》の塾に学び、わずかに一年にして塾頭となったのである。龍雄がいかに偉くとも、一年の短い月日をもって、万巻の書を読破することは至難である。江戸に出る以前、米沢において十分の読書をして、すでに古今の歴史にも通じ、経書《けいしょ》の真諦《しんてい》もきわめていたのだ。ただ息軒の塾に入ったのは、その仕上げをしたに過ぎぬのである。息軒は深く龍雄の人となりを信じて、早くも塾頭に引き揚げたのであった。そのころから深く時勢の日に非なるを憤慨して、藩の重役にはしばしばその意見を披瀝《ひれき》したことはあるが、さらに用いるところとはならなかった。初め安井の塾に入らんとしたとき、龍雄は息軒に対して、少しも尊敬の態度を執らず、あたかも友人と談笑するがごとくにして、他の門人が傍《かたわら》から見ていても、癪にさわるほどであったという。しかるにひとたび息軒に許されてその塾生となるや、幾日ならずしてにわかにその態度は一変した。こんどはいままでの門人も、遠く及ばぬほどに敬虔な態度をもって、息軒に師事するようになった。ある門人が龍雄に向かって尋ねた。

「足下《そっか》が入門する時分には、先生に対して無礼の態度を執ったにもかかわらず、今日に至ってまったくそのようすの変わったのは、どういうしだいであるか」

龍雄は莞爾《にっこり》と笑って、

「初めて先生に謁したときは、いま江戸において、有名な息軒先生も、あえてその学問においては、敬意を払うに足るだけの御方でないと思ったのじゃ。仮に学問は拙者より一日《いちじつ》の長者であるにしても、その識見は拙者の敬服せしむるだけの、深いものはなかろうと思ったのじゃ、しかるにひとたび、その温容に接するに及んで、その学と識と、ともに遠く及ばざることがわかったから、ここにおいてわが長者として尊敬するに足ると、深く心服することができたので、いまはただその門人として、先生の心を損なわざらんことにのみ、努めているのである」

この答えを聴いた門人は、龍雄の剛腹にして、あえて人に譲らざるその気分に恐れ入った、ということである。

ある日、息軒が龍雄を呼んで、

「汝《おまえ》を煩わしてはまことに気の毒であるが、このごろ、俺《わし》の知人がもっていた、フランケットというものを見たが、巧みに獣類の毛を織りこんで、手触りも軟かく、かつ暖かにできている。これを畳んで敷けば、座蒲団の代用《かわり》にもなり、これを拡げて覆えば、夜の蒲団の代用《かわり》にもなる。もし旅行をする時分に纏《まと》うてゆけば、雨の凌ぎもつく、ぜひ一枚ほしいと思うが、これを求めるには横浜まで行かなければならぬ。ついては汝《おまえ》にこれを買うてきてもらいたいと思うが、どうじゃ」

「よろしゅうございます、行ってまいりましょう。横浜は異人の寄留地のあるところでありまするから、その模様も見てきたく考えまするから、別に一日のお暇《いとま》をいただきたい」

「それは承知いたした」

そこで龍雄は横浜へ「フランケット」を買いに出かけたが、三日ほどして龍雄は帰ってくると、すぐ息軒の前に出て、

「ただいま戻りました」

「オーご苦労であった、どうじゃな、フランケットは……」

「せっかくのお申し付けでありましたが、フランケットを買うことはやめてきました」

「なんじゃ、わざわざ横浜まで買いにゆきながら、フランケットは買わずにきたと申すのか」

「さようでござりまする」

「そりゃ、どういう理由《わけ》か」

「先生の仰せのとおり、まことに手触りも柔らかく、便利なもののようには考えましたが、しかし、従来からおこなわれておりまする毛氈《もうせん》と、少しも異なるところはござりませぬ。その類似の品がないのなら格別のこと、すでに毛氈という調法なものがありまするのに、それよりはやや優れておるというために、高金を出して別に求める必要もなかろう、と考えまして、買い入れることはやめにいたしました。が、しかしなにかお土産《みやげ》をと存じまして、いろ

いろ捜しました末、こういう珍本を捜してまいりましたから、これでご不承を願います」

と言いながら、息軒の前に出した一冊の書物を、息軒が取り上げてみると、それは漢訳の万国公法であった。

「フランケットの代わりに、こういうものを買うてきたのか」

「さようです、一枚のフランケットにくるまって、わずかに快く眠りを貪ることよりは、この一冊の書物によって、万国交通の条理を弁《わきま》えるほうが、趣味《たのしみ》は深かろうと存じまして、これを求めてまいりました」

「ウム、そうか、それはかえってこのほうがよかった」

息軒の心では、どこまでもフランケットがほしかったのだけれど、龍雄の言うところにいちおうの道理もあり、またその奇才おおいに愛すべきものがあると思ったので、叱言《こごと》を言うことはやめて、快く一冊の万国公法で満足したのである。

二

その後、龍雄は藩命によって、故郷の米沢へ帰ることになった。米沢《くに》を出るときから龍雄のことは、同輩のあいだにもだいぶ評判になっていたし、また安井塾へ這入ってからのちの龍雄の消息は、しばしば人伝《ひとづて》によって同輩のあいだに知れていたから、龍雄が帰ってきたのを聞くと、その連中がだんだんと集まってきて、いろいろな話を聴こうとする。ことに当時のことであるから異人のことを尋ねるものが多かった。たいがいは攘夷の思想《あたま》をもって尋ねるのであるから、奇怪千万なことを言うものもあって、龍雄はほとんど応答の暇《いとま》もないくらいであった。

「異人は脚が曲がらぬということでござるが、もし脚が曲がらぬとすれば、歩く時分にはどういう風にして歩くものであろうか」

　こういう奇問を発する者もあれば、また、

「平生、人肉を好んで食うというが、その辺のことはどうであるか」

　こんな馬鹿げたことを尋ねるものもある。龍雄は、

「足下《おてまえ》らの言うことはみな申しているようじゃが、百聞は一見に如《し》かずで、拙者が横浜へ参って見てきたのとはまるで違う。五体の構造は、少しもわれわれと異なったところはなく、かえって筋骨のよく発育しているところは、とうていわれわれ日本人の及ばざるところであって、なにごとにも思慮は綿密であるし、規律は整然として立っているし、ことに人情に厚く、襟度《むね》も広く、とうてい日本人なぞの及ぶところではない」

「ハハー、そういうものでござるかな」

「ことに夫婦仲のよいことは、じつに他の見る目も羨しいくらいで、出入《しゅつにゅう》必ず相携えてゆく、しかも白昼公然、人中でも互いに腕を相扼《あいやく》してゆくところは、比翼連理《ひよくれんり》の譬喩も及ばず。ことに大切なことを行う時分には、必ず払暁の一刻《いっとき》をもってする。これは太陽が東の方

に昇って、天地の明るくなるときほど、人間の精神の爽快なるときはないのじゃ。すなわち異人はこの時を利用して、なにごとをも計る、こういうことまで、日本人とはだいぶその思想《かんがえ》が違っているのじゃ、ハッハハハハ」

異人のことを悪く言うだろうと思うて、それを予期して聴きにきた連中も、こういうことを聴かされて、じつは案外の思いをして立ち去ったものも多い。これは龍雄がほとんど戯談《じょうだん》半分に、愚問を発する奴を戒めて、追っ払った逸話には過ぎないけれど、その間に龍雄の観察の、優れているところも現われていると思う。

かくて慶応三年［一八六七］の春、藩命によって龍雄は、京都へ上ることになった。このときには、ことさらに遠山翠《とおやまみどり》と変名して、着京ののちは藩邸にいた。けれど、多く人と交わらず、ひそかに大勢のおもむくところを見ていたのである。この際は、幕府においてもっとも面倒なことの続いて起こった時代であるから、少しく志のある者は、みな興味をもってその時代の推移してゆくありさまを観ていたのである。そのうちに徳川慶喜は突如として、政権返上の願いを出した。ひとたびこのことが漏れると、佐幕派の連中は非常な騒ぎで、これを打ち消そうと努めたけれど、ついになんの効《かい》もなく、政権はまったく徳川の手から離れてしまった。同時に慶喜は、大坂城へ引き揚げる、朝廷からは領土返納のことを迫ってくる、というようなわけで、朝廷と幕府の間は、火を摺《す》るような争いになった。その結果が、例の伏見鳥羽の戦争となって、幕軍はついにさんざんの敗北で、慶喜は江戸へ走る、この際に徳川征討の詔勅が下ったのである。これまでの経過を静かに見ていた龍雄は、思わず歎声を漏らして「時勢の傾いてゆく、その機微を悟らぬ幕府の役人も愚かであるが、しかし、わずかなことの誤解から、宮闕《きゅうけつ》へ鉄砲を撃ったぐらいのことで、すぐにこれを逆賊として、征討の詔を発するごときことを朝廷になさしめるのは、まったく薩藩の者どもがすることであって、もしこの勢いを、このままに打ち棄てておいたならば、今後は薩藩が、どこまで増長してくるかわからない。もうこうして傍観の位地に、晏然《あんぜん》としていることはできぬ、これより徳川のために奮起して、かの薩賊を討たなければならぬ」と、ここに初めて薩藩に対する、憤恨の情が起こってきたのである。事は薩長連合の上でできたのだけれど、表面は、まだ長州藩が頭を出さずに、どこまでも薩藩の蔭に隠れていたから、そこで龍雄の眼に着いたのは、薩藩の行動である。したがってその憎しみの多く薩藩にかかったのは、じつにやむことをえないしだいだ。当時、龍雄と同じ意見をもっていた者も相当にあった。ことに熊本の平井城之介《ひらいじょうのすけ》が、まったく龍雄と同一の考えをもっていたから、互いに手を執って、深く相約して、これから両人揃うて、東海道を江戸へ下ることになったのである。

大井川の辺《ほとり》で、霖雨《りんう》のために十日あまりを空しく過ごした。そのうちに官軍が、続々関東へ進んでゆくのを見て、もはやこうしてはおられぬ、時勢は刻々に迫ってくるという感も起こるし、かたがた川の開くを待って、すぐに昼夜兼行で、これから江戸へ乗りつけた。しかし、品川まで来ると、官軍の先手はすでにその一部が、品川にまで迫っていた。そこで容易に江戸へ這入ることはできないから、平井とともに旅商人の姿に身を扮《やつ》して、かろうじて江戸へ這入ったが、もうこのときは各藩邸は、それぞれに引き揚げてしまって、留守居もおらぬというようなしだいで、やむことをえず白金《しろかね》の興禅寺《こうぜんじ》へやってきて、ここにしばらく身を潜めて、幕府の運命を見ていたのである。

三

かれこれするうちに、官軍はいよいよ江戸の四境に迫る、有栖川宮は征討総督として、駿《すん》府城《ぶじょう》に大本営を定めて、その勢いはじつにすばらしいものである。しかるに龍雄は、今日までの大勢は幕府に不利なりといえども、なお幕府には旗本八万の士もあり、奥羽諸藩は多く同盟して幕府を扶《たす》けることになっているのであるから、立派な戦争《たたかい》が起こることと思っていたのだ。ところが意外千万にも、幕府の陸軍総裁職たる勝安房が、官軍の大参謀西郷吉之助に対面して、わずかに談笑のあいだに、江戸城の授受《うけわたし》の約束はできる、同時に徳川慶喜は、江戸を立ち退いて水戸へ引き籠もる準備にかかった。これにはさすがの龍雄も意外の感に打たれて、いくたびか天を仰いで嘆息はしたけれど、いまさらに自分らの力をもって、この大勢を挽回することはできない。ここにおいて奥羽諸藩が、あくまでも連盟を固くして、官軍に対抗する決心を示しているのはこの上もないことであるから、一日も早く米沢へ立ち帰って、どこまでも官軍と争い、この大勢の挽回を図らなければならぬと決心して、これから興禅寺を出て、米沢へ帰ることになったのである。

その際に、幕臣の人見勝太郎《ひとみかつたろう》と出会って、互いに手を執って将来を約した。この人見が明治になってから、茨城県令を勤めた寧《やすし》のことである。非常に剣術の上手な、幕臣中でも屈指の人物であった。かつて鹿児島まで西郷を殺しに行って、ついにその目的を遂げずに帰ってきたというような逸話もあって、利かぬ気のなかなかに面白い人物であった。龍雄が米沢に着いたのは、明治元年の六月七日のことであったが、このときは、米沢の兵はすでに越後路に出て、会津藩と相応じて、さかんに対抗していたのだ。龍雄もすぐにその後を追い、越後へ来て、甘粕備後守《あまかすびんごのかみ》［継成《つぐしげ》］に会って「いま、官軍がこの大勢を作ったのは、その根本は薩長の連合にあるのだから、この場合において薩長の離間を策して、互いに相争うようにさせたならば、官軍の中堅はこれによって乱れるのであるから、その力もまたこれによって衰えてゆく。その機会に乗じて討てば、大勢を挽回することは、さまでに難《かた》いことではない」というて、さまざまに薩長離間策について説いてみたが、甘粕はただ龍雄の説を聴くばかりで、容易にこれに同意はしなかった。

甘粕には、薩長離間の策は用いられなかったけれど、龍雄の所信はそこにあったのであるから、たとえ自分一人でも、この所信を貫かずにはおかぬ、という考えはあった。長州の時《とき》山直八《やまなおはち》が、かつて京都からの知己であるのを幸いに、その時山を利用して、薩長の離間を図ろうという考えを起こして、これから薩藩に対する不都合の箇条を数えて「薩長の二藩はいま、時の勢いで連合はしているが、長くその連合は保てるものでない、ことに薩藩の専横はその極に達して、やがては長州藩に対しても、その専横が差し向けられるのであるから、長州藩はいまにして深く警戒するところがなければなるまい」といったようなことを書いて送り、同時に討薩《とうさつ》の檄《げき》を認《したた》めて、各藩に散布するということもしたのだ。つまり、龍雄は長州藩を揚げて、薩藩を押し落とそうとしたのであるが、不幸にしてその策は行われなかった。

しかし、この一事をもって龍雄を、ただちに長州派と目することもできなければ、また単に排薩というがごとき、簡単な意見をもっていた人とも言えないのである。参考のために、龍雄の認めた討薩の檄を、左《さ》に掲げることにしよう。

討薩檄

初め薩賊の幕府と相軋《あいきし》るや、頻《しきり》に外国と和親開市するを以て其罪とし、己れは専ら尊王攘夷の説を主張し、遂に之を仮りて天眷《てんけん》を僥倖す、天幕の間、之が為に紛紜内訌《ふんうんないこう》、列藩動揺、兵乱相踵《あいつ》ぐ、然るに己れ朝政を専断するを得るに及んで、翻然局を変じ、百方外国に諂媚《てんび》し、遂に英仏の公使をして、紫宸《ししん》に参朝せしむるに至る、先日は公使の江戸に入るを譏て、幕府の大罪とし、今日は公使の禁闕《きんけつ》に上るを悦《よろこび》て盛典とす、何ぞ夫《そ》れ前後相反するや、因是観之《これによってこれをみれば》其十有余年尊王攘夷を主張せし衷情は、唯幕府を傾け、邪謀を済《な》さんと欲するに在ること昭々可知《しょうしょうしるべし》、薩賊多年、譎詐《きっさ》万端、上は天幕を暴蔑し、下は列侯を欺罔《ぎもう》し、内は百姓の怨嗟を致し、外は万国の笑侮を取る、其罪何ぞ問はざるを得んや。

皇朝《こうちょう》陵夷《りょうい》極まるといへども、其制度典章、斐然《ひぜん》として是れ備はる、古今の沿革ありといへども、其損益する所可知也《しるべきなり》、然るを薩賊専権以来、叨《みだり》に大活眼大活法と称して、列聖の徽猷嘉謀《きゆうかぼう》を任意廃絶し、朝変夕革、遂に皇国の制度文章をして、蕩然地を掃ふに至らしむ、其罪何ぞ問はざるを得んや。

薩賊擅《ほしいまま》に摂家華族を擯斥《ひんせき》し、皇子公卿を奴僕視《ぬぼくし》し、猥《みだり》に諸州郡不逞の徒、己れに阿附《あふ》する者を抜て、是をして青を紆《まと》ひ紫を拖かしむ［高位の官の礼服の色。媚びへつらう者を取り立てている状況を指す］、綱紀錯乱、下凌ぎ上替る、今日より甚しきは無し、其罪何ぞ問はざるを得んや。

伏水《ふしみ》［伏見］の事、元暗昧、私闘と公戦と孰直孰曲とを可不弁《べんずべからず》、苟《いやしく》も王者の師を興さんと欲せば、須《すべか》らく天下と共に其公論を定め、罪案已に決して然る後、徐《おもむろ》に之を討すべし、然るを倉卒の際、俄に錦旗を動して、遂に幕府を朝敵に陥れ、列藩を劫迫して、征東の兵を調発す、是王命を矯めて、私怨を報ずる所以の姦謀なり、其罪何ぞ問はざるを得んや。

薩賊の兵、東下以来、所過の地、侵掠せざることなく、所見の財、剽竊《ひょうせつ》せざることなく、或は人の鶏牛を攘《ぬす》み、或は人の婦女に淫し、発掘殺戮、残酷極る、其醜穢、狗鼠も其余を不食、猶且靦然《てんぜん》として、官軍の名号を仮り、太政官の規則と称す、是今上陛下をして、桀紂《けっちゅう》［夏の桀王と殷の紂王。古代中国の暴君の代表］の名を負はしむる也、其罪何ぞ問はざるを得んや。

井伊、藤堂、榊原、本多等は、徳川氏の勲臣なり、臣をして其君を伐《うた》しむ、尾張、越前は徳川の親族なり、族をして其宗を伐しむ、因州は前内府［徳川慶喜］の兄なり、兄をして其弟を伐しむ、備前は前内府の弟なり、弟をして其兄を伐しむ［因幡鳥取藩主池田《いけだ》慶徳《よしのり》、備前岡山藩主池田茂政《もちまさ》はいずれも水戸斉昭の子で徳川慶喜の兄弟］、小笠原佐渡守は壱岐守の父なり、父をして其子を伐しむ［肥前唐津藩主小笠原長国《ながくに》は新政府に帰順、養嗣子で老中の長行《ながみち》を義絶した］、猶且強て名義を飾て曰、普天之下莫非王土《ふてんのしたおうどにあらざるなく》、率土《そつど》之浜莫非王臣《のひんおうしんにあらざるなし》、嗚呼薩賊五倫を滅し、三綱を斁《やぶ》り、今上陛下の初政をして、保平の板蕩に超えしむ、其罪何ぞ問はざるを得んや。

右の諸件に因て観之《これをみれ》ば、薩賊の所為、幼帝を劫制《ごうせい》して其邪を済《な》し、以て天下を欺くは、莽操卓懿《もうそうたくい》［王莽、曹操、董卓、司馬懿］に勝り、貪残無厭、所至残暴を極るは、黄巾赤眉に過ぎ、天倫を破壊し、旧章を滅絶するは、秦政宋偃《しんせいそうえん》［秦王政（始皇帝）と宋の康王偃《えん》］に超ゆ、我列藩之を坐視するに不忍《しのびず》、再三再四京師《けいし》に上奏して、万民愁苦、列藩誣冤《ぶえん》せらるゝ状を曲陳すといへども、雲霧擁蔽、遂に天闕に達するに由なし、若《も》し唾手以て之を誅鋤《ちゅうじょ》せずんば、天下何に由てか再び青天白日を見ることを得んや、於是《ここにおいて》敢《あえ》て、成敗利鈍を不問、奮て此義挙を唱ふ、凡《およそ》四方の諸藩、貫日の忠回天の誠を同ふする者あらば、庶幾《こいねがわ》くは我列藩の不逮を助け、皇国の為に共に誓て此賊を屠り、以て既に滅するの五倫を興し、既に斁《やぶ》る、の三綱を振ひ、上は汚朝を一洗し、下は頽俗を一新し、内は百姓の塗炭を救ひ、外は万国の笑侮を絶ち、以て列聖在天の霊を慰め奉るべし、若尚《もしなお》賊の籠絡中に在て、名分大義を不能弁《べんずるあたわず》、或は首鼠の両端を抱き、或は助奸党邪の徒あるに於ては、軍有定律不敢赦《ぐんにていりつあるをあえてゆるさず》、凡天下の諸藩庶幾くは勇断する所を知るべし。

この檄文ができると、長州藩の部将、時山直八にわざわざその写しを送って、薩長の連合が長く続く見こみのない、意見を書き添え、いまより薩藩に対する長州藩の意向を、確《きっ》く定めておく必要がある旨を説いて、巧みに薩長の離間を図ろうとした、時山とはかつて相識の間柄ではあったけれど、とにかく、この際に龍雄が、こういう離間を行おうとしたのは、よほど大胆なところがなければできないことである。時山も相当の思慮ある人であったから龍雄の煽動には乗らなかったけれど、龍雄はこの筆法をもって、誰に向かっても同じようなことを言うていたのだ。

それから龍雄は、会津へまわって、松平容保を説いたのである。

「いま、官軍は白河口に迫って、すこぶる戦争に窮するの状がある、もし貴藩の兵を割いて敵の背後から襲うたならば、一挙にして打ち破ることができる、ぜひそういう策を用いてもらいたい」

こういう献策はしたけれど、これも用うるところとはならなかった。そこで龍雄は、非常に憤慨して「会津侯にしてすでにかくのごときありさまでは、とうてい官軍を打ち破ることは難しい。この上は別に策を立てて、おおいに戦うの用意をするほかはない」と深くも考えて、各藩の間を遊説することに決した。いよいよ出発しようという段になると、いままで滞在しているうちに知己になった、会津藩の側用人《そばようにん》を勤めている、原直鉄《はらなおかね》という人が訪ねてきて、一夜おおいに談論をして帰った。翌日あらためて龍雄を迎えて、

「先生のご高見は、じつに敬服のほかはない、わが藩主はいま奥羽諸藩の盟主となって、薩長の賊臣を討たんとはしているが、これとても今日の状態では、その本懐《のぞみ》を遂げることは難かしいと思う。ついては自分も先生に従《つ》いて、各藩のあいだを遊説して、おおいに義軍を起こして、彼らに当たろうと考えるが、同行をお許しくださることはできまいか」

「足下《そっか》の志は深く感佩《かんぱい》に堪えぬ、なにとぞ天下のためにお尽くしくしください」

両人は血を啜《すす》って、深く約し、同志の者を語ろうて、別に事を起こすの準備にかかった。ときに幕臣の羽倉鋼三郎《はぐらこうさぶろう》、日光の桜正坊《おうしょうぼう》の両人《ふたり》が、原の紹介で同盟の列に加わって、これから四人揃って、各地を遊説することになった。

龍雄らが、人伝に聞くところによれば、磐城《いわき》の方面において、いまさかんに戦闘が起こっている、ということであるから、すぐに道を転じて、磐城へ入《い》りこんでくると、平潟湾《ひらかたわん》の方

面が戦闘《たたかい》もっとも酣《たけなわ》であると聞いて、一同戦場を指してやってくる。途中図らずも、人見勝太郎に邂逅《かいこう》したので、龍雄は手を拍《う》って、

「奇遇奇遇」

　と叫んだ、人見も等しく手を拍って、

「貴下《きか》は、いかにしてこの方面へ来られたか」

「じつは、こういうしだいである」

　と、これから龍雄が会津藩を説いて、説の用いられぬ顚末から、この方面に戦闘のさかんなることを聞いて、応援に来たということを物語る、人見は龍雄の手を執って喜んだ。龍雄の紹介で、他の三名も人見と手を握り、これから幕軍に投じてさかんに戦ったけれど、官軍は、追々と援兵が加わってきて、ついに幕軍は、この方面でも大敗を遂げて、龍雄らは、空しく敗軍のうちに、身を晦《くらま》すのほかはなかったのである。

四

　奥羽の連合も、初めは非常に強かったけれど、まず第一の雄藩たる仙台が、曖昧な態度になる、それから続いて、秋田藩が裏切ってしまった。その他の諸藩は、風を望んでみな官軍に降るのありさまで、ただわずかに盟主の会津藩が、最後まで踏みとどまって、遠く長岡藩と相応じて、官軍を悩ますに過ぎない。龍雄はこういう工合に、形勢が迫ったことは知ら

ず、常野《じょうや》［常陸《ひたち》と下野《しもつけ》、上野《こうずけ》］の各地に出没して、遠く奥羽に深入りしている官軍の背後《うしろ》を絶ち、これを苦しめようという考えで、まず沼田藩を説きつける計画でやってくると、意外にもこのときは、すでに沼田藩は官軍に降っていたので、かえって龍雄らの一行を捕えようとした。ここにおいて、もはや遁《のが》るるの道なく、四人は必死の窮状に陥ったのである。ときに羽倉が龍雄に向かって、

「われわれの画策はすべて敗れ、事ここに至る以上は、もはや遁るるに道がない。しかしながら、この一行がすべてここに屍《しかばね》を曝《さら》すのは、甚だ策の得たるものでない。雲井先生は身をもってこの場を遁れ、奥羽の地に入って、最後の策を講ずるようにしてくだされ。また原氏《はらうじ》も桜正坊も、前途になお為すべきことはたくさんにあるゆえ、この場のことはいっさい自分に任せて、一刻も早く立ち去ってもらいたい。いまや沼田の藩兵が、時を移さずわれらを追うてくるにきまっている。拙者はこの場において斬死《きりじに》するまでも、足下らが遠く遁れるまでは、踏みとどまって最後の決戦をいたす所存である」

と聴いて、龍雄は、

「そのご好意はかたじけないが、拙者《それがし》らも貴下と血を啜って、今日まで相携えてまいったのであるから、この場において、足下を一人残して立ち去るに忍びない、たとえ、沼田の藩兵がどれほどあろうとも、われら四人が力を合わせて奮戦したならば、よもや脱《のが》れ出ることのできぬはずはあるまい。足下一人が死するというは、義においてわれらの承知いたしがたき

ところである」

「イヤ、先生それはならぬ、四人がともにこの場に闘うたならば、四人みな死するか、あるいは捕虜《とらわれ》の恥辱《はずかしめ》を受けるか、二つのうちに過ぎぬ。それよりは拙者一人《いちにん》死を決して、足下ら三人を奥羽へ落としまいらするほか、この場合においての良策はござらぬ。この一事は曲げて拙者に御委任《おまかせ》を願いたい」

桜正坊も直鉄も、龍雄と同じように、四人相携えて奮戦する議論を唱えたけれど、どうしても羽倉が承知しないから、そこで熟議の上、羽倉の言うとおり、あとのことは羽倉に頼んでおいて、三人は奥羽へ落ち延びることに決めたのである。ときに羽倉は、

「かく決する上は潔《いさぎよ》く斬死して、足下らの落ちゆくことを容易《たやす》くするほかはないが、ここに一つ、雲井先生にお願いいたしたきは、余の儀でもない。拙者は幕臣林鶴梁《はやしかくりょう》の一子に生まれて、羽倉家を相続したものでござるが、羽倉家に対しては、どこまでも厚い義務を負うておるのだ。しかるに、江戸表出発のみぎり、一家は離散して、いまはどこにどういうありさまでいるか、それすらも知ることができぬ。ついては自分に一人の女子がある、もし先生が、その志を伸ぶることができて、世に在るときは拙者の遺子を尋ねて、羽倉の家だけは滞りなく続《つ》がせていただきたい、この場においての願いはこの一事でござる」

力抜山《ちからはやまをぬき》、気蓋世《きはよをおおう》［垓下における項羽の詩の一節］の慨《がい》をもって、沼田の藩兵を一身に引き受け、三人の同志を奥羽へ、無事に落ち延びさせようとする勇士も、親子の情はかかる

場合にも厚いもので、懇々とこの一事を頼みこんだ。龍雄らは涙とともにこれを快諾して、ついに羽倉を残して、奥羽へ急ぐことになった。

まもなく押し寄せてきた、沼田の藩兵を引き受けて、羽倉は潔い最期を遂げてしまった。しかし、羽倉の奮闘が激しかったために、この一人を討止《しと》めるので手間を取ったから、三人は無事に引き揚げることができたのである。羽倉の死に臨んで頼んだことは、友誼に厚い龍雄が、寝ても醒めても忘れる暇なく、常にその事は心がけていた。しかるに、会津を経て米沢へ帰る途中で、一人の男の子に出会うた。そのようすを見るに、普通の町人の子とはだいぶ違ったところがある。そこでだんだん仔細を聴いてみると、これも幕臣横山某《ぼう》の三男に生まれて、母とともに江戸を落ちて、奥羽へ行く途中であるが、数日前《ぜん》に母は病後の疲れで旅の宿に死んでしまったので、自分はただ一人となって、これから江戸へ帰るのである、と仔細を聴いて、龍雄はこの少年《こども》を救うて、米沢へ連れて帰り、その後明治になってから、龍雄が江戸へ出るときに、この子供を連れてきて、それから羽倉の遺族を捜し求めて、ようやくに女子《むすめ》の所在《ありか》がわかった。いままで膝下《ひざもと》に置いてようすを見ると、この少年《こども》がやはり士魂のある、立派な気質であるから、羽倉の遺子《むすめ》と配《めあわ》せて、名も鋼一郎と改め、ここに羽倉の家は、無事に存続することになった。かかる兵馬倥偬《へいばこうそう》のあいだにあっても、龍雄が細かいことにまで意を留めて、死んだ友人のために尽くしたというところに、龍雄の情義の厚い点が現われている。死んだ羽倉も、墓の下で喜んでいることであろう。

五

龍雄が、会津に引き返したのは八月のことで、このときは、会津藩の籠城戦も危うくなっていたのだ。もし、会津藩が敗北を遂げれば、それで奥羽の連合は、いよいよ破れることになるのであるから、一刻も早く会津［若松］城を救う必要がある、という考えで、龍雄は昼夜兼行で、米沢へ駆けつけた。藩主を説いて、会津藩を援けるために、兵を出させる計画《つもり》であったのだが、米沢へ帰ってきてみると、意外千万にも、すでに上杉家は官軍へ降参したのちであった。これを聞いた龍雄は、非常に憤慨したけれど、いまは後の祭りでいかんともすることができない、ただ天を仰いで歎息するばかりであった。しかるに、米沢藩は官軍へ降服すると同時に、領土奉還の議を決して、官軍へ申しこむという内相談《ないそうだん》のあることがわかって、龍雄はますます憤慨に堪えず、藩の重役を歴訪して、反対意見を披瀝した。その熱誠に動かされて、ついに藩主から龍雄に、領土奉還に対するの意見を徴することになり、龍雄はここに筆を揮うて、その意見を認《したた》めることになった。

答下問《かもんにこたう》　明治二年二月晦日《ついたち》（全文）

臣伏惟《しんふしておもんみるに》、封建郡県各其自然の勢より、漸を以て成り来りし者にて、恰《あたか》も真宰の冥化に斉く、縦令《たとえ》大活眼を刮し、大英断を発するの人ありとも、一朝一夕の拮据《きっきょ》の人力を以て、之を変じ得べき者に非ず、夫慶元《それけいげん》封建の由来する所を推すに、一に上古の国造《くにのみやつこ》県主《あがたぬし》を置くより発し、二は古の守掾介《かみじょうすけ》を立るより発し、三は近古の守護地頭を設るより発し、延て群雄割拠、終に削平《さくへい》し難きの形勢を成せしなれば、徳川氏の如き不世出の英雄と雖も、猶此形勢を変ずる能はずして、遂に此に因り以て封建と為せしものなるべし、然《しからば》則《すなわち》、今日薩等百端尽力するとも、断じて此形勢を変じ得べからず、其《その》所以不可変《へんずべからざるゆえん》の者、強て変ぜんと欲する、此是《こはこれ》薩の不幸にして、其不幸を幸とする者、別に人あらん、今臣其所以不可変之者を折て三とす、

其一曰《そのいちにいわく》、皇国大小の諸侯、各其版図爵位《おのおのそのはんとしゃくい》を保つ者、其由来する所一朝一夕に非ず、故に苟も庸暗狂妄《ようあんきょうもう》の君に非るよりは、誰か其祖業を恢弘《かいこう》にし、其遺範を綢繆《ちゅうびゅう》し、其社《しゃ》稷《しょく》を眷恋《けんれん》し、其民人を愛惜するの意なき者有らん哉、故に一朝茅土《ぼうど》を還し、政柄を棄るか、其大に楽まざる所、今必ず之を更《あらた》めて知州事と称し、其民人租税を奪ひ独《ひとり》貴族の空名を予《あげ》んと要せば、先づ天下大小諸侯を芟夷《せんい》し、以て皇国千年来の旧形勢を、一変するに非れば手を下すべからざるに似たり、此是断じて行はざるべからざる者一、

其二曰《そのにいわく》、大小諸侯の臣民、各其本土に仕へ、各其恩沢に浴すること、亦一朝一夕に非ず、故に苟も不逞無行の徒に非るよりは、誰か其公室を慕ひ其祖先を思ひ、一死臣子の分を尽し、以君父に酬ゆるを欲せざる者有らん哉、故に一朝之を更めて王臣と称し、数百千年来一定の大分を乱り、其情誼を断つは、其大に悲む所、今必此形勢を変ぜんと

要せば、先づ天下志士忠臣を屠尽《とじん》せずばあるべからず、此是断じて行はるべからざる者二、

其三曰《そのさんにいわく》、皇国の外国に異なる所以の者は、皇統綿々万世一系にして、能く万世の久しきを保つ所以の者は、独り其礼楽征伐一切之を相将に任ずるを以て也、苟も附託得人《ふたくひとをえ》、上下不相僭《あいみだれず》、四民各其分に安ぜば、大綱何ぞ不挙を憂へん　細目何ぞ不張を憂へん、礼楽征伐何ぞ一途に不出を憂へん、然則《しからばすなわち》、封建の旧貫に依り、以て粗ぼ之を潤色し、循時制宜の方を得ば、何ぞ万国に冠たる不能の理有んや、且君為君民為民、運用営為、其宜きを得、以て厚生利用の道を尽すを期せば、何ぞ強《しい》て万国に冠たるを求めん、且必草昧《かつかならずそうまい》の世の徒質、無文の俗に溯りて、内は神武立極の昔、外は欧夷質略の今日に則とり、四海の内、天子の外、従《ま》た所謂君なる者なからしむるに帰するを要せば、畢竟、万年綿々延々、皇統を截《き》らざるを得ざるに至る、此是古今理勢然る也、今此大基礎上より更肇《こうちょう》せずして、徒《いたずら》に其末に汲々たるは何ぞや、是無他《これたなし》、幼帝を弁髦《べんもう》し、之を嗾《そう》使《し》し、以て己れが労を省き、他年業成り事定るの後は、徐かに莽操の故智を学ばんと欲するに不過而已《すぎざるのみ》、今や九法既に斁《やぶ》れ、三綱既に淪《しず》む、彼の薩、虎狼の心を以て、何ぞ黄口の一孤児に不忍者ならんや、何ぞ空文無形の名分を畏憚する者ならん哉、嗚呼彼の面目の真、天下今稍之を看破す今より後何ぞ勤王済民の挙、其至誠より出るの人なきを保せん哉、然らざれば則国是遂に一定すべからず、此是断じて行はざるべからざる者三、

然らば則、郡県の制遂に行はるべからざる歟《か》、曰然り、然らば則、此論遂に可廃歟《はいすべきか》、曰何ぞ其廃すべきを必せん、何ぞ其不可廃を必せん、臣請ふ重ねて薩情を揣《はか》るを得ん、一揣曰《いっしにいわく》、渠《か》れ蓋《けだ》し謂ふ、仮王済私の第一半、稍了すと雖も、是何ぞ我が腹をして、果然たらしむるに足る者ならん哉、曩《さ》きに我既に復古論を設け、之を羅と為し以江戸を狙《そ》掩《えん》し、其未だ之を撤せざるに及び、遂に東北三州を掩ひ獲たり、今我復た郡県論を設け、之を羅と為し以て其余羽を狙掩せんとすと、如此則此論或不廃、二揣曰、渠れ蓋し謂ふ、江戸既に抜け、東北既に平ぎ、我武既に天下を震はす、唯恨《うらむら》くは天下或は、我面目の真を看破するものあるを、故に我れ今将に此論を主張し、以て勤王固と我至誠に出るを示し、以て天下の耳目を塗らんとす、若《も》し之を慫慂する者多く、之を排撃する者少ければ、即此に於て乎、我腹をして果然たらしむるに足る者有らん、若《もし》之を排撃する者多く、之を慫慂する者少きも、尚且我勤王の誠終を貫くを示し、以て天下の群疑を釈《と》くに足る、豈強て此論を主張し、以て怨の府と為るを期せん哉と、如此即此論或は廃せん、今天下諸侯、皆既に之を慫慂す、是此論の断じて行はるべきの兆既に著なり、曰不然々々、今天下諸侯の此論に於るや、臣所謂慫慂する者に非ず、此是雷同、夫雷同者必唯廷議の上告激天下に於てす、故に其実効を責むるの日に及び、始て其面目の真を看る、今の時に在て豈予め其之を排撃する者誰ぞ、其之を慫慂する者誰なるを弁ぜん、今臣伏察するに、天下の自今可有為の機有三、其一曰、郡県論を主張する者独薩而已、（薩の献地を請ふは、去春季に在り、此とき長は唯侵地を還すの論あり、献地の論なし、土に至ては断じて献地論に服せず、今或は同、長土も亦此論を主張すと、臣未知其情如何）其之を奨激翼成する者は、独薩尾に附き、薩鱗を攀ぢ、見利忘義、無君無父の群少に不過而已、不然則、庸暗狂妄、不解事の徒也、若し夫れ守道取義の明君良弼志士忠臣は、則誰か此に切歯せざるものあらんや、然らば即他日此論始めて決し、藩翰君臣の名分を更定するの期に及び、何ぞ其嬰城唱義の人なきを保せん哉、此是自今有為の第一機、

其二曰、三州の血未乾、天下人心既に兵を厭ふ、故に第一機或は漫過するに至《いたら》ん若し其実効を責て少しく之を仮さず、之に迫て其君臣を離斥し、或は其君を他鎮に移し、或は其兵を他城に置くの期に及では、何ぞ其捨生取義の人なきを保せん、此是自今可有為の第二機、

其三曰、第二機亦復漫過し、其君其兵、既に移置するの日に及では、天下郡県知事の貴族は、則皆秦の三川守李由に同く（西洋貴族の制は漢の関内侯或は秩二千石中二千石等の制と大同小異、其実二千石には不同、臣未詳）天下郡県案察の吏員は、皆秦の邯欣翳に同じ、天下郡県屯戍の兵は、秦の閭左徒に同じかるべし、且縦令へ貴族をして移鎮せざらしむるも、其相員大吏は必ず皆漢の諸王の相内吏に同く、各自肆に之を置く不能《あたわず》して、一切朝廷の拝罷を仰ぐは不待論《ろんをまたず》、如此則仮令厳刑峻法以て、天下を束縛せしむるも、何ぞ其紛乱を救ふに足らん哉、如何となれば則、夫の志士良民の如き、仮令之をして姑《しばら》く其眷恋する所の故主を棄て、其疾視する所の県官に属せしむる

も、此に人あり之を義に誘ひ、之と事を挙ぐるあらしめば、何ぞ其陳呉項劉相踵《あいつい》で崛起《くっき》せざるを保せん哉、此是自今可有為の第三機、

臣伏惟、古今固異其勢、東西不同其形、今天下願治の君相、何ぞ其活眼を此に刮せざるや、夫れ欧夷国体の今日に於るや、猶皇国々体の延喜前後に於るが如き也、夫れ開国の初形何の洲か封建有んや、気運の方旺何の国か覇者有んや、封建の制、覇者の政、此是出於不得止者而已《これはこれやむをえざるにおいていずるもののみ》、故に今日の英仏の制度の出為、これを今日の皇国に律すべからざるは、不待智者而後知之也《ちしゃをまたずしてのちこれをしるなり》、夫の墨の共和の如き、其形成於拓地殖民之初、故に独之を今日の皇国に不可律而已ならず、亦且之を神武前後の皇国に律すべからず、夫の鄂《かく》の如き、唯其欧に在るの諸部は、稍郡県の形を成す、其亜に在る諸部に至ては、今日酋長土豪、猶漢時胸土の左右谷蠡王《れいおう》の如き者有て、棊布《きふ》星羅す、故に徒質無文一切簡易の夷俗と雖ども、自古及今、其形に因り其勢に循《したが》はずして、以能く其功業を建つる者有らず、今薩強て皇国今日の形勢を変ぜんと欲せば、小にしては比特革［ピョートル大帝］反正の日に似るの乱、大にしては陳呉項劉秦末に於るに似るの乱を速くべし、夫れ比特革は五大洲中、近世稀有の英主なれども、其旧形勢を変ぜんと欲して、彼大乱を醸せり、如彼の大乱を経れども、尚且つ其在亜の酋長土豪、臣民政柄を収尽する能はず、唯之をして君臣相率服、敢て弐せざらしむるに不過而已、今薩彼比特革に企及すべからざるは、姑く置て論ぜず、之を秦政に較るも、尚且つ其十が一を不可望、然うして其積怨

深怒を一身に聚む所以、則粗ぼ相似たり、然らば則今日此論を主張する者、適々其覆亡の期を促がす所以歟、此是臣が其不幸を幸とする者、別に人ありと云ふ所以而巳、然らば則今日、我が藩の方向当に如何すべき、曰、寂然潜形、以て内政を務め、優柔屈身、以て外交を締《むす》ぶを要す、内は恩信を以て我が士民を撫循し、敢て内訌外慕の心を萌さざらしめ、外は傍近旧盟の各藩に輯睦《しゅうぼく》し、動静営為相与《あいとも》にし、以て陽《あら》はに薩等に曲従し、之に応じて曰はん、苟も皇国々是の一定する所、国基の固牢する所あらば、我豈に敢て君が頤指に供せざらん哉と、之に辞を卑《ひく》ふし、之に礼を厚ふし、然して遷延油滑、敢て之に比周せず、以て自今可有為の機を伏狙す、此是中《あた》る亦利、不中《あたらず》も亦利の策也、若し此に不出して、前に注視し以て後へを顧るを不知、外は利に鶩《は》せて以て、内には義を存するを不務、頑然強顔、以て薩尾に附き、薩鱗を攀ぢ曰はん、此制便なり、我将に奮て之を翼成せんとす、天下勤王の藩翰、何ぞ我と此実効を共に与にせざるやと、嗚呼此是中るも亦屈し、不中ば則必亡の大拙策、

　右至陋の臆測に御座候得共、御下問の辱《かたじけな》きに依り献芹の愚忠不避忌諱、泣血奉謹奏候、草卒の際属文仕り、蕪雑の語も多々有之、御了解し難被成条々も被為在候はゞ、何とぞ御再問被成下度奉願上候恐惶頓首、

しかるに藩の議は、いつのまにか奉還のことに決してしまった。龍雄はこれを聞くと、ほ

とんど狂せんばかりに激して、河村右馬允《かわむらうまのすけ》の家へ駆けこんできて、火鉢に手を翳《かざ》して坐っていた河村は立ち上りながら、

「オー雲井か」

と叫びながら、座敷へ飛びこんだ。折柄、

「河村おったか」

と言って席へ着かせようとすると、突然前にあった火鉢を取って、パッと、投げたからたまらない、灰神楽《はいかぐら》は立って火は散乱する。河村もその暴状には、しばらくは惘《あき》れて言葉も出ずにいたが、やがて龍雄に向かって、

「貴公は、なんという乱暴をするのか、いかに懇親のあいだでも、多少の礼儀はわきまえてもらわなければ困る」

と、叱るように言うたが、龍雄はその灰や火の散乱しているなかに、ドッかり坐ったまま、声を揚げて泣いている。どう見ても気が狂ったとしか思えない。そのうちに河村は、龍雄の手を執って、無理やりに別室へ引き入れ、そのしだいを尋ねると、龍雄は「官軍へ降服したことの不都合から、このたびの領土奉還について、自分へ意見を求められたから、赤誠をもって認《したた》めた、意見書を差し出してあるにもかかわらず、自分へはいちおうの沙汰もなく、奉還の藩論を決したのは、甚だもってけしからぬ、かく相成る以上、幾百年連綿として続きたった上杉の領土は、一塊の土も残らぬことになったのであるから、泣かざらんと欲

するも能わざるしだいである」と言うて、また潸々《さめざめ》と泣き出す、よく聴いてみれば、条理も立っているし、気が狂っているのでもない。ただ慷慨悲憤のあまり、この狂態に出でたということがわかって、河村も果ては雲井に同情して、ともに手を執って泣いた、ということである。

六

時弊に憤慨し、権勢に反抗する者が、その説の行われぬために、ややもすれば狂態を演ずることのあるのは、往々その実例のあることで、ただに龍雄一人のみではない。唯一の希望《たのみ》にしていた、奥羽連盟もすでに破れ、会津城は官軍の手に渡って、いまはわずかに箱館の五《ご》稜郭《りょうかく》に、佐幕の残党が栖籠もっているばかりである。心憎く思っている薩長二藩は、ますます勢いに乗って、横暴をきわめる、それを見るにつけても、龍雄は憤慨の情に堪えないのである。齢はまだ若いが、学殖も深く、一見識もっている人物だということは、藩の先輩もこれを知っていたので、このままに浪人同様の生活をさせていたら、どの方角に曲がってゆくかわからない。もし、無法なことでも企てられては、藩の迷惑は言うまでもなく、いま少しく老熟したならば、藩を背負って立つほどの前途有望な壮年を、空しく梟木《きょうぼく》の上に曝すのは、残念なしだいである。なんとかして龍雄を救い上げる工夫をしよう、という相談が寄々《よりより》に起こり、藩の費用をもって立てられた、興譲館《こうじょうかん》という学校がある。これへ龍雄を迎えて、講師にしようという議が決まって、さっそく本人を呼んで相談してみると、龍雄も進んでその任を引き受けると答えた。そこですぐに翌日から興譲館へ出張して、多くの生徒を前に、経書の講義をすることになった。いかに学問があるとしても、いままでの調子が、やや狂的であったために、早くから講師をしている老成の人には、まだ生若い小僧のようにも見える。生徒の方から見ても、なんだか物足りぬような気がして、果ては講義の席に、難しい質問を放って、龍雄を苦しめてやろうと、ひそかに相談をもちまわる悪戯者《いたずらもの》もあった。

いまの学校に出入《しゅつにゅう》する青年は、まことに温順《おとなし》いもので、昔の私塾制度の時代の青年に比べれば、こんなにも違うかと思われるほどに、強い者に向かっては、弱い者ばかりの勢揃いになったのは、時代の関係もあろうが、とにかく、教育の方針が、そういう風に青年を導いてゆくのであろう。ことに、各藩の藩黌《はんこう》に出入する、青年の意気ごみはじつにえらいもので、講師であろうが、上長の人であろうが、ひとたび気に入らないとなれば、すぐに腕まくりで押しかける元気もあって、ときには先輩や長老を袋だたきにすることも、往々にしてあったものだ。なにしろ「上杉藩の武士《さむらい》である」という気があって、向こう張りの強い連中は「なんの、龍雄ごとき小僧が」と、意気ごんで向かってゆく。それを相手に龍雄は、どんな難問に向かっても、少しの渋滞なく、応答は流るるごとくであった。時と場合によっては、腕力をもって向かってくる者があっても、さらに辞退はせず、すぐに対抗してゆくという、その男らしい態度か、いつか知らず、館生一同を敬服させてしまって、果ては老成の先輩までが、龍雄を許して、その説を容れるようになった。

龍雄が、あたかも火の如き熱烈の気を抑えて、学校の講師になったのは、深い考えがあったからだ。藩主の左右にいる者が、腰抜けの多かったために、碌な戦闘《たたかい》もせずに、薩長の陣門に、降を請うような醜態を演じたのだが、藩士の子弟には、なおかつ談ずるに足る意気をもっている青年も多くあるであろう。いましばらくの間、節を屈し気を矯《た》めて、これらの青年を相手に、自分の意見を追々に吹きこんでいったならば、あるいは藩の青年が中堅となって、ふたたび奥羽諸藩の連盟を図ることもできようと、こういう考えをもって、快く講師たることを承知したのであるから、強い者にはあくまでも強く、弱い者にはどこまでも優しく、対手しだいで剛柔いずれとも変化をして、巧みに青年を懐柔《てなず》けていたのである。

龍雄が、興譲館にその翼を収めているうちに、新政府の組織はだんだん進んでいって、帝都はいつか江戸に移され、東京と改称することになった。薩長の二藩が中心となって、この革命を為しとげたのであるから、どうしても政府の実権は、この二藩から出た人に握られるのは、自然の数《すう》でやむことをえないが、しかし、他藩の人から見れば、いかにも嫉《ねた》ましく思われてならない。ことに人間というものは、まことにわがままな性質をもっているから、幕府を倒して新政府を起こすまでの間には、それぞれ隠忍持久して、他藩の説も容れたり、努めて公平な態度を執ったであろうが、いよいよ天下を統一して、実権が自分の手に帰するとなれば、どうしてもわがままのふるまいの始まるのは、そこが人間の弱点でやむことをえない。薩長の二藩においても、やはりその傾きがあったから、他藩の人から見れば、不平の起こるのも無理はないのである。

東京から帰ってくる藩士のうちには、よく新政府の内情を知っている者もあるし、また一般の社会の状態を、よく究めている者もある。それらについて、龍雄がだんだんとその真相を確かめることもできるし、また東京の同志からしばしばの来信によって、薩長二藩がどういうことをしているか、またその他の藩がこの二藩に対して、どれまでの程度において、不平を懐いているか、ということの一斑は、刻々にわかってくるので、ここにおいて龍雄は考えた。

「いま天下の大勢は、一時の勢いに駆られて、ここに落ち着いたけれど、まだ薩長二藩によって、天下を治めうるという見こみは決《け》っしておらぬ。もし、諸藩の志士に腰の強い者があって、十分踏《うん》ん張《と》ってかかったならば、この二藩の勢力を殺いで、もう一度、面白い天下を作ることができぬとも言えぬ。それにはいまの場合において、不平を懐いている諸藩の志士を糾合して、東西各所に同志の者が相応じて事を挙げれば、必ず目的を遂げられるに違いない」

と、ひそかにその計画を立てはじめた。折柄、幸にも藩命によって上京を命ぜられたから、龍雄は雀躍《こおどり》して喜んだ。

七

東京の藩邸にいて、だんだん新政府の内部を探ってみると、米沢にいて聞いたよりは、面倒な状態になっていて、自分がかねて計画した、薩長二藩の間に離間を行うまでもなく、そのことはいまや実現されて、二藩のあいだにはさかんに暗闘が始まって、事ごとに相排擠《あいはいせい》しておるのありさまであった。これはかねて龍雄の望んでいたことであって、どうしてもこの二藩の暗闘が長く続いて、しかもそれが激しくなってこなければ、自分らの目的を達することはできないのであるから、その点については龍雄は、努めて二藩の軋轢の激しくなるように、骨を折っていたのである。

数寄屋橋《すきやばし》の外に、稲家《いねや》という船宿があって、主人はおよしという婦人で、生粋の江戸っ子であった。藩の用人森三郎《もりさぶろう》が、しきりにこの稲家へ行っては酒を飲む、たいがいな客《きゃく》接待《うけ》は、ここの一室でするようにしていたのだ。いまでは船宿の数も少なくなって、東京中捜しても十軒とはあるまいが、昔はいまの待合の代わりに船宿があって、諸藩の用人や町家の金持ちなぞは、多く船宿の二階で、人知れず金札《かねびら》を切って、粋な遊びもすれば、また綺麗な屋根船に乗って、隅田川の清流に乙《おつ》な愉快を尽くしたものだ。その世話をするのが船宿の家業《しょうばい》になっていて、昔のことにしてみれば、なかなか安い金ではできなかったから、少し贅沢な人は、たいがい船宿の手にかかって遊んだものだ。つまり言えば、いまの待合と同じようなことをするのではあったけれど、いまほどに露骨に汚いものではなかった。どこの馬の骨かわからぬ者が飛びこんできて、十円紙幣《さつ》の二、三枚も振りまわせば、すぐに敵娼《あいかた》もできるし、隣り座敷をのぞいてみると、もう女の膝に枕して落花狼藉のありさまというような、そんな馬鹿げたことは昔の船宿にはなかったものだ。それであるから旧式を守っている船宿は、だんだん凋落《ちょうらく》していって、いまでは船宿の看板を掛けていても、実際においては舟遊びをするような人もなく、やはり一般の待合と同じようなやりかたをして、わずかに船宿の名義が存《のこ》っているに過ぎないのである。龍雄はある日、用人の森に案内されて、稲家へ来て遊んだ。そのときに主婦のおよしも出てきて、森に挨拶する、森は静かに龍雄を顧みて、

「この女《もの》が、かねてお話しいたした当家の主人、女でこそあれ、なかなか利かぬ気の、真に江戸っ子の魂を備えた、立派な女じゃ、この上ともよろしく贔負《ひいき》にしてやってください」

と言われて、龍雄は笑いながら、

「かねて噂は聞いていた、おまえの評判はなかなか善いから、ずいぶん家業を励むがよい」

森の紹介も事々しかったが、龍雄の答えがあまりに真面目であったから、客扱いに慣れている、こういう家《うち》の主婦《あるじ》でも、なんとなく恥しいような気がして、およしはとみに答えも出なかった。そのうちに馴染みの芸妓《げいしゃ》もやってくる、酒肴の用意もできて、その晩はおおいに酔うて藩邸へ帰ってきた。

これから龍雄は、しばしば稲家へ行くうちに、主婦のおよしの気象を見こんで、ひどく贔

負にして、真の同志に対面するときは、多くこの稲家を使っていたのだ。その後、まもなく火事のために稲家は全焼《まるやけ》になって、ふたたび旧《もと》のとおりに普請《ふしん》をする力もなく、いくら強いようでも女の身で、すっかり力を落として考えこんでいた。その立ち退き先へ龍雄が、飄然《ぶらり》とやってきて、

「どうじゃ、およし……」

「オヤ、これは雲井の旦那様でございますか」

「ウム、惨い目に遭うたな」

「ほんとうにこんな惨い目に遭ったことはございません、箸も持たない乞食ということを昔から申しますが、ほんとうにそうなんでござんすよ」

「全焼《まるやけ》か」

「そうでござんす、火事だと言われて、目が醒めてみたら、もうお尻のところへ火が附きそうになっていたのですから、夢中になって寝衣《ねまき》一貫で飛び出したのですから、どうにもこうにも方法がつかないのでございます」

「フフム、ずいぶん惨い焼け出されとは聞いていたが、それほどとは思わなかった。それはさだめし困ったろう、しかし、以前のところへ普請をするのか、どうする所存《つもり》じゃ」

「ご親切に有難う存じます、いまのところではその普請の望《あて》もないのでございますから、どうしたものかと、考えているところでございます」

「いままでの贔負にしてくれた、客先を歩いても金ぐらいはどうかなろう、サアこういうときには、思いきった奮発をするにかぎる、人間という者は、落ち目になったときに勇気を出さなければ、人間の値打ちはないのじゃ。しかしいくら力んだところで、金が本なのであるから、マアそう力を落さずと、ちと奔走《かけはし》ってみたらよかろう。拙者も多少寄進について遣わす所存《つもり》じゃから、ぜひ再建の支度にかかったらどうじゃ」

「ハイ、有難うございます、長い御懇意《おなじみ》でもありませぬのに、そんなご親切なことをおっしゃられると、なんだか嬉しくて、涙が先にばかり立ちます」

強い気の女は、またこうなると涙脆いものか、龍雄の言うてくれたことが、いかにも親切だと感じて、およしは泣いている。やがて龍雄は、財布《かみいれ》のなかから取り出した五十両、紙に包んで、

「サア、貧乏武士《ざむらい》の拙者が、これだけ寄進に附く、残余《あと》はいままでの懇意《なじみ》の客《ひと》に貢いでもらえ」

「イエ、旦那《あなた》のように昨今の御客《おかた》に、そういうお慈悲《なさけ》にあずかっては、私の心が済みませぬから、そのご親切だけはいただいておきますが、これだけはご辞退を申し上げますする」

「イヤ、そう他人行儀にせずと、マア取っておきなさい」

およしがしきりに辞退するのを、無理やりに押しつけるようにして、龍雄は帰ってしまった。およしは押しいただいて、紙包みを開いてみれば金五十両、その時分の五十両であるか

ら、およしは龍雄の親切につくづく感心して、またも嬉し涙に暮れた。

それから幾日かののちに、およしから音信《たより》があって、

「旦那《あなた》のご親切に力を得て、そこここと駆け歩いた末、どうかこうか、普請の金もまとまることになって、旧《もと》のところへ家を建てるようになりましたから、ご安心くださいませ」

ということを知らせてきた。そこで龍雄は二、三日すると、見舞いに行って、また百両包みを一つ、投げ出すようにして帰ってきた。龍雄もありあまる身代の人ではない、しかしながらこれからさき、さまざまな人物を味方に引き入れるについては、どこか秘密の保てる家を一軒定《き》めておく必要がある。およしの気象を見こんで、龍雄はこの際に、それとなく恩を被《き》せておいて、いよいよ建築のなった稲家の一室を、自分の秘密の座敷に使う計画《つもり》であったのだ。なんでもないことのようだが、龍雄の用意はここまで行きわたっていたのである。

八

稲家へ連れてゆく者は、深い秘密に立ち入って相談のできる、早くいえば幹部に入るべき人物ばかりで、一般の者は、芝二本榎《しばにほんえのき》の上行寺《じょうぎょうじ》と、円心寺《えんしんじ》の二ヵ所に決めてある。その時代に多くの人を集めるには、正しい名義がないと、政府の干渉が起きてくる。また集まってくる者は、どうせ諸藩の浪人か、たとえ武門に生まれないでも、大きい希望《のぞみ》をもった者ばかりであるから、いかに秘密にしても、他《ひと》の目につくようになる、したがって龍雄の苦心はま

たひと通りでなかった。政府のもっとも恐れているのは、諸藩の浪人や、先般来の戦争に敗けて脱走した輩が、なにかの名義で集まってきて、愚民を煽動されるのが、いちばんに恐ろしかったのである。幕府を倒して新政府はできたが、まだ二年余の月日を経たばかりで、天下の人心は、まったく新政府に帰服している、というしだいでもなく、さればとて、朝廷の威光に心から恐れ入っているのでもない。どちらかといえば、まだ封建政治の夢を見ているものが多いのだから、それらの連中が集まって、一気に事を起こすようなことがあれば、あるいは成功するかもしれない。時の勢いでここまでは押しつけてきたけれど、新政府の基礎とても、まったく確立しているのではない、その鎮撫方についての苦心は政府においてもひと通りでなかった。その事情をよく知り抜いている龍雄は、多くの同志を集めるについて、表面は帰順《きじゅん》部《ぶ》曲《きょく》点検所《てんけんじょ》の看板を掲げて、脱兵の鎮撫をすると称していたのである。

政府の役人も全然《まるで》、この計画《くわだて》を正直に見ていたわけでもなかろうが、とにかく、表面に現れている趣意は悪くないのであるから、強いてこれを押し潰すこともならず、しばらくそのようすを見ていたのだ。ところが、地方の騒動が鎮まるにつれて、だんだんと脱走した浪人が集まってくる、どうせ多くの人であるから、そのなかにはいかがわしい人物も混じっていたには違いないが、なるべく人を選んで、同盟の列に加えるようにしていたので、割合に無頼の徒はなかったのである。もっとも、龍雄がきわめて厳格な取締まりをしているから、同志の間の風紀は十分に保たれていた。同盟の一人が、武士にあるまじきふるまいをしたので、龍雄は厳重に詰責して将来を戒めた。その詰責がいかにも峻厳をきわめたために、本人は深く恥じ入って切腹してしまった。龍雄の取締まりは、かくのごとく厳格であったから、ややもすれば起こりがちの掠奪なぞは絶えてなかった。その代わり寄宿している者は多く、出入《しゅつにゅう》する者も数えがたいほどであったから、平生の費用も容易なことではなく、その金算《かねさん》段《だん》をするだけでさえ、龍雄の骨折りはひと通りでなかった。ときによると、寝食を廃して、二日も三日も、金の工面で飛び歩くようなことがあった。

新政府がもっとも苦心したのは、いかにして天下の人心を収攬《しゅうらん》したものであるか、という点にあったのだ。されば布告に次ぐに布告をもってし、なにごとにも公平を主として、政治は公議輿論によるということを繰り返して、明らかに告げている。したがって、その趣意に適うたことは、実際にやってみせる必要があって、まず集議院なるものが起こったのである。各藩の俊才を藩主に選ばせて、政府へ届けを出すと、あらためて政府から集議院へ入れて、政治向きの評議をさせることにしたのであるから、ちょうど、いまの衆議院のごときものであった。ただ少しく異なるところをいえば、いまの衆議院は、一般の国民からその代表者を選ぶのであるが、昔の集議院は、各藩の士族にのみかぎられたのであって、そこが少しく違っていたけれど、まずだいたいにおいては、公議輿論によって政治を執るの趣意が、まさに実行されんとしたのである。

集議院の幹事に、稲津《いなつ》渉《わたる》という人があった。はやくから龍雄の人となりをよく知っていて、ことに昨今の龍雄が、しきりに各地の不平連を集めて、なにごとか画策しているように思われてならぬ。もし、その奇才を十分に振るわせたならば、たしかに有為の人材であると深く信じ、いまのうちにその不平を忘れさせて、天下の事に携わらせた方が、かえって龍雄のためにもよいという考えをもって、ある日のこと、龍雄を呼んで、だんだんと懇談を遂げたが、ついに龍雄もその好意に従うて、集議院へ這入ることになった。さきに、米沢藩の貢士として、京都へ行ったことはあるが、いまはその資格はないのであるから、寄宿生という名目の下に、稲津に附いて働くことになったのである。集議院において議すべき問題の、趣意書や原案の如きものは、稲津の手に一度は渡ることになっているので、龍雄はいちいちその相談にあずかっていたのだ。しかるに、この方面にも薩長二藩の者は、多く集まっていたのだから、こんど、米沢の雲井龍雄が寄宿生として、這入りこんできたことを聞くと、すこぶる不快の感を懐いた者も多かった。奥羽征伐の時分に、龍雄は薩藩を呼ぶに賊をもってして、公然己の名を表わして、その檄文を飛ばしたことさえあって、しかも、長州藩との離間を企て、時山直八を説いたことも聴いているので、かたがたもって、龍雄が集議院へ這入ったのは、甚だけしからぬことであるというて、さかんに攻撃を始める者が出てきた。稲津は自分が推薦したのであるし、またそういう批評を龍雄に加えさせては、自分が強いて集議院へ引きこんだ趣意にも違うのであるから、必死になって防いだけれど、容易にその攻撃はやまなかった。千里の野を焼く火でも、なお消防の手は届くが、人の口には戸が立てられぬ譬喩《たとえ》のとおり、初めは蔭口であったのが、しまいには龍雄に向かって、皮肉な嘲笑を加えるようになってきた。かかる場合にも、負けぬ気の龍雄は、容易に屈してはいない。

「薩長の末輩が、予を目するに賊をもってするが、それはなんの賊であるか。由来、賊名は天下の廻り持ちである、現に長州藩は文久の昔に、ひとたび賊となったではないか。薩藩もまたひとたびは賊をもって目されたことがある。しかしながら幸にして、勝者の位地に立ったために、今日では他を目するに賊をもってしている。予は一身のことを忘れ、真に天下のために義憤している者である。しかるに彼らが、予に向かって賊名を附するというに至っては、甚だもってけしからぬ」

と言うて、しきりに薩長二藩に攻撃を加える。サアそうなっては、二藩の人も黙っていない。これから互いに舌戦を始めるようなわけで、稲津が仲裁の労もなんの効なく、龍雄はとうとう疳癪を起こして、集議院を飛び出してしまった。そのときに集議院の壁へ、こういう詩を題して立ち去ったということである。

天門之窄窄レ於レ甕、　不レ容封鈎一管仲、
蹭蹬無レ恙旧鱗鰭、　生還二江湖一真一夢、
自笑豪気猶未レ摧、　毎レ経レ一艱一倍来、
睥睨蜻蜓洲首尾、　将向二何処一試二我才一、

溝壑平生決二此志一、　命乖道窮何足レ異、
唯須二痛飲酔自寛一、　埋レ骨之山到処翠、

又

生不レ聊レ生死不レ死、　呻吟声裡仆復起、
立二馬湖山一彼一時、　雄飛壮図長已矣、
我生有レ涯愁無レ涯、　悠々前途果如何、
咄々休レ説断腸事、　満江風雨波生レ花、

九

こういう事情で、集議院を退いた龍雄の不平は、日にますます嵩《こう》ずるばかりであった。せっかくに稲津が、龍雄の前途を思うて、その不平を慰藉《いしゃ》しようとしたのもついに空しゅうなって、かえって龍雄の不平を深からしめたのは、まことに遺憾千万である。もっとも、虎の威を藉《か》る群小のために、こういう圧迫を受けないでも、薩長二藩が全権を握っている政府には、とても服従しうる人物ではなかったのだ。いずれにしても畳の上で、穏やかに往生を遂げられぬように、生まれたときから定《きま》っていたのだろう。

龍雄の不平はいっそう激しくなってくる、しかも同志の人々からはしきりに迫られる、その上に政府の注意はだんだん厳重になってゆくので、龍雄らも深い決心をもって、いよいよ

挙兵の準備を急ぐようになった。真に幹部とも称すべきは、五十人弱の人であったが、連判状の上に名前を連ねたものは、三千以上あった。これだけの者が結束して、決死の活動を始めれば、容易ならぬ事変を惹き起こすのは言うまでもない。日光山には原直鉄、庚申山《こうしんざん》には大忍坊《だいにんぼう》、奥羽方面には北村正機《きたむらまさき》、東海道には三木勝、甲府には城野至《じょうのいたる》、それぞれ受け持ちの方面を定めて、各地一時に蜂起し、薩長の横暴を糾弾して、新政府の樹立を計画したのであった。しかし、その表面においてはあくまでも、封建政治の復活を唱え、徳川の再起を図るということにしてあったのだ。当時の情勢からいえば、こういう旗幟《はたじるし》の下に立つのが、人を集める上においても、また一般の同情を博する上においても、もっとも得策であると認めたからで、龍雄の心底は、封建回復なぞという、小さいところにはなかったのだけれど、ことさらにこういう主張の下に、挙兵の準備に着手したのである。各方面には、それぞれに受け持ちの者があって、別々《わかれわかれ》に事を起こすのだが、龍雄はやはり東京にいて各地の連絡を固くし、互いに消息を通ずる、その中堅となるべく、二本榎の本部に控えていることになっていたのだ。

　挙兵のことが決したのは、明治三年の六月であった。その際に同志の重立ちたる者、四十幾名の間に取り交わした誓詞なるものがある。いまその全文を掲げて、この計画のいかに堂々たるものであったか、ということを証明しよう。

第一誓詞

回瀾《かいらん》の策、曾て拮据《きっきょ》すと雖も、名なく、策なく、又義なく、一敗地に塗る、此是我不足有為の庸才の然らしむる処也、君等《きみら》尚且《なおかつ》我《われ》を唾棄せず、生死長く我を左右す、我実に惶、実に懼、雖然《しかりといえども》、然諾を重んじ、刀鋸を軽んずるは、我素より志あり。我何ぞ自今徒に悠遊以て、遂に此世を翫《もてあそ》ぶを得んや、因て改て所相盟《あいちかうところ》、左の如し、

一、朝廷に対し不可逃《のがるべからず》の名分を不可犯事《おかすべからざること》、

一、地方分与人殊趨向《ちほうひとととともにわかれすうこうをことにす》と雖も、若し我活眼を一刮して以て傲睨《ごうげい》せば、則何物か我八洲中の生霊ならざらん、今や清韓国是、往々将に攘夷に決せんとするの時、神州他日の変動瞭々として之を掌《たなごころ》に指すが如し、強《あなが》ちに薩を怨み長を怒り、兄弟鬩牆《げきしょう》の誇りを取ること勿れ、

一、大に有為を欲する者は、大に所忍《しのぶところ》なかるべからず、目前の小耻に作色《さしょく》して、撫剣疾視すること勿れ、

一、我将に朝廷の為に目前之小実効を奏し、以て在廷縉紳《しんしん》をして、其猜疑の心を氷解せしめ、然後《しかるのち》、勇退遠遊、清に航し、欧に転じ、文明諸邦多少之英傑に交を遍くし、以て大に我規模を弘め、大に我が才略を益し、以て君等の望む所に可適得《かないうべき》の大器と成り、然る後回帆、将《ま》さに初て共に大に経営する所あらんとす、君等若し実に我を愛せば、目前の小利害に区々として、我肘を掣し、我臂を紛し、以て遂に我大謀を誤ること

勿れ、右天地に誓て、所自励《じれいするところ》の赤心を布く者也、仍《よっ》て如件《くだんのごとし》、

第二誓詞

会稽《かいけい》之《の》耻《はじ》を雪《すす》ぎて以て、臣子の大節こゝに尽たりと為す者、古の時に在ては、則《すなわち》喚《よん》で忠臣と為すを可得も、然も今の世に在ては、則喚で乱臣と為すを不免《まぬかれず》、如何となれば則神州今日の勢、外洋諸夷、我が四陲を伺ひ、神州岌々《きゅうきゅう》、安危実に知るべからず、夫れ軽重固と権を殊にし、先後不同叙、今の時に当りて独り一君之宿怨を報ひ、一藩の旧耻を雪がんと欲し、内訌私闘、肯《あえ》て神州の安危を顧みざる者は、乱民に非らずして何ぞや、然らば則、今日我党立志の方豈審択する所なかるべけんや、僕年少力微なりと雖ども、庶幾は諸盟長足下と同じく相切し相磋し、以て大に我が規模を弘め、大に我が旧習を洗ひ、古今時勢の同じからざるを察し、大小事体の固と殊なるを弁へ、内は我が大廷の綱紀を壊らず、外は彼の諸洋の笑侮を来さず、前は前臭を滌《すす》ぎ、後は後芳を遺し、生ては神州扞城《かんじょう》之《の》士《し》と為り、死しては神州忠義之鬼と為り得べきの処へ着眼し、以て共に大に鞠躬《きっきゅう》尽力せん、自今以後、同盟の兄弟所統の士卒と雖も、敢て此誓詞に背く者あらば、直に相屠《あいほふ》りて可然者也《しかるべきものなり》、仍如件、

明治三年三月　雲井龍雄

他隊首長

計画はかくまで進んだけれど、多くの同志のうちには薄志弱行の徒も幾分はあった。なにぶんにも金がなくての計画であるから、考えたことも思うように届かず、その準備もはかばかしく進まぬので、多少は厭気の差したものもあって、いつしか計画のだいたいが、政府の方へ漏れることになった。初めからもっとも危険な人物として、注意していた雲井龍雄が中心となってすることである、その計画の一端を聞きこんだときは、政府の方でもなかなかに狼狽して、ひそかに手を廻して、その秘密を探ってみると、いままでに聞きこんだ以上の計画が、すでに熟している模様であったから、これは一刻も早く龍雄を押さえなければ、どんな騒動《さわぎ》ができるかもしれない、ということになって、まず龍雄の取り押さえ方を決したのだが、それについても同志の数が幾千の多きに上っていることでもあるし、各藩へも多少の関係はもっているので、いま、にわかに龍雄を謀叛人として取り押さえて、万一にも、それが動機となって、一時に爆発するようなことがあっては、それこそ一大事であるから、とりあえず龍雄をそれとなく制《おさ》えつけて、手足の動かぬようにしておいて、それからおもむろに、全体の者へ手を着けることにしようと決して、五月十三日に太政官から、米沢藩へ下した命令はこうである。

雲井龍雄儀、その藩へ御預け被仰付候《おおせつけられそうろう》に付、至急藩地へ引取り、厳重取締り

可致候事《いたすべくそうろう》、

藩の方でも、こういう命令を受けては、いまさらに猶予はならず、龍雄は二本榎から引き揚げられて、藩邸の一室に押しこめられることになった。この事が疾《はや》くも同志のあいだに知れると、その騒擾《さわぎ》はひと通りでなく、ことに城野至は、龍雄が連れてゆかれるところへ訪ねてきて、その始終を聴いたから、すぐに藩邸へ押しかけていって、用人の森三郎に面会して、その不都合を詰責した。森も龍雄に対しては同情者の一人であったから、強いてこうはしたくないのだが、政府の命令であってみれば、否応は言えず、よんどころなくやったことである。城野が顔色を変えて、厳重な談判を始めたときには、森もほとんど言葉に窮して、なんと弁解のしようもなかった。

「たとえ、政府がどういう命令を下そうとも、上杉家にはまた上杉家としての意見がなければならぬはずである。いかに大勢に押しつけられて、動きの取れぬ場合になったとはいえ、大切なる藩臣が、理由なく罪人の扱いを受くることに対して、一言も抗弁をすることができぬというのは、上杉の名家も藩主にその人を得なければ、かくまでに憐れなものになるかと思うと、拙者は上杉家に関係のない者ではあるけれど、いかにも情なく存ずる。足下《おてまえ》は現に上杉家の用人として、重要な職についておらるる以上、それらの道理のわからぬはずはない。龍雄を禁錮するにしても、あらかじめ政府に対して、その理由を詰問するだけの手続きは尽くさなければなるまいと思うが、ただいま承るところによれば、さらにそういうようすもないようでござるが、全体、上杉家は将来もまたかような不甲斐ない態度で、日を送る所存《つもり》であるか。あまりのことに気も激しておれば、ただいままで申し述べた言葉に礼を欠いた点があるかもしれぬが、この一事は拙者が赤心《せきしん》をもって申すのであるから、深く心しておき聴き取りを願いたい」

「イヤ、足下《おてまえ》の仰せられることはよく相わかっておる。そのご誠意に対して、三郎はただ感謝をするほかはないのであるが、なにぶんにも政府の命令とあっては拒みようもなく、事のここに至ったについては深くご諒察を願いたい」

「よろしい、そういう弱い音を吐いて、この大切なることを済まそうとするならば、それでもよろしいが、せめては雲井に面会をさせてもらいたい」

「それはまことに迷惑千万、同人はすでに政府の命令によって、藩においてお預り申した以上、たとえ藩士といえども、われらの自由には相成らぬ。いずれ面会をお許しする時節もござろうから、まずこの場合は一時お引き取りを願いたい」

「たとえなんと仰せられても、雲井氏に一度面会をいたさぬかぎりは、この場を一寸も動かぬ」

と強情を張って、容易に動きそうにもない。これには森もほとんど持てあまして、よんどころなく龍雄にこの旨を通ずると、龍雄は、

「ただいまは城野一人《いちにん》参って、さような難しいことを言うているのであろうが、これが長引くと多くの人が、城野と同じように押しかけてきて、だんだん事が面倒になるのであるから、とにかく、拙者が城野へ事情を尽くして、この場を引き取ってもらうことにいたしたい。なお同志の者が同様のふるまいをせぬように、城野から同志へ告げてもらいたいと思うから、ぜひ面会をさせてくださるよう、お取り計らいを願い上げる」

龍雄の希望がここにあり、城野の強情があのとおりでは、とてもいたしかたがないから、それでは会わせようということになって、もし後日に政府からお咎めがあったら、森がその責任を負う約束で、いよいよ城野と雲井を対面させることになった。

こういう事情で、龍雄は城野に面会したが、平常の激しい気象にも似ず、なんと考えたか、このときはきわめて穏やかに、

「足下《おてまえ》がたが、拙者の一身について、それまでにご苦労くださるのは、なんともお礼の申しようもないが、事ここに至っては、もはやいたしかたない。なにごとも天命に任せ、しばらく隠忍して、政府がどういう処罰を加えるか、それを待ち受けてみようと存ずる。いまの場合にかれこれ、政府の命令に反抗するようなことをいたせば、その咎めはひいて上杉家に及ぶのであるから、この一事は拙者家臣《われら》の身として、いかんとも忍びがたいことでござるによって、なにとぞこの場は無事にお引き取りくだされた上、なお同志の方々へは同様ご伝言を願いたいのでござる」

情理をわけた龍雄の一言には、城野も返す言葉なく、一時その場を引き揚げたので、用人の森も、ようやく胸を撫で下ろした。

上杉家を出た城野は、その足ですぐに例の稲家へやって来ると、此家《ここ》には幹部の連中が二、三十人集まって、しきりに騒いでいる。もう龍雄が藩邸へ押しこめられたことはわかっていたのであるから、それについての協議を凝していたのだ。ところへ、城野が飛びこんできて、いままでの顚末を物語ったから、サア議論は一時に沸騰して、じつに凄まじいありさまになった。増岡謇吉《ますおかけんきち》のごときは、顔色を変えて戸外《おもて》へ駆け出そうとする、それを一同が制《おさ》えつけて、その理由を尋ねると、

「政府があくまでもかような処置をする以上は、われわれにおいても相当の覚悟をしなければならぬ。それについては米沢の藩邸へ乗りこんで、雲井氏を取り戻して、事の成否はしばらく措き、とにかく、かねての計画どおりに事を起こしてしまおう、という考えでござる」

と言って、敦圉《いきま》くのを一同が、

「マアマアお待ちなさい、どうでも、そういう手段に出なければならぬ場合には、一同においても辞退はつかまつらぬ、必ず御身《おんみ》と同行いたすによって、いま少しく評議を凝すことにいたしてくだされ」

ようやくに増岡を制えて、元の席へ復させた。こんなことで二日余を、ゴタゴタのうちに過ごした。政府には種々《いろいろ》のことが聞こえるので、事態穏やかならずと見て、にわかに龍雄

を、米沢へ檻送《かんそう》すべき命令を下した。

十

龍雄は、米沢へ護送されることになったが、この時分から痼疾《こしつ》がようやく重くなってきて、道中筋も一方ならず困難をきわめたということである。けれども、気の勝っている龍雄は、少しも病気負けをせずに、あくまでも平静を装うて、護送の役人にもあまり手数はかけなかった。その我慢をしている苦痛は、心ある役人の目にはわかるので、かえって厚い同情を受けて、役人の取り扱いは非常に好かった。長い道中にたいした変わりはなく、日を重ねて米沢の城下へ着いて、これから座敷牢のなかに起臥《おきふし》するようになった。

すでに首領の龍雄が、こういうことになったのであるから、残る連中はさなきだに血気の輩《やから》が多く、もはや事ここに及んでは、最後の一活動をするほかはないということになって、それぞれに手分けをして遊説を始める。挙兵の準備は着々に進んで、ことに庚申山の大忍坊《だいにんぼう》の活動は、じつに目醒しいものであった。増岡はもっぱら中央にいて、雲井の名代として、各方面との連絡を取り、だいたいの準備はだいぶ進んでいった。ところが、政府は常に密偵を放って、この一党の挙動には注意していたのであるから、たちまちにしてその秘密は、政府の方へ手に取るようにわかってくる。ここにおいて、いよいよ大網を打ちかぶせて、一同を逮捕する手はずになったのである。同時に、米沢藩へ命令を下して、龍雄を東京に還送すべきことを命じた。

当時、龍雄は痼疾の肺患がようやく重くなってきて、床に就いたまま、思うように起臥《おきふし》もできなかったのである。ところへ、政府の命令とあって、上京することになったのであるから、たいがいなものならば、病気のために猶予を請うべきはずであるが、気象の勝れている龍雄は、かかる場合にも、そんな卑怯なことは言わず、快くお受けはしたが、なにしろ病気が重いので、本人よりも周囲のものが気遣われてならぬ。ことに龍雄には、多くの同情者があったのだから、それらの人がいろいろに心配して、上京を延期させようとしたけれど、それは周旋の効《かい》がなかった。例の河村右馬允が、突然龍雄を訪ねて、

「いよいよ足下《そっか》は、東京へ護送されることに相成るのであるが、いまの身体では道中のほども覚束ない。万一にも病気に障らず上京しうるといたしても、その後のことが案じられてならぬから、なにごとも拙者が心得ておるによって、一時いずれかへ身を隠すことにいたしたら、どうであろうか」

龍雄は河村の手を執って、

「そのご親切は千万かたじけないが、もし一身の安全を計るために、そんなふるまいをいたしたことが、主家《しゅか》へ累《るい》を及ぼすようなことに相成っては、不忠の至りであるから、この上は潔く上京いたすことにつかまつる」

「足下の潔白な心から考えたら、そうでもござろうが、あとあとのことは拙者がお引き受け

いたして、たとえ政府からお咎めがあろうとも、主家へ累は及ぼさせぬ覚悟《つもり》でござる。もし事が面倒になったときは、拙者が一身に引き受けて、解決《さばき》は付ける所存《つもり》であるから、一時いずれかへ立ち退かれた方がよかろうと存ずる」

河村は、これを龍雄に説く前に、十分の覚悟はあって来たのであろうが、龍雄は自分の身の安泰を計るために、河村へその累を及ぼすには忍びなかった。

「せっかくのご厚情ではあれど、この儀は平にご辞退申す」

互いに義理を立てての争いであったが、河村もついには龍雄の決心の動かしがたきを知って、涙ながらに東京へ護送することに決めたのである。

時に、明治三年［一八七〇］の八月十四日、東京へ着くと、すぐに龍雄はその筋の下調べを受けて、それから伝馬町《てんまちょう》の牢へ送られ、かくて同志の者は、追々に捕縛される、訊問はますます峻厳《しゅんげん》をきわめて、いよいよ一同は謀叛《むほん》の罪に問われた。十二月二十八日に処刑が決まると同時に龍雄は伝馬町の牢内において斬られ、さらに小塚原《こづかっぱら》の刑場へその首は梟《さら》された、行年はわずかに二十七歳、そのほか原直鉄、大忍坊はじめほか七名の者も死罪になる、原の齢は二十三で、大忍坊が二十五、いずれも血気の壮年で、なにごとをするにもこれからという年配《としごろ》、その他流刑に処せられた者は五十八人であった。

政府が、この連中に対する憎悪《にくしみ》はよほどひどく、一時は後の祀《まつり》さえも許さぬくらいであった。回向院《えこういん》の住職が、なかなか義気に富んだ人であって、わずかに龍雄の死骸だけは、吉田松陰の墓側《ぼそく》に葬って、それとなく忌日《きにち》ごとの回向をしていた、ということであるが、明治十四年［一八八一］になって、谷中《やなか》の天王寺《てんのうじ》へ改葬されて、いまでは同所に墓が建てられてある。これで雲井龍雄の謀叛についての事情は、その大要を終わった。

廃藩置県の断行

一

西郷、木戸、大久保の三傑が、廃藩置県のことを断行した顚末を述べるについて、まず西郷の進退に関する、二、三のことを述べておく必要がある。

王政維新の大業が成って、新政府の基礎がようやく固まったときに、西郷は辞職を申し出たのである。表面の理由としては「王政復古の事も緒につき、新政府の基礎もすでに固くなった以上、自分がご奉公の一分はすでに尽くしたのであるから、この際において、謹んで職を退き、故郷に立ち帰って、後進子弟をおおいに訓育して、他日のご奉公に備えることにいたしたい」というのであったが、じつは西郷にも幾分の不平はあったのである。賞典禄《しょうてんろく》は千七百石を賜わり、役は陸軍の大将で、位は正三位《しょうさんみ》というのであるから、元来が名利の念に淡い西郷としては、そういう一身の利福については、なんの不平もなかったのであるが、徳川幕府を倒して、新政府を作った、その根本の意義において、新政府の為すところに甚だ平らかならぬ点があって、それと言わず口実を設けて、西郷は政府を遠ざかろうとしたのである。大久保や木戸もしきりに引き止めるし、薩藩出身の輩下の者なぞは、泣いて諫《いさ》めたのであったが、ひとたびこう言い出した西郷は、どうしてもその決心を翻《ひるがえ》さずに、あくまでも辞職を願うてやまなかった。ここにおいて朝廷よりも、再度のお引き止めはあったけれど、西郷はとうとう、自分の決心どおり、辞職を押しとおしてしまったのである。

西郷はすこぶる偉大なる人物ではあったが、政治家としては果たして完全な人であったか、どうか、それは疑問である。廟堂の上に坐して、政治を塩梅《あんばい》してゆくことについては、あるいは大久保や木戸に及ばなかったかもしれない。しかしながら、当時の国情からいえば、まだ太平の昔に帰ったものとは見ることはできないのである。その証拠には、全国到るところにさまざまなる名義をもって、小さい暴動は間断なく起こっていたのだ。その言うところを聞けば、おのおの異なった理由をもってしているけれど、じつは徳川幕府の回復を希望している者が、十中の七八を占めていたのであるから、政府としては容易に枕を高くして、眠ることはできなかった。かような場合に、西郷のような偉大なる人物があって、なお進んで人心を収攬《しゅうらん》するにあらざれば、容易に太平の実を挙げることはできない、ということは、何人も認めていたのである。ひとたび西郷が東京を去って、薩摩へ帰ったことが知れると、政府に反対の者は、手を拍《う》って喜んだが、政府に在る者は、非常にこれを遺憾として、西郷の復職を運動する者は、日を逐うて殖えてくる。この際に西郷が政府を去ったのは、一軒の家においてもっとも大切なる、大黒柱が取り除かれたのと同じ結果で、政府の内部に多少の動揺は免れなかったのである。ことに太政大臣の三条実美《さんじょうさねとみ》は、もっとも西郷を信頼していたので、しきりにその復職論を唱えていた。しかるにそのことはいつしか、陛下のお耳にも這入り、ついに西郷を召還《よびかえ》すことに決したのである。

先帝陛下［明治天皇］の西郷に対するご信任が、いかに深かったかということは、いまさらあらためて言うまでもなく、たいがいは世間の人も知っているようであるが、それについてこういう面白い逸話がある。全体、西郷は初めのうちはきわめて痩せ形の人であったが、文久三年［一八六三］の春、三度目の流罪《しまながし》になった、あの流罪中にどういうわけか、ムクムクと肥ったのである。たいがいな人は流罪《しまながし》になって、懲役同様の苦労をしていれば、痩せるのが当然であるが、西郷はそういう苦労のなかに、かえって肥ったというのであるから、この人の胸中おのずから閑《のどか》なるところがあって、いかなる危険の場合に遭遇しても、心の安静は保っておられたに違いない。その後、流罪は赦されて、ふたたび京都に入りこんで、さかんに活動を始めた。それからのちの西郷は、日にますます肥るばかりで、いよいよ幕府が倒れて、明治政府の起こった当時は、すでに二十七貫［約一〇一・三キログラム］もあったというのだから、まず普通の肥り方ではなかった。そのころから陛下のお覚えめでたく、非常なお気に入りであった。しかるに陛下は、西郷の肥満するようすが、普通でないのをご憂慮あそばして、あるとき、侍従に対して、

「西郷の肥満は容易でない、昔からあまりに肥満するものは、それがために悪い病気が出ると伝えられているゆえ、西郷の身体の痩せるようにしてつかわせ」

というご沙汰が下った。そこで侍従は、これを医者の係へ申し伝えたので、当時外国から雇われていた医者が、さっそく診察に行くことになった。その際に立ち会いを申し付けられたのが、いまの石黒忠悳《いしぐろただのり》〔軍医総監、日本赤十字社社長〕である。さて診察が終わって、これから痩せさせるわけになるのだが、その医者がよほどの庸医《やぶ》であったと見えて、遠慮なく西郷に下剤を服《の》ませた。そこで西郷は、朝から晩まで、ピーピーやっていて、外出することができない。下剤のおかげで、腹はペコペコになって腰はフラつくが、その割合に痩せないのだから、本人にしてみれば、どれほどの苦痛だかわからない。けれども御前《ごぜん》へ出ると、

「服薬をいたしておるか」

と、お尋ねがある。まさかに天子様に対して、腹が下って困りますなどと、汚いことも申し上げられないから、

「ありがたく頂戴しております」

と答えて、御前は下ってくるが、さて下剤を服めば、碌に外出もできないのだから、表面は服んだ風を装うて、じつはそのままに薬は取っておいた、という逸話がある。この一事によってみても、西郷のご信任がいかに厚かったかということは、想像するにあまりがある。したがって、職を去って帰国しようとしたときにも陛下よりはしきりにありがたいお言葉は

下ったが、西郷はいったん思い立ったことであるから、ぜひお聴き届けを願いたい、と言うて、強いて御許可《おゆるし》を願うて、帰国してしまったのだ。ところが、三条はじめ多くの者から、しきりに西郷召還のことを奏請に及ぶので、ついに陛下もこれを御許可《おゆるし》になって、岩倉具視《いわくらともみ》を勅使として、わざわざ鹿児島へ差し遣わせられることになった。木戸大久保の両人《ふたり》も、その副使として同行することになったのである。

さて、岩倉の一行は鹿児島へ到着したが、これから島津久光《しまづひさみつ》を立会人に置いて、岩倉からだんだんと、西郷へ復職についての談判があった。ところが、西郷はあくまでも辞退して、どうしても承知をしようとしない。ここにおいて岩倉は、陛下のありがたき思召《おぼしめし》を伝えて、ぜひもう一度立帰って、その職に就けということを諭すと、西郷はしばらく考えていたが、

「それほどまでの御思召《おぼしめし》であれば、いまひとたび復職はすることにいたしましょう。しかし、それについて私の希望がある。それは容れてくれるでしょうな」

「どういうことか知らぬが、いちおう聴いてみたい」

「別にむずかしいことではない、ただ徳川幕府を倒して王政復古にした、あの維新のときの精神を、いま少しはっきり一般の国民に示してもらいたいのじゃ」

これを聴くと、岩倉は不審の眉に皺を寄せて、

「王政復古のご趣意は、すでに明らかになっていると思うが、なおこの上に明らかにしろと

いわれるのは、どういうことをせいというのであるか、念のために聴いておきたい」
「われわれが徳川幕府を倒したのは、封建政治を廃して、天下の人とともに、政治を執りたいというのであったが、今日のありさまでは、薩長二藩と公卿の一部が、なにごとも専断でやって、さらに他藩の人の意見を採用する方法が用いられておらぬ。これではやはり封建政治を嫌って、それと同じことを繰り返している、と言われても申しわけは立つまい。薩長二藩はよく連合して、維新の大業は成したけれど、それはただ一時の勢いであってかつ朝廷へ対するご奉公を尽くすには、こうしなければならぬというので、一時の便宜の上から連合はしたのであるが、この力を新政府の上にまで及ぼして、なにごとも二藩かぎりで事を決めるのは、たちまちにして人心を失うの原因にもなろうし、そういうことは私は好まないのだ。少なくも土州とか肥前とかいう藩へも、多少の権力は分かって、もしできることならば、なおその他の藩にも、それぞれ権力を分かつようにして、だんだん天下の人とともに、政治を執るの実を挙げることに努めなければ、私がこんど復職したところで、なんの効《かい》もないのであるから、この一事だけはぜひご採用を願いたいが、どうであろうか」

さすがの岩倉も、これを聴いたときには、多少怪訝《かいが》の念を懐いたものと見えて、西郷の顔を凝視《みつ》めたきり答えはなかった。しかし、西郷は薩摩藩閥から身を起こして、維新の大業をいわゆる薩藩の名の下に、あれだけに仕遂げたのであるが、それでも藩閥専横の弊を除いて、広く天下の人とともに、政治を見たいということを主張したのは、じつに立派なものである。もし、西郷のどこが偉いかというたならば、こういう点において、西郷がきわめて公平なる態度をもって、天下の事に接したという、そこが、西郷の偉大なる所以であったと思う。

こういう事情から、ついに岩倉は西郷の説を容れて、朝廷の方は自分があくまでも尽力するから、ぜひその意味で帰ってきてくれ、というのであった。ここにおいて西郷は、ふたたび職に復するの決心をしたのである。これより先、岩倉が鹿児島へ這入るときに、木戸と大久保は一足遅れて這入ってきたのだ。それはどういう事情からそうなったのかというに、ちょうどこの時分に、長州の萩で騒動が起こった。木戸はその前から、変乱の兆があるという報知を得ていたから、一行に先立って萩へ立ち寄り、騒ぐ連中の鎮撫にかかっていたのだ。ところが、士の常職を解いて、全国皆兵の主義を行うために、徴兵令を施《し》くという、それについての不平が嵩じてきて、奇兵隊以来の豪傑連が騒ぎ出したのであるから、容易にこの騒動の治まるわけはない。ことに大楽源太郎や富永有隣というがごとき、青年を煽動するにもっとも妙を得ている連中が、先に立っての騒動《さわぎ》であったから、鎮撫に行った木戸も、一時は重囲のうちに陥って、自分の一身が危ないくらいであった。それをかろうじて免れて、暴動は兵力をもって鎮定することはできたが、あとの始末について非常な面倒が起こったので、どうしても鹿児島へ行くことができない。ところへ、大久保が乗りこんできて、木戸の窮状を見て、いかにも気の毒と思ったから、自分もしばらく止まって、その手伝いをしていたのだ。それから木戸に別れて、大久保は一人で、鹿児島へ遅れて乗りこんできた。そのときは岩倉と西郷の押し問答の真っ最中であったから、大久保もその中間に立って、しきりに西郷を説いて、ついに復職させる運びに至ったのである。

岩倉が東京へ帰るとき、大久保は同行したが、西郷はそのあとから出発して、途中、土佐の高知へ立ち寄って、山内容堂《やまのうちようどう》に面会した。こんど自分が復職するについて、岩倉との談判の大要を話したのち、

「こういう事情で、ふたたび政府に入るについては、貴藩からも一人、その代表者を出してもらいたいが、どうであろうか」

これを聴くと、容堂は非常に喜んで、

「むろん、異存のあるわけはない、ぜひそういうことにしてもらいたい」

「しからば板垣退助を出してもらいたいが、どうであろうか」

「よろしい、承知した」

そこで板垣は、あとから上京することになって、西郷はひとまず東京へ出て来たのである。これが原因となって板垣は、参議の職について入閣したのだ。世間には征韓論で辞職したことは、よく伝えているけれど、その前の辞職について、これだけの物語があることは、あまり多く知られていないと思うから、ついでに述べておいたのである。

二

廃藩置県のことは、少し見識のある者ならば、誰でも考えていたろうが、さていよいよこれを実行する一段になると、容易に行われないことになってしまうのだ。それは第一にどこの藩主でも、この計画に同意をする者はなかろう。したがって、藩臣のなかには極端に反対する者が多く、問題が物になりかかると、打ち消しの運動が起こる。いま朝廷の家来になって、大臣とか参議とか、えらい位に就いている者でも、ツイ昨日までの位置をいえば、藩において、つまらない身分の者であった。それが一朝の風雲に乗じて、現在の位地を得たのであるから、藩主の目からは、やはり昔の足軽であったとか、軽輩であったとかいうことばかり見えて、朝廷がその人々を重んずるほどに、藩主は重くみていないのである。それには幾分の猜疑心も加わっていたに違いないが。とにかく、藩主と藩臣の関係が、こういう風になっていたから、廃藩置県の議論は容易にしても、これを実行することはすこぶる難しかったのである。

現に、西郷大久保に対して、島津久光がこういう難題を持ちかけたことがある。それは西郷と大久保が、参議の職に昇って、あるいは正三位であるとか、あるいは従三位であるとか、昨日までの身分に比ぶれば、驚くほどの出世をした。たいがいな藩主ならば、これを見て喜ぶはずであるが、久光は非常に保守的の頑迷な人であったから、西郷や大久保がこの栄位を得るについて、自分へ対してなんらの挨拶もせずにお受けをしたのは、君臣の礼を欠いた、けしからぬ所為であるというて、海江田信義《かいえだのぶよし》に命じて、厳重に談じつけさせることにした。もし、両人がすみやかに恐れ入らなかったならば、その場において斬り棄ててこい、という命令を下した。このことは早くも西郷と大久保に知れたので、海江田が上京してきてからも、大久保はほどの好いことを言って、なかなか要領を得た返辞をせず、海江田をしかるべく操っていた。西郷は海江田に会うて、かれこれつまらぬことを聴くのを迷惑に思って、ごく懇意にしていた、勝安房に海江田の説得方を頼んだ。大久保はどこまでも真面目に、海江田を対手に話していたが、西郷は勝を頼んで、海江田を説諭させたところに、ちょっと面白味がある。勝はまたこういう頑迷な、没分暁漢《わからずや》を対手にしているのが好きだから、喜んで引き受けて、海江田を自宅へ呼んで、まずその上京の趣意を聴いたのである。海江田は久光の伝えた命はこうであって、自分の意見はこうであると、少しも隠さずに話してしまった。

そこで勝は海江田に向かって、

「西郷や大久保が、主人より上の位に就くのに、いちおう主人の命を聴かなかったというのは、昔流の理窟からいえば、幾分か手落ちの点もあるけれど、要するに今日は王政復古で、もう昔の世界とはすっかり変わったのみならず、西郷や大久保も今日ではいわゆる朝臣というのであって、朝廷の家来を朝廷がどう偉くしようと、それは朝廷の思召にあることで、これにかれこれいえば、すなわち朝廷に逆らうことになる。西郷や大久保がいかに憎いからというても、それは両人の一身上のことならば格別じゃが、官職のことについての故障は、朝廷へ対して畏れ多いことになる。ことにこういう故障を久光公が言われたのを、君が黙って、引き受けてくるという法はない。第一こういうことに君命だからというて奔走していると、他日になって君が、西郷や大久保と同じような地位に昇ったときに、迷惑するだろうと思うから、マアなにも言わずに、帰国した方がよかろうと思う」

海江田という人はごく俗物で、名利の念に深い人であったから、勝がこう言って説諭したのだ。海江田もよく考えてみれば、なるほど勝が言うとおり、自分が正三位になったときに困るかもしれぬから、こんなことはほど好くして帰った方がよい、という気になって、西郷や大久保への談判は、たいがいなことにして帰国した、という珍談が伝えられているが、この一場の逸話をもって、当時の藩主と藩臣のあいだに、容易ならぬ溝ができていたということだけは、想像ができるのである。

しかしながら、こういうつまらない事情のために、いつまでも廃藩置県のことを行わずにいれば、中央と地方との連絡が少しも取れないで、昔の封建政治よりはまだ質《たち》の悪いことになるのだから、この点については、心ある者は非常に心配をしていたのである。各藩それぞれに異なった事情があって、政治を施《し》いてゆく、それが中央と少しも連絡の取れていない、日本の国内に、六十ヵ所の日本国ができておるような形で、どうにもしようがない。この弊を矯めて、国政の改善を図るには、どうしても廃藩置県を断行しなければならないのである。長いあいだの封建政治に慣れていた目から見れば、このことを断行するという場合に、どれほどまでに各藩の反抗が起こってくるか、その十分の見こみはついていないけれど、ただ恐るべき反抗が起こることだけは、おぼろげに見えるのであるから、容易に着手することができなかったのである。

伊藤博文がまだ俊輔というて、兵庫県の知事をしていた明治初年のころ、陸奥宗光《むつむねみつ》と相携えて東京へ乗り出してきて、このことについて岩倉を説いたことがある。さすがに伊藤は、そのころから進んだ思想をもっていた人で、廃藩置県についても、ややまとまったる意見を懐いていたのだから、かつてこのことを木戸に漏らしたけれど、木戸はなかなかに用心深い人で、いかにこのことが、必要なる改革事項であるとしても、世間の事情と相俟って行かなければならぬことであるから、容易に手を下せないという見こみで、一時伊藤の意見は聴いておいただけで、その実行の運びには至らなかったのだ。伊藤は齢も若いし、気も焦るので、同志の陸奥とともに上京して、こんどは木戸をさしおいて、岩倉を直接に説きつけたのである。しかし、岩倉も木戸と同じようにその志はあっても、なかなか難しいことと見ていたから、容易に伊藤の説を容れようとはしなかったが、多少の刺戟剤にはなって、岩倉も心配はするようになった。その他にも、伊藤と同じような意見をもって、しきりに政府に迫った者もあり、藩地を離れて中央へ出ていた人物は、多くこの点について同じ考えをもっている、という見こみだけはついた。そこで岩倉や木戸の心にも、幾分か調子がついてくる。大久保も木戸にうながされて、幾分か頭を傾けるようになった。

ある日のこと、野村靖《のむらやすし》と鳥尾小弥太《とりおこやた》の両人が、井上馨を訪ねて、

「今日は、貴様の首をもらいに来た」

と、言いながら席に着いた。野村は吉田松陰の門下で、兄の入江九一《いりえくいち》とともに、松陰の幽囚中に常にその意を受けて、勤王論のために尽くした人である。鳥尾は野村とまったく変わった方面から身を起こして、長州出身の軍人としては、毛色の変わった一人《いちにん》に数えられて、その晩年まで、鳥尾流の議論を押しとおしていた硬骨漢である。この両人が唐突《だしぬけ》に、首をくれと言ってきたのだから、井上もいささか驚かざるをえなかった。平生《いつも》の戯談《じょうだん》とは、その口吻《くちぶり》が違っているので、多少は井上も驚いたに違いない。

「フフム、俺の首をくれというのか」

「そうじゃ」

「そりゃ面白い、時と場合によったら、一つや二つ渡してもよいが、全体、どういう用に使うのか。使途《つかいみち》によってやることはできぬ」

「イヤ、その首をこういうことに使おうというのではない、われわれ両人《ふたり》の言うことが聴かれなかったら、その首を出せというのじゃ」

「ウムそうか、なにか注文があって、来たのじゃな」

「そうじゃ」

「よし、まずその注文から聴こう」

「それじゃ言うが、徳川を倒して王政復古の布告を布いただけでは、なんのために維新の戦争《たたかい》をしたのか意味がわからぬ。なぜ廃藩置県を断行しないのか。貴様は大蔵省へ這入って、一国の財政の根本を握っているから、それで満足しているかもしらぬが、それではご維新の際に、あれだけの活動《はたらき》をしたのがなんのためであるか、その意味がないではないか。今日はぜひそれについて、貴様の確答を聴きたいと思うて来たのじゃ」

「そうか、その一件か、それならば別に俺の首を渡すまでのことはない。内部でも話も進んでいるようじゃが、ただ西郷がなんと言うか、それが懸念に堪えぬ。察するにこのことは、西郷の首の振り方ひとつで決まろうと思う」

「ウム、そりゃ面白い、西郷一人で決まることならなんでもない。それじゃわれわれがこれから行って、西郷を説きつけよう」

　と言うのを聴いて、井上は手を振りながら、

「それはいかぬ、西郷は理窟ばかりでは動かぬのじゃから、やはりああいう人物を動かすには、その向きの人間をやらなければいかぬ」

「フフム、その向きの人間とはどういう奴か」

「ほかでもない、山縣を遣《や》れば、たしかに西郷に承知させてくる」

　鳥尾は苦笑いをして、

「山縣に、このことがわかろうか」

「馬鹿なことを言うな、山縣だって廃藩置県くらいのことはわかる」

「そうかな」

「マアとにかく、おまえら両人《ふたり》で、井上は差し支えないからというて、いちおう説いてみろ。俺が行くよりは、おまえらの行った方が、山縣もわがままが言えないから、存外に話が早く片付くかもしれぬ」

「そうか、それじゃ行ってこよう」

そこで両人《ふたり》は山縣を訪ねて、このことを談じたのである。

山縣は両人《ふたり》の説を聴いて、これもすでにその覚悟が決《つ》いていたのであるから、少しも躊躇せず、両人《ふたり》を待たせておいて、これから西郷のところへ相談に出かけた。果たして西郷がなんと返事をするか、これを待っている両人《ふたり》は、すこぶる興味のあったことだろうと思う。

三

西郷はそのころ、小網町《こあみちょう》［現・東京都中央区日本橋小網町］の邸にいたのであるが、突然山縣がやってきて、廃藩置県のことについて相談があった。このことは山縣もよほど、立ち入った考えをもっていたとみえて、しきりに理窟を列《なら》べる、西郷は終始沈黙して、山縣の述べることを聴いていた。やがて山縣が説き終わって、西郷の返事を待つことになると、

「それはまことによいことであるから、たしかに承知した」

というたきりで、議論がましいことは少しも言わない。山縣はなお押し返して、

「しからば、このことを大久保と木戸の両人《ふたり》に、取り次いでも差し支えありませぬか」

「それはよろしい」

「このことの実行について、閣下《あなた》は別にご注文とか、あるいはご意見というものはないのでありますか」

「俺《わし》の考えていることは、やはり木戸や大久保も考えているのじゃろう。俺《わし》の口からこれを言うまでのことはない、ただ両人《ふたり》にこれを行う誠意があれば、すぐに行われるのである」

と、これまでの答えを聴いたから、山縣はすぐに帰ってきて、鳥尾と野村の両人《ふたり》に話す。両人《ふたり》はこれから井上を訪ねて伝えたので、その晩のうちに、井上は木戸を訪ねて「西郷は異存のない」ということを話した。そうなると木戸もすこぶる調子がついて、翌日は大久保を訪ねて、ここに廃藩置県の断行に関する、だいたいの意見が決まったのである。

明治四年［一八七一］の七月七日は、朝からの大風で、夜に入ってから雨が降ってきた。真夜半《まよなか》のころには、稀有の暴風雨《あらし》となって、路傍《みちばた》の樹木なぞはたいがい吹き倒され、場末の方へ行くと、倒潰家屋《つぶれや》もだいぶあったくらいに、激しい風雨であったが、夜が明けてもなお風はやまぬ。雨はときどき降ってきて、往来はまるで途絶えてしまった。前の晩から、大山弥助《おおやまやすけ》と西郷信吾《さいごうしんご》の両人《ふたり》が来て泊まっていた。朝早く、大西郷《おおさいごう》は起きるとすぐに身支度を済ま

せ、まだ寝ている両人を、しきりに揺り起こして、

「サア、これから行くところがあるから、一緒にまいれ」

蒲団のなかから首を出した、大山と西郷は、

「どこへ行きなさるのか」

「どこでもよいから、マア一緒に出ろ」

渋々ながら両人も起きてきて、これから仕度をする、蓑笠《みのかさ》と饅頭笠《まんじゅうがさ》をかぶって、三人揃って小網町の邸を出た。大山はいまの元帥巌《いわお》のことで、信吾はのちの従道《つぐみち》である。この両人《ふたり》が大西郷のお供をして、暴風雨《あらし》のなかを蓑笠で出かけたのは面白い。途中で風のために、大西郷のかぶっていた笠は飛んだが、頭の上には笠台が残っている。それをそのままに、平然《すまして》歩いているのだから、いまから想像してみても、じつに変なものであったろうと思う。

あとから従いてくる両人《ふたり》は、どこへ行くのだかわからないが、大西郷の行くとおりに従《つ》いてきたのだ。やがて、九段坂上の木戸の邸へ来ると、これを見た門番は怪訝《けげん》な顔をして、すぐに玄関へ通じた。執事や家令が大勢出てきて平伏する。蓑や笠台を脱《と》って、そのままに上がってきたようすを見たときには、何人《なんぴと》も日本一の西郷が、かくまでに質素簡単なるには驚いた、ということである。このときにはすでに大久保が先に来て、西郷の来るのを待ち受けていたのだ。木戸と差し向かいになって、しきりに相談を凝しているところへ、西郷がいち

おうの挨拶をして、席に着くと、そのまま腕を組み、眼を閉じたきり、一言も言わずに大久保と木戸の相談を、じっと聴いているのである。井上は次の室《へや》に机を控えて、書記の役を勤めている、山縣も心配してその傍《わき》に坐っていた。かれこれするうちに、廃藩置県に関するの手続きはどうすればよいかということの、だいたいだけは決まった。そこで木戸は西郷に向かって、

「いままで聴かれたとおりのしだいで、これからいよいよこの大問題を断行しようと思うが、それについて恐れるのは、各藩の反抗である。また全国到るところに、不平の士族どもが潜伏しているのであるから、万一事の起きたときにはなんとしてこれを治めるか、それについて君の考えをひと通り、聴かしておいてもらいたい」

「各地の騒動が恐ろしいから、このことは断行ができぬと言わしゃるのか」

「イヤ、そうではない、たとえ、各地でどれほど騒いでも、これは断行することに決めたが、もしその騒動が起きてきたときの鎮撫だけはしなければならぬ。それについての君の考えを聴いておきたいのじゃ」

「よし、それだけのことなら、俺《わし》が引き受ける。足下《あんた》らは心配なく、そのことを断行するがよい」

と言うて、軽くその胸を叩いたので、あとの相談はスラスラと決まった。幾百年来打ちつづいてきた、封建政治の根底を覆すべく、廃藩置県の大業を行おうとする場合に、各地の反

抗を恐れた木戸の質問に対して、西郷がわずかに胸を一つ叩いて、その方のことは引き受けるから、安心して断行の方にかかったらよかろう、と言うたこの一言はじつに千鈞の重みがあって、かつこの件を断行しえたのは、まったく西郷のこの一言に懸かっているというても、あえて誤りではなかろうと思う。

しかしながら、事はまったく秘密を保たれて、さらに外へは漏れなかったのである。三条や岩倉は、木戸邸の会議には臨まず、あとになってからその報告を聴いて、驚いたということであるが、三条や岩倉のごとき人にさえも打ち明けずに、三人の相談が決まってからのちに、話したという一事に徴してみても、どれほどまで秘密が保たれたかということは想像される。それであるから事の運びが綺麗にいったのである。岩倉には多少の不平もあったようであったが、それは巧く三条が宥《なだ》めて、ここに一同打ち揃うて、陛下の御前に罷り出でて、このことを奏請に及んだ。ここにおいて、先帝は非常なご英断をもって、このことを実行あそばすことに決したのである。こういうことはすべて前後を考えて、愚図愚図しているのがいちばん悪いのだ。こういう工合に今日考えて明日行う、というようなやりかたをすれば、必ず実行のできることに決まっているのだが、さてその点になると、いわゆる英断なるものが必要であって、この事件ほど世間から難しく見られていた割合に、迅速に運びのついたことは多く例がないのである。早くも七月十四日には、薩長土肥の四藩主を、宮中へお招きになって、この旨を諭される。あらかじめ覚悟のあった四藩主は、謹んでお受けを申し上げて、いままでの領土をことごとく奉還に及んだ。

それから初めて、他の諸侯へも一時にご沙汰が下る。東京に詰めている各藩の留守居は、にわかに宮中へ呼び出されて、いちいちこの申し渡しを受けたのだから、いわゆる寝耳に水で、なかには顔の色を変えた者もあれば、一時目を眩《まわ》した奴もある。そのなかにおいて、鳥取藩の留守居を勤めていた沖操三《おきそうぞう》［守固《もりかた》］が、このご沙汰を受けて、廊下を下ってきたときに、杉孫七郎《すぎまごしちろう》が通りかかって、

「オー沖さんか」

と声をかけたら、沖はニコニコ笑いながら、

「おめでとう」

と言って、頭を下げた。けだし沖がおめでとうと言ったのは、封建政治の根底が破れて、これから王政復古の実が挙がる、ということを祝った意味であろうが、とにかく、この際にただ一言おめでとうと言うたために、沖は薩長の政治家に認められて、大臣にはなれなかったけれど、神奈川県知事を十年以上も勤めて、円満な退職をして、その晩年を気安く送ることができたのである。

廃藩置県については、なお詳細の事情もあるが、これでその大要を尽くしたものと思うから、この項はこれまでにとどめておく。

尾去沢銅山の強奪

一

井上馨はすでに死んで、山縣有朋はいま病んでいる。この際に、江藤新平へ贈位のご沙汰は、なんとなく面白い感じがする。井上はかつて予算問題と、尾去沢《おさりざわ》の銅山事件で、ひどく江藤に苦しめられ、山縣は山城屋事件で、すでに一身の危うくなるまで責めつけられた。さればこそ江藤の死後、すでに四十年も経っているのに、本人はもちろんのこと、その遺族に対しても、なんらの恩典は与えられなかったのである。長州藩閥の政治家に、どれほど勢力があるにしても、そういうことにまで立ち入って、かれこれすべきではなかろうとは思うが、しかし、他の善を揚げて、これを賞することはなかなか至難《むずか》しいものだが、人を悪しざまに言うてこれを貶《しりぞ》けるのは、きわめて易いことである。井上や山縣が昔の恨みをもって、江藤に対する悪感《あくかん》を、大正の今日までもっていたのは、いかにも愚かなことではあるが、彼らとしてはそのくらいに、恨みが骨にまで浸みこんでいたかもしれぬ。大西郷《だいさいごう》は謀叛人でありながら、遺子は侯爵の栄位を授けられて、その一門は栄華の夢を見ている。しかして西郷は、上野の公園に銅像となって、厚く祀られているのだ。もし江藤が、謀叛人であるがゆえに、不都合な奴であるとするならば、西郷とてもやはり謀叛人である。もし西郷は、維新の際に功労のあった人だとすれば、江藤とても明治政府の樹立については、容易ならぬ功績をもっている人だ。概括して見た上の人物論から、その人となりの大小を論ずるは、歴史家の役目であるが、政府や皇室から見れば、一視同仁の心をもって、双方を見てやらなければならぬはずである。しかるに、同じ謀叛人の西郷は、銅像に祀られているのみならず、子孫は浮世の苦労を知らずに暮していられる。これに反して、江藤はあくまでも悪人扱いをされて、その子孫は陋巷《ろうこう》に窮死せんとしているのだ。ごく公平に見て、このくらいに不公平なことは少なく、また世間の人からも、冷淡にこれを観過されたのは、いかにも残念なしだいであった。大正五年［一九一六］の四月十一日になって、江藤に贈位のご沙汰が下ったのは、たとえそのときは遅れたにもせよ、王者の仁は、まさにかくのごとくなければならぬはずであって、著者のごとき江藤の同情者は、もっとも愉快に感ずるところである。

全体、江藤の気風は、剛直にして、やや偏狭に近かったから、誰にでも好かれる質《たち》ではなかった。ことに、長州閥の政治家に対しては、始終《いつも》反抗的態度で、いやしくもその悪を容《ゆる》さぬという風があったから、井上らと相和してゆくことの、どうしてもできなかったのは無理もない。当時の参議中で、佐賀藩から出た者が四人、その一人は副島種臣で、他の一人が大隈重信、それから大木喬任、これに江藤を加えて、佐賀の四参議というたのである。副島は非常に物堅い人で、ことに学者肌のところがあったから、あまり人と争うことを好まず、おのずから君子人の風があった。大木はきわめて質実《じみ》な、なにごとにも控えめがちで、他《ひと》を押し退けてまでも、己の功名を争うようなことはさらになかったから、好人物としてあまり他には憎まれなかった。大隈はその時分から、いまのような調子の人で、風呂敷を拡げすぎるために、先輩はもちろん、同輩のあいだにも深い信用はなかった。この三人に比べると、江藤はなかなかに経綸の才もあり、政務の機微にも通じていた人であるが、ただ惜しいことには自我の念があまりに強くて、ややもすれば喧嘩腰になって、己の主張を通そうという風があった。しかしながら司法省の権力を拡張して、司法事務を内閣の上に超然たらしめんとした一事は、江藤なればこそできたのであろうと思う。現に、司法省の第四十六号の達《たっし》を見れば、江藤が司法権をもって、まったく行政権の上から独立させて、あくまでも司直の任務を完うしようとした精神があふれている。その達に、

地方人民ニシテ官庁ヨリ不法ノ迫害ヲ受クル者ハ進テ府県裁判所若クハ司法省裁判所ニ出訴スベシ

とある。明治維新の擾乱に際し、相当の功名を立て、役人になった者が多くあるだけに、ややもすれば政府をわがもの顔に扱って、ほとんど公私の区別などは眼中に置かず、自分が思ったままに、なにごともふるまってゆく傾きがあった。ただ肩で風を切って歩くくらいの程度に威張っているのならよろしいが、人民の損得に関係のある問題にまで立ち入って、わ

がままのふるまいをするようになっては、人民がとても立ち行くものではないのであるから、そこで、人民はなにごとにつけても、不服を言いたくはあるが、その不平を訴うべき途が開けていなければ、どうすることもできないで、ただなんとなく政府を怨むようになる。それでは為政の道でないから、江藤がこういう達を出して、一般の人民に対し、役人を対手《あいて》取って、出訴すべき道を開いてやったのである。いまの時代なれば、あえて珍しくもないけれど、明治の初年に当たって、こういう達を出すのには、その内部にも反対はあったろうが、江藤は断々乎として、この達を発表してしまったのである。

長い間の武家政治で、人民の頭を圧制《おさえつ》けてきた。その習慣が深く浸みこんでいるから、圧制けられている人民の方でも、役人や武士がわがまま勝手を働くのは、当然であるくらいに思っていて、役人や武士の方でも、一般の人民を虫類同様に扱っていたのは、旧幕時代も、明治の初年も、さらに変わりはなかったのだ。現に、この達を公示するについて、太政官でもだいぶ議論が闘わされたが、そのときにある一人は、江藤に向かって、

「全体、人民が政府に対して、裁判を起こすというような不都合なことを、政府がみずから許すという布告を出すのは、いわば敵に兜を脱いで降服するようなもので、甚だつまらぬことであると思うがどうか」

と言われて、江藤は笑いながら、

「人民を役人が敵と思って視ているから、そういう考えも起こるので、政府の方に悪いこと

がなければ、人民が政府を対手取って訴えるわけはない。人民が政府を対手取って訴うべき権利を、政府の方から人民の方に与えたからといって、それがなにも人民に対して、政府が降伏した意味にはなるまい。ことに政府と人民の間において、降伏したとかせぬとかいう言葉を用いるのが、すでに間違っているのじゃ」

「しかし、人民は政府を対手取って、裁判することができるものじゃろうか」

「それは十分にできるはずじゃ」

「どういう理合《りあい》で、そういうことを許してもよいのか」

「それがすなわち、人民の権利というものじゃ」

これを聞くと列席の者は、互いに顔を見合わして、そっと袖を引き合うた。前の一人《いちにん》がやや言葉も暴《あら》く、

「江藤さん、君は妙なことを言われるものじゃ、人民に権利なんぞがあると思うのが間違っている、人民は政府から治められていれば、よいものじゃ」

さすがの江藤も、この一言にはいささか惘《あき》れて、しばらくは黙っていたが、これから諄々《じゅんじゅん》として、政府と人民の関係を説明した。ついに頑迷連を説き伏せて、この布告を出すことにしたのだ。この役人が、人民に権利なんぞはないと、喝破したところに、当時の役人の思想《あたま》が、どれほどに荒《すさ》んでいたか、ということの想像ができる。

二

明治六年の二月上旬、江藤は例によって、司法省の一室に部下の者を集めて、しきりに取り調べ物をしている。ところへ、取次の者がやってきて、

「ハッ、申し上げます」

「なんじゃ」

「ただいま、この者がまいりまして、閣下へ親しく拝謁の上、なにか申し上げたいことがある、と言うて控えております」

「フフム、誰じゃ」

取次の差し出した名刺を取って、江藤が見るとその名札には堀松之助《ほりまつのすけ》と認《したた》めてある。江藤は軽く首肯《うなず》いて、

「ウム、よし、応接の室へ通しておけ」

「ハッ」

取次は立ち去った。

その四五日前に、江藤の手許へ一通の書面が届いた。その差出人は、いま面会を求めてきた堀松之助である。書中の意味は、

「時の顕官が権勢を利用して、人民の財産を横領した事件があるが、それについてひそかに

哀訴したいから、ぜひ面会を許してもらいたい」

というのであった。果たしてどういうことかわからぬが、とにかく、こう言うてきたのであるから、いちおうは面会して、その事情を聴いてみよう、という考えで、江藤は堀を応接室へ通したのだ。堀は取次の者に案内されて、応接室へ通って、しばらく待ち受けていると、やがて江藤が出てきたので、堀は席を立っていねいに頭を下げた。江藤は軽く首肯きながら席に着いて、

「君が、このあいだ書面をよこした、堀というのじゃな」

「さようでございまする」

「今日来たのも、その書面の儀についてか、それとも他の用事か」

「過日、差し上げました書面の件についてまいったのでございます」

「そうか、どういう話か、いちおう聴いてみよう」

「ハイ、それではこれより申し上げます。秋田県の鹿角郡《かづのごおり》に尾去沢銅山というのがございまして、昔は［盛岡藩主の］南部様の所領でありましたが、その領地内の村井茂兵衛《むらいもへえ》と申します豪商が、長いあいだ、その銅山の採掘をしておりますうちに、井上大蔵大輔のために強奪されてしまいましたので、いかにも残念なしだいと心得て、村井が酒田の上等裁判所へ出訴いたしましたけれど、ついに敗訴に帰しました。これは申すまでもなく、大蔵大輔として世に時めいている、えらい御方を相手取ったのでございますから、裁判する人にも幾分の手

加減があって、こういう偏頗《へんぱ》な裁決になったものと考えますが、今般御省《おんしょう》の御達《おたつし》によりますれば、地方人民が官庁より不法の迫害をこうむったときは、すみやかに司法省裁判所へ出訴するように、とのことでございますから、私は村井茂兵衛の代人といたして、この件を哀訴いたすしだいでございますから、願わくは閣下が、十分にお取り調べくだされて、公平なるご裁断を願いたいのであります」

事件の内容には、深く立ち入って聴かぬが、その大要を聴いただけでも、江藤はかねて井上らの所為に対しては、常に不快の念を懐いていたのであるから、さては彼らがそういう悪事をやっていたか、という感じは、すぐに湧いてくるのだ。

「フフム、それはなかなかえらい事件じゃが、汝《おまえ》も、大蔵大輔がどれほどの重い役であるかは知っているじゃろう。そのえらい役をしている者を対手取って訴えるのには、よほどの確信がなければできないことであろうと思う。ただ自分の意見が通らぬから、無念晴らしに訴えるというような考えから、ホンの一時の復讐《はらいせ》に訴えるのでは、かえって汝等《おまえたち》のためにもなるまいと思うから、よく考えて見たらよかろう」

「仰せは御道理《ごもっとも》でございますが、閣下に直接哀訴いたしますまでには、十分に熟考いたしたのでございますから、いまさらに再考をいたす余地はございませぬ。もしこのことについて、私どもの申し立てに少しでも嘘がございましたならば、相当のご処置をこうむりましても、あえて恨みとは存じませせぬ」

「なるほど、それまでの覚悟をもって来たのならば、なお立ち入って尋ねてもみようが、よし井上にどれほどの権勢があろうとも、他《ひと》の採掘している銅山を、勝手に奪うことはできぬはずじゃ。それには相当の条理《すじみち》がなければならぬ。全体どういうしだいで、そういうことに立ち至ったのか」

「口頭で申しますことには、ややもすれば誤りのあるものでございますから、書面にいたしてまいりました」

「ウム、それでは、それを見せろ」

「これでございます」

堀が差し出した銅山事件の顚末録を、江藤がひと通り読んでみると、じつに驚くべき不法なことを、井上がやっているのみならず、ついには官権を利用して、銅山を奪い取った事実は歴々として、この一冊の哀訴状のうちに、証明されているのであった。

「よし、いちおうこの書面は預りおく、本省においても、充分の調査をした上で、相当の処置を取ることにするから、この件については何人《なんぴと》にも話すことはならぬ。それに本省の意見を差し置いて、勝手に示談をすることがあると、その分には差し置かぬから、さよう心得ろ」

「誓ってさようなことはいたしませぬ」

ここにおいて江藤は、堀を一時立ち帰らせておいて、それから二、三日は、堀の遺していった書類について、充分の調査を遂げてみると、どうしても井上の処置が不法である、ということだけは明らかであるから、なお進んで充分の調査を遂げて、これを機会に長州閥の政治家が、官権を利用して私利を営んでいる、その罪悪を片っ端から訐《あば》いて、断々乎《みしみし》処分をしてしまおうと、深い決心をしたのである。

　司法大丞を勤めて、警保頭《けいほのかみ》を兼任していた、島本仲道という人があった。前にもその人となりの一斑を述べておいたが、この人はなかなか剛直な性質であったから、江藤もすこぶる信頼して、たいがいの秘密はこの人にだけは打ち明けて、相談するようになっていたのだ。

「なんの御用ですか」

　と言いながら、江藤の部屋へ這入ってきたのは、例の島本である。

「オウ島本君か、サアこれへ来てくれ」

　島本は静かに席に着くと、江藤は声を潜めて、

「面白いことができたぞ」

「なんですか」

「かねて目がけていた井上を、ぶちこむ事件ができたのじゃ」

　島本は思わず膝を進めた。

「ハハー、それは面白いことですな、彼奴《あいつ》なかなか悪いことをしおるから、いつか一度は、眼球の飛び出るほどの目に遭わせてくれようと、思っていたのですが、あえて私の恨みのあ

るわけでもなく、同じ政府に勤めていれば同僚である。しかし、新政府が立てられて、いまだ幾何《いくばく》も経たざるうちに、権勢をもっておる役人が、私利私慾のために不都合な行為《ふるまい》をするのを容しておいては、人民を心服させることができぬから、さような者は、断然《みしみし》やりつけた方がよかろうと思う。ついてはどういう事件ですか」

「ほかでもないが、尾去沢の銅山を井上が、村井茂兵衛という町人から強奪したのじゃ」

「ウム、その事件ですか」

「ハハア、君はすでに知っとるのか」

「詳しくは知らないのですが、かつて酒田の裁判所へ、村井某という者が銅山取り戻しの訴訟を起こしたことは、聞いていましたし、その内容に井上が関係のあることも聴いておりましたが、いよいよ本省へその事件をもちこんだ者があるのですか」

「ウム、村井の代人の堀松之助と申す者が、じつは三、四日前に来て、このとおり書類を置いていったのじゃ」

「どれ、ちょっとお見せなさい」

これから島本が、堀の遺していった書類に、ひと通り眼を通して、

「ウムこりゃ面白い、これだけの証拠があれば、もうこれでぶちこむことはできる。しかし、彼にも相当の味方があるのじゃから、なお進んで充分の証拠を押さえて、退《の》っ引《び》きならぬようにしておいてから、ぶちこんだ方がよかろう」

「万事は君に任せるから、しかるべきようにやってくれ」

「よろしい、承知しました」

島本は江藤の命を含んで、これからさまざまの方法をもって、この事件の内容に立ち入っての調査を始めた。わざわざ南部まで人を遣《や》って調査もすれば、その他あらゆる手段を尽くしたので、相当に日数《ひかず》はかかったけれど、島本の手には確実な証拠が握られて、もうどんなことをしても、井上は遁れることのできぬまでになった。そこで島本は江藤に報告をして、そろそろ井上を縛りにかかったのである。

三

維新の際に、南部藩は奥羽連盟のうちに加わって、ひとたびは官軍に反抗したが、それはホンのしばらくのあいだであって、やがては天下の大勢を悟り、官軍に帰順することになった。けれども、ひとたびは官軍に対抗して、兵を動かした廉《かど》があるから、いままでの所領二十万石から七万石を減ぜられて、十三万石にされてしまった。その上に、冥加金《みょうがきん》と称《とな》えて、朝廷へ七十万両の献金を命ぜられた。元来があまり裕《ゆたか》な大名でもなく、またその前後において、相当に無駄な費用も費して、戦争に負けて降参したあとのことで、七十万両なんという大金の調達の、容易にできるはずはない。しかしながら官軍は、勝ち誇った勢いでこれを命ずるのであるから、なんとかして都合はしなければならぬ羽目に陥って、百方策尽きたのち、村井茂兵衛を呼び出して、この調金《ちょうきん》の周旋方を命じたのである。村井は尾去沢銅山の関係で外国人と取引をしていたから、現に大坂には銅の販売店を設けてあって、兵庫にいる外商とは、年々少なからぬ取引をしていたのだ。その関係を幸いに、藩庁の方からは異人によって、負債を募ってもらいたい、というのであった。村井の身にとってみれば、このくらいの迷惑はないので、じつは辞退をしたいのだけれど、旧藩主という関係もあれば、また銅山採掘の権利を与えてもらった関係もある。それらの事情からよんどころなく引き受けて、これから外債募集の奔走を始めたのだ。ところが幸いにして、それに応じようという者があって、予期したよりは面倒も少なく、仮契約が結ばれた。その契約のうちに、破約をするようなことがあれば、一方へ対して金二万五千両の違約金を提出する、ということを書き加えてあった。これは異人の方にしてみても、いま手許に七十万両の金はない、本国《くにもと》の方へ取り次いでからのことであるから、そんな手数をかけたのちに、違約などをされてはたまらぬから、こういう契約をしたのも無理はない。また村井の方にしても、契約をしておきながら、本国《くにもと》へ照会したらできぬ、というようなことを言われては、藩へ対しても済まぬと思って、こういう契約書を取り交わしたのだ。

村井から藩へ、首尾よく調金の運びになった、という報告があると、すぐに藩臣の重立った者が集まって、その外債償還の方法についての相談に移った。ところが、このことを村井に申し付けたときは、ホンの五六人の重役が、殿様と相談の上でやったのだが、いよいよ借り受けるとなれば、藩の全体の債務になるのであるから、したがって藩臣の頭にも、その幾分は割り付けられてくるのだ。ここにおいて議論はたちまちに沸騰して、幾日経っても容易に定《きま》りそうでない。異人の方からはしきりに厳《やかま》しく言うてくる。そのうちに藩論は、この借金を断るということに決定した。それはどういう理窟かというに、

「いやしくも南部藩ともあろうものが、いかに窮すればとて、外国人に借金してまでも、この冥加金を納めなければならぬというのは、いかにも藩の恥辱であって、さようなことは先祖の位牌へ対してもできない。藩士が総がかりになって奔走したら、どうかこうか調金もできようし、また場合によっては政府へ願って、一時に納金はせずとも、漸時《ぜんじ》に納金するようにもなろうから……」

というので、ついに異人の方は断わることに決したのである。

藩論はこういう工合に決まったけれど、さてこうなってみると、いちばん困るのは村井であって、異人の方へは堅い約束をして、違約金のことまでも契約書には書き入れてある。そこで村井から藩の重役に対して、この議を申し出ると「たとえどういう契約がしてあっても、藩論がこういう風に決まった以上はいたしかたがないから、その方は破約にいたせ、ただし違約金はその方において立て替えておけ」ということであった。違約金を他《ひと》に立て替えさせて、破約しようというのだから、ずいぶん虫のよい申し状ではあるが、対手が藩主であってみれば、村井はこれを拒むこともならず、ついに泣く泣く引き受けて、二万五千両の

違約金は、村井が立て替えて異人の方は、それで事済みになったのである。

しかるに、明治四年［一八七一］の七月になって、廃藩置県のことが決すると同時に、各藩の債権債務は、ことごとく政府の方で継承して、いっさいの始末をつけることになった。大蔵省に判理局というものができて、その局長は北代正臣《きただいまさおみ》という人であった。各藩の債権債務のことは、いっさいこの判理局で取り扱うことになって、だんだん書類を調べてゆくうちに、南部藩の整理に移った。多くの書類の中から、金二万五千両と書いて、その下に「奉内借《ないしゃくしたてまつる》」と認《したた》めた一書があって、差出人は村井茂兵衛とあるから、尾去沢銅山の持主で、南部藩内の富豪として有名な者である。判理局から村井へ対して「南部藩から借りた二万五千両はすみやかに上納しろ」という命令が来た。この命令を受けた村井はおおいに驚いて、さっそく支配人が判理局に出て、その書類を見せてもらうと、なるほど「奉内借」とは書いてある、が、しかしこれは借金の証文とは違うのである。いちおうそのしだいを弁疏《べんそ》することになった。

「これは前年、異人より七十万両借り入れをする仮契約をして、それを破約する時分に、違約金として差し出すべきはずの二万五千両を、村井茂兵衛が異人の方へ藩主に代わって支弁しておいたのを、その後藩主の方から下げ渡しになったから、その受取《うけとり》証として出したのであって「奉内借」と書いてあるのはけっして借用をした意味ではないので、従来南部藩においては、金銭についての習慣が、こういう風に書付《かきつけ》を書かせることになっていたのであるから、その点については、旧藩の方へ十分にお取り調べになれば、事情は判明をする」

という旨を、縷々《るる》申し述べたけれども、判理局の方ではさらに受け付けずに、

「たとえ、いかように申そうとも証書の上に「奉内借」と書いてある以上は、借りたものに違いないのであるから、返金するのが至当である」

と言うて、なんとしても村井の陳述を採用しない。そこでいろいろに歎願書などを出して調査を願ったけれど、判理局はこれを受け付けざるのみならず、ついに盛岡の本店と大坂の支店と、この二ヵ所へ向かって、大蔵省から厳重なる財産差し押さえの処分をしてしまった。

ただにこういうことをしたのみならず、南部藩から銅山の採掘権を得る時分の代償金が、まだ残っているという名義で、五万五千四百両の上納金を命ずる、との命令を発した。村井は違約金の一条で差し押さえをされて、内外の信用を失って、一時は山を閉じ、商売も中止するありさまになっていた。その上に、この大金を追徴されることになったのであるから、これをこのままに、厳重な取り扱いをされたならば、村井の家は滅亡するほかはないのである。言うべき理窟は充分にあるけれども、長い虫には捲かれろの譬喩《たとえ》で、よんどころなく泣きの涙で、いっさいの義務を認めることの書面を出して、それについては五ヵ年賦の年賦償還にして、銅山採掘の権利をあいかわらず与えておいてもらいたい、ということを哀訴したのであるが、判理局はこの書面を握りつぶしにして、なんらの指令を与えず、荏苒《じんぜん》日を送る

うちに突然、尾去沢銅山の払い下げ命令が出て、同時に競売法をもって、希望の者に入札をさせる、というのであった。しかるに、一般の人へはそのことを予告せずして、井上の配下の者であった、岡田平蔵《おかだへいぞう》という役人上がりに、指名入札をさせて、しかもその払下金は二十ヵ年賦の無利息、ということにして、決定を与えてしまった。長いあいだ、採掘権を得ていた関係からいえば、村井にもこの入札を知らせなければならぬのであるにもかかわらず、そんなことはさらにせずして、岡田なる者が、ついに銅山の採掘権を握ってしまったのである。

その裏面には、なお細かい醜怪な事実はたくさんにあったけれど、まずだいたいにおいての銅山事件の経過は、こういうしだいであったのだ。

四

島本が充分に踏みこんで調査をしたから、その始末は詳しくわかった。それによってみれば、井上一派のこれに関係した役人は、とうてい免《ゆる》すべからざる罪を犯していることがわかったので、すぐに江藤に対してその報告をすることになった。いまその報告書の一部を、左に掲げることにする。

一　盛岡藩大属川井某なるもの、廃藩置県の際、藩の財産を大蔵省に引き渡すに方り、村井茂兵衛の提出せし受取証を以て、却て貸付金なりと申し立て、従ひて大蔵省が其処分をなすに際し、村井より取立てんとしたり。然るに、此事実は、村井方の証明により明瞭したるにも拘らず、大蔵省官員は依然として其返納を迫りたり。

二　村井が五万五千余円の責任ありと云ふは、全く圧制によりたるものと認む、何となれば、大蔵省が盛岡藩の財産を継受するや、同藩には有名なる大森林あり、其他の財産尠《すくな》からずして、之が為め請人たる村井の財産を差押ふるが如きの理なく、他に多少藩と村井との間に取引関係ありしとは言へ、結局村井より借入れたる金銭なるものは、之を認むる能はざればなり。

三　大蔵省は銅山を没収したりとて、之れが払下を為すには、須《すべか》らく公明正大なるべきに、嘗て公売の手続を尽す所なく、山口県人岡田某に払下げたるが、此岡田某は当時の大蔵大輔井上馨の親近者にして、村井より申出たる五箇年賦を排し、岡田某に二十箇年賦を許したるは、全く其私交私情に出でたるものにして、両者の間に醜関係の存在せざるやの疑なき能はざるなり。

江藤はこの報告書を見ると「じつに井上大蔵大輔はけしからぬ奴である、いやしくも高位高官にある者が、かくのごとき非違の行いをすればこそ、一般の人民が政府を疑うて、なにごとについても容易に信ぜぬということになるのだ。われわれの同僚中にかような者があるのを知りながら、いたずらに観過していては、人民が悪いことをした場合に、これを厳罰に処することもできなくなるのであるから、まずもって井上から、処分をしてゆく必要がある」と、この意味をもって島本はじめその他の者に命令を下して、厳重な処分を行わせようとした。したがって井上は、いくたびか司法省へ呼び出されて、島本らの訊問を受けることになると、井上は例の疳癖《かんぺき》を起こして、しきりに江藤を罵る、それがまた江藤の方へは、大きく聞こえてくるから、ますます江藤が怒って、井上を睨むというようなわけで、かれこれしているうちに、前項に述べた予算問題の衝突が起こってきたから、いよいよますます両人《ふたり》の間の不和はひと通りでなく、いつもこの二人が原因になって、内閣が動揺《ごたつ》くようなありさまであった。その後に井上は、予算問題の争いに敗けたから、職を辞して民間へ下った。そのころに井上が憤慨して「もし我輩をして、一大隊の兵を自由に動かすことを得せしめたならば、司法省は粉砕してしまう」と言って、怒号したということである。

井上は敗けぬ気の強情から、配下の一人《いちにん》たる益田孝《ますだたかし》〔鈍翁《どんのう》〕を連れて尾去沢銅山に乗りこみ、ただちに持主の名義を変更した上で、銅山の入口に大きな杭を立て、みずから筆を振るって「従四位井上馨所有銅山」と認め、その傍《わき》に井上は頑張って「サア、なんどきでも縛れるものならば、縛ってみろ」と勢いこんで控えていた。これを聞いた江藤は、いよいよ切歯《はぎしり》をして憤慨する。島本らと打ちあわせののち、一片の書面を認めて、太政官へ提出した。それは「井上馨を捕縛するから、太政官においてこれを認めてくれ」というのであった。大蔵大輔を勤めて、従四位という位階《かたがき》のある人物を押さえるのには、太政官の許可を得なければ、縄をかけることはできぬから、江藤はこの手続きを踏んだのだ。ちょうどこのときに、木戸が洋行から帰ってきて、これを耳にすると、非常に驚いて、しきりに江藤を抑えようとしたけれど、江藤は容易に承知をしそうもない。そこで木戸が一策を案じて「井上は高位高官にあった者だから、まずしばらく措いて、その他の関係者を充分に取り調べて、井上は最後に取り調べるようにしろ」という命令を下した。こうなってみると、江藤も井上を縛ることはできない、やむをえず他の者の取り調べを急ぐことにして、係官は河野敏鎌《こうのとがま》、小畑美稲《おばたうましね》、大島貞敏《おおしまさだとし》の三人に命じた。

井上を縛りたい一心から、取り調べを急ぐので、他の関係者に対する訊問は、着々《どんどんはかど》って ゆく。それを木戸はじめ長州閥の政治家が、見ている心苦しさはひと通りでない。もしこれがこのままに進んでいったならば、むろん井上の一身は危なかったのである。問題が広がってくると、後藤象二郎、岩崎彌太郎《いわさきやたろう》、大隈重信などという連中が、木戸から頼まれて、江藤と井上のあいだの仲裁に立ち、しきりに双方を宥めて、和解《なかなおり》をさせようとしたが、井上の方でも肯《き》かないが、江藤の方はなおさらに怒っているので、とてもこのことは容易にまとまりそうもなかった。折柄、例の征韓論が起こって、これが井上のために、非常な好都合になったのである。征韓論の顚末は、のちに述べることにするが、とにかく、この問題から江藤は、西郷とともに辞職をすることになったから、肝腎の司法卿が更《かわ》ってみれば、井上に対する検挙は、どうしても手が緩むのは定《きま》っている。

征韓論ののち、江藤は佐賀に帰って旗挙げをした、その末路《すえ》は、ついに死刑になってしまったが、かれこれ月日の経つうちに、銅山事件の取調書は悉皆《すっかり》整うた。これを正当に処分することになると、たくさんの怪我人ができるから、岩倉右大臣がもっぱら周旋をして、河野は元老院へ栄転させ、小畑は上等裁判所の方へ移し、大島は高知の裁判所へ廻されて、いままでの係官は、ことごとく新しい者ばかりにして、明治八年の十二月二十六日に、東京上等裁判所「のちの控訴院。現在でいう高等裁判所」へこの事件を移して、有耶無耶のなかにこれを葬ってしまったのである。けれども、天下を騒がした問題の結末を、全然無罪で済ますことはできないのであるから、その重立ちたる者だけは処分することになった。いまここに判決文を掲げて、事件の内容がいかに醜怪をきわめたかという一斑を示しておこう。

従四位　井上　馨

其方儀、大蔵大輔在職中、旧藩々外国負債取調の際、村井茂兵衛より取立つべき、金円多収するの文案に連署せし科、名例律同僚犯公罪により、川村選の第三従となし、二等を減じ懲役三年の処、平民贖罪例図に照し、贖金三十円申付候事。

但多収したる金二万五千円は、大蔵省より追徴し、村井茂兵衛へ還付する間、其旨《そのむね》相心得《あいこころえ》候事《そうろうこと》。

正五位　渋沢栄一

其方儀、大蔵省在職中、村井茂兵衛稼ぎ尾去沢銅山附属品買上代価、同人承諾の証書相添はざる決議の文案に連署せし科、名例律同僚犯公罪条に依り、川村選の第三従となし、二等を減じ無罪

内務権大丞　北代正臣

其方儀、大蔵省六等出仕にて、判理局担当中、旧藩々外国負債取調の際、村井茂兵衛より取立べき、金円多収するの文案に連署せし科、名例律同僚犯公罪に依り、川村選の第二従となし、一等を減じ懲役二年の処、当時患に罹り、事務調査の気力に乏く、専ら首犯に任せ置たる情状を酌量し、更に三等を減じ懲役一年、官吏公罪罰俸例図に照し、罰俸一箇月申付候事。

但多収したる金二万五千円は、大蔵省より追徴し、村井茂兵衛へ還附致す間、其旨可相心得候事。

紙幣大属　川村選

其方儀、大蔵省十等出仕にて判理局勤務中、旧藩々外国負債取調の際、村井茂兵衛より旧盛岡藩へ係る、貸上げ金の内へ償却したる二万五千円、同藩より貸付と見做し徴収せし科、職制律出納有違条に依り、坐贓を以て論じ、懲役六年の処、過誤失錯に出るを以て、官吏公罪罰俸例図に照し、罰俸三箇月申付候事。

但、村井茂兵衛稼ぎ尾去沢銅山附属品買上げ代価、同人承諾証取置かざるは、違式の軽に問ひ、懲役十日。

一　吟味中茂兵衛の代人堀松之助へ、私和を求めしは、不応為の軽に問ひ懲役三十日、各本罪より軽に依りて更に論ぜず候事。

一　右多収したる金二万五千円は、大蔵省より追徴して村井茂兵衛へ還附致す間、其旨可相心得候事。

従五位　小野義真

其方儀、大蔵省在職中、村井茂兵衛より取立つべき金員、川村選誤て多収せし一件、且茂兵衛稼ぎ尾去沢銅山附属品買上代価、承諾の証券不取置一件、及、今田紋十郎身代解放処分一件等、夫々遂吟味候処、不束《ふつつか》の筋無之に付無構候事。

従五位　岡本健三郎

其方儀、大蔵省在職中、村井茂兵衛稼ぎ尾去沢銅山附属品買上代価、同人承諾の証書相添はざる決議の文案に連署せし科、名例律同僚犯公罪条に依り川村選の第二従となし、一等を減じ無罪。

大阪府士族　川井清蔵

其方儀、盛岡藩大属奉職中、取扱たる同藩負債名義に付、大蔵省に於て、取調の砌り、同藩より村井茂兵衛の旧債を抵償したる、金二万五千円を以て同人へ貸下金と做して具申せし科、改定律例二百四十七条上に告ぐるに、詐て其実を以てせざる者の重きに擬し、懲役一年の処、已に右証書取扱ひに付、禁獄一年の処断を経るを以て、二罪倶発例に照し罪等しきに依り、更に論ぜず候事。

茨城県士族　大久保親彦

其方儀、大蔵省在職中、村井茂兵衛稼ぎ尾去沢銅山附属品買上代価、同人承諾の証書相添はざる決議の文案に連署せし科、名例律同僚犯公罪条により川村選と同罪なりと雖も、素より該件事務に関係せざるを以て情状を酌量し、一等を減じ無罪。

東京府士族　岸本且矩
東京府平民　玉井半三郎

其方儀、川村選より村井茂兵衛手代堀松之助へ吟味中、私和を求めしむるの際、選の嘱託を受け周旋せし科、雑犯律不応為条に依り、川村選の従たるを以て、懲役二十日の処、私心なきを以て情状を酌量し二等を減じ無罪。

村井茂兵衛手代　堀松之助

其方儀、村井茂兵衛より旧盛岡藩へ貸上金二万五千両、大蔵省に於て多収せし一件、川村選吟味中、岸本且矩を以て私和を求めし一件等、相尋る処、御用済候に付此旨可相心得事。

但、多収したる金二万五千両は大蔵省より追徴し、追て村井茂兵衛へ可下渡《さげわたすべく》候《そうろう》

　間《あいだ》、其旨可相心得事。

　これだけの判決は与えたけれど、銅山の採掘権は、果たして何人《なんぴと》に帰するか、ということに対しては、なんらの判決も与えずにしまったのだ。村井の訴訟の根本は、その点にあったのだけれど、これについてはなんらの解決も与えず、依然として井上がもっていることになったのだ。ことに処罰された者は、罰金とかあるいは酌量して無罪にするとかいうのだから、この判決によって、さまで痛痒を感じた者はなかった。このうちの川村というのが、つまり井上の身代わりになって、いっさいの罪を一身に引き受けたのであるが、ここに一つの不思議は、川村の倅《せがれ》に幹雄《みきお》という者があって、これが明治三十二、三年のころであると思うが、松方正義《まつかたまさよし》の親戚で、久保勇《くぼいさむ》という者が拵えた、蚕糸銀行の支配人をしていて、行金費消で牢へ這入った。その事件もよく聴いてみると、久保頭取の罪を、幹雄が背負って這入ったのである、ということであったが、親が井上の身代わりになって、倅が久保の身代わりを勤めたのだから、父子が薩長の両派に別れて、身代わり役を勤めるようになったので、じつに面白いことだ。

　その後、明治十三年［一八八〇］になって、村井はますます窮迫をきわめたが、このときには、尾去沢銅山は三菱会社の手に帰して、さかんに採掘が始められ、その採掘のさかんなるを見るにつけても、村井は昔の栄華の夢を思い出して、どうしてもこのまま泣きやむことができない。わざわざ上京して松尾清次郎《まつおせいじろう》という代言人［弁護士］に頼んで、鉱山下げ戻しの請願書を出したが、これはすぐに却下されてしまった。次には東京市長になって死んだ松《まつ》田秀雄《だひでお》が、またその時分に代言人をしていたので、これに頼んで東京上等裁判所へ、鉱山下げ戻し指令に対する不服の訴訟を起こした。このときには高知の裁判所へ転任を命ぜられた大島が、役人を罷めて、代言人をしていたときであるから、松田の手伝いをして、おおいに訴訟の便宜を与えたということであるが、なにしろ長州閥の政治家が、全盛をきわめた時代のこととて、この際も有耶無耶のうちに葬られて、村井はなんの得ることもなく、今日では見る影もないありさまになって、その遺族は、陋巷のあいだに苦しんでいる、ということである。尾去沢事件のだいたいは、これで結了とする。

岩倉の洋行と留守内閣

徳川時代に結んだ各国との条約が、明治五年以後には期限が切れて、無効になるのだ。よって、新たに条約を結ぶ必要が起こり、いままでの条約の幾分を改めて、さらに約束をするので、これを条約改正というのだが、しかし、期限が切れたのちに改めて結ぶとすれば、新条約とも称すべきである。しかし、そういうことになると、対手国の方に損があるから、どこまでもいままでの条約を基礎として、これに幾分の改正を加えることになるのである。

それにしても期限の切れる一年前に、その下相談を始めなければならぬ。ここにおいて、相当の人物を選んで、欧米各国へ派遣する必要が起こってきたのだ。同時に、欧米諸国の政治文物、その他いっさいの状況を視察してくることになって、その人選についても、なかなかやかましい議論があって、容易に決しなかったのが、かろうじて明治四年［一八七一］の十月になって決まった。その重立ちたる人々は左のとおりである。

右大臣　岩倉具視
参　議　木戸孝允
大蔵卿　大久保利通
工部大輔　伊藤博文
外務少輔　山口尚芳
外務少丞　田辺太一
外務大記　塩田篤信
一等書記　福地源一郎
同　久米邦武
二等書記　柴田昌吉
同　渡辺洪基
同　小松済治

その他にも、村田新八《むらたしんぱち》、岡内重俊《おかうちしげとし》らをはじめ、一行百二十余人、これだけで押し出すことになったのだから、昨今になって非常に流行りだした、団体旅行みたようなものだ。
しかるにこの一行が、いよいよ出発と決まって、帰朝の見こみは二年の後であるから、その長いあいだの留守には、さまざまな問題が起こってくるに違いない。普通の問題はどうでもよいとして、日本国のだいたいに関係をもつような、大きい問題が起こったときにどうするかということが、議論になって、岩倉の一派から提出した条件が、第一に、
大使一行の不在中は、内外の政治は細大となく、これに改革を加えざること、
それから第二が、
文武の官吏は、勅任はもちろん奏任に至るまで、妄《みだり》に黜陟《ちゅっちょく》せざること、
この二ヵ条を、内閣の会議にかけて決めようとしたから、サア議論が沸騰して、なかなか結局《おさまり》がつかなくなった。
「われわれは用事があって外出するから、その留守中は、おまえたちが勝手に政治のことをやってはならぬ」
という意味としてみれば、留守を預かる内閣の参議は、まるで人間の置物みたいなものだ。それが普通の人物なら格別のこと、堂々たる政治家が揃っていて、しかもこういう条件付きの留守番は、容易に承知するはずがない。一口に留守番内閣といっても、その人名を挙げてみれば、太政大臣の三条実美をはじめ、参議には、西郷隆盛、副島種臣、大隈重信、板

垣退助、大木喬任、江藤新平、後藤象二郎などがいる。それにいまでいえば各省の次官くらいの格式をもって、それよりは権限の大きい、井上馨、山縣有朋、勝安房、黒田清隆《くろだきよたか》、川村純義《かわむらすみよし》、西郷従道などが勢揃いをして、いずれも留守番をすることになるのだ。いまから考えてもこの連中に、静粛《おとなし》くして猫の鬚《ひげ》でも毟《むし》りながら、茶菓子を食って、留守番をしていろというのは、無理な仕向けで、この箇条を見て、一同が怒ったのも無理のないことである。けれども、この留守番が豪《えら》くない人ばかりなら、こんな条件はけっして付けなかったのだろう。ただ「おまえらは俺の留守中に、なにもしちゃいかぬぞ」と、門口を出るときに言い置けば、それで済むのだが、なにしろ西郷はじめ、容易ならぬ人物ばかり揃っていたので、こういう条件を、明らかに定《き》めておかなかったら、二年のあいだ留守になる、そのうちにどんな変革を加えられるかわからない。役人なども自分らの気に入らない者を、片っ端から叩き出してしまって、一行が帰ってきたら、乾分《こぶん》もなければ友だちもいなくなってしまった、というようなことができた日には、それこそたいへんだとあって、役人の免職のことまで、条件のうちに加えようとしたのだ。西郷はこういうことについて、あまり容嘴《くちだし》はしなかった人だけれど、このときばかりは非常に怒って、

「われわれはいやしくも陛下のご信任を受けて、参議の職に就いているのであるから、国家の大問題と認むることは、すみやかに処理してゆく責任がある。岩倉の一列が洋行中、その承諾を求めなければ、なにごともなしえない、というのでは、まるで岩倉の家来も同様なこ

とで、日本政府の参議たる価値はどこにあるか。こういうことはお互いの道徳心をもって定める問題で、けっして規則や箇条書きにして、貴様はこれだけのことに従え、といったような仕向けをなすべきものでない。そういうことにまで立ち入って、干渉がましいことをするというのなら、俺は絶対に反対をしてやるぞ」

と言って、敦圉《いきま》く。その他の者も、西郷と同じように熱《メートル》を上げて怒り出した。いよいよ洋行の準備はできたが、この議論のために引《ひ》っ懸《かか》って、容易に出立ができない。いまさらにこの箇条を書いて出した、岩倉の一派も閉口してしまった。幸いにして江藤新平が仲裁役となって、

「なにしろこういう問題で、いつまでも紛擾《ごたつ》いているのは、外国に聞こえても甚だ不面目なことでもあり、ことに条約改正の下相談をするという触れこみで、出発する者がこの紛争のために、出発の延期するようなことがあっては、第一わが政府の信用にも関して、条約改正の上にも影響《ひびき》をもつであろうから、幾分か字句の上に修正を加えて、もっと穏やかなものにしたらよかろう」

と言うて、しきりに周旋をしたから、これを幸いに岩倉の一派も、充分の譲歩をすることになって、これはようやくのことで片付いて、それから洋行の段取りになったのである。

ところが、この一条から西郷が、岩倉の一派に対して、悪感をもったことは非常なもので、平生《ふだん》はあまり小さいことを捉《つかま》えて、争うことを好まなかった西郷も、この問題について

は、よほど癪にさわったものか、横浜へ見送りに行った帰途《かえりがけ》、まだ汽車がなかった時分だから、ガタ馬車に乗って、鮨詰めのようになって帰ってくる。ある一人が西郷に向かって、

「岩倉公の乗って行かれた船は、初め聞いたよりなかなか大きなものだ。あのくらいの船に乗っていったら、どんな暴風雨《しけ》に遭うても、顚覆するようなことはなかろうから、安心なものだ」

と言うのを聴いて、西郷は苦笑いしながら、

「ウム、それは大丈夫じゃろうが、いっそのこと船のまま沈んでしまったら面白かろう、ハッハハッハハッハハッハ」

これを聴いた一同は、互いに顔を見合わせて、しばらくは言葉がなかった。西郷にしては不似合いの悪罵を加えたもので、船のまま沈んでしまったら面白かろうとは、酷いことを言うたものだ。よほど例の一件が、癪にさわっていたのに違いない。おそらくそれまでに西郷は、このくらいの悪罵を他《ひと》に加えたことはないだろう。

岩倉の一行が、アメリカへ着いてから、珍談が起った。それはほかのことでもないが、いよいよワシントンへ着いて、時の大統領グラント将軍［南北戦争の北軍司令官］に面会したとき、条約改正の下相談をする計画で来た、ということを告げると、グラントは、

「そういう億劫《おっくう》なことをしないで、いっそのこと、本談判を開いてしまったら、どうじゃ。わが米国のごときは、ただちにその改正に応ずる覚悟である」

こう言われてみると、なるほどそのとおりで、すぐに本談判にかかった方が、手数も一遍で済むことだから、かえって双方の好都合である、ということになって、これから談判を始めようとすると、国務卿から「条約改正談判に関する、全権委任状をもっているか」との問い合わせが来た。そういう覚悟《つもり》で出てきたのでないから、委任状のあるべきわけはない。だんだん面倒な談判《かけあい》が起こってくると、どうしてもいったん言い出したからには、一行の面目上、その委任状を取り寄せる必要がある、ということに一決して、大久保と伊藤の両人《ふたり》が、日本へ引き返すことになった。それはただ、条約改正談判の全権委任状を、もらいに帰ってきたのだから、面白い。

両人は帰朝して、外務省に副島を訪ねて、このことを相談し、同時に太政官の問題にもしたが、意外にも副島は、極端な反対をして、どうしても承知しない。それは、どういう理由かというに、副島の議論によれば、

「条約改正の談判は、外務卿が為すべきものであって、こんどの一行は、つまり下相談をするに過ぎないので、いよいよ正式の談判に着手するときは、むろん外務卿がその衝に当たらなければならないのである。よって岩倉の一行がその必要を認めたならば、我輩に向かってその請求をしてくるのが当然であって、自分らが談判を開くべきために、委任状を求めるのは不都合である」

というのであった。これはいちおうの道理であって、なかなか有力な賛成もある。した

がって、大久保の要求は、どうも容れられそうでない。そうなると、大久保は、なんのためにアメリカから帰ってきたのか、意味のないことになってしまう。これが普通の役人なら格別のこと、大久保ほどの者が、こんなことで指をくわえて、アメリカへ引き返すことはできない。しきりに委任状を渡せというて迫る。こうなると、太政官会議はなかなか難かしくなって、容易に決しない。しかし大久保は、そういつまでもこの問題で、愚図愚図していることはできないのだから、先を急いでしきりに請求してくるが、副島は頑として応じない。そのあいだには仲裁に這入った者もあるけれど、副島は刀にかけても、この委任状は出させぬと言うて、頑張る、果ては大久保も疳癪を起こして、

「そういうわけならば、強いては求めぬ、しかし俺は自分の面目が立たないのであるから、この上は切腹して、岩倉大使の一行に申しわけをする」

と言い出した。サアそうなって見ると、まさかに大久保が、切腹するのを傍観することもできず、西郷はじめ一同が、総がかりになって、副島を宥《なだ》めすかして、とうとう委任状だけは出すことに決めたので、大久保と伊藤はほうほうの態で、委任状を持って、アメリカへ引き返してくると、このときはすでに大使の一行は、イギリスへ向かって出発した後で、ことに条約改正の本談判は、事情あって中止するという置き手紙さえしてあった。大久保はなんのために副島と喧嘩をして、委任状をもってきたのか、意味のわからぬことになってしまった。大使の一行が大久保の帰らぬうちに、どうして談判を中止した上に、イギリスへ行って

しまったかというに、それにはまた仔細がある。ただ大久保の帰米が遅いから、先に行ったという意味ではないのだ。当時、イギリスに留学中であった、尾崎三良《おざきさぶろう》と馬場辰猪《ばばたつい》の両人《ふたり》が、新聞によって、岩倉大使の一行が、条約改正の本談判に着手する、ということを知って、他の留学生と相談の上、アメリカへやってきて、岩倉と木戸に対面して、

「各国の事情もわからず、英語の一つも解せざる者が、いまにわかに条約改正の本談判を開くのはいかにも軽率なことであるから、この際においては、やはり下談判にしておいて、その条約には充分に改正を加えることのできる、余地を尚存《のこ》しておいて、他日に譲った方がよい。いまこの条約を半年や一年急いだところが、日本の国がどれほどに利するというわけもなかろう。万一にも不利益な条約を結べば、その長い期間内は改正することができないのであるから、国の損害はえらいことになる。よっていちおう、各国の視察を終わるまで、この談判は中止してもらいたい」

ということを申しこんだ。この主張にも一理あって、むげに斥けることもならぬ。岩倉や木戸は、グラント将軍に勧められたから、やってみる気にはなったけれど、よく考えてみれば、そういう理窟もあるから、そこで大久保の帰らぬうちに、本談判はせぬことにして、イギリスへ向かって出発してしまったのである。

その時分には、これに似たおかしい話が、もう一つあった。東京横浜の間へ、汽車を通じさせるについて、莫大な金が要る。そのほかにも新しい施設《こと》をするので金が要ることになっ

て、外債を募集する相談が始まった。これは日本を出発するときから、内々決まっていたことではあるが、アメリカへ着いてから、そのことをグラント将軍に打ち明けてみると、将軍はいよいよそれが正式の相談となれば、充分に尽力をするという答えであった。そこで一行は大喜悦《おおよろこび》、すぐにその下相談を始めることとなって、ニューヨークでは有名な富豪を聘《よ》んで、夜会を開くやら、たいへんな騒ぎをやった。ところが、これを聞きつけた弁務使の森有礼《もりありのり》、この弁務使というのは、いまの全権公使に当たる、のちに文部大臣になってから、暗殺されてしまったが、薩藩出身の俊才で、文久年間に藩から選抜されて、アメリカへ渡り、それから引き続いて弁務使になったほどの人物で、なかなか思想の新しい議論をもっていた。岩倉大使の一行が軽率な考えから、濫《みだ》りに外債を募集するということを聞きこみ、非常に驚いて、しきりに反対の意見を述べたけれど、ついに大使の一行は、森の注意を容れなかった。森は意見が用いられないので、アメリカの新聞へ、日本政府が外債を募集することの不都合なる所以《ゆえん》を、己れの姓名を署して公表した。それを読んだ米国の富豪は、一人《いちにん》として募集に応ずる者はなかった。莫大な費用を使ってご馳走はしたが、募集には応ずる者がない、これはどういうわけかと、一行も不思議に思っていると、福地源一郎《ふくちげんいちろう》がその新聞を見て、おおいに驚いて、木戸に読んで聴かせたから、そこで木戸は疳癪を起こして、森を呼びつけて詰責した。森はまた負けぬ気で、食ってかかる、とうとう両人《ふたり》は組み打ちを始めた。一同が仲裁して、和解はしたが、外債募集はついに失敗に終った。全権大使が外債の募集をするというのに、全権公使がこれに反対して、ついに殴り合いになったなぞは、とても大正の現代では見ることのできぬことである。前の委任状のことと言い、のちの外債募集のことと言い、その時代にはこんな面白い話が、なかなかに多かったものだ。

ついでに、もう一つ述べておきたいのは、この洋行には関係のないことだが、留守内閣の大官の一人であった、外務卿の副島種臣、この人が扱うた台湾問題についての支那政府への談判、これはじつにみごとなものであったから、いまのような危《あや》しい人間の勢揃いしている霞ケ関のお役所の連中に、参考のためにもなる。昔の外交官がどういう態度で、対外談判をやったかということを、簡単に述べておきたい。

明治四年の十一月に、琉球人の漂流民が六十余人台湾に漂着した。しかるに、そのうちの五十四人が、生蕃《せいばん》［台湾の先住民高山族（高砂族）のうち、漢民族に同化していなかったものをさして用いた語］のために惨殺されて、わずかに十二人命からがらで立ち帰ってきて、鹿児島県庁へ訴えて出たので、県令の大山綱良《おおやまつなよし》から、このことを中央政府へ上申に及んだ。殺されたのが琉球人であったために、そう大きな騒ぎにならず、なんとなく有耶無耶のうちに日を送ってしまったけれど、明治六年［一八七三］の三月になって、備中《びっちゅう》国の小田《おだ》県［現在の岡山県西部、広島県東部にあたる］の人民が四人、台湾へ漂流して、生蕃のために殺戮されたという報告があったので、内閣の諸公よりは、海陸軍の少壮軍人がいっぺんに騒ぎ出して「さきに琉球人のことといい、こんどはまた日本人のことと言い、いくたびかかような凌辱を加えられては、もはやわが国の体面上、これを黙視しているわけにはいかぬ。なお将来のためにもこの際に戦うがよい。都合によっては台湾を征略するのも妙策である」といったような議論がさかんになってきて、どうしても鎮撫《おさまり》がつかない。そこで内閣の会議によって、副島外務卿を全権大使として、清国へ派遣することになったのである。台湾は清国の属領と解釈されていたから、副島を清国へ送ることにしたのだけれど、しかし、その台湾は清国の属領であるかどうかというのも、じつは疑問なのである。その疑問であるものを属領と定《き》めてしまって、清国政府へ談判に行ったところに、当時の外交の幼稚なる点があったのであるが、とにかく、北京《ペキン》へ乗りこんで、いよいよ談判を開く一段になると、副島大使に向かって、清国皇帝の拝謁を賜わることになった。しかるに、それと同時に各国の公使へも、また拝謁を賜わることになって、その席順をどうするかということはむろん、清国政府の役人が定《き》めるのであるが、いよいよそれが決定して、副島の方へ通告があったのは、各国公使の謁見が終わって、副島は最後に謁見をする、ということであった。副島は非常に憤激して、

「各国の公使は普通の公使であって、われはこのたび、とくに日本帝国の皇帝から、この大任を申し付けられてきた大使である。普通の公使とはその格式が違う。直接にわが皇帝の名代を拝しているのであるから、もし清国皇帝に拝謁する時分には、むろんその首席に出すべきはずである。それができないのならば、いっそのこと拝謁をしないで済まそう」

と言って、頑張ったので、この交渉が一ヵ月も二ヵ月もかかって、なかなか紛《やかま》しかったが、ついには副島の強情がとおって、清国皇帝に拝謁することは、一等国の扱いをもって、首席として拝謁を遂げられたのである。もっともこのことについては副島が、談判を開かずに帰国するというて、その準備にかかった際どい場合になって、清国政府の方から我を折って、副島の要求を容れたのである。その他、この談判中の副島の態度はすべてこの調子で、清国政府を威服してかかったから、台湾事件の談判も、そうひどい譲歩をせずに済んだのだ。

副島が外務卿をしていた時分には、よくこういうことで争いが起こった。イギリス公使のワットソンなる者が、わが皇帝〔天皇〕に拝謁することになったとき、副島がその案内をする役であった。ワットソン公使は副島に向かって、

「いま、陛下に拝謁の手続きを、いろいろ説明されたが、陛下はむろん、欧米各国の例に倣うて、起立の上、ご挨拶があるのでしょうな」

と聴かれて、副島は、

「イヤ、それは違う、欧米各国では、起立して挨拶するのが例かもしれぬが、わが日本帝国では古《いにしえ》から、着座のままご会釈のあるのが、習慣になっているのだから、起立はなされぬのである」

「それは甚だ不都合と考える、私の方では起立して申し上げるのに、陛下の方は着座してお

られるのは、不都合ではなかろうか」

「いっこう差し支えない、郷に入っては郷に従えという諺もある。貴国においては皇帝が席を離れ、起立して挨拶されるかもしれぬが、わが国ではそういうことはしないのであるから、もしそれについてご異存があるならば、いっそ拝謁をなさらずに帰ったがよかろう」

冷淡無愛想《けんもほろろ》の挨拶に、ワットソンは疳癪を起こして、

「よろしい、それならば私このまま帰ります」

「その方がよかろう」

英公使はプンプン怒りながら帰った。いまの外務省の先生たちに、こんな離れ業はできまい。副島はこの態度をもって、常に外国公使に接していたのだ。その後、米露二国の公使が、陛下に拝謁を願って出た。それを御許容《おゆるし》になって、副島が案内役であったが、このときは二公使から「謁見の礼式のことは、貴国の習慣に従う」と申し添えてきた。いよいよ謁見の段になると、陛下は起立して、握手の礼をなされた。二公使は面目を施して、御前を退ってきた。このことがたちまち評判になったから、前の英公使は甚だ体裁《きまり》が悪い。副島を訪ねて、

「どうして貴国では、かように取り扱いを異にするのであるか」

と詰問に及ぶと、副島は平然《すま》した顔で、

「別に区別はしておらぬ」

「しかし、私が拝謁を願った時分には、起立をして礼は取れぬと言いながら、こんどは起立の礼を取られたというが、それはどういうしだいであるか」

「およそ礼儀作法というものは、その人の随意であって、けっして他からかれこれ指図をされるべきものではない。今度《このたび》米露二国の公使に、謁見を仰せ付けられた場合に、わが陛下が起立握手の礼をあそばされたのは、陛下の思召であって、けっして二公使の注文ではない。貴公使はさきに起立握手の礼を注文されたから、独立帝国たる日本皇帝が、そういう注文をされて礼を執ることはできぬから、お断りをしたまでのことで、別に不思議はないのである」

と答えて、空嘯《そらうそぶ》いている。これにはワットソン公使も閉口して、それからのちは、副島と特別に懇意を結んで、ひどく副島の人格に感服していたということである。もう一ツ副島について、感服すべきことがある。それはさらに項を改めて説くことにしよう。

横浜の奴隷解放事件

一

明治五年〔一八七二〕に横浜港内に起こった奴隷解放事件、これはのちに世界の問題となって、ロシア皇帝がその仲裁役を勤めたくらいに、非常な面倒を惹き起こしたけれど、これがためにわが日本国民は、人道を尚《たっと》ぶ文明国の民たるに恥じぬ、ということが、この一事件によって、世界に証明されたのであるから、詳細にその事情を述べておきたいと思う。

当時の横浜権令《ごんれい》［実際は神奈川県令］は陸奥宗光《むつむねみつ》であった。参事官は大江卓《おおえたく》で、税関長は中島信行《なかじまのぶゆき》が勤めていた。星亨《ほしとおる》や神鞭知常《こうむちともつね》も、この時代に税関の翻訳掛をしていたのである。こういう工合に、手腕のある連中が揃っていたのだから、横浜［の神奈川］県庁の振るったことは非常なもので、当時はなかなかに評判の役所であった。

陸奥は紀州の出身で、中興の先祖は伊達兵部少輔《だてひょうぶしょうゆう》、すなわち奥州の伊達家の分家たる兵部少輔の末孫《ばっそん》であるから、まず名門の出身というてよかろう。しかるにこの人は、非常に負けず嫌いの勝ち気な人であったから、伊達の姓を名乗ることを潔しとせず、勝手に陸奥の姓を冒《おか》すことになったのだ。もっとも自分は病身で、伊達家を相続するにはあまりに蒲柳の質であった。父の宗広《むねひろ》は早くから五郎という養子を迎えて、伊達家を継がせることに定《き》めておいた。したがって宗光は、他家を興しても差し支えのない身分になっていたのだ。そこで伊達家の本国が陸奥であるから、それを採って、自分の姓にしたのである。大江は土佐国の柏島から出て来た、元は郷士の倅で、土居卓造《どいたくぞう》といったのが、改めて大江卓と称したのである。慶応の末年に、侍従の鷲尾隆聚《わしのおたかつむ》を担いで、攘夷討幕の旗挙げをしようとして、紀州の高野山へ楯籠もる計画をした。それが中途に破れて、京都へ引き返してきたときは、すでに伏見鳥羽の戦争も済んで、天下の大勢は定まり、新政府の組織も成って、官軍は東下したのちであったから、自分の喰いこむ余地がなかった。それから不平を起こして、祇園や島原の遊里に出入して、流連荒亡《りゅうれんこうぼう》、ほとんど酒浸りになって、毎日のように豪遊を続けていた。それを友人が心配して、種々《いろいろ》に意見をしたけれど、大江はどうしても肯《き》かなかった。そのうちに後藤象二郎と関係がついて、東京へ出ることになり、引き続いて民部省の役人になった。そのときに破天荒のことをして、天下の人を驚かしたのは、穢多、非人、皮剝、隠亡なぞという、特別部落の人をことごとく平民の戸籍に加えて、いままでに失うていた、人間としての権利を、ことごとく回復させてやった。それと同時に、人身売買の禁令を発して、四宿［品川・板橋・千住・内藤新宿］の娼妓を解放するやら、商工業家の子弟が、年期奉公の名の下に、ほとんど奴隷のごとき扱いを受けていた、その悪習慣に鉄槌を下して、一年以上の年期契約を禁止した。その他、人権問題について尽くした功績は、じつに偉大なものであった。それらのことがだんだん評判になって、大江は神奈川県庁の参事官になったのである。この人と権令の陸奥が相談して、横浜の開発を図ったので、後日《のち》の横浜はじつにさかんなものになった。

明治五年の四月二十二日、南アメリカのペルー国のマリヤルヅ号［マリア・ルス号］という帆前船《ほまえせん》が、暴風に遭うて横浜へ逃げこんできた。日本と条約を結んでいない国の船であるから、とくに県庁の許可を得て碇泊することになった。県庁の方ではひと通りの事情を聴いて、そのままにしておいたのだが、四、五日すると、外務省から大江に出頭しろというてきた。そこで大江が出かけてゆくと、外務卿の副島種臣は、

「いま碇泊中のマリヤルヅ号について、なにか変わったことはないか」

というのであった。大江はこれに答えて、

「二百余名の支那人が乗っていて、それに対する待遇が、やや酷であるということだけはわかっているが、なにぶんにも条約を結んでいない国の船であるから、そのままに打ち棄てておいたが、それについてなにか、とくに聞きこんだことがあるのですか」

「けしからぬことを聞きこんでいるから訊ねたのじゃが、なお充分の取り調べをして、厳重に取り締まってもらいたい」

「よろしい、さっそく取り調べはしますが、もし不都合なことがあったならば、船の出帆を差し止めておいて、相当の処分を加えても差し支えありませぬか」

「それは差し支えない」

「それまでのお見こみをうかがっておけば、さっそく着手いたしましょう」

これから大江は県庁へ帰ってくると、邏卒《らそつ》部長の榊原《さかきばら》が、最前《さいぜん》から待ち受けているというので、さっそく面会を許して、その来意を訊ねると、榊原は、

「昨夜更《おそ》くなって、海上の巡視《みまわり》に出かけた際、はからずも一人の支那人が、マリヤルヅ号の甲板から投身したのを助けてきて、だんだん調べてみると、これは乗りこみ二百三十幾人のうちの支那人で、名を木慶《もくけい》といい、清国の厦門《アモイ》から騙されてきたというので、だんだん聴いてみると、これから南アメリカへ連れてゆかれて、奴隷に売られるのだというから、その不

都合を詰《なじ》ってだんだん争ったところが、船長はじめ船員が出てきて、さんざんに打擲《ちょうちゃく》をした上に、このとおり頭の髪と眉毛を半面だけ剃ってしまって、どこへも出られないようにしてしまった。しかし自分の今後の一身も思われるから、昨夜看守の隙をうかがって、投身したしだいであるという陳述を聴いて、じつはご相談に来たのでありますが、かようなことは打ち棄てておいても差し支えありませぬか、それとも助けてきた支那人に対して、相当の保護を加えて、船長らをなんとか処分しましょうか、そのお指図を願いたいのであります」

いま、外務省から聴いてきた話と同じことであるから、大江もすこぶる張り合いが出て、

「よし、そういうしだいならば、これからいちおう権令のご意見もうかがって命令をするまで、その支那人はしかと保護を加えておけ」

こう言うて、榊原邏卒長は一時引き取らせた。

しばらくすると、港内へ碇泊中のイギリス軍艦、アイロンデュク［アイアンデューク］の艦長がやってきて、

「すぐそばに碇泊している、マリヤルヅ号にたくさんの支那人が積みこまれていて、それが夜分になると、虐待でもされるのか、泣き叫ぶ声がわが艦へ聞こえてきて、まことに悲惨の情に堪えぬから、どうぞこの取締まりを厳重にしてもらいたい」

というのであった。重ねがさねこの問題について、そういう照会のあった以上は、十分な調査をする必要はあるが、しかし、陸奥がどういう意見をもっているか、それをまず確かめ

なければならぬと、これから陸奥の部屋へやってきて、副島外務卿の命令を伝えた上、さらにその意見を求めると、陸奥はしばらく考えていて、

「マア、そんなことはほどよくやっておいたらよかろう、あまり深入りをしたところで、対《あい》手《て》がペルー国と清国じゃァ、さまで心配甲斐もないからなァ」

と、冷然たる答えであったから、大江はいささか案外の思いをして、

「そりゃ、君にも似合わぬことじゃ、たとえ対手が清国であろうと、またペルーであろうと、それは構わぬ。ただわが領海内において、こういうことの起こった以上は、これを打棄てておいては、わが政府の威信にも関すると思うから、十分に取締まりを加えて、将来に戒《かい》飭《ちょく》を与えるのが当然であろう。外務卿の意見は我輩もすこぶるよいと思って、これから取り調べに着手しようと思うのじゃが、君の意見がそう弱くては甚だ困る」

「ウム、そりゃ理窟を言えば、そんなものじゃが、しかし、どこまで突っ張ってよいか、そこが考えものじゃよ。外務卿は強いことを言うていても、いままでの外務省が、初めは強く終いはグニャグニャになって、どうにも始末がつかなくなったことは、一度や二度じゃない。その点においては君より我輩の方が一日の長者で、よく事情を知っているのじゃから、外務卿が強いことを言うたからといって、それがために腰を強くあまり深入りをすると、こんどは自分の体の抜き差しができぬようになるから、充分に注意したらよかろう」

「そういうわけならば、我輩は我輩の見るところによってやる。君はしばらく傍観していて

もらいたい」

「よろしい、そりゃ差し支えないが、責任はやはり我輩の身に降りかかるのじゃから、やるにしてもあまり深入りをせぬようにしてくれ」

「ウム、それは幾分の注意はする」

こういう事情であったから、大江の身にすると、どうしてもこれを一問題として、陸奥に冷ややかな挨拶をされた、その見返しをしなければならぬという、一つは張り合いもあって、この問題に立ち入ることになったのである。

二

この事件について、放任説を唱えたのはただに陸奥ばかりでなく、大江と同じ係官になった、河野敏鎌、島本仲道、玉乃世履《たまのせいり》の三人でさえ、放任説を唱えたのであるから、たいがいの者ならば挫折《へこた》れてしまうのだが、その点になると、大江はなかなか強情なところがあって、容易に屈しない。あくまでも干渉して、人道の上から奴隷売買の正しからざることを、日本政府の名をもって世界各国に知らせるのは、もっとも必要なことであると確《かた》く信じて、あくまでもそのとおりにやってのけようとしたけれど、権令の陸奥が反対であっては、なにぶんにも事がしにくいのであるから、東京へ出てきて、副島にこの事情を訴えた。ここにおいて副島も、大江の苦心を諒として、この事件にかぎり大江に特権を与え、権令に関係なく処分をさせようとして、これを太政官の問題にしたところが、ちょうどその時分に、太政官では陸奥を、大蔵省へ転任させる内議が起こっていたので、一方にそういう事情があるのならば、この機会を幸いに、陸奥を大蔵省へ引き揚げてしまおう、ということになって、転任の命令が陸奥へ下ってきた。どういうわけで転任の内議が起こっていたかというに、陸奥は前に政府へ建議したことがある。それは「国政を料理する上において必要な財源は、地租に求めるのが第一の良策である。それが定《き》まらなければ、なにごとにも手の出しようがない。よって地租に関する法律を定《さだ》めて、財政の基礎を固くしろ」というのであった。当時《そのとき》はあまり重くみられていなかったが、政府の財政がようやく窮迫を告げるとともに、新しい施設をしなければならぬ。それらの事情に迫られて、陸奥の建白に基き、財政の根本を定めることになった。そうなると最初の建議者たる陸奥に、その取り扱いをさせるのがいちばんよかろう、ということになって、転任の内議が起こったのだ。そこへ、副島からの話があったから、陸奥は大蔵省へ転任させられて、租税権頭《そぜいごんのかみ》という役になったのである。

陸奥の身にとってみれば、幾分の不平はあったのだ。この事件が起こって、大江や副島と意見を異にしている場合に転任させられたのは、なんとなく気色は悪いけれど、さればとて辞退することのできないのは、自分がかつて主張していた議論がようやく行われることになって、しかもわが財政の基礎がこれによって定まる、重大な事柄であるから、渋々ながらもこの転任に甘んずるのほかはなかった。かくて陸奥が去ったのちは、大江が順に進んで権令になったのである。

自分が権令となれば、責任はいっそう重くなるが、その代わり思いどおりにやれるのが、なによりの楽しみであった。木慶その他の支那人について、だんだん取り調べが進むにしたがって、事情もたいがいは判明した。支那の厦門が、奴隷売買の市場のようになっていて、こんどの支那人も、そこから買収されてきたのである。しかし、買われた支那人は、奴隷として永久に残酷な扱いを受けることは、もとより予期していなかったのだ。ただ普通の雇人として、割合に好い給金がもらえるという、簡単な慾から雇われてきたのである。約定書のごときも白紙に判を押して出し、それへあとから本文を書き加えるというようなわけで、ほとんど契約書の本体をなしていなかったのだ。これだけの事情がわかったから、船長のヘレローを呼びつけて、訊問すると、

「自分はただ船長として、この支那人らを乗客として扱うているに過ぎない。いまこの場合に故障を入れられては、これまでに受け取った船賃に影響を及ぼすのみならず、これについての損害も莫大なことであるから、あまり深い干渉はしてもらいたくない。それにペルー国は貴国と条約を結んでおらぬから、したがって貴国の干渉を受くべき理由はないのである」

と主張して、なかなかに大江の説得に応じない。そうなってはどうしても、普通の裁判を開いて、この事件を決定するほかはないのである。

いままでもこれに類似した問題の起きたことはあるが、それはいつでも普通の談判に過ぎ

ないので、正式に裁判を開いてどうするというような、そんな難かしい取り扱いをしたことはなかったのだ。しかし、こんどのは事柄の関係が広いのであるから、普通の談判で処決しうべきはずもなく、また大江の精神からいうても、正式の裁判を開いて、正々堂々と宣告《もうしわたし》をしたい所存《つもり》があったのだ。副島外務卿へもその旨を通じて、玉乃、島本、河野の三人を立ち会わせ、大江みずからが裁判長となった。大蔵省御雇のラウダー、外務省御雇のスミス、司法省御雇のブスケ、この三人がなかなかの尽力であって、大江と他の三人との争論なども、多くこの三人が仲裁の役を勤めて、裁判の進行を計ったのだから面白い。

だいたいの取り調べも終って、いよいよ船長へレローに対して、宣告《せんこく》をするという場合になって、税関長の中島信行が、翻訳官の星亨を伴《つ》れてきて、

「オイ大江、君がいま調べている事件について、星から注意があったので、いま本人を連れてきたが、いちおうその意見を聴いてみたらどうじゃ」

「ウム、それはなによりじゃ」

と言いながら、大江は星に向かって、

「君がなにか調べたというのは、どういう点か」

「マリヤルヅの事件について、いよいよ裁判をするということであるが、それはどういう方式でやるか。もし神奈川権令と司法省または外務省の役人とが、立ち会っただけで与えた裁判だと、後日にその効力がないことになるが、その辺のことはどういう都合になっているだ

ろうか」

　さすがに星は、その時分から法律の頭脳《あたま》があったと見えて、いままで大江らが、いっこうに無頓着にしていた急所を突いたので、さすがの大江も愕然《ぎょっ》とした。

「別にどういう方式ということはないが、つまり我輩が裁判長となって、玉乃、島本、河野の三人を立会人として、裁判を与えるだけのことじゃ」

「そりゃいかぬ、そんなことをすると、とんでもない間違いになる」

「ハハー、どうしていかぬのか」

「慶応二年に結んだ条件のなかに、横浜居留地取締規則というものがある。その第四条に条約未済国人民ニ対スル事件ハ各国領事立会ノ上之ヲ処分スベシとある。この箇条をどうする覚悟《つもり》か。ペルー国は現に条約を結んでいない国である、その国の人民がわが領海内に来て、この処分を受けるのであるから、少なくも各国領事の承諾を求めた上でなければ、たとえ裁判を下したところで、規則に違反した処分では、後日に故障が出ると、裁判は無効になるが、それはどうするつもりか」

「なるほど、そりゃたいへんなことじゃ、よいことに気がついてくれた、いままで不注意じゃったよ」

　それからまた揉み返して、とりあえず各国領事に向かっては、吟味《ぎんみ》目安《めやす》並《ならびに》見込書《みこみしょ》なるものを送って、その同意を求めることになった。その書に曰く、

神奈川県庁吟味目安並見込書

「マリヤルヅ」船は困難ニ逢ヒ横浜港内ニ入津シ、其船司ヨリ其船修復中、当港へ碇泊セン事ノ特許ヲ願出タリ、右船ハ当帝国ト条約未済ノ国ニ附属スル者ナレバ、其船所属ノ書類ハ当県庁ニ預リ置キタリ

右船中ノ者一人、右当港碇泊ノ船ヨリ遁レ出テ、不列顛《ブリテン》軍艦「アイロンヂユク」号ニ救援セラレシ趣、不列顛皇帝陛下ノ代理公使ヨリ外務省へ書翰ヲ以テ報知ス、其書ニ右ノ者苛酷ノ取扱ヲ受ケ懲戒ヲ蒙リ、自身ノ自由ノ権ヲ奪ハレシ様子ナレバ、日本長官ニテ此一件吟味《このいっけんぎんみ》有之度旨申越《これありたきむねもうしこし》タリ

右掛合ノ趣、外務省ヨリ当県庁へ転達吟味可致旨《いたすべきむね》命令有之、其他船客ヨリ幽閉苛責又残酷ノ取扱ヲ受タル趣、苦情出訴スル事アラバ取調可申旨ヲモ命ゼラレタリ

右ノ旨趣ヲ体認シ、当県庁ニ於テ吟味ニ及タリ

右吟味ヲ遂ンカ為メ許多ノ憑証ヲ得、証拠中立ノ為メ右船客タル支那人二百三十名尽ク当県庁へ呼出シタリ、且当県庁ヨリ取調ノ為メ士官ヲ右船中へ差遣シ、右士官ヨリ猶他ノ事情ヲ報告セリ

船司船客ヲ軽蔑シ、其船ヨリ出テントスルヲ力掣拘留シ、将《は》タ其内三人ヲ断髪閉居セシメシ等ノ数件ヲ、船司ニ対シ訴ヘタリ

且右船客多人数ヨリ、船中ニテ厳ニ拘留セラレタル旨ヲ出訴セリ、総テ右箇条ハ銘々申口並《ならび》ニ船司ノ申口ヲ以テ判然タリ、然レ共右船客最早船中ニ居ラズ、又右拘留ヲ請ケサル也、船司右ノ罪ハ、当県庁管内タル横浜港内ニ於テ犯セシ也

右犯法ニ当テ処スベキ罰ハ、日本国律ヲ以テ論ズレバ大ニ厳ニシテ杖百ニ当リ、或ハ人ニ代フルニ罪人ノ位階ニ従ヒ、一百日ノ入獄ニ当ルト雖モ、裁判所ハ其寛典ヲ以テ此罰ヲ許シ得ベシ、此事件ニ付テハ都《すべ》テ右景況ヲ察シ、又船司ノ為メニ中立タル諸事ヲ考ヘ、寛典ニ処センコトヲ欲シ、船司「ヘレロ」ノ罪ヲ免シ、其船ニテ出港セン事ヲ許容スベシ

其後、若《も》シ船司旅客ニ右ノ如キ罰ヲ与ヘ、且其自由ヲ妨グ等ノ行状アラバ、当裁判所ニ於テ厳ニ其不理ヲ責ムベシ

右旅客ハ皆支那人ナレハ当管轄所中ニ在テハ、其他ノ在留支那人同様其権理特許ヲ受ケ、且其職務ニ服従スベキナリ

船司其船客ノ不行跡ヲ戒ムル事ハ、当県庁ニ可願立《ねがいたつべき》ノ処其《ところその》手続キヲナサヽルハ亦非難スヘキナリ

右吟味ヲナスニ就キ、外ニ十三人ノ者アルヲ知レリ、此者共ハ同船ニ乗組、白露《ペルー》国へ赴キ八ケ年ノ間、家僕トシテ仕役スベキ旨、彼等ト約定取極メ候趣船司ヨリ中立タリ

右約定書ハ、右人物イヅレモ少年ナルヲ除クノ外、其書面上ニテハ善良穏当ニシテ、別

ニ非難スベキ文体ヲ見ズ、然リト雖モ右ノ者共何レモ曾テ右任役ヲ承諾セシ事アラザル趣、聢《しか》ト相互且ツ銘々誑《たぶらか》サレ乗船セシ旨申立、又右約定ハ廃物トシテ、自身ノ自由ヲ遂ン事ヲ願出タリ

此吟味ヲナスニ就キ、所謂奴隷売買トモ云フベキ、右約定並之ニ類スル他ノ約定ニ付キ議論起ルコトアルトモ、当県庁ニ於テハ決シテ之ヲ思慮決裁スベキ者ト見ザルナリ

若シ右旅客ノ束縛セラレシ、約定ノ旨趣ニ基キ願出ル事アラバ、其事ハ吟味ヲ遂ゲ決案スベシ

双方共或ハ其約定ヲ遂ゲ、或ハ之ヲ廃セン為、其裁判ヲ願フハ其権理アルナリ

右ノ外、船中ノ書類証書所有品ハ、当県庁ニ預リ置キ又ハ船中ヨリ取来リシ分トモ、都テ船司へ差戻スベク当県庁ヨリ申渡也

明治五年壬申七月廿三日　　神奈川県権令　大　江　卓

この日安書が届いたので、各国領事は居留地のゼルマン倶楽部に集会して、賛否を決することになった。仏独丁葡［丁＝デンマーク、葡＝ポルトガル］の四領事は反対、米蘭の二領事は中立、ひとり英領事だけは同意を表した。その反対派を代表したドイツ領事ザッペーの議論は、

「この日安書をもって、一の裁判決定書と見るには、あまりに不徹底なものであって、該事

件については、まだ予審進行中とのみ心得ていたが、すでに裁判宣告となっては、そのあいだの手続きが甚だ不備であると思う。ことに支那人側の申し立てのみを採用して、船長側の申し立てをいっさい採用しなかったのは、偏頗《へんぱ》なる裁判と言わざるを得ない。居留地取締規則にいわゆる、条約未済国たるペルーの船舶に対して、単に日本政府の官吏だけが集まって、裁判を決するというのでは、ますますその不当なることを認めるのみである。ことに、該船舶は日本国内に繫留する船舶とはまったく異なって、一時暴風雨のために漂流してきたものに過ぎない。日本政府の管轄外の場所において、他の外国人と条約を結んだことの可否は、日本政府の嘴《くちばし》を容《い》れる権利のないものである。よってこの目安書に対しては、不同意を唱えるしだいである」

それから領事と大江のあいだに、しばしば交渉はあったけれど、結局大江は、副島外務卿へ届けて、このとおりに処分することになった。もっとも、それについては副島外務卿より、陛下に上奏して、勅裁は仰いだのであるけれど、とにかく、事件はこういうしだいで一時落着を告げて、乗り組みの支那人はことごとく解放された。船長ヘレローは空船《あきぶね》に乗って、帰国することになったのである。

しかし、この処分に対してヘレローが泣き寝入りになるわけはない。またペルー国政府にしても、自国民の保護の上から、いちおうは日本政府へ談判しなければならぬ、ということになって、全権大使をわざわざ差し向けてきた。その後は外務少輔の上野景範《うえのかげのり》の受け持ちになって、いくたびか交渉談判の末、ペルー国政府の要求を退けてしまったから、ここにおいてペルー国政府は、これを世界の問題にするというて騒ぎ出した。けれども、ただ互いに議論のみして争ったところで、その判決を与える者がなければならぬのであるから、双方相談の上で、露国皇帝アレキサンドル二世陛下に訴えて、その裁断を待つことになった。いまのニコラス皇帝［ニコライ二世］の祖父帝で、虚無党［ニヒリスト］のために爆裂弾を投げつけられて、不幸の最期は遂げたが、非常に豪気な人であった。

全体、文明国の主張としては、人身の売買はもっとも非倫のこととしてあったのだから、奴隷売買について日本政府が、こういう英断に出たことは、学者や宗教家の間には非常に褒められて、東洋の一小帝国たる日本政府の意見として、かかる判決を与えてくれたのは、世道人心の上にも非常な好感を与えたというて、ひどく同情はされたが、しかし露国皇帝の裁断がどういうことになるかと、これはまた世界の人が、好奇の眼をもって見ていたのだ。しかるに明治八年の六月になって、いよいよその裁断は下された。

「日本政府が、奴隷売買をもって文明国の善良の風俗に反くものであるという意味から、その解放を命じたのは正当なる裁断であって、少しも間然するところはない。それがためにマリヤルヅ号の受けた損害に対しては、日本政府が負担すべきかぎりのものでない」

こういうことになったから、日本政府の面目は立ったわけである。

さて、大江は奴隷解放の宣告《もうしわたし》をすると同時に、二百三十幾名の支那人は清国領事へ引き渡してしまった。このことを両江総督の何璟《かけい》という者から、清国皇帝へ上奏に及んだから、ここにおいてとくに全権大使をよこして、日本政府に感謝したのみならず、横浜居留の支那人からは、さまざまの記念物を大江に贈ったということである。

いまの時代にすれば、こんなことはなんでもない事件であるが、その時代において、世界の問題にまでする覚悟をもって、大江がこの英断に出たのは、その背後に副島外務卿があって、もっとも強硬な方針を執ったのが原因には違いないが、その当事者たる大江の精神も強くなければできぬことである。とにかく、世界の後進国たる日本政府によって、奴隷解放の正式裁判が与えられたのは、たしかに世界の人道史の上に記念とすべきことである。

征韓論の真相

一

明治六年［一八七三］に朝鮮問題が起こって、これがために西郷、後藤、板垣、江藤、副島の五参議が辞職した。それを世間からは征韓論の衝突と称しているが、じつは朝鮮を伐つという議論は、表面に出ていなかったのである。朝鮮政府がわが国に対して無礼を加えたので、これに対する談判を開かなければならぬというので、西郷隆盛が派遣されることに内定した。それを岩倉の一派が抑制《おさえつ》けようとしたから、そこで両派の衝突が、ついに西郷らをして辞職するまでに至らしめたのである。されば西郷を遣韓大使として、朝鮮へ送るのがよいか悪いか、という閣議は開いたけれど、朝鮮を討つか討たぬか、という閣議を開いたのではない。しかし西郷が朝鮮へ行けば、どうしても戦争を始めるようにはなったろう。ここにおいて手っ取り早く、征韓論の閣議と称《とな》えたのである。明治政府ができて、初めての内閣の破裂であるから、このことは詳しく述べておく必要がある。

朝鮮国は支那政府の属国扱いに甘んじて、真に独立国の体面が保たれていなかったのだ。しかし、表面はどこまでも、独立国ということになっていたのであるから、わが国と長いあいだの交際も、またその意志《つもり》でやっていたのである。旧幕の時代には、宗対馬守《そうつしまのかみ》が朝鮮の係をしていて、なにごとも対州藩の仲介によって、朝鮮のことだけは決していたのだ。遠い神功皇后の征韓時代はいざ知らず、秀吉の壬辰の役から以来《このかた》、まったく日本国に降参して、毎年二度の朝貢《みつぎ》は欠かさずに行っていた。しかるに徳川幕府が倒れて、新政府が起こった、あの際の騒動《ごたごた》を幸いとして、朝鮮政府は朝貢《みつぎ》の礼を怠るようになった。ここにおいて、わが政府はあらためて、徳川幕府に代わって新政府ができたから、いままでのとおり朝貢の礼は、あいかわらず尽くすようにという通告を発した。それに対して朝鮮政府から返辞が来た、その書面にはこう書いてある。

「今日までは徳川政府と約束して、交際をしていたのである。しかるに徳川政府が変わった以上は、いままでの約束もまた変えなければ、日本政府との関係はなくなるのだ。このたびの通告によれば、新政府といままでどおりに交際せよとのことであるが、それは断じて御免こうむる。徳川将軍とは深い交際《つきあい》があっても、貴国の天子とはなんらの交渉もなかったのであるから、この際貴国との関係は、一時断絶したものとご承知を願いたい」

こういう返辞が来たので、わが政府からはさらに厳重な談判《かけあい》をすることになった。けれども朝鮮政府は、依然として拒絶の一点張りで、さらにわが要求を容れないから、その談判はだんだん難かしくなるばかりであった。

当時の朝鮮政府は、例の大院君《たいいんくん》がその全権を握っていて、国王の李熈《りき》〔高宗〕は、ほとんど虚器を擁していたに過ぎず、父の李昰応《りかおう》が大院君と称して、国政の全権を握っていたのだ。この人は学問もあれば、胆力もあり、剛腹にして兵を好むの風があったから、わが政府の交渉なぞは、河童の屁ほどにも感じていなかった。もっとも、その前にフランスとアメリカの国民を虐殺して、これがために二ヵ国から軍艦を差し向けられたことがある。その際にも大院君は、頑として二国の請求を斥けて、とうとう戦争を開始したくらいで、なかなか日本政府の談判《かけあい》くらいを恐れるような、そんな弱い大院君ではなかった。しかるにわが政府の大官は、みな維新の際に、擾乱の巷を潜り抜けてきた連中であるから、表面は文官であっても、じつは軍人と同じような魂をもっていた者が多く、まして軍職に就いている者は、看板かけての戦争屋であるから、こういう問題を捉えながら、空しく遁すような間抜けなことはしない。さかんに征韓論を唱えて、朝野の人気は、まったくこの問題に集中された傾きがあった。

朝鮮政府の態度について憤激のあまり、開戦論を唱えたのは明治五年ごろからのことであるが、その前にも個人として征韓論を唱えたものは、だいぶ各方面に渉って多くいたのである。現に木戸孝允のごときもその一人であった。まだ箱館の戦争が済まぬうちに、このことを大村益次郎に漏らしたことがある。ところが大村も、また木戸と同様に征韓のことを思い立っていたのだ。参議の木戸と兵部大輔の大村が、真に征韓論であるとすれば、いつかそのことは実行されるにきまっている。木戸はしばらく措いて、大村がどのくらいにまで、征韓の意見をもっていたかというに、こういう面白い逸話がある。

五稜郭の戦争が済んで、総督［実際は陸軍参謀］の黒田清隆は帰ってきた。これで全国の戦争はまったく片付いたことになるのだから、その祝宴が宮中において開かれた。その際に各将軍は、いずれも維新の戦争に於ける功名談《てがらばなし》をして、ほとんど有頂天のありさまであった。それを見ていた大村は冷笑を漏らして、

「兄弟同士の喧嘩に勝って、あれが強いのこれが弱いのと、つまらぬことを言い合うたものじゃ。戦争《いくさ》はこれから海の外にあることを知らぬのか、短見浅慮《あしもとしあん》の我武者《つよがり》ばかりいたのでは、皇国《みくに》のためにはならぬのじゃ」

と言うて、武功争いをしている連中を嘲った。大村の位地が兵部大輔だけに、この一言はよほど強く響いたに違いない。もし大村になお二、三年寿命があったならば、この人の手に

よって、朝鮮は征服されていたかもしれないが、惜しいかな、その後まもなく兇徒の手にかかって斃れてしまった。その顚末は前項《まえ》に詳しく述べてあるから、いまこれを繰り返すことはせぬ。

これは大村と木戸のあいだに、征韓の相談があったことを述べたに過ぎないが、その他にも征韓論を主張した人がある。ことに久留米の佐田白茅《さだはくぼう》が、新政府の樹立すると同時に、征韓の建白をしている。この人は例の真木和泉守《まきいずみのかみ》に附いて、幕末のときには非常に奔走をしたもので、久留米の藩論が、佐幕勤王いずれとも決せざるときに、真木とともに倒幕論で活動したために、一度は入獄の苦しみもしたが、その後赦されて、維新の際には小松宮彰仁《こまつのみやあきひと》親王「戊辰の際の仁和寺宮」に従うて、軍務監知事という役をしていた。奥羽の戦争にも相当の功名があって神妙にさえしていれば充分に出世もできたのだが、なにぶんにも熱烈な議論を吐いて、誰の前へ出ても、無遠慮に自説を固持するところから、多くの人にはあまり容れられなかった。その建白書の趣意はきわめて浅薄なるもので、これをもって征韓の趣意にすることは、あまりに乱暴であると思われるくらいのものではあったが、しかし、明治政府になってからの征韓論の建白は、これが元祖なのであるから、白茅の平生を見ずに、この論策だけを読んでいれば、たしかに白茅も、朝鮮問題の先覚者とは言える。その議論の趣意は、「徳川幕府が倒れて、新政府が起こった。この際においてはまずとりあえず、朝鮮国を征略するのが肝要である。今回のわが政府から送った、国書を返還してきた無礼に対して、征韓の軍を起すのはけっして不条理ではない。すみやかに兵を送って、朝鮮を征め取ってしまえ」

建白書の全文は、ずいぶん長いものではあったが、要するにこの論旨をもって、朝鮮征伐を唱えたのである。朝鮮政府が無礼を加えたについては、別にこれを責むる方法もあろうが、とにかく、新政府ができたついでに、朝鮮征伐を行えというところに、白茅の面目が現われているように思われる。政府の代が更《かわ》ったたびに、その近所の小さい国が漸々《ちょいちょい》攻めつけられては、とてもたまったものではない。ところが、この議論には有力なる同意者が出てきた。それは外務官少録という役をしていた、森山茂《もりやましげる》という人であった。これは幕末の時代に、大和の天誅組《てんちゅうぐみ》の一人に加わって、非常な過激な活動をした人であったが、白茅の建白に同意して、

「すみやかにわが政府は、各藩の士族を糾合して、朝鮮征伐を行え、しかしてその費用は、いまロシア政府と交渉中の樺太《からふと》を引き渡して、その代償金をもって軍費に充てろ」

というのであった。白茅は自分の同志として、外務省の役人が加わってくれたのはこの上ないことであるから、そこでまず両人相携えて、四方に活動を始めたのである。

二

この前後において、有名な樺太境界問題が起った。そもそも樺太は、日露いずれの所領と

するのが正当であるか、双方の主張には幾分のわがままもあったろうが、とにかく、樺太を発見したのは日本の方が少し早かったのであるから、それについての争論《あらそい》はできぬはずである。こういうことになると、さらに遠慮していない流儀のロシア政府は、日本政府へ逆捩じに談判《かけあ》ってきたのだ。最初は嘉永六年に、プチャーチンという人が長崎へやってきた。このときは幕府の使節が出かけていって、曖昧な返事をして追い返してしまった。その後にムラビヨーフという人が、江戸までやってきて、手詰めの談判があった。ここにおいて、文久元年の正月に幕府は、三人の使節を選んで、ロシアへ送ることにしたのである。その三人は竹内下野守《たけのうちしもつけのかみ》〔保徳《やすのり》〕、松平石見守《まつだいらいわみのかみ》〔康直《やすなお》〕、京極能登守《きょうごくのとのかみ》〔高朗《たかあき》〕であった〔同年十二月出立〕。

三人の使命は、ただに樺太問題ばかりでなく、兵庫大坂の開港延期の談判を兼ねて差遣されたのであるから、ロシアへ入りこむのは存外に遅くなったが、とにかく露都へ着いてから、樺太の境界論を始めると、一行中の松平石見が、なかなかに外交の奇才があった人で、アメリカを経由してロシアへ這入るまでの間に、通過してきた各国の都市で買い集めた地図を証拠に、樺太はすでに日本国の所領として、各国の地図はかくのごとく認めているが、どうだ、というような談判《かけあい》をしたのだ。ところが、ロシア政府の代表者も、そんなことに負けてはいない。ロシア政府の作った大きな地図をもち出して、これを見ろというのであった。それには樺太は、ロシアの所領と記されてある。これではつまり水かけ論に過ぎないが、この地図のにわかに作ったものであることは、よくわかっているのであるから、石見守は、

「それほどに、樺太が露領であることを主張せらるるならば、貴国の天文台に備え付けてある地球儀は、果たしてそうなっているかどうか、これより一緒に行って調べてみたいから、ぜひ案内してくれろ」

と言われて、露国の代表者はギューと息詰まってしまった。一枚の地図は、国別の着色を変えてもいたろうが、地球儀にまでそんな手入れはしてなかった。そこでいままでの態度は打って変わって、樺太は所領の論争《あらそい》をせず、境界の議論《あらそい》をしよう、ということにはなったが、ただ一度か二度の経緯度の争いから容易に決まらず、問題は保留されて、使節の一行は帰ってきたのである。

このときには幕府が、いまや倒れんとするの際であって、なかなか使節の報告を聴いたところで、樺太なぞに構ってはいられないので、このことは有耶無耶のうちに過ぎてしまった。その後慶応二年になって、箱館奉行の小出大和守《こいでやまとのかみ》［秀実《ひでみ》］が、再度の談判を開きたいというて、幕府へ願って出たけれど、これもまた幕府の方で気乗りがしないから、煙のごとく消えてしまった。かくて明治三年になってから、副島外務卿がさらに談判《かけあい》を始めたのである。

副島は、多少の金は出しても、樺太は買い取ってしまおうという議論であった。これには板垣その他の賛成もあって、大隈なども副島に対しては、賛意を表していたのであったが、のちには曖昧な態度になって、副島がひどく怒ったこともある。その樺太問題が紛糾《ごたつ》いているうちに、朝鮮問題が始まってきたので、朝野の人気はその方へ傾いて、樺太問題はまったく閑却された傾きがある。副島はああいう気質の人であるから、しきりにこれを憤慨して、ついに榎本武揚を談判委員として、露都へ急行させることにして、しきりに談判を続けたけれど、なにしろその時分には、わが国の実力もまだ十分でなかったから、ロシア政府の主張がとおることになって、明治八年の五月に、樺太はロシアへ譲り渡して、その代わりに、わが国では千島群島をもらって、堪忍《がまん》をすることになったのである。

その際に、談判委員の一人であった、外務大丞の丸山作楽《まるやまさくら》が、最後まで踏ん張って、この交換論に反対したが、ついにその説は行われずして、交換の条約は調印が済んだ。

「日本の所領である樺太をロシアの所領として、日本の所領である千島を日本の所領にしたということが、なんで交換ということになるか。自分のものを引き渡して、自分のものを自分がもらって満足しているというのならば、日本国に熨斗《のし》を付けて進上してしまった方が、早手廻しでよかろう」

というような激語まで放って、丸山の不平はひと通りでなかった。いよいよこの仮条約に調印が済んだことを聞くと、丸山は白衣《びゃくえ》を着して、上には蓑笠を着け、白張りの提灯へ蠟燭を点して、外務省の正門《おもてもん》から乗りこんだ。

「こう日本の国も闇黒《くらやみ》になっては、昼間から提灯の用意をしておかなければならぬ。滅亡しかけた国のなかを歩くのには、白張りの提灯にかぎる」

と、思うさま呶鳴りまわったので、丸山はほとんど狂人扱いをされたくらいである。

佐田白茅と森山茂の両人《ふたり》が、しきりに征韓論に熱中して、あるいは板垣退助を説き、あるいは大久保利通に談じ、東奔西走、ほとんど寧日《ねいじつ》のなきありさまであった。ある日のこと、丸山が佐田を訪ねてきて、

「君らは、しきりに政府に向かって征韓論を唱えているようであるが、それはなんのためにそういうことをするのであるか、その真意を聴きたくて、今日は訪ねてきたのじゃ」

これを聴くと、白茅はもう喧嘩腰になって、

「貴様は、なにを痴《たわ》けたことを聴きにくるのか。政府に向かって征韓論を唱えないで、誰に向かって征韓論を唱える所存《つもり》か。要するに朝鮮へ出兵させることは、政府にさせなければならぬのであるから、その政府に向かって征韓論を唱えるに、なんの不思議がある」

「イヤ、それが間違っているのじゃ」

「なぜ、間違っているか」

「なぜかというて、いまの政府にそんな元気なことを言うて聴かせて、果たしてどれだけの効能《ききめ》があるか、ごく早い話が、樺太の談判がどういう結果になったか、君も知っているじゃろう。俺なぞは現に談判委員の一人になっていたが、とうとうああいう始末じゃ。わが国の所有であるべきものを、ロシアの所有に移して、初めからわが国のものであった千島群島をもらって、それに満足しておる、そういう政府に、朝鮮征伐ができると思うか。よく考えて

みるがよい、それじゃから今日は、君の真意を聴きにきたのじゃ」

こう露骨に言われると、白茅も急に答えができなかった。なるほど考えてみればそのとおりである。わが外務省のやり口はいつも弱いのみならず、内閣がそれを認めて、樺太は現にロシアの所領になってしまった。そういう腰抜けの政府に、征韓論の実行のできないのは当然である。丸山は白茅が困ったようすを見ると、苦笑いをしながら、

「それじゃからよく考えて見るがよい、こんな政府を対手《あいて》になにができるか。我輩はやはり征韓論者の一人じゃが、政府を対手にせず、われわれが独力をもって実行しようと思っているのじゃ」

「フフム、独力をもって朝鮮征伐をやるというのか」

「そうじゃ」

「どういう風にする所存《つもり》か、第一に軍費に差し支えるじゃないか」

「それを考えずに、こういう計画の立つはずはない。君がわれらの仲間入りをするというのならば、なお詳しく話してもよい」

「ウム、ぜひ仲間入りをさせてもらおう、じつはいくら説いても、政府の方では応じそうもないから、すこぶる癇癪にさわっているのじゃ。君の方の計画が果たしてできることならば、いまから仲間入りしても差し支えない」

「そうか、それでは言うが、じつは横浜のドイツ人から二十万ドルの金を借り受けて、それ

を征韓の費用に充てることになっているのじゃ」

「なるほど、そりゃなかなか巧《うま》いことになっているが、たしかにその軍費はできる覚悟《つもり》か」

「むろん、すでに契約書まで取り交わしてある」

白茅は、膝を打って乗り出した。

「フフム、そういうことになれば、征韓ぐらいはなんでもない、ぜひ仲間入りをさせてくれ」

「よし、それでは協同して進むことにしよう」

「しかし、君らの仲間には、どういう連中があるか」

「まず長州の富永有隣、大楽源太郎、久留米の小河真文、古松簡二、熊本の高田源兵衛、小倉の志津野拙三、秋田の初岡敬治、土州の岡崎恭輔、これらの連中が、銘々に方面を受け持って奔走しているのじゃ」

「ウム、たいがいは我輩の知っている者ばかりじゃ、その顔触れでかかったら必ず成就するに違いない」

こういうしだいで、白茅は丸山と連合して、国民の力をもって朝鮮を征伐して、あえて政府の力は借りぬというのであった。これについては丸山の参謀に岡崎が附いていて、ドイツ人から金を借りるほかに、横浜の英一番館の番頭で、吉田健三《よしだけんぞう》［吉田茂の養父］という人を仲介者として、朝鮮行の汽船を借り受けることにして、計画は着々運んでいったが、そのうちに政府の知るところとなって、明治四年の十一月三日に、丸山の一派は捕縛されてしまって、事はついに敗れたのである。

三

征韓論の本題に入るに先立ち、大久保と木戸が、不和になった事情をひと通り、述べておかなければならぬ。もっとも、この両人《ふたり》が不和になったのは、特別の事情があったのではあるが、初めより性格の一致せざる、しかもその出身が、薩長二藩にわかれている点からいうても、終始一致の行動を執ることは難かしかったのだ。幕府を倒して王政復古にするという、この大業を成すには薩長の連合が必要である、したがって両人《ふたり》は相携えて行きもしたが、いよいよその大業が成って、世間も落ち着けば、自分らの位置も定《きま》って、これからなにごとも新しく始めるという場合には、自然に意見の齟齬も生ずるだろうし、長い間の提携中に多少の反感もあったろうし、かたがたもって、なにか新しい感情問題が湧き出せば両人の反目は免れぬのであった。ただに両人のあいだに不和の事情が起こったのみならず、木戸と西郷のあいだも、じつは甚だ面白くなかったのだ。さらに西郷と大久保の関係に至っては、世人が予想する以上に、感情の疎隔《そかく》が起こっていたのである。その上に、岩倉と三条もあまり好くなかったが、これは三条が品格のよい人であったし、なにごとにも控え目がちの性質であったために、たいがいな無理はこらえて、岩倉の言うとおりになっていたので、その衝突は他人の眼に映るほどにひどくはなかった。けれども、三条が岩倉に対する反感は、ずいぶん深くなっていたのだ。それらの事情は、征韓論の紛争《おしあい》のうちに、だんだん現われてくるが、いまはとりあえず、木戸と大久保の不和について述べよう。

岩倉大使に従《つ》いて洋行しているうちに、両人《ふたり》のあいだはだんだんに悪くなってきたのだ。木戸はなにごとにも如才なく、他《ひと》と応接をしている間にも、対手の者に悪い感じを与えるようなことはなく、誰にでも好かれるといったような調子の人であったが、ただ一つ玉に瑕《きず》ともいうべきは、やや狐疑心《こぎしん》の深かった傾きがある。これがためには、木戸ともっとも親交のあった人でも、ときには木戸に対して、あまりに狐疑心がひどすぎるというて、悪い感じをもった人もあるくらいだ。大久保はきわめて厳格な性質の、他《ひと》と相対しているあいだにも、容易に笑い顔を見せない。どんな者でも大久保の前へ出れば、なんとなく頭から圧《おさ》えられるような気がして、少しも愉快な感じをもって、話をすることができなかったというくらいに、大久保は気厳《きむずか》しい人であった。しかし、多くの人の目には、これからさきの政府は、大久保の手によって治められてゆくのであると、いうことは見えていたのである。ことに大久保は、表面に立って責任のある位地に就くことを厭わなかったけれど、木戸は始終《いつも》蔭の人となって、多く責任を負わぬような立場にいた。それらの関係が、両人《ふたり》の勢力の上にも影響をもって、何人《なんびと》が見ても、政府の実権は大久保の手にあるがごとく思われた。されば木戸の唯一の腹心であった、伊藤博文のごときも疾くこの間の消息を解して、大久保の方へだんだん接近してゆくような風が、他の目にも見えるほど深くなりつつあったのだ。親分の木戸の目にもそう見えてくるから、感情の強い人としてはどうも疳癪を抑えることができず、伊藤に対しては時折厭味も言えば、気厳《きむずか》しい叱言《こごと》も言うようになってくる。そうなるほど伊藤は木戸を避けて、大久保の方へ接近してゆく。それが洋行中に著しく現われてきたから、そこで木戸は伊藤に対して「けしからん奴だ」という感情をもつと同時に、大久保に対しても甚だ面白くなく思っていたのだ。ことに伊藤が、アメリカから日本へ引き返す時分に、大久保に従《つ》いてきた。その後の伊藤の態度は、いっそう木戸の目には変に映ってきたから、とうとう破裂して、伊藤と快く言葉も交わさず、大久保に対しても事ごとに当たりちらすようになってきた。

　大久保が委任状の一件で、日本へ立ち帰った際に、台湾や朝鮮の問題が、ようやく頭をもちあげかけていたのだ。したがって内閣の機運がどういう風に、この問題に向かって進んでゆくかという、そのくらいなことは大久保にもよくわかっていたのであるから、いったんアメリカへ引き返して、それからヨーロッパへ岩倉の一行を追うてきたときに、大久保から木戸に一足先に帰朝してくれないか、というようなことを話したのだ。これがために木戸の感情はいっそう悪くなって、

「君はなんのために、我輩の帰朝を急がせるのであるか、我輩が早く帰らなければならぬとすれば、君はなおさらに早く帰る必要があるのじゃから、しかも我輩にのみ早く帰れという

必要はなかろう」

「イヤ、そういう風に考えられては困る。俺《おい》どんが足下《あんた》にそう言うたのは、足下《あんた》を邪魔者扱いにしたわけではないのじゃ。俺《おい》どんよりは足下《あんた》の方が、これらの問題については、各方面の議論を調和してゆくに、もっとも適当な人であると思うたから、いちおう相談してみたのじゃが、足下《あんた》が帰ろうという気がなければ、強いて俺《おい》どんが、それを主張するわけはないのじゃ」

「ウム、よく話はわかったが、あえて君に邪魔者扱いにされたというて、かれこれ言うのではない。また君が邪魔者扱いにしても、我輩には我輩の立場があるのじゃから、そんなことはさらに恐れはせぬが、とにかく、大任を帯びて洋行している者に対して、中途から帰朝をうながすようなことを言うから、我輩も甚だ不快に感じたまでのことである」

「そういう風に聴かれては、俺どんの心にも甚だ快くないから、何卒《どうぞ》いままで話したことは聞き流しにしてもらいたい」

「それはよろしい」

この衝突は、さまでに激《ひど》くはなかったが、口でこそよろしいと言っても、木戸の感情が、大久保に対して悪くなったのは明らかである。このことについて伊藤が大久保の弁護をして、木戸の帰朝をうながしたために、木戸はいっそう憤激して、伊藤を貴様呼ばわりで呶鳴りつけたことがある。それから伊藤も木戸に対して、甚だ不快の念をもつようになって、ようやく木戸を遠ざかってゆく傾きがあった。

　されば、征韓論がだんだん激しくなってきて、大使の一行が帰朝を急ぐようになったときも、木戸大久保の両人《ふたり》は一歩《ひとあし》先に帰るはずであったが、木戸はことさらに大久保を避けて、同時に帰朝することはしなかった。大久保の帰ったのは明治六年の五月二十六日で、木戸の帰ったのが七月の二十三日であった。もし両人《ふたり》のあいだに悪い感情さえなかったら、この際の帰朝は、同時にしなければならぬはずであったのだが、こういう風に別々に帰ってきたところに、両人の感情がどれほどに齟齬していたかという想像もできる。木戸の帰ってきたときは、征韓論がようやく高潮に達していたときで、木戸は誰にも相談をせずに、政府へ辞表を奉呈した。この際に三条へ送った手紙のうちに、こういう一節がある。

「孝允儀《こういんぎ》は、先年来申上置《せんねんらいもうしあげおき》、猶此度《なおこのたび》も逐々言上《おいおいごんじょう》仕候通《つかまつりそうろうとお》り、免職之処《めんしょくのところ》偏《ひとえ》に奉歎願《たんがんたてまつり》候《そうろう》、短才微力不堪其任《たんさいびりょくそのにんにたえず》、上於朝廷《かみちょうていにおいて》も冗員《じょういん》を被為省候《はぶきなされそうろう》は、今日《こんにち》の御一急務《おんいちきゅうむ》に付《つき》平生《へいぜい》の宿志《しゅくし》被聞召候《きこしめされそうら》へば、公私得其宜候儀《こうしそのよろしきをえそうろうぎ》に御座候間《ござそうろうあいだ》、幾重《いくえ》にも御許可奉万祈候《ごきょかばんきたてまつりそうろう》」

　征韓論というがごとき大問題が起っている場合に、木戸がこういう書面を三条へ送って、強いて辞職しようとしたのは、その胸中に無限の不平があって、悶々の情に堪えなかったためであることは明らかである。

　大久保は木戸に先立ち帰ってきてみると、遣韓大使のことすでに定まって、三条太政大臣までが同意しているようすであるから、なまじいに自分がこの際に顔を出しては、かえって事が面倒になるだろう、という考えをもって、とにかく、岩倉の帰朝を待つことにして、自分は病気届を出すと同時に、箱根の温泉へ避けてしまった。そのうちに岩倉の一行も帰朝する、大隈や大木のように、征韓論に反対の連中は、すぐに岩倉を訪ねて、その不在中の閣議のありさまを詳しく物語った。岩倉も想像以上に閣議の運んでいたのには、いささか驚いたようすであったが、いずれにもせよこの場合において、大久保と木戸が反目していたのでは、なにごとをなすにも差し支えになるのであるから、まずもってこの両人の調停を図るのがいちばんであると考えて、その仲裁者には誰を引き出したらよかろうか、とそれについては一方ならぬ苦心をしたが、ようやくにその適任の人を捜し出した、それは例の黒田清隆である。

黒田は西郷の乾分《こぶん》で、西郷もまた黒田の淡白な性質を愛して、たいがいなことは黒田が行けば、結末《おさまり》がつくような関係になっていたのだ。それほどに深い関係のあった黒田が、この際に岩倉の依頼を引き受けて、大久保と木戸の仲裁を試みたのは、甚だおかしいことではあるが、その内情をいえば、黒田は征韓論に反対していたのであるから、この点において、大久保と木戸を和解させて、征韓論を押しつぶそうという考えもあったのだ。西郷が熱心に唱えた征韓論を、なぜ黒田が反対したかというに、これはやや私情も混じっていたろうが、西郷を朝鮮へ全権大使として送れば、むろんのこと西郷は、朝鮮人の手にかかって殺されるに違いない。そうなってはわが国の将来に、容易ならぬ損害であって、西郷のごとき偉人は、容易にふたたび得ることができないのであるから、このくらいの問題で西郷を殺すに忍びないというのが、黒田の征韓論に対する感想であった。したがって、木戸と大久保の調和を図ることは、西郷を救うことにもなるという考えで、黒田は岩倉の相談に応じたのである。

黒田はすぐに伊藤を訪ねて、例の気性からなんの遠慮もなく、高圧的に談《や》りつけた。

「全体、君が木戸に背くのは甚だけしからんことじゃ。昔のことを思うたならば、いかなることがあっても、木戸に背くことはできぬはずじゃ。しかるに、わずかのことが感情にさわったからというて、それを口実に、木戸と疎遠になるようなことをしては、木戸に受けた恩にも背くことになり、世間から見ても、甚だ見苦しいことであると思うから、そういう考えはいっさい擲《なげう》って、木戸に十分謝罪をして、旧交を温めたらどうじゃ」

と言われてみれば、それに違いない。じつを言えば、強いて木戸に背いたわけでもなく、ただ木戸がなんとなく自分を疎んじて、妙な仕向けをするから、伊藤も面白くなく感じて、だんだん疎隔していったのだから、たいがいの人には言い得ぬことまで言うて、黒田が淡白に相談してくれたのは、伊藤のためにはなによりの幸いである。

「そりゃ、君が言うまでもなく、木戸さんには背くことのできぬ因縁があるのじゃから、木戸さんが打ち解けてさえくれれば、我輩の方には少しも異存はないのである」

「よし、それならばこれから木戸のところへ行って話してくるが、君はなにごとも言わず、ただ悪いと言うて、木戸に謝罪をすることができるか」

「それはできる」

「それじゃ、これから話してこよう」

これから黒田は木戸を訪ねて、

「伊藤のいままでの態度が悪かったならば、俺《わし》が保証人になって、伊藤に謝らせるから勘弁してもらいたい」

というのであった。木戸も黒田の性質はよく知っているし、また伊藤に対して、自分が思い過した点のあったことは、だんだんわかってきたし、かたがた薩藩の人にまで、そういう心配をかけては甚だ面目も善くないので、木戸は快く黒田の調停を容れて、伊藤にはあらためて会見することになった。こういう事情から、伊藤は木戸に会うて、

「我輩の精神はけっして先生に背くというわけでなく、先生と共に共に進退をするのであるから、けっしてそのあいだに二心のないことだけは、認めてもらいたい」

と言うて謝られたので、木戸も疳癪の角を折って、伊藤とふたたび温い手を握ることになった。

岩倉は黒田の報告によって、木戸と伊藤の間が融和したことを知って、非常に悦んだ。大久保へも黒田をもって、さらに申しこみをさせた上に、自分が大久保に会うて、懇談を遂げたので、大久保と木戸はあらためて手を握った。これもひとまず感情が融和して、国家の重大問題たる征韓論だけは、あくまでも一致して巧く捌いてゆこう、ということに決まったの

である。

四

朝鮮政府へ談判のために出張した森山茂が、明治六年の六月十五日に帰ってきて、その顚末を外務少輔の上野景範に復命した。それから太政官の方へ、いっさいの交渉顚末が報告されたから、ここにおいて朝鮮に対する問題は、公然閣議に上ることになったのである。

当時、朝鮮政府を代表して例の大院君が、森山らの談判に答えたのであるが、それは前にもちょっと述べておいたとおり、ほとんど日本政府の要求などは眼中に置かず、自分の都合の好いことばかり言うていて、どうにも手の着けようがなく、つまり日本政府と今後の交際は結ばぬというのが前提になっての主張であるから、そのあいだの妥協のつくべきはずはない。しかも森山へ修交断絶の通告をすると同時に、釜山方面には大院君の名をもって「爾来日本国との修交は断絶したによって、万一日韓人の間にどういう紛擾が起ころうとも、それはわが政府の関係したことでない」という意味の布告を張り出した。森山らも惘《あき》れて帰ってきて、そのままを報告したので、正式に閣議を開いて、対韓策を決することになった。最初に閣議を開いた日に、まず板垣が、

「朝鮮政府がすでにかくのごとき布告を公示して、わが談判委員に修交断絶を宣言した以上、釜山その他の居留民を保護する必要があるのであるから、すみやかに一大隊の兵を釜山

に送って、居留民に保護を加え、あらためて修交条約の談判を開くことにいたしたい」―

と言うたのに対して、西郷は、

「朝鮮政府の答弁の不法なるは言うまでもないが、ただちに兵を送るというのは甚だ穏やかでなかろう。わが居留民を保護するための出兵でも、朝鮮人の側から見れば、そうは思うまい。かえって兵力をもって威喝するというように思われては、かえって将来に禍根を遺すことになるから、それよりはむしろ責任のある全権大使を送って、十分の談判を開くのが第一である。いままでの官吏は位低くして役もあまり高くなかったので、朝鮮政府もその談判に重きを置かなかったのだろう。こんどは朝鮮政府が十分に敬意を払いうるだけの全権大使を送って談判を開くことにしたら、事はたちまちにして解決するに違いない。もし大使に対して無礼を加えるようなことがあったならば、そのときにおいて兵を送っても遅くはなかろう」

というて、その全権大使には、自分が進んで当たろうというのであった。西郷の説はいかにも正々堂々の論で、いやしくも日本政府としては、この問題について朝鮮政府へ談判を開く以上、このほかに執るべき途はなかったのである。ここにおいて板垣も、

「西郷さんが、そういう考えでおらるるならば、自分は出兵論を一時撤回して、西郷さんの全権大使として赴かるることに同意をしよう」

と、快く自分の説を退《ひ》いて、西郷の主唱に同意した。そのあいだにはいろいろの議論も

あったが、結局は西郷を遣韓大使として送ることに決したのである。しかるに大木や大隈は、どこまでも、

「岩倉大使の一行が帰ってこないうちに、こういうことを決めるのはよろしくないと思う。ことに国家の重大問題であるから、大使一行の帰朝を待って決するようにしてもらいたい」

　という説を述べたので、西郷は、

「いやしくも日本帝国の政府が、この国家の大事を定むる場合に、ある一部の者が不在なるがために、これを決することができないというくらいならば、いっそ太政官の門を閉じて、いっさいの政務を扱わぬことにしたらよかろう」

　とまでに激語を放って呶鳴りつけたから、たちまち反対の連中は閉息《へいそく》してしまった。その後は、西郷の派遣について、異論を唱える者はなかった。いまの大隈が、いかなる問題にも彼此《つべこべ》と容喙《くちだし》をする、その冗舌多弁を見て、当時の閣議のありさまに比べると、じつに今昔の感に堪えない。この折柄、副島外務卿が清国から帰ってきて、三条へ書面を送った。

「この談判について、朝鮮国へ使節となる者は、拙者を差し措いてほかにその人はないはずである。いやしくも外務省所管の問題について、外務卿たるべき者がその任に当たらないで、他の人が派遣せらるるというのは、甚だその意を得ぬ。よって至急閣議を開いて、このことを決してもらいたい」

　というのであったから、三条も意外の申し出に驚いたが、ただちに閣議を開くこともなら

ず、さればとて副島の言うところにも一理はあるから、無理に抑えつけることもできないで、閉口していた。これを板垣が聞いて、すぐに西郷を訪ねて注意を与えた。

「じつは副島が帰朝して、遣韓大使には自分にこれを任ずべきはずであるというて、三条へ厳《やかま》しく言いこんだということであるが、どうもこの説に対しては、われわれも強いて反対はできないのであるから、足下《あんた》が朝鮮へ出かけようとせらるるならば、まずもって副島と示談をするのが肝要である。さっそく副島を訪ねて、懇談を遂げてみたらどうじゃ、その前に我輩からいちおう副島に相談はしておくが、とにかく、足下《あんた》が副島を訪ねて、礼をもって話をすれば、副島はああいう正直な人物であるから、必ず足下《あんた》にその任を譲るに違いない。足下《あんた》と副島のあいださえ円満にゆけば、ほかに異存を言う者はなかろう」

この忠告を聴いて、西郷は非常に喜んだ。

「よろしい、そういうわけならば、明日《みょうにち》にもさっそく副島を訪ねて、懇談をすることにしよう。しかし足下《あんた》も十分ご尽力を願いたい」

「たしかにお引き受けいたした、これより帰途に副島を訪ねることにいたそう」

「どうぞお願い申す」

これから板垣は、副島の邸へやってきて、だんだん懇談を遂げたけれど、副島は容易にこれを譲ろうとしなかった。しかし、幾分か感情は融和したように見受けられたから、板垣はこの旨を西郷の方へ報告して置いた。翌朝は西郷が、みずから副島を訪ねて、

「足下《あんた》の言われることは、至極道理《もっとも》ではあるが、しかし、己《おい》どんはこのことをもって、自分の生命と心得ているほどに気乗りのしているのであるから、どうぞ無理でもあろうが、この際は己《おい》どんに譲って、この役目を果たさせてもらいたい」

と、西郷ほどの人が、膝を屈めての話であったから、副島は自分の正直に引き比べて、西郷のこの態度にはひどく感心して、快く承知した。

「そういうわけならば足下《あんた》に譲りましょう」

と、両者のあいだの解決《おれあい》がついたから、西郷は七月十六日の晩に三条を訪ねて、十七日には閣議を開き、このことを決定してしまったのである。

西郷派遣のことが、閣議において決定すると同時に、三条はその旨をもたらして、箱根の行在所《あんざいしょ》へ伺候《しこう》したのである。当時、両陛下は、箱根の離宮に、暑を避けておられた。三条からの奏請をご嘉納になって、

「西郷隆盛を大使として、韓国に派遣することは可なるも、猶ほ岩倉具視の帰朝を待ちて、是と熟議すべし」

こういうご沙汰が下ったから、三条は帰京すると同時に、西郷らにこの旨を伝えた。ここにおいて、西郷派遣のことは決したわけになるのだ。岩倉らと熟議すべしというのは、つまりこの決まったことを、岩倉や木戸大久保にも談じて、それから一同の議をまとめて出ろ、というのであって、西郷を朝鮮へ遣わすことについては、御許可《おゆるし》があったことに解釈される

のである。しかるにこのことが意外にも、岩倉派と西郷派において、火を摺《す》るような争いをする原因になったのだ。

いま両派の人物を比較してみると、

征韓派

三条実美
西郷隆盛
板垣退助
江藤新平
後藤象二郎
副島種臣

非征韓派

岩倉具視
木戸孝允
大隈重信
大木喬任
大久保利通

こういう顔触れになるのだが、その年齢を調べてみると、西郷が四十七でいちばんの長者、副島が四十五、大久保が四十四、木戸は四十三、岩倉と大木が四十二で、江藤が三十九、三条と板垣が三十六で、大隈と後藤が三十五である。いずれも五十に満ちた者は一人もなかった〔実際は岩倉が数え四十九歳で最年長。西郷と副島は同い年〕。

西郷が、遣韓大使としてみずからその任に当たろう、と言い出したのについては、よほどの決心があったに違いない。それから三条の奏請に対して、陛下のお言葉が右のとおりであった、その内容にもう一つ事情がある。それは内閣において、征韓論のさかんであった際に、西郷は、陛下に陪侍して、御所内の紅葉の御茶屋にお供をしたことがあった。その際に陛下より西郷に向かわせられて、

「朝鮮の問題はいかが相成ったか」

というお尋ねがあった。西郷は、まだ閣議が決定しなかったのであるから、そのとおりお答えを申し上げると、陛下は、

「朝鮮のことはその方に一任いたす、しかるべく処置をいたしてよかろう」

とのお言葉が下った。これがために閣議の決定した以上は、西郷がどこまでも朝鮮へ行くべく、すっかり覚悟を定《き》めていたのだ。されば副島と懇談をした時分にもこの物語をしたので、副島も強情を張りとおすことができなかったのである。

しかしながらこの問題については、薩長二藩出身の人で、第二派以下の者は、ほとんど混乱の体となって、どれが敵で、どれが味方だか、さらにわからないようなありさまであっ

た。征韓論に同意して、さかんに外から声援したのは、桐野利秋、篠原国幹《しのはらくにもと》、島本仲道らの連中であった。伊藤博文、黒田清隆、井上馨、寺島宗則、陸奥宗光、渋沢栄一などは、非征韓派の提灯を点けて歩いたのだ。どうしても西郷の方へ行くべきはずの者が、かえって非征韓に組みし、非征韓派でなければならぬ文官のうちにも、西郷の征韓に賛成していた者もあって、表面に現われた争いよりは、内部の争いの方がよほど激しかったように思われる。とにかく、こういう事情で、西郷の朝鮮派遣が内定した。それを岩倉の一行が帰朝してから、打ち破りにかかったのであるから、この紛擾の大きくなったのも無理はない。

五

十月十二日に、大久保と副島が参議になった。これは両人《りょうにん》ともにいまでいう大臣、当時の卿にはなっていたけれど、参議の職には就いていなかったから、そこで閣議の場合に差し支えがあるので、にわかに参議の職に就かせたのである。かねて岩倉の一行が帰朝すれば、それと同時に、西郷派遣のことを報告して、ただちに陛下に申し上げることになっていたのだ。しかし、前の閣議で決めたことを、再議に附するというわけではない。つまり前の閣議で、こういう風に決まったから、一同にこれを認めてくれ、という簡単な意味から、ただちに上奏の運びにしようとしたのである。もし木戸と大久保の両人《ふたり》だけならば、強いてこの手続きの必要はなかったかもしれないがとにかく岩倉に対しては陛下よりも特別のお取扱いはあったし、その位地の上からいうても三条と相俟って陛下を輔弼する大任を帯びていたので、したがって三条より、西郷派遣の議を申し上げた時分にも、岩倉の帰朝を待ってさらに申し出ろ、という意味のご沙汰のあったのは、こういう事情からである。しかるに岩倉の一行は、帰朝すると同時に、いずれも病気届をしてあったから、容易に閣議を開くの運びには至らなかった。しかしながらいつまでも、便々《べんべん》と延ばしていることはできぬ。ついにこの日をもって、閣議を開くことになったのだ。

　西郷らは早くから内閣に来て、岩倉らの来るのを待ち受けていたが、いつまで経っても、岩倉は出てこない、そのうちに病気欠席の届け出があった。ここにおいて、岩倉派の出席を待って、さらに閣議を開くべきか、それともこの場合において、決定してしまうべきかということが、相談になると、西郷はあくまでも、欠席のまま決定してしまえという説を執って動かぬ。西郷はいかなる場合にも、公平な立場から公平に物事を決定《とりきめ》してゆく風があって、まことに立派な心をもった人であったから、反対の者が欠席しているのを幸いに、早く取り決めてしまおうというような、卑しい考えは少しもなかったのである。慶応四年の末に、いよいよ徳川慶喜をいかに処分すべきかという問題が、朝廷の内部に起こったとき、あくまでも徳川を助けていた山内容堂が土佐へ帰っていて、その評議の日に間に合わぬので、留守居役の後藤象二郎から、西郷へ会議の日を延ばしてくれということを申しこんだ。それさえも西郷は引き受けて、会議の日を延期したくらいである。山内が出てくれば、会議が紛糾《ごたつ》くことは、いままでの例によってわかっているのだが、その反対の山内の出席を待ち受けるために、会議の日を延ばしたというところに、西郷の公平な心事が現われている。それとこれとは問題の性質も違うし、時代の変遷で、すべての人の考えもだいぶに変わってきてはいたけれど、とにかく、反対の岩倉派が欠席しているにもかかわらず、西郷はあくまでもその日に、このことを決めてしまおうと言い出したのは、いかに西郷が偉いというても、つまり人間のことであるから、岩倉派に対する幾分の反感もあって、即決説を唱えたのであろう。三条は岩倉が帰ってから、いくたびか面会して、この問題についての相談はしたのだけれど、岩倉は頑として三条の説を容れず、あくまでも西郷を派遣することは、反対であると言うて、かえって三条が自分の留守中に、この問題について内容の運びまでつけた上に、陛下へ申し上げたことの不平をさかんに吐くので、三条もほとんど閉口してしまった。したがってこの日に即決することには、幾分か躊躇する気味もあったので、西郷はついに疳癪を起こして、

「このことについては先般来、いくたびか会議を続けて、ついに己《おい》どんが、朝鮮政府へ談判に赴くことに決したのじゃ。岩倉一行の帰朝を待ったのは、賛否を求める意味ではない、つまりかくのごとく内定したということを告げて、単にこれを認めさせれば、それでよいのじゃ。また岩倉その他の人は、これについていまさらに反対をするというような、不穏なことをすべきはずはないのであるから、誰に遠慮もないことであるによって、すぐに決しても

らいたい」

というのを、三条はじめ二、三の参議は、しきりに宥《なだ》めて、

「君の言うことはいかにも道理《もっとも》のしだいではあるが、しかし、そうしては物事が喧嘩腰になる。まず一日を待ったからというて、このことが消えてしまうわけでもないのだから、この際においては一日だけ猶予して、明日さらに引き続いて、会議を開くことにしたら、どうであろうか」

西郷がどうしても肯《き》かぬのを、大勢で寄って集《たか》って、とうとう承知させてしまったのだ。会議が長引いて、夜に入ったために、陛下より酒肴を下し賜った。一同はこれから晩餐の席に移ったのである。

三条は閣議の延びたことを陛下に上奏するために、御前へ伺候すると、これはすぐにお聴き済みになって、次の閣議は十四日ということに決した。三条がまだ御前から退ってこぬうちに、酒宴は催されて、盃がだんだん廻ってくる。なかにはだいぶ上機嫌になった人もあって、平生はあまり愚痴らしいことを言わず、ことに過去のことを繰り返して、煩《うるさ》い理窟を言わなかった西郷も、今日の閣議にはよほど不平であったと見えて、しきりに三条の優柔不断にして、為すあるに足らざることを指摘して、さかんに三条を痛罵する。それを聴いている一同は、まことに迷惑だとは思っても、まさかに相手が西郷では制止《おさえつ》けることもならず、ただその悪罵冷嘲を、軽く受け流していた。ときに江藤が、

「西郷さん、足下《あんた》はそう言うて怒らしゃるけれど、全体、三条公に英断を迫るのは、足下《あんた》が間違っておるのじゃ。あの人に英断のないことは昔から定《きま》っておるので、いまさらにこの問題について英断を迫るのは、比丘尼《びくに》になにかを出せというようなもので、とうてい行われないことであるから、もうたいがいにしたら、どうです」

これにはさすがの西郷も一本参った。ことに比丘尼に睾丸《なにか》を出せ云々というようなことは、この真面目な問題について、あまりに奇矯《ききょう》な言であったから、一同は腹を抱えて笑いころげる、西郷も苦笑しながら、

「なるほど、これは江藤さんの言われるとおりじゃ、三条公に英断はちと無理かもしれぬよ、ハッハハッハハッハ」

その晩のことは済んで、一同は自邸へ帰ってきた。

六

十二日の閣議が延びて、さらに十四日ということになって、十三日は一日だけ、反対派が活動すべき余地を得たのであるから、岩倉はいろいろと考えた末、板垣と副島をひそかに呼んで、懇談を遂げることになった。そういうことは少しも知らずに、西郷は青山の邸に友人や乾分《こぶん》を集めて、面白そうに話しこんでいると、桐野利秋が馬で駆けつけてきて、

「オー先生、御在宅《おいで》でしたか」

「ウム、桐野か」

「先生、容易ならぬことが始まりましたぞ」

「フフム、そりゃどういうことか」

「岩倉が板垣と副島を邸へ呼んで、なにか密談に耽っておるようです。あるいは明日の閣議について、なにか奸策を運《めぐ》らしておるに違いない。いまそれを聞きこんだから、ご報告に来たのです」

　西郷は思わず膝を進めて、

「そりゃけしからん、なんのために板垣と副島が岩倉の邸へ行きおったか、その辺のことはよくわからぬか」

「そこまではわからないですが、明日《みょうにち》の閣議を控えての今日であるから、征韓論のことについて、相談するものと想像されるのです」

「ウム、そりゃ板垣と副島の方から、訪ねて行ったのじゃろうか、それともに岩倉の方から招いたのじゃろうか、その辺のことは詳しくわからぬか」

「そりゃ、わかっておる」

「ウム、どうわかっておるか」

「岩倉の方から使者《つかい》を出しおって、まもなく両人《ふたり》は岩倉を訪ねていったのです」

「フフム」

しばらく考えていた西郷は、なんと思うてか急に立ち上がって、

「オイ、桐野」

「ハイ」

「足下《あんた》の馬を借りてゆくぞ」

「先生、どこへ行きなさるか」

「これから岩倉のところへ行ってこよう」

そのまま玄関へ速歩《いそぎあし》に出てきて、桐野が乗り放した馬に乗ると、驀地《まっしぐら》に岩倉の邸を指して駆けつけた。

桐野は初め征韓論に反対して、しきりに西郷の渡韓を引き留めようとしたのであるが、いつか西郷のために説き破られて、ついには西郷の説に同意したのみならず、のちには熱烈なる賛成者の一人になって、いよいよ西郷が朝鮮へ押し出すときには、自分はその副使となって、随《つ》いてゆくことになっていたのであるから、したがって他の者よりも、征韓論についての熱度は高くなっていたのだ。西郷が閣議においてどんな議論をしようと、それには非征韓派の人もあまり驚かなかったけれど、桐野の個人訪問で、喧嘩腰に議論をしかけるのには、誰でも閉口していたようだ。あるときは岩倉の邸へ押しかけて、さかんにロシア征伐の意見を吐いたり、またあるときは大久保の邸へ行って、畳へ短刀を突き刺して、膝詰めの談判をしたり、もし、少しでも感情に逆らうようなことがあれば、相手選ばずに斬り倒すという

意気をもって、議論をしかけるのだから、誰でも閉口しない者はなかった。京都府の知事になって死んだ中井弘《なかいひろむ》が、あれだけの乱暴者でありながら、桐野を恐れることはひと通りでなかった。かつて中井がある人から、

「君くらいの乱暴者が、どうして桐野をそんなに恐れるか」

と言うて、問われたときに、中井の答えは、

「他の者と違って桐野は、殺すと言ったら、きっと殺す奴であるから、このくらい恐ろしい者はない」

というのであった。人を斬ることは茄子か瓜を斬るように、スパスパ斬《や》ってのける、そこに、桐野の恐ろしい性質は現われていたのだ。非征韓派の唯一の議論は、内治の改良を先にして、それから海外のことに及ぼう、というのであって、朝鮮征伐をする無駄な金があるならば、内治改良の費用にかけよう、というのであったが、また朝鮮を討てば、支那政府が承知をすまいし、それには大陸続きであるから、ロシア政府が故障を言うだろう。そうなると、支那とロシアを敵にしなければならぬことになるのだから、征韓論を実行する場合には、それだけの覚悟もしておかなければならぬ。いま日本の実力が果たしてこの二大強国を敵に、戦争《いくさ》をして勝てるかどうか、それは疑問であるから、まずこの場合には、内治の改良を先にして、国力を十分に養った後に、おもむろに朝鮮の問題に移っても遅くはない、というのであった。それをいくたびか耳にしていた桐野であるから、岩倉の邸へ乗りこんでいっ

たときに、ロシア征伐論をやったのである。

「自分に十大隊の兵を授けてくれたならば、モスコーまで一押しに押してゆく覚悟である」

と、豪語して、岩倉を驚かしたことがある。この調子で説きまわるのであるから、非征韓派が桐野を持てあましたのも無理はない。桐野の注意で、岩倉の邸をはじめ、非征韓派の参議の邸々《やしきやしき》には、見張番を付けておいた。そこで岩倉が、板垣と副島の邸へ使者を出したこともわかったし、両人が岩倉邸へ這入ったのも見届けて、すぐに西郷へこの旨を知らせたのである。


岩倉は深く考えて、しきりに三条を説きつけたが、だんだん三条の弁明を聴くに及んで、これは三条より先に、板垣と副島を説く必要がある、と考えて、急に両人《ふたり》へ会見を求めたのである。議論こそ強いが、存外に正直者の両人は、岩倉の誘出《つりだし》にかかってやってきたのだ。

岩倉は礼を厚くして、両人を迎えたのち、

「さて、このたびのことについては不在中、いろいろご配慮であったが、まことに残念なことには、西郷がみずから遣韓大使となって、彼の地へ渡るということである。これはじつにわが国の一大事であって、もしそういうことになれば、野蛮蒙昧なる朝鮮人は、一も二もなく西郷に害を加えるに定《きま》っている。いやしくもわが国を代表した大使に、害を加えられた以上、これを黙視することは国家の面目上できないのであるから、ここにおいて開戦の運びになる。自分らはこのたび欧米各国を巡遊してきて、世界の開けたありさまを見て、じつに感服してしまったのだ。顧みてわが国の現状を見れば、じつに比較にもならぬほどに後れたありさまで、いまより鋭意熱心、国内の改革を図って、おもむろに実力を養って、さらに海外へ手を出すようにするのが順序である、と確《かた》く信じておる。西郷が朝鮮政府へ使節に行くというだけのことならば、自分もあえて反対はせぬが、その結果はいま言うがごとき恐ろしいことになるのであるから、わが国の前途のために深く憂えて、かくは反対をするしだいである。しかし西郷が、今日のごとく強い意見を持って動かぬのは、貴下らの補助があってのことと考えるから、まずもって貴下らは、我輩の説を容れて、西郷を宥めるようにしてもらいたいが、どうであろうか」

と、これから岩倉は諄々として、西郷を派遣することの不可を唱えた。そのあいだには板垣と副島にも、それぞれ説があって、いくたびか押し問答をした末、岩倉が涙を流して、西郷派遣の中止を両人《ふたり》へ頼みこんだから、正直者の両人《ふたり》は、岩倉の空涙《そらなみだ》に釣りこまれて、強く反対することもできないで、愚図愚図していたところへ、跫音《あしおと》荒く這入ってきたのは西郷であった。

取次の者がかれこれ言うのを一喝して、西郷は岩倉の座敷へ踏みこんできたのである。平生《ふだん》はごく礼儀の厚い人であって、こういう乱暴な振るまいをしたのは、おそらくはこれが初めてであろう。岩倉も背後《うしろ》の襖《ふすま》が開いたので振り返ると、西郷が薄暗いところに立って、大きな眼をきょろきょろさせながら、じっと睨んでいるから、これにはさすがに驚いて思わず下を向いた。板垣と副島は、こういう場合であるだけに、自分から進んで裏切りでもしたように思われはしないか、という懸念も加わって、いっそう体裁《きまり》が悪く、二人は顔を背けてしまった。西郷はしばらく睨んでいたが、席にも着かず立ったままで、

「岩倉さん」

と呼びかけられて、岩倉はやむことをえず、頭を挙げながら、

「これは西郷さん、まずこっちへ這入ったらどうじゃ」

「イヤ、己《おい》どんはこれでよろしい、天下の事は公明正大に争おうではないか。暗夜ひそかに反対の者を誘《いざの》うて、これを唆《そその》かすというがごときことは、市井の小人が為すことであって、いやしくも台閣《たいかく》の班《はん》に列して、天下の政《まつりごと》に当たる者のすることでない、なぜ足下《あんた》は正々堂々と論争をもって当たらぬのか」

「これはけしからぬ、具視《ともみ》はさような卑劣なことはいたさぬ」

「現にこの場の態《さま》はなにごとじゃ、板垣さんや副島さんが、なんでここへ来ている。足下《あんた》が使者《つかい》を出して、呼びつけておいて、泣き落としにかけようという、そのくらいのことは強いて聴かずとも、この座の光景《ありさま》を見ただけでわかる」

と、急所を刺されたから、さすがに岩倉も黙って差し俯いてしまった。このままにしておいたならば、どんな争いが起きるかもわからぬから、板垣と副島は立ち上がって、西郷を強いて別室へ誘い出し、これから岩倉に呼ばれた顛末を話して、

「自分らはけっしてこれがために節を曲げるようなことはないから、安心してくれ。また岩倉とても、君が言うほどに悪い考えをもってしたのでもなかろう。あまりかような枝葉のことについて争うのは面白くないから、今夜はこのまま引き揚げた方がよかろう」

と、懇談を遂げて、かろうじて西郷を帰らせることにした。同時に板垣と副島も帰ってしまったから、せっかくに岩倉がしくんだ狂言も、なんの効《かい》なく、空しく西郷の怒りを増させたに過ぎなかった。

七

しかしながら岩倉は、このくらいの失敗に懲りて後の策を立てぬような、そんな弱い人ではなかった。どう考えてみても、板垣と副島を擒《とりこ》にしなければならぬ、という考えがあったから、とにかく、今朝の閣議に出ていって、両人を説得《ときつ》けることにしよう。それについては、西郷が出ていてはなにごともしにくいのであるから、たとえその言うことは行われぬまでも、もう一度西郷を説いてみよう、という気になって、早朝に西郷の許へ使者《つかい》を出した。

西郷は岩倉邸から帰ってきて、桐野らと協議の末、今朝は非常な決心をもって、内閣へ出る用意にかかった。ところへ、岩倉からの使者が来たから、その書面を見ると、

「至急ご相談したいことがあるから、これよりお伺いするによって、お待ち受けください」

という意味のことが書いてある。これを見ると西郷は、使者《つかい》に向かって、

「当方へお出でくださるまではない。こちらからただいまお伺いするから、よろしく申し上げてくれ」

と、返事をしておいて、すぐに岩倉の邸へ駆けつけた。その使者が帰るよりは、西郷の来た方が早かったのだから、岩倉もこれにはふたたび驚かされたであろう。

「ご相談とはどういうことであるか、いちおう伺いおこう」

「それはほかのことでもないが、今朝の閣議には、足下《あんた》に欠席してもらいたいと思うて、それを相談する所存《つもり》じゃった」

「なんと、欠席をしろと言わしゃるのか」

「そうじゃ」

「そりゃ、どういう理由《わけ》か」

「今朝の閣議は必ず揉めるにきまっているから、かえって足下《あんた》はおらぬ方がよいと思うて、そういう考えをもったのじゃ。しかし足下《あんた》を邪魔にして、欠席をうながすわけではない、つまり足下《あんた》の面目を思うて、ほどの好いところで話を取定《とりき》めようと思うから、かように申すのじゃ」

これを聴くと、西郷の顔色は見る見るうちに変わって、

「せっかくのことではあるが、欠席をすることは相成らぬ。このたびのことは一身の栄辱からではない、国家の前途に重い関係をもっておることであるから、どうしても出席しなけれ

ばならぬ。足下《あんた》はどういう考えがあって、我輩に欠席をうながすかは知らぬが、ともかく、足下《あんた》も今朝は出頭せらるることであろうから、我輩と同道して、これから出かけたらよかろう。サァ行こうじゃないか」

欠席させようとして、西郷を説いた岩倉は、かえって西郷のために引き摺られるようにして、ともに内閣へ出ることになった。これが岩倉の二度目の失敗である。

西郷は閣員中において、いちばんの年長《としうえ》［実際は岩倉のほうが年長］でもあったし、また表面は陸軍大将でも、実際はいまの元帥と同じ格式であるから、西郷の進退は国家の上から見て、非常に大切なことで、この点については、岩倉もよほど頭を痛めたらしかった。いよいよ閣議は開けることになったが、木戸はあいかわらず病気と称して出席しなかった。しかし、この問題を正面から反対してゆく者は、岩倉のほかにはなかったのであるから、岩倉が全責任を負うていたようなものだ。

「いまわが国の前途に容易ならぬ問題が三件ある。すなわち第一が樺太のことで、第二が台湾のこと、第三が朝鮮の問題である。これはいずれもわが国家の上から見れば、重大な事柄ばかりで、どの件も一歩を誤れば、国運の消長に関することである。ただこの場合において、何の件を先に計ったらばよいか、ということを決めるのが大切であろうと思う。朝鮮へ大使を送って談判をするとなれば、その談判が破れたときは、戦争《たたかい》をする覚悟がなければならぬ。しかる以上は、その前にロシア政府に使節を送って、朝鮮政府に対しては、援助を与えぬという約定をさせておかなければならぬ。また樺太の談判がもし面倒になれば、ロシアと兵端を開くようなことにもなろう。台湾の問題とても副島外務卿が、これまでに尽くされて、まだまったくその談判《かけあい》は結了しておらぬのであるから、これとても打ち棄てておくこともならぬ。サアこうなってみると、どうしても樺太問題を先に決めることにして、ロシア政府とおおいに談判をする必要が生じてくるのだ、したがって朝鮮のことは後日に廻すのがよかろうと思うから、西郷さんもぜひそういうことにご同意を願いたい」

岩倉はどこまでも狡《ずる》い人であった。正面から征韓論に反対せず、側面から議論して、それとなく西郷の朝鮮行きを中止させようとしたのである。西郷は岩倉の説の終わるのを待って、

「岩倉公はしきりにロシアのことを言われるが、どういうわけでロシアが恐いのであるか。己《おい》どんの眼から見れば、朝鮮といえども、またまたロシアといえども、敵として戦うに強弱の別はなかろうと思う。ロシア国が朝鮮国よりも、優っていることは明らかであるが、それにはあの幾千里のシベリアの原野を通ってこなければ、兵を送り出すことはできないのである。懸軍万里《けんぐんばんり》、見渡すかぎりの茫々たる曠野を、長い征途に労《つか》れてきた兵士を迎えて撃つに、なんの恐ろしいことがある。その点になれば、手近の兵を撃つと、さまで労力において異なったところはない。その戦略については、己《おい》どんにみずから見るところがあるのであるから、岩倉公は戦争《いくさ》のことはご承知がないゆえ、そういう点についてはあまりご憂慮なさら

ぬがよかろう。また樺太のごときは元来、国民同士の利益の争いから起きた問題《こと》であって、いま朝鮮政府がわが政府に与えた侮辱とは、おおいにその事情が異なっている。これは外務省の役人を遣して、穏やかに談判《かけお》うても事は決まるのであって、朝鮮問題と同一にはならぬ。とにかく、朝鮮のことは今日において決めておかぬと、後日にわが国へ及ぼす害は恐るべきものがあると、深く信じて、自分はこの際に朝鮮のことを決めてしまいたい、と思うのであるから、己《おい》どんの説に同意を願いたい。ことにこのことは先般の閣議において決定をしたことで、いまさら繰り返して評議するのは、甚だその意を得ぬことである」

西郷の説が終わると、大久保が立って、内治改良の必要を縷々《るる》述べはじめた。西郷は苦い顔をして、大久保を睨み詰めている。大久保もずいぶん心苦しかったろうけれど、このときは正面から西郷の朝鮮行きには反対をして、さかんに欧米の文明のありさまを説いて、内治改良の必要を論じたのである。このあいだの議論もなかなかに面倒であって、時間も長くかかって、もう日の暮合いになった。ときに大隈参議が席を立って、三条太政大臣の席へ行って、なにか密々耳語《こそこそささや》いて、そっと椅子を離れようとした。これを見ると、西郷は、

「大隈さん、足下《あんた》どこへ行きなさるか」

と、問われて、大隈はよんどころなく、

「じつは、横浜の異人から招かれて、宴会に行くべき約束がありますから、これより中座いたします」

これを聴いた西郷は、眼を瞋《いか》らして大隈を睨みつけ、

「馬鹿ッ」

と、大喝した。これには列席の参議はみな驚いて、西郷をじっと見つめる。大隈は顔を真っ赤にして下を向いてしまった。

「毛唐人の馳走が、それほどに食いたいか。国家重大の問題を、閣議においていま評議している場合に、毛唐人の宴会へ行かなければならぬというて、中座するとはけしからぬ。馬鹿もたいがいにせい」

かような席において、これまでに罵られても、大隈は返す言葉なく、悄々《しおしお》として旧《もと》の席に着いたのは、いかにも見苦しいことであった。いまの大隈の傲岸な態度を見るにつけても、当時の大隈が、いかに貧弱な参議であったか、ということが思われて、笑止千万である。

灯《あかり》を点けて、評議を続けたが、議論は容易に収まらぬ。ときに板垣と副島が、代わる代わる大久保に質問の矢を放って、

「ただ漫然として内治の改良というたのでは、その意味がわからぬ。およそどういうことをしようとするのであるか、またその改良についての期限は、およそどのくらいかかればできる見こみであるか、それらのことを聴いて、さらにわれわれの考えを定めようと思うが、明確なるご答弁を願いたい」

これに対して大久保は、

「内治の改良については、新たに内務省を設置して、相当の役人を置き、充分に取り調べののち、着々その改良にかかろうと思う。まず内務省を設置するまでに、少なくも五十日の猶予を与えてもらわなければならぬ。そのことが終わった後ならば、遣韓大使のことについては、あるいは同意をするかもしれぬ」

これを聴いた副島や板垣は、西郷に向かって、

「西郷さん、いまお聴きのとおりじゃが、いっそ内務省の設置せらるるまで、お待ちになることはできまいか」

「イヤ、さようなことはできぬ、かくのごとき国家の大事は、内務省を設けることぐらいのために、猶予することはできぬ。この説が通らぬようなれば、自分はいっさいのことを擲《なげう》つほかはない」

というたのは、職を辞するという意味であるから、問題はいよいよ難かしくなってきた。じつを言えば、西郷を朝鮮へ送ることは、八月十二日に決まっているのだから、今日の閣議ではこの旨を一同に報告して、三条はそのまま御前へ出て、勅裁を仰げばなんのこともなかったのであるが、三条にその英断がなかったために、事はかくのごとく面倒になったのである。

しかるに岩倉は、いま西郷の云うた議論の末に、もしこの意見が行われねば、いっさいのことを擲って身を退くのほかはない、と言うたこの一言は、容易に聞き流すことはできな

かったのである。当時の西郷が、朝野内外に負うていた徳望は容易ならぬもので、ことには百官臣僚の最上長官としていた、という関係から考えても、いま西郷がこのことのために職を去っては、それこそどういう面倒なことが生じない、というかぎりもない。その点に考えが及ぶと、さすがの岩倉も、これ以上に反対をする勇気は出ない。十四日の閣議はそれで終わって、十五日に引き続いての閣議の席において、岩倉がやや弱い説を唱えて、あるいは西郷の意見を容るるような傾きが微見《ほのみ》えた。そのときに大久保は非常に怒って、岩倉に喰ってかかった。岩倉はいままでの味方であった大久保が、こんどは自分へ激《ひど》く楯を突いて来るので、すこぶる閉口したが、しきりに大久保を宥めて、その日は無事に帰したけれど、翌日になって大久保は、いよいよ辞職の意を漏らした。大久保から三条へ送った、書面の写しを左に掲げる。

小生事、無量の天恩を蒙《こうむ》り、殊に殿下の懇命に預る事、亦不浅《またあさからず》、実に感佩《かんぱい》する所に候、然るに今日に至り恐縮之至りに不堪候《たえずそうら》得共《えども》、奉職の目的難相立《あいたちがたく》、辞表差出候、漫《みだ》りに汚重任候儀《じゅうにんをけがしそうろうぎ》、今更赧顔《たんがん》至極に御座候間、今日のこと如何の御沙汰を拝承仕候とも、断然決心仕候に付、速に御放免被下候様万祈仕候、乍去、国事の事度外に置き候心事毛頭無御座候間、若《もし》禍端《かたん》相開き候はゞ、兵卒とも相成一死を以て万分の一を報じ度微《たきび》衷《ちゅう》に付、其節に臨み候はゞ御垂憐を賜り候様、今より奉願置候、必ず進むで御依頼可奉

申上候、誠惶誠惶
十月十七日　利　通
実　美　公　閣　下

八

せっかくに岩倉が我を折って、西郷の説を容れかけたときに、大久保の辞表が出てきたから、またそれで上奏のことは行き悩みになった。しかしながらいつまで、こういう議論で日を送っていても、国家のためにならぬのであるから、三条はさすがに決心して、いよいよみずから進んで、陸海軍の総裁の職に就き、西郷を朝鮮へ送り、引き続いて征韓の準備に着手してもよい、ということを言い出すようになった。ここにおいて木戸、大隈、大木の連中は、大久保と同じように辞表を捧呈した。十七日の閣議には、西郷はじめ征韓派の参議はことごとく出席したけれど、非征韓派は一人も出てこない。岩倉は病気欠席で、辞表は出さなかった。西郷は三条に向かって、

「遣韓大使のことは、すでに決定しているのであって、岩倉らが横に車を挽いて、無理にこれを制《おさ》えようとするから、かくのごとく面倒なことになったのである。すみやかに上奏の手続きを終えて、このことは決めてもらいたい」

と言うて迫るのを、三条は制えて、

「マア、そう急がずとも、自分に御委任《おまかせ》を願いたい。これほどの大切な使者を他国へ送る場合には、せめて岩倉右大臣の出席は待たねばなるまい」

と言うのを、西郷はなお押し返して、

「すでに今日までの閣議で事は決している。なにゆえに今日になって、岩倉の出席を待たなければ、上奏の手続きができぬというのであるか」

「されば、これほどの重大なことについては、太政大臣、左右大臣、参議の三職が、斉しく相集まってからのことでなければ、軽々に上奏の手続きもできまい。さらに一日の猶予をしてくだされば、自分が岩倉を訪《と》うて、よく話し合うた上で、明日は上奏の運びにいたす覚悟《つもり》であるから、なお一日の猶予をしてもらいたい」

「イヤ、さようなことは御免こうむる」

西郷はどうしても承知しない。三条と西郷の間に、なかなか面倒な議論が始まった。そこで江藤が仲裁説を出して、

「わずかに一日のことであるから、三条さんの言うことを容れたらどうじゃろうか。その代わり一日猶予して、それでもいかぬときは断然、上奏の手続きを執るということに定《き》めておいたらば、間違いもなかろう」

この説には板垣や副島も同意して、しきりに西郷を宥めるから、

「足下らがそう言わしゃるなら、己《おい》どんは強いて反対はしないが、しかし、天下の事は一日

一刻をもって決する場合があり、また一日一刻をもって誤る場合もあるから、そこで己《おい》どんはあくまでも故障を言うたのである。諸君がそう言う以上は、今日だけのことならば延期することに同意をいたそう」

これでその日の閣議は終わった。三条はすぐに岩倉のところへ出かけて、談判をする所存《つもり》であったが、閣議の終わったころから気分が勝《すぐ》れぬので、ひとまず自邸《やしき》へ帰って、それから出かける所存《つもり》でいたが、意外にも、自邸《やしき》へ帰ると同時に卒倒して、一時は人事不省になって、これがために岩倉を訪ねることもできなくなった。医者が来て療治はしたけれど、発熱は容易に下がらず、意外の重患に陥った。思うに三条は、ごく気の弱い人であったから、岩倉と西郷の間に板挟みとなって、数日の心労をつづけたために、こういう病気になったのであろう。その事が、陛下のお耳に達すると、陛下は三条の邸に、お見舞いとして臨幸があり、その容態をご覧になって、すぐ岩倉の邸へご臨幸あそばされて、その席で臨時太政大臣の職に就いて、すみやかにこの問題を定《さだ》めてしまえ、というご沙汰が下った。ここにおいて岩倉は、臨時太政大臣の職に就くことになったのである。

西郷が、天下の事一日一刻をもって誤ることがある、と言うたのがついに箴《しん》をなして、反対派の首領が太政大臣代理になっては、もうこの問題の前途も見え透いてしもうた。それにしても三条が、病気になって倒れたのは、どう考えても仮病のようにしか思えないが、しかし実際は、なかなかの重患であったということだ。岩倉はこの大命を拝するや、ただちに大久保の所へ使者《つかい》を走らせて、その辞表を撤回せしめ、たとえ相手が西郷の一派であろうとも、この上は断然たる処置に出て、この問題を処決してしまう決心を示した。そこで木戸の病気全快届も出てくる、その他の者の辞表も撤回せられて、二十日の閣議には、征韓と非征韓の両派の者は、三条を除くほか、一同出席して、最後の論争《あらそい》をすることになった。

三条は、十八日をほとんど人事不省のうちに過してしまって、十九日になると、岩倉の手許へ辞表に添えて、左《さ》の書面を送った。

実美不肖の身を以て、夙に殊遇を蒙り、叨《みだ》りに大任を負荷し、日夜戦兢、唯だ委托の重きに背かんことを是れ懼れ、其職を辞せんと欲するもの幾回、然れども聖上宵旰《しょうかん》、国家多事の秋《とき》、庶《こいねがわ》くは駑鈍《どどん》を竭《つく》し、聊《いささ》か鴻恩《こうおん》に酬ひ奉らんと、黽勉奉職《びんべんほうしょく》、以て今日に至れり、而て不幸、俄に病を発し、殆んど国事を誤らんとするに至る、是れ他なし、才短にして力微、其任に堪へざるの致す所也、

苟　如　此《いやしくもかくのごとく》、其職を尽くすこと能はざるは、上は聖上の徳を累はし、下は万民の望みに背く、其罪死して尚余りあり、実に恐懼慚愧の至りに不勝《たえず》、

因て速かに職を解かんことを乞ふ、伏て望むらくは閣下、実美が衷情を憐み察し、以て叡聞《えいぶん》に達し玉はゞ、何の幸か之に加へん、頓首

三条が病んで、十八日の閣議が開けぬ、ということを聞くと同時に、西郷は江藤、副島、板垣の三人を誘うて、病気引き籠もり中の岩倉を、その邸に訪ねた。

「三条公が病気に罹られた以上はやむことをえないから、足下《あんた》が代わって上奏勅裁の手続きを仰いでもらいたい。もし病気のために閣議に参列することができぬ、というのならば、他の参議をもってこれに代わらせたいと思うが、ご意見はどうであるか」

と言われて、岩倉は、

「これほどの大事件に、参議をもって三条の代理とすることはできぬ。しかし、自分は陛下のお言葉をもって、三条の代理を申しつかったのであるから、明日《みょうにち》は病を押しても閣議を開き、さらにその手続きを執ることにいたそう」

「ウム、しからば上奏勅裁の手続きを執ってくださると言わっしゃるのか」

「いかにもさようである、が、しかし、自分がこのことについて、諸卿と反対の意見をもっていることは、すでにご承知のとおりであるから、勅裁を仰ぐにいたしても、自分の意見をこれに添えて捧呈することだけは、あらかじめ含んでおいてもらいたい」

これを聴くと、西郷は非常に憤激して、

「そりゃけしからん、かくのごときことはありのままに申し上げて、他の者はいっさい意見を附せぬことに、今日まできまっておるのであるが、このたびのことにかぎって、足下《あんた》が反対の意見を附せらるるというのは、いかなるしだいであるか」

「それは太政大臣代理として、諸卿の意見をお取り次ぎするについて、自分の見こみを申し上げるのは、あえて差し支えのないことである」

いままで沈黙していた江藤は、急に席を進んで、

「岩倉公に念のためお伺いしておくが、このたび陛下の大命によって、太政大臣代理になられたということは、それに相違ないのですか」

「むろんのこと」

「しからばなお、お尋ねするが、三条太政大臣はすでに遣韓大使のことに同意しておられたのである。しかるに閣下《あんた》はその代理になったのであるから、いやしくも代理が本人と違うた意見を附することはできぬはずであるが、この儀はどうなさる覚悟《つもり》であるか」

さすがに江藤は司法卿を勤めていたので、その時分から法律的の頭脳《あたま》があった。さかんに代理と本人の関係を説いて、岩倉の急所を突いた。しかし、岩倉は平然した顔《すま》で、

「昨日の太政大臣は昨日の太政大臣であって、今日の太政大臣代理は、今日の太政大臣代理である。その人が異なれば意見も異なるのであるから、やむことをえない」

「そんな馬鹿なことはない」

と言うて、江藤はこれからさかんに代理者の性質について説法をしたけれど、岩倉は空《そら》嘯《うそぶ》いて、さらに聴き入れなかった。ここにおいて西郷は、

「もうこれ以上、足下《あんた》と争うたところでいたしかたがない、どこまでも足下は反対をすると

言われるのか」

「むろんそのとおり」

「しからば、もし、陛下がこれを許すと仰せられたならば、なんとなさるか」

「さようなことは万々あるまいと存ずる。しかし、もし陛下が許すと仰せられても、それは相成らぬ」

「これはますますけしからぬ、陛下の許すという仰せがあっても、それはならぬとはどういう意味であるか」

「国家重大の問題であって、ひとたびこれを誤れば、国家の前途に、容易ならぬ禍《わざわい》を遺すのであるから、かかる問題については、たとえ陛下のご沙汰といえども、具視は容易に服従はいたさぬ。あくまでもその非を説いて、直裁のご中止を願うほかはない」

と、これまでに強弁する以上は、もう殴り合いをするよりほかはないのであるから、西郷も笑ってその席を立った。他の三人も斉しく岩倉邸を引き払って、二十日の閣議の開けるのを待ち受けることになった。

九

岩倉が「たとえ直裁とあってもこれを拒んで、実行はさせぬ覚悟である」とまでに広言した。これが岩倉の本領を発揮したところで、普通の公卿なぞに言えることではない。事の是非《よしあし》はしばらく措いて、さすがにこういう点になると、岩倉は堅実《しっかり》したところがあった。さればニ十日の閣議が開けた時分にも、岩倉は頑として西郷らの説を容れず、西郷はいままでに、自分の意見はしばしば述べてあるので、今日となっては自然に委せるほかはないと、いっさい沈黙していたが、最後に副島は、

「岩倉公がその意見を附して上奏するというのならば、われらもまた意見を認めて、同時に捧呈したら、どうだろうか」

と言い出したのを、西郷は制《おさ》えて、

「イヤ、それはよろしくない、われわれは輔弼《ほひつ》の大任にある者であるから、われわれのあいだにおいてこの問題を定めることができずに、陛下のご直裁をもって、その理合の裁断を願うことはいっさいの責任を陛下に帰せしむる所以であって、甚だよろしくないことであるから、自分らはこれに対する意見を附さない覚悟である」

と言って拒んだのは、さすがに西郷である。

ここにおいて岩倉は二十三日に参内して、陛下に拝謁の上、この顚末を上奏に及んで、別に一篇の意見書を奉った。その末文にこういうことが書いてある。

臣窃《ひそ》かに之を考ふるに、維新以来僅かに四五年のみ、国基未だ堅からず、政理未だ整はず、治具未だ備らず、今日未だ軽々しく外事を図るべからざるなり、然りと雖も、朝鮮

は我国と隣交を修する茲《ここ》に数百年、彼れ非礼を我に加ふれば、我焉《いずくん》ぞ受けて止《や》むべけんや、されども遣韓大使の事に就いては、此が緩急順序を審《つまび》かにするの要あり、彼れ若し頑迷にして、非礼を我朝使に加へば、我又之に応ずるの処置なかるべからず、故に使を発するの日は、即ち戦を決するの日なり、是即ち軍国の大事なれば、予め深く慮るを要す、今や樺太の事頻りに起る、是即ち目前の急、亦甚だ注意せずんばあるべからず、されば先づ其情を審かにし、露国をして朝鮮と連与するの意を絶たしめ、万全を保つを為して後、兵艦、糧食銭貨を備へ、然る後遣韓大使を派するも、未だ晩《おそ》しとせざるなり、今俄に使節を発するが如きは臣其可なるを見ず、而して万已《ばんや》むを得ざるの義あるも、戦に従事するが如きは、基を堅くし、備足るの後に非ざれば断じて不可なり、伏して冀《こいねが》はくは　陛下事の本末、勢の緩急を深察し、聖断あらん事を、臣具視《しんともみ》激切屏営《げきせつへいえい》の至に勝《た》へず、昧死上言《まいしじょうげん》、誠惶頓首

しかるに翌二十四日になって、陛下のご沙汰が下った。それは岩倉の奏議をもって、適当なりとするのご趣意であったから、つまり西郷の説は、全然ご採用にならなかったのである。かく相成っては、もはやその職に止まる必要はない。もっとも、西郷の辞表は二十三日に岩倉の手許まで差し出してあったのだが、二十四日には江藤、副島、後藤、板垣の四参議が、辞表を捧呈して、政府を退く、その後三日にして、西郷は故郷の鹿児島へ帰ってし

まった。

これがために、陸軍部内の動揺は容易ならず、桐野、篠原の両人《ふたり》をはじめとして、村田新《むらたしん》八《ぱち》、別府晋介《べっぷしんすけ》、池上四郎《いけのうえしろう》、永山弥一郎《ながやまやいちろう》、淵辺高照《ふちべたかてる》、辺見十郎太《へんみじゅうろうた》、貴島清《きじまきよし》、別府九郎《べっぷくろう》、その他土佐派の片岡健吉《かたおかけんきち》、林有造《はやしゆうぞう》、山地元治《やまじもとはる》、谷重喜《たにしげよし》ら、辞職する者踵《きびす》を接して、非常に動揺したけれど、さすがに岩倉と大久保が、固く手を握って踏ん張ったから、まさかに内閣が瓦解するまでには至らなかった。新内閣の組織はまもなくできた、その顔触れは左《さ》のとおりである。

太政大臣　三条実美
右大臣　岩倉具視
参議兼内務卿　大久保利通
参議兼文部卿　木戸孝允
参議兼大蔵卿　大隈重信
参議兼司法卿　大木喬任
参議兼海軍卿　勝安房
参議兼工部卿　伊藤博文
参議兼陸軍卿　山県有朋
参議兼外務卿　寺島宗則

参議兼開拓使長官　黒田清隆
参議兼左院議長　伊地知正治
左大臣内閣顧問　島津久光

また各省の大輔、すなわち今の次官に相当する役の人々は、左のとおりである。

外務大輔　鮫島尚信
大蔵大輔　松方正義
陸軍大輔　西郷従道
海軍大輔　川村純義
文部大輔　田中不二麿
工部大輔　山尾庸三
司法大輔　佐々木高行
宮内少輔　杉孫七郎

征韓論に関する逸話はなお多くあるけれど、だいたいの綱領だけはこれで終わったから、次の項に移る。

民撰議院設立の建白

一

西郷がまったく政府と関係を絶てば、いちばんに困るのが大久保である。また岩倉や木戸にしても、このままに西郷と別れてしまうのは、なんとなく寝覚めが悪い。ことに三条は西郷信者であったから、これは理窟を離れて情愛の上から、どうでも西郷を引き止めようとする。征韓論に敗れて職は辞したようなものの、それには幾分か感情に激した点もあり、事の行きがかり上そこまでにはなったのだろうが、すでにその問題も一段落となったのちは、まさかにいつまでも拗ねているわけもなかろうから、もしできることならばもう一度、内閣へ入れることにしたい。それができないにもせよ、陸軍の頭領として、引き止めておく必要はあるのだ。ところが西郷は、辞表を出した日からどこへ行ったか、さらに行方が知れなかった。かろうじて黒田が、向島《むこうじま》の三井《みつい》の別荘にいるのを探り出して、それからこれを木戸に通じた。木戸はわざわざ出かけて行って、しきりに説いたけれど、西郷はついに復職のことは拒絶した。そのうちにだんだん、人が訪ねてくるようになったから、政府へは帰国の届を出したきり、その許可《ゆるし》のご沙汰が下らぬうちに、薩摩《くに》に帰ってしまった。ここにおいて、政府と西郷の縁はまったく切れてしまった。

板垣、江藤、副島、後藤の四参議は、西郷と離れて別の計画を始めた。それは有名な民撰議院設立の建白であるが、これを明治年間の事件の一つとして数えるのは、ちと無理かもしれないが、とにかく、征韓論が産出した結果の運動であって、しかもいま現に開設されている議会の根本は、これから起こってきたものとして見れば、いちおうはその顚末を述べておく必要もあると考えて、ことさらにこの一項を差し加えたしだいである。

越前堀《えちぜんぼり》［現在の東京都中央区新川《しんかわ》周辺］の副島の邸に、毎日のように集会しては、善後策を講じていたのが、この四人であった。こんどのようなことが起こるのも、畢竟するに政体の組織が悪いからだ。ひとたび閣議で決定したものが、さらに再議に附せられ、無理やりにこれを変更するような不条理が行われるのは、要するに政体そのものの罪である。ことに輔弼の任にあるべきはずの大臣参議が、双方の意見を上奏して、どちらでもよい方を採ってくださいなぞと、そんな馬鹿げたことを、これからしばしば行うようなことがあれば、ついにわが皇室は人民の怨府になる虞《おそれ》がある。かたがたもってこの際には、政体変革の案を立て、これを国民に訴え、おもむろに政府者を動かす必要があるというので、この運動をなすべく寄々《よりより》に相談はしていたが、さてこれという名案もないために、ただ空しく議論に日を送っていた。ところへ、折好《おりよ》くイギリスから帰ってきたのが、小室信夫《こむろしのぶ》と古沢滋《ふるさわしげる》の両人《ふたり》であった。

ある日、四参議は例のごとく集まって、談論に花を咲かせていたところへ、偶然やってきたのは、右の両人《ふたり》であった。すぐにその席へ呼び入れて、これから各国の政体のことについて話が始まると、古沢はしきりにイギリスの民君同治の政体が、まことに立派なものであるというて、そのしだいを詳しく語りはじめた。マグナカルタ［大憲章］のことや、パーリヤメント［パーラメント＝議会］の内容について説明をしたのだ。それを聴いた四参議は非常に喜んで、これから毎日のように両人を聘《よ》んでは、だんだんイギリスの政体について研究した結果、これはわが国へ移してもよい政体である、ということになって、それから政府へ建白することに決まったのである。以上の六人、それに東京府知事をしていた由利公正、また大蔵大丞をしていた岡本健三郎《おかもとけんざぶろう》、この両人《ふたり》を加えて、つごう八人の連名で、その筋へ民撰議院設立の建議書を提出したのが、明治七年の一月十八日のことであった。

しかるに、この計画は板垣らが始める前に、政府の内部にはすでにその兆《きざし》があったのだ。それはどういうわけかというに、岩倉大使に随いて洋行中、木戸が、伊藤や福地に申し付けて、各国の政体や憲法のことについて、十分の調査をさせては、それをいちいち聴き取っているうちに、イギリスの政体が、もっとも日本国に適当している、という考えをもって、帰朝ののちも伊藤らに命じて、着々その調査は進んでいたのである。ところへ板垣らから、同じような建議が出てきたので、木戸も驚いて、とにかく、その建議書は自分が握ってしまって、他の者には示さなかった。木戸はだいぶ進んだ思想《かんがえ》をもっていたけれど、大久保はきわめて保守的な人であったから、たとえ洋行中に見聞した、西洋各国の政体を仮によいものと思っても、容易にこれを模倣することはしない性質の人で、いまこれを木戸が唱えだしたところで、容易に大久保が承知するわけはない。ことに板垣らが、こういう建白をすれば、なんとなく片意地な大久保が、一種の反感から、故意《わざ》と反対する恐れもあって、事の運びが面倒になると考えた木戸は、その書面を握りつぶすと同時に、すぐに板垣へ面会を申しこんだのである。

そのころには、木戸は「日本橋の」浜町《はまちょう》に住んでいた。大久保と肩を比《なら》べて、時の権勢を握っていた木戸のことであるから、浜町の木戸さんというたら、飛ぶ鳥を落とすほどの勢いであった。板垣は木戸の書面を見て、なんのことかわからないけれど、とにかく木戸を訪ねることになった。いよいよ面会して見ると、じつに意外千万にも、

「民撰議院設立については同意であるから、なお将来の相談をしたい」

というのであった。この一言《いちごん》を聴いたときには、さすがの板垣も呆気に取られるほどであって、木戸がそれほどに進んだ考えをもっているとは、さらに思わなかったのである。

「足下《あんた》が、これまでに気を入れておられたことは、少しも知らなんだ。われわれの建議にご同意あるというのですな」

「むろんのこと、我輩は同意するのではない、そのことについてはこちらが本家くらいに考えているのじゃよ、ハッハハッハハッハ」

「イヤ、これはご挨拶で痛み入った。しかし、足下《あんた》は欧米各国を巡遊して、実地を見聞して

きたのであるから、われらよりはよほど進んだ考えをもっておられるに違いない。いまそういう相談を受けると、われらもじつに心強く思う」

「サア、それについて板垣さん、ちと無理かもしれないが、お約束したいことがあるのじゃ」

「フフム、どういうことかね」

「ほかのことでもないが、これはこの場だけのこととして、他へ漏らされては困る」

「よろしい、固く他言をいたさぬことを誓いましょう」

「それではお話しするが、じつは大久保がこのことについて、どんな考えをもっているか、うっかり話し出して反対されると、あとの始末《まとまり》が面倒であるから、いましばらくはこれを言い出さぬ方がよかろうと思って、じつは調査の方ばかりにかかって、いっこう相談は始めなかったのであるが、いつか一度はその運びをつけなければならぬ、と思っていた矢先へ、君らの建議が出てきたから、じつは驚いて、その書面は我輩が握り殺しにして、まだ大久保その他の者には見せずにあるのじゃ」

「それは意外千万、足下《あんた》一人で握り殺しては困る」

「サア、そこが相談じゃ、いま、にわかにこの建議を大久保に示して、もしああいう気風の男じゃから、それはならぬと言うて反対されてしまうと、もう取り返しがつかぬから、いましばらくのあいだ、この建議は世間へ発表せずに、内証にしておいてもらいたい。政府へ出した建議が、そうは長く秘密にはならぬのであるが、少しのあいだこれを忍んでいてくれれば、我輩が必ず物にして見せる覚悟《つもり》じゃが、このことの秘密が保たれようか。その点について君に懇談をしてみたいと思うて、来てもろうたのじゃ」

「なるほど、事情はよくわかった、よろしい、そういうわけならば、いっさい秘密にもしようし、また相当の期間は、お待ち受けしてもよろしい」

「それではどうかそういうことに頼む、必ず近いうちによい話を聴かせるようにしようから、深くこのことは秘密にしてください」

「承知いたした」

それからいろいろな話に移って、板垣は非常に喜んで帰ってきたのである。

二

こういう事情で、板垣と木戸の会見が秘密に行われたことは、誰一人知る者はなかった。板垣もじつは案外な思いをしたのは、木戸がかくまでに進んだ思想《あたま》をもっているとは思わなかったのだ。さればこの相談を受けたときは、国家のために喜ばしいことであると、正直者の板垣は、そのときの約束を深く守って、誰にもこのことは話さずに謹直《じっ》と怺《こら》えて、時の来るのを待っていたのである。しかるに、イギリス人のブラックという者が、日新真事誌《にっしんしんじし》という新聞を発行して、しきりに政府の大官や、民間の名士の間に出入《しゅつにゅう》して、さかんに政治上の評論を試みていた。この人の倅《せがれ》が寄席《よせ》に出て、落語などをやっていたブラック［初代快楽亭ブラック」である。倅はつまらない者であったが、父のブラックはなかなかに人物もよかったし、多くの人に信用されていたのだ。話のついでであるから一般の新聞のことについて、少しく述べておこう。いまの東京毎日新聞は昔の横浜毎日新聞の変体であるが、初めて発行されたのは、明治四年の四月であった。当時は有名な沼間守一《ぬまもりかず》が社長となって、肥塚《こいづか》龍《りゅう》が主筆をしていたのだ。その後に、島田三郎《しまださぶろう》が役人を罷めてから入社して、肥塚に代わって主筆になり、沼間が死んだのちは、島田が社長になっていたのである。そういう系統の新聞であるのを、どういう事情があるにもせよ、島田が独断をもって売り飛ばしたので、沼間の遺族から裁判を起こされて、だいぶ騒いだが、仲裁に這入るものがあって、内部の醜態だけは暴露せずに済んだ。いまの毎日新聞を見て、何人《なんぴと》もよい新聞と思う者はなかろうけれど、昔の毎日新聞は、なかなかに世道人心の上にも、深い効果を顕した新聞であった。その後木戸が補助を与えて、山縣篤蔵《やまがたとくぞう》という人に、新聞雑誌というものを発行させた。これが明治八年になって、曙新聞《あけぼのしんぶん》と改題して、高知県の水野寅次郎《みずのとらじろう》が、社長兼主筆になって、なかなかさかんにやっていたが、のちに東洋新報《とうようしんぽう》と改題してから、社運さらに振るわず、いつのまにか煙のごとく消えてしまった。そのほかに、条野伝平《じょうのでんぺい》「採菊《さいぎく》。画家鏑木清方《かぶらききよかた》の父」と岸田吟香《きしだぎんこう》「画家岸田劉生《りゅうせい》の父」が発起人になって、発行したのが、東京日日新聞であった。初めは福地源一郎を主筆として聘んだのだが、のちには福地が社長となって、この新聞の勢力はじつに驚くべきものがあった。これに相対して起こったのが、栗本鋤雲《くりもとじょうん》の郵便報知《ゆうびんほうち》新聞《しんぶん》である。当時は、藤田茂吉《ふじたもきち》と矢野文雄《やのふみお》〔龍渓《りゅうけい》〕が主幹として、おおいに新式の新聞を作っていたが、そのうちに犬養毅《いぬかいつよし》〔木堂《ぼくどう》〕や尾崎行雄《おざきゆきお》〔咢堂《がくどう》〕なども這入って、改進党がさかんなころには、なかなかに活躍したものである。明治五年の十一月になって、公文通誌《こうぶんつうし》という新聞が出た。これがのちの朝野新聞《ちょうやしんぶん》で、例の成島柳北《なるしまりゅうほく》が社長になっていたのだ。それから明治六年になってから、森有礼、福沢諭吉、津田真道《つだまみち》、西周《にしあまね》、西村茂樹《にしむらしげき》、阪谷朗《さかたにろう》廬《ろ》、神田孝平《かんだたかひら》らの連中が寄って起こした、明六雑誌《めいろくざっし》なるものがある。これは多く西洋の学説を伝えたのであるが、時としては政治に関係した意見を、学問的に分解して、世人を指導したこともある。これらの新聞をもって、今日の新聞に比較したならば、まるで比べものにならぬほど、幼稚なものではあったが、その代わりに、学者や名士の集会で、つまらぬ者が這入っていなかったから、その記事はまことに品格のある立派なもので、ことにその論説のごときに至っては、おおいに敬意を払って読むべき価値はあったのである。

　こういう風に、民撰議院設立の建議が起こった前後に、新聞雑誌がさかんになってきたために、したがって言論の途も開けてきた。そのうちにおいても英人がみずから経営して、日本人に読ませる新聞を作ったのが、前に言うた日新真事誌のことで、ブラックの評判はなかなかに好かった。ブラックはある日板垣を訪ねて、

「閣下《あなた》が、このごろ民撰議院設立の建白書を、政府へ出したということを聞きましたが、その建白書を一度私《わたくし》に見せてもらいたい」

と言うたので、板垣は、

「どうも、これを見せることはできない、じつはある人と約束して、外へは漏らさぬということになっているから、見せることはできぬ」

「秘密にしろというのなら、なにほどにも秘密は守るが、ぜひ読ませてもらいたい。私《わたくし》の国の政体を閣下《あなた》の方で学ぼうという、それを私《わたくし》早く見ておかぬと、もしいよいよ実行される場合に、私《わたくし》どもの意見を閣下方《あなたがた》に、お話しする上にも都合が悪いから、なにほどにも秘密は守るから、ぜひ一度見せてもらいたい」

と、執拗《しつこ》く話しこまれたので、板垣は例の正直な頭から、

「そういうわけなら、貴下だけに見せておくが、他の人に漏らすことだけは恕《ゆる》してもらいたい」

「よろしい、承知しました、どうぞ見せてください」

そこで板垣は、建白書の写しを示した。ブラックはたいそう喜んで見ていたが、やがて板垣に向かって、

「どうか、私に一晩だけ貸してください」

「それはいけない、そういうことを言われては困る」

「しかし、私《わたくし》がただ一人で読んでも、十分に意味がわかりませぬから、充分に研究して、その意味をよく覚えておきたい。他へ漏らすようなことはないから、ぜひ貸してください」

それからだんだんと、話しこんでゆくうちに、ブラックはなかなかに話し上手な人で、他《ひと》の機嫌を取ることが巧みであったから、とうとう板垣をうまく説きつけてしまって、その建白書の写しを借りて帰ったのが、そもそも間違いの起こる始めであった。

その後、幾日か経って、板垣のところへ木戸から手紙が来た。披《ひら》いてみると、非常に怒った手紙で、

「おまえのような嘘つきとは、将来とも話はしない。あれほど固い約束をしておきながら、秘密を他《ひと》に漏らして、政府の内部を攪乱するようなことをする者とは、この後とも危険であるから、いっさいの交際《つきあい》も御免こうむる」

という意味のことを書いてある。そこで板垣も、これは変なことだと思って、だんだん探ってみると、ブラックの日新真事誌へ、その建白書の全部を転載してあったのが、木戸の怒った原因とわかったが、板垣は見なかったから知らないが、木戸の方ではこれを見たから怒ったのである。しかし、板垣に対していちおう照会して、その事情がわかってから怒るなら格別のこと、その事情も尽くさずして、一徹《あたまごなし》に怒ってきたというのが、板垣の疳癪にさわって「木戸は綺麗なことを言うたけれど、その実は民撰議院を建てる意志はなかったのだ。それであるからわずかな過失《あやまち》を幸いとして、俺に肘鉄砲をくれたのである」という解釈をして、すぐに木戸へは絶交承知の返書を出したので、木戸と板垣のあいだはまったく縁が切れて、民撰議院のことは中止されてしまったのである。いまから思うてもじつに惜しいことを

したと思うが、新聞記者の悪戯《いたずら》が飛んだ禍を醸して、民撰議院の設立はこれがために、ズッと遅れることになったのである。

三

初めこの建議をすることが決すると同時に、これは西郷にも話して、同意を求めようということになって、その相談には林有造が行くことになった。林は土佐国宿毛《すくも》の出生《うまれ》で、兄は岩村通俊《いわむらみちとし》、弟は岩村高俊《たかとし》〔「江藤新平の挙兵」の項参照〕である。いずれもひとたびはわが政界に名を成した人ばかりだが、ことに通俊は農商務大臣を勤め、林は逓信、農商務の両大臣を勤めたことがあるくらいで、自由党以来政友会に至るまで、土佐派の代表者として、党内に相当の勢力をもっていたが、いまではまったく凋落《ちょうらく》して、その所在すら世間から忘れられている。一時の林は、才気煥発、智略縦横、政界の一大策士をもって認められたほどの人だ。征韓論のために辞職したのではないが、その前に政府を退いて、征韓派のためには相当に活動をしたのである。板垣後藤の両人《ふたり》とは、その郷里を同じうしていた関係もあり、かたがた民撰議院のことについても、同様の意見をもっていて、いつも副島邸の会議には関係していたのである。当時は副島邸に同居していたので、副島からも深く信用をされていた。こういう境遇にあった林が、西郷へ交渉に行くのは、もっとも適当な役目であると、一同にも頼まれたが、みずからも進んで行くことになったのである。江藤の味方に、山中一郎《やまなかいちろう》という人があった。夙《はや》く洋行して、このときはすでに英国帰りの新知識であったが、不幸にして先輩の江藤が、征韓論で政府を退いたときであるから、せっかくに修業して帰ってきたのに、新知識を用いるところもなく、空しく副島邸に林と起居を同じくしていたのだ。しかるに林が、副島らの代理として、鹿児島へ行くことが決まったので、山中もどうせ佐賀へ戻らなければならぬのであるから、林と同行することになって、鹿児島へ向かったのが、明治七年の一月のことであった。

まだ東海道に汽車のない時分であるから、関西へ行く者は、横浜から汽船へ乗るのを、もっとも便利としてあったのだ。両人《ふたり》が神戸へ着いたときに、上陸する者をいちいち抑えて、厳重に取り調べるようすが普通でない。両人は不審に思いながら、上陸すると、これも他人と同じように、厳重な取り調べを受けることになったので、林がその仔細を尋ねると、一人の警部が、

「まことにご迷惑でありましょうが、東京で意外の椿事《ちんじ》が出来《しゅったい》いたしましたために、貴殿《あなた》方《がた》の所持品までも調べなければならぬようになったのであります」

と、答えた。林はさらに質問を続けて、

「君らが役目ですることはやむをえぬが、しかし、あらかじめどういう事柄のために調べるのであるということだけは、聴かせておいたら、どうでしょうか」

「御道理《ごもっとも》であります、他の方と違い貴殿方《あなたがた》のことでありますするから、それはいちおう申して

おきますが、じつは岩倉右大臣が、赤坂の喰違《くいちがい》において暗殺の難に遭うたのであります。それがために厳重な取り調べをしなければならぬことになったのです」

と、これを聴いた両人《ふたり》は、思わず顔を見合わせた。征韓論の紛争《いきさつ》から、岩倉を憎んでいた両人《ふたり》の耳には、天来の福音《ふくいん》かと思われるくらいに、岩倉暗殺のことが痛快に感ぜられたのである。警官の取り調べも手軽に済んで、両人は海岸の宿屋へ這入った。

「オイ林」

「なんじゃ」

「うまくいったな」

「ウム」

「全体誰じゃろう」

「サア誰かな、それはわからぬが、いずれにしてもこんな愉快なことはないぞ。ことによると、鹿児島まで行かずに済むかもしれぬ」

林が岩倉の遭難を聞いて、こう言うたのは、すでに岩倉は死んだものと早呑みこみをして、この際にそういうことがあっては、いずれ引き続いて、政変が起きるに違いない。もしそうなれば、西郷まで連名のうちに加えて、民撰議院設立の建白なぞという迂遠なことはせずとも、手短かに政府の改革はできると思ったから、こういうことを言うたのであろう。ところが、意外にも翌日になって、岩倉は単に微傷を負うたに過ぎずして、兇徒も近く縛につくであろう、ということが噂される。それからだんだん探ってみると、まさにそのとおりであって、昨日の警部が言うた、岩倉が暗殺されたというのは、暗殺されんとしたという間違いであって、早呑みこみに警部が事を誇大に言うたに過ぎない、ということがわかってみれば、いまさらに力瘤を入れて、愉快を叫んだのがなんとなく馬鹿馬鹿しく、祝い酒の飲み損をして、これから両人は海路を長崎に行き、それからあるいは船に、あるいは俥に、不便な道中に多くの日を費し、かろうじて鹿児島へ着いたのである。

　さて、鹿児島へ着いてから、西郷に面会しようとすると、容易に会うことができない。なにしろ辞職して薩摩へ帰ると、各方面の有志者が追々に訪ねてきて、西郷の意見を聴こうとする。つまり西郷の意見一つで、天下の治乱が岐れるといったようなありさまであったから、したがって訪ねてくる人も、煩わしいほどに多かったのである。ここにおいて、西郷は多く来訪者を避けて、会わぬ方針を執ることにしたのだ。迂闊に会うて、不用意のあいだに話をした、それがどういう風に影響《ひびき》をもって、どんな騒動《さわぎ》にならぬというかぎりもない。それを恐れて、西郷はたいがいな者には面会を拒絶していたのだ。林が副島の添書《てんしょ》を携え、板垣、後藤、江藤の三人を代表して相談に来たということがわかっていれば、すみやかに面会もしたであろうが、じつは林有造という姓名すらも、西郷の耳には届いておらなかったのだ。ただ高知県の有志が来て会いたいというから、これもまたご多分に漏れぬ、怪しい輩と推断して、努めて会わぬようにしていたのである。かくて数日を空しく過した後、ようやく

面会することができて、林は西郷に向かって、

「民撰議院設立についての御意見はいかがでありましょうか、もし、たいしたご異存がないならば、連署を願いたいが、いかがでありましょうか」

と言われて、西郷は、

「イヤ、それもよかろう、しかし、俺《おい》どんは連名のうちに加わることはできぬ」

「なんとおっしゃる、連名に加わることはできぬとでありますか」

「そうじゃ」

「しからばこの建議には、不同意であるという意味でありますか」

「イヤ、そうではない、その建白はよいことと思うが、しかし、それは四人が力を合わせてやれば、別に俺《おい》どんがこれに加入する必要もなし、また天下の事は理窟ばかりでは行くものでないから、俺《おい》どんはまずもって、政府の根本に改革を加えて、それから意見を立てることがよいと思うので、いまは連名のうちに加わらぬが、やがて政府の内部を改造したのちには、その意見に従うことにしよう」

というのであった。なるほど、こう聴いてみれば、西郷の言うところにも一理がある。またこれだけの人物が、こう言い出した以上は、自分ごとき者の説得で、容易に承知するはずもないのだから、いっそのことなにも言わぬがよかろうと、さすがに悧巧《りこう》な有造は敏《はや》くも決めて、ついに空しく引き揚げることにしたのである。

こういう事情で、西郷は同じ征韓論で職は辞しても、これからさき政府に対する方策については、別に意見をもっていたのであるから、四参議と西郷は、まったく別々《わかれわかれ》になったのはやむことをえないしだいだ。

四

板垣はつまらぬことから木戸と衝突したので、深くみずから考えた。この上は他《ひと》を頼みにしていては、いつその目的を果たすことができるかわからぬ、たとえいかなる苦労はしようとも、自分の独力をもってこのことに当たるほかはないと、こう決めてしまったのだ。同じように建白書に判は押していたが、板垣ほどにこのことに熱中していた者はなかったのである。副島はただ物堅い一方の人で、なかなか多くの人を率いて、政府へ楯を突きとおすような激しいことは、よくなしえない人である。後藤はああいう性格で、これとてもそう熱心に、このことばかりに働く人ではない。江藤は佐賀へ帰って、征韓党の鎮撫にほとんど忙殺されていたので、民撰議院のことはまったく板垣一人の力をもって、なさなければならぬようになったのである。

政府をしてこの建議を採用させ、すみやかに民撰議院を設立させるのには、どうしても六十余州を跋渉《ばっしょう》して、輿論をこの一事に傾注させる必要がある。それにはみずから草鞋《わらじ》履きで遊説するのが第一の策であって、またこれをなすには中央に本部をおいて、地方との連絡を取る必要がある。それらの設備が十分にできてから着手すれば、この目的はたしかに遂げられる、という見こみを立てて、ここに愛国公党設立の準備にかかった。明治七年の一月十二日に、その結党式のようなことを行うて、趣意書を天下に公示して、さかんに地方遊説を始めた。これがために地方の民心はようやく傾いてきて、愛国公党は日を逐うてさかんなものになった。しかし、いまの政党とはまったくその組織から目的までが違っていて、ただ単に民撰議院を設立するために、その申し合わせをなした者が集まって、一の倶楽部を組織したというに過ぎなかったのである。これがのちに愛国社となり、また自由党となり、ひとたびは改進党［の後身の進歩党］と合同して、憲政党と称し、さらに分立して新たなる憲政党として、活動を続けているうちに、伊藤博文を生擒《いけど》って、総裁に仰ぎ、立憲政友会と改めた。いまの政友会が地方に向かって、非常に根強い勢力をもっているのは、まったくこういう風に歴史的関係からきた地盤のあるがためである。けれどもその歴史上の因縁をもっている人は、追々に凋落してゆくのであるから、ここに新たなる因縁をもった壮年若くは青年の人によって、政友会はその地盤を更新してゆく必要がある。ただいたずらに自由党全盛の時代の夢ばかり見ていると、ついに破滅の悲運に陥るのほかはなかろうと思う。

板垣が地方遊説を始めて、さかんに同志を募集した。この運動が大当たりに当たって、輿論はようやく民撰議院の設立に傾いてきた。ここにおいてか、政府も相当の方法をもって、板垣の議論に反対する必要を感じた。当時、宮内省の四等出仕を勤めていた加藤弘之《かとうひろゆき》が、愛国公党の趣意書及び民撰議院設立の建白書に対して、痛辣《つうらつ》なる批評を加えて、国会尚早論を唱えたのはその時代のことであった。しかるに東京日日新聞の紙上に、馬城台次郎《ばじょうだいじろう》の名をもって、加藤の尚早論を弁駁《べんばく》した人がある。その議論といい、また文章といい、優に一家の主張として聴くに足るだけのものではあったが、その馬城とはいかなる人であるか、さらに知れていなかったので、政府は非常に苦しんで、その本人を物色した結果、かろうじてこの馬城が、大井憲太郎《おおいけんたろう》の変名であることを知ったのである。大井は大分県の馬城山の麓から出てきた者で、生家は土地においての豪家である。夙《つと》に神童の称あり、長じて天才の誉れがあった。広瀬淡窓《ひろせたんそう》の門に学んで、漢籍の造詣はすこぶる深く、さらに長崎に留学して仏書を学び、また未成年の身をもって、日向《ひゅうが》の宮崎に私塾を開いたこともある。それから大阪にやってきて、長崎時代の同窓の友であった、大井卜新《おおいぼくしん》に邂逅《かいこう》して、その扶助を受けることになった。卜新の俠気ある引き立てが、憲太郎の情を動かして、ついに卜新の義弟となった。憲太郎は初め高並大輔《たかなみだいすけ》と称したのであるが、ここに大井憲太郎と改めて、それから東京へ出てきて、開成学校［明治初期の洋学研究・教育機関。東京大学の前身のひとつ］の生理学の教授をしたり、あるいは江藤新平に知られて、桐野利秋に紹介された結果、陸軍裁判所の翻訳官になったこともある。その大井が馬城台次郎の名をもって、加藤の尚早論を弁駁したのである。されば大井はこの時分からようやく人に知られて、自由党旺盛の時代には、関八州の健児幾千は、大井の頤使《いし》の下に決死の運動さえしたくらいである。

その後、副島は宮中に深く隠れて、先帝陛下［明治天皇］の侍講となり、後藤は財界に身を投じて、高島炭坑の経営に汲々とし、江藤は梟木《きょうぼく》の上にその首を曝されて、悲惨な終焉《おわり》を遂げた。

独り板垣は、民撰議院論の城壁に楯籠もって、最後まで奮闘を続けた。この二十年間の長い奮闘の結果が、ついに明治二十三年の議会開設の段取りになったのである。してみればこの点から考えてみても、板垣は議院政治の恩人であるということは言えるのだ。民撰議院設立の顛末はこれでその概略を終わった。

赤坂喰違の凶変

土州藩の出身で、武市熊吉《たけちくまきち》という人があった。維新の際には、板垣退助の部下に属して、なかなかに戦功を立てたものである。昔からよく謂う、胆力のある人とは、まさにこの人のようなのを指して、言うたのではないかと思うくらいに、非常に豪胆な人であった。板垣は常に熊吉を激賞して、満身総《まんしんすべ》て是胆《これたん》というのは、熊吉のことであると言うたくらいだ［「満身総て是胆」とは三国志で豪傑趙雲《ちょううん》を劉備《りゅうび》が評した言葉］。征韓論が内閣に起こったとき、疾《はや》くも薩藩の池上四郎と相携えて、満韓の視察に出かけた。しかるに帰ってきたときは、岩倉派のために征韓論は脆くも敗れ、西郷以下五人の参議は職を辞して、内閣を去るのやむなきに至った。武市もまたこれに憤慨して、ついにその職を去ったのであるが、ただ先輩の板垣に聴いて、征韓論に同意していたという簡単な関係でなく、自分は現に、満韓まで出かけて、彼の地の状勢を視察して帰ってきて、非常な意気ごみでいた折柄、征韓論を敗られてしまったのだから、その憤慨はまた一段と強かったのである。ここにおいて、征韓論を敗った張本ともいうべき、岩倉具視に向かって、この鬱憤を晴らすべく、暗殺の計画を始めたのであった。

同じ土州から出て来た、武市喜久馬《きくま》、山崎則雄《やまざきのりお》、島崎直方《しまざきなおかた》、下村義明《しもむらよしあき》、岩田正彦《いわたまさひこ》、中山泰《なかやまやす》道《みち》、沢田悦弥太《さわだえつやた》、中西茂樹《なかにししげき》の八人が、熊吉の同志として、その指揮に従うていたのだ。熊吉はこの人々に心事を打ち明けて、岩倉暗殺の相談に及ぶと、八人も熊吉と同じ考えをもっていたのだから、異存のあるべきはずはなく、たちまちに相談は一決して、ひそかに岩倉の隙を窺うて、これを途に要撃しようとしたのである。そのころには、いまの新富町《しんとみちょう》がまだ島《しま》原《ばら》という、遊廓《くるわ》が撤退《ひけ》たばかりのときで、ある下宿屋に潜伏していたのだ。

岩倉は、公卿のうちでもよほど毛色の変わった、いままでにありふれた弱虫の公卿とは、だいぶ違ったところのあった人である。かつては公武合体論に同意して、和宮の関東降嫁に世話役《きもいり》となって、ついにその目的を遂げ、勤王派の怨恨《うらみ》を一身に引き受けて、恟《びく》ともしなかったくらいにその度胸もあったし、また見識をもっていた人だ。その後朝廷の議論が一変して、倒幕論がさかんになってきたとき、さきに公武合体論のために努力したのが罪となって、ただに官位を剥奪されたのみならず、京都の市中に住むことをも差し止められ、剃髪して名を友山と称し、洛北の岩倉村に長いあいだ蟄居していたが、慶応の末年に急転直下の勢いで、討幕論が朝廷の方針となるや、ただちに岩倉村から現われてきて、ふたたび朝廷に入って、薩長二藩の代表者と相携えて、維新の大業を成し遂げたのである。されば明治政府ができてからのちも、西郷、木戸、大久保の三人には、幾分の遠慮もしていたが、その以下の者に対しては、きわめて傲岸に構えて一歩も譲らず、たいがいな者は高圧的《あたまごなし》にピシピシやりつけてしまって、その無遠慮な行動にはどうかすると、ひどい反感を懐く者もあったけれど、そんなことには頓着なく、なにごとも思いどおりにやりとおしていた。それであるから、西郷のごとき人に対しても、征韓論のときに、あれまでの強硬な態度を執ることができたのだ。したがって征韓派の連中から見れば、誰よりも岩倉が、いちばんに憎かったのも無理のないことで、武市らが暗殺の目標をこの人に定《き》めたのは、もとより当然のことである。

明治七年の一月十四日、岩倉は宮中において御陪食を仰せつけられ、それが終わって帰途についたのは、もう夜の九時過ぎであった。赤坂《あかさか》の喰違《くいちがい》［現在の千代田区紀尾井町《きおいちょう》周辺］のほとりまで、馬車は暗い路を馳《はし》ってきた。いまでは昔の面影はなくなってしまったが、その喰違の路傍《みちばた》に一本の松樹《まつのき》があった、それが有名な首縊《くびくく》りの松というのである。なにかに失敗した人が金の算段に苦しんで、夜更《おそ》く、この辺まで来ると、急に死にたくなって、ダラリと吊下《ぶらさが》るのがこの松の枝である。これに列んで、もっと太い松樹があるのだが、いつも縊死《くびくくり》といえば、この樹にかぎられておる。そこで首縊りの松なぞと、縁起でもない名前がついたのだ。ちょうどその松樹の前まで来たときに、物蔭から現われた七、八名の壮漢が、手に手に抜刀を引っ提げて、岩倉の馬車に斬ってかかった。事はむろん、不意に起こったのであるから、いかんとも防禦《ふせぎ》のしようがなく、馭者《ぎょしゃ》は重傷を負うて倒れ、馬丁は人殺し人殺しと叫びながら逃げ出す。そのあいだに馬車の窓を開いて出ようとした、岩倉に斬ってかかったが、幸運な岩倉は、わずかに二、三ヵ所の微傷《うすで》を負うたばかりで、暗黒《くらやみ》を幸いに傍の土堤へ駆け上がって、濠のなかへ飛びこんでしまった。これは飛びこんだというよりは、転《ころ》げこんだというた方が、あるいは適当であるかもしれないが、とにかく、濠のなかへ落ちて、いったん沈んでさらに浮き上がってきたのだ。石崖へしっかりしがみついて、救いの来るのを待ち受けていた。そのあいだにおける岩倉の態度はじつに立派なもので、少しも周章《あわて》たようすがなかったということである。

かれこれするうちに、急報を得て各方面から、救援の人が駆けつける、兇漢は目的を遂げずして逃げ去った。かろうじて岩倉は、濠の中から這い上がって、多くの人に護衛されて、邸へ引き揚げてきた。これから警視局が大活動を始めて、だんだん探偵にかかったけれど、ただ手がかりとすべきは一足の下駄のほかになかった。それを材料《たね》に、ようやく新富町の下駄屋で売ったことを探り当て、それからだんだん探索していって、ついに武市らの所業《しわざ》であるということが判明した。これから武市らの下宿している家に躍りこんで、非常な格闘をした末に、一同を捕縛してしまった。

この間の探偵物語などを述べたならば、ずいぶん長くもなるが、まず概略はこんなわけで、武市らはその目的を遂げず、空しく捕縛されて、警視局の訊問を受けることになったのである。ところが一同は約束を守って、容易に実を吐かぬ。いかに訊問をしても、いっさい事実を言わずに、顧みて他を言うのありさまであったから、係官は非常に弱って、これからさかんに拷問を始めた、いまでは拷問のことがすこぶる厳しくなって、ツイこのごろも大森やその他の事件［大正四年（一九一五）に起きた、大森の「砂風呂おはる殺し」］で、ああいう失態を醸したようなわけで、絶対に拷問はできないことになっているが、まだそのころには、さかんに拷問が行われたのである。この連中はずいぶん酷い取扱いを受けて、ついには歩行することさえもできなくなって、昔はよく躄《いざり》の乗って歩いた、小さい車輪の付いた箱車があった。それに乗せられて、牢屋から訊問所へ運ばれる者もあって、その惨状は目も当てられぬほどであったが、武士《さむらい》の血を受けた豪気な連中であるから、一人としてこの苦痛のために、自白するような意気地なしはなかった。

訊問は警視局の警部ばかりでなく、その主任は小畑美稲《おばたうましね》という判事が、大審院から出張して、しきりに取り調べを続けていたが、さらに要領を得られぬので、ある日のこと、巨魁《きょかい》の熊吉を呼び出して、

「君らが、岩倉公に危害を加えたことは、もはや争うべきの余地はないのじゃ、君らにおい

ても、その犯罪の一部はすでに認めているのでないか、しかるにその顚末のすべてを言わぬというのは、甚だ卑怯なふるまいのようにも思われる。全体、君らは立派な武士であるから、事が敗れて身は牢獄に繫がれ、かかる訊問を受けるような境遇になった以上、潔《いさぎよ》く男らしい最期を遂げる覚悟をなぜしないのであるか、深く君らのために惜しんでいるしだいであるが、もうたいがいにして自白をしたら、どうじゃ」

と、これから小畑がいろいろに情理を尽くして、熊吉に説諭を加えた。熊吉は歩行することもできないほどの、拷問の苦痛を怺《こら》えてきたが、この小畑の情理ある説諭には服さざるをえなかった。しかしながら、ただこのままに服罪することはできない、自白するについては、武市にも希望があるのだ。

「よろしい、そういうわけならば、いっさいの顚末は自白してもよいが、しかしこの方にも注文がある、それは聴き届けてくれるでしょうな」

「ウン、どういうことか知らぬが、いちおう聴いてみよう」

「その希望は別に難しいことではない、ただわれわれをして、武士《さむらい》らしき最期を遂げさせてもらいたいのである」

「なんと、武士《さむらい》らしい最期と申すか」

「そうじゃ」

「そりゃ、どうしろというのか」

「いまあらためて言うまでもなく、われわれに切腹することを許してもらいたい」

さすがに熊吉は真の武士であった。この拷問の苛責には堪えたが、小畑の情理ある説諭には服して、いっさいの顚末を自白する代わりに、切腹をさせてくれと言うたのは、いかにも立派な心であった。小畑は軽く肯首《うなず》いて、

「それを聴き届ければ、君らは満足ができるというのなら、どのようにもして、君らの希望《のぞみ》を遂げさせてやろう」

「確《しか》と間違いはないだろうな」

「むろんのこと」

このたしかな答えを得たので、熊吉はついにいっさいの顚末を自白に及んだ。それから他の連中を呼び出して、対質《つきあわせ》の吟味になると、他の者は非常に憤慨して、熊吉に喰ってかかる。それを熊吉が抑えつけるようにして、

「事ここに至ってはやむことをえぬ、われわれはただ拷問に疲れて死ぬか、しからざれば打ち首になるか、いずれにしても死は免《のが》れぬのではあるが、兇賊にも等しき取り扱いを受けて死ぬことは、武士《さむらい》の面目として、いかにも忍び難いことである、切腹を許してくれるとならば、同じく死ぬにしても武士《さむらい》らしい面目が保てるのであるから、いっそのことみな言うてしまうがよい」

と言うて諭した。そこで一同も涙を呑んで、自白に及んだから、ここに口供書《くちがき》は全部揃う

ことになったのである。

こういう事情で、武市らはついに自白してしまったが、小畑判事はついに熊吉との約束を履行せず、一同に対して斬罪の宣告《もうしわたし》をした。このときには熊吉らは、非常に憤慨して小畑と争うたけれど、大切な国法は一人の希望によって、曲げることはできぬという理窟一点張りで、とうとう悲憤の涙を振り絞って反抗する一同を押さえつけて、その首を刎ねてしまった。

さきに木戸と板垣の衝突があって、民撰議院のことは沙汰やみになる。引き続いてこの岩倉遭難の事件が起こったために、政府者はいよいよ「板垣らの一派は、口に民撰議院論を唱えて、その実は政府に向かって破壊手段を執るものである」というような解釈を取って、板垣らを目するに、まるで朝敵のような心をもってしたから、あの長いあいだ、板垣と政府との反目《にらみあい》になったのである。岩倉の遭難事件は、これでその概略を終わった。

台湾征伐の内情

一

大西郷《だいさいごう》の辞職と同時に、陸軍部内に勤めていた、西郷派の多くは職を去って、いずれも鹿児島へ引き揚げてしまった。弟の従道や、乾分《こぶん》の黒田が、辞職せずに政府へ残ったのは、個人の情義からいえば、けしからんようにも思われるが、征韓論に反対していた立場からいえば、留職したのは当然のことだ。その他にも征韓論には賛成していたが、西郷の辞職とともに辞職しえずして、あとに残った者の多くは、実をいえば辞職の口実がなかったためであるから、なにかの機会において、辞職しようという気は、制《おさ》えきれぬほどにあったのだ。そういう事情は、薩派の頭領たる大久保には、よくわかってもいたろうから、それぞれに慰撫の途を講じていたのである。また居残りになった西郷派の者は、西郷が辞職はしても、それは議論の関係《ゆきがかり》から、ただ一時のできごととして、近く調和の途も講ぜられ、ふたたび入閣するものとばかり信じていたのだ。ところが、西郷は薩摩《くに》へ帰ってしまう、内閣の組織は新たにできるといったようなわけで、西郷の入閣は見こみのないことになってしまった。ここにおいて、辞職の機会を失った連中が、さらに口実となるべきことを捜しては、政府へ喧嘩腰で突っかかってゆく。これを慰撫するだけでも、大久保らの苦労はひと通りでなかった。

不平の者があってこれを鎮撫するにしても、大久保がいちいちその人に会《き》うて説諭するのではない。黒田をはじめ多くの薩人がいるから、たいがいは受け持ちを定めて鎮撫していたのだ。いよいよ制《おさ》えきれなくなれば、大久保のところへもち出すが、多くは自分らの手で制えつけていたのである。西郷がいったん辞職して、さらに勅命を受けてから、ふたたび政府へ帰ってくるときに、薩摩から連れてきた、士族をもって組織した邏卒隊《らそつたい》がある。それを監督していたのが、坂本常光《さかもとつねみつ》という人であった。この隊の目的とするところは、政府に不平を懐いておる者や謀叛人を、あるいは鎮撫したり、あるいは事を未発に押さえたりするのが、役目になっていたのだ。普通の犯罪人に対しては、旧幕時代からの俗に謂う岡っ引きというのが、手をかけていたのであるが、つまりこの邏卒隊の扱うていたことと、岡っ引きが扱うていたことと、この二つが一つの役所で扱われることになって、だんだん改革をされてきたものが、いまの警察制度なのであるから、つまり言えば、警視庁の先祖ともいうべきものが、坂本の率いていた邏卒隊である。政府は坂本らの邏卒隊によって不穏の計画をしたり、政府に反抗する者を都合よく制えつけていたのだから、政府のためにはもっとも大切な機関ではあったのだ。坂本も西郷を師父として崇拝していたので、征韓論の時分にも、いち早く辞職しようとは思ったけれど、そういう理由をもって、辞職することのできぬ役目であったから、よんどころなく躊躇しているうちに、西郷らは辞職して薩摩《くに》へ帰ってしまったので、甚だこれを遺憾に思っていたのだ。月日の経つにしたがって、ますます政府に対する不平は昂じてくるし、新内閣の顔触れを見ても、憤懣の情に堪えない。ある日のこと、黒田を訪ねて、

「征韓論は一時の行きがかりで、あアいう始末にはなったが、いまになって、当時の事情を考えてみるに、第一が費用についての心配と、第二が多くの兵士を要するという心配が多かったようであるが、もしそういう心配からの非征韓論であるならば、じつにつまらぬ理由であると思う。我輩に征韓のことを許してくれるならば、いま現に率いている邏卒隊だけを

率いていって、たしかに朝鮮は征服したのち、朝廷へ献納するくらいの働きはしてみせるが、ぜひ足下《あんた》の力で、もう一度内閣へもち出してもらいたいものだが、どうじゃろうか」

黒田もあまり思慮の緻密な人でないから、どうかすると、これに似寄りの議論を吐くこともあるが、しかし坂本の征韓論には、さすがの黒田もいささか面喰らったようすで、

「マア、そういうことを言わずと、いましばらく時の来るのを待つことにしたら、どうじゃ」

「イヤ、そうは相成らぬ、朝鮮国の一つや二つ征服するのに、そう難しい理窟を言う必要はないのじゃ。我輩に委せてくれれば、たしかに政府の力を借らずして、独力をもって征服してみせる」

「君の言うとおりになるかもしれぬが、とにかく、いまはその議論をもち出すときでない、しばらく耐忍《がまん》していてもらいたい」

「そのときであるとかないとかいうのが、我輩にはわからぬのじゃ。強いて政府の力を求めず、独力をもって征服して、朝廷へ朝鮮国を献納するという奇特な者があったならば、それに委せても差し支えなかろうと思うが、それでも待てというのか」

だんだん坂本の語気が荒くなってきて、ついには喧嘩腰になって詰め寄せるから、黒田もいまは持てあましの気味で、

「そう、足下《あんた》のように難しいことを言うのなら、我輩の考えもいちおう聴いてもらわなけれ

ばならぬ。全体をいえば、朝鮮征伐のごときはきわめて小さなことで、いまかれこれ言うべきほどの大問題ではない。それよりは樺太の問題こそ容易ならぬことで、もしこれをこのままに打ち棄てておいたならば、ますますロシアの横暴は激しくなって、将来の禍乱はこのうちに萌すと思う。もし朝鮮を討つの余力があるならば、むしろロシアを討つべきである、君らの眼孔甚だ小にして、この点に注意の届かぬのは惜しむべきことじゃ」

坂本が疳癪まぎれに辞職すると、第一に困るのは東京市中の取締まりである。それに明治政府ができて、まだまもないときであるから、どこにどんな陰謀が企てられているかもわからない。イザというときになれば、第一に坂本の率いている邏卒隊が、活動することになっているのだから、いま坂本に疳癪を起こして罷められれば、一時は邏卒隊がなくなってしまうのだから、にわかにそれに代わるべきものを組織したところで、充分の活動はできぬ。また黒田らが心腹を打ち明けて、秘密の相談のできぬは、もちろんのことで、その点になると、ただに黒田ばかりでなく、大久保にも幾分の心配はある。ここにおいて坂本が、向こう見ずの議論を吹きかけてきても、ほどよくあしろうて、なるべく怒らせぬようにしていたのだ。しかし、今日は坂本がえらい意気ごみでやってきて、どうしても例《いつも》の気休め文句ぐらいでは難しいとみたから黒田が一生の智慧を絞って、坂本の頭を樺太問題の方へ傾けさせようとしたのだ。しかるに坂本は、いま黒田が言うところの樺太問題は、すでに政府においても、その処分については内決して、だいたいの方針は決まっているように聞いていたのだ。

したがって、黒田の言うところには多少の疑いもあるので、なお押し返して、

「足下《あんた》のいう樺太の件は、すでに政府においても内決するところあって、近日に事は落着を告げると聞いておったが、まだなにごとも決まっておらぬのか」

「そりゃ、多少の相談はあったが、これをどういう風に、解決《さばき》を付けるというようなことは、さらに決まっておらぬ」

「フフム、そりゃ不思議じゃな」

「別に不思議なことはない、それであるからいましばらく、君が辛棒して時の来るのを待っておれば、朝鮮に向ける力を、樺太の方へ向けるようになるじゃろうと思うから、マアしばらくのあいだ怺《こら》えておれ」

「よし、そういうわけならば怺えてもいよう、しかしながら、足下《あんた》だけの言うことには安んじておることはできぬ。これから外務卿の副島を訪ねて、その経過《なりゆき》をいちおう聴いてみよう。足下《あんた》も立会人として、我輩とこれから同行してくれ」

これにはさすがの黒田も閉口した。じつは出鱈目を言ったのであって、樺太問題の方針は、すでに政府においては決定していたのであるから、いま坂本と同道して副島を訪ねれば、むろんのこと副島は、明白にその経過《なりゆき》を答えるに違いない。そうすれば自分が、一時誤魔化しを言うたことが知れて、ますます事は面倒になると思うて、いろいろに坂本を宥めるけれども、こう言い出してはなかなか承知しないのみならず、坂本にしてみれば、黒田の

言うところに幾分の不審を懐いているのだから、黒田が拒むほど無理に連れてゆこうとする。しばらくのあいだは、その議論《おしあい》で互いに争っていたが、ついに坂本のために引っ張り出されることになって、これから副島の邸へやってきた。

副島はきわめて正直な人で、一時遁れの嘘を言うたり、臨機の駆け引きをしたりするような、機転は利かなかった人だ。それに黒田からなにも話はなく、両人《ふたり》揃ってきて、坂本から突然の質問が起こったので、たとえ黒田が目顔《めがお》でそれと知らせても、副島の方で気のつくわけもなく、坂本の質問に応じて、副島はありのままを答えてしまった。その答えによれば、樺太問題はすでに政府の方針も内定して、不日無事に解決を告げるというのであった。サアそうなってみると、坂本はいよいよ承知ができない。

「黒田さん、足下《あんた》はけしからん人じゃ。最前の話によれば、樺太問題はなんとも方針が立っておらぬから、むろん兵力を用いるようになるのじゃろうと、確言せられたにもかかわらず、いま副島さんの話を聴けば、すでに政府の方針は内定しておって、不日無事の解決を告げるというておるではないか。足下《あんた》はなぜ、そういう嘘を言わしゃるか、甚だもってけしからん」

「君のようにそういうても話はわかるものでない、副島さんにしてもこれだけの大問題を突然訪ねてこられて、すぐに本当のことを言うわけにもなるまいから、そのあいだには多少の斟酌《しんしゃく》もあって、話の要領を得られぬのは当然のことじゃ」

「ハハー、しからば副島さんのいま言うたのは、嘘を言うておると言わしゃるのか」

「イヤ、そういうわけではないが、そこはその……」

黒田もこう露骨に突き詰められては、なんとも答えのしようがない。右往左往《しどろもどろ》になって、甚だ曖昧な返答をしている。これを聴いていた副島はこらえかねて、

「君らは全体、なんのために我輩のところへやってきたのか、争論をするのならば君らの邸でしたらどうじゃ、我輩はこういうことを聴かされているのは、甚だ迷惑千万じゃ。すでに樺太の問題は、その処分の方針が決まっていると言うたら、それまでのことではないか、黒田さんも甚だけしからん、われわれの一身上のこととは違うて、国家重大の問題について、なんだか意味のわからぬことを言うて、他を制《おさ》えつけようとするから、こういう間違いができるのじゃ。それにしても坂本さんが、同郷の先輩に対して、こういう問題《こと》を争うに、他藩の出身たる我輩の前で、かれこれ言うのはこれもまた、甚だ先輩に対する礼を欠いておる。いずれにしても我輩は、君らの話をここで聴くことを迷惑に思うから、すみやかに帰ってもらいたい」

とうとう副島は疳癪を起こして、双方に剣突《けんつく》をくれる。黒田はますます立場を失うて、プンプン怒って帰りかけると、坂本も後からブツブツ言いながら従《つ》いてゆく。これから副島の邸を出ると坂本が無理やりに黒田を引っ張って、こんどは内閣へ出てきた。いま正院に参議が集まっていると聞いたから、大喜びでその部屋に這入ってきた。現代《いま》のことにすれば、警

視総監くらいの位地の人であったが、まだそのころには役人の階級に、今日ほどの厳格な区別がされていなかったから、坂本は無断で、内閣の会議室へ踏みこむと、黒田もやむことをえず、坂本に従いて這入った。坂本は岩倉に向かって、朝鮮と樺太のことについての質問を始めた。岩倉は突然のことで、よく事情がわからぬから、したがって好い加減な挨拶をすると、坂本がしきりに詰問を始めるので、黒田はこれを打ち消そうとする、話はなんだかわけのわからぬことになってしまった。大久保は同郷の先輩として、両人がこんなことで争っているのを、いつまでも聴き流していることはできぬ。坂本に向かって、

「坂本さん、足下《あんた》の言わしゃることも無理はないが、しかし黒田さんが、足下《あんた》に答えたところには多少の間違いがある。足下《あんた》はそれを疑うて、ここまで同行したのじゃろうが、これは黒田さんを激《ひど》く責めてはよくない。つまり足下《あんた》が、無理なことを差し詰めて質問をするから、そこで黒田さんも面倒に思うて、前後不揃いの答えをしたのじゃろう。とにかく、同郷の友人として打ち解けた話をしたならば、理解のできぬはずはない。樺太のことはすでに政府の方針も内定して、不日に決定すると思うから、そのことはいま争うても詮はあるまい、さらに前途の相談をすることにしたらどうじゃ」

と、穏やかに事情を言うて宥《なだ》められてみれば、坂本も強いて詰問することはできず、それに黒田と違って、相手が大久保では、幾分の遠慮もある。

「よろしい、我輩はなにも言わぬ、しかしただ聴いておきたいのは、征韓論のことはすでに

一段落ついて、内閣の組織も新たになったのじゃから、この上は西郷先生らをことごとく復職せしめて、もう一度政府の組織を変えることにしてもらいたい。もしそれができぬとするならば、我輩に朝鮮征伐のことを許してもらいたい。この二つのうち、どちらでもよいから、ぜひ聴き届けてください」

これはきわめて難題であって、誰にしてもこんなことに、真面目な答はできないが、されぱとて頭から拒絶《はねつ》けることもならぬ。大久保は苦笑いをしながら、

「それは坂本さん、足下《あんた》の言うことは無理じゃ、西郷らに復職させろというても、それは我輩の役ではない、征韓論のこともやはりそうじゃ」

そこで坂本は、大久保を差し措いて、岩倉に抗《く》ってかかった。大久保に対して多少の反感はあっても、これは同郷の先輩であるから、幾分の遠慮はあるが、岩倉に対してはその遠慮がない。ことに征韓論を破壊した首謀者ではあるしするから、坂本は遠慮会釈なく、これから激論もすれば、詰問もした。あるいは征韓論の当時にさかのぼって、既往のやりくちなぞの批評までもして、岩倉を窘《いじ》めにかかった。さすがの岩倉も窮するのあまり、

「西郷さんらの辞職は、病気のためとあってみれば、これはいたしかたがない。また朝鮮征伐については、政府においても多少見るところがあるから、いずれ近日のうちにその方針を定めて、発表することになると思う」

これを聴くと、坂本は懐から手帳を出して、いま岩倉の答えたとおり書き取り、さらにそ

の手帳を岩倉に示して、

「足下《あんた》が答えたのは、このとおりですな」

岩倉は手帳を見て首肯《うなず》いた。列席の参議にもいちいちこれを示して、

「いま岩倉さんの答えられたのは、このとおりに相違ないですな」

こうなっては他の人も、いま目の前で聴いた押し問答を、そのまま書いた手帳を示されたのだから、そうでないとは言えない、いずれも首肯いた。岩倉ほどに智慧のある人が、いかに窮すればとて、こんな答えをするとはなにごとか、と思う者もあったが、坂本の手帳に記された岩倉の答弁は、どうしても認めるのほかはなかったのである。

坂本はこの手帳をもって、得々として邸へ帰ってきた。これが台湾征伐の紛論の起きる原因になろうとは、お釈迦様でも知らなかったろう。

二

西郷らが薩摩《くに》へ引き揚げると、まるで蜂の巣を突ついたように、血気の連中が騒ぎ出した。大久保どんが岩倉と組んで、西郷先生を追い出しにかかったのが、征韓論の破壊である、というように解釈して、それはひと通りでない騒動《さわぎ》になりかけたのを、西郷はしきりにこれを鎮撫して、事なきを得せしめた。けれども気早《きばや》の連中は、すでに薩摩《くに》を出て東京へ向かった者もだいぶにある。それが多くは坂本を訪ねてきて、しきりにこのさきの相談をする

と、坂本は例の手帳を示して、

「マア、そのうちにはなんとか政府が方針を立てるじゃろう――、待っておれ」

というて抑えていた。だんだんこういう連中が集まってきて、毎日のように薩摩出身の人を訪ねては、騒ぎまわっている。したがってその評判は、それからそれへと大きく伝えられて、政府者の不安はひと通りでなかった。

いつまで待っても、政府の方針がどう決まったのか、さらにわからぬので、坂本は大久保のところへ押しかけて、だんだん詰問すると、大久保の答えに、

「このあいだ、岩倉さんが答えたのは、征韓のことでなく、征台のことはと答えたように承知するが、それはどうか」

と、意外のことを言われて、坂本は懐から手帳を出して見ると、征韓と書いてある。それを大久保に示して、

「このとおり、征韓のことは云々《しかじか》と書いてある」

「イヤ、それは間違いじゃ、我輩はたしかに征台と聴いた」

「ハハー、征台というと、台湾をどうかするというのですか」

「むろん、副島が清国へ行って帰ってきたが、甚だ要領を得ない答えで、清国政府は誠意をもって、台湾事件を扱っているのでないから、事によると、台湾征伐を始めなければならぬかもしれぬ」

「それは妙な話じゃが、まさか間違いではなかろうな」

「けっして間違いではない」

坂本はすこぶる不服ではあったけれど、大久保がこう判然《はっきり》答えてみると、強いて争うたところが水かけ論になって、両人《ふたり》が差し向かいでは話の解決もつかないので、空しく引き揚げてはきたが、しかしつくづく考えるのに、征韓でも、征台でも、要するに事は同じであるから、とにかく、この場合に征台のことが決したならば、その方へ向かっても、あえて差し支えはないのだ。大久保がなぜこんな馬鹿げたことを答えたかというに、西郷らが去って以来、なんとなく世間が動揺するのみならず、政府の内部にも、不穏の空気が張《みなぎ》っている、この悪い人気をどこかへ発散させる工夫をしなければならぬ。折から台湾の問題がようやく面倒になってきたから、戦争嫌いの大久保もやや考えを変えて、都合によっては台湾征伐を試みて、征韓論の余憤を、その方へ漏らさせるのもあるいは一策であろう、というような考えをもっていたところへ、坂本がやってきて、向こう見ずの議論をするから、自然《つい》こういう答えをしてしまったのだ。

大久保の答えを聴いて、まだ充分に不服はあったけれど、征韓に代えるに征台のことをもってすれば、幾分か不平を医する種にはなるのであるから、坂本はほど好く議論を収めて帰ってきた。これから各方面へしきりに活動して、征台のことを実現させようと計っていたが、議論は進んでも、実行のことはさらに進まぬ。かれこれするうちに月日は経って、明治六年も早や暮れんとする、年の押しつまりに大久保を訪ねて、膝詰め談判を試みた。「台湾征伐のことはいつになるか、その返辞を聴かせろ」というのであったが、これにはさすがの大久保も確答を与えず「いずれそのときは政府の方から沙汰をするから、静かに待ってお
れ」というのであった。こう言われてみれば、いかんともすることはできない。坂本は空しく帰ってきて、明治七年を迎えた。早や三月になっても、大久保は確答を与えてくれない。各方面の見こみもやはり同じようなことであるから、ここにおいて坂本は、いよいよ堪忍袋の緒を切って、薩摩《くにもと》から連れてきた、三百幾名の邏卒を率い、政府へ辞表を出して、薩摩《くに》へ引き揚げることになった。これを聞いた大久保は驚いて、しきりに鎮撫したけれど、坂本はどうしても聴かない。黒田や従道までが飛び出してきて、しきりに宥めたけれど、坂本は決然として薩摩《くにもと》へ引き揚げてしまった。これがために東京市中は、一時邏卒の影を見ることができなくなって、市中取締まりに甚だ差し支えたということである。

当時の大久保は、もっとも苦しい立場にいたろうと思われる。同じ鹿児島の城下に生まれて、兄弟同様に育ち、維新の大業にも、同じ道を歩んできた西郷が、征韓論の紛争《いきさつ》で辞職して薩摩《くに》へ帰ると、その部下の人たちは大久保を敵視して、しきりに反抗を試みるといったようなわけで、それを慰撫するのさえ一仕事であるのに、長州派の政治家は、大久保が政府の実権を握って、思いのままに切ってまわす、その専横が癪にさわるというて、いろいろに意地の悪いことをする、これに対しても相当に鎮撫はしなければならぬ。その役が大きいだけ

にその責めも重く、大久保の境遇のもっとも困難であったことは、いまから見ても想像するにあまりがある。こういう窮境に立つのも要するに征韓論の紛争《いきさつ》からであった。それについて起こってきた不平を、どこかに発散させる工夫をめぐらす必要はあるのだ。それには台湾征伐を実現せしむるほかに策はない。副島が全権大使として、清国政府へ談判に行ったけれども、さらに要領を得ずして帰ってきたのであるから、この上は征台軍を起こして、不平の民心を引きつけると同時に、自分は清国に渡って、みずから談判の衝に当たってみよう、という考えをもっていたのだ。したがって坂本にも、前に云うたような答えをして、あとで苦しむことにはなったのだけれど、大久保の心事は、もう征台の軍を起こすことに、ほぼ決定していたのである。

諺に撃てば響くというたとおり、大久保の心が征台にあるのだから、したがってそのことは長州派の人々にも聞こえてくる。初めのうちはさまでに信を置かなかったが、なにしろ坂本が大きな声で触れまわすのと、ついに疳癪を起こして薩摩《くに》へ帰った原因も、征台のことからである、と聞いてみれば、いまさらに黙っていることもできぬ。まずもって、木戸が大久保に向かって、このことを詰問すると、大久保はほぼ征台の見こみを打ち明けた。そうなってみると、木戸は勢い反対せざるをえない、だいぶその議論《おしあい》は面倒になってきた。大久保はどうせこの問題が、表面に現われてくるときは、多少の反対のあることは予期していたのであるから、いま内密《ないしょ》でかれこれしているよりは、いっそのこと思いきって、表面の問題にした方がよいと考えて、それからいよいよ閣議に、征台のことをもち出したのである。そうなると木戸は、本気になって怒った。

「西郷が前年辞職したのは、征韓論が破れたためである、しかるに今年になって、征台のことを行うとするならば、なぜ昨年において征韓のことを行うて、西郷らの辞職を引き止めなかったのか。昨年において朝鮮を征伐することが、日本の国情に適さないとするならば、今年において台湾を征伐することも、国情に適さぬはずである。昨年は内治の改良を先にしなければならぬが、本年は内治の改良をのちにしても、征台のことは実行する必要がある、というのは甚だ徹底せざる理窟である。そういうことをすると、つまり世間の人が疑うているとおりに、西郷を邪魔にして追い出した、と言われても申しわけはできまい。また政府としても全体、なにを方針にして立っているのか、甚だ曖昧なものになって、今後の施政上には甚だ差し支えると思うから、自分はあくまでも、征台論に対しては反対せざるをえぬ」

と言って、さかんに敦圉《いきま》くのみならず、あるいは一大論文を認めて内閣へもち出すやら、その反対の気焔はじつに凄まじいものであった。同時に山田顕義《やまだあきよし》、鳥尾小弥太《とりおこやた》、三浦梧楼《みうらごろう》なぞという、長州出身の第二流の軍将が、木戸を援けて騒ぎ出した。ここにおいて、いまや征台のことは、まったく薩長二派の争いとなった。大久保は一大決心をもって、長州派の反対の矢面に立ちて、征台のことを実行しようとかかった。また木戸は辞職を賭して争うたので、先年の征韓論にも劣らざる紛争が、政府の内外に起こってきた。

この際に、薩長二藩に関係のない人物が、これを好機会として、しきりに離間の運動を始めた。すなわち木戸を煽って大久保にぶつからせ、また大久保を煽って木戸を排斥させるといったような、皮肉な悪戯《いたずら》をする者が出てきた。陸奥宗光がもっぱら同志を糾合して、この方面の働きをしたのである。さなきだに木戸は大久保に対して、幾分の猜疑心をもっていたし、またその思想上の衝突もあったところへ、この問題が起こってきたのであるから、非常な勢いで征台論に反対する。その背後《うしろ》から陸奥らの野心家《いたずらもの》が、しきりに煽り立てたので、とうとう大衝突をして、木戸は辞表を提出する運びになったのである。

木戸がこれまでに反対しておるにもかかわらず、大久保はそんなことは眼中に置かず、自分の考えたとおりに征台のことは、着々《どんどん》運びをつけていって、ついに西郷従道が征台総督に任命されるまでになった。長州派の人から見れば、どのくらい癪にさわったかわからないが、大久保の大英断をもってすることで、いまはいかんともすることができない。さればとて木戸の尾《しり》に従いて、同時に辞職することもならず、不平は囂々《ごうごう》として唱えていたけれども、ただそれは不平を唱えるというに過ぎずして、西郷が辞職したときに多くの人が辞職したような、威勢の好いことはできなかったのである。そこが薩人と長州人との相違ではあろうけれど、とにかく、木戸一人《いちにん》を見殺しにした点においては、長州人のあいだにも「甚だ木戸に対して相済まぬ」といっていた者もあるということだ。

かくて西郷従道は、樺山資紀《かばやますけのり》とともに長崎へ来て、これから台湾へ渡る準備にかかった。

鹿児島に帰っていた坂本がこの報を得て、同志の者を集め、義勇兵を組織して、長崎へ駆けつけ、従道の部下になった。坂本が鹿児島を出るときに、大西郷は一同を海岸まで送ってきて、一場の訓示を与えた。それがきわめて悲壮な訓示であって、一同はただ涙に暮れて、ふたたび故郷の土を踏まぬという覚悟をもって、長崎へ押し出したのであるから、台湾へ渡って目覚ましい戦争《いくさ》をしたのも無理はない。大西郷が台湾行きの壮丁に向かって、悲壮な訓示を与えたというところに、征韓論の際に懐いた鬱勃《うっぼつ》たる不平が、幾分か吐き出されたのではなかろうかとも思える。

征台のことはここまで運んだけれど、台湾へ渡ることのできないのは、軍艦がないためであった。政府が米国から買い入れた艦《ふね》の、長崎へ廻ってくるを待ち合わせていたのであるが、さらにその艦《ふね》が廻ってこないために、台湾へ渡ることができなかった。どういうわけで艦《ふね》が廻ってこないのかというに、米国政府では日本政府へ艦《ふね》を売り渡す約束はしたが、それは台湾征伐に用いさせる意志《つもり》ではなかったのだ。しかるにいよいよ金の取引が済んで、艦《ふね》を引き渡す場合になって、この艦《ふね》はすぐに軍艦として、台湾へ渡航するのであるということがわかった。ここにおいて米国政府から、

「台湾は清国政府の所領であるから、それに向かって戦争を開始するのは、清国政府と戦争を開始するのと同様であって、米国政府はこの場合には、双方ともに条約国であるから、局外中立を守るのほかはない、したがって戦争に使用すべき艦《ふね》を引き渡すことはできない」

という理由をもって拒んで来た。そこでわが政府の答えは、

「この艦《ふね》を買い取る約束をしたのは、戦争の話のない時分のことで、金の授受《うけわたし》もその前に済んでいるのだ。しかるにいよいよ艦《ふね》を廻してもらう場合になって、戦争が始まったという て、これを口実に艦《ふね》を渡さぬのは、甚だ不条理である」

というのであった。どうせいまのように、立派な国際法があった時代でなく、当時の不完全なる万国公法を根拠として争うのであるから、ついに米国政府も日本政府の答えに屈して、艦《ふね》は渡すことになったけれど、それは議論に負けたためであって、実際においては艦《ふね》の引き渡しを逡巡していた。したがって、西郷はいつまで経っても、台湾へ渡ることができなかったのである。

そのうちに政府の内部においては、木戸の辞職に続いて、いろいろの紛争が起り、あるいはこの台湾征伐のために、一大禍乱が起きないというかぎりもない、という虞《おそれ》があったので、さすがの大久保も尻尾を捲いて、一時征台軍を呼び戻すことになり、その使者《つかい》には金井《かない》之恭《ゆきやす》が出かけることになった。この人は文字を能く書くので、書家としては知られていたが、役人としてはあまり人に知られなかったようだ。いよいよ長崎へ着いて、西郷に面会の上、政府の命を伝えた。それは言うまでもなく、台湾行きを中止せよというのであった。ところがこれを聴いた従道は、非常に怒って、

「貴様はなんのためにこういう使者《つかい》をするのであるか、俺《おい》どんは征台総督を命ぜられて、こ

こまで来ている。すでに月を越えてまだ彼の地に渡ることのできぬのは、政府の艦《ふね》が廻ってこぬためであった、今日に至ってそういう馬鹿なことを言うてくるとはなにごとか、もはや征台総督を辞するのほかはない、政府はひとたび征台総督の任を与えておきながら、兵を率いて途中まで出かけた者を、いまに至って呼び戻すような腰抜けのことをするならば、もうふたたび俺《おい》どんは政府の役人になることは好まぬから、今日《こんにち》かぎり辞職をする。貴様はこの辞表を携えて東京へ帰れ、俺どんはただ鹿児島県の一人《いちにん》として、台湾へ渡って戦争だけはするから、そのとおり伝えてくれ」

これには金井も驚いて、いろいろに事情を尽くして宥めたけれど、従道は首を振って、どうしても承知しない。金井の見ている前で、樺山を呼んで、すぐに出発の命令を下した。もちろん政府の艦の来ないうちではあるが、他の汽船の便を藉《か》りて渡ろうというのだ。金井はそのまま長崎を引き揚げて、東京へ帰って来て、この顚末を復命したので、政府もよんどころなく、西郷を台湾へ送ることにした。しかし、政府の財政は、台湾のような小さな野蛮国を攻める費用すらも、長く認めておることはできないありさまであったから、大久保はみずから清国政府に向かって談判を開くべく、いよいよ出発することになったのである。

三

こういう風に述べてくると、甚だ簡単に事は運んで、月日を費やすこともきわめて短かったように思われるが、実を言うと、一年以上もかかった騒動《さわぎ》を、一括して述べたのであるから、その覚悟《つもり》で読んでもらいたい。大久保が清国へ乗りこんだのは、明治七年の八月のことで、当時清国公使をしていたのは、柳原前光《やなぎわらさきみつ》であった。それまでに副島外務卿の命を受けて、いくたびか台湾問題については談判を開いたのだけれど、清国政府が甚だ要領を得ぬ答えをして、さらに解決することができなかったのである。こんどは大久保が乗りこんできて、まず清国政府へは、台湾問題について談判に来たという通告を発した。このことが外へ漏れると、各国公使の心配はひと通りでない。もしこの談判が不調になれば、むろんのこと戦争になるのであるから、台湾だけでは済まずして、あるいは支那の本土にも戦争が始まるようになるかもしれぬ。そうなっては各国が、斉《ひと》しくその影響を受けるにきまっている。まずとりあえず大久保にあって、その意嚮《いこう》を確かめ、できるだけ調停の労を執ろう、ということに相談が一決して、大久保に面会を申しこんだ。しかるに大久保の各国公使に対する答えが、甚だ奇抜であった。

「このたび、我輩が全権大使となって参ったのは、日本皇帝陛下の勅命によって来たのである。いやしくもこの勅命によってなすべき談判の結了せざるうちに、他国の人に面会することは甚だ迷惑である。仮に面会をしたところで、この事件についての話はいっさいできないのであるから、むしろ面会せぬ方がよかろうと思う、せっかくの申しこみではあるが、お断り申す」

というのであった。これには各国公使も、よほど驚いたようである。

大久保はこういう調子で、なにごとも高飛車に出る方針を、初めから極《き》めていたらしい。各国公使へ面会拒絶の答えをすると同時に、清国政府へ対しては「ただちに皇帝に拝謁して台湾の問題を決したい」という申しこみをした。およそかような国際問題が起こった場合に、他国へ使臣として派遣された者が、その国の皇帝に直接面会して、談判を開きたいという申しこみをした者は、あまりたくさんになかろうと思う。清国政府では李鴻章《りこうしょう》を談判委員として、大久保に対抗させることにした。

李鴻章は元来、明朝《みんちょう》の遺臣たる人の子孫であって、清朝政府に仕えることは、儒教の上でもっとも厳《やか》ましい忠臣二君に仕えずという、原則に背いていたのだ。されば清国政府の大官としては、無上の位地を得ていたけれど、あの七十年の長い生涯のあいだ、ついに南清の方へは足を入れることができなかったのである。談判の場所は総理衙門《そうりがもん》と決まって、これから大久保と李鴻章が会見をすることになった。第一の問題であった、皇帝に拝謁のことは恭《きょう》親王《しんのう》が代わって面会して、皇帝拝謁はいまの場合許さぬ、というのであった。それから台湾人が殺戮した琉球国民は、果たして日本国民であるかどうか、ということが問題となって、これにはだいぶ激しい論争があった。李鴻章はどこまでも、琉球は支那の属国に近いという説を執って、日本国の領土とはみられぬという説であった。またこれを殺戮した台湾人は、俗に生蕃《せいばん》と称する野蛮人であって、清国政府の政治を奉ぜざる者であるから、たとえ台湾が清国の領土であっても、これをもってただちに清国民のなしたこととは認められぬ、という論鋒で、この談判のいっさいを拒絶したのである。しかしながら大久保は、あくまでこれに対する駁論を加えて、ずいぶん激《ひど》い論戦を試みたから、李鴻章も大久保の鼻息の強いのには、すこぶる辟易したということである。

第二第三と会見の数が重なってくるにしたがって、李鴻章の方は幾分か退譲の気味になってきて、大久保はますます激しく突っこんでゆく。ついに日本政府の要求の幾分は、清国政府も容るることになったが、表面はどこまでも、責任を免れておきたいという考えがあったらしく、結局は「出兵費として幾何《いくばく》の金を支出することだけには応じよう」というまでに折り合ってきた。そこで大久保は、

「いやしくも日本政府が、台湾に向かって出兵した以上は、その出兵の名義は明らかにしておかなければならぬ、したがってこの出兵するのやむなきに至ったまでのことに対しては、清国政府はどこまでも責任を自覚するがよい。また琉球国民は、どこまでも日本の国民であるから、その殺された者の遺族に対しては、十万両の弁償金を支払い、別に出兵の賠償金としては、四十万両を要求する、合計五十万両の金を出して、戦争の責任を清国政府が認めるというならば、このままに平和に解決してもよろしい」

というのであった。ここにおいて面倒が起こったのは、清国政府ではどこまでも、出兵費の名義をもって金を出そうというのであるが、大久保の主張は、遺族の損害と、軍費賠償と

いう名義を、表面に現わしてでなければ金は受け取らぬ、つまり償金として受け取ろうというのだ。その償金の二字を消してくれというのが、李鴻章の主張であって、これがためにだいぶ面倒な交渉《おしあい》はあったが、ついに大久保は十月十五日を期して、これに対する確答をしなければ、自分は日本へ引き揚げて、今後は兵力をもってあくまでも争うのほかはない、と断言してしまった。

ここにおいてイギリス公使のウエードが心配して、しきりに双方のあいだに往来して、仲裁の労は取ったが、大久保の堂々たる態度と、その快弁とに感服して、初めは仲裁者であったウエードが、ついには大久保の味方となって、李鴻章を宥める方にまわった。同時に各国公使が、みな日本政府の味方をするようになって、ついに大久保の主張どおりに、五十万両の金は償金として、清国政府が日本政府へ支払う、ということに決定したのである。

この談判が大成功に終わると同時に、大久保はその受け取った償金の中から、十万両は殺された琉球人の遺族に贈り与えることにしたが、四十万両の出兵費はすぐに熨斗《のし》をつけて、清国政府へ返還してしまったのである。その理由は「清国政府の政治の手の及ばざる、早く言えば、化外の民とも言うべき台湾の生蕃がなしたことについて、清国政府が責任を認めてくれたのは、日本政府の満足するところである。したがってこれに対するの軍費を、清国政府に負担させたのは気の毒であるから、この金だけは返還する」というのであった。各国公使もこの処分には非常に感激して、日本政府の潔白は世界に多くその比を見ぬ、というて激賞したくらいであった。

こういうしだいで、大久保は非常に面目を施して、日本へ引き揚げてきたので、したがって、西郷らも凱旋することになった。さしもに紛糾した台湾問題も、ようやくここに解決を告げたが、いったん辞職した木戸は、やはりそのままになって、大久保との間の調停も届かず、京都へ去って、一生を閑雲野鶴《かんうんやかく》の楽しみに送る、ということであったが、これはのちに伊藤や井上の尽力で、ふたたび入閣する運びになった。それはいずれ項を更《あらた》めて述べることにするが、台湾事件の大要はこれで結了とする。

江藤新平の挙兵

一

明治年間に起こった各藩の謀叛のうちで、もっとも同情に堪えぬのは佐賀の事件であった。ことに首魁の江藤新平が、あの悲惨な末路を見ては、じつに酸鼻《さんび》の極みである。この前にも幾多の謀叛はあったけれど、みな事実《ほんもの》にならずして、芽生えのうちに掻き取られてしまった。ひとり佐賀の叛乱だけは、鎮台の兵を繰り出して、半月あまりの戦争《たたかい》をするだけにやれたのであるから、それだけに政府者が江藤に対する処置も酷かったのである。が、しかし、江藤を梟首《きょうしゅ》の刑に行うたのは、ちと大久保のやりすぎもあったように思われる。同じ死刑のうちでも、その軽きにしたがって処分したならば、あるいは大久保に対して、残忍な人であるというような、感じをもつ者も少なかったろうが、なにしろ江藤の首が、梟木の上に曝されているのを、写真に撮って各役所へ送った、という一事に徴しても、大久保がこの事件に対して、少しの仮借するところもなくやりつけた、その心のうちにはどれほどに、江藤を憎んでいたか、ということの想像もつくわけだ。

明治政府になってから、初めての司法卿が江藤であったために、いっさいの法律は、この人の手によって作られたのである。したがって、謀叛人として処罰される時分にも、やはりその法律を適用されたのだから、江藤は自分の法律で自分の首を斬られたことになるのだ。ちょうど秦《しん》の商鞅《しょうおう》が、自分の作った規則のために、身を容れる処がなく、天を仰いで法の峻厳を歎いた、という物語と、ほぼ似通うた点があるので、江藤を商鞅に比するものもあるが、その事情はまったく違っているのだ。

江藤は果たして謀叛をする気であったかどうか、すこぶる疑問とすべき点が多く、著者のごときもあのときの謀叛は、江藤の精神《こころ》でないということを、深く信ずる一人である。ただ一時の勢いに駆られ、乾分《こぶん》の情義に絆《ほだ》されて、不知不識《しらずしらず》その渦中に捲きこまれてしまって、あのような末路になったのだから、いっそう同情の念は起こってくる。もし当時の政府に、侃々諤々《かんかんがくがく》の議を唱えて、大久保に反抗しうる者があったならば、あるいは江藤の死は免れることができたかもしれない。しかるに当時の在官者は、みな大久保の前に叩頭《こうとう》跪拝《きはい》する連中ばかりで、一人《いちにん》の起《た》って、江藤のために、その冤《えん》を訴えてくれる者もなかったのは、甚だ遺憾の至りである。いまの大隈などが近ごろになって、しきりに江藤の人物を推称し、その最期に同情したごときことを言い触らして、当時における自分らの立場を弁疏《べんそ》しているが、それは甚だけしからぬことだ。もし大隈が、今日唱うるごとき誠意をもって、江藤を見ていたのならば、なぜあの際に江藤を救わなかったのであるか、よし力は大久保に及ばずとも、この点について相当の力を尽くしたことが少しでもあるか、当時においては、大久保の権力の前に跪拝して、なにごとも緘黙《かんもく》を守っておりながら、四十年も経った今日になって、さも江藤の最期に同情したるがごときことを言うて、世人を誤魔化そうとしても、当時の歴史を知っておる者は、けっしてそういう誤魔化しは許さぬ。ただに大隈ばかりでない、その他にも江藤のために、おおいに働くべき義務をもっていた者はあったが、みな閉息していたのであるから、人情の軽薄もここに至っては論外の至りである。著者は佐賀県人でもなく、また江藤になんらの縁故もないのであるが、夙《つと》にこの点について憤慨するのあまり、故人のためにその功績を称揚し、併せて当時の政府が江藤に対して、この残酷なる処刑を加えたことを批難して、西郷の遺族が天恩に浴しているがごとく、また江藤も天恩に浴するの資格ある者である、ということを論じてやまなかった。幸いにしてこのたびの［大正天皇即位の］御大典について、贈位のご沙汰を受けるに至った［正四位。すでに大日本帝国憲法発布にともなう大赦で賊名は解かれていた］のは、いささか著者の心を慰むるに足るのである。近く虎の門の公園に、江藤の記念碑が建つが、これは江藤が参議の時分に、佐賀藩の改革を計って、それがために藩士の恨みを買い、途中に要撃せられて、わずかに身をもって免れたことがある。その場所がいまの公園のあるところに当たるというので、当時江藤の負傷に手当てを加えて、これを介抱した人の倅が、父の遺志を継いで、この計画をしたのだと聞いているが、じつに感心の至りである［「江藤新平君遭難遺址碑」。現在も商船三井ビル付近の植え込みに立っている］。

佐賀藩の士族が、維新の際に議論ばかりしていて、いつもいつも内訌《うちわもめ》で紛擾《ごたつ》いているうちに、天下の事はすでに定まって、薩長二藩の後に従ってゆくようになった。それを憤慨して、いつか一度は佐賀藩の実力を示したい、と思っていた者も多くあったのだ。しかるに明治六年に征韓論が起こったから、それらの人は得《え》たり畏《かしこ》しと、剣を執って立ったのである。こんどこそは他藩の人に先んじて朝鮮に渡り、おおいに奮闘して、佐賀藩の力を示そう、と力んでいた甲斐もなく、征韓論はついに敗れて、江藤副島の両人《ふたり》は、西郷らとともに職を辞したという報知があったので、このときの藩士の激昂は非常なものであった。

「よし、政府が征韓のことをやめても、われらはあくまでもその実行を期さなければならぬ、わが佐賀人の独力をもって、鶏林八道《けいりんはちどう》［鶏林とは朝鮮の異称。八道は八つの行政区画］を蹂躙《じゅうりん》し、わが皇威の発揚を計り、海の外に領土を求めるの端を開かなければならぬ」

と言って、非常な意気ごみで、その事務所までも設けたのだ。征韓先鋒請願事務所《せいかんせんぽうせいがんじむしょ》という看板を掲げ、同志を糾合して大活動をやっていたのだ。朝鮮征伐の事務所を設けたのはすこぶる奇抜な、面白い計画《くわだて》であった。これは佐賀藩ばかりでなく、いずれの藩にもあったことだが、藩中さらに党を結んで互いに反噬《はんぜい》し、事ごとに相争うという風があって、これがために天下の大事に駆けつける機会を失ったこともあり、また惜しむべき人物を無益《むざ》と殺してしまったこともある。佐賀の士族も維新前から、そういう傾きがあって、常に両派《ふたは》に分かれ、互いに排擠《はいせい》していたのである。維新前に勤王佐幕で闘った感情は、維新後にまで遺っていて、やはりなにごとについても相容れぬ傾きがあった。江藤を崇拝して、その意見に従うていた一派と、やみくもに江藤派を排斥して、独りみずから高く止まっている一派と、これが征韓論の際にも、激しい軋轢《あつれき》をしていたのだ。心のうちでは征韓論をよいと思うていても、いまに至って江藤の派と一つになるは、武士の面目にかかわるといったような、偏屈なことを言うて、しきりに征韓派の邪魔をしようとした者もあったが、しかし、いつまでそんなことばかりしていては、自分らの頭の上がるときはないのであるから、そこで江藤派に対する一派を立てて、これを憂国党と名づけ、よし征韓のことには従うも、江藤の一派と離れて、自分らは別に朝鮮へ渡ろうとの計画を始めた。それについては、相当な首領を戴かなければならぬ必要があるので、だんだん協議の上、島義勇《しまよしたけ》を推戴することに決めたのであった。

　島はさきに秋田県知事も勤めたし、いまでは職を侍従武官長に奉じていた。江藤に比べては人物も小さく、政治の才はなかったけれど、これもまた一個の人材として、武辺においては江藤に譲らぬ人であった。江藤の前身が、きわめて賤しい者であった、というばかりでなく、江藤の唱える説は、常に当時の時勢に先立って、少なくも十年くらいは進歩した思想をもって議論を立てるから、いたずらに旧慣を守るのみで、さらに進歩の思想なき輩から見れば、あたかも異端邪説を唱える人のごとく思われて、その点から江藤に反対した者も多くあった。こういう頑固な連中は、多く憂国党に走っていたので、島が武辺一方の人であるのを喜んで、ついにこれを推して首領に戴くことになったのである。島もまた喜んで、一同の要求を容れて将来はこの憂国党を率いて、おおいに為すところあらんとしたには違いない。同じ佐賀藩から出た人ではあるが、その立場が違っているのと、進歩と保守の思想の相違は、江藤と島を容易に接近せしめなかったのである。

表面においてこそ、征韓論は江藤一派のみが唱えているようでも、実際においては、憂国党もまた征韓論に同意していたのであるから、いよいよ征韓のことを行うとすれば、一致の態度を執ることはできたのだ。当時佐賀県には森長義《もりながよし》という人が、参事の職に就いていて、県治のことはみなこの人の手によって処分されていたのだ。しかるに、朝鮮征伐の私立事務所ができて、士族の奮発は非常なものであるから、森もひどくその将来《さき》を憂えて、こういう不穏な計画《くわだて》はやめさせたいとは思ったけれど、容易に手を下すことができないのは、なにしろ旧藩の士族連中が、血眼になって騒ぎまわるので、迂闊に手を出して、かえってそれが禍乱《わざわい》の媒《なかだち》にでもなった日には、それこそ一大事であると、じっと怺《こら》えてようすを見ているうちに、憂国党の組織が成って、島義勇が首領に推されたことを聞いたので、この機会に乗じて巧く両派の間に立って、この難関を切り抜ける工夫をしようと考えて、しきりに両派の争いが、どういうところに落ち着くか、ということを見ていたが、どうも表面は、憂国党が征韓党を反対しているようでも、征韓のことはやはり憂国党も同意しておるらしい。そこで森も決心して、征韓党の連中をまずもって慰撫する必要があるとみて、ある日県庁へその重立ちたる者を呼んで、こういう説諭を加えたのだ。

「君らは、征韓先鋒請願事務所の看板を掲げて、しきりに征韓のことについて奔走しているようであるが、それはすでに内閣において決定した問題であって、いまさらに君らがいかに騒いでも、征韓のことはふたたび行われないのであるから、せめてその看板だけは外したら、どうであるか」

この説諭を聴くと、士族連は非常に憤激して、

「たとえ政府において征韓のことを中止しても、われわれは中止しておらぬのである。政府が費用その他について、征韓のことを行い得ないというのならば、われわれの独力をもって為しとげようとするに、なんの不思議がある、いまさらに至って、この看板を外すことは刀にかけてもできぬ。ふたたびこのことについてのお話はご無用でござる」

といったようなことを答えて、どうしても応じない。もし強いて官権をもってこれを取り外そうとすれば、どんな騒動《さわぎ》になるかもしれないので、森は中央政府へこの顚末を具申し、

さらに最後の指揮を仰ぐことにして、しばらくは士族らの為すに任せていた。

二

佐賀でこれだけの騒擾《さわぎ》があると、東京へはだいぶ大きく響いてきて、佐賀の士族がいまにも謀叛をするように伝える者もある。江藤の耳には味方のことも、また反対派のこともいちいち明白にわかってくるから、静かにその始終《なりゆき》を考えてみれば、さまでに恐るべきものではないと思うが、しかし、もし政府がこの士族連の活動に対して、妙な制止方《おさえかた》をすると、それがためにかえって不測の禍を惹き起こすようになるであろうと、このことは江藤も心配して、しばしば副島と相談も遂げ、一度は佐賀へ立ち帰って、その鎮撫をしてこねばなるまいと思っていたのだ。そのうちに憂国党の組織も成り、ますます形勢は不穏に傾くとの情報を得たので、もはや躊躇していることもならぬ場合と、江藤は副島に懇談して帰国しようと言い出した。副島もそういうしだいであるならば、我輩も同行しようと言って、両人《ふたり》は相携えて帰国することに内決した。西郷を除いた四人の参議は、なにごとも心腹を打ち明けて、相談し合うていたのであるから、いよいよ帰国と決まった以上は、板垣と後藤の両人《ふたり》には、この旨を告げておく必要があるので、その事情を書面に認めて、両人《ふたり》の手許へ送った。しかるに板垣は、この書面を見ると非常に驚いて、すぐに副島の邸へ駆けつけてきた。ちょうど江藤が来合わせていたから、なによりの好都合と、板垣は両人に向かって、

「こんど、佐賀の士族を鎮撫するために帰国せられるとのことであるが、もう一度考えてもらいたい。じつは土州にも同様のことがあって、士族が動揺しておるようではあるが、いま、にわかにわれわれが帰国すると、かえって薪《たきぎ》に油を注ぐような結果になって、鎮撫の目的を遂げることはできまいと思って、我輩は帰国せぬことに極《き》めた。君らもいましばらくその経過《なりゆき》を見てから、帰国することにしたらどうであろうか」

副島はしきりに考えていたが、江藤は無造作に、

「板垣さんの説じゃが、佐賀の士族が動揺しておるのを聞いて、それを他《よそ》に見過ごすことはできない。もっとも、土州藩の士族はそれほどのこともなかろうが、わが藩の士族は二派にわかれていて、これが鎬《しのぎ》を削るような争いを事ごとになしているばかりでなく、こんどのことについても、多少はその張り合いもあって、双方の騒動《さわぎ》がえらくなっておるのであろうと考えられる。もしこのままに捨てておいて、騒動が起こってから駆けつけたのでは、いたずらに労のみ多くして、鎮撫の効はなかろうと思う。よってこの場合に帰国して、一日も早く鎮撫した方がよいと考えて、副島さんと同行することにしたのじゃから、どうぞこの場合には、われわれの帰国は許してもらいたい」

と答えた。それを板垣がさらに押し返して、

「仰せはいちおうごもっともであるが、いまの場合に帰国せられたならば、ただに鎮撫の効を奏せざるのみならず、君はついにその渦中に捲きこまれて、意外の立場に苦しむことにな

るじゃろうと、深くこれを憂えてお止めするのであるから、いましばらくのところ、帰国するのはやめてもらいたい」

副島は初めて口を開いて、

「なるほど、これは板垣さんの言うところはいちおう道理《もっとも》である。いますぐに帰国することはちと考えものじゃが、江藤さんはどう思うか」

「イヤ、我輩はこの場合に立ち帰って鎮撫しなければ、後日のことが思われるから、一刻も早く帰国しようと決心しておるのじゃ」

そこで板垣は、いろいろに道理を尽くして江藤を警《いまし》めた。副島は多少考えたらしいが、江藤はついに板垣の忠告を容れなかった。ついに夜半に及ぶまで争った末に、

「ひとまず江藤だけ立ち帰って、その模様で副島も帰る」ということにして、相談は打ち切りとなったが、板垣はあくまでも、江藤の前途を憂え、副島に向かって、

「どうも我輩は、江藤の帰国することには、喜んで同意することはできぬ」

と言ったということである。

このときの板垣の忠告は、のちになって思い合わすと、たしかに先見の明があった、と言うてもよい。江藤は帰国したのちに、板垣の言ったとおり、不平士族のために虜《とりこ》となって、とうとうあの謀叛の渦中に捲きこまれてしまった。しかし、江藤も心のうちでは、板垣の忠告を喜んでいたかもしれないが、江藤の立場としては、いたずらに乾分《こぶん》や同志を見殺しにす

るに忍びぬ、という情があったのかもしれない。政府では江藤が急に佐賀《くに》へ帰ると聞いて、これはまた反対の考えを起して、非常に心配を始めたのである。もしこの際に江藤が帰国して、不平士族を煽動したならば、どんな騒動《さわぎ》が起きるか、それこそ由々しきことであるというて、その憂慮はひと通りでなかった。もっとも、佐賀県庁の役人の大半は、江藤の味方であって、ほとんど江藤派を除けば、県庁の事務は執れぬくらいに、県治においては江藤の勢力が張られていたのである。その江藤が帰国して、不平士族を煽動すれば、大騒動がもち上がるに決まっておる。さなきだに九州各地の士族は、明治政府に対して好感をもっている者が少ないことは、時々《じじ》の報告によってわかっておるのであるから、佐賀に事が起きて、それが九州各地に響いて、一時に事が起きるようなことがあっては、いかんとも手の着けようがないことにもなろう。ここにおいて、江藤の帰国は、政府が非常に注意するところとなったのである。

高知県人の岩村高俊《いわむらたかとし》が、このときに佐賀県の権令《ごんれい》に任ぜられて、江藤に続いて佐賀へ急行することになった。この人は林有造の弟で、戊辰の際には、越後口の戦争に官軍の参謀を勤めた岩村精一郎《せいいちろう》が、この高俊のことである。政府でも万一の場合を思うて、この人選にはよほど苦心したということだ。高俊の晩年は甚だ振るわず、前年の大地震［明治二十四年（一八九一）の濃尾地震］のときに、名古屋の知事［愛知県知事］を勤めていて、その後は錦鶏《きんけい》間伺候《のましこう》［功労のあった華族や官吏に与えられた名誉の待遇。職制・俸給等はない］となって、世間の人が知らぬうちに死んでしまったが、しかし、当年の高俊はたしかに手腕家《やりて》であったに違いない。けれどもいまから考えて見ると、この際に高俊を佐賀県に差し向けたのは、あるいは政府の失策であったかもしれない。というものは、高俊が権令となって佐賀へ乗りこむのに、鎮台兵を率いて行ったということが、ひどく不平士族の疳癪にさわって、これが謀叛の動機になったような傾きもあるのだから、高俊が権令になったことは、あるいは不平士族を刺戟して謀叛をなさしめた、ということにもなるのだ。

この際に、島義勇が三条公から招かれて、佐賀の鎮撫を命ぜられた。島は初め三条に呼ばれたので、なにごとの相談かと思うて行ってみると、三条は例の謹厳な態度で、

「足下《あんた》の国許《くにもと》の士族が、だいぶ不平を懐いて騒ぎおるとのことであるから、どうぞ足下《あんた》は至急に帰国して、その鎮撫方を勤めてもらいたい。このごろも江藤が帰国したということを聞いているが、これは真に鎮撫の心があって帰ったのか、どうか、その辺は甚だ疑わしいのであるから、足下の力をもって、憂国党の士族をうまく制《おさ》えていてくだされば、それがために牽制されて、江藤派の士族は動くことができまい、と思うから、ぜひこの一事は足下《あんた》にお願い申す」

島はあまり思慮の深い方ではなかったけれど、いわゆる気を負うて立つの士であった。三条が手を突かんばかりにして懇談したので、その情に動かされて、容易《たやす》く引き受けたのである。

翌日は仕度を整えて、横浜から長崎行の汽船に乗りこむと、例の岩村権令も乗っていた。まだこのときは、岩村が佐賀の権令になったことを、島は少しも知らなかったのである。島ほどの位地にある者が、自分の国へ岩村が権令として赴任することを知らずにいたというのは、いかにも迂闊のようではあったが、それほどに政府は、岩村を佐賀へ送ることを秘密にしていたのである。船はいよいよ横浜の埠頭を離れて、神戸に向かった。船中の無聊《ぶりょう》に島は、岩村と酒を汲んで、しきりに談論を始めた。

「君は佐賀へ行くのじゃというが、全体、なんの用事があって行くのかな」

これを聴いた岩村は、苦笑を漏らして、

「我輩が佐賀権令を拝命したことを、足下《あんた》はまだ知らぬのか」

「エッ、君が権令になりおったとか」

「ウム」

「ホホー、それはいっこう知らなかった」

「佐賀県人の足下《あんた》がこれを知らぬとは、いかにも迂闊千万ではないか」

嘲るように言われたので、ひどく島の疳癪にさわって、

「政府は我輩などを眼中においておらぬから、君が権令になったことも、我輩は知らなかったのじゃ。しかし、君が権令になって行ったところで、なにもできまい、マア当分のうちは動かずにいた方がよかろう」

その前から飲んでいたものか、岩村はだいぶ酒がまわっていたので、気焔縦横の態で、威勢の好い議論をしていたのだ。

「権令になって行く以上は、まさかに動かずにもいられまいから、どうせ憎まれついでに思うさま、不平士族を叩きつけてやる覚悟《つもり》じゃ」

「なんじゃ、足下《そっか》が佐賀の士族を叩きつけると」

「ウム」

「オイ岩村、それは少し言い過ぎるじゃろう、佐賀の士族には骨があるぞ」

「ナアニ、骨も血もないさ、いつも議論ばかりしておって、実行の伴《ともの》うたことのない佐賀の士族が、なにを為しうるものか、こんどの騒動もただ口頭の附景気《つけけいき》に過ぎぬのじゃろう。ハッハハハッハハ」

さなきだに短気な島は、この一言にカッと怒って、

「何を吐《ぬ》かすか」

と言いながら、咄嗟《とっさ》に岩村の横鬢をグワンというほど張りつけた。不意を撃たれた岩村は、倒れようとした体を右の手で支えて、

「ヤッ貴様、我輩を打ちおったな」

と、膝を立てなおしながら、傍の徳利を取って投げつける。これから両人は組んず、ほぐれつ、さかんに殴り合いを始めた。双方に従《つ》いてきた者をはじめ、果ては船長までが出てき

て、ようやくに左右に引き分けて、一時は和解《なかなおり》をさせたけれど、島の憤怒は、ほとんど頂上《ぜっちょう》にまで昇っていた。政府が自分の力を藉《か》りて、不平士族を鎮めんとする場合に、岩村が権令として新たに赴任することを告げぬというのは甚だけしからんと、これに対する不平の非常に昂っていた場合に、岩村が佐賀の士族を冷評したのであるから、いよいよ疳癪は治まらない。政府はこの心をもって自分を待ち、また岩村はこの心をもって佐賀県人に臨むというのなら、自分にも相当の考えがあると、このときにはすでに島の心は政府の人ではなかったのである。岩村は下関で上陸してしまったが、島は長崎まで乗り越した。

三

江藤はいったん佐賀へ帰って、重立ちたる士族に会うたけれど、不平士族の鼻息はなかなかに荒くして、容易に鎮撫のできぬことを見抜いて、一時その鋒先を避けるために、長崎の深堀《ふかぼり》へやってきて、ここに潜伏していたのだ。ところへ林有造が山中一郎と連れ立って、鹿児島から廻ってきて、江藤を訪ねた。これには江藤もいささか驚いて、

「どうして君らは、我輩がここにいることを知ったか」

と、尋ねられて、林は笑いながら、

「米ノ津《こめつ》［鹿児島県出水《いずみ》市］へ来たときに、足下《あんた》が長崎へ来ておることを聞いたので、わざわざ佐賀へ行くまでのことはない、こちらで会うたら、それで用事も済むと考えて、やって

きたのじゃ。足下《あんた》ほどの人が、どうして隠れておるのか」

「なるほど、そういうしだいであったか」

「それにしてもどういうわけで、足下《あんた》はこういうところに隠れておられるのか」

「イヤ林君、それについてはじつに閉口したことがあるのじゃ。こんどの帰国には板垣がひどく反対して、しきりに引き止めたのだけれど、それを振り払うようにして、佐賀へ帰ってみると、板垣の言うたとおり、不平士族の決心固く、容易に我輩の説を容れてくれぬ。かえって我輩がおるために、彼らの決心はいよいよ固くなるばかりであると見たから、一時難をここに避けて、さらに彼らの決心が緩《ゆる》くなった場合を見計ろうて、鎮撫に行こうという考えで、今日まで隠れていたのじゃ」

これを聴いた林は、しばらく考えていたが、

「それは足下《あんた》にも似合わぬことじゃ、なぜかというに、足下《あんた》らの唱えた征韓論に感激して奮起した士族を、足下《あんた》らの力で鎮めることができないで、誰が鎮めるのであるか。自分の力に及ばぬというて、ここにその難を避けられても、もし彼らが足下《あんた》のここにおることを知って、押し寄せてきたらどうする所存《つもり》か、足下《あんた》の平生にも似合わぬ、じつに迂遠なことをしたものじゃ。それよりは佐賀に立ち帰って、あくまでも足下《あんた》の意見を、一同に解釈のできるまで吹きこんで、それでも鎮撫のできぬときは、またそのときの考えとして、かようなところに身を隠しているのは、かえって不得策であろう」

と、これから有造は西郷に会うてきた状況やら、鹿児島の士族の内情やらを話して、夜とともに懇談を尽くして、翌日は高知県へ帰ってしまった。江藤はこの林の忠告によって、佐賀へ立ち帰るべく決心して、山中とともに長崎へ出てきたのである。

ちょうど、このときに島が長崎へ着いて、丸山で流連荒亡していたのだ。自暴酒《やけざけ》を飲んで、不平の気を発散させようとするのだが、骨の髄にまで浸みこんだ癇癪は、容易に丸山［遊廓］の太夫の力でも医することができなかったか、島の心はもう半ば狂乱の体であった。ところへ佐賀から同志の者が押しかけてきて、

「岩村権令が佐賀へ乗りこむに際して、鎮台兵を率いて這入ってきたのは、じつにけしからんことで、佐賀人を侮辱するの甚だしきものである」

というて切歯《はがみ》する、島はこれを聞いていよいよ怒った。「政府は自分に佐賀人の鎮撫を託しておきながら、岩村のような者に鎮台兵を率いて佐賀へ乗りこませるとはなんたる侮辱であるか、よし、それならば我輩にも覚悟がある」とすぐに辞表を認めて、郵便で政府へ送りつけたのである。

こういう事情で、佐賀へ立ち帰った島が、士族の不平を鎮撫するはずはない。かえって岩村権令に反抗するように、それとなく煽動したのはきまっておる。島に続いて江藤は、ふたたび佐賀へ帰ってきて、こんどは前と違うて、門戸を開いて誰にも面会することにしたから、不平連は毎日のように押しかけてきて、ほとんど江藤の家は、不平党の集会所なるがご

とき観があった。

従来の関係《ゆきがかり》からいえば、島と江藤が握手するはずはないのだが、前にも言うたような事情から、島が憤激しておる場合であったから、ある策士の仲介によって、江藤と島がこのときに握手したのである。ここにおいて、水火のごとくなって争うていた、憂国党と征韓党の連絡は通じた。それを新しい権令の岩村が、知らずにいたのはまだしもだが、いままでにしばしば苦い経験を嘗めていた森をはじめ、多くの高等官が少しも知らずにいたのは、甚だ迂闊の至りであった。

四

佐賀の士族に、不穏の計画があることは、追々に政府の方でも知ってくるから、その警戒は日を逐うて厳重になるばかりであった。しかも、江藤の帰国してからのち、士族の意気ごみがいっそう激しくなって、政府に反抗の気分が現われてくるのみならず、島義勇が帰ってからのちは、さらにいっそうの危険を感じていた折柄、征韓党と憂国党との連合が成立したので、このままに打ち捨てておいたならば、どこまでその騒擾《さわぎ》が拡がるかわからぬ。いまのうちに非常手段をもって鎮圧してしまうほかはないと考えて、それぞれに手順を運んで行くことになった。しかるに不平士族の一団は、あくまでも征韓の目的を遂げようとして、東奔西走するばかりでなく、さらに進んでは政府の改革にも手を着けようという覚悟になって、その運動はようやく露骨になって来た傾きがある。ここにおいて、政府は一大決心をもって、いよいよ熊本鎮台の兵を繰り出すことに内決した。そのことが早くも士族の方へ知れたから、征韓憂国両派の重立ちたる者が会合して、だいたいの方針を定《き》めた上で、江藤と島に立ち会わせて、

「もし政府が理不尽に兵力をもって、わが城下を蹂躙するがごとき態度に出るならば、われわれもまたこれに応戦することを辞さぬ考えであるから、両先生においてもぜひ、われわれを指導してもらいたい」

ということを言い出した。実をいえば、江藤はこういうことをあまり好まなかったのではあるが、当時の事情がだんだんとここにまで逼迫《ひっぱく》してきて、いまはいかんともすることができぬ立場になったので、やむをえず自分も決心することになった。しかし、政府に対する不平は充分にあったので、ことに岩倉と大久保に対しては、もっとも不快に感じていたのであるから、時の勢いに迫られて、挙兵に同意したようなものの、幾分は自分からこの渦中に飛びこんだ傾きもあったのだ。

佐賀の形勢は、時々刻々に政府へ報告がある。したがってその経過はよくわかっていたから、征韓憂国の二派が連合した事情も、当路者は詳しく知ることを得たのだ。一日も疾く鎮撫の実を挙げなければ、いかなる大事になるかもしれぬというので、にわかに熊本鎮台へ命令を下して、陸軍少将の野津鎮雄《のづしずお》に、多くの鎮台兵を繰り出させることにして、まず谷干《たにたて》

城《き》、山川浩《やまかわひろし》、佐久間左馬太《さくまさまた》の三将が、佐賀へ出陣することになった。このことはたちまちに江藤らにも知れて、にわかに重立ちたる者の会議を開いた結果「政府においてあくまでも兵力をもってわれわれの目的を挫折せしめようというのならば、やむことをえぬから対手《あいて》になろう」ということになって、いよいよ挙兵の準備にかかったのである。満岡勇《みつおかいさむ》が筆を執って、挙兵の檄文が成ると、両派の士族を召集して、佐賀県庁を襲うことになったのが、明治七年の二月十二日であった。それから引き続いて、小野組の銀行へ押しこんで、十五万両の金を押収して、これを軍費に当て、正々堂々と陣を張ることになった。

一時は城内の兵は、さんざんに攻め悩まされて、とても官軍の本隊が来るまでの籠城は覚束ないとなって、大尉の奥保鞏《おくやすかた》が叛軍の囲みを突いて、城内の危急を官軍の本隊へ知らせることになったけれど、これもまた計画が齟齬《そご》して、奥は重傷を負い、山川もまたこれを助けんとして負傷し、ただわずかに岩村権令らが、身をもって城内から脱れ出たのみで、最初のうちは官軍の大敗で、戦争はほとんど物にならぬくらいであった、しかしながら、それはただ一時の勢いで、いよいよ官軍の本隊が到着すると、それからのちは叛軍の戦闘《たたかい》利あらず、だんだんと攻め寄せられて、ほとんど手も足も出なくなってしまった。もっとも、野津少将の率いたのは、熊本鎮台の一部の兵で、それに東京大阪の両鎮台から、茨木《いばらき》［惟昭《これあき》］少佐と山田［顕義］少将が大兵を率いて進んできたから、佐賀の叛兵がいかに決死の勇を振るうても、衆寡敵せず、ことに軍器は不十分であり、兵粮《ひょうろう》にも差し支えるというようなわけで、月の二十五日にはいよいよ斬り死にするか、しからざれば一方の血路を開いて脱出するかの二途、その一に出ずるほかはなかったのである。

政府においては、佐賀の戦況が追々にわかってくるにつけても、初め予期したよりは叛兵の戦争《いくさ》ぶりが、いかにもみごとだ。もしこのありさまをもって戦争《たたかい》が長引けば、九州各地の不平士族が、あるいは相応じて各所に蜂起せぬというかぎりもない。もしそうなったときには、それこそ一大事であるから、いかなる方法を用いても、この戦争《たたかい》は一日も早く済ませてしまう必要がある、ということになって、大久保利通は内務卿であるから、軍事には直接の関係はもっておらぬが、みずから進んで佐賀へ乗りこんできて、暗に全軍の指揮をしたほどで、このときの大久保の活動は、じつに目覚ましいものであった。この戦争《たたかい》の起きる前、江藤が佐賀へ着いたころに、政府の間者はしきりに入りこんできて、探偵をするかたわら、憂国征韓の両派に向かって、しきりに離間中傷を試みたことがある。一時はその策に当てられて、だいぶ両派の間に暗闘が起こりかけたけど、それは江藤と島の注意で、かろうじて制《おさ》えることができた。事が済んでから、だんだん調べてみると、みな政府から入りこませた間者のした仕業であることがわかったから、士族らの憤慨はいっそう甚しくなってきた。江藤や島の疳癪玉が破裂したのは、幾分かこういうことにあずかって力があったのだ。ところが、ここにもっとも江藤の神経を刺戟したことがある。それはほかのことでもないが、政府からひそかに江藤を暗殺のために刺客を送った、という奇怪事で、これについては少しく述べておかなければならぬ。

大正の今日でこそ、暗殺は野蛮の遺風だとか非立憲だとかいって、しきりに刺客のことを攻撃するけれど、昔はなかなかに流行《はや》ったもので、一時は暗殺事件で鼻を突くほどに、刺客の流行をきわめたこともあるのだ。前に述べた暗殺三件の項を見ればわかるが、そういうことは所在到るところに起こった事件で、あえて珍らしくはない。ことに在朝と在野と、その位地を異にしたために、互いに相排擠《あいはいせい》する結果、さかんに刺客を使用した傾きがあった。著者の聞くところによれば、当時の参議伊藤博文が、同じ長州出身の児玉愛二郎《こだまあいじろう》を、ひそかに佐賀へ送って、なにごとか為さしめようとしたことがあった、ということであるが、この児玉は元治元年の九月二十五日に、山口の城下で井上聞多を斬った剣術の達人で、こういうことには適任《うってつけ》の人物であった。しかし、児玉が佐賀へ乗りこんだのは、あるいは他の目的であったかもしれないが、こういう説もあるのだから、参考のために掲げておく。なおそのほかにも多くの刺客が、佐賀へ入《い》りこんだのは事実である。当時の閣議において、参議の寺島宗則が、

「江藤暗殺のために、政府が刺客を佐賀へ入《い》りこませたということであるが、これはおおいに考えなければならぬことだ、むろん伝説の誤りであろうとは思うが、こういう風説の起こるのは、政府者の不謹慎も、幾分か原因になっておると思うから、今後はおおいに警戒をする必要がある」

と、いかにも意味ありげな発言に、大久保は苦い顔をして、寺島を見つめているばかりであった。伊藤博文はニヤニヤ笑いながら、

「そりゃ寺島さんの仰せではあるが、そういうことを軽々しく信用されては困る。江藤はああいう気風の人物であるから、他《ひと》の言うことを軽信しては、ややもすると事件を惹き起こす癖がある。在官中にも紛擾《ごたごた》を惹き起こした例もあるくらいで、とうてい彼の言うことなどは信用ができない。ことに江藤を暗殺して、それが政府のためにどれほどの利益になる、馬鹿馬鹿しいにもほどのあったものだ。要するに江藤が政府に対して不平を懐くあまり、かようなことを言い触らして、人心を惑乱させようとするのであるから、さようなことは深く念頭にかけるには及ぶまい」

いままで黙って聴いていた、大木喬任はたまりかねて、席を進んだ。

「いまの伊藤さんの弁明に対しては、我輩も一言《いちごん》せざるをえない。それはほかのことでもないが、伊藤さんのいま言われた、江藤の人物が云々《しかじか》ということであるが、我輩は同じ藩に人と成って、彼の性格はよく知り抜いておるが、果たして江藤のどういう気風が悪いと言われるのであるか。彼は直情径行にして、ややもすれば他《ひと》と衝突をする風はあったが、しかし、それは彼の正直なる性質が、彼をして忌憚なく他《ひと》の悪事を摘発させたのであって、これがために一部の人の反感は招いておるであろうが、江藤の悪いところはさらに見出しえないのである。いまや政府を去って浪人はしていても、彼の心事のごときはなお日月《じつげつ》のごときもので

ある。ただいたずらに証拠もなきに讒誣の言を放って、暗に謗るというのは甚だもってけしからん。また今までに刺客のことがしばしばあって、いつもそれが曖昧のうちに過ごされているのは、不思議なしだいである。現に広沢参議のことにしても、また大村兵部大輔のことにしても、伊藤さんと同じ郷里から出た人物で、みな当代に有用な人傑ばかりじゃ。そういう人でさえもあの難に遭うて、しかもその下手人の裏面には、何物かの影が附き添うているということは、いまだに多くの人の風評《うわさ》に残っているくらいである。なにも江藤へ刺客を差し向けたことが、いま初めてのできごとのごとく思うには及ばないのじゃ。そういうことはよく同藩の者のあいだにも行われたことじゃから、あるいは政府の一部の人の不心得から、刺客を送ったことがないとも言えない。いま、にわかにこれをあるとかないとか断定して、江藤のごとき有用な人物の批難をするのは甚だ穏やかでない。強いて伊藤さんが、刺客のことは無実であるというのならば、是よりお互いに力を尽くしてその事実を確かめてもよかろうと思う、それは伊藤さんのお考え一つで、我輩も進んで調査の任に当たっても差し支えないが、それともに伊藤さんはなんの拠りどころもなくして、刺客のことを非認して、それは江藤の口から出た悪説であるといわれるか。伊藤さんの返答によっては、我輩にもおおいに言うべきことがある」

大木は平生きわめて温厚な人で、あまり人と争いをせぬ性質《たち》であったが、伊藤の言うたことが癪にさわったと見えて、このときは思いきったことを言い出して、なかなか承知しない。江藤とは子どもの時分からの友人で、しかも刎頸断金《ふんけいだんきん》の交誼《まじわり》があっただけに、江藤に対する同情は、一段と深かったに違いない。こうなってみると、伊藤も強いて争うのは不得策と見たか、他事に託してその席を立とうとするのを、大木が引き止めてしきりに論じかける、事態甚だ穏やかならずと見たから、例の先天的仲裁役者たる、三条実美がにわかに席を立って、大木の袖を控えて、この場の始末《おさまり》はつけたけれど、内閣会議の場合に、こういう争いのあったところから考えてみても、あるいは佐賀の刺客事件は、伊藤らの秘密計画であったかもしれぬ。江藤が挙兵を急いだのも、一には刺客のことが刺戟を与えたのだ、という説は、まったく荒唐無稽の風説として、聞き流すことはできないのである。

ただここにもっとも注意すべきは、当時の大久保の下には伊藤が附いていて、なにごとも秘密の相談にあずかっていたのみならず、伊藤は木戸を振り捨ててのち、まったく純粋の大久保系になっていた、という一事である。その伊藤が大久保の影身《かげみ》に附き添うて、いろいろな入れ智慧をしたことは想像するにあまりがある。大久保は伊藤に比ぶれば、人物もずっと優れていたし、なかなか偉い人であったから、必ずしも伊藤の煽動に乗ったとのみは言えないが、あるいは煽動であると知りながら伊藤を利用して、大久保が政府における第一人たるの位地を保つために、自分に反抗する者を追い退《の》ける策としては、伊藤の小刀細工も歓んで用いたろう、という推測はされるのである。大久保が文官の身をもって、みずから佐賀へ乗り出して、進んで軍隊の世話まで焼いたというのは、おおいに研究の余地があると思う。

五

江藤はもとより戦陣に立って、三軍を率いるの人ではなかった。その点においては、島の方が適任であったように聞いておる。しかし、実際においては朝倉尚武《あさくらなおたけ》という人があって、戦場の駆け引きは、すべてこの人の胸算《きょうさん》から割り出されていたのだ。いずれにしても烏合の衆をもって、不完全な武器により、長く戦争を続けるだけの用意がなくして、にわかに起こした戦争であるから、官軍が大挙して攻めつけてきた場合には、どうしても対等の力をもって、戦争を持続することは難かしい。江藤は疾くも敗戦の機を察して、こういうことを考えたのだ「この戦争《たたかい》を十数日続かせておくうちに、各方面の不平士族が、随所に兵を挙げる、よしその力は微弱であっても、挙兵のことが各方面において一時に始まれば、官軍はついにその煩に堪えずして敗れるに定《きま》っておる。もし幸いにして、薩南の健児が自分らのごとく兵を挙げてくれたならば、そこで九州の大勢は定《きま》るのであるから、これは一日も早く囲みを脱して、鹿児島へ駆けつけ、西郷の一派をして兵を挙げしむるのが、唯一の良策である。いま戦場を脱《のが》れて自分が去っても、あとには島と朝倉がいてくれれば、戦争には差し支えないのであるから、一刻も早く鹿児島へ行って、このことを勧めよう」と独りこの覚悟を定《さだ》めて、密かに島に耳語《みみうち》した。島もすこぶる同感であって、どうせこの戦争《いくさ》が、最後まで勝利を続けることのできないのは定《きま》っておる。ただ一日延ばしに引き延ばして戦うことは、あるいはできるかもしれないが、一挙にして官軍を屠《ほふ》るというような、壮快な戦争《たたかい》はとうていできるものではない、してみれば、最後の敗北は定《きま》っておる。いま江藤の言うごとく、もし薩南の健児をして、この際に兵を挙げさせたならば、それこそ九州全体の変乱になって自分らがこのことを起こした、本来の目的にも副《かな》うことになるのであるから、江藤の言うがごとく、あとのことは自分らが引き受けて、とりあえず江藤は、鹿児島へ行くことにさせた方がよい、と思って、これから重立ちたる者だけを、にわかに集めて相談すると、いずれも大同小異の意見で、江藤の鹿児島行きはたちまち決せられたのである。

このときはすでに、官軍の本隊はことごとく到着して、叛軍の四方は蟻の這い出るところもないくらいに囲まれていたのだ。したがって江藤を脱《のが》すにしても、叛軍の苦心はひと通りでなく、かろうじて一方の血路を開いて、江藤は無事に鹿児島指して遁れゆくことになった。船田次郎《ふなだじろう》と江口十作《えぐちじっさく》の両人《ふたり》が、その護衛として随《つ》いてゆくことになって、これから昼夜兼行で、鹿児島へ乗りこんできたのである。

鹿児島へ着いて聞くと、西郷は日奈久《ひなく》の温泉へ行っているというので、すぐに引き返して日奈久へ行くと、西郷がいたから、江藤はだんだん懇談を遂げたけれど、西郷はあくまでも首を振って承知しなかった。もっとも、江藤が軽率なる旗挙げをした、それに同意するくらいならば、西郷は初めから自分で兵を起こしたかもしれぬ。深く自重して、容易に起たぬことに決めていた西郷が、江藤の窮状を聞いて、それに同情するのあまりに、薩南の健児をことごとくその犠牲にするまでに、放胆なやりかたはいかに西郷でも為しえなかったろう。されば江藤の西郷を訪うた目的は、まったく外れてしまったのだ。西郷に別れてふたたび鹿児島へ這入って、桐野そのほかの者に会ったけれど、これとても西郷の決心によって動く連中で、自分だけの考えをもって、江藤の相談に応ずるはずはないのであるから、もうこうなっては江藤も策尽きて、佐賀へ引き返すほかはなかった。しかるに江藤が去ってのち、なお十数日を守るべき予算《よさん》であった叛軍は、官軍の攻撃方《せめつけかた》があまりに急激であったために、ついに防ぎえずして、江藤が鹿児島へ着かぬうちに、全軍解散してしまったのである。

　江藤がまだ鹿児島にいて、愚図愚図しているところへ、島義勇もやってくれば、香月経五《かつきけいご》郎《ろう》、山中一郎その他十数名の同志は、追々に鹿児島へ落ちこんできて、江藤にも会えば、桐野にも面会して、これから善後の策を講じたけれど、いまとなってはいかんともすることができない。かれこれするうちに県令の大山綱良《おおやまつなよし》が、政府の電報に接して、江藤らが西郷のところへ逃げこんできているのが初めてわかった。そこでだんだん厳《やかま》しい相談にはなったが、大山も江藤に同情して、強いてこれを追い出そうとは言わなかったけれど、江藤の方から身を退くことにして、この連中は幾組かにわかれて、それぞれに方面を定《さだ》めて、鹿児島を離れることになった。

　かくて江藤は、船田、江口を連れて、日向《ひゅうが》の飫肥《おび》へやってきた。ここには小倉処平《おぐらしょへい》という同志がいたから、それを使《たよ》って来たのであるが、小倉はじつによく江藤のために親切を尽くして、長く庇う覚悟《つもり》ではあったが、政府の注意が厳しく、とても庇いきれぬことがわかったので、その旨を江藤に告げて、油津《あぶらのつ》［宮崎県日南市《にちなん》］から船に乗せて四国へ遁したのである。江藤は小倉に別れて、四国の嵯陀岬《さだみさき》［佐田岬］に上陸して、あれからだんだん山越しをして、高知県へ乗りこんできたのだ。

高知には林有造と片岡健吉の両人《ふたり》がいるから、とにかくこの両人に対面して、自分の一身を托そうというのであった。しかし今日になってこれを見ると、江藤がこの両人《ふたり》を使って高知へ入《い》りこんだのは、生涯の失策であった。当時の両人《ふたり》は、まったく籠の鳥も同じことで、政府は佐賀に事が起きると同時に、もっとも危険なのは土佐の連中であるとの見こみをつけて、すでに佐々木高行《ささきたかゆき》は、名を展墓帰省《てんぼきせい》に託して高知へ入りこんで、林らの挙動を視察している。陸軍大佐の北村長兵衛《きたむらちょうべえ》［重頼《しげより》］は、軍艦に乗って浦戸へ来て、佐々木の報知しだいに、兵を率いて高知へ乗りこむべく、仕度はできていたのだ。こんな事情で、両人《ふたり》は身動きもできなかった。それを使って乗りこんできたのは、まったく江藤の過失であって、両人《ふたり》が江藤を庇いえなかったのは、両人《ふたり》が薄情なためではなかったのである。当時の両人《ふたり》は、江藤を庇うにはあまりに危険な境遇であった、ということを深く察してやらなければならぬ。のちの歴史家は、しきりに当時の両人《ふたり》が江藤に対して、献身的救助を与えなかったことは、甚だ不道徳の行為である、と言うて、しきりに批難するけれども、著者のごときは公平な立場から考えて、江藤を庇うことができなかった両人《ふたり》は、どうしても江藤を高知に置かぬようにするほか、なんらの策もなかったことを信ずるのである。

江藤が高知にいるあいだも、あるいは女郎屋の雇人になって、飯炊きをしていたとか、あるいは誰の家にどういうことをしていたとか、さまざまの説がいまでも高知には遺っているが、しかしその多くは信ずるに足らないのである。そういう者に身を落として、隠れておることができるくらいならば、片岡と林の両人《ふたり》も、江藤を庇いおおせたに違いない。すでにこの両人《ふたり》が江藤を庇いえなかった以上は、たとえ女郎屋の飯炊きに住みこんだところで、隠れおおせることはできないのである。また江藤が、それまでにして隠れていなければならぬ必要もなかったのだろうから、これらの風説は、すべて研究の余地あるものとして、取り除いておくのが至当であろう。

高知を離れた江藤は、日を重ねて甲浦《かんのうら》へやってきた。ここはもう阿波《あわ》〔徳島県〕との国《くに》境《ざかい》に接して、しかも辺陲《ゆきどまり》の漁場《りょうば》であるから、したがって旅客の出入りはない。それだけに政府の監視も厳重でなかろうという見こみで、とにかく、甲浦へ落ち着いてから、いずれの方面へでも脱出する工夫をしようと、ここまでやってきたのである。ここの取締まりをしていた、浦正胤《うらまさたね》という者の案内で、戸長の浜谷清澄《はまやきよずみ》の宅へ、岩倉右大臣の密偵山本清《やまもときよし》と偽って、江藤は案内をされたのだ。しかるにこのときは、すでに高知県庁から江藤の写真が廻って、きわめて厳重に探偵中であったから、浜谷の宅に江藤が這入ったときは、疾《はや》くもその人ということはわかってしまったのである。

こういう事情で、江藤は浜谷の宅に一泊する所存《つもり》でいたところへ、県庁から派遣されていた役人が乗りこんできて、いよいよ江藤ということに見きわめがついたから、すぐに逮捕の手続きにかかったのであるが、このときにこういう面白い話があった。江藤を押さえにきた役人のうちに、武士の情《なさけ》を知っておる者があって、たとえいまは謀叛人になって、政府から追われてはいるが、一時は司法卿兼参議で、一代に時めいた政治家である。こういう人物に無理に縄をかけて引き立てるのは、いかにも情において忍びざるところである、というので、まず江藤に会うたときにその写真を示して、

「これは誰の写真であるか、知っているか」

と、尋ねたので、江藤もついに屈して、

「自分は江藤新平である」

と名乗った、その一言《いちごん》を聴いて、

「すでにみずから名乗る以上は、自首をしたのと同様であるから、縄をかけずに手足の自由を与えて、県庁へ引致《いんち》する」

というのであった。これには江藤も少なからず感激して、その役人が一地方の一小吏たる身分をもって、こういう風に武士道を解してくれたのは、じつに嬉しいといって、深く感謝したということである。

ますら男の涙に袖をしぼりつゝ迷ふ心は唯君が為め

この歌は江藤が、甲浦から高知へ護送されたときに詠んだのであるが、世間には辞世の歌のごとく伝えられている。しかし江藤の志は、この一片の歌に存しておると思う。

六

江藤が捕縛された前後において、島義勇その他の者もことごとく縛に就いた。ここにおいて、佐賀に臨時裁判を開き、その審判を為すことになった。しかるにこの裁判の係になる者は、司法部内においても屈指の人物でなければ、その選に当たらないことは初めからわかっていたので、たいがいな者はあらかじめ病気届を出して、その選に当たらぬような予防策《ふせぎ》をしていたのは無理もないことだ。どんなに偉い裁判官でも、江藤以上の役人はないのであるから、この裁判はちょっとやりにくい。いやしくも司法卿として、自分らがいままで戴いていた、最上長官を訊問して、厳刑に処するというようなことは、人情においてでき難いことであるのみならず、政府の注文が「もっとも厳重なる処罰をしろ」というのであったから、なおさら役目を引き受ける者はなかった。ことに江藤は、他《ひと》の世話をすることが好きで、司法部内の重立ちたる者は、たいがい一度や二度は、江藤の世話にはなっているし、かたがた多くの法官はみなこの役を避けて、なるべく逃げるようにしていたのだ。ところが最後に逃げ遅れて、この役目を引き受けたのが、大判事の河野敏鎌《こうのとがま》である。普通の人情からいえば、いかなる事情があっても、河野はこの裁判官を引き受けられるはずはないのだ。それはどういうわけかというに、河野はもと益弥《ますや》［万寿弥］というて、土州藩士の一人であった。維新前に武市半平太《たけちはんぺいた》らの獄に連座してすでに命の危うかったのが、明治政府になった際の大赦令によって、赦免の恩典に浴して牢からは出たが、誰一人として対手《あいて》にする者がない。山内家の参政吉田元吉《よしだもときち》［東洋《とうよう》］という人を暗殺した、武市派の一人《いちにん》である、というためにひどく憎まれていたのだ。そこで河野は、よんどころなく大阪へ出てきたが、そのときに大阪府の知事をしていたのが、例の後藤象二郎であった。すぐに後藤を訪ねて、自分の身の振り方を頼むと、後藤は吉田の親戚であったから、河野の顔をしばらく見つめていて、

「おまえは、俺のところへそういうことを言うてきても、それは無理である。なぜならばおまえらが殺した吉田の、俺は肉親なのであるから、どうも俺が世話をするわけにはいかぬ。全体、おまえがこの俺を訪ねてきたのが、ずいぶん図々しいことではないか」

と言われて、河野は頭を掻きながら、

「それはいかにも図々しいしだいではあるが、他に行くところがなかったからやってきたのだ」

この一言を聴いて、後藤はどう感じたか、

「よし、そういうわけならば、俺が世話をしてやろう」

と、これから一本の添書《てんしょ》をくれた、その名宛《なあて》が江藤新平であった。河野はすぐに東京へ出てきて、江藤に会うてこの書面を出すと、江藤は一も二もなく承知して、しばらく河野を

養っておいたのち、その用いるに足る人物だということを見抜いて、司法省へ入れたのだ。かくて河野は大判事にまで栄進したのであるから、この関係をもっておる江藤を、河野が極刑に処すべき政府の内命を受けて、裁判官になることは人情の上において、容易に為しえざることである。多少はこの関係を知っておる者もあるので、河野がこの役を引き受けたときには、非常な批難が起きたくらいである。しかるに河野はなんと考えてか、いっさいの批難を排して、この役目を引き受けると、即日東京を出発して、佐賀へ向かったのである。

そのころの裁判は、いまのごときものとはまったく違って、むろんのこと公判ではなく、いつ始まっていつ終わったかわからぬというくらいに、密々《こそこそ》と片付けられてゆくようになっていたのだ。予審の調べもなければ、弁護人の制度もなく、いっさいの傍聴は禁じてあったし、控訴上告の途はないのであるから、こやつ死刑にしてやろうと思えば、すぐに死刑にもなる。その宣告を受けた者はいかに焦っても、冤枉《えんおう》を訴うる途すら開けていなかったのである。裁判官になった人がひと通り取り調べをして、もうこの辺でよいと思えば、被告人に予告を与えずして、裁判の宣告《せんこく》をしたのである。江藤の事件でも、やはりその扱いは免れなかったのだ。

内閣においては、江藤をいかに処分するか、というについての議論が、なかなかにさかんであった。それと同時に、江藤の命を助けたいという考えから、ひそかに運動する者もあって、江藤に対するの同情は、存外に多かったのである。独り、それを排斥して江藤を死刑に処すべく、巧妙なる運動をしたのが伊藤博文であった。木戸と西郷が去ってのち、政府の全権は大久保の手に帰してしまったのだけれど、真に大久保の相談相手となるべきものは一人《いちにん》もなかった。いかに自分が、政府の全権を握ったにもせよ、ほとんど孤立にも等しき地位に立った大久保が、心静かに自分の前途を考えれば、幾分か寂寞《せきばく》の感に堪えなかったであろう。その隙に乗じて、大久保に食いこんだのが伊藤であった。よく大久保の性格を呑みこんで、うまくその弱点を押さえて信用を得たのであるから、大久保は薩藩の代表者であって、伊藤は長州藩の一人《いちにん》であったにもかかわらず、両者の提携は存外に固くなっていた。江藤に対する長州派の反感は容易なものでない、したがって長州派の一人たる伊藤は、やはり江藤に対してあまり快い感じはもっていなかったのであるから、大久保に向かって、江藤を殺すべくさまざまの方法をもって慫慂《しょうよう》したのである。大久保はきわめて潔白な政治家であったから、江藤のために法律攻めにされた、というような失態はさらになかったけれど、江藤があまりに峻厳にして、ややもすれば何人にも噛みついてゆくという、その性格を忌んで、なるべくこれを遠ざけるようにしていたのだ。征韓論が敗れて、江藤が身を退《しりぞ》いてからのちも、大久保はこの江藤にふたたび政府に入られることを、あまり喜ばなかったらしく思われる。同時に佐賀の叛乱と聞いて、江藤がその首魁である以上、大久保がこれを助けようという気のないのは、もとより言うまでもないことだ。まして伊藤が、大久保の背後《うしろ》から江藤を殺すべく勧めるので、大久保はみずから佐賀にまで乗りこんで、一身の危険《あやうき》を忘れて、ほとんど敵地にも等しいところで、裁判官の監督までもするようになったのである。

内閣の人の多くは、江藤に同情してこれを助けようとする。その状態は伊藤にもよくわかったのであるが、岩倉や三条は果たしてどんな考えをもっておるか、それがよくわからなかったのだ。しかるに三条は、きわめて正直な好人物であったから、江藤の境遇に同情して、なるべくこれを助けたいという考えがあって、しきりに岩倉を口説いて、ぜひ命だけは助けておいた方がよい、ということを吹きこんだ。そこで岩倉が動かされて、ひそかに大久保のところへ、江藤の命を助くべく密使を送った。これを伊藤が聞き出したから、そこでその密使に先立って、伊藤は急に大久保のところへ、江藤を極刑に処することの必要を説くと同時に、岩倉が江藤を救うべく密使を発したことを知らせたのである。大久保は伊藤の書面を見ると、莞爾笑《にっこり》って、火の中に投じてしまった。その翌日に、岩倉の密使が大久保を訪ねたけれど、大久保はなんと思うたか、さまざまに口実を作って、どうしても面会しようとしない、密使はいくたびか大久保を訪ねて、しきりに面会を求めたが、ついに大久保は巧みにこれを回避してしまった。そのうちに江藤の死刑は決して、刑の執行は終わった。その日の夕方に、大久保の方から密使を呼びにやって、

「岩倉公の御使者《おつかい》とは、どういう用事であるか」

と聞かれて、例の密使は岩倉の書面を、大久保に手渡した。これを開封して見た大久保は、にわかに顔の色を変えて、

「やア、こりゃしまった、こういう大切な書面を持ってきながら、なぜいままで愚図愚図しておったのか」

　叱りつけられた密使は、妙な顔をしながら、

「先日からたびたびお目にかかりたくてまいりましたけれど、いつも御用多端《ごようたたん》ということで、差し控えておりました」

「馬鹿、貴様はなんという馬鹿な奴だ、これほどの大切な書面をもってきながら、ただ普通《ふつう》の使者《つかい》であるがごとく、普通《ひととおり》に面会を求めるから、差し当たっての公用に忙殺されて面会をせずにおったのじゃ。使者《つかい》の内容は知らずとも、岩倉公から至急の書面を携えてきたからといえば、貴様に会わぬまでも、書面だけはいちおう拝見するのであった。いまさらになってなんともいたしようはない、貴様のような馬鹿な奴が、どうしてこの使者《つかい》の役に立とうとしたのか」

　顔色を変えて、語気も荒く、こういう調子に叱りつけられたから、密使はいささか面喰らって、

「お叱りでは甚だ恐れ入りまするが、書中の御用はどういうことか存じませぬが、岩倉公より至急、閣下のお手許へお渡しするようにということでござりましたから、お手渡しをしなければならぬことと心得て、ご面会のときの来るのを待ち受けていたしだいでござります、もはやお手紙のご用は間に合わないのでござりましたか」

「もちろんじゃ、江藤の罪を軽くせよというの意味であるが、すでに斬ってしもうた江藤の首は、いまさらにどうともできぬではないか。貴様のような馬鹿な奴が、どうしてこういう役に当たったものか、じつに惘《あき》れかえった奴じゃ」

これを聴いた例の密使は、ただ途方に暮れるばかり、大久保の叱咤するに任せて、その席は立ち去ったが、憐れ、その密使は自分の宿へ帰ると、その夜のうちに自殺してしまった。江藤が死刑になった裏面には、こういう悲劇も伴《とも》うていたのであるが、それにつけても大久保が、これまでにして江藤を殺した一事は、いかにこの人が残忍な性格を帯びていたか、ということの証拠にもなって、あれだけの大政治家が、その割合に国民の望みを継《つな》ぐことができなかった理由は、まったくこの点にあったのである。

七

江藤の作った刑法によれば、どうしても江藤は死刑に当たるのである。そのころの死刑は、第一が梟首《きょうしゅ》、第二が斬罪《ざんざい》、第三が絞首《こうしゅ》と、こう三通りになっていたのだ。よし江藤が、死刑に当たる大罪であるとしても、いちばん軽い絞首に処するのが当然であったろう。ましてその犯状《ざいじょう》は、どういう点からということを考えてみれば、充分に酌量すべき余地はあったのだ。閣臣の多くが唱えたように、死一等を減ずるのが至当である。しかし大久保の考えは、もっとも重く処分するというのにあったのであるから、梟首に処せられることは押さえられたときに、すでに決していたくらいである。その裁判を引き受けた河野は、前に言うたような関係のあったにもかかわらず、平気でこの役目を引き受けてきたのは、いささか河野の人格に疑いを挟まざるをえない。かくて訊問はだんだんに進んでゆく、ある夜のこと、大久保がひそかに河野の宿屋へやってきた。当時の大久保が非常な権力家として、多くの人に恐れられていたことから考えれば、河野の宿屋へ自分でそっとやってくるなぞは、じつに河野においても驚いたであろう。そのときに大久保は周囲《あたり》を見廻して、なにか紙に書いたものをそっと出して、

「江藤の処分は取り急ぐ必要があるから、明日《みょうにち》決してしもうたらよかろう、それについてはこの書付のとおりに……」

と言いながら、その書いたものを河野に渡した。受け取ってみると、それには梟首に処すべしと書いてある。さすがに河野は、躊躇《ちゅうちょ》して即答ができなかった。大久保は、

「よいか、そのとおりにするのじゃ」

「ハッ……」

大久保は凄い眼をして、河野を睨んでいるが、河野はなんとも答えをせずに、俯いたままだ。大久保はやや焦り気味になって、

「そういう処分をするのじゃ、君はできぬというか」

幾分か怒気を含んだ語調で、こう言われたときに河野は、その蒼白くなった顔を挙げて、

「承知いたしました」

大久保は莞爾《にっこり》笑って、

「あとのことは心配をするな、我輩が引き受ける」

この密談が済むと、大久保は帰った。河野はついに煩悶して夜を明かした。

江藤の取り調べは、ただ一回済んだばかりで、まだ自分の意見も述べなければ、事件についての真相も言わずにいたのだ。今日もまた呼び出しで、巡査が迎えにきたから、今日こそ自分の考えを言う覚悟《つもり》で、白洲へ引かれてきた。正面の高いところには河野が席に着いている、その背後《うしろ》の方には大久保が凄い眼を光らして、じっと江藤を睨み下ろしていた。河野は儼然《おごそか》なる口調をもって、

「佐賀県士族江藤新平」

と言われて、江藤は泊木《とまりぎ》に手をかけたまま、顔を挙げると、

「その方儀、朝譴《ちょうけん》を憚らず、名を征韓に託し、妄《みだり》に……」

「ヤッ、そりゃなんじゃ」

「黙れッ、ここをいずくと心得ておる、謹んで聴いておれ」

「イヤ、そりゃけしからん、まだ我輩の意見も聴かずして、妄に罪を断ずるとはなにごとであるか、その宣告《いいわたし》を聴くわけにならぬ、待てッ」

「黙れッ」

しばらくは待て黙れで争っているうちに、左右から十名あまりの巡査が寄って集《たか》って、江藤の肩を押さえたり、肘を捉えたり、まるで折り重なるようにして押えつける。そのうちに河野は、スラスラと裁判の宣告《いいわたし》を読みおわった。すなわち除族の上、梟首申しつけるというのである。

さすがの江藤が、顔色を変えて悲憤の状は、見ておられぬほどであった。大久保は冷笑を漏らして、江藤を尻目にかけながら、スッと退席する。河野もいまは思いに堪えかねて、静かに、

「先生」

と言うた。江藤はギョロリと河野の顔を見上げて、

「なにか」

「今日のこと言うに忍びませぬが、しかしあらかじめのお覚悟と考えまする、なにごともただ時運と諦めて、ご覚悟くださるよう願い上げまする」

「ウム」

江藤はついに、多くの巡査に連れられて、悠然として白洲を出た。

その日のうちに、佐賀城内の刑場へ引き据えられて、ついに江藤は断頭台の露と消えてしまった。大久保に強制されて、この惨刑を申し渡す役目を引き受けた河野の心事は、永久に知ることはできないのである。ただ口さがなき京童《きょうわらべ》はいう、これはただ後日の栄達を思う

がために、強いてこの不人情な所業をしたのであると。これについては何人《なんびと》といえども、しからずと言うて弁護をする余地はなかろう。河野はかくのごとく不人情なことをして、のちには農商務大臣から枢密顧問官になって死んだけれど、その死ぬときは精神に異状があって、普通の死ではなかったと、いうことを伝えられておるが、むろん、それはそうなくてはならぬはずだ。こういう不人情なことは、けっして天が容《ゆる》しておくものではない。

河野の不人情はかくのとおりであったが、ここにもっとも感心すべき逸話がある。前にもちょっと言うた、大久保が江藤らの梟首になっている態《さま》を、写真に撮って全国の役所へ配って、これを壁間《へきかん》に掲げさせた。当時の民部大丞であった、河瀬《かわせ》秀治《ひではる》という人が、ある日、民部省へ出てゆくと、大勢の役人が集って、喧々《わいわい》言うておる。なにごとであるかと近づいてみたら、江藤が梟木に晒されている写真であった。そこで河瀬が、

「この写真は全体、どうしたのであるか」

「内務省の方から廻ってきまして、もっともよく人の目に触れるところに、掲げておけということでございましたから、いまここへ掲げたところでございます」

これを聴くと、河瀬は目を瞋《いか》らして、

「それはけしからん、なんという残忍なことをするのか。江藤は謀叛の罪があって、死刑に当たる大罪を犯したとしても、それはすでに死刑になった以上、その罪はふたたび罰すべきものではないのじゃ。梟木に曝されたその態を、写真に撮って公衆に示すとは、なんという

残忍なことをするのか。外してしまえ」

と一喝されて、ほかの役人は驚いて、すぐに外してしまった。それであるから民部省では、この写真はすぐに取り除かれたけれど、ほかの役所にはだいぶ長く掲げられてあったという。河瀬は木戸孝允の夫人の妹を、妻君にしていた関係で、木戸とは深い縁があった。出身は山陰の舞鶴《まいづる》［実際は宮津《みやづ》］であるが、姻戚の関係からいえば、長州系の人だ。それでさえも涙ある武士《さむらい》は、江藤の末路に同情をしたのである。いま品川に西洋の草花を作って、多くの人の目を楽しませておる、妙華園《みょうかえん》の主人はその倅であって、本人の河瀬は、もう七十以上の老体になっておるが、本郷の壱岐坂《いきざか》に、上宮教会《じょうぐうきょうかい》という教会堂を立てて、多くの人に仏教の真諦《しんてい》を知らしむべく、布教に努めておる篤志の人である。佐賀叛乱の項は、ここに筆を擱くことにする。

大阪会議と木戸の再入閣

一

明治八年に大阪会議なるものが起こって、木戸はふたたび入閣して、大久保とともに政治を見ることになったが、それまでになる径路には、なかなかに面倒な事情があった。かつふたたび入閣はしたようなものの、木戸の意見は多く行われず、結局は大久保と睨み合いで、不快な月日を送っていたのだ。そもそも大阪会議とは、いかなる性質のものであったか、またその顚末はどうであったか、これらの事情を詳細に述べよう。

初め木戸が、台湾征伐に反対して辞職してからのちは、京都に永住の見こみで邸を構え、最愛の夫人松子と、きわめて閑散な生活をしていたが、それは大久保と権勢の争いに打ち負け、かつ台湾問題で敗れた結果、よんどころなしの隠居生活で、これがために政治家としての一生を、まったく棄てたわけでもなく、さればとて自分の位地が、大久保と相並んでいただけに、いまさら再任の運動をするわけにもならず、ただ空しく東の空を望んで、面白からぬ月日を送っていたのだ。木戸はかくのごとく失意の人であったから、この淋しい境遇になったのをやむをえぬとして、いまや政府の全権を握って、すばらしい勢いになった大久保は、楽しくその日を送っていたかというに、これはまた一段の寂寥《さびしさ》を感じていたのである。失意の木戸よりも、得意の大久保の方が、かえってその心労は甚しかったのであるから、早くいえば、去った女房が恋しくなったような筋で、大久保としては木戸の入閣を、心ひそかに望んでいたのである。しかしながら、議論のために辞職した木戸を、ただ理由《わけ》もなく引き入れようとしても、それは木戸が応ずるはずはない。さればとて大久保が、木戸の前に低頭平身して、その入閣をうながすような不見識なこともできず、それにはどうしても、相当の媒介者が出てこなければならぬはずである。しかるに木戸を首領としていた、長州派の政治家や軍人は、木戸の辞職によって、すこぶる寂寥《せきりょう》を感じているので、なにかの機会において、木戸をふたたび入閣せしめたいの考えは、誰でもみなもっていたのである。ことに伊藤や井上が、木戸を失うては薩派に対する権力の平衡上、甚だ困る場合もあって、しきりに藻掻《もが》きはじめたのだ。伊藤は木戸と幾分か感情の衝突もあり、また自分の利害から割り出して、大久保に接近してきた傾きはあるのだが、それでも木戸が上位《うえ》に光っているのと、いないのとでは非常な相違があるから、木戸の政府にいるあいだは、邪魔のような気もしたが、さて辞職されてみると、なんとなく寂寥を感じてくる。ここにおいて木戸の入閣は、第一に伊藤が希望するというようなわけになって、井上といくたびか会合の結果、木戸の入閣を斡旋《あっせん》することになったのである。

井上は例の銅山問題で、江藤と衝突して職を辞してから、大阪に先収会社なるものを起して、かの藤田伝三郎などを手下にして、さかんに鎮台の請負などをやっていたのだ。いかに井上が金を欲しがる性質があっても、やはりその本質は政治家であるから、長く政権に遠ざかっていると、なんとなく復帰したいような考えも起こる。折柄の木戸入閣問題、これはいやしくも長州派の人ならば、誰でも希望すべきことだ。それとなく木戸の意嚮《いこう》を探ってみたけれど、なかなかに復職しそうもない。ところで、だんだん相談をした二三子《たれかれ》が、木戸を動かすには井上にかぎる、ぜひ井上に勧めて、木戸を説くべき役を引き受けさせる必要があるとなって、しきりに井上を勧誘したのだ。最近になって伊藤からの書信によれば、これもまた木戸の入閣を希望する意味のことが書いてあったし、かたがた井上は長州派のために木戸を説いて、ふたたび入閣させたいという決心をもつようになって、それからひそかに伊藤を呼んで相談を始めた。どうしても木戸を引き出すほかに、対薩の良策はないので、ついに井上も進んで、木戸を説くことにはなったが、いよいよ木戸に会ってから、相談する前に、大久保の決心を聴いておかなければならぬ。木戸の方でよろしいとなってから、大久保の方に異存があるようでは、せっかくのことが水泡に帰するのみならず、いっそう木戸の感情を悪くして、永久にその入閣を見ることができぬようになっては一大事であるから、この点については伊藤が万事を引き受けて、大急ぎで東京へ帰ってきて、大久保を説いてみると、意外にも大久保は容易《たやす》く承知して、木戸の入閣は切に希望するところである、というのであったから、伊藤はさらに念を押して、

「貴下《あなた》が木戸の入閣について、それまでのご希望がある以上は、われらにおいても死力を尽くして、木戸に入閣をさせることにしますが、しかし、木戸はご承知のごとき性質の人物であるから、この際に内閣の上に特別の改正を加え、人の心を新たにするような点を示さなければ、容易に承知しますまいが、それについては貴下《あなた》のお考えはいかがでありますか」

「それはあらためて答えるまでのことはない、我輩は内治改良についての意見を、かねて木戸にも話しておるし、君もよく知っているのであるから、いまさらに内治改良の意見を、事新しく公表する必要もなかろう、ただせっかくの内治改良が今日まで長引いたのは、征韓論の始末があいうことになった上に、引き続いて台湾事件やら、佐賀の叛乱やら、さまざま

の障碍が起こって、内治の改善にまで手を下すの暇《いとま》がなく、今日《こんにち》に至ったのであるから、その点はよく木戸に君らから話してくれたらば、それで十分であろうと思う」

「なるほど、それはいちおう御道理《ごもっとも》でありまするが、木戸はそういう点になると、まことに几帳面な人で、なにごとも文書にして、しっかり約束をするという性質《たち》の人物であるから、この際において木戸に入閣をうながすには、内治の改善についてこれこれの箇条を、こういう風にするからというまで突っこんでゆかなければ、容易に承知はすまい、そこで貴下《あなた》のお考えをうかがっておきたいのである」

大久保はしばらくのあいだ考えていたが、

「我輩にも、それについて多少の意見はあるが、ともかく、君は我輩以上に万事の調査をしているのであるから、君の腹案を我輩に示してくれれば、これがよいとか、あるいは悪いとか、いちいち指摘して、そこで初めてまとまったものができようと思うによって、ぜひ君の腹案を示してもらいたい」

「よろしい、そういうわけならば、いちおう案を立ててみることにしましょう」

こういう相談で、伊藤は大久保に別れた、数日《しばらく》邸へ引き籠もって、悉皆《すっかり》内治改善についての案を作った。いままで木戸の議論を始終聞いていたから、たいがいは木戸の意見に基いた箇条ばかりで、

第一は、

元老院を新設して、立法上のことはすべてこれに委ね、他日国会を起す準備となすこと

第二は、

裁判の基礎を鞏固にするため大審院を起こすこと

第三は、

地方の民情を明らかにするため地方長官会議を起こして、内政の根本方針を定むること

第四は、

いままでの官制を改めて、まったくの内閣制度として、木戸大久保は主なる責任者となって、一般の行政事務は、第二流以下の政治家に委任すること

その他さまざまの箇条はあったが、とにかく、木戸の宿論はこれでその大半は満たさるることになるのだ。大久保は偉い人物ではあったが、きわめて保守的の思想をもっていたために、こういう改革はあまり歓ばない、けれども、当時の国情から考えてみると、どうしても木戸を引き入れるのが得策であると考えたから、ついに伊藤の意見を容れて、この箇条をすべて認めることになった。伊藤は大久保がこの雅量をもって、木戸の意見をこれまでに容れてくれるとは思わなかったのだ。しかるに案ずるよりは産むが安く、大久保の方の談判《きまり》が早く決《っ》いたから、そこで井上と相談をして、木戸を説くことにはなったけれど、さて大久保と木戸を、どこで会見させるかというのが、また一問題となって、いろいろの議論《おしあい》があった末に、大阪がよかろうと決した。これは一般の注意を避けるために、東京よりは大阪がよい、

というのが第一の理由で、第二の理由は、木戸が京都にいるのであるから、なるべくその附近において、会見させるのが得策である。それに大阪まで大久保が出てゆくとなれば、ただそれだけでも木戸の感情は、だいぶ和らいでくるだろうという考えもあって、それを大久保に相談すると、

「よろしい、かねて地方視察をしたい、と思っていた折柄であるから、この際を利用して、関西地方を視察することにしよう、そのついでをもって大阪へ立ち寄って、木戸に面会するとしたら差し支えもなかろう」

「そういう都合になれば、きわめて結構であります、甚だ恐縮ですが、どうかさよう願います」

「よし、それでは大阪で会うことにしよう」

大久保が台湾事件で、清国に使いした前とそののちとでは、だいぶ思想《しそう》上の変化があったようだ。いままではただ東洋の一隅に、日本国という城廓を守っておれば、それでよろしいくらいの考えであったらしいが、北京《ペキン》の土を踏んで、世界各国の公使らにも会うために、大久保の思想《しそう》はとみに向上して、世界的の思想《かんがえ》が起こってきたらしく思われる、そうなってみると、内外の不平をただわけもなく圧《おさ》えつけて、なにごとも自分一人で背負いこむのは、甚だ不得策であると考えて、木戸の入閣を歓迎するようになったのであろう。とにかく大久保が当時の位地をもってして、たとえ二、三年前《ぜん》までは内閣に列《なら》んで、肩を並べていた人に

もせよ、いまは浪人して不遇の位地にいる木戸を迎うべく、大阪に出張ってゆくのは、大久保としてはよほどの奮発であったに違いない。

大阪の中之島に、五代友厚《ごだいともあつ》が大きな邸宅を構えて威張っていた。この人はやはり薩藩の出身で、初めは才助《さいすけ》というたのだが、官途に志を絶って民間の人となり、いまでいう御用商人をやっていたのだ。その時分の大阪における、五代の勢力はじつにすばらしいものであった。もしこの人が頓死せず、あのままに長生きをしていたら、いまの藤田なぞはとても頭を挙げることはできなかったろう。非常に豪放な性質ではあったけれど、またその半面には、ごく緻密な考えをもっていた人で、薩人としてもかなりの位地にいたから、たいがいな者は五代の前に頭が挙がらなかった。どんな者でも高圧的にガミガミとやりつけて、それで五代の意見はどんどん行われてゆくが、ただ大久保にだけはさすがの五代も、席を譲って礼を厚くして迎えた、ということである。いずれにしても五代は、普通の町人とはおおいに異なるところがあって、いわゆる大阪商人の惰眠《ねむり》を醒ました点において、第一の功労者であったことは、いまなお生存《いきのこ》っておる故老の口にも、しばしば当年の五代の勢力を語る者があるくらいであるから、なにしろ偉い勢いであったには違いない。いまの大阪商業会議所［現・大阪商工会議所］を起こす時分に、誰一人としてこれに応ずる者がなかった、それを五代が、「よし、そういうわけならば、俺一人で拵えるから、他の奴は賛成するに及ばぬ。その代わり幾年か経ったのちに、仲間に入れてくれといっても、容易《めった》には入れぬから、それだけの覚悟はしておれ」

と豪語して、ついにあの会議所は組織されたのである。大久保は大阪へ来て、別に旅宿へ這入らず、五代の邸に泊まることに定《き》めたのは、努めて他に会うの煩《はん》を避けようという考えがあったからだ。

ついでに述べておくが、いまの浜寺公園《はまでら》［大阪府堺市《さかい》］を美しく飾っている、多くの老松が心なき持主のために、ことごとく伐り倒されようとした。それを大久保が聞いて、堺県令の税所篤《さいしょあつし》を呼びつけて深くその不心得を戒めた末、ついに県庁から金を支出させて、いっさいその伐木を禁じてしまった。その当時に詠んだ歌が、いまもなお記念碑［惜松碑《せきしょうひ》］に刻まれて、多くの人に読まれているのだが、あの浜寺の公園から松の樹を除いてしまったら、ほとんどなんらの価値もないことになる。乾燥無味な政治生活で、日を送っていた大久保にも、またこの雅趣に富んだ心があったとして考えてみると、なんとなく大政治家の寛闊《ゆったり》とした気分が現われてきて、美しい感想が湧いてくる。しかるにその遺子の利武《としたけ》が、いま大阪府知事になっていて、飛田《とびた》遊廓のことで非常な失策《しくじり》をやって、批難攻撃の焦点になっているのだから、すこぶる面白い対照ではないか［大正五年（一九一六）、難波新地遊廓を飛田に移転する計画が明らかになった。廃娼運動家らの激しい反対運動が展開されたが、知事の大久保は移転認可を与えて大正六年十月に辞任した］。父は浜寺公園の伐木を禁じて、後世の人を感じさせたが、その倅は女郎屋の問題で、変な風評を立てられて、七転八倒の苦しみをやっている。父子でもこんなに違うかと思うと、心細くもなりまたおかしくもなる。

二

木戸の夫人［松子《まつこ》］は、［幾松《いくまつ》の名で］京都の三本木で芸者をしていたのだ。遠い文久の昔、木戸がまだ桂小五郎というて、毛利家の政務座役として、京都の藩邸に勤めていたころ、この幾松に馴染んで、それから後は、木戸がいくたびか悲境に沈んだ場合に、幾松は常に木戸のために保護者となって、よく木戸の危うきを助けたことがある。そういう因縁附きの妻君が、木戸の側にいて慰めているのだが、木戸の不平はさらに融和されるときはなく、始終疳癪を起こして焦心《いらいら》している。まったく政界に念を絶って、隠居生活に一生を送る決心をしたのならば、現在の境遇に甘んじて、楽しく日を送らなければならぬはずだが、口でこそ綺麗に言うていても、その実はまだ政界に未練があって、もう一度は出てみたいような気もするのだ。また自分と衝突してあとに残った大久保が、全盛のありさまを見ては、幾分の猜疑心も起きて、甚だ面白くない日を送っているのであるから、側に附いていて、これを慰める妻君の骨折りも尋常《ひととおり》でなかった。ところへ伊藤と井上がやってきて、しきりに大久保と握手すべく、さまざまの口実を設けて説きつけるのであった。初めは手厳しく拒絶《はねつけ》もしたけれど、その心はまだ政府に残っているのであるから、いつか二人のために説きつけられて、多少は木戸の心も動いたらしい。そのようすを見た井上は、

「貴下《あなた》が、政府へ這入ることは厭だと言われても、あとに残った多くの長州人をどうせらる る所存《つもり》か。いずれも相当の人物で、独立独歩《ひとりあるき》のできる者ばかりではあるが、しかし、薩派には大久保という首領があって、その統一をつけてゆくにもかかわらず、長州人には首領がなく、なにごとも区々《まちまち》の考えをもって我勝ちに進んでゆく、このありさまをこのままに傍観していたならば、ついには天下は薩派のものとなって、維新前《ぜん》にあれまでに尽くしたわが藩の功労は、いつか世間から忘れられてしまうに定《きま》っておる。貴下《あなた》がこの場合に、もう一度入閣せられて、大久保と相並んでおられるならば、長州人の統一も付こう。ぜひもう一度入閣してもらわなければならぬ」

「サア、そういう風に言われては、じつに迷惑千万であるが、とにかく、我輩の辞職はああいう事情からであるから、いまそう言われて、道理《もっとも》と感じてもすぐに入閣するという答えはできぬ。両三日待ってもらいたい、しかしいちおう確かめておくが、我輩ばかり入閣する覚悟になっても、大久保がどういう考えでおるか、それを聴かぬうちは、しっかりした返事のできぬわけじゃ」

これを聴くと、伊藤は膝を進めて、

「その点についてはご心配ご無用であります。大久保は貴下《あなた》の入閣を切望しておる、その証拠には貴下《あなた》を再度入閣せしむるについては、これまでに大久保の方から折れ合ってきておるのです。すなわち貴下《あなた》の従来唱えておられた、内治改善についての意見の大部分は、すでに大久保はこれを容れるという決心をしているのですから、それ以上大久保を疑う必要はなかろうと思う」

伊藤が懐中《ふところ》から取出した、内治改善についての案件を認めた書面、それを木戸が見ると、たいがいは自分が政府に在るときに唱えていた、議論に基づいたものばかりであるから、思わず会心の笑みを漏らして、

「フフム、これを大久保が容るるというのか」

「そうです」

「そりゃ不思議じゃな、これを容るることを条件として、我輩に入閣を望むというのならば、大久保の思想《かんがえ》もよほど変わってきたに違いない」

伊藤はここぞと思って、

「むろんそのとおりです、大久保の思想《しそう》がまったく一変したのです。つまり進歩の痕《あと》を認むることができるのです、したがって今後の政府は、貴下《あなた》と協同でなければ充分の仕事ができぬというところへ考えがついて、このたびの貴下《あなた》の入閣について、大久保はみずから進んでご相談に応じようというのでありますから、国家のため、はた長州人のために、この際は入閣することのご承諾を願いたい」

「よし、それならばいちおう考えてみることにしよう」

こういう事情で、木戸の心はだいぶ和らいできた。いかに感情の衝突から喧嘩はしても、

まだ小僧の時分から手許において、世話をしてやった伊藤が、よく木戸の気性を知り抜いていて、うまい呼吸をみては説きつける。その傍には井上がいて、合槌を打つのであるから、木戸の心もついに動いて、いよいよ入閣を承知することになった。けれども確答するまでには、まだ多少の面倒はあったのだ。

木戸のいちばんに悪い点は何かといえば、狐疑心《こぎしん》の深かったことである。もしこの人にこの欠点がなかったら、じつに偉い人物であったろうが、惜しいかな、狐疑心の深かったために、どうかすると他《ひと》の感情を害ねて、意外の辺に其《そこ》の敵を求むることがあった。第一番の乾分《こぶん》であった伊藤が反いたのも、結局《つまり》をいえば、その狐疑心が原因になったのである。伊藤と井上がこれまでに説得《ときつ》けて、木戸も自分の意見のたいがいは容れられることになったのだから、これ以上に疑う必要はないのだが、それでもまだ大久保の態度について、多少の疑いをもっていて、入閣のことを承知する前に、まず大久保とおおいに談論してみたいというのであった。それは伊藤と井上も、もとより望むところであって、すでにその準備として、大久保は大阪へ来ているのである。されば、これについての心配は、両人《ふたり》には少しもなかったのだ。

「貴下《あなた》が、いよいよ大久保に会うて話すというのならば、われわれ両人《ふたり》がご案内して、大久保の泊まっておるところまでまいりましょう」

「フフム、そうすると大久保はどこへ来ておるのか」

「大阪まで来ているのです」

「ハハー、大久保が大阪に来ておるのか」

「そうです」

「なんのために大阪へ来ておるのか」

「表面は地方視察であるが、じつは先生のご承諾があった以上は、ご会談申すにしても、大阪がもっとも都合の好いという見こみで、五代の邸まで来ておるのです」

「そうか、それは早手まわしのことであった」

このときは木戸も、よほど愉快であったと見えて、近ごろにない嬉しそうな表情《かおつき》をした。もうこうなれば、十中の八九までは大丈夫であるから、両人《ふたり》もおおいに安心して、これから淀《よど》の夜船《よぶね》に乗って、大阪の八軒家《はちけんや》まで来て、いよいよ大久保と五代の邸で会見することになったのである。


今では交通機関が完備して、淀の夜船などに乗る者もなかろうし、また昔のような夜船もなくなったろうが、この時分にはまだ京都から大阪へ来るには、あの夜船の便による者が多かったのである。しかしそのころには、京阪の間にはすでに汽車も通じていたろうが、それにしても夜船に乗って淀川の流を下りながら、大阪へ来たというところに、なんとも言えぬ情趣が湧いてくる。いまから三十年ばかり前の東京に、改進新聞《かいしんしんぶん》というのがあってその小説を書いていたのが、土屋南翠《つちやなんすい》という人であった。いまでは須藤光暉《すどうみつてる》というているが、この人の著した唐松操《からまつみさお》という小説がある。それにこの二人が、夜船で大阪へ下りながら、船のなかでこの相談をしたことが書いてあったことを、おぼろげに覚えているが、その他にも徳富《とくとみ》蘇峰《そほう》が書いたもののなかにも、その一端が現われていたように記憶している。とにかく、木戸はこういう事情から、大久保と会見を遂げたのであった。しかるに会うてみれば、存外に相談も早くまとまって、大久保はいやしくも他《ひと》に許さぬ性質であったが、どういう調子か、このときには木戸に対して、ほとんど自分の握っている政権の半ばを割いて、たいがいなことは木戸に任せるというまでの雅量を示したのだ。これにはかえって木戸の方が驚いたくらいで、なかに立った両人《ふたり》も、非常な満足であった。しかし木戸は、

「自分の入閣について、別に一つの考えがあるが聴いてくれぬか」

　と言い出したから、大久保は、

「それはどういうことであるか、いちおう伺うてみよう」

「イヤ、ほかのことでもないが、我輩一人が入閣しても、民間の不平党が鎮まらなければ、やはりなんにもならぬのであるから、土佐の板垣を入閣させたいと思うが、足下《あなた》の考えはどうじゃ」

　これはまた意外な相談で、大久保はしばらく考えていたが、

「よかろう、それも一つの良策ではあるが、しかし板垣が承知をしようか」

「サア、そこじゃ、板垣は征韓論で政府を退いたのじゃが、ここまでに政府の方針が、板垣の議論に近づいていった以上、相当の位置を与えたならば、板垣といえどもあえて辞退をす

るしだいもなかろう。ただ遮二無二政府へ対して反感をもったために、辞職したというのとはだいぶ事情が違っておるのじゃから、いちおう話してみようと思うが、足下《あんた》さえ差し支えがなければ、我輩からこのことは談じてみてもよろしい」

「ウム、そりゃ板垣が這入ってくれたら、政府の方でも好都合になるじゃろう」

この相談の結果、高知へ急使を派して、板垣を呼び上げることになったのだ。

板垣を同時に入閣させることは、伊藤と井上も予期していなかったのだ。それに似寄った話は、木戸から聴かされたけれども、こういう風に木戸が、大久保へ相談したのは、両人《ふたり》もやや意外に感じたのである。大久保が板垣を入れることについて、強いて異議を唱えず、快く承知したまでには、そのあいだに多少の曲節もあったが、とにかく、ここまで運びのついたのは、大久保の思想《かんがえ》が征韓論の前とは、だいぶに違っていたという証拠にもなるのだ。もっとも木戸を入閣させるについては、大久保も非常に熱心であって、それがためにはわざわざ東京へ使者《つかい》を出して、三条と岩倉を説いて、陛下へ内奏の手続きまでもさせたのであった。その結果として東久世《ひがしくぜ》通禧《みちとみ》が、わざわざ大阪まで下って、木戸が京都から大阪へ来ると同時に、その旅宿へ勅使として臨んだのである。これは木戸も意外の感に打たれて、さっそく勅使受けをすると、東久世が伝えた勅命は、

前日来、朕屢々汝ニ帰京ヲ命ズ、汝病ノ不癒ヲ以テ懇々之ヲ辞シ、且其職ヲ解カンコト

ヲ請フ、然リト雖、今ヤ国家ノ要務、親シク汝ニ諮詢セント欲スル者多シ、朕切ニ汝ノ力疾シテ帰京センコトヲ望ム、乃チ特ニ東久世侍従長ヲ遣シ、朕カ旨ヲ諭サシム、汝其之ヲ体セヨ

というのであったから、木戸は感泣して、聖旨に従うことに決したのだ。大久保と会見の後、意見に多少の齟齬《そご》した点もあったけれど、いっさいの不満を怺《こら》えて、木戸が入閣の決心をしたのは、まったくこの勅命に基づいたのである。したがって板垣の入閣も、木戸はこの勅旨に悖《もと》らざるよう、努めて輿論《よろん》を尊重して、民間の不平党も同時に鎮撫するの考えから、板垣を迎えようという発議をしたのであった。

板垣は木戸の迎えを受けて、大阪へ出てくると、自分に対して入閣を勧説《かんぜい》するのであったから、最初のうちはしきりに議論をして、容易に従わなかったが、例の木戸入閣についての案件などを示されてみると、だいたいにおいて自分の意見に近づいてきている。そこで板垣は、さらに木戸に向かって、

「こういうわけならばいちおう考えてみて、自分の覚悟《かくご》を決める覚悟《つもり》じゃが、しかし近き将来において国会を開いて、まったく政体を根本から改革するという覚悟《かんがえ》があろうか。この一事は我輩の生命であるから、念のために尋ねておきたい」

「それはもちろん、君が言うまでもない、現にあの建白が出た時分にも、我輩の方から進ん

で君に面会を求めたくらいであったが、あのような齟齬《ゆきちがい》ができて、今日《こんにち》まで君と互いに睨み合っていたのであって、いまその感情も融和し、互いに意志もわかってみれば、これ以上に意地を張り合う必要もない。また我輩が進んで君の入閣を勧説する以上は、国会の開設についても、我輩になんらの故障のないことは、いまさらに証明するまでもないことじゃ」

「フフム、そういうわけならば、なお再考することにしよう」

そこで板垣は宿へ引き取って、同志の者二、三にも、このことを打ち明けての相談になったが、これについてはなかなかの議論があって、容易に決しなかった。ところへ板垣にも、また木戸と同じような勅命が下った。こうなると板垣は極端な勤王家であるから、一も二もない、これまでのご聖旨に接して、自分はなお理窟を言うて頑張ることはできぬ。ことにいままで唱えてきた議論に、政府の方針が近づいてきたのみならず、木戸が国会開設についても、これまでに立派な保証をする以上は、まずとにかく政府へ這入って、その内部の改革から着手してゆくのも、自分らが唱えた議論を実行する目的に近づく所以《ゆえん》である、ということになって、板垣は入閣を承諾することになった。

これについてなお一条の物語がある。それはほかでもないが、板垣はいったん木戸に断っておいて、充分の考慮を費やしてから、返事をするというた。そのあいだに林有造を鹿児島へ急派して、西郷へ入閣のことを知らせると同時に、西郷にもまたこの際に入閣したらどうか、という勧誘をしたのだ。ところが、西郷の返事は、

「君の入閣は随意であるが、我輩はどこまでも入閣することはできぬ」

という簡単な答えであった。こうなってみると、板垣もちょっと入閣がしにくくなって、そこでさらに木戸へは断ったのだが、その場合に前に述べた勅旨が下ったので、ついに板垣も西郷を差し措いて、入閣の決心になったのである。このことについては歴史家のあいだにもだいぶ議論があって、板垣が節を二三にして、入閣したかのごとく言う人もあるが、板垣はきわめて正直な物堅いところはあったが、極端な勤王論者であったために、どうかすると、こういう矛盾した行為が現われてくるのは、じつはやむことをえないしだいである。

以上述べたのが、有名な大阪会議の概略であるが、木戸と板垣は参議として、いよいよ入閣すると同時に、政府取調委員というのになった。これが明治八年の三月十七日のことで、翌月の十四日になって、左右両院を廃して、元老院を設け、立法上の権利は、元老院に専掌させることにしたのである。井上はいろいろと苦情を言っていたけれど、伊藤と木戸が説得《ときつ》けて、このときに元老院へ這入って議官になった。このときに議官の席に連なった重なる人は、

勝安房《かつあわ》、山口尚芳《やまぐちなおよし》、鳥尾小弥太《とりおこやた》、三浦梧楼《みうらごろう》、津田出《つだいずる》、河野敏鎌《こうのとがま》、加藤弘之《かとうひろゆき》、後藤象二《ごとうしょうじ》郎《ろう》、由利公正《ゆりきみまさ》、福岡孝弟《ふくおかたかちか》、吉井友実《よしいともざね》、陸奥宗光《むつむねみつ》、松岡時敏《まつおかときとし》、柳原前光《やなぎわらさきみつ》、佐野常民《さのつねたみ》、黒《くろ》田清綱《だきよつな》、長谷信篤《ながたにのぶあつ》、大給恒《おぎゅうゆずる》、壬生基修《みぶもとなが》、秋月種樹《あきづきたねたつ》、佐々木高行《ささきたかゆき》、斎藤利行《さいとうとしゆき》、福羽美静《ふくばびせい》

らであったが、ことに有栖川宮［熾仁《たるひと》親王］が、そのうちの一人に加わっておられたの

は、いまから考えると、なんとなく異彩を放っていた。元老院の組織が成ると、七月の二日にその開院式を行い、これから元老院が非常な権力を握って、いまの衆議院や枢密院と同じようなものになったのである。

元老院の組織が成ると、引き続いて全国の地方長官を東京に召集して、木戸はみずからその議長となって、最初の会合は、浅草の本願寺において開かれた。このときにも、陛下は親臨せられて、この開会の式を挙げられたくらいに厳《おごそ》かなものであった。いまの地方長官会議は甚だ軽いものになったけれど、昔はこういう重々しいものであった。

その他にも大阪会議の結果として生み出された、新しい施設がだいぶあって、木戸は満足すべきはずであったが、日を逐うて甚だ不満の念が昂まって、大久保との調和《おれあい》が、だんだん悪くなってくるばかりであった。つまり大久保は、木戸を入れる時分には、非常な雅量を示して、自分の権力を縮めて、木戸に充分の手腕を振るわせるように仕向けたが、いよいよ木戸が入閣したのちは、大久保の態度は一変して、いままでのとおりのやりかたをして、ややもすれば木戸の意見にまで掣肘《せいちゅう》を加えようとした。これがために木戸の感情はまた逆戻りをして、大久保を嫉視するようになってきたのである。木戸がすでにそうであるから、板垣のごときはとうてい平穏に、その職に安んじておることのできるはずはなく、ついに木戸と板垣が大久保に向かって、公然反抗の態度を明らかにするようになってきたのが、またまた政府部内に一種の悶着が起こる原因になったのである。

三

木戸が大久保に反感を懐いて、薩閥の破壊に努めると同時に、板垣はやはり同様の考えをもって、大久保に反抗してゆくようになった。しかし木戸の意見は、どこまでも漸進主義であったから、板垣のごとき急激の改革論は唱えなかった。この点においては、板垣と木戸は相容れぬことになって、いくたびか会見をした結果、ついに板垣は木戸に離れて、大久保と争うことになった。初めのうちは、漸進と急進の意見だけの相違であったが、ついには枝葉の議論にまで意見を異にして、互いに相争うて譲らぬようになったから、木戸と板垣が、大久保と喧嘩をする目的は同じことでも、その他方においては木戸と板垣が、さらに喧嘩をしていたというような、奇観を呈するに至ったのである。この時分には新聞の勢力が多少出てきたときであって、郵便報知新聞は藤田茂吉が主宰していたのであるが、しきりに板垣を扶《たす》けて薩閥の攻撃を始めると同時に、長州派にも批難を加える。そうなると福地源一郎が、東京日日新聞によって、木戸のために板垣攻撃を始めた。大久保を批難して、薩閥を破壊することの目的は同じであったけれど、板垣と木戸はこういう工合に反目してきたのであるから、大久保の方へ当たってゆく力はすこぶる弱かったのである。これも一つの奇観であったが、なおいっそうの奇観ともいうべきは、板垣と島津が結んで、三条排斥の運動を始めたことだ。島津久光の守旧主義は、いまさら説明するまでもないが、なにしろフロックコートを着ながら、丁髷《ちょんまげ》を結《ゆ》っていたというほどに旧弊な久光と、明治六年以来民撰議院論を唱えるほどに、ハイカラであった板垣退助と、どう考えても一致するはずはないのだ。しかるに三条排斥の一点について、板垣と島津が一致したのは、じつに不思議と言わなければならぬ。もっとも久光は三条を退けて、自分がこれに代わろうという野心があったのだ。板垣は木戸とわかれて、自分は内閣においてまったく孤立の境遇にあるのだから、大久保や木戸に当たる力はきわめて微弱である。ここにおいて久光と相結んで、その勢力を藉《か》りて、自分の目的を遂げようとした。久光の方では板垣の力を藉りて、三条排斥を行おうとする。互いに利用し合っての連合であったから、今日になってただ表面から見れば、じつに不思議というのほかはない。

せっかくに大阪会議で決して、木戸と板垣が入閣した。それがかえって大久保と喧嘩をする因《たね》になったのだから、これでは内閣の統一が保たれるはずはない。折柄起こった朝鮮の江《こう》華島《かとう》の事件、すなわちわが軍艦の雲揚《うんよう》号が、朝鮮の江華島附近を通過したときに、ゆえなく発砲してわが国旗を傷つけたとの事件がだんだん面倒になってきて、朝鮮征伐の議が内閣に起こったのだ。それについては、なかなかに面倒な争いが起こって、容易に治まりそうでない。それを三条攻撃の材料に使って、島津と板垣が太政大臣たるべき者が、こういう大問題について内閣の統一を、図ることのできぬのはけしからんことである、すみやかに三条を退けて、適任者をその後任に据えるのが肝要である、というようなことを書いた密奏書を、当時侍講の役を勤めていた、伊地知正治《いじちまさはる》の手へ渡した。伊地知はいまさら言うまでもなく、薩摩出身の人であって、大久保とはさまでに好くはなかったが、一方に大久保排斥の者が起きてくれれば、厭でも大久保の味方をするのは当然である。伊地知の手からその密奏書が、岩倉の手へ渡ったから、そこで大騒動《おおさわぎ》になって、遂々《とうとう》岩倉が怒り出した。いかに温良な性質の三条も、自分が弾劾《だんがい》をされたのだから、これもまた顔色を変えて騒ぎ出すというようなわけで、ついに弾劾の密奏は中途に敗れて、島津と板垣は内閣を退くのやむなきに至ったのである。

木戸はその事件に少しの関係もなく、ただ自分の説をあくまでも唱えて、大久保に反抗するだけのことであったから、辞職をするまでの立場にはならなかったけれど、政府の実権はあいかわらず大久保の手にあって、木戸はその傍に在って、批評するだけの位地に過ぎなかった。されば大久保にウンと踏ん張られてしまえば、木戸の意見は行われぬことになる。ここにおいて、木戸はふたたび失意の人となって、政府の現職にはついておるが不平にその日を送ることになった。かれこれするうちに起こったのが、長州萩《はぎ》の前原一誠《まえばらいっせい》の乱、引き続いて東京の思案橋《しあんばし》事件、なお熊本の神風連《しんぷうれん》の鎮台斬りこみなぞという事件が続発して、これがためにしばらくは木戸と大久保のあいだは、その内乱鎮定のために忙殺されて、互いに喧嘩をする暇《いとま》もなかったのである。

長州萩の内乱

一

尼子《あまこ》十勇士の一人に、米原平内《まいばらへいない》という者があった。尼子が亡びて、山陰山陽の両道は、毛利のために統一されてしまったので、平内の子が家来に輔《たす》けられ、長州へ落ち延びてきて、佐世《させ》の姓を名乗って、いつか毛利の家臣になった。そのうちに佐世主殿《とのも》という代に、毛利の家老になったことがある［福原越後《ふくはらえちご》の筋］。その子孫は代々毛利の家来になって、幕末の時に佐世八十郎《やじゅうろう》と称した人が、のちに前原一誠《まえばらいっせい》と改めたのである。初め［藩校の］明倫館《めいりんかん》に学んで、のち吉田松陰の門に入り、多くの弟子のなかでも、なかなか重きをなしていた。第一が高杉晋作、第二が久坂玄瑞、それから佐世という順になっていたのだから、普通の門生とはだいぶ違ったところがあって、松陰も佐世にはすこぶる意を注いで教えたのである。

前原はきわめて厳格な性質の人で、少しでも歪んだことは嫌いな、ごく正直な気性であったから、したがって自分を謹むことは深かったが、他《ひと》を責むることにもむしろ厳酷に過ぎる傾きがあって、これがために、ややもすると、他《ひと》に歓ばれぬ風があった。学問はすこぶる深かったけれど、どちらかといえば旧式の方で、政治家という質《たち》の人ではなかった。幕府が征長軍を起こして、芸備の境に攻め寄せてきた時分には、佐世もなかなかに戦功があって、平生の学者的の人とはおおいに違うた、巧みな戦争《いくさ》ぶりを示したので、ようやく戦争《いくさ》好きの強がった連中から尊敬されるようになった。戊辰の年には、越後口へ向かった官軍の参謀を勤めて、例の河合継之助《かわいつぎのすけ》が率いた、長岡の兵を最後に撃ち破ったのは、佐世の智謀があずかって力があったのだ。この役《えき》に出る前から、先祖の姓を冒すことになって、ただ米《まい》という字を前《まえ》という字に変えて、前原一誠と改めたのである。

その後引き続いて、明治政府に仕えたのであるが、兵部大輔の大村益次郎が暗殺されて、その後任者に適当な人がない。そこで前原が多くの人に推されて、大村の後任者となったのである。当時の兵部大輔は、いまの参謀本部長［参謀総長］と陸軍大臣を兼ねたような、まことに立派な役であったから、容易にこの位地に坐ることはできない。ことに大村の後任者としては、さすがに薩藩の方にもその人がなかったと見えて、前原の任命については、さまでの異論も起こらず、また大した競争者もなく、無事に治まったという点から考えても、前原は普通の学究的先生とは、だいぶ違っていたらしい。

けれども、長州藩のうちにはいろいろの系統があって、おのおの立場を異にするところから、ややもすれば軋轢して、見苦しい暗闘を続けることもあった。これはただに長州藩ばかりではなく、いずれの藩にもあったようだが、ごく正直な考えから、天下のことを真面目に処分してゆこうという側の人と、天下のことを処分するのは第二として、とにかく、自分の立身を第一義のように心得て、ただなんとなく世間を誤魔化し、できるだけ責任を免れて、功名だけは自分が収めようという側の人と、この二派の者が、いつの時代にも睨み合いになって、どうかすると、それがために血《ち》腥《なまぐさ》い喧嘩なぞをしたこともある。ことに長州藩には、そういう争いが激しく、維新の鴻業《こうぎょう》に参画して、新政府の全権とまでゆかずとも、その半ばくらいの権力は握っていた、いわゆる成功した長州藩士が、その権力の争奪《うばいあい》から同藩の出身なることも忘れて、見苦しい争いをしたことがあった。正しい筋の武士気質《さむらいかたぎ》をもって立つ一派と、どこまでも狡猾《わるごす》く立ち廻ろうという、筋の悪い側の者とが、いつも争うていた。まず人によってこれを説明すれば、最近においては乃木《のぎ》［希典《まれすけ》］大将と桂《かつら》［太郎《たろう》］公爵といったような対照になる。維新前《ぜん》のことにすれば、正義派と俗論派の二つにわかれていたのだ。それが明治ののちにまで続いて、始終見苦しい暗闘に日を送っていたのである。もっとも、新政府に這入った者の多くは、正義派の連中であるから、明治になってからの争いは、かえって正義派から身を起こして、言わば身も心も一にして働いてきた、真の兄弟以上の関係をもっているそれらの人が、ただ一時の権勢を私《わたくし》せんがために、喧嘩を始めたという傾きになったのだ。木戸孝允は長州藩を代表していた人で、また人物の上からいうても、当時の長州藩士中には、これ以上の智者はなかったのであるから、この人が長州藩の代表者となっているのに、異論を言う者はなかったが、木戸の一派があまりに勢いに乗じて、わがままをするというて、ことさらに反対する者があったので、これがためにはいくたびか、木戸も心を苦しめたのであった。

もし高杉晋作が、明治の後にまで生存《いきのこ》って、木戸と相並んで、新政府に這入ったならば、よくこの二派の者を調停して、内輪の醜態《ぼろ》を外に出さずに済ませたかもしれないが、惜しいかな、高杉は維新前に死んでしまって、独り木戸が存《のこ》ったので、木戸を嫌う者の寄りついてゆくべき人がない。それがために木戸の一派に対して、だんだんと悪い感情をもってゆくようになってきたのだ。木戸は悧巧な人であるから、まんざらこれを知らぬわけでもないが、なにか問題が起こって、それについての意見が違うというて、議論で争ってくるのならば、また宥めようもあるけれど、ただなんとなく反対してくるのでは、それの宥めようもなく、さすがの木戸もただ傍観するのほかはなかった。首領の木戸は、このくらいの考えで済んでもいたろうが、その部下に属して、木戸の権勢をたよりに、我意のふるまいをしていた連中はその反対の者に向かっては、あくまでも底意地の悪いことをしてゆく、これが両派の人の感情が、だんだんと悪くなってゆく原因で、互いに讒誣《ざんぶ》もすれば、中傷もする、果ては極端な手段にまで訴えて互いに排擠《はいせい》するようになってきたのである。

前原は昔流の物堅い気性から、木戸一派のなにもかも新しぶりのやりかたを見て、甚だ不快の念をもっていたのだ。したがって、なにかにつけて、その為したことに反対の意見を漏らすことがある。これがために前原に対する排斥の手は、暗々のうちに動いてきたのだ。前原は自分が正直な人であるだけに、他人を信ずることも厚く、味方の者がしきりに木戸派の悪口を言うたり、あるいはこういう不都合なことがあるというて、前原に対する排斥の悪手段を聞き出してきては、ひそかに告ぐるものもあるが、さすがに前原はこれに動かされて、軽率なふるまいはしなかったが、ある日のこと、井上馨が訪ねてきて、

「先般、萩《はぎ》へ帰って久々で君公［毛利敬親《もうりたかちか》］に拝謁いたしたところ、君公の仰せられるには、なにぶんにも国許に残っている士族どもが、いまの政府の新しい施設に対して、反抗するような気分があって困るから、これを鎮撫するには前原のほかに適当な者がない。よって東京へ立ち帰ったなら、この旨を前原に告げるようにと仰せがあったから、このことを通じておく」

これを聴いた前原は、しばらく考えていたが、

「そういたすと、我輩に萩《くにもと》へ立ち帰って、不平士族の鎮撫をしろ、と仰せがあったのか」

「イヤ、そういう意味でもなかったが、つまり前原に非ざれば、この不平士族を鎮撫するのには、他に適当なものはない、と仰せがあったのじゃ」

「フフム、それはおかしなわけじゃ、現に兵部大輔を勤めている我輩でなければ、不平士族の鎮撫ができぬ、と仰せがあった以上は、我輩に職を辞して、萩《くに》へ帰れと仰せがあったと同じことじゃ。まさかにこの役目を受けておりながら、鎮撫のことに従うわけにもゆかず、また士族らの不平もさまざまに入り組んだ事情があって、一朝一夕にその鎮撫を遂げることもできないのじゃから、いよいよこれに取りかかるとなれば、職を退くのほかはない。君公はどういう思召《おぼしめし》で、かようなことを仰せあったのか、どうも我輩には、その思召のほどがわ

からぬ。君は君公に親しく拝謁してきたのであるから、その思召のあるところもわかっておるじゃろうが、つまり我輩に辞職して帰国せよ、という意味で、そういうことを仰せになったのかどうか、それを知りたいのじゃ」

「サア、そのことはどうであろうか」

「しかし、そう考えるほかはなかろうじゃないか」

「そうさ、あるいは君公の思召は辞職して帰ってもらいたい、というのであったかもしれぬが、まさかにいまの君の位地を見て、そういうことも仰せ出すことはできまいから、それとなく我輩に、こういうことを聴かせたのかもしれぬ。しかし、それはただ君の覚悟一つで決まることじゃから、これ以上は、我輩も話したくないのじゃ」

「よし、わかった、これ以上のことは我輩も聴きたくない」

話が終わって、井上は帰った。そのあとでつくづく考えた前原はなんと思うてか、すぐに辞表を認めて、その筋へ差し出したのである。

前原がよしその職に長く留まるとしても、木戸や井上とは、役目の性質が違うから、あまりひどい衝突をするわけはないが、山縣が陸軍にいたのであるから、どうしても前原とその位地を争うようになる。井上がいま、にわかにこういうことを言い出して、暗に辞職をうながすようなことを言うた。それが果たして山縣に関係があるか、どうか、そんなことは少しもわからないが、しかし、山縣は軍人であったけれど、木戸や井上の文官連と、深い消息を通じていたのは事実である。

前原と同じように、木戸の一派に歓ばれなかったのが、参議の広沢兵助である。智慧もあれば、胆力もあり、政治家としての経綸ももっていた広沢は、容易に木戸の下風《かふう》に立って、働くことを喜ばなかった。木戸は広沢を強いて乾分《こぶん》にしようという考えはなかったろうけれど、なるべくは広沢を味方にして、自分の意見を行いたいぐらいの考えはあったのだ。しかし広沢が、木戸の頤使《いし》に甘んじて、乾分同様の扱いをされることは、もって生まれた負けじ魂の一癖《いっぺき》が、容易にそれを承知させなかったのである。したがって、同じ参議の一人《いちにん》として相列《あいなら》んでいても、どうかするとえらい衝突をして、木戸を辟易《てこずら》せることもいくたびかあった。前原とはことさらに深く交わっていて、前原がほとんど孤立のごとき立場におる、それには深く広沢も同情して、なにごとにつけても、前原のためには応援するようなことになっていたのだ。その前原が意外千万にも、辞表を出したと聞いて、広沢はすぐに前原の邸へやってきた。

「オイ前原」

「ウーム、なんじゃ」

「どういう事情《わけ》で辞職したのか、あまりに突然のことで、我輩も驚いたのじゃが、どういうわけかその仔細を聴かせてくれ」

「別に仔細とてはないが、このごろ井上がやってきて、君公が国許の士族の不平を鎮めるためにぜひ帰れ、というようなことを聴かせたから、それで辞職を申し出たのじゃ」

「エッ、なんじゃと、井上が来て、君公の思召を伝えたというのか」

「そうじゃよ」

「そりゃけしからん、そんなことのあるべきはずがない。全体、井上がどういうことをいうたか、それを詳しく聴かせてくれ」

　これから前原は、井上に聴いたことを詳しく物語った。広沢は不快の色を漲らして、

「きゃつら、またこういう奸策を運《めぐ》らしおったか、全体をいえば、君があまりに淡白であるからいかぬ。井上一人がなんと言うても、果たして君公の思召であるかどうかを確かめずして、辞表を出すなぞという馬鹿なことがあるか。萩の士族《くにもと》がどんな騒動《さわぎ》をしようと、それを鎮めるにはおのずから人もあって、あえて君にかぎるというわけではない。それを君でなければならぬというように聴かせて、君が平生から忠孝の道にかけては、まことに立派な心をもっていることを知って、それとなく辞職の誘いをかけたのじゃ。マアとにかく、我輩と一緒に来てくれ」

　と言いながら、広沢は早や立ちかかって、前原の手を執ろうとした。そこで前原は、

「マア待て、どこへ行こうというのか」

「木戸の邸までじゃ」

「なんと、木戸の邸へ行こうというのか」

「そうじゃ」

「木戸の邸へなにしに行くのか」

「いま君から聴いたことについて、木戸の面の皮を引剝《ひんむ》いてくれるのじゃ」

「戯談《じょうだん》を言ってはいかぬ、それは井上が言うてきたのじゃ、木戸ではない」

広沢は思わず哄笑一番して、

「それじゃから君は、正直過ぎていかぬというのじゃ。言うてきたのは井上でも、言わせたのは木戸じゃから、その不都合を責めるには、木戸に会うほかはないのじゃ」

「ヤッ、なんという、これを言わせたのは木戸か」

「そうじゃ」

「フフム、そりゃけしからぬ」

「マアよいから、一緒に来い」

いくたびか前原は、行くまいとして辞退したけれど、広沢がどうしても承知しない。遂々《とうとう》引っ張り出されて、木戸の邸へやってきた。

二

桂小五郎の昔から智慧と才覚では長州藩唯一の人物、木戸孝允《い》と改まってからのちも、長州藩を代表して、薩藩の西郷大久保と対照されて、維新の三傑と称われたほどの木戸も、同じ藩中から身を起こして、ともに維新の鴻業にも携わり、新政府の枢機にも関係するようになって、その位地と境遇は、容易に動揺するはずはないのだが、小さい権力の争奪や、位地の奪い合いから来た内訌《うちわもめ》のためには、いつも苦しんでいたのだ。また木戸は、狐疑心の深かった人で、あまりに細心であったために、ややもすれば部下の人に誤られた傾きもあった。前原や広沢に対することのごときは、すなわちその一例である。

広沢はひどく疳癪にさわったものか、前原を無理やりに引っ張ってきて、碌に挨拶もせず、突然《いきなり》木戸に向かって、

「貴公の今日《こんにち》の位地に昇って、天下の大事に当たるのは誰のおかげだと思うか、みな多くの者が働いて、自然と貴公を頭領に仰いだ結果が、今日の貴公の身分を成したのではないか。してみたならば貴公は頭領として、味方の者がつまらぬ争いをするのをしかるべく調停して、見苦しい喧嘩をさせぬようにしなければならぬはずである。しかるにある一部の小人に唆《そその》かされて、こういう馬鹿なことをするという法があるか、それでも長州藩を代表して、われらの頭領であると言えるか。今日はあまりの馬鹿々々しさにやってきたのじゃが、全体これからさきをどうする覚悟《つもり》か」

なんらの事情も言わず、唐突《だしぬけ》にこの談判を受けた木戸は、いささか面喰らって、

「お互いのあいだじゃから、あえて無礼咎《ぶれいとが》めをするわけではないが、なんらの事情も明かさずに、横道の苦情は聴いたところで詮もない。全体君は、なにごとを言いに来たのか」

「オイ木戸、呆《とぼ》けるのもたいがいにせい、我輩の言うたことは突然《だしぬけ》でも、我輩の脇には前原が控えておる、前原の顔を見ていながら、我輩の言うことを聴いたら、たいがいは悟れるはずじゃ」

「これはいよいよわからぬ、前原の顔を見ながら、君の苦情を聴いて、なにを悟れというのか」

「それほどに呆《とぼ》けるなら言うて聴かそう、井上を使って、前原に辞職をうながしたのは、貴公のしかけた奸策じゃろう」

「こりゃあ、けしからぬ、それこそ寝耳に水じゃ、一昨日来、君の知っているとおり、風邪《ふうじゃ》の加減で役所へも出ぬ、前原が辞職したか、どうか、そんなことは初耳じゃ」

「井上にこういう奸策を行わせておいて、自分は欠勤して、その責任を免《のが》れようとする了見が、じつにけしからぬのじゃ」

広沢は木戸の仕向けたことであると、独断的に確然《ちゃん》と決めて談判を始めたのだから、この談判の解決《おれあい》のつくべきはずはない。仮に木戸が井上を使嗾《けしか》けて、こういうことをさせたとしても、この談判には木戸もさすがに屈することはできぬ。まして前原を前に置いて、こういうことを言われたのでは、木戸の立つ瀬はないのである。そこで木戸も、非常に疳癪を起こして争うたけれど、広沢は断乎として、

「お前が考えてやらせたことである」

と言いきって、木戸の弁解は耳にも入れずに、なお進んで、

「我藩の先輩たる貴公が、そういう考えでおる以上は、今後のことも思われる、我輩もおおいに覚悟しなければならぬ」

こう言われては、木戸も一流の疳癪を起こして、

「なにごとも独断で、我輩らを悪人扱いにする、そういう了見で反対するというのならば、君らの勝手じゃ、君らの思ったようにするがよかろう、しかし前原、君はどう考えておるのか」

ここにおいて前原も、一言せざるを得ないことになったが、事は自分の一身に関しているので、深く立ち入っての意見は言わぬことにして、ただ一言だけ自分の覚悟を言うことに決めた。

「我輩はすでに辞表を出した以上、武士の面目としてこれを取り消すことはできぬ。が、しかし、事の起因《おこり》は井上の話からであるから、その顚末は打ち明けておく必要があろう。それから先のことは、君らが勝手に解釈してくれたらよいのじゃ」

と、これから前原が井上に聴いた、藩公《くに》の意見というのを悉皆《すっかり》話して、自分の辞表はあくまでも撤回せず、このまま無役になって萩へ帰る、という決心までも打ち明けたので、さすがの木戸も、黙って下を向いたきり、前原の言うたことに対しては、なんらの答えもしなかった。

前原が兵部大輔を辞したについては、こういう事情《いきさつ》もあって、その翌日から広沢が、しきりに前原を宥めもすれば、同志の者にもこれを打ち明けて、前原の引き止め運動はしたけれど、物堅い前原は、いったんこうと覚悟した以上、よし井上の言うたことが一時の詐言《いつわり》であっても、それを自分が、信用して辞表を出した上は、あくまでも事実として、萩の城下へ立ち帰って、藩公のために不平士族の鎮撫をするのが、自分の役目であると決めてしまって、いよいよ萩《くにもと》へ立ち帰ることになったのである。

これは［明治］四年の二月のできごとであったが、東京を出立した前原は、大阪に出てしばらく遊んでいた。萩《くにもと》の同志からもしきりに書信があって、一日も早く帰ってくれということであるから、そこで海路を下関へ向かうことにした。ある夜のこと、天保山《てんぽうざん》から船に乗ろうとして、いま船端に足をかけた途端、暗中に人影が動いて、紫電が閃いた。さすがに前原は、武芸にも深く達していたから、この咄嗟のあいだに身を開いて、もっていた鞭を振って横に払った。たしかに手応えはあったが、人影は闇のなかに没して行くところを知らず、船のなかには船頭がブルブル顫《ふる》えている。前原は冷やかな笑みを漏らして、船のなかに静かに這入った。戦慄《ふるいおのの》いている船頭を叱りつけるようにして、これから天保山を離れて、だんだんと沖合へ乗り出した。

どういうわけで、こんな馬鹿げたことがあったのか、前原の身にして考えてみれば、なんのために暗討《やみうち》に遭おうとしたのか、いかに考えても、その事情を知ることはできなかった。

いずれにしても不思議なことであると思って、これからさきは少しの油断もしなかった。幸いにして海上はきわめて穏やかで、船は日を重ねて、無事に下関へ着いた。道中の疲労《つかれ》も休め、かつは萩の模様を聴くために、下関では三、四日を過ごす所存《つもり》であったが、前原は計らずも下関へ着いてから、意外のことを耳にした。例の井上が、一両日前《ぜん》に下関《ここ》から上陸して、山口へ向かったということである。なんのために井上がにわかに帰国したのか、先ごろの本人の談話《はなし》では、当分は長州《くに》へは帰らぬともいうていたし、かたがたもって不思議なことには思ったけれど、人は銘々に一身の都合があることであるから、ただ自分の帰国と同時であったことを、不思議に思ったくらいのことで、下関には予定どおりの滞在をして、これから萩の城下へ帰ってきた。

兵部大輔になってから、萩の住居は引き払うてしまったから、こんどの帰国についても、当分は友人の家に泊まって、そのうちに住居を定《き》める所存《つもり》であった。毎日のように昔の同志が訪ねてきて、いろいろの話に夜を更《ふか》すこともある。その多くは不平を訴えにくる者のみで、東京にいて想像していたよりは、国許に残された士族の不平が、存外に昂《たか》まっているということは、このときに初めて知ったのである。ある晩のこと、訪ねてきた人が帰って、これから寝ようというので、家人が寝床の用意をしてくれるあいだに便所へ来て、いま手水鉢《ちょうずばち》の前に身を屈めて、手を洗おうとした途端、ピューッと耳を掠めて飛んだのは、たしかに鉄砲の弾である。ハッと思った前原は、すぐに縁側へ平伏《うつぶし》してしまった。続いて二発飛んできた弾は、前原が早速に縁側へ俯伏《うつぶ》しになったので、みな外《そ》れて障子や襖《ふすま》へ中《あた》った。一発ぐらいの弾ならば、格別深い疑いも懐かぬが、三発までも続いて撃ったのは、たしかに自分を狙撃したのに違いない。大阪の天保山を出るときといい、またこんどのことといい、じつに不思議なことばかりであると思いながらも、その晩は家人の騒ぐを鎮めて、静かに寝てしまった。

翌日の朝、食膳に向かって、これから箸を執ろうとするところへ、電報が来たから開いてみると、意外千万にも、広沢兵助が九段坂の妾宅において、暗殺されたという急報であった。前原はいよいよ怪訝《かいが》の念に堪えなかったけれど、いまさらにどうすることもできぬ、ただ自分の一身に、すこぶる危険を感ずるようにはなった。

折柄、井上が突然訪ねてきたと聴いて、前原はますます不思議の思いをして、

「フフム、井上が来たのか」

「さようでございます」

「よし、これへ通せ」

席を改めて待っているところへ、井上は案内されてきた。

「ヤア、まだ大阪に遊んでおると思うたら、もう帰っておると聞いて、じつは昨夜《ゆうべ》のうちにも訪ねようと思ったのじゃが、いろいろと用事が嵩《かさ》んでいたものじゃから、今朝《けさ》わずかな暇を見て訪ねてきたのじゃ」

「ウム、よく来てくれた、マアゆっくり話してゆけ、ときに井上……」

「なんじゃ」

「広沢が殺《や》られたそうじゃな」

「エッ、なんと——我輩はまだそれは知らぬが、殺られたというのは……」

「ハハー、お前まだ知らぬのか」

「ウム、なにごとが起こったのか」

「広沢が九段坂の妾宅で暗殺された、という電報が来た」

井上は顔色を変えて驚いた。

「なんじゃ、そ、そ、そんな馬鹿なことがあるわけはないが、どうしたことじゃ、その電報をちょっと見せてくれ」

前原は電報を井上に渡すと、つくづく見ていた井上は、

「なるほど、これは本当のことじゃ、けしからぬことがあったものじゃ」

「オイ井上、どういう事情か遠く離れていてわからぬが、惜しい奴を殺したな」

「まことに残念なことじゃ、木戸もなかなかの手腕家《やりて》じゃが、我輩らはかえって広沢の方に、多く望みをかけていたのじゃ。その広沢に死なれては、もう我輩らの望みの半ばは、これで空しくなったようなものじゃ」

と、いかにも残念であるというようすは、その表情にも現われて、他《はた》の見る目にも余るく

らいであった。前原は襟を正して、井上に向かい、

「君は、これから東京へ帰って、ぜひ木戸に我輩の言うことを伝えてくれ」

「ウム、どういうことか」

「広沢を殺害《せつがい》した者を押えることは、木戸の責任である、もしこの下手人を押えることができなければ、木戸が強いて押えぬようにしているのじゃと、我輩は邪推をするかもしれぬから、このことだけは特に伝えてくれ」

いかにも異様な言い廻しで、これを聴かせられた井上は、木戸への伝言でなく、自分が言われているような気がしたろう。その後三、四日経つと、井上は前原に会わず、そのまま東京へ帰ってしまった。

三

明治の初年から、知名の人を暗殺して、その下手人の捕まらぬことはなかなか多くあるが、広沢参議を暗殺した者が、四十年も経った今日に至るまで、なおかつ押えられずにいるのみならず、果たして何人《なんぴと》が、どういう事情から暗殺した、ということさえも知ることのできぬほどに、奇怪なことは多くなかろうと思う。なにしろ長州藩を代表するほどの勢力をもっていた広沢、維新の三傑として数えられた一人《いちにん》の木戸と、肩を並べるほどの権勢をもっていた兵助が、九段坂上の妾宅に愛妾と添寝して、暖い春の夢に現《うつつ》を抜かしていたところ

へ、突然兇賊が忍びこんで、なんの抵抗をする暇《いとま》もなく、無情《むざ》と暗討《やみうち》にされてしまった。この奇怪なるできごとが、永久にその真相を知ることができずに終わるのかと思うと、じつに残念でたまらないような気もする。維新前の文久年間に、姉小路公知卿《あねがこうじきんとも》を暗殺した者が、いまだにわからずにおるが、それとこれとはまことによく似た話で、時代が半世紀ほども過ぎて、それでも下手人がわからぬ、というようなことはどう考えても、夢と思うのほかはない。維新前《ぜん》のことはしばらく措いて、明治四年の当時に木戸と肩を並べて、長州藩の第一人者といわれたほどの広沢が、暗《やみ》から暗《やみ》に葬られてしまって、しかもその下手人は、当時の政府が草を分けて詮索したが、わからずに終わったというような馬鹿げたことが、世に多く例があろうか、前原が井上に向かって、この下手人を押えるのは木戸の責任である、もしこれを押え得ないようなことがあれば、木戸が殺したものだと思うぞと、言ったこの一言は、当時の長州藩の同志のあいだに、どれほどの内訌《わだかま》が蟠っていて、醜い争いが常に絶えなかったか、という想像もされるし、それと同時に、広沢事件の半面を語っているようにも思われる。木戸は明治十年に死んで、伊藤や井上も、もう故人になっておる。山縣も近く死ぬであろうから、それからのちには下手人も現われてくるであろう。いまのところでは、下手人の何人《なんびと》であるということは、ほとんど雲を摑むようなことになっているのだ。

前原は辞職して、萩の城下に引き籠もったけれど、鎮撫のために奔走するというほどに、不平士族は騒いでもいないのであるから、たいがいは山海の遊びに日を送っていた。そのうちに起こったのが、例の征韓論である。このときにはさすがに前原の心も勇んで、いよいよ征韓のことが実行されるようになったならば、不平士族の一団を率いて、鶏林八道を蹂躙しようの考えもあったが、これもついに破れて、西郷らの辞職となり、征韓論のことは一段落ち着いた、と聞いたときには、非常に国家の前途を憂えて、ほとんど徹夜して認《したた》めた一篇の意見書を、三条太政大臣に送った。それには、

「いまの場合に、西郷らが辞職するのは、国家の禍《わざわい》この上もない。もしすでに辞職してしまったのならば、すみやかに復職なさしめて、後日の禍をいまに防ぐの策を講じておかなければならぬ。よし西郷らは民間に去って、なにごともなさずに晩年を送るとしても、西郷らを失うた政府は、必ずなにごとかによって、ふたたび動揺を始めるに定《きま》っておるから、いまのうちに西郷らの復職をなさしめることは、どの点から考えてももっとも必要なことである。もし西郷らが、征韓論の行われぬために、ふたたび職に就くことができぬというのならば、征韓のことは他の方法をもっても実行しうるのであるから、西郷らを慰めるには他に方法もあろうが、切に西郷らの復職について、ご尽力あらんことを希望する」

といったような、意味のことを書いて送ったのだ。前原は職を辞してからのち、だんだん不平は昂じてきたけれど、国家を思う忠節の念は、かくのごとく厚かったのである。

それから二十日ほど経つと、三条の使者《つかい》と称して、訪ねてきた者がある。その用談を聴くと、懐から一通の書面を出して渡した。受け取ってみれば、まさに三条の書面である。披い

て読むと意外にも、自分へ復職をうながすの文意であったから、

「これはどういうわけで、我輩によこされたのか、その意味を知ることができないが、三条公から伝言でもあったのか」

「さようでございます、三条公の仰せられるには、ぜひともに先生の復職を希望するとのことでござりまして、それについてはだんだんと三条公より伺うてまいりましたしだいもござりまするから、これより申し述べることにいたしまする」

と言いかけるのを、前原は制《おさ》えて、

「まずお待ちなさい、これは三条公が、なにかお考え違いになっているのではなかろうか。先だって差し上げた書面は、西郷らの復職をぜひさせていただきたい、という意味を書いてあったはずである。我輩が復職したいという意味ではなかったのであるから、君はこれからすぐに東京へ帰られて、三条公にその旨を申し上げてください」

「イヤ、それはけっして三条公が間違えられたのではありませぬ、先生の復職は非常にご希望であって、西郷先生らの復職ご希望であるのは、私も知っているのでござりますが、先生に対する復職のご希望については、いろいろの理由もあるのでありますから、それをいちいち申し述べることにいたしましょう」

「それは承るに及ばぬ」

「そりゃ、なぜでござりまするか」

「西郷らが復職しても、我輩は復職をせぬと決めているのであるから、そのしだいを聴くだけが無駄であるによって、聴くに及ばぬ」

「しかし、いちおうはお聴き取りを願いたい」

「イヤ、復職せぬ考えの者が、復職せしむるという理窟を聴いたところで、いたしかたがない」

「ハハー、そういたしまするると、先生はどうしても復職はなさらぬのでござりまするか」

「そうじゃ、我輩には大切なる両親があって、今日《こんにち》までは多く膝下《ひざもと》を離れて、ご苦労をかけていた、我輩は晩年を両親の膝下で送るのが、唯一の楽しみであるから、もはや政府へは出ぬ覚悟《つもり》じゃ」

と、断乎として言いきられたから、三条の使者は、ふたたび復職を勧める勇気が失せて、そのまま東京へ引き取ったということである。

四

前原は学問が深く、弁舌も勝《すぐ》れていたが、平生はきわめて寡黙の人であった。かつて参議を勤めていた時分にも、無言参議の綽名《あだな》をつけられたくらいで、事ごとに議論するという質《たち》の人ではなかった。郷党のあいだにおいてすこぶる重きをなしたのも、畢竟《ひっきょう》はこれがためであった。後進の人たちも敬意を表して、先生と謂うていた。しかし、前原が多くの人から信用されたのは、その才幹や弁舌のためでなく、忠と孝の二つについては、もっともその心がけが厚かったので、ことに他《ひと》をして感激せしめたのである。前原の性格について多く語らずとも、ただこの一事だけいえば、その人物がどういう人であったか、ということはわかるだろう。そういう人物であっただけ、変に物堅いところがあって、どうかすると偏狭の人なるがごとく見られたこともある。したがって、木戸の一派と相容れなかったのも、前原の気性に、いやしくも他《ひと》の悪を許さぬという点があったためである。

よし、木戸の一派が前原を排斥しないでも、前原の方から離れるようにはなるのであった。兵部大輔という重要な椅子に着いていたので、木戸の一派から見ると、なんとなく邪魔になったに違いない。そこでいろいろな小細工をやって、ついに前原を現職から遠ざけてしまったのだ。いかに寡慾恬淡《かよくてんたん》な前原でも、自分がなんのために排斥されるか、というぐらいのことは知っていたから、したがって、井上に欺かれて職を去るに至る径路《すじ》の一端は、前原にはよくわかっていたのだ。漢学仕込みの物堅い前原は、それほどに嫌われておるのに、強いて政府にとどまるにも及ばぬ、というごく淡白《さっぱり》した考えから、その職は退いたようなものの、やはり前原も人間であるから、一般の人にありがちの情熱をもっていた。こういう場合における、反対派に対する憎悪の念は、どう押えつけようとしても、それは容易にできるものではない。まして現職を離れて、浪人の身となってみると、政府の施政についても、著しくその欠点が見えてくる。しかのみならず、不平士族や乾分《こぶん》が、漸次《だんだん》と訪ねてきて、政府者の暴状を訴えるようにもなる。かたがたもって前原の心は、ようやく不平士族と同じ考えに傾いてゆくのは、いわゆる境遇が人を感化するもので、まことにやむをえないことであった。

幾百年の長いあいだ、続いてきた武家天下を顚覆《ひっくりかえ》して、新政府を立てた以上、旧来の陋習を打ち破って、新しい施設を行うのは、もとより当然のことではあるが、先祖代々長いあいだに浸みこんできた習慣は、その善悪を問わず、誰にしても容易に改めることのできないもので、いま、にわかに政府が、旧来の習慣を打ち破って、多少は西洋式の加味された改革を行うとなれば、旧思想に捉われておる士族連が、不平を起こすのはまさにしかるべきことで、毛利の藩士にもその例に漏れぬ者が多くあった。ことに士の常職を解いて、全国皆兵主義の徴兵令に対しては、無限の憤恨《ふんこん》を懐いている。長い歳月《としつき》を肩で風を切って、威張って歩いた士族が、そのお株を町人や百姓に奪われて、全国皆兵という名義の下に、同等の取り扱いを受けることは、いかに忍ばんと欲しても忍ぶことはできない。ただにそればかりでなく、維新の際に同じ活動をした者にも、極端な運不運があって、ある者は新政府に入って、相当の職に就いているが、ある者はまったくなんらの賞与にもあずからずして、空しく旧城下の一隅《いちぐう》に、細い煙を立てているに過ぎぬ。その運不運の懸隔《けんかく》が甚しいことも、旧弊士族の頭を刺戟して、新政府を呪うようになってきたのである。前原がそういう連中に、だんだん不平を訴えてこられると、初めのうちはいろいろに慰藉《いしゃ》していたが、自分にも境遇の上から来た不平が、そろそろ頭を擡《もた》げてきて、いつか知らず同じように政府を呪うようになった。それにはまた前原と同じように、相当の力量をもっていながら、木戸の一派と相容れずして、不遇に暮している豪傑連から、なんらかの方法によって、政府者を苦しめてやろうという相談も起こってくる。初めは他《ひと》の不平を抑えつけていた前原も、ついにはその仲間入りをして、ともに政府者になんらかの報復をしてやりたいという、気も出てくるようになった。政府というよりはむしろ政府に残っている、木戸の一派に対する報復といった方が、あるいは適当であるかもしれないが、とにかく、不平士族の力を集めて、なにごとか為さんとするの考えは、日を逐うて深くなってきたのである。横山俊彦《よこやまとしひこ》、奥平謙輔《おくだいらけんすけ》、白井林蔵《しらいりんぞう》、山田穎太郎《やまだえいたろう》らの連中が、前原の相談対手になって、不平士族の糾合に着手した。

前原はある夜、萩の海岸にある高砂の松と名づけた料理店に来て、奥まりたる一室で、楼婢《おんな》を対手に世間話をしながら、一人で飲みはじめた。いままでにも気が鬱屈してならぬときは、こういうことはやったのだから、この夜もやはり対手《あいて》を避けて、ただ一人やってきたのは、その鬱屈した気を慰める所存《つもり》であったかもしれない。ときに他の楼婢《おんな》がやってきて、

「ただいま、別のお座敷にお出でになっております、字を書くお方が、ぜひ旦那さまにお目にかかりたい、と申しておられますが、いかがいたしましょうか」

と言われて、前原はしばらく考えていたが、字を書くお方といえば、田舎歩きの書家に違いない。しかし、そういう者に面会を求められるわけもないのであるから、いちおうは断っ

たが、再度の照会《つかい》で、ぜひ会いたいという。そこで名前を尋ねると、永岡という者だと答えてよこしたが、なんとなく聞いたような気もする。自分が内密《ないしょ》で飲みにきているのを知って訪ねてきたのか、それともに偶然飲みにきて、自分のおることを知って、面会を求めたのか、その事情はさらにわからぬけれど、とにかく、面会をしてみようという気になって、その永岡という書家を案内させた。座敷へ這入ってくるのを見れば、どこかに見覚えはあるが、判然《はっきり》それと思い出せない。

「ヤア、これはお久しう、いつもご機嫌でござりまするな」

席に着くやいなやこう云われたので、前原はますます迷って、

「さて、君はどなたであったか」

「先生、お忘れですか」

「甚だご無礼じゃが、どう考えても思い出せぬ」

「そうでしょうな、それはお忘れになるのが、当然のことで、僕の方では、よく覚えておりますよ」

「フフム」

「僕は、旧会津藩の永岡久茂《ながおかひさしげ》であります」

と言われて、前原は思わず膝を打って、

「ヤア、永岡氏《うじ》であったか、最前《さいぜん》永岡と聴いたときに、どう考えても思い出せなかった。い

ま君が這入ってくるのを見て、見たような顔だと思っていたが、それでも思い出せなかった、さては永岡氏であったか」

互いに久闊《きゅうかつ》を叙して、これから盃の献酬《やりとり》が始まった。

永岡は前原に向かって、その後の身のなりゆきを物語った。それは、

「戊辰の戦争《たたかい》には、会津の兵を率いて、白河口に官軍を迎えて、非常に奮闘したけれど、ついに敗れて越後に落ち延び、河合継之助の兵と一緒になって、ここでも非常な悪戦苦闘を続けたが、武運拙なくも敗れて、あれから箱館へ落ち延び、榎本の手に加わって、さんざん苦戦を続けた末に官軍へ下って、一度は座敷牢の艱苦《くるしみ》も受けたが、まもなく赦されて、新政府に入り、ひところは［会津藩が移封された下北半島の］斗南《となみ》藩の参事まで勤めたが、廃藩置県の際に役を離れて、東京へ出て、深川の猿《さる》江《え》というところに唐物店《とうぶつてん》を開いたけれど、士族の商法でたちまちに失敗した。まだいくらか公債が残っていたので、それを資本《もとで》に勧められるままに金貸しを始めたが、これとても周旋する者のために、都合よく潰されてしまって、それから自身は文字を能く書くところから、田舎歩きの書家となって、この方面へやってきたのだ」

というのであったが、しかし、前原はこの永岡の物語を聴いているうちに、多少の疑念《うたがい》が起こっていたのだ。まだ両三日《りょうさんにち》は滞在すると聞いて、再会を約してその晩は別れたが、邸へ帰ってきてだんだん考えてみるほど、前原には永岡の物語が信ぜられぬのみならず、前後

の挙動から推察するに、なにか深い仔細のあるらしく思われたので、萩の城下を一里あまり離れた、猿山の別荘へ永岡を聘《よ》んで、その真意を叩いて見ることになった。

なぜ、前原が永岡の物語に、疑いを懐いたかというに、越後口の戦争のときに、永岡の才能の尋常《なみ》ならぬことは、前原は現に知っておるのみでなく、その後も永岡に逢うたことはあるのだ。その永岡が、いかに廃藩置県のために職を失うたにもせよ、唐物屋を始めたとか、あるいは高利貸しをやったとかいうようなことは、とうてい信ずることができなかった。またそういう風のことから失敗して、田舎歩きの書家になっておるものが、ことさらに前原の姿を認めたからというて、面会を求めるのもおかしなわけで、これにはなにか仔細があろう、と思って、そこで永岡を別荘へ聘んで、前原が試みようとしたのである。

五

永岡は前原の迎いを受けて、猿山の別荘へやってくると、すでに酒肴《さけさかな》の用意は整うて、さかんな宴を張っての接待であった。かれこれするうちに前原は女どもを遠ざけ、永岡と差し向かいになって、これから永岡に向かって、なんのために田舎を廻っているか、ということを尋ねはじめた。さすがに前原の質問方《たずねかた》が急所を突いて、永岡のかれこれ言い紛らそうとするのを遁《のが》さじと追究する、その詰問がなかなかに巧みであったので、遂々《とうとう》永岡も尻尾を捲いて、

「それまでに仰せがあるのならば、お話しするが、じつはこういうしだいである」

と、これから政府に対する不平も言えば、自分らが同志とともに、いまの政府の改革を計っている、秘密までも打ち明けた。その挙動がおかしいというて、前原に質問をされたから、すぐに自分らの陰謀を口走る、というほどに永岡は、軽率な人ではないのだが、じつは萩の城下へやってきたのも、前原を説伏《ときっ》けたいの下心があってのことだから、前原から質問されたのは結句幸いであったのだ。ここにおいて前原は、永岡がいっさいの秘密を打ち明けたのを喜んで、

「マアとにかく、自分らの同志にも会わせることにしよう」

というので、これから奥平、山田、白井、横山の四人を呼んで、永岡へあらためて紹介した。

このときには前原の一味として、維新の際に組織された、奇兵《きへい》、鴻城《こうじょう》、遊撃《ゆうげき》、南園《なんえん》、狙《そ》撃《げき》、報国《ほうこく》、育英《いくえい》、八幡《はちまん》、建武《けんぶ》等の諸隊から集めた、同志は千五百人もあった。遠く熊本には上野堅吾《うえのけんご》、加屋霽堅《かやはるかた》、太田黒伴雄《おおたぐろともお》らの率いる敬神党《けいしんとう》［神風連《しんぷうれん》］の士族二千人、互いに消息を通じて、イザという場合には一時に振るい起《た》って、現状打破をやろうというのであったから、これを聴いた永岡も非常に喜んで、ある時機に到達するまでは、互いに秘密を守ると同時に、あくまでも同盟を固く結んで、東西相応じて事を起こそう、という約束が成り立ったのである。

永岡の同志には会津の中原重業《なかはらしげなり》、山口新次郎《やまぐちしんじろう》、一柳務《ひとつやなぎつとむ》、能見鉄次《のみてつじ》、鳥取の松本正直《まつもとまさなお》、静

岡の横山俊昌《よこやまとしまさ》、高久新蔵《たかひさしんぞう》、鹿児島の満木繁清《まきしげきよ》、野口新次郎《のぐちしんじろう》、木村新次《きむらしんじ》らの連中が、それぞれに手を分けて、同志の勧誘中であることも打ち明けた。その計画の大要は、本営を会津に置いて、まず東京の市街に焼き討ちをしかけ、富豪から軍用金を徴発して、重立ちたる官員は、変に乗じて道に要撃し、同時に千葉、常陸、磐城平の方面からも、一時に蜂起する計画が、すでに熟しておることを告げたから、前原も永岡の計画が、ここまで進んでいるとは、いま聴いて初めて驚くようなわけであった。

その晩の宴会は散じて、翌日は奥平と横山が永岡を訪ねて、いっさいの相談は悉皆《すっかり》済ませた、これが有名な錦の店開きの約束というのである。ただこれだけのことではわかるまいから、この隠語についての解釈もしておこう。いよいよ兵を挙げるという場合に、萩が先になるか、熊本が先になるか、それとも、東京や千葉の方が先になるか、第一番に兵を挙げた者から、他の方面の同志へ、錦の店開きしたという電報を打てば、挙兵をしたということに通ずるわけで、それを合図に各方面が一時にドッと事を起こすという約束であった。それで錦の店開きということが、この事件の代名詞のごとくなっていたのである。永岡はこの約束が、錦ができたから、萩を出立して東京へ帰ってくると、湯島天神下に大きな家を借り受け、手習い師匠の看板を掛けて、昼間は多くの子供に手習いをさせ、夜は同志を集めて、寄々《よりより》に相談をしていたのである。

六

当時の山口県令は、例の中野梧一《なかのごいち》であった。この人は藤田組の贋札《がんさつ》事件に関係して、無罪になったのち、ついに自殺してしまった。なにごとにも機敏な立ち働きをした、なかなか立派な人物であった。ただ悧巧に任せて利に敏かったために、その末路は甚だ気の毒なものであったけれど、とにかく、井上のような人の、気に入られそうな人物で、山口県令に推されたくらいであるから、大きい人物とは言えないが、小才覚の利く、才子肌の人であったには違いない。木戸の一派に反感を懐いていた連中は、ことに井上に対しては憎悪の念も甚しかったのであるから、県令の中野に対しては、なおさらに士族連の反抗は激しかったのである。奥平謙輔はかつて佐渡の知事を勤めたくらいに、立派な経歴をもった人で、萩へ帰ってきてからも、多くの士族に、先生として尊敬されていたのだ。したがって、奥平の機嫌を上手に取らないと、県令の役目はなかなか勤まらぬ。それは中野もよく知っていたから、奥平に対してはほど好く扱うていたのだが、ある日のこと、奥平が一ぱい機嫌で、中野の邸を訪ねて、いろいろな話のついでに、

「貴公はなかなか悧巧な男じゃが、ここへ来ては、悧巧をふりまわすこともできまい。それに前原先生に対して、甚だ冷淡なようであるが、こういう仕向けをしていると、いまに貴公の首が飛ぶ。深い用心をせぬと、後悔しても及ばぬことになるぞ」

これは奥平の威嚇《おどし》文句とは思うけれど、しかし、不平士族が自分に服していないのはわかっている。それにここへ来てからようすを探ってみれば、まったく前原に対する士族らの人望は非常なものであるから、奥平が言わずとも、前原をうまく操縦してゆかなければ、自分の役目が勤まらぬくらいのことは、悧巧な中野であるから知っていたのだ。してみると、いま奥平の言うたことは、威嚇文句とのみは思えない。なにか拠りどころがあるのだろう、とそこは機敏な中野のことで、奥平の言うたのに基づいて、翌日は前原を尋ねた。まったく師父の礼をもって、しきりに前原の機嫌を取って帰ってきた。それからのちは毎日のように前原を訪ねては、いろいろな話を聴いてくる。そのうちに不平士族の動揺が、だんだん激しくなってきて、政府に対する反感は容易ならぬものがある。という情況が見えたから、中野はある日のこと、前原を訪ねて、

「士族の不平がだいぶ激《ひど》いようですが、なんとかしてこれを鎮撫する方法はないものでしょうか。万一のことでもあると、かえって先生の尊名《おな》を傷つけるようなことにもなりましょうし、かたがたもってまことに私《わたくし》は憂慮に堪えぬのであるが、先生から不平士族の鎮撫方を願いたいが、いかがでありましょうか」

　これを聴いて前原は、

「士族の鎮撫は政府の役で、我輩はこれに向かって手の下しようもない。ことに士族がなにか始めれば、我輩の名に瑕《きず》がつくといったような、いまの口吻《くちぶり》では、善悪にかかわらず士族

らのことについて、我輩は手も出せぬわけになる。君は県令として来ておるのじゃから、君の任意にしてみたらよかろう」

こう言われてみると、中野も多少自分の言い方が悪かったことに気がついて、しきりに弁解《いいわけ》をしながら、その日はそれで帰ってきたが、それからのちはしばしば前原を訪ねて、この相談に及んだ。元来が正直な前原は、県令の中野から膝を折っての依頼《たのみ》に動かされて、

「そういうわけならば、いちおうは士族を集めて相談してみてもよいが、我輩が士族を集めたからといって、君らが大騒動《おおさわぎ》をするようなことがあるといかぬから、そのことは念のために断っておく」

「イヤ、それについてのご心配はかけませぬ。先生に御依頼をする以上、どういうことがあろうともよろしい」

「よし、それならばいちおう士族を集めてみよう」

いま目前《まのあたり》なにが起こっていて、それについて士族が激昂して、不穏の挙動があるというのなら格別のことだが、差し当たってそんなことはないのであるから、士族らを集める必要はないのに、中野はつまらぬことを頼んだものだ。しかし、前原にしてみると、自分の勢力を示しておく必要もあるし、また士族はどれほどに不平を懐いているか、という程度も見せつけておくがよかろう、と考えたからやったのであろうが、とにかく、前原の名をもって、各方面の士族を一時に、山口へ集めることになった。このときに集まってきた者は、ほとん

ど三千人からの士族で、前原の勢力はじつに偉いものであった。中野もこれを見たときには、腰を抜くほどに驚いたということである。

なにか事あれかしと待ち構えていた士族が、にわかに前原に召集されたのであるから、たちまち集まってきたが、さて集まってきてみれば、別にこれという用事もなく、ただ前原から、

「あまり騒いでは悪いから、いましばらく政府の為すところを見て、おのおの不平のあるところは順序を経て、政府に訴えることにして、不穏のことをしてはならぬ」

と言われたに過ぎなかった。こんなことなら別に集まってくる必要もなかったのだが、なんというつまらぬことを、前原先生はするのであるかと、不平を懐いて、それぞれに解散はしたが、千人内外の士族は、まだ山口の城下に集まって、擾々《ごたごた》していた。この士族を利用して、一挙に事を起こそうとしたのが、奥平の一派であった。前原は中野に自分の勢力を見せつけてやろう、という考えで集めた士族だが、奥平はこれを利用して事を成そうとした。前原と奥平のあいだに充分の意思が疏通していないで、奥平の野心があまりに急激であったために、とんでもない騒動が起きることになったのである。この点から考えると、前原も幾分か軽率な嫌いはあったが、萩の乱は、奥平の一派が為した失策《あやまち》である、と見るのが至当であろう。

七

薩藩と相並んで、政府の権勢を恣《ほしいまま》にしている、長州藩士のうちに不平があったというのは、不思議のようにも思われるが、しかし、維新の際の騒動紛《どさくさ》れに、上手な立ち廻りをして、うまく出世の綱にすがりついた者は満足していたでもあろうが、功労は十分にあったけれど、その立場が悪かったとか、あるいは自分の頼っていた人がよくなかったとかいうために、世間に出遅れて、なんの役目にも就かず、空しく故郷の狭いところに踞蹐《うずくま》って、友人や後輩が意外の出世に、肩で風を切っているありさまを見聞しては、どんな者でも疳癪の虫が治まらぬのは当然である。士の常職を解かれたことに不平を懐いたのも、また徴兵令に反対したのも、その他新しい施設に向かって、事ごとに不平を懐くのも、要するに維新の際の論功行賞が不公平であったと、いうのが大原因になっていたのだ。前にも言うたごとく、このことはただに長州藩ばかりではなかったけれど、ことに政府の権勢を握っていただけに、長州藩士のうちにこの不平の多かったのは、じつはやむをえないしだいである。

よし、都合好く出世の綱にすがりついても、木戸の一派に睨まれれば、前原ほどの人物でも、ついにその職を去るのやむなきに至ることは、やがて不平士族をして、ますます不平を懐かせる因《もと》になって、両者の調和はますます悪くなるばかりであった。こういう場合に、県令となって来ている者は、気骨《きぼね》の折れることひと通りでない。ことに中野は、前原の勢力を現実に認めているだけに、いっそうの苦心であったろう。世間の諺《ことわざ》に親の心子知らずということがあるが、前原の不平はかなり激《きつ》かったが、まさかに人を集めて政府を脅かす考えはなかったのだ。けれども、いくたびか不時のできごとに、集まってきた士族らは、互いに消息を通じて、なにかの機会に爆発しようという決心は、疾くからきめていたのだ。多くのなかには無分別な者もいるし、またやみくもに自分の野心を満たそうの考えから、努めて擾乱を惹き起こすように、教唆的のふるまいをする者もある。そういう連中を制《おさ》えつけている前原の苦心は、遠くからこれを見て心配している、中野の苦心よりも一段と深かったのである。

萩は毛利侯の城下であるが、長防二州を治める藩の城地としては、あまりに偏在していたので、なにごとにつけても不便を感じていたのだ。初め毛利が関ケ原の戦争《たたかい》に敗れて、徳川家から厳重な処分を加えられ、山陰山陽の両道に跨って、九ヵ国の領地を失うて、長防二州でわずかに三十六万石にされてしまった際に、徳川から指定された城下が萩であった。これについてはすこぶる異議もあったが、時が時であるから堪忍《がまん》して、なんらの苦情も言わずに、毛利は萩へ城を築いた。だんだん年月が経つにしたがって、ますますその不便を感ずるところから、藩政を見る便宜の地として、仮に山口を見立て、陣屋のようなものを造り、徳川の方へは、それぞれの筋の役人に賄賂を贈って、これを大目に見させるようにして、幕末の時代には、山口がほとんど毛利藩の城下のごとくなった。したがって、廃藩置県になってからも、県庁は山口に置かれてあったのだから、多くの人物は山口へ集まってきて、長防二州のことは山口が策源地になっていたのだ。前原も多くは山口の方に出ていて、士族の大部分は萩の方にいたけれど、その代表者ともいうべき者は、山口に来ていて、騒動《さわぎ》の大きくなるほど、山口へは士族の出入りが激しくなるので、前原は一日も山口を遠ざかることができなかった。中野県令に頼まれて、不平士族を集めて、いちおうは鎮撫を加えたけれど、それは前原の真の精神ではなかった。ただ県令に対して士族らの勢力を示して、妄《みだり》に不法な圧迫を加えさせぬために、見せつけたに過ぎなかったのである。士族のうちに諫早作次郎《いさはやさくじろう》「基《もと》清《きよ》」という者があって、しきりに過激な議論を吐いては、前原に不穏の計画をうながすので、前原はある日のこと、諫早を呼んで、

「君らがしきりに不穏のことを言い触らして歩くために、県庁の方でもひどく恐怖《おそれ》を懐いているから、あまりそういうことは言い触らさぬがよかろう。また今後君らが先に立って騒ぎまわると、かえって藩侯の御為《おため》にもなるまいと思うから、その点は深く慎んでもらいたい」

これを聴いた諫早は、すこぶる不平のようすで、

「これは先生の仰せとも心得ませぬ、政府は名を新政に託して、古来の制度を破壊することは、何人《なんぴと》もこれを見て憤慨せざる者はない。また朝廷には、奸臣が権勢を握って、ややもすれば私曲を行わんとする、かようなことは一日忽《ゆるが》せにしておれば、それだけ国家の禍になるのであるから、先生のごときお方が、まずもってこれらの輩《はい》に誅戮《ちゅうりく》を加えて、いわゆる君側の奸を清めたのち、政府の根本から改革を加えられるのを、切にわれわれは希望してい

るのでありますが、先生のお覚悟はいかがでありますか」

前原が静かにしておれというて宥めるのに、諫早の方では、すぐにも兵を挙げて事を成せ、という意味のことをいうのだから、前原もいささか惘《あき》れて、

「どうも君らの軽率には困ったものじゃ、政府の人もまたわれわれも、銘々に見るところが異なって、これを争うのはやむことを得ぬが、妄に兵器を弄して天下を騒がすのは、お互いに深く慎まなければならぬ。君らが先に立ってそんなことを言い触らすと、政府の方ではますますわれわれを誤解して、変な仕向けをしてくる、それから互いの感情が疎隔してくるのであるから、今後はそんな相談をなされることは、平に御免こうむる」

と、これから前原は諄々として、諫早の不心得を諭して、おもむろに時の来たるのを待て、と言って聴かせた。諫早も前原も謹厳な態度で、自分の不平を忘れて、正直《まっすぐ》なことを説くのであるから、ついには恐れ入って、

「イヤ、先生の仰せには敬服いたしました。向後は慎んで、かようなことは申し上げませぬから、このたびのところはご勘弁くださいませ」

「我輩はあえて君を咎めるわけではない。君がそう言うてくれれば、我輩も満足はできるのであるから、今後とも国家のためには、お互いに手を執って、尽力いたすことにいたそう」

前原にこう言われたので、諫早も面目を施して、その日は帰った。二、三日経つと来客があって、いろいろの話のついでから、計らずも諫早がその筋へ引っ張られた、ということを

聴いたから、前原はいささか疑いを懐いて、

「足下《そっか》の話は、道路の風説であるか、それともに諫早が押えられたことを、現に見てきての話であるか。我輩にはどうも信ぜられないのじゃが、確実なことを聴かせてもらいたい」

「しからば先生は、ご承知ないのですか」

「ウム、さらに知らぬ」

「それは甚だおかしなわけですな、諫早が押えられたのはすでに昨日《さくじつ》のことで、現にたくさんの警吏が来て、連れていったのを見た者は、ただに私一人《わたくしいちにん》ではないのです」

「フーム、それは意外のことじゃ、なんのために県令はそういうことをしたのか」

「そうですな、その点については、しかと聞きこんだことはありませぬが、道路の伝うるところによれば、このあいだ中《じゅう》からしばしば士族が集合する、それについてなにか謀叛の形跡でもあるような疑いから、連れてゆかれたと聞いておるのですが、真実《ほんとう》のことはどうありますか、さらにわかりませぬ」

「ナニ、謀叛の疑いというのか。中野という奴も、存外に魂の小さなことをする、あれほどまでに言うてあるのに、なんという馬鹿げたことをする奴か。まさかに傍観もしていられまい、なんとかして諫早を助けてやらんければならぬ」

　客は用談が終わって帰った。前原はすぐに仕度をして、これから県庁へ出て、中野に対面して、この事を確かめると、中野は、

「諫早の拘引は事実である」

と答えた。

「足下《そっか》はつまらぬことをするではないか、諫早を一人押えて、それがどうなると思うのか」

ほとんど冷評的に言われたので、中野もなんとなく調子が悪い。

「イヤ、諫早を一人ぐらい、どうしようというので押えたわけではない。どうも彼らが昨今に至って、すこぶる不穏のことを言い触らして歩く、それを打ち棄ておくと、結局は不測の禍を惹き起こすだろうと思うて、いちおうは取り押えた上で、充分に説諭を加えておきたいと思うて連れてきたのであるから、先生のご心配を受けるまでのことはないと思う」

「足下《そっか》はそう言うが、ただ不穏なことを言うから、押えて説諭をするのだとすれば、第一に我輩も押えらるべきはずである。いまの政府に対して不平を懐いておる者はなかなかに多いのじゃから、その不平を懐いておる者が漏らした気焔を、いちいち心配して押えた日には、毎日のようにそれを繰り返しておらなければなるまい。じつは諫早がこのあいだ訪ねてきて、いかにも足下の言われたようなことを言うた、それに対しては懇々と説諭を加えて、ついに諫早も我輩の忠告に服して立ち帰ったので、けっして足下の心配するようなことをしでかすはずはないのじゃ。こういう場合に人を押えたり、警察の威力を示したりすると、それがために人心を刺戟して、かえって面倒な事件を惹き起こすものであるから、その辺は深く注意して、なるべく穏やかな処置を執ってもらいたい。それについては諫早を、さっそくに放免したらどうであろう」

「サア、そのことはどういう都合になっておるか、いますぐにお答えはできないが、先生のお考えはいちおう係の者へも通ずることにしましょう」

「そういう形式的なことを言わずに、我輩が来て話すのじゃから、マアとにかく、諫早は即時に放免することにしてもらいたい。係の者に言うも言わぬも、結局《つまり》は県令の心一つで、人間の一人ぐらいはどうにもなる。足下の覚悟で、このことは決するのじゃ」

　こう言われてしまっては、もう中野も誤魔化しがつかない。

「よろしい、そういうわけならば、諫早はさっそくに放すことにしましょう」

「ぜひそうしてやってもらいたい」

　談判はこれで済んで、前原は帰ってきた。そのあとで諫早は、将来を厳重に戒められて放免される。このことがあってから諫早は、まったく前原に心服して、なにごともただ前原しだいで動くようになった。

八

　話頭一転《はなしかわって》、木戸は前原が去ってからのち、ますます国許のことを憂えて、しきりにその善後策に苦心していた。ことに国許へ有用の人材を残しておくのは、危険この上もないという考えから、さかんに東京へ誘い出して、たいがいは役人に引き上げ、国許には一人《いちにん》の人物も留めておかぬ、というやりかたを始めた。前原がいかに偉くても、ただ一人《いちにん》では事ができないのであるから、努めて孤立の地に陥れてしまおうと計ったのである。これはみごとに効を奏して、国許に残された働ける人物は、漸次《だんだん》と上京するようになったが、それでも前原の一派と、深い関係をもっている者は避けるようにしたから、残される士族はいよいよ不平を懐くようにもなって、またそれを巧みに利用して煽動する者もあったのだ。前原は東京の近情も知りたいという考えから、諫早を呼んで、ひそかに上京させることにした。そのことは早くも中野の知るところとなって、井上の方へ電報をもってこれを知らせたから、井上はさらにこれを木戸に知らせる。前原が諫早を上京させたについては、なにか秘密の伏在することであろうと邪推をまわして、諫早が東京へ着いてからは、ほとんど探偵を附けきりにして、その挙動を視察しておる。本人の諫早は、さらにそんなことを知らず、毎日のように各方面に出て、いろいろと政府の秘密を探っては、これを前原に報告していたのだ。

ある日、諫早の下宿へ、木戸の使者《つかい》がやってきて、ぜひ一度会いたいから来てくれ、というのであった。諫早も最初のうちはいろいろに辞退したけれど、強《た》って来てくれというので、いまは辞退するに言葉がなく、ついにその使者《つかい》に誘《いざな》われて、木戸の邸へやってきた。木戸は諫早を見ると、おおいに喜んで、これから非常な接待《もてなし》をして、いろいろと国許のことを聴くけれど、前原や不平士族の内情などはさらに尋ねない。ただ政治を離れて国許の事情を尋ねるのであるから、諫早も安心して木戸の質問に答えていた。その長いあいだの接待《もてなし》がいかにも親切であって、いままでは遠くの方から木戸を見ては、いろいろと邪推をまわしていた諫早も、幾分かその感情が融和されて、さすがに木戸は、長州藩中の第一人者と称《い》われるだけあって、立派な人物であるという考えも起こってきた。こういうことが二、三度あったのち、木戸は諫早を説いていうのに、

「君が前原の味方となり、また不平党の首脳となって、しきりに活動していることは、いちいち密偵の報告によって、我輩も承知しておるのじゃ。しかしながら君の精神は、どこまでも正しいということも知っておる。さらにその点について疑いは懐かないのであるが、同じ活動するのならば、政府のために勤めたらどうであろうか。君ぐらいの人物はむろんのこと、地方の長官にはなれるのであるが、いまのような位地におって、不穏のことを計画していたのでは、それもかなわぬ。じつは薩州に対してわが長州派も、相当の対抗策を執っておかなければならぬ、それには各地方の長官に、それぞれ長州藩から人物を選んで、当て嵌めておく必要があるのじゃ。君のごときはたしかにその一人《いちにん》にはなりうると思うが、いまの考えを全然棄てて、政府のために勤める気になってくれなければ、それもできないのであるから、あるいは無理な依頼《たのみ》かもしれぬが、どうじゃろう、今後は政府のために勤めることにして、一時帰国をしたのち、なにか政府に有利な報告をしてくれたならば、それを一つの功として、我輩が胆煎《きもい》りとなって、たしかに地方の県令ぐらいにはするが、一肌脱いでくれることはできまいか」

まるで棚から牡丹餅《ぼたもち》が落ちてくるような話で、諫早は夢ではないかと思うくらいであった。元来が小人の心をもって面白半分に、不平党を煽動していた諫早のことであるから、地方の長官になれるという、この甘い餌を目の前に見せられては、慄えつくほどに有難くも感じたであろう。ついにこんな密会を、二、三度続けておるうちに、木戸のために説きつけられて、長州へ帰る時分には、まったく政府の密偵を勤める覚悟になっていたのである。これを知らずに諫早の報告を信じていた、前原こそ好《い》い面の皮だ。

前原がまだ知らぬうちに、奥平や横山の計画は進んで、不平士族の糾合は、充分に目的を遂げたのであった。そのうちに前原の考えもだんだん荒《すさ》んできて、政府に対する不平は昂《たか》まるばかりであったから、ようやく奥平や横山と、その目的が同じようになってきた。いつか機会があったならば、事を起こそうぐらいの考えにはなっていたのだ。しかるに近ごろになってから、自分らの秘密が、ややもすると県庁の方へ漏れることがある。それはどうしてわかるかというに、県庁の役人の大部分は、この人たちの配下であるから、いったん県庁の方へ漏れた自分らの秘密が、さらにその役人の報告によってまた漏れてくるのだ。その事情をいろいろの方面から考えてみると、このごろ東京から帰ってきた諫早の挙動に怪しむべきことがある、ということに衆評一致して、諫早の挙動を捜ってみると、まったく諫早の口から、自分らの秘密が筒抜けに、県令へ知れるのだということがわかった。また県令の中野から諫早に対しては、少なからぬ金が支出されておる、という事実も明らかになった。ここに

おいて横山は、前原を訪ねて、

「どうも先生、甚だけしからぬことで、諫早は県令の探偵になりましたぞ」

「フフム、そんな馬鹿なことがあるのか」

「それには確実なる証拠があって明らかになったのです」

「そりゃ、けしからぬことじゃ」

「いま奥平とも相談してきたのですが、彼の精神がそこまでに腐った以上は、もはや赦すこともなりませぬから、事に託《かこつ》けて殺《や》ってしまった方がよかろう、という衆論で、じつは我輩が代表して先生へご相談に来たのでありますが、いかがでありますか」

　これを聴くと、前原は手を振って、

「それはいかぬ、そういうことをしてはならぬ、いま、いちおう諫早を呼んで、我輩が十分に説得をしてみよう。マアとにかく、我輩に任せておいてくれ」

「イヤ、先生、もう彼がごとき者に、憐愍《なさけ》を加えられたところが、いたしかたがありませぬから、見捨てた方がよいでしょう」

「そうでない、もう一度我輩に任せてくれ」

　前原にこう言われれば、横山も強いて断ることはできぬ。そこで一時は引き取ってきたが、よし横山は承知をしても、他の者が承知するわけもなく、諫早の命はほとんど風前の灯《ともし》火《び》にも等しいありさまであった。

前原は横山が帰ると、すぐに諫早を呼んで、だんだん詰問をしたところが、人間には良心があって、前原の徳に感じて、一時はその配下となった諫早が、利禄の念に駆られて、政府の密偵になって、かえって恩人であり、かつは先輩である、前原の秘密を探って、政府に密告をしたのだから、いかにも心苦しい、なんとも明瞭《はっきり》した答えができなかった。

「君が沈黙しておるところを見ると、他《ひと》が言うとおり君は、政府の密偵になったに違いない。なぜそういう卑しいことをしたか、君の平生にも似合わぬことじゃ。しかし人間は聖人でないのじゃから、なにかの迷いから過《あやま》ちをすることはある、古人も言うたとおり、過って改むるに憚るなしと。君がみずから己の非を覚って、今後を清くするというのならば、我輩はけっして君を捨てぬ、ぜひその心を改めてもらいたい」

たいがいな者ならば、自分らの秘密を探る、政府の探偵になったのだから、癇癪を起こして擲《たた》きもするだろうし、また斬りもするだろう、しかるに前原はそういうことをせずに、諄々として諭した。この優しい心に対しては、諫早も背くことはできない。

「なんとも先生相済みませぬ、なお私《わたくし》をしていま一晩だけ、考えさせていただきたいのです」

「よし、それは許す、明朝《みょうちょう》君のここに来るときには、清浄《きれい》な人になって来てくれ、そればかりを我輩は希望する」

「ハイ、まことに恐縮いたしました」

諫早は前原の邸を出てから考えた。よし前原は、ああいう立派な考えをもっていても、その他の人は果たしてどうか、木戸に言われたことも、まんざら棄てるわけにはゆかぬと、いろいろに考えた末、ついに前原を棄て、政府に附くの覚悟になったのは、いったん利欲のために売った良心は、どうしても旧《もと》の清浄《きれい》なものにはならぬと見える。この諫早の讒訴《ざんそ》によって、県令の方では前原を疑う心も深くなってくるし、また中央政府から前原の一派に対する圧迫が、だんだん激しくなってきて、ついにはさまでにもないことに憤激して、前原の一派が旗挙げをするようなことになったのだ。諫早の去ったのち、その返事を待っていた前原は、さらに諫早の訪ねてくるようすがないのみならず、そのようすを探らせてみると、行方を晦《くら》ましたというから、もうここに至ってはいたしかたがない。しかしながら自分の山口にとどまっておることは、きわめて不利であると考えて、ただちに萩の方へ引き揚げてしまった。

九

明治三年の二月、奇兵隊をはじめ旧幕時代から組織された、諸隊の解散を断行したので、これに対する隊士の反抗は凄まじいものであった。徴兵令を布いて、全国皆兵の主義を実行するためには、諸藩において従来組織されてあった、諸隊の解散を命ずるのは、当然の順序である。旧藩において組織された諸隊の解散を命じなければ、徴兵令の趣旨に背くことになるのであるから、政府がこの英断に出たのは無理のないことであるが、しかし長州藩は非常に動揺して、解散を命ぜられた諸隊の兵士は、さかんに反抗したものだ。これがために木戸孝允が鎮撫として、帰国したのを取り巻いて、一時は木戸の一身も危うかったくらいである。その事情の一端は前にも述べておいたが、とにかく、この騒動のために大楽源太郎の一派は、たいがい刈り尽くされてしまった。大楽をはじめ重立ちたる者は、前もって連絡を通じていた、筑後《ちくご》の久留米《くるめ》の同志を頼って、久留米に潜伏していたが、そのうちに同志のあいだにおいて議論の行き違いがあって、ついに大楽らは暗討《やみうち》にされてしまった。この際に寛大な処置を受けて、生存《いきのこ》った士族もたくさんにいた。それらの者までが一般の不平士族に合致して、ますます政府に反対の気焰を揚げるようになってきた。表面に立ってこれを煽りつけたのは、横山や奥平の輩《はい》であったが、前原はこの事情を詳細に知っておりながら、強いて鎮撫しなかったのは、自分もまた政府に対して、不快の念をもっていたから、この騒動のますます拡がってゆくことを望んでいたのかもしれない。最初は深い関係もなかったようだが、時日を経過するにしたがって、だんだんとその関係は密になっていった傾きがある。人はどれほど偉くとも、不遇の位地にいて、不平を唱えておれば、いつか知らず常規を逸したことを企てるようになるもので、前原がいかに偉くても、やはり人間であるから、いつか知らず、不平士族のなすところに同意して、暗にこれを唆《そそ》るようなことにもなってきたのだ。

ことに前原の精神を刺戟したのは、例の佐賀の動乱であった。首魁の江藤新平が、ああいう惨刑に行われたのは、前原もじつに意外の感に打たれた。政府のやりかたがいかにも冷酷である、という考えはこのときから起こった。同時に、これというのも岩倉の一派と、木戸大久保らが、自分らの権勢を恣にせんがために、少しでも反対の気分をもっている者は、片っ端から根絶《ねだやし》にする考えで、こういうことをするに違いない。また他の不平党に対しては、この惨刑を行うたことを知らせて、それとなく威嚇を加えたものである、というように思って、前原の政府に対する不平は、いよいよ堅くなったのである。

当時、これと同じような不平を懐いていた者は多くあったが、いずれも大西郷《だいさいごう》の進退が、どういう風になってくるか、それを見きわめてから、自分らの立場を明らかにしよう、という考えがあったらしく思われる。前原の一派も、またこれと同じような考えをもっていて、結局《つまり》は、西郷しだいで動こうという考えであったらしい。だんだん時機は切迫してきて、明治九年の秋のころになって、横山や奥平が、同志の重立ちたる者を集めて、相談した結果、今田波江《いまだなみえ》という者を選んで、わざわざ鹿児島へ差し向けることにした。これは言うまでもなく、西郷に会うて、その真意を確かめてくるのが、第一の使命であったのだ。

しかるに今田は、鹿児島へ着いて、桐野や篠原に会うて意見を聴いてみるに、自分らと同じような考えをもっていて、いまにも事を起こしそうな気色《けぶり》が見えるから、この調子では西郷に会うても、やはり同様なことであろうと、心ひそかに期待していたのであったが、いよいよ西郷に対面すると、意外にも西郷は、全然そんな考えをもっていないのみならず、その計画の甚だ軽率なることを戒めて、深い注意を与えられたので、今田もいろいろに意見を述べてみたけれど、西郷はついにその相談に応じないのみならず、前原に伝言を頼んだ。その大要は、

「政府の為すところは甚だわが意を得ぬが、さればとてこの場合に、軽率なる挙兵をするがごときことは、深く慎まなければならぬ。ただ当路者を退けて、自分らが取って代わろうというような、小さい野心のために、わが国の前途に害のあるようなことをしてはならぬ。まずこのさき数年間はじっと堪《こら》えて、政府の為すところを見て、おもむろにわれらの進退を決するのが当然である。その点については前原にも充分に注意して、返すがえすも軽率のことをせぬように伝えてくれ」

というのであったから、今田がこれをこのままに伝えれば、萩の騒動も大きくはならなかったのだろうが、その点になると、今田はまったく自分の考えと違っていて、西郷の訓戒的忠告を、甚だ嬉しく思わなかったのだ。

今田が鹿児島から萩に帰ってくるまでに起こったのが、熊本と秋月《あきづき》の内乱であった。このことは項を改めてさらに述べることにするが、とにかく、一時の勢いは非常にさかんなものであったから、遠く離れている萩の城下あたりで、不平党がこれを聴いたときは、手を打って喜んだに違いない。果たせるかな、明治九年の十月二十七日に、前原の名をもってにわかに不平士族を、［旧藩校の］明倫館の講堂へ召集することになった。最初は前原は知らな

かったようであるが、のちには奥平、横山の両人《ふたり》からこれを聴かせられて、前原も事の内容は知ったけれど、強いてこれを止めなかったのだから、暗に同意をしたようなものだ。熊本の敬神党には、前もって連絡が取れていたのだから、つまり、前原党のためには、同志の関係をもっている連中が、にわかに事を起こしてみれば、これに対してどういう態度を執ってよいか、ということはあらかじめ定《き》めておかなければならぬ。これが明倫館の会合を催した、だいたいの原因であった。

この会合に集まってきた士族は、いずれも維新の変乱に際して、弾丸雨飛《だんがんうひ》のなかに相当の活躍をした連中であるから、いずれも殺伐な気を含んでいる。その上に政府に対する不平もあり、自分らの論功行賞に漏れた不満も手伝うて、各自の気焰はなかなかにさかんなものであった。相談をした結果が、熊本と秋月の動乱に応じて、事を起こすや否やの一点に止まったのであるが、それについては鹿児島へ行った今田が帰ってこぬから、とにかく、今田の帰国《かえり》を待ち受けて、西郷の態度を知ってからのことにしようと、だいたいの相談の決まったところへ、図らずも今田が帰ってきて、西郷と対談の報告をした。このときに今田がありていに、西郷の言うたとおり一同に告げたならば、あるいは多少躊躇したかもしれないが、今田は一同に向かって、こういうことを報告したのだ。

「西郷先生は、いま、にわかに起つべき考えはないようであるけれども、要するに政府に対する不満は非常なものであるから、もし各所に動乱が起きて、その時期が熟したと見れば、必ず起つべき覚悟はあるに違いない。そのことは先生の挙動や談論《はなし》の調子によって、充分に推察することができた、したがってわれわれは熊本と秋月の動乱に続いて、事を為すの必要がある」

こういう報告をしたので、性急な連中が、もはやこれ以上に西郷の精神を確かめる必要はないから、ただちに事を起こしてしまえ、ということに一致した。奥平や横山は、どこまでもこの際に事を起こすの考えがあったのだから、そこですぐに挙兵のことが決したのである。

まず第一に、県令の関口隆吉《せきぐちたかよし》「国語学者の新村出《しんむらいずる》、天文気象学者の関口鯉吉《せきぐちりきち》の父」を捕虜にして、萩へ連れてくることにして、それから第二が、鎮台の分営を襲うて、これを撃《う》ち攘《はら》うというのであった。県令の中野はすでに罷《や》めて、関口が迭《かわ》って来ていたときである。この人は元来が幕臣で、撃剣の達人であったのみならず、維新の際にはなかなか面白い履歴をもっていた人だが、明治政府に入って、だんだん累進して、ついに山口県令となったほどの人である。前原党の計画が、ここまで進んだことは充分に知らぬまでも、関口はすでに幾分の機微には通じていたのである。いずれにしてもこういう事情から、挙兵と決したので、その進退の甚だ軽率であったという譏《そしり》は免れない。佐賀の事件に比ぶれば、萩の挙兵のごときは、ほとんど比較物《くらべもの》にならぬほど、つまらぬものであった。

折柄、関口は萩の政庁へ来ていたので、これを機会に早くも捕えてしまおう、という計画であった。ところが関口は、常に前原党のなかに間者を放って、その一挙一動は詳しく知っていたのだから、いよいよこのことが決したことを知るや、小使の服装をして、ひそかに萩を脱《のが》れて、山口へ逃げ帰ってしまった。そんなこととは知らず、前原党の決死隊は二千幾名、一時に蜂起して、政庁へ押しかけてみると、関口の姿は見えなかったので、いかにもその機敏なのには、一同も驚いたということである。

関口は山口へ帰ると、すぐに広島鎮台へ急報すると同時に、中央政府にもこの旨を急報した。ここにおいてまずとりあえず、広島鎮台の兵を繰り出すことになって、山口分営の兵を萩へ繰りこます手順がついた。関口を襲うたのは二十七日のことで、山口分営の兵が萩へ向かったのは、二十八日の夜のことである。また広島鎮台の兵が軍艦に乗って、萩の城下へ横着けになったのは、二十九日の夜であった。そのあいだほとんど瞬《また》きをすることもならぬくらいで、この迅速なやりかたには、さすがの前原党も狼狽した。ここに滑稽をきわめたのは、萩の海岸へ着いた軍艦を、西郷の応援隊と誤って、一時は非常に驚喜したということであるが、この一事によって見ても、前原党の軽率なることは、充分に想像ができる。

この計画がにわかに進んでいったとき、横山や奥平の希望で、豊前《ぶぜん》小倉《こくら》の連隊長を勤めていた、前原の実弟山田穎太郎を呼び返すことにした。山田は兄や同志への義理ばかりでなく、自分も政府に不平があったから、すぐ辞職して萩へ帰ると、万事の謀議にあずかって、挙兵の際にはもっとも力を尽くした。山田が連隊長を罷めたあとへ行ったのが、例の乃木希《のぎまれ》典《すけ》であった。前原の味方になっていた一人《いちにん》に、玉木文之進《たまきぶんのしん》［正韞《まさかぬ》］の養子真人《まこと》［正誼《まさよし》］という人がいた、これが乃木の実弟である。真人は挙兵の議が決するや、小倉に出かけていって、実兄の乃木に面会して、この計画のだいたいを打ち明けた上、ぜひ鉄砲を貸してくれと申しこんだ。これには乃木もさすがに驚いて、いろいろに真人を戒めたけれど、どうしても承知しない。ここにおいて乃木は、

「鉄砲を貸し与えることはできぬのみならず、兄弟の縁も今日《こんにち》かぎりだ」

と言うて、真人を追い返したのち、いわゆる大義親を滅すの諺のとおり、乃木は政府へ萩の前原党が、不穏の計画をしておることを急訴したのである。つまり広島鎮台の兵が、萩へ出かけることの速かったのは、これがもっともあずかって力があったのだ。乃木はその時分からこういう調子の人で、大義のためには自分の実弟を見殺しにしたのである。

いよいよ挙兵のことは決したが、軍事にもっとも精通している山田が、だんだん調査をしてみると、とてもいままでの準備では、戦争《いくさ》の真似事をすることもできない。第一に弾薬の欠乏が甚しいのであるから、これを補充することを考えなければならぬ。そこで、八丁馬場の分営と弾薬製造所を襲うて、その弾薬を奪い取ったのちに、一同結束して山口に向かうことにした。しかるにこのことは、陸軍の方にも充分の覚悟があって、相当の防禦策が講ぜられていたばかりでなく、味方の方に裏切りをする者もあって、その計画はすべて破れてしまった。一方の首領たる小笠原男也《おがさわらおなり》が、この際に縛に就いた。これは前原党に取って、非常

に重大なことであった。

このときに、もっとも注意すべきことは、陸軍少将の三浦梧楼《みうらごろう》が、事変の起こると同時に、山口へ乗りこんできて、いっさいの策戦を立てたことである。三浦は元来長州藩士で、いわばいま事を起こした連中とは互いに手を執って、維新の変乱に尽瘁《じんすい》したのであるから、いわば兄弟同士の喧嘩にも等しいのである。しかるに三浦が、あの気象をもちながら、潔く政府の命によって、その昔は同志であった者を、みずから征討にやってきた、というところに三浦の苦衷もあったろうが、また決心の強いところもあったのだ。萩は元来戦うに便利の地でない、しかも士族は烏合の徒であり、弾薬はほとんどなきにも等しい、ことに軽率な挙兵であったから、普通のことにしても物になるはずはないのだ。ところへ三浦のような驍将《ぎょうしょう》が、生まれ故郷の地理にも明るく、充分の兵力をもってやってきたので、ほとんど一晩の戦闘《たたかい》で、前原党は総敗北になってしまったのである。

十

前原党の重立ちたるものは、戦争《たたかい》に敗れて、一時は明倫館へ引き揚げてきた。このときに前原は、天を仰いで歎息して、

「事ここに至っては、もはや武士《さむらい》らしい最期を遂げるほかはない」

と言うて、すでに切腹しようとしたから、奥平はその手にすがって、

「まず先生お待ちなさい、いまはまだ死ぬべきときではありませぬ。自分はかつて新潟県に役人をしていた関係から、よく彼の地の事情を心得ておりますから、一時新潟方面へ引き揚げて、再挙の策をなす覚悟《つもり》であるによって、いま最期を遂げることは、一時思いとどまっていただきたい」

「イヤ、そういう未練がましいことをして、恥辱を重ねるようなことになっては、武士《さむらい》の死後の面目にも関するから、我輩はこの場において切腹する」

それを奥平はあくまでも引き止める、傍に見ていた横山もたまりかねて、奥平とともに辞《ことば》を尽くして説く、前原もついに屈して、死は思いとどまることになった。こういう事情になっては、一刻も萩にとどまることはできぬ、山陰方面の間道を伝うて、越後へ遁れることになって、山田穎太郎、佐世《させ》一清《いっせい》〔山田と同じく前原の実弟〕、横山俊彦、奥平謙輔、馬来《まき》杢《もく》、冷泉増太郎《れいぜいますたろう》、それに横山の僕《ぼく》白井林蔵、以上の同勢で前原を警護して、萩を脱《のが》れることになった。

前原は、非常に親孝行の人であったから、いよいよ萩を立ち退くについて、父の彦七《ひこしち》をいずれかへ落ち延びさせる所存《つもり》で、自分の邸へ立ち寄ると、意外にも彦七はもちろん、妻子までもすでに官兵のために捕えられた、ということを聞いて、前原は声を揚げて泣いた。

「われ不孝にして、父にまでも大逆の罪を負わせたのは、なんとも申しわけがない。この上は一死もって、父にこの過失《あやまち》を謝するのほかはない」

と言って、いまにも切腹しそうな前原を、一同はしきりに慰めていたところへ、官兵が一時に襲うてくる。ここにおいてやむをえず、一同は官兵の群がるなかへ斬りこんで、一方の血路を開き、ようやく萩の城下を離れて、［萩郊外の］江崎《えざき》港《みなと》までやってきた。最前の激闘に山田は、すでに重傷を負うていたが、これは一行がいろいろに介抱して、これより海上を越後へ出る計画《つもり》で、船に乗りこんだのが十一月の三日であった。にわかの暴風雨《あらし》に渡海は、非常に困難になって、出雲《いずも》国神門《かんど》郡の宇龍《うりゅう》港［現在の出雲市大社町］に、船は漂着するのやむなきに至った。

ここは島根県に属していて、県令はかつて前原の下役をやっていた、佐藤信寛《さとうのぶひろ》［岸信介《きしのぶすけ》、佐藤栄作《さとうえいさく》の曾祖父］という人であった。前原の一列が宇龍港へ着いたという急報を得ると、県庁の役人は非常な騒動《さわぎ》であった。わずかに五人や六人で逃げてきたとは思わない、むろんのこと相当の兵を率いて乗りこんできたのだという考えから、金庫の金を取り出して、小舟に積みこんで逃げ出すやら、いっさいの書類を引きまとめ、馬の背に積んで、役人がその左右を取り巻いて立ち退く、というようなわけであった。

県令の佐藤は、重立ちたる役人と相談の上で、とにかく、前原を松江の県庁へ連れてくるのが、第一の上策と決して、これから県庁の清水清太郎《しみずせいたろう》という者を呼んで、

「君は、これから宇龍港へ行って、前原の一列を誘い、この県庁まで連れてくるようにするのじゃ。事は急を要すから、すぐに出かけたらよかろう」

これを聴いた清水は、

「せっかくのご命令ではありまするが、私もまた長州出身であって、前原先生とは近親の間柄でありまするから、そんな御使者《おつかい》を勤めることはできませぬ」

「しかし、君はいま政府の役人になっておるのでないか」

「よし、政府の役人はしておりましても、そんな無情なことは私には勤まり……」

「イヤ、けっして無情なことではない。このままにしておけば、前原の一列はついに警察官の押えるところとなるか、しからざれば格闘して討たれることになる、その末路を惜しむから、とにかく、県庁まで連れてこいというのじゃ。前原に同情しておればこそ、君を使者《つかい》に出すのじゃから、その心で行ったらよかろう」

「なるほど、そういう思召でありまするならば、なお伺いまするが、前原先生を連れてきましたら、それからさきはどうなるのでありまするか」

「むろんのこと、東京へ差し送ることになるのじゃ」

「エッ、東京へ先生を送ろうというのですか」

「そうじゃ」

「よろしい、そういうわけならば、これから宇龍へ行って、先生の一列を説いて連れてきましょう。その代わり東京へ送るということを証明した、一書を頂戴いたしたい」

ここにおいて佐藤は、すぐにその旨を認《したた》めた書面を渡した。清水は喜んでこれを携えて、これから大急ぎで、杵築《きづき》［現・出雲市、出雲大社の門前町］の分屯所へやってきて、主任警部の岡田《おかだ》融《とおる》に会って、県令の旨を伝えた。いまや杵築の分屯所では、前原の一列を捕縛すべく準備していたところへ、この使者《つかい》であったから、警察官の手から離れて、清水が直接に、前原の一列に談判することになった。

かくて警察官の一隊を連れて、清水は宇龍へやってきた。これから戸長の藤村与太郎《ふじむらよたろう》を、前原のいるところへ遣わして、会見を求めさせたところが、奥平が一同に代わって面会すると答えてきたから、そこで清水はすぐに奥平に会うて、その後の久闊《きゅうかつ》を叙したのち、県令から命ぜられた使命を伝えた。これは奥平の独断にもならぬから、前原にこれを伝えると、県令の添書《てんしょ》を見て、前原は非常に喜んで、

「もうこうなった以上は、潔く東京へ送られることにしよう」

と言う、それを聴いて一同は、

「先生は、東京へ送られることを、なぜそう喜ぶのでありますか」

「サア、どうせ死は免れぬのじゃが、同じ死ぬならば東京で死にたい」

「そりゃまたなぜでござりまする」

「せめて最期のありさまを父に見せたくないのじゃ」

これを聴いたときには、さすがに一同も、もらい泣きに泣いたということである。それから一同は清水に連れられて、松江へ行くことになったが、この際に冷泉増太郎を、西郷へこ

の顚末を報告する使者《つかい》として送ることになった。これが一時西南戦争について疑問になった前原一格《まえばらいっかく》のことである［西南戦争の際、西郷軍のなかに元長州藩士で一誠の弟とも噂された一格と称する人物がいた。桐野利秋の下で奮戦し、肥後川尻口で戦死した］。

秋深くおちこち山も紅葉してあかき心の色を添へけり

これは前原が、宇龍を出て松江へ向かうときに、詠んだ歌である。途中の取り扱いは非常に鄭重なもので、さすがに一列も清水の親切には感心した。さて、いよいよ一列が松江へ到着すると、すぐに監獄へ入れられて、それから十一月の七日になって、にわかに訟廷《しょうてい》へ引き出されて、警部の山田吉雄《やまだよしお》という者の調べを受けた。このとき山田警部は、いちおうの取り調べをしたのち、政府から位記褫奪《いきちだつ》［剝奪］の達《たっし》があったことを伝え、これより萩へ一同を送る旨を申し渡した。そこで奥平は、非常に怒って、

「君は、けしからぬことを言わっしゃる、われわれを清水が迎えに来たときは、東京へ送るというのであったが、どういうわけで、かような偽りを構えるのであるか」

と、激しい詰責を受けると、山田は頭を掻きながら、

「いかにもお約束はしたようでありますが、司法卿が東京へ行くことは御許可《おゆるし》にならないのですから、よんどころありませぬ」

いかに怒号したところで、警部はこう答えるよりほかに言葉はないのだ。ここにおいて前原は一同を制して、これから萩へ送られることになったのである。

松江の獄にあること十四日、いよいよ山口県警部二宮久《にのみやひさし》が、前原の一列を迎えにやってきた。途中の取り扱いは非常に鄭重をきわめたが、海路を萩へ向かう船中において、二宮警部が前原に向かって、

「このたびのことはなんとも申し上げようもありませぬが、特にお耳へ入れておきたいのは、ご実父のご最期であります」

「ヤッ、なんという、父がどうせられたというのか」

「さよう……」

二宮はしばらく頭を下げていたが、やがて言葉静かに、

「ご実父は、その筋の手に捕われてから、潔くご最期を遂げられたのでござりまする」

「フフム、さようか、子は大逆の罪を犯して、なお死せず、父は捕われて自刃する、いまさらになんとも申し上げようはない」

と言ったきり、前原は眼を閉じて、ひたすら父の死を悲しむのであった。

一列がいよいよ萩へ着くと、山口裁判所の判事岩村通俊《いわむらみちとし》が係官となって、一列の審問を始めた。ときに品川弥二郎《しながわやじろう》が、太政官の役人として出張していて、旧知《むかしなじみ》の前原を牢獄に訪ねて、しきりに慰めたのち、

「君もこういうことになったのじゃから、もう覚悟して、潔く最期を遂げてくれたまえ」

「ウム、それは松江で捕えられたとき、すでに覚悟はしていたのじゃ。しかし、我輩が死ん

で地下に行って、[吉田]松陰先生に見《まみ》えたとき、必ず君のことを聴かれるだろうが、なんと答えたらよいか、ついでにそれを聴かせておいてくれ」

この皮肉な質問には、品川もしばらく黙っていたが、やがて苦笑を漏らして、

「よく尋ねてくれた、松陰先生にお目にかかったら、弥二はあいかわらずでござりますと答えてくれ」

この押し問答は、じつに興味のあることだからついでに書き添えておいたのだ。

挙兵はわずかに一日で敗れたけれど、なにしろ首魁が前原であるというだけに、事件の拡がったことは非常なものであった。かれこれするうちに、司法卿の大木喬任《おおきたかとう》は、司法大丞の渡辺驥《わたなべすすむ》を率いて、わざわざ出張することになった。この裁判を監督する所存《つもり》で来たのだろうが、ある日のこと、渡辺は裁判所へやってきて、

「一件書類の内見をしたい」

と申しこんだ。これに対して岩村は、

「せっかくの御要求《おもとめ》ではあるがこのことだけはお断り申す」

「それはどういうわけか」

「我輩は天皇の命を受けて、この事件の裁判をするのであって、裁判の落着までは何人《なんぴと》にも、一件書類の内見は許さぬのが当然である」

「それはいちおう道理《もっとも》であるが、とにかく、司法卿の命令によって来たのじゃから、君もま

た司法卿の支配下における判事であってみれば、これを内見させせぬということはできまい」

「イヤ、それは君の言うところが違っておる。たとえ司法卿であろうとも、裁判は神聖なるものであって、一件書類の内見は許さぬ。これ以上はなんというても、内見を承諾することはできませぬ」

と、断然《きっぱり》断って、ついに岩村は一件書類を一枚も示さずに終《しま》った。ということであるが、この岩村の態度は、じつに立派なものであった。

これを要するに岩村は、一件書類を示すと、死刑になる者が多くなるという見こみで、自分はどこまでも、真に首魁と看做すべき者を死刑にするにとどめて、その他はあまり重き処分にしたくない考えであったに違いない。裁判の結果から考えても、そういう推測はできるのである。いよいよ十二月の三日に結審して、死刑は前原兄弟と奥平横山の五人だけ［実際は他に三人、計八人］で、その他はみな懲役に処せられることになった。

死刑を言い渡されると、即時に刑場へ引き出されて、まず第一に前原は断頭台上の人になった。県令の関口隆吉がやってきて、いろいろに慰めた上、

「なにか御希望《おのぞみ》のものがあるならば、ご所望になったらよかろう」

と言われて、前原は、

「せっかくのご親切じゃから、酒と卵を少しもらいたい」

そこで県令は、部下の者に申し付けると、やがて酒と卵をもってきた。それを前原は静か

に飲み終わって、傍の筆を執って、サラサラとなにか書いて県令に渡した。それからついに首を斬られてしまったが、その最期はじつに立派であった。県令に書いて渡したのは、

たらちねの思ふ心やいやまさるひとやの中によな〳〵の声
もろともに峯の嵐のはげしくて木の葉と共に散る我身かな
草も木も心ありてやかゝるらん萩の花にもみな涙せり
鹿を指し馬といふてう世の中にわがまごころは神ぞ知るらん

この四首の歌であった。

前原が死刑になったと聞くや、玉木文之進は先祖の墓前に切腹して相果てた。前に言うた乃木の実弟真人をもらって、養子としていた関係から、真人が前原に与して、萩の戦争《たたかい》に討死したのちは、偏《ひとえ》に謹慎していたが、前原が死刑になったと聞いて、すぐに腹を切ってしまったのだ。この人は吉田松陰の父、杉百合之助《すぎゆりのすけ》の弟で、松陰をあれまでの人物にしたのも、また乃木大将をあれまでの人物にしたのも、みなこの人の丹精であった。それからもう一つの悲劇は、前原と刎頸《ふんけい》の交わりのあった、渡辺源右衛門《わたなべげんえもん》という人が、この挙兵には不同意で、前原の相談には応じなかったけれど、ひそかにその経過《なりゆき》を見ているうちに、前原兄弟が死刑になった、と聴くと、妻子を呼んで、

「このたびの前原の挙兵は、大義名分の上よりいえば、もちろん逆徒の誹《そしり》を免れぬのであるが、しかしながら政府の施政に対して、反対の結果、こういうことになったのであるから、

必ずしも一般の謀叛人とは同一に見られぬ。成敗はただ運であって、死生は命《めい》である、いやしくも生を武門に受けて、己の目的のために死するのは、武士の本分を果たしたものとしなければならぬ。俺《わし》は前原とその所見を異にして、一味には加わらなかったけれど、前原の正しい精神に対しては、深く敬服しておるのじゃ。よし前原を死刑にするまでも、政府は前原を東京まで呼びつけて、その挙兵の真の精神のあるところを糺《ただ》さぬという法はない。しかるに闇から闇に葬るような、あたかも普通の賊を処分すると同一のしかたをしたのは、甚だよくないと思う。俺《わし》もまたかような世の中に、長く生を貪ることを潔しとせぬから、すみやかに切腹して相果てる覚悟《つもり》じゃ。ついては、おまえらの身の将来を考えると、かわいそうでならぬ」

これを聴いた妻は、少しも怯《わるび》れた風がなく、

「旦那様《あなた》が、そういうしだいで覚悟をなされた以上は、妾《わたし》とても後に残るの考えはありませぬ。旦那様《あなた》のお手にかかって死にとうございます」

「ウム、それは好い覚悟じゃ、子供らはどうする所存《つもり》か」

「かような世の中に長く残して、苦しませるのもかわいそうでございますから、これも連れてまいることにいたしましょう」

「よし、しからばお前らは俺《わし》の手で死んでくれ」

「ハイ」

この潔き妻の覚悟には、さすがの渡辺も感心した。ところへ妻の姉が、偶然訪ねてきて、この始末を聴くと、

「そういうわけならば、妾《わたし》も一緒にまいりましょう」

と言って、これもまた渡辺の手にかかって、死ぬ決心を示した。そこで渡辺はまず姉を刺して、それから妻、さらに十二歳になる長男と、六歳になる長女を刺し殺して、自分は家に火を放ち、火焰の漲るなかに潔く自刃してしまった。いまの学問した人の思想《あたま》から考えたならば、じつに馬鹿らしいことのようではあるが、昔の武士のごく物堅い気風の一端は、充分に現われておると思うから、ついでにこの一事を書き添えておいた。

熊本の神風連

一

肥後熊本の細川藩士には、なかなか偉い人物があったけれど、その割合に維新の際には活動《かつどう》をしていなかった。一人ずつ抜け駆けの働きをした者はあったようだが、藩の議論をまとめて、一致の活動《はたらき》をしたことはなかったから、明治政府になっても肥後人は、あまり好い地位に就いた者が少ない。しかし、一個の人物として対照すれば、かなりに使える人はあったのだけれど、ただいたずらに内訌《うちわもめ》の議論で日を送っていたために、維新の大舞台に乗り出

すことができなかったのである。

明治になってから、もっとも世人の注意を引いたのが、神風連《しんぷうれん》の暴動であった。佐賀や萩の内乱は、その首魁になった人々に、相当の政治意見はあったけれど、神風連の人たちは、ただ時代の進歩にともなわぬ頑迷な説を執って、いたずらに旧幕の昔を慕う考えから、無謀な挙兵をしたのであるから、著者《わたし》はことさらにこれを暴挙と称するのである。

旧幕の時代から遺った、私党の争いが原因となって、明治になってからも引き続いて、互いに反目していたのだ。その多くはいまの言葉でいう、学閥の関係から来たもので、初めは学問の流派について争っていたのが、いつか政治の上にまで及んできて、ますます人と人との関係が面倒になって、事ごとにその学派の立場から争うてきたのである。細川藩の時習《じしゅう》館《かん》というのは、藩の費用をもって建てられたので、つまり熊本における、唯一の官立学校というがごときものであった。この派において重きをなした者は、池辺吉十郎《いけべきちじゅうろう》［池辺三山《さんざん》の父］、鎌田景弼《かまたかげすけ》、桜田惣四郎《さくらだそうしろう》らの人々で、維新の際には、佐幕攘夷の議論を唱えた一派である。次が実学派というて、程朱《ていしゅ》の説［いわゆる朱子学］を却《しりぞ》け、もっぱら躬行実践《きゅうこうじっせん》を唱えた者の集まった一派で、その重立ちたる者は、米田監物《こめだけんもつ》、横井平四郎《よこいへいしろう》［小楠《しょうなん》］、元田永孚《もとだながざね》、津田山三郎《つださんざぶろう》［信弘《のぶひろ》］らであったが、きわめて穏やかな勤王攘夷説を唱えた連中である。その次が勤王派と称して、これは国学者の林藤次《はやしとうじ》［有通《ありみち》、号は桜園《おうえん》］という人から出た、学派の連中で、その重立ちたるものは、宮部鼎蔵《みやべていぞう》、轟武兵衛《とどろきぶへえ》、永鳥三平《ながとりさんぺい》らの人が重立ちたるもので、急激な勤王攘夷派であった。時習館に席を置いた連中を、一口に学校党と名づけ、旧幕時代にはいちばんに勢力のあったのがこの派である。次は米田らの派であった。維新の前後には学校党が衰えて、勤王派と実学派がさかんになってきた。その勤王派が明治になってから二つにわかれて、その一は学校党に加わり、他の一は敬神党《けいしんとう》として独立した。これがのちに神風連と称せられた一派で、その首領とも言うべきものは、太田黒伴雄《おおたぐろともお》、加屋霽堅《かやはるかた》、上野堅吾《うえのけんご》らである。いまでも肥後人のあいだには、この学派からわかれてきた勢力の争いがあるくらいで、党派心の強いことは、九州においても屈指の地である、したがって党弊の甚しいことも、なかなかにいまの政党ぐらいのことではなかった。

征韓論が内閣に起こったと聞いて、敬神党の一派は非常に喜んだ。しかるに、征韓論はついに敗れたので、敬神党の一派は非常に憤激して、一時は容易ならぬ騒動も起しかねぬありさまであったが、例のとおり議論に日を送っているうちに時機を失して、ついに暴挙を起こすまでには至らなかった。そののち、前原一誠が辞職してから、九州各地を遊説したついでに熊本へもやってきて、もっぱらこの一派と交際を結んで帰った。この際に、秘密の約束は結ばれて、互いに消息を通ずるようになった。いよいよ事を起こす時分には、充分に連絡を執ってやろうという、相談が成り立ったのである。

土州藩の安岡良亮《やすおかりょうすけ》が、熊本県令に任ぜられたのは、あたかも征韓論の敗れた後のことで、この人は学問もあり、かつ胆力もあって、地方の長官としてはもっとも適任の人ではあったが、惜しいかな、議論が多くして衒気《げんき》に富んでいたから、敬神党のような頑固でゴチゴチ固まっている、士族連を統御する人としては、やや不適任の傾きがあった。元来、土佐人は安岡ばかりでなく、すべて議論倒れの風があって、しかも理想の実現を急ぐ傾きのあったために、どうかすると非常な失敗をする。安岡が熊本へ赴任してから、鋭意熱心に士風の一変も計れば、人智の開発にも努めたけれど、いつも急進的に行おうとしたために、頑固連と衝突を続けて、明けても暮れても紛擾《ごたつ》いていたのである。

細川藩士のあいだに、有益社《ゆうえきしゃ》というものが組織されてあった。これは旧幕の時代に、備荒貯蓄の意味で、藩士の禄高から幾割というものを割いて、積み立てておいたのが明治になっても、なお引き続いてそのままになっていたのだ。しかるに、廃藩置県の際に、各藩の貸借はもちろん、その財産の処分までも、中央政府が手を着けることになって、だんだん取り調べの結果、有益社の財産全部は、大蔵省へ引き継ぐことになった。このことがほど経てから士族の耳に這入って、それから大騒動《おおさわぎ》になってきたのだ。いくたびか士族総代が県庁へやってきては、安岡に面会して談判したけれど、安岡としては政府の方針が、各藩に対して公平に行われていたのであるから、単に熊本県の有益社だけを、特別の扱いにすることはできないのみならず、士族らの主張するところに、事実の徹底せぬところもあって、ついにその談判を却《しりぞ》けてしまった。士族らは非常に憤慨して、さらに総代を選んで、大蔵省へ談判に出かけたけれど、これもまた要領を得ずにしまった。そのことはすべて政府が命令を発して行うたことであるが、士族らの方から見れば、安岡がこの処分を為したようにも思われるので、自然と安岡に向かって、反感を懐くようになってきたのである。

安岡に対する士族の反抗は、有益社のことからばかりでなく、別に深い事情もあったのだ。それは文部省の方針が、一般の児童に斉《ひと》しく普通の学問をさせる、ということになって、各県へはそれぞれに訓示を発して、学齢に達した児童をもっている家には、巡査が戸別に説諭を加えて、無理やりに学校へ入れるように勧めて歩いた。これが頑固な士族の頭には、非常に悪い影響《ひびき》をもっていた矢先へ、結髪《けっぱつ》についての布告が出たので、いっそうに県庁へ対する反感は昂まってきた。つまりいままでの丁髷《ちょんまげ》を断《き》って、散切《ざんぎり》頭に直せというのであった。

こんなことはいまから考えると、想像のつかぬくらいに馬鹿馬鹿しいことであるが、なかなかに難しい問題であって、頑固な人は容易に、先祖代々の丁髷を断ろうという、考えはもっていなかった。三府五港〔三府は東京、京都、大阪。五港は横浜、神戸、長崎、新潟、函館〕に住んでいる人は、役人が先達《さきだち》になって、西洋の風俗を学んでくるし、また異人の姿を始終見ていながら、商売をするというような関係から、自然とそれに化せられて、髷も断れば、洋服も着るようになったが、まだ昔の藩庁のあった各県には、容易にこの風俗は染みこんでいなかった。ことに旧藩の士族の頑固な考えからすれば、丁髷を断るということのごときも、非常に重大なることのように思われていたのであるから、これに対して反抗の気焔を揚げたのは、あながち無理とのみはいえないのである。

その次に出た布告が、例の廃刀令《はいとうれい》であった。このときは士族らの激昂がその頂点にまで達して、ほとんど一揆を起こすような騒動《さわぎ》で、県庁へ詰めかけて、安岡に談判を始めた。それを安岡が高圧的にやりつけて、廃刀の実行を迫ったから、ますます安岡に対する反感は強くなるばかりであった。明治四年に出た布告に、脱刀勝手たるべしというのがある。これは士籍にある者が帯刀をせずともよろしい、という意味に過ぎなかったけれども、明治九年の三月に出た新布告は、廃刀を命じたのであるからいままで両刀帯《にほんさ》して威張っていた士族らは、にわかに平民の仲間へ追いこまれたような気持ちになって、これがために非常に激昂したのは、当時の士族の心事からいうたら、口惜《くや》しかったに違いない。すべて長いあいだ続いてきた風俗を、にわかに一変するということは、よほど巧みにやらぬと、これがためにとんでもない間違いを惹き起こすもので、為政者のおおいに考うべきところはその点にあるのだ。安岡は理想の勝った人であったから、こういう布告についても、なんの踟躕《ちちゅう》［躊躇と同義］するところなく、すぐに実行を迫るという風にやってゆくので、士族らとの感情がいよいよ疎隔して、その顔を見るのさえ癪にさわるといったような気分が、士族のあいだにだんだん昂まってきて、やがて安岡の身に不測の禍《わざわい》が起こったのも、やはりこれらのことが原因の一つにはなっていたのである。

二

士族らが楽しんでいた、征韓論は行われぬことになって、丁髷を断らせられる、帯刀は差し止められる、というのであるから、その不平はひと通りでない。その上に県令の安岡が、なにごとも高圧的《あたまごなし》に理窟づくめで、緊々《ぴしぴし》やりつけてゆくところから、ますます士族らの憤慨は激《ひど》くなってきて、その神経はだんだん昂まるばかりであった。加うるに熊本鎮台に出入《しゅつにゅう》する将校が、これ見よがしに洋服と洋剣《サーベル》で、大道狭しと押し歩く。それが士族の眼には、無上の恥辱を与えられるようにも思われたのだ。ことに敬神党の士族は、極端な守旧論者の団結であったから、いやしくも一国の防守を任としている軍職にある者が、卑しむべき絨衣《じゅうい》を着して、ことさらに日本刀を洋剣《サーベル》にしたのは、いわゆる大和魂に異人の悪気をかけたようなもので、わが神州の美しい士風は、これがためにどこまで廃頽《はいたい》してゆくかわからぬ。いまにしてこの悪風俗を矯正せずんば、日本の将来も思いやられる。といったような心をもつ者が多く、したがって鎮台兵の外出した日なぞには、ことさらに士族が酔態を装うて、喧嘩を売りかける、柔術や撃剣で鍛え上げてある腕力を振るうて、百姓から一足飛びの兵卒を殴りつけるので、喧嘩はとても物になるはずはない。そうなると兵卒の方でも口惜しいから、多くの人数を一つにまとめて押し歩く。それと士族の一団が衝突して、いくたびか血を流しての格闘が始まる。これがために鎮台兵の外出は、一時差し止めたこともあったくらいだ。そういうつまらないことがだんだん士族らの頑固な心を唆《そそ》って、ついに無謀なことを企つるに至らしめたのである。

熊本城の西南に当たって高い丘がある、そこに藤崎《ふじさき》八幡が祀ってあって、これを錦山神社と称していたのだが、加屋霽堅は此社《ここ》に神官を勤めていたのだ。ある日、同志の者が加屋の許へ集まって、酒を呷《あお》りながらの協議に、

「わが国の士風が、日を逐うて蛮夷の風俗に傾いてゆくのは、いかにも歎息の至りである。さきには結髪を禁止し、いまではまた帯刀を差し止める、その他有益社における士族の共有財産を、いやしくも政府ともあるべきものが私《わたくし》するに至っては、ほとんど盗賊の所為である。これ以上われらは、皇国の頽廃してゆくのを見ているに忍びぬ。いまこそわれらの蹶起して、おおいに天下に義を唱えて、新政府の施政の誤りを正すべきのときであると思うが、これについては単にわれらのみの力をもって、この大勢を動かすことは難しいのであるから、先般、来遊せられた萩の前原先生にも相談して、東西相応じて事を起こすことにしようではないか、そのうちには西郷先生の去就も決するであろうから、とにかく、萩へ密使を送るかたわら、その沿道の同志を説いて歩いたならば、あるいはわれらが希望する、政府改革の端に着くこともできるであろう」

と、この相談が熟して、上野堅吾と緒方小太郎《おがたこたろう》の両人《ふたり》が、長州へ急行することになったのである。

この時分には、前原の方の計画もだいぶ進んでいて、熊本から来た両人《ふたり》に対する、前原の答えもなかなかに激しいものであった。いつまでに事を起こすとの差し迫った相談はなかったけれど、いつでも互いに相応ずるという約束だけはできて、両人《ふたり》は長州から帰途《かえり》に、久留米、柳川《やながわ》、秋月等の各地を経て、それぞれに同志との連絡をつけて、熊本へ帰ってきたのが、明治九年の十月上旬であった。それから加屋の邸に、いくたびか集会が催されて、両人《ふたり》からの報告も聴き、各地との連絡の取れたありさまも聴いて、一同の計画はだんだんと進んで、槍、長刀、鉄砲をはじめいっさいの武器は、銘々に力限り集めておくことになって、追々に挙兵の準備は整うてきた。事を起こすにしても邪魔になるのは熊本鎮台であるから、とりあえず鎮台へ斬りこんで、彼らを鏖殺《おうさつ》して、熊本城を乗っ取るのが必要であるということになって、これから徐々に鎮台乗っ取りの計画にかかったのである。

同志の士族のうちで、やや機転の利いた者を、鎮台の用達を勤めている、商人の家に住みこませて、城内のようすを探らせると同時に、事を起こすときの準備をなさしむべく、この間の仕事はなかなか巧妙に運ばれた。十月二十日の首領株の集会で、いよいよ二十八日に事を起こすことが決まって、城内へ出入《しゅつにゅう》する同志には、竹筒に火薬を詰めたものを、各営舎の床下に装置させることにして、安岡県令をはじめ、重立ちたる官員の役宅にも同様の準備をした。いよいよというときにはただ鉄砲を打ちかけるか、あるいは火を点ければ、この火薬筒が一時に破裂して火になる、その騒動につけこんで斬りこむという計画であった。とにかく、加藤清正《かとうきよまさ》が縄張りをした、天下五名城の一たる銀杏城《ぎんなんじょう》〔熊本城の別名〕の鎮台兵を襲うに、簡単なしくみをもってかかろうというのだから、その元気はじつに感心であるが、無謀の計画であるという誹《そし》りは免れることができなかった。

安岡県令はごく智慧の廻る人であるから、頑固士族の一派が、なにか計画しているくらいのことは、疾《と》くに気がついていたのだ。けれども、彼らの計画がこれまでに進んでいるとは思わなかったに違いない。しかるに警部の村上新九郎《むらかみしんくろう》が、悉皆《すっかり》この秘密を探ってきて、二十三日の暮方から、安岡県令の役宅において、にわかに重立ちたる役人の臨時会議を開くことにした。参事の小関敬直《こせきたかなお》、大属の仁尾惟茂《におこれしげ》らをはじめ、それぞれに集まってきて、彼らに対する対抗策を、どうしたものかということになると、議論は紛々として、容易に決しない。

村上はこのときに席を進んで、

「士族らの計画は、すでに実行の期に入って、もう間近く事を起こすという場合であるから、この際においてはただいたずらに、手段の巧拙を研究している暇はない。すみやかに非常手段をもってするのほかに策はないと考えまするから、鎮台と警察の連絡を取って、片っ端から緊々《みしみし》やりつけてしまうことに、ご決定を願いたいのであります」

村上は目のあたり、種々のことを見ている上に、また部下の偵吏から、探索の報告も聴いているし、かたがた神経もよほど昂奮していると見えて、こういう説を唱えたのであるが、これには安岡も賛成らしく、

「ウム、そりゃ、村上警部の言うところに、いちおうの道理はある、なんとかしてこの際には、急に策を講ずるほかはあるまい」

と言いかけたところへ、村上の部下の偵吏から報告があった。その書面を見ると、

「いま、藤崎八幡の社内へ、たくさんの士族が集まって、不穏の形勢があるから、至急出張してくれ」

というのであった。ここにおいて村上は、玄関脇の一室に待たせておいて、木山《きやま》、近藤《こんどう》、庵崎《いおさき》の三巡査を、まず現状へ急行させて、村上は安岡の許可《ゆるし》を得て、これから出かけようというのであった。

士族らの方では、二十八日に兵を挙げることに決めておいたが、だんだん事情が切迫してきて、いまやその日まで待つことの不利益であると見たから、にわかに各方面の士族を集めて、藤崎八幡の社殿に、相談会を開いたのである。いままでにしばしば集まって、議論は充分に練ってあるのだから、この晩の会合は、集まった人の多い割合に議論はなく、急に挙兵ということに決して、かねて認めておいた檄文《げきぶん》の字句を訂正して、すぐに事を挙げることになった。なお不参の人々には、それぞれ廻文《かいぶん》をもって、参集をうながすことに決した。

上野堅吾が評議の中途に立って、便所へ来たとき、なんとなく床下に物音がするように思われたから、そこで二、三の者をそっと呼んで、耳語《みみうち》をしたので、すぐに縁下へ飛び下りて、かねて用意してきた灯火《あかり》を差し付けて、床下を窺《のぞ》くと、上野が注意したとおり、床下に

は二、三人の人影が見える。それから騒動《さわぎ》になって、大声を挙げたから、バラバラと七、八名の士族は、武器を携えて駆けつけてきた。床下に隠れていた三人の巡査、これは村上に命ぜられて探偵に来た、木山、近藤、庵崎の三人であったが、見つけ出されたのでこれは一大事と、床下から這い出すとそのままに、後をも見ずに駆け出した、このときはすでに八幡社内の、かしこここには見張りが付いていて、なかなか厳重に見廻っていたのだ。いま大声を揚げての騒動《さわぎ》に、警戒の役を引き受けて出口出口を固める。ところへ駆けてきた木山巡査は、背後《うしろ》から長槍をもって田楽刺しにされて斃れる、近藤巡査は木剣で脳天を撃ち据えられて即死した。庵崎巡査は捕えられて、これから一同の前へ引き据えられ、だんだん拷問の苛《か》責《しゃく》に遭うたので、庵崎はついに安岡県令の役宅に、いま一同が集会している、という事実を吐いた。そこで一同も驚いたのは、すでに県庁側において、それまでの用意があるとした以上は、敵の虚を突くにかぎる、明日に延ばしては敵に乗ぜられるの虞《おそれ》がある。というので、にわかに準備を整えて、これから各方面へ一時に押し出すことになった。不参していた者も追々に駆けつけてきて、このときは百七十余の同勢になった。それぞれに身仕度を整えて、全体を七組にわかち、真っ先に挙げた大旗には、敬神愛国の四文字を表し、その他白旗四流、なかには神風連と認めた旗を担いでいる者もある。さてその手配《てくばり》の大要は、

第一が、二の丸の銃営、すなわち桜の馬場の兵営へ押しかけることになって、その人数は五十四人、隊長は各務十郎《かがみじゅうろう》という人であった。

第二は、山崎の安岡県令の役宅へ繰りこむ同勢十四人、隊長は猿渡常雄《さるわたりつねお》という人であった。

第三は、新屋敷の種田陸軍少将［熊本鎮台司令長官］の役宅を襲うことになって、この同勢二十四人、隊長は高津運記《たかつうんき》である。

第四は、柳川町の早川景矩《はやかわかげのり》と、与倉［知実《ともざね》］陸軍中佐の邸へは、椋梨武毎《むくなしたけとし》が隊長で、同勢十三人が向かうのである。

第五は、第三大区六小区元山村の太田黒惟信《おおたぐろこれのぶ》［県民会議長］の邸を襲うことになって、隊長は浦楯記《うらたてき》という人で、この同勢が十二人である。

こういう風に手配《てはい》がきまった。ときに阿部景器《あべかげき》という人が、朗々として歌い出した長歌は、

鳥《とり》が啼《な》く　東《あずま》の空《そら》は　叢雲《むらくも》の
立隠《たちかく》しけり　久堅《ひさかた》の
天《あま》つ日継《ひつぎ》の　御光《みひかり》も
曇《くも》り行《ゆ》くらん　笹蟹《ささがに》の
雲《くも》の上迄《うえまで》　戸網張《とあみは》り
讒人《さかしらびと》の　讒言《さかしら》の
その数々《かずかず》も　十寸鏡《ますかがみ》

うつして　イザヤ　世《よ》の人《ひと》に
我《われ》ぞ知《し》らさん　不知火《しらぬい》の
心筑紫《こころつくし》の　男《お》の子等《こら》は
いざ太刀《たち》取りて　仇人《あだびと》を
殺《ころ》しつくして　畏《かしこ》くも
我大君《わがおおきみ》の御心《みこころ》を　休《やす》めまつらん民草《たみくさ》も
さかえ行《ゆ》くらん　幾秋《いくあき》も
秋津島根《あきつしまね》に　弥高《いやたか》き
不二《ふじ》の高根《たかね》と　もろともに
安《やす》けき御世《みよ》と　なさで止《や》むべき

というのであった。鹿島甕雄《かじまかめお》が法螺貝を執って吹き出す、これを合図に総勢百七十余名、藤崎八幡の境内を出かけた。ときに明治九年十月の二十四日、月はすでに没して、風は蕭々《しょうしょう》、雲は暗澹として、物凄い一夜、熊本の市民はまったく眠りに入《い》って、全市到るところ森閑としている。真っ先に天照皇大神と認めた旗を翻し、次に御神勅の三字を認めた大旗、次いで神風連、なお一動一静と書いた旗、その他大旗小旗を翻して、士族の武装は、おのおの小具足《こぐそく》に身を固めて、まったく昔の戎装《じゅうそう》をしていたところに、この一揆の値打ちはある。

上野堅吾は黒糸縅《くろいとおどし》の小具足に直垂《ひたたれ》を着して、頭には立烏帽子《たてえぼし》を戴き、腰に赤銅造《しゃくどうづくり》の太刀を佩《は》いて、黒毛の駒に跨り、左には三段染分《さんだんそめわけ》の手綱を掻繰《かいく》り、右には銀の蛭巻《ひるまき》なしたる大薙《おおなぎ》刀《なた》をもって、堂々と乗り出す。そのときに詠んだ歌は、

　うち日さす都あたりに散りたくは千里の駒に鞍おかましを

次に加屋霽堅は、小桜縅《こざくらおどし》の大鎧《おおよろい》を着し、来国俊《らいくにとし》の剛刀を横たえ、身には緋羅紗《ひらしゃ》に金糸《きんし》をもって縫い取った、立浪に千鳥の陣羽織を着し、

　仇なりと人な惜みそもみち葉の散りてそ赤き心なりける

次は太田黒伴雄であったが、この人は通称を大野鉄平《おおのてっぺい》というて、三人のうちでも、ことに多くの人から尊敬を受けていた、なかなかの手腕家《やりて》である。その武装は黄糸縅《きいとおどし》の小具足を着し、南蛮鉄《なんばんてつ》の籠手臑当《こてすねあて》、大身の槍を携えて、馬上悠《ゆた》かに乗り出す。

　から人のかれしあとの恋しさにわらひたつ野に一夜寝にけり
　　夜は寒くなりまさるなり唐衣うつに心のいそかる、哉

この勢いで押し出した、士族連の活動やいかに。いまから思えば旧式の戦争《いくさ》ぶりではあったが、その元気の勇ましいことは、なんとなく羨しいような気もする。

三

さて、安岡県令の役宅では、いま、仁尾村上らをはじめとして、だんだんに集まってきた

県庁の高等官が、しきりに評議を凝している折柄、騒がしい人音に、ハッと思うて、一同が耳を傾けると、遠く聞こえる法螺貝の音、続いて起こる喊《とき》の声、さては士族らの暴挙かと思う途端に、玄関の戸障子を打ち破り闖入《ちんにゅう》してきた士族の一団、真っ先に進んだのが、吉村《よしむら》義節《のりとき》、沼沢広太《ぬまさわひろた》、愛敬元吉《あいきょうもとよし》らをはじめ、十数名の士族が、あるいは抜刀、あるいは長槍を提《ひっさ》げて、ドッと喚《おめ》いて踏みこんでくる。このありさまを見た一同の驚駭《おどろき》はひと通りでない、仁尾惟茂は疾《はや》くも起って、傍の箪笥の抽出を打ち壊し、かねて用意の刀を執って投げ出したので、おのおのそれを携えて、抜き連れ抜き連れ、士族に斬ってかかった。村上警部は吉村と渡り合って、ここを先途と戦う。このあいだにわずかの隙を得て、安岡は次の部屋へ逃げこんだ。これを見つけた三、四人が、前後から挟んで斬ってかかった。安岡は右に避け左に脱《のが》れて、勝手元から裏口へ出ようとしたとき、傍の物蔭から現われた一人《いちにん》が、横に払った一太刀に、下腹を深く斬られて、サッと迸《ほとばし》る血潮とともに、ダラリと臓腑が出たのを、豪気な安岡は、しっかと傷口を押えて、裏の芋畑へ逃げこんだ。士族は安岡に逃げられて、まさかに芋畑のなかに倒れているとは思わなかったので、ドッと喊の声を揚げて、引き揚げてゆく。安岡はこの重傷のために、憐れ芋畑のなかに不帰の客となった。

ここに、七等出仕を勤めていた、桑原正之《くわはらまさゆき》［戒平］という人があった。一日の勤務《つとめ》を終わって、邸へ帰ったところへ、安岡県令から迎いがあったから、夕食を終わって、これから出かけようとする折しも、にわかに起こる銃声と吶喊、尋常事《ただごと》ならぬ物音に、桑原は廊下へ出て、四方をじっと見廻わせば、各所に起る猛火の勢いは、焰々として天を焦がす。それが一ヵ所や二ヵ所でなく、各方面に一時に起こっているから、さては風評《うわさ》のあった、士族の暴挙に違いない、県令からの使者《つかい》も、大方はこのことについてだろうと、すぐに厩舎《うまや》に駆けつけて、裸馬に跨ったまま、県令の邸を指して急ぎ行くうちに、県令の役宅の方面に当たって、にわかに起こる火の手を見て、なんと思うたか、桑原は急に方面を変えて、県庁へ駆けつけた。

宿直の役人や小使が、いまこの騒動《さわぎ》に驚いて狼狽しているところへ、桑原がやってきて、これから宿直や小使を督励して、まず表裏の門を開かせ、玄関から各室へはことごとく灯を点けて、表門には高張提灯を掲げ、受付には宿直と小使を控えさせて、自分は背後《うしろ》に監督している。どういうわけで、桑原がそんなことをしたのか、それは宿直の役人や小使にはわからなかった。かれこれするところへ、古田孫市《ふるたまごいち》、椋梨武毎らをはじめとして、十数名の士族は、喊の声を作って押しかけてきた。しかるに、県庁の表門は八文字に開かれて、玄関には灯が点いて、役人が詰め合うている。けれども庁舎のなかは、寂然《ひっそり》としてさらに人影の認むべきものもなく、この光景を見ては、迂闊に闖入することもできない。どんな策があってすることかわからぬので、士族らはそのままに県庁を見棄てて、他の方面へ向かって押してゆく、これはまったく桑原の智慧と胆力が働いたのだ。昔は孔明が、高楼に琴を弾じて敵を走らせたということもあるが、桑原の頓智から敵に、なにごとかの計画があるだろう、と誤解させて立ち退かせたところに、桑原の手腕《はたらき》があったのだ。

椋梨や古田らの一団は、すぐに路を転じて、これから陸軍中佐の与倉知実《よくらともざね》の邸へ押しかけた。表門から押しこんだのが、椋梨ら数名で、裏門から、堀田四郎、中垣景澄《なかがきかげずみ》らの士族が、喊の声とともに門戸を打ち壊して闖入する。折柄、与倉は風邪のために鎮台を休んで、朝から寝ていたのだ。この物音に驚いて、寝床を飛び出た与倉が、庭の戸を開けば、各処に起る火の手、喊の声や銃声も聞こえる。さてこそと疾《はや》くも覚って、洋剣《サーベル》を執る手遅しと、裏門の方へ駆け出し、勝手口に昼間仕事に来た、植木屋の印袢纏があったから、それを着て、気転の頬かぶりをした。これから駆け出ようとするところへ、堀田らが闇黒《くらやみ》から躍り出《い》で、斬ってかかる。しばらくあしらっているうちに、わずかの隙を得て、与倉は垣根を越えようとした。背後から駆けつけた堀田は、一太刀浴びせたのが延びが届かずに、背筋から尻へかけてスーッと軽く引いた。わずかに皮肉《ひにく》を斬っただけで、骨にまでは届いていないのだから、与倉はそのままに垣根を越えてしまった。このときに与倉の失策は、かねて自分の保管していた、連隊旗の入った箱をもたずに駆け出したことである。堀田らはこれを見つけ出すと、すぐに竿の頭に高く掲げて、味方の士気を鼓舞した。これがために与倉は、事変が済んだのちも悒々として楽まず、またややもすれば与倉の当夜のふるまいは、甚だ卑怯であるというて誹《そし》る者もあった。されば明治十年の「西南の」役には、与倉が名誉回復の戦を試みて、いくたびか悪戦苦闘の末、ついに討死を遂げてしまった。その際に夫人は妊娠していて、熊本城内に楯籠もって、敵の包囲を受けているうちに、産み落した娘さんが、いまの与倉大佐「喜《き》平《へい》。のちに陸軍中将」の夫人である。

四

熊本鎮台の司令長官は、陸軍少将の種田政明《たねだまさあき》であった。元来が薩摩人で、人物は軍将として適任ではあったが、平生から酒色に親しんで、品行の上については、だいぶ激しい批難を受けていた。東京から連れて帰った、芸者の小勝《こかつ》を愛妾として囲っておくほかに、かねて小間使いにしていた、まだようやく十五、六にしかならぬ、少女の小夜《さよ》というのを、新しい妾として抱えようという交渉の始まったのが、事変の二、三日前からのことで、本人の小夜はしきりに拒んだけれど、その父が細い煙を立てていた、豆腐屋の爺《おやじ》であったために、遂々《とうとう》親の威光で叱りつけるようにして、種田の意に従わせることになった。暴動の起きた晩は、その約束が履行されて、愛妾の小勝は、さすがに江戸で磨いた芸者の果てとて、さらに悋気《りんき》をするようなこともなく、かえって自分から進んで、お小夜を慰めて、種田の枕席に侍らせるようにしていたのだ。酒宴も済んで、種田はニコニコもので、少女お小夜の手を執って、寝室に這入ってしまった。小勝は別室に来て、一人淋しく寝ていたのである。しかし、小勝が悋気を忘れて、新しく抱えられる妾の世話をして、自分は離れた座敷に寝ていたのは、かえって幸福であったのだ。そのうちにこの方面に向かった、高津運記、立島駿太《たてじましゅんた》らをはじめとして、多くの士族は、邸の周囲の小溝にかねて用意の板を架けて、まず第一に堀を乗り越えたのが、森下照義《もりしたてるよし》という士族で、すぐに玄関番の書生両人《ふたり》を斬り殺して、一人慄えている書生を案内者に、そっと種田の寝室へ這入ってきた。さすがに猛将の聞こえあった種田も、強烈な酒を十二分《したたか》に飲んで、少女の小夜を弄んだ末、疲れ果てグッスリ寝こんでいる。枕許に立った高津運記は、心ある士族とて、この名誉ある軍将の寝入っているのは斬るに忍びなかったか、ヤッと声をかけて枕を蹴ったから、種田の頭はドシンと落ちた、同時に眼が醒めた種田が、じっと見廻わせば、抜刀の怪物が数名立っているから驚いて、起ち上がりながら後ろの刀架《かたなかけ》に手をかけようとしたところへ、躍りかかった高津は、一刀に斬りつける。憐れ種田ほどの勇将も、不意の一刀は避《よ》けるに暇《ひま》なく、肩先から袈裟がけに割り付けられて、アッと叫ぶとともに、倒れたところへ躍りかかって、また一太刀、ついに種田は乱刃のなかに斃れてしまった。

別室に寝ていた小勝は、この騒動《さわぎ》に目が醒めて、廊下の方へバタバタと駆け出したところを闇黒《くらやみ》から出た一人の士族が、ヤッと言うて斬りつける。軽捷《みがる》の小勝は、キャッと叫びながら、わずかに開いてあった雨戸の外へ飛び出した。肩先へ斬りつけられたが、きわめて微傷《うすで》であったから、そのままに姿を隠したので、ついに惨死は免れたが、この際に小勝が、東京の親許へ打った電報に、

「ダンナハイケナイワタシハテキズ」

これが有名な小勝の電報であるが、かねて新演劇にもいくたびか仕組まれ、劇の題としても、この電報の文字が、そのままに使われたこともある［この電文に戯作者の仮名垣魯文《かながきろぶん》が「カワリタイゾエクニノタメ」と付けて都々逸のかたちにしたことから有名になった］。

各方面へ手分けをして、押しかけた士族のなかでも、二の丸の兵営へ向かった士族は、その任もすこぶる重かったので、先鋒隊の一団は、上野堅吾が指揮して、各所より追々に馳せ集まってくる士族を集めて一団《ひとまとまり》にした。これから門衛の兵士を斬って、一同はあたかも怒濤のごとき勢いで込み入る、かねて営舎の床下にしかけてあった、火薬筒を望んで鉄砲を撃ちかけたり、あるいは携えてきた火薬筒に火を点けて、投げこむやら、これが一時に、爆発して、たちまち兵営は火に包まれた。不意を襲われた営兵は、寝惚け眼《まなこ》を擦《こす》りながら、追々に駆け集まってきたが、それを暗《やみ》のなかに隠れていた士族が、躍り出しては片っ端から斬りまくった。その活動《はたらき》のいかにも鋭いことは、とても百姓上がりの新兵などの手に合うはずはなく、変を聞いて駆けつけた各将校が、声をかぎりに敗兵をまとめて盛り返そうとはしたが、なかなかに思ったほどの半ばにも及ばぬ、それでも幾分は、恥を知るの兵士もあって、将校の指揮の下に必死の防戦を始めた。これを見た上野堅吾は、怒髪冠を突くの勢いで、銀の蛭巻なしたる大薙刀を、水車《みずぐるま》のごとく振り廻しながら、東西南北に営兵を斬って進むありさまは、悪鬼羅刹《あっきらせつ》の暴《あ》れたるがごとく、向かうところほとんど敵なきのありさまであった。多くの営兵を指揮していた、福原大尉はこれを見ると、疾風のごとく駆けつけてきて、

二、三合渡り合うているうちに、いかなる隙を見出したか、一歩踏《ひとあし》みこんで、上野の乗っていた馬の前肢を横に払った。これがために馬は棹立ちになった、上野は落馬した。起き上《あわ》がろうとするところへ、坂谷少尉が飛びかかって、福原大尉に力を協せて、ついに上野は捕虜《とりこ》にした。

このときはすでに、各兵営はみな戦闘《たたかい》になって、ほとんど乱軍のありさまであった。太田黒伴雄は真っ先に乗り出して、大身の槍を振りながら、四角八面に営兵を悩ましているうちに、乗っていた馬が銃丸に中って倒れ、また持っていた槍も折れてしまったので、腰の大刀を引き抜いて斬り合っていたが、多羅尾《たらお》少佐と大島少佐の両人が立ち向かって、ついに太田黒は両少佐のために斬られてしまった。加屋霽堅はまた別の方面において、もっとも好く戦うていたけれど、これも流丸《りゅうがん》に胸を撃たれて即死する。各方面の戦闘《たたかい》は、まったく士族の敗北となった。

このときに、平生から太田黒ともっとも親しんでいた、富永三郎という美男子の士族があった。一説には、太田黒と特別の関係があったともいう。この際の戦闘《たたかい》に太田黒の傍に従いて、ともに奮戦していたが、いよいよ太田黒が討死したと見るや、かろうじて太田黒の死骸に近づき、その首を打ち落として、藤崎八幡の社内に遁《のが》れてきて、涙ながらに首を土中に埋めて立ち去ろうとした、ところへ、数名の兵卒が押しかけてきて、疾《はや》くも富永を見つけ、ここに一場の格闘が始まった。富永も必死の勇を振るって戦っているうちに、一名の兵卒が投げた銃剣がみごとに命中して、富永は背筋から胸部まで貫かれて、その場に倒れた。駆け寄った兵士が、斬ったり突いたりして、富永もここに無慙の最期を遂げた。

各方面に敗れた士族は、追々に細川の藩邸へ集まってきて、これから門内へ這入ろうとする、それを門番は拒んで、一場の騒擾《さわぎ》を惹き起こしたが、折柄、在邸していた若殿の龍千代の説諭によって、よんどころなく一同は藤崎八幡の境内に引き揚げて、善後策を講ずることになった。かれこれするうちに、夜はまったく明け離れて、兵営の整頓も付き、それぞれに始末もできて、これから士族の残党を駆り立てることになった。

敗北した士族のなかで、児玉忠次《こだまただつぐ》、水野貞雄《みずのさだお》、小篠清四郎《こしのせいしろう》、同源三、沼沢広太、猿渡恒太、兼松繁彦《かねまつしげひこ》らの連中は、熊本城の西南に当たる、大岳山《おおたけさん》の麓まで遁れてきて、これから山に這入って、善後策についての協議を開いたが、もちろんまとまった相談もなく、二十九日まで三食を廃して山籠もりはしたけれど、もはやこのさきにどうしようという見こみもつかず、ついに一同は潔く切腹することになった。そのときに、銘々が詠んだ辞世のなかに、こういうのがある。

事ならて果てる我身は惜まねと心に残る皇国の御代　（小篠清四郎）

かねてより思ひこみしに真心のけふは操の立つそうれしき　（同源三）

あすよりは露とちるへき身なりせはいるかた惜しき山の端の月　（兼松繁彦）

その他にも、それぞれ辞世の歌や詩があって、みな潔き最期を遂げた。ことに児玉忠次は、一同の介錯をしたのちに、立腹《たちばら》を切ったというのであるから、ちょうど会津の白虎隊のような工合に、ようやく二十歳前後の人たちが、こういう最期を遂げたのだから、じつに勇ましいものであった。

その他この事件の細かいことまで述べることになると、なかなかに物語も長くなるが、いまその必要を認めない、ただ神風連の暴挙が、どういうものであったかという、そのだいたいを述べただけで筆は擱《お》くが、とにかく、鎧兜に身を固めて、戦争をしたのはこれが最後であった。

……………………………………

これは別に標題を付けて書くほどに、大きい騒動《さわぎ》にはならなかったが、神風連の事件に附帯した、小さい事件として書き添えることにする。筑前の秋月〔現・福岡県朝倉市〕に、今《いま》村百八郎《むらひゃくはちろう》という人があった。その同志には益田静方《ますだしずかた》、宮崎久留馬之助《みやざきくるまのすけ》〔車之助〕、磯俊之《いそとしゆき》らの人があって、いずれも秋月藩では、屈指の人物ばかりであったが、常に熊本の敬神党と款《かん》を通じて、万一の場合には互いに助け合う約束ができていた。しかるに敬神党は、にわかに兵を挙げることになったから、急使をもってこの旨を、今村らの同志へ通知した。ここにおいて今村以下の者は、すぐに秘密会を開いて、いよいよ敬神党に相応じて兵を挙げることにはなったが、第一に必要な軍用金が不足で、充分の準備もできぬ。とりあえず甘木《あまぎ》村の富豪佐野屋方へ押しこんで、金一万両を強奪してきて、それから秋月の小学校へ、同志の士族を召集した。会する者はわずかに四百人であったが、いずれも血気さかんな強い連中のことと て、人数の多少なぞはもとより顧るはずはない、すぐに挙兵ということに決した。しかし、ここに注意すべきことは、初め今村が士族を集めたときには「熊本に暴徒が起きた上は、第一にその余波を受けるのは、この秋月地方であるによって、あらかじめこれに対する防禦の備えをしておかねばならぬ」という名義で、多少の士族を集めたのだ。これはただに県庁の警戒を免れるためのみならず、じつは士族のなかにも、政府に反対の挙兵とあっては、幾分の躊躇をする者もある、という見こみで、こういう名義をもって集めておいて、顔と顔を合せての相談になれば、否応なしに引っ張りこもうという見こみで、小策を弄したのであった。されば四百人の士族が、結束して起こったとはいうようなものの、そのうちには幾分か二の足を踏んでいた者もあったことは、あらかじめ見ておかなければならぬ。

されば、いよいよ挙兵と決して、再三の会合を催しているうちに、だんだん人数が減って、結局に百五十人になってしまったのだから、これには今村も幾分か失望はしたが、いまさらに計画の中止もされず、成敗を考えずにあくまでも猪突的に進むことにきめた。第一の策としては、まず福岡県庁を襲撃することにして、旧黒田藩の不平士族と結び、福博《ふくはく》の地を根拠に、遠く熊本の敬神党を援けて、その動乱を九州一面に波及させよう、という計画であった。今村が詠《よ》んだ歌に、

天地に魂と屍をかへすなり　さらは別れを告くる世の中

また別に、

我を我と思ひ祭らはおのつから　尽す誠のしるしあるらん

この覚悟をもっていよいよ秋月を立って、これから夫婦石《めおといし》村までやってきて、光明寺に陣を張りあるいは四方に檄を飛ばし、あるいは遊説の人を送って、同志の募集に着手したのであった。

このことは福岡県庁へもすぐに知れて、これからいろいろ評議は重ねたけれど「なにぶんにも秋月における今村の勢力は、軽視することはできない、迂闊に手を出して、それがためになお騒動《さわぎ》が大きくなっては、かえって一大事である、なんとかして事を未発に防ぎたい」という考えから、誰かに説かせてみようとなって、その人選を為すことになったが、秋月の士族一同には、あたかも師弟のごとき関係をもっていた、穂波半九郎という学者があった*註。この人をもって説かせたならば、今村らもまさかに穂波を押し退けて、無理な挙兵もすまい、という見こみをつけて、穂波を呼んで、県令から頼みこんだけれど、穂波は容易に承知しないで、しきりに固辞する、それをさまざまに頼んで、ついに穂波を無理から承知させて、二人の巡査を護衛につけ、これから夫婦石村へ急派させた。穂波は秋月の士族には、なかなか重きをなしていたので、いまその姿を見ると、多くの士族はしきりに敬意を表する。やがて今村をはじめ幹部の者に面会すると、これから穂波が大義名分を説いて、この挙兵の誤れるを論じ、この際は自分に免じてぜひ中止してくれ、という談判《かけあい》を始めた。理義の徹底した議論を、諄々として続ける穂波の赤誠には、多くの士族も動かされて、だいぶ心を傾けるものもできたようだ。それを見ると、今村は驚いて、

「穂波先生のお説は、多少の条理あるようには思われるが、しかし、われわれがいったん決心して、かく事を起こした以上は、もはや中止するわけには相成らぬ。せっかくのことながら、先生はこのことに関係されぬように、願いたい」

「イヤ、そういうわけには相成らぬ、俺《わし》は政府を助けて、あくまで、政府の不都合を蔽い隠そうとするのではない。悪いことはどこまでも悪いとして責めなければならぬが、ただいたずらに動乱を好むがごときふるまいを、他処《よそ》に見ていることはできないので、こうしてまいったのであるから、ぜひこの計画は中止してもらいたい」

これを聴くと、今村はやや気色《けしき》を変えて、

「これは先生の仰せとも心得ませぬ、いたずらに動乱を好むとはなにごとでござりまするか、われわれの志は天下のために一身を虚しゅうして計るのであって、けっしていたずらに動乱を好むがためではない。いかに先生の仰せでも、この一言は聞き捨てに相成りませぬ」

と敦圉《いきま》くのを、穂波は静かに制して、

「それが間違っているのじゃ、一身を虚しゅうして、天下のために計るというが、しからば今日まで政府の不都合を質さんがために、どういう働きをなされたか、そういうことはさら

に耳にしておらぬ。いま、にわかに熊本の暴徒と相応じて、事を為したということを聞くよりほかに、なにも自分は知らぬのである。したがって、いたずらに動乱を好む人のように思うのは、ただに俺《おれ》ばかりではなく世間の人は、みなそう見ているに違いない、自分はどれほど潔白であっても、世間の人の目にそう見えぬ以上はいたしかたがない、全体足下《そっか》は……」

理窟で争えば、穂波に言い負かされるにきまっている。この場合に理窟詰めになって、せっかくに集めた士族の心を挫くようなことがあってはならぬ、という考えで、無理やりに喰ってかかった今村が、かえって穂波に押えられようとしたのだから、わざと激昂した体に見せかけて、

「かくまでに申しても、おわかりにならぬ以上はやむことをえぬ。先生もまた政府の間諜《まわしもの》として処分するが、それでもご異存はないか」

「これはけしからぬ、俺《おれ》を政府の間諜《まわしもの》などと……」

「なにを言わっしゃるか」

と、言いながら躍りかかって、今村は理不尽にも穂波を組み敷いて、一同がいささか惘《あき》れて見ているうちに、縄をかけてしまった。同時に附いて来た巡査二人を、宮崎その他の者が躍りかかって斬り倒す。これから本堂へ穂波を連れてきて、自分らの計画に加担をしろというて、だんだん勧告はしたけれど、穂波は断乎としてこれを刎ねつけた。今村はついに目を閉《つぶ》って、穂波の首を打ち落としてしまった。

＊註　この部分の叙述は痴遊の思い違いや混同が多分にあると思われる。戸波半九郎は秋月藩の要職の家柄で、乱に加担して自刃する。一方、穂波半太郎は警部であり現地におもむき、叛乱を思いとどまるように説得したが殺害された。また事件があったのは「光明寺」ではなく「明元寺」。なお、穂波は福岡県最初の殉職警察官といわれている。

熊本と秋月の動乱は、たちまち中央政府へも知れて、三条邸の会合となった。このときに大久保は疔《ちょう》［腫れ物］を病んでいたが、三条からの通知《しらせ》を得て、すぐにやってきた。これから会議の末、臨時費として十万円を支出することに決めて、樺山［資紀］中佐は玄龍丸に乗って出発した。そのほかに内務少輔の林友幸、陸軍少将の大山巌、同三浦梧楼以下の軍将は、続々九州へ下ることになった。

熊本、秋月、萩の三ヵ所が相応じて兵を挙げたのだから、その時日に多少の相違はあっても、まず東西相応じて事を起こしたことになっている。政府にしてみれば、これらの暴徒はあえて恐れないが、これが長く続いているうちに、西郷らの一派が、どういう態度に出るか、それはすこぶる疑問で恐ろしい。もし西郷の一派が相応ずるとなれば、九州一帯の動乱になる。そうなっては一大事であるから、一日も早くこの動乱は治めてしまわなければならぬ。そこで一時に多くの兵を送りつけたから、この動乱はたちまちに鎮定しえたのである。もっとも熊本の方が一晩で済み、萩もたった一日の戦闘《たたかい》であった。したがって、秋月が長く続くわけもなく、子供の喧嘩のようなことで、結局《おさまり》のついたのはなによりのことであった。秋月の乱はこういうつまらぬものであったけれど、当時はなかなかに評判の騒動であったから、ついでに書いておくことにしたのだ。

東京の思案橋事件

会津の藩士で、初め永岡敬次郎《ながおかけいじろう》というたのが、のちに久茂《ひさしげ》となったのである、禄は二百石を食んでいて、あまり大身ではなかったが、学識と胆力は非常に優れていて、戊辰の戦争には会津兵を率いて、越後口で大に官軍を悩ましたこともあった。そののち、箱館の五稜郭において、最後の奮戦に力尽きて、榎本や大鳥とともに降服して、一時入牢させられたけれど、西郷と黒田の斡旋で、その命を助けられたのみならず、無事に出牢ができて、まもなく斗南藩の小参事にまでなった。

初め箱館の五稜郭において、榎本らとともに官軍に降服したとき、征討総督［実際は参謀］の黒田清隆は、榎本らに誓って、

「足下《そっか》らの生命《いのち》は引き受けるから、切腹なぞをせずに、生きながら降服してくれろ」というのであった。榎本らも立派な武士であったから、もとより命が惜しくて降ったわけでもなかろう、黒田総督の懇切なる意見にしたがって、ついに惜しからぬ命を長らえて、官軍へ降る

ことになった。ところが、黒田は東京へ帰ってきて、幕軍征討の顛末を復命すると同時に、榎本らの命乞いをした。しかるにこのときは、すでに政府の内議が、重立った者は死刑にすると決まっていたので、いまさらに黒田の請求を容れて、彼らを助けることはできない。黒田と内閣のあいだに、えらい紛争が起こって、ついに黒田は、死をもってこれを争うことになった。ここにおいて、大西郷《だいさいごう》が乗り出してきて、双方を宥めた上、朝廷へ西郷から嘆願して、ついに榎本らの命は助けた上に、わずか二年ののち、いずれも相当の官職に就けて、新政府の役人にしたのである。永岡もまたその一人であって、会津藩の大参事になって、非常な勢いで、若松の城下に威張っていたのだ［これは痴遊の筆の滑り。本人も先に述べているように、永岡は転封先の斗南藩の小参事として辛酸を嘗める］。折柄、廃藩置県のことが決して、にわかに各藩の士族は離散するのやむなきに至った。このときには永岡も、非常に廃藩置県に反対して、同志とともに活動はしたけれど、天下の大勢は、なかなかに人間の力をもって引き戻すことはできない、廃藩置県は実行されることになった。ついに永岡は職を辞して、民間の人となってしまった。

その後もだんだん政府の施設を見れば、一も気に入ったことはなく、すべて永岡らの意見には反対のことのみであったから、甚だ面白くない日を送っていた。ことに薩長二藩は会津藩を蹂躙して、ああいう激しい戦闘《たたかい》をなしたために、会津の藩士が薩長二藩に対する憤恨《うらみ》は、骨髄に徹していたのである。その上に施政の方針が気に入らぬので、永岡らがいつか知らず、謀叛の決意をするに至ったのは、これも自然の勢いと見るのほかはなかろう。

　さて、あらかじめ膝下の同志をまとめておいて、永岡は九州から中国の遊説に出かけた。その際に前原一誠と、萩の城下で会見して、万事の相談をしたことは前にも述べてあるからいまは繰り返さぬが、萩から帰ってくると同時に、湯島天神下に大きな家を借りて、表面は世間体を繕う手習い師匠、そのじつは夜更《おそ》くなると、頻りに同志の者が出入りして、挙兵の準備にかかっていたのだ。ときに明治九年の十月二十三日、郵便配達が投げこんでいった一通の電報を、取る手遅しと開いて見れば、

「クマニシキノミセヒラク」

　というのであったから、さては熊本の同志は、すでに兵を挙げたのである、ということがわかった。そこですぐに差配人を呼んで、家の処分を済ませて、これから新富町の芝居茶屋川島屋へ会合して、着々準備にかかった。この家の主人《あるじ》が高橋三郎《たかはしさぶろう》というて、昔は会津藩邸の出入りの町人であったから、その二階を全部借り受けて、秘密の会合所に当てたのである。集まってきた人々は、

一《ひとつ》柳《やなぎ》務《つとむ》　山《やま》本《もと》保《やす》之《ゆき》　高《たか》橋《はし》弥《や》太《た》郎《ろう》
野《の》口《ぐち》新次郎《しんじろう》　能《の》見《み》鉄《てつ》次《じ》　高《たか》久《ひさ》慎《しん》一《いち》
中《なか》原《はら》重《しげ》業《なり》　松《まつ》本《もと》正《まさ》直《なお》　満《ま》木《き》繁《しげ》清《きよ》
木《き》村《むら》新《しん》次《じ》　中《なか》根《ね》米《よね》七《しち》　高《たか》崎《さき》政《まさ》八《はち》郎《ろう》

らの人々であった。

初めから挙兵の相談はできていたのであるから、ただこの上はその方策を講ずればよいのだ。永岡は一同を集めておいて、こういう相談を始めたのである。

「いま、東京において兵を挙げることは、万事に困難を感ずるのであって、容易なことではない。第一に人数も少なく、第二に金も不足である、とうてい東京においては物になる見こみは立たぬが、しかし、千葉県庁及びその警察には、会津人の多くいるのを幸いに、とりあえず千葉県庁を襲うて、それからすぐに佐倉の分営に夜襲を加えて、ここでだいたいの地歩を定めて、さらに宇都宮の分営を侵し、東北の各地に潜伏している不平党を糾合して、会津の旧城に楯籠もることにしたならば、たしかにわれわれの目的は遂げられるのであるから、まずとりあえず明二十九日の夜更けに、千葉へ乗りこむことにしよう」

というのであった。よく考えてみれば、あたかも空中に楼閣を描くようなもので、こんな目的が十人や十五人の小人数で遂げられるはずはないが、すでにこうと決めた以上は、邪《じゃ》が非《ひ》でも為し遂げるという昔気質《むかしかたぎ》の士族連であるから、たちまち議は決して、その晩はそれぞれに解散して、明夕方《みょうゆうがた》に芝山内《しばさんない》において、勢揃いをすることに決まったのである。

このうちの満木繁清は、神田佐久間町の淡路屋《あわじや》という宿屋に泊まっていたが、永岡から別るるときにもらってきた金で、いままでに溜まった下宿料を綺麗に支払って「少し事情があって故郷の鹿児島へ明朝《みょうちょう》出立する」ということを聴かせておいて、それから飄然《ぶらり》と外へ出た。向柳原《むこうやなぎはら》の質商で、福田藤兵衛《ふくだとうべえ》という者の家に、伊賀守兼光《いがのかみかねみつ》の鍛えた刀を預けてある。当時のことで二十両の質に入れてあったのだから、よほどの業物《わざもの》に違いない。元利を払って刀を受け取り、淡路屋へ帰ってきた。九州の各地において動乱が起こって、その他の地方にも不穏の形跡があるというので、警視局の探偵は、非常に厳重なものであった。しかるに、向柳原の質屋から、刀を受け出していった士族がある。ということを偵吏が聞き出して、にわかにその本人のようすを探ってみると、鹿児島県人の満木何某《なにがし》であるというまではわかったから、とにかく、本人を引き揚げてこい、という命令が出た。これから数名の巡査が淡路屋へ向かうと、満木は事露顕《ことろけん》と思うて、にわかに斬ってかかって、巡査を二人まで斬り倒して、ついに逃げてしまった。それから警視局の騒動《さわぎ》は非常なもので、各所の捜索は、さかんに行われることになった。

翌二十九日の夕方に、芝山内へ集合した連中は、三々伍々、日本橋小網町《こあみちょう》一丁目の陸運会社の出張所になっていた、武田喜右衛門《たけだきえもん》方へやってきて、下総《しもうさ》の登戸《のぶと》［現・千葉市中央区］行きの船へ乗ろうというのだ。たくさんの荷物を預けて、船賃その他の支払いも済ませ、一同は河岸に纜《もや》ってある船に乗りこんだが、荷物の積みこみの都合で、なかなかに船が出ない。そこで船頭へ早く船を出せと言ってかけあったが、なかなか船頭が応じないので、満木が非常に怒って、船頭を叱りつける、なかには長い刀を引き抜いて威す者もある。船頭は慄え上がって、これから出船の用意にかかった。

両国の警察屯所に勤めていた、警部補の寺本義久《てらもとよしひさ》はこの日が非番で、亀島町《かめじまちょう》の私宅に休んでいると、屯所の小使がやって来て、

「すぐに署長さんが来てくださいということですから、ご出頭を願います」

と、言いおいて帰った。寺本は署長の命令とあれば、否むことはできない。仕度をして出ようとすると、妻の政《まさ》がいま臨月で今夜あたりは生まれそうな、大きな腹を抱えて苦しんでいる。迎えにやった産婆が、まだやってこないので、寺本は多少気がかりにはなるけれど、職務のためにはやむことをえないから、出かけようとするのを、政がしきりに産婆の来るまで待っていてくれ、というて引き止めたが、至急の用事とあってみれば、そんなことはしていられない、振りきるようにして、寺本は屯所へ出かけた。これが夫婦のこの世の別れになろうとは、神ならぬ身の寺本は知らなかった。

さて、屯所へやってくると、署長は寺本に対して、第二区の巡視を命ずるというのであった。これは、前晩の満木が巡査を斬って逃げた一条から、各渡船場《とせんば》や東京の出口の街道に、ことごとく非常線を張ることに決まったので、寺本がこういう命を受けたのだ。そこで寺本は、命令どおり第二区の巡視にやってきた。ちょうど通りかかったのが、思案橋《しあんばし》の上であった。いま橋の下には、登戸行きの船が繫いであって、しきりに船中で争うている声が聞こえるから、橋の欄干に身を寄せて、寺本が窺《のぞ》きこんで見ると、乗りこんでいる客が、出船を急ぐのを船頭が拒んでいる。それがための争いとわかったから、寺本はヅカヅカと渡板《あゆみ》のとこ

ろまでやってきて、

「コレ船頭、なにを騒いでおるか」

船頭は士族に威されて、慄《ふる》えていたところだから、大喜びで、

「へイ、ただいまお客さんに叱られているところでございます」

「フフム、なんで叱られておるのか」

「船を出さないというので、怒られて困っているところでございます」

「待て待て、俺が行ってみる」

と言いながら、渡板を渡って、船のなかへやってきた。見ると士族体《てい》の者ばかりが、十名あまりゴタゴタと集まって、おのおの凄い目をしてジロジロ睨んでいる。さてはなにか仔細のある者と思って、

「ここにある薦包みは、君らの荷物かね」

永岡が進んできて、

「いかにも、そうです」

「このなかにはなにが這入っているのですか」

「自分らの小道具が這入っているのじゃ」

「フフウ、小道具とはどういうものかね」

「そんな細かいことは聴かぬでもよかろう、別に不審なものではない」

「イヤ、不審があるとかないとかいうのではない、この方は職務をもって調べるのであるから、その包みを開いてお見せなさい」

こうなっては、永岡もさすがに困った。薦包みのなかには、刀や鉄砲その他弾薬などが入れてあるのだから、どうしても、いまここでこれを開くことはできない。

「よろしい、包みは開いて見せようが、しかし、この狭い船のなかでは迷惑であるから、陸《おか》へ上がって見せよう」

「ウム、それはどちらでもよろしい」

「サア、行こう」

と、急がし立てられて、寺本はなんの気もなく、渡板に足をかけて、いま陸の方へ行こうとする、折柄、河岸通りを巡視にやってきたのが、二等巡査の河合好直《かわいよしなお》という人であった。

寺本は疾《はや》くもこれを見て、

「オイ、そこへ行くのは河合巡査ではないか」

巡査は足を止めて、

「オー、寺本警部補でございましたか」

「ちょっと待っておれ、少し不審なものがあって、取り調べをするのじゃから」

「ハイ、承知いたしました」

渡板のかかっているところまで、河合巡査はやってきて、じっと船のなかを睨んでいる。

もうこうなっては百年目、とても遁れる途はないと思ったから、寺本のうしろから出てきた永岡が、ヤッとかけた声とともに、抜き討ちに一刀、寺本の肩先から斬り下げた。かねて手《しゅ》練《れん》の永岡に斬られたのであるから、ほとんど体は二つにならぬばかり、呀《あっ》と叫んで川中へ落ちた。

「ソレッ、上陸しろ」

という声とともに一同は上がってくる。疾《さ》くもこれを見た河合巡査は、すぐに後へ退って身構えをした。その時分には巡査が洋剣《サーベル》を佩げていないで、三尺ばかりの丸い樫棒をもって歩いた時分だ。河合は屯所のなかでも屈指《ゆびおり》の剣術の達人で、平生はきわめて温厚な、あまり口数も利かずに、ただ職務大事と勤めていたので、署長の信用もなかなかに厚かった。著者《わたくし》もこの人の晩年に、二、三度会うたことがあるが、なかなか温厚な落ち着いた人物であった。

この日の夕方、両国の屯所へ、すべての巡査が召集されて、非常線警戒の命令を受けたのだ。河合と三等巡査の黒野巳之助《くろのみのすけ》、木村清蔵《きむらせいぞう》の三人は、思案橋方面の沿岸を警戒するために、三人が別々になって、河合は独り思案橋にかかったのである。しかるに寺本警部補が斬られたのを見た河合は、まさかに退くこともできぬから、呼笛《よびこ》を執って、ピリピリピリピリと吹いて、まず事変のあることを附近の者へ知らせる。ところへ、永岡が寺本を斬ると同時に、陸へ飛び上がってきて、これから河合に斬ってかかったところへ、黒野、木村の二巡査も、前の呼笛に驚いてやってくるとこのありさまであるから、三人の巡査は、十幾人の者を対手《あいて》に渡り合ったのだ。

満木は木村巡査と斬り合っている、一行のうちの最老年者たる中根米七は、黒野巡査と渡り合っていたが、中根は老巧の強者《つわもの》であったから、しばらく斬り合うているうちに、隙を見て一歩踏みこみ、エイッとかけた声とともに、黒野を一刀の下に斬り倒した。しかるに、河合巡査の強さはひと通りでない、三、四人かかっても、なかなかに斬り倒すことができない、そこで中根が代わって対手になった。三尺の樫の棒はだんだん斬り取られて、ついに一尺ばかりになってしまった。それをもってなお防いでいたのだが、さすがに体は数ヵ所の重軽傷に、血は流れて惨憺たるありさまであった。

このことが疾《はや》くも屯所へ知れたから、警鐘を乱打して、巡査は追々に駆けつけてくる。附近の弥次馬が飛び出してその騒動《さわぎ》はひと通りでない。こうなってはもうしようがないから、永岡は一同に命を伝えて各自勝手に斬り抜けて、落ち行く先は千葉である、ということに定《き》めて、さかんな格闘《きりあい》が諸方に始まった。永岡もこのときには斬られて、だいぶそれは重傷《おもで》であって、同志の横山専蔵《よこやませんぞう》と山本保之が駆けつけてきて、永岡を助けて元の船に乗せ、ドンドン漕ぎ出した。そのうちに各川筋へは、さかんに小舟に乗った巡査が警戒している。永岡を乗せた船は、永代橋際までやってくると、もうこの辺は陸上と水上の区別なく、ことごとく警戒線になっていたから、いかにしても遁れるの路はない。永岡に随《つ》いている士族は、なおいった。

「事ここに至っては、もはや武運も尽きたのであるから、潔く名乗って出よう」

と言うて、ついにみずから上陸して、警戒している巡査の縄にかかって、屯所へ引かれていった。

その他の者も、それぞれに奮闘はしたけれど、衆寡敵せず、あるいは傷を負うて捕えられるもあり、あるいは一時行方を晦《くらま》したが、二、三日して捕まる者もあり、そのうちの老人たる中根米七は、非常に剣道の達人であったから、浜町河岸《はまちょうがし》までやってきて、十数名の巡査に取り巻かれて、さかんに斬り合っているうちに、もはや力尽きて及ばぬと覚悟して、多くの巡査に取り巻かれているうちに、立腹を切って死んでしまった。

こういう事情で、せっかくの計画も画餅《がべい》に帰してしまった。この事件は思案橋に起ったから、世間ではこれを思案橋事件と名づけている。しかもその場所は、日本橋区の中央に起こったので、一時はなかなかに評判の事件であった。永岡はこのときに負《う》けた傷のために、遂々《とうとう》鍛冶橋の監獄で牢死を遂げた。柳橋あたりの芸者上がりの婆さんで、永岡のことをよく知っている者が、まだ生存《いきのこ》っている。金離れの好い、気前の上品な、じつに立派な御武家《おさむらい》であったと、いまもなお褒め揚《ち》切《ぎ》っているくらいだから、永岡の平生の一斑は、それでよくわかる。

翌明治十年の二月七日になって、残党はことごとく処分された。死刑になったのは井口、竹村、中原の三人である。終身懲役が一柳、十年懲役が木村、七年懲役が高久、満木、能見の三人であった。その他それぞれに軽重の別はあったが、みな処分されて、この事件の結末《おさまり》はついたのである。

講談士、伊藤痴遊

解説
木村　洋

政治の世界への濃密な愛情

伊藤痴遊《いとうちゆう》を形容するには、「講釈師」「講談家」という言葉よりも、「講談士」という言葉がふさわしいとある人物は述べている（長沼弘毅《ながぬまこうき》「一名家を憶ふ㈠」『東京朝日新聞』朝刊、一九三八［昭和十三］年十一月九日）。政治の世界への濃密な愛情に満たされた痴遊の著作群を読めば、誰もがこの指摘を首肯《しゅこう》するだろう。そうした著述の性格は、痴遊が辿ってきた軌跡と密接に関わっている。

痴遊は一八六七（慶応三）年に横浜で生まれる。一八八一（明治十四）年、自由党に参加し、一八八四（明治十七）年の加波山《かばさん》事件（自由党の急進派が栃木県令の三島通庸《みしまみちつね》ほか政府高官の暗殺を企てて発覚、茨城県の加波山に拠ったが数日で鎮圧された）などに関与し、何度か投獄される体験を持つ。その過程で講談に出会った。

当時政治思想の喧伝《けんでん》の手段として力を発揮したのが演説という欧米由来の表現形態だった。しかし政府の弾圧のために、民権家たちが演説によって政治思想を広めることは難しくなる。痴遊の演説活動も東京で半年、静岡県と神奈川県で一年間禁じられたという。軍談を好んだ板垣退助《いたがきたいすけ》はこうした状況を受けて、講談によって政治思想を広めることを提案し、何人かの自由党員たちが講談師として活動する。この試みは自由講談と言われた。しかしその担い手たちは官吏侮辱罪などで投獄され、しばらくして自由講談は自滅する。痴遊はその過程で講談に興味を覚え、一八九〇年代から本格的に講談師として活動していく。以上の経緯は痴遊「半生の回顧」(『伊藤痴遊全集 続』十二巻、平凡社、一九三一〔昭和六〕年六月)や「話術に関する解説㈢」(『痴遊雑誌』一九三五〔昭和十〕年七月)に詳しい。

痴遊はこの活動から派生する形で幕末、維新期の政治史や、井上馨《いのうえかおる》、西郷隆盛《さいごうたかもり》、星亨《ほしとおる》などの政治家の足跡を辿る多くの著作を刊行する。さらに浅草区会議員、東京府会議員、衆議院議員としても活躍し、一九三八(昭和十三)年に没する。

「慷慨から慷慨へ」

痴遊の活動の特色はどこにあるのか。近代文学史との関係を考えてみよう。徳富蘇峰《とくとみそほう》が主宰した新興雑誌『国民之友』の社説記事「新日本の青年及ひ新日本の政治」(無署名『国民之友』一八八七〔明治二十〕年七〜十月)に見られるように、とりわけ一八八〇年代後半以後において「壮士《そうし》」つまり自由民権運動期の行動様式は、「時候後《おく》れの代物」として批判にさらされていく。こうした動向と手を携える形で勢いを得たのが文学改良だった。すなわち文学は遊戯ないし閑事業と言われた境遇をしだいに脱して、新しい世代の知識人たちの真摯な思想活動として変貌を遂げていく。とくに日露戦争後に文学は新思想の象徴として思想界に君臨する。

　痴遊の生年は日本近代文学の開拓者たちの世代に重なる。北村透谷《きたむらとうこく》、国木田独歩《くにきだどっぽ》、田山花袋《たやまかたい》、島崎藤村《しまざきとうそん》などの文学者はいずれも一八七〇年前後に生まれる。さらにこうした文学者の多くも若い頃に政治に熱中した。そして自由民権運動の退潮とともに、政治から文学への関心の乗り換えが透谷や独歩たちに生じる。この近代文学の流れは、三宅雪嶺《みやけせつれい》の言葉を借りれば、「慷慨《こうがい》衰《おとろ》へて煩悶《はんもん》興《おこ》る」（一九〇六〔明治三十九〕年七月二十日刊の『日本人』の記事の表題）という展開を指している。すなわち政治熱の冷却と文学熱（人文系の思索）の昂進がここで推し進められた。

　この展開は、典型的な「壮士」の一人だった痴遊の軌跡と著しく対照的である。自由民権運動のころの痴遊の「壮士」ぶりについては多くの証言が残っている。ある人物によれば、痴遊は大集会用の会場として知られた浅草の井生村楼《いぶむらろう》で、警視庁の私服巡査を梯子段《はしごだん》から蹴落としたり、向両国《むこうりょうごく》（隅田川の東岸。日本橋両国にたいして言う）の中村楼で五大法律学校（明治時代に設立された私立法律学校のうち、とりわけ水準が高いとされた東京府下の五校。専修学校［現・専修大学］、明治法律学校［現・明治大学］、東京法学校［のち和仏法律学校、現・法政大学］、東京専門学校［現・早稲田大学］、英吉利法律学校［のち東京法学院、現・中央大学］を言う）の委員たちと喧嘩して「物凄き腕を掉《ふる》った」りしたという（斎藤又郎「噫〻《ああ》伊藤痴遊君」『痴遊雑誌』一九三八［昭和十三］年十一月）。

当然ながら透谷や独歩たちとは異なり、この「壮士」にとって政治は断念できるものではなかった。自由民権運動が退潮する一八八〇年代後半以後においても、痴遊は政治のために、または人民たちの政治的覚醒のために尽力しつづける。

つまり「慷慨から煩悶へ」という先の雪嶺の言葉は、あくまで変化の相に着目した理解でしかない。幕末、維新期の歴史を弁じつづけ、のちに政治家にもなった痴遊の足跡は、「慷慨から煩悶へ」という展開と併走するかたちで、「慷慨から慷慨へ」という展開がなおも近代の歴史を彩っていたことを今に伝えている。

政治小説への態度

明治期の文学者と痴遊の違いは、一八八〇年代に流行した政治小説への態度にも表れている。坪内逍遥《つぼうちしょうよう》たちは政治小説を否定しつつ、写実主義という先端的な描写方法に裏打ちされた小説を世に広めていく。他方、政治小説は痴遊にとってなおも是認されるべきものだった。たとえば痴遊は『衆議院議員の解剖』（発行者小林嘉吉、一八九二［明治二十五］年）

大正初期、東京府会議員にして立憲国民党の幹事遊説部理事の任にあったころの痴遊。「壮士」風のいでたち。痴遊は政治的には原敬と対立して立憲政友会を脱党し、犬養毅らと行動をともにしていた。

昭和初期、代議士時代の痴遊。大正14年（1925）の革新倶楽部（立憲国民党の後身）の解散にともない、立憲政友会に復党していた。

という著作で、政治小説の代表作として知られる東海散士《とうかいさんし》『佳人之奇遇《かじんのきぐう》』（博文堂、一八八五〜一八九七［明治十八〜三十］年）を「慷慨悲壮の言説、読む人感泣せざるものなし」と称えていた（七頁）。

痴遊の講談も政治小説の世界に通じるものだった。当時の新聞記事は痴遊の講談について次のように報じている。

横浜の壮士伊藤仁太郎《にたろう》事《こと》双木舎《なみきや》痴遊ハ今度講談師睦《むつみ》派に加はり（略）明治いろは文庫一名壮士銘々伝、王政維新廼《の》昔譚《むかしがたり》一名勤王倒幕軋轢始末、海外正史奇談一名西洋政治物語、政海波瀾壮士之末路一名無頼壮士失敗話《しくじりばなし》等を読むよし。

（「壮士講談師」『東京朝日新聞』一八九一［明治二十四］年七月一日）

ここから坪内逍遥などの新進の小説家たちが否定した政治小説の世界が、依然として痴遊の心をとらえていたことがわかる。

もうひとつの近代文学史

そして痴遊の講談は当局にとってたぶんに厄介なものだったらしい。当時の報道によると、痴遊は「魯西亜《ロシヤ》虚無党の顛末」について話したために警察署に呼び出され、「成るたけ注意しておしゃべりをするやうと篤く説諭」されたという（「講釈師へ説諭」『東京朝日新聞』一八九一年七月十日）。別の記事では、痴遊が「高座を法庭に擬し界木《さかいぎ》抔《など》を設」けつつ赤井《あかい》景韶《かげあき》（刑死した自由党員）脱獄事件の裁判を弁じていた際に、「界木」を取り除けるように警察署に言われ、さらに「正服の巡査二名づゝ、同席へ臨監すること、な」ったと報じられている（「寄席に巡査の臨監」『東京朝日新聞』一八九一年七月二十三日）。

　これらの逸話は、帝国議会が幕を開け、森鷗外《もりおうがい》「舞姫」（『国民之友』一八九〇〔明治二十三〕年一月三日）のような内省的な小説が現れた一八九〇年代になおも「慷慨」の精神が痴遊のなかに息づいていたことを示している。こうした近代の演藝の痕跡を辿る作業は、兵藤《ひょうどう》裕己《ひろみ》が述べるように、「従来かえりみられなかった、もうひとつの近代文学史」の確認につながる（『〈声〉の国民国家』講談社学術文庫、二〇〇九年、二一一頁）。

彼は鼠小僧を語らず

　ではこのような政治熱のもとで生み出された痴遊の講談とそこから派生した著作群はどのような魅力を備えているのか。痴遊の試みが従来的な講談の単純な反復を意味しないことに注意したい。その努力は講談界に新たな風を送り込むことにつながった。

　講談界における痴遊の最たる貢献の一つは題材の更新にあるだろう。痴遊は幕末、明治期の政治的事件をみずから調べ、研究し、関係者に取材し、それを講談で語った。言い換えれば、従来的な講釈ないし講談（明治期以降、講釈は一般に講談と呼ばれるようになる）の題材を拒絶した。

現に小説家の佐藤紅緑《さとうこうろく》はこう評した。

痴遊君は卓子《たくし》に向つて説く処は必らず維新以来の志士仁人だ。彼は鼠小僧《ねずみこぞう》を語らず、国定忠次《くにさだちゅうじ》を語らず、高橋《たかはし》お伝《でん》を語らず、洞房《どうぼう》〔遊女の部屋〕の綺語《きご》を弄《ろう》せず、誨淫《かいいん》を敢《あえ》てせず、彼は只徹頭徹尾《ただてっとうてつび》、維新の志士や明治の政治家に没頭して来た。操守の堅き敬服せざるを得ない。

（「独創の人・犬養以上！」『痴遊雑誌』一九三五〔昭和十〕年七月）

これは痴遊の講談の新しさを的確に説明したものと言える。

この痴遊の試みはきわめて自覚的におこなわれていた。痴遊は従来の講談を次のように批判している。

高座に上《のぼ》れば、不相変《あいかわらず》、釈木《しゃくぎ》を叩いて、伝来の口調に依る、武勇伝や、遊侠子の物語に囚はれ、時として、新らしがりのものが、或は国家とか、或は社会とかいふ方面に、深い関係を有つ、大きい人物の事を、演ずるものもあるが、それは亦《また》、甚しい出鱈目《でたらめ》であつて、到底、聴くに堪へるものでない。
彼等には、読書の趣味もなければ、研究の心懸けもなく、酒と女と賭博の外に、何の楽みも知らず、机上、一冊の書物無く、従つて、安価な妾宅はあつても、書斎一つ持合せて居らぬ。

（「講談と講釈」『痴遊雑誌』一九三五年八月）

ここからも痴遊の試みが、昔ながらの題材に囚われた講談への強い不満とともに生まれたことがわかる。この視野において新たな対象領域として見出されたのが明治政治史だった。

ある文化的異種交配

同時代の読者もそうした痴遊の試みに新鮮さを感じていた。

明治時代の事実を口演するに於て講談界一流の著者が単に講談の材料として事実を潤色するのみを能とせず正確の資料によりて史実を闡明《せんめい》せんと努力しつゝあることは実に其の特色の一なり

（無署名「井上侯全伝」『東京朝日新聞』一九一八［大正七］年六月一日）

痴遊の著作は、このように歴史の流れを丁寧に伝えようとする姿勢において注目された。

補足すると、痴遊の話しぶりも同様の姿勢に貫かれていた。ある人物は痴遊の講談をこう評している。

君の話術には、誇張なく、虚飾なく、衒気なく、平々坦々たる間に、次第に聴くものをして、納得せしめ、共鳴せしめ、感奮せしめ、興起せしめる。

（高島米峰《たかしまべいほう》「入神の話術家」『痴遊雑誌』一九三八年十一月）

以上の検討から、一人の表現の変革者としての痴遊の姿が浮かび上がってくる。痴遊の努力を通じて講談のありかたは、たしかに変化を被った。言い換えれば、この思潮のなかで、ある文化的な異種交配が推し進められた。つまり講釈という古くからの大衆的な話藝と、民権の伸張を求める近代的な政治意識という異質な文脈が結合することで、伝来の口調と題材に囚われた講談とは一線を画する痴遊流の講談が生み出された。『隠れたる事実《じじつ》明治裏面史』もこうした模索のなかで生まれた成果の一つだった。

平民宰相も暗殺犯も

『隠れたる事実《じじつ》明治裏面史』は一九一六（大正五）年六月に星文館から出版された。その際に注目されたのも幕末、維新期の歴史の動きを丁寧に伝えていく叙述方針だった。同時代の評を紹介しておこう。

徳川幕府覆滅以後に於ける明治の歴史をば単に表面上の経過を記述する一般歴史の体裁によらず飽くまで事実の真相を捉へて表裏透徹事情の全体を領会せしむるに努めたるは全く他の企及すべからざる業たり。著者の如く多く当事の故老に質《ただ》し幾多新材料の拾集に便宜の地位にあるものにして始めて之を完成するを得《う》。蓋《けだ》し明治史研究者のために動すべからざる史料を提供したるものといふべし。

（無署名「隠れたる事実明治裏面史」『東京朝日新聞』一九一六年八月十八日）

この記事が述べるように、痴遊の著作（または講談）は明治政治史の関係者たちから材料を得るかたちで生み出された。その著作の影響が政界に及んでいたことにも注意したい。興味深いのは、一九二三（大正十二）年の『隠れたる事実明治裏面史』の広告に次のように記されていることである。

平民宰相原敬《はらたかし》東京駅頭に殪《たお》れて茲《ここ》に一年有半、政界未だ安定を得ずして内閣の基礎常に動揺す。この因やもと一青年中岡艮一《なかおかこんいち》が手裏懐剣《しゅりかいけん》の一閃《いっせん》にあり。彼そも何によりて此の挙に出でたる。予審調書の記録によれば、艮一常に明治裏面史を読み、特に雲井龍雄《くもいたつお》の条に到りて感激措《お》かず、遂に大事断行を決せりと。
然るに本書正編は宰相原敬氏も又之《またこれ》を愛読して人心の機微を知り政治の要道を会得せりと称せらる。

（『東京朝日新聞』夕刊、七月十四日）

原敬の暗殺犯をめぐる指摘は、「艮一を育てた父（予審調書）」（『東京朝日新聞』夕刊、一九二二［大正十一］年一月十四日）などの記事にもとづくのだろう。原敬とその暗殺犯がともに『隠れたる事実 明治裏面史』の読者だったことは、痴遊の著作の波及効果の一端を教えてくれる。

独特の政治教育者

痴遊の著書が政界をはじめとして広く人びとに親しまれていたことは、多くの資料から裏づけられる。

たとえば『伊藤痴遊全集』（全三十冊、平凡社、一九二九〜一九三一［昭和四〜六］年）の広告には、頭山満《とうやまみつる》、総理大臣の田中義一《たなかぎいち》、内務大臣の望月圭介《もちづきけいすけ》、文部大臣の勝田主計《しょうだかずえ》の推薦の言葉が寄せられており、「学校軍隊諸会社諸工場の団体申込殺到！　初版再版尽き大増刷愈々《いよいよ》出来《しゅったい》！」とも記されている（『読売新聞』一九二九年三月二十七日）。さらに「政友会茶話会」（『東京朝日新聞』一九一三年一月三十一日）という記事には、「最後に茶話会毎に無かる可《べ》からざる伊藤痴遊氏も引出されて得意の快弁に乃木将軍の逸話を演じたるが是亦始終喝采」とあるように、痴遊の講談は政治家たちの集まりの中で繰り返し上演され、歓待された。

このように痴遊は独特の方法で政界や大衆を教育しつづけた。すなわち旧態依然のままの講談のありかたに異を唱えつつ、その円熟した話藝と執筆活動を通じて政治という営みの貴さを繰り返し喧伝した。明治期から昭和期にわたる痴遊の持続的な努力は、自由民権運動が必ずしも国会開設後に収束していなかったことを示している。

本書は、『隠れたる事実《じじつ》 明治裏面史』(大正十三年[一九二四]六月、成光館出版部刊)を底本とし、講談社文芸文庫版として大幅に再編集したものです(なお、底本は国立国会図書館デジタルコレクションhttp://dl.ndl.go.jp/info:ndljp/pid/1899780で閲覧できます)。再編集にあたり、以下の方針で臨みました。

・引用文以外の本文を現代かなづかいに改めた。
・常用漢字以外の漢字も使用し、音訓表以外の音訓も使用した。
・極端な宛て字と思われるもの及び代名詞、副詞、接続詞、また補助動詞や形式名詞等のうち、かなにしても原文を損うおそれが少ないと思われるものは、講談社の規準を参考に、全面的にかなにひらいた。また、それ以外も読みやすさを考慮して適宜ひらいた。送りがなについても講談社の規準を参考にして適宜統一した。
・句読点を文意にしたがって適宜変更し、補ったり削ったりした箇所、また改行した箇所がある。
・底本は総ルビであるが、難読、あるいは創意あるルビのみ残した。
・本文中明らかな誤植と思われる箇所、人名や書名、地誌や日時、引用について明らかな事実誤認等があると考えられる箇所についてはこれを適宜正した。底本では人名に有職読みのルビ(例:徳川慶喜《けいき》)を付しているが、それは採らなかった。
・その他、本文中に適宜、編集部で説明や註を付した。おぎなった説明的箇所は[ ]で示した。

なお、底本にある表現で、今日の人権意識に照らして不適切と思われる職業や身分についての表現、対外認識において差別的な記述がありますが、作品の語られた時代背景、著者が故人であることなどを考慮し、底本のままとしました。よろしくご理解のほどお願いいたします。

隠《かく》れたる事実《じじつ》　明治裏面史《めいじりめんし》

伊藤痴遊《いとうちゆう》

二〇一八年九月一〇日第一刷発行
二〇二三年一一月一五日第二刷発行

発行者――髙橋明男
発行所――株式会社　講談社
東京都文京区音羽2・12・21　〒112-8001
電話　編集（03）5395・3513
　　　販売（03）5395・5817
　　　業務（03）5395・3615

デザイン――菊地信義
印刷――株式会社KPSプロダクツ
製本――株式会社国宝社
本文データ制作――講談社デジタル製作

定価はカバーに表示してあります。

講談社文芸文庫

ISBN978-4-06-512927-2

▶解=解説 案=作家案内 人=人と作品 年=年譜を示す。 2023年11月現在

講談社文芸文庫

青木淳選	建築文学傑作選	青木 淳――解
青山二郎	眼の哲学|利休伝ノート	森 孝――人／森 孝――年
阿川弘之	舷燈	岡田 睦――解／進藤純孝――案
阿川弘之	鮎の宿	岡田 睦――年
阿川弘之	論語知らずの論語読み	高島俊男――解／岡田 睦――年
阿川弘之	亡き母や	小山鉄郎――解／岡田 睦――年
秋山駿	小林秀雄と中原中也	井口時男――解／著者他――年
芥川龍之介	上海游記|江南游記	伊藤桂一――解／藤本寿彦――年
芥川龍之介 谷崎潤一郎	文芸的な、余りに文芸的な|饒舌録ほか 芥川vs.谷崎論争　千葉俊二編	千葉俊二――解
安部公房	砂漠の思想	沼野充義――人／谷 真介――年
安部公房	終りし道の標べに	リービ英雄――解／谷 真介――案
安部ヨリミ	スフィンクスは笑う	三浦雅士――解
有吉佐和子	地唄|三婆 有吉佐和子作品集	宮内淳子――解／宮内淳子――年
有吉佐和子	有田川	半田美永――解／宮内淳子――年
安藤礼二	光の曼陀羅 日本文学論	大江健三郎賞選評――解／著者――年
李良枝	由熙|ナビ・タリョン	渡部直己――解／編集部――年
李良枝	石の聲 完全版	李 栄――解／編集部――年
石川淳	紫苑物語	立石 伯――解／鈴木貞美――案
石川淳	黄金伝説|雪のイヴ	立石 伯――解／日高昭二――案
石川淳	普賢|佳人	立石 伯――解／石和 鷹――案
石川淳	焼跡のイエス|善財	立石 伯――解／立石 伯――年
石川啄木	雲は天才である	関川夏央――解／佐藤清文――年
石坂洋次郎	乳母車|最後の女 石坂洋次郎傑作短編選	三浦雅士――解／森 英一――年
石原吉郎	石原吉郎詩文集	佐々木幹郎――解／小柳玲子――年
石牟礼道子	妣たちの国 石牟礼道子詩歌文集	伊藤比呂美――解／渡辺京二――年
石牟礼道子	西南役伝説	赤坂憲雄――解／渡辺京二――年
磯﨑憲一郎	鳥獣戯画|我が人生最悪の時	乗代雄介――解／著者――年
伊藤桂一	静かなノモンハン	勝又 浩――解／久米 勲――年
伊藤痴遊	隠れたる事実 明治裏面史	木村 洋――解
伊藤痴遊	続 隠れたる事実 明治裏面史	奈良岡聰智――解
伊藤比呂美	とげ抜き　新巣鴨地蔵縁起	栩木伸明――解／著者――年
稲垣足穂	稲垣足穂詩文集	高橋孝次――解／高橋孝次――年
井上ひさし	京伝店の烟草入れ 井上ひさし江戸小説集	野口武彦――解／渡辺昭夫――年